필리핀·인도네시아·대만·홍콩 설화

화산, 섬, 바다… 자연을 닮은 사람들의 야생의 서사

건국대 서사와문학치료연구소
다문화 구비문학대계 6

필리핀·인도네시아·대만·홍콩 설화
화산, 섬, 바다… 자연을 닮은 사람들의 야생의 서사

2022년 5월 10일 초판 인쇄
2022년 5월 15일 초판 발행

지은이 신동흔 외
펴낸이 이찬규
펴낸곳 북코리아
등록번호 제03-01240호
전화 02-704-7840
팩스 02-704-7848
이메일 ibookorea@naver.com
홈페이지 www.북코리아.kr
주소 13209 경기도 성남시 중원구 사기막골로 45번길 14
우림2차 A동 1007호
ISBN 978-89-6324-856-1 (94810)
978-89-6324-850-9 (세트)

값 16,000원

건국대 서사와문학치료연구소
다문화 구비문학대계 6

필리핀·인도네시아·대만·홍콩 설화

화산, 섬, 바다…
자연을 닮은 사람들의 야생의 서사

신동흔 박현숙 김정은 오정미
조홍윤 김영순 황혜진 강새미
김민수 김자혜 김현희 엄희수
이승민 이원영 한상효 황승업

북코리아

머리말 : 현장에서 만난 1,364편의 생생한 이야기

캄보디아, 베트남, 필리핀, 중국, 일본, 인도, 카자흐스탄, 에스토니아, 브라질….

세계 여러 나라에서 온 이주민 화자들이 한국어로 구술하는 설화들을 들으면서 마치 꿈속의 한 장면에 들어와 있는 듯했다. 그들의 입에서 가지각색 설화들이 술술 흘러나오고 있는 광경이 거짓말 같았다. 책에서나 볼 수 있었던, 아니 책으로도 볼 수 없었던, 깊은 재미와 의미가 차락차락 우러나는 원형적 이야기들! 그 보물 같은 이야기들을 현장에서 만날 수 있다는 것은 최고의 축복이었다.

한국에 이주해서 생활하는 외국 출신 제보자들을 대상으로 한 설화 조사를 계획하면서 기대보다는 걱정이 컸다. 한국과 달리 설화 문화가 유지되고 있어서 구전설화를 기억하고 전해줄 수 있으리라는 기대가 있었지만, 30~50대가 주축을 이루는 제보자들이 설화를 오롯이 구연할 수 있을지 의문이었다. 모국어가 아닌 한국어로 구술해야 하는 상황이라서 더 그랬다. 한국생활이 쉽지 않을 이주민들이 선뜻 마음을 열어줄까 하는 걱정도 없지 않았다.

결과는 기대 이상이었다. 수많은 이주민 제보자들이 기꺼이 자국 설화 구연에 나서 주었다. 모국의 이야기와 문화를 알린다고 하는 책임감과 자부심이 주요 동기였지만, 그들은 곧 설화 구연이 매우 즐겁고 유익한 일이라는 사실을 깨달았다. 그들은 한 명의 문학적 주체가 되어서 자신이 아는 이야기들을 성심성의껏 들려주었다. 고향에 계신 어른들에게 연락해서 묻거나 숨은 자료를 찾아서 구연해 주기도 했다.

모든 이야기는 책이나 자료를 읽어주는 형태가 아니라 내용을 기억하고 새겨서 말로 구술하는 형태로 조사를 수행했다. 마음으로 기억해서 재현한 것이라야 화소(話素)와 스토리가 살아있는 진짜 구비문학 자료가 되는 것이기 때문이다. 제보자들이 구술로 전해준 이야기들 속에는 실제로 구비문학적 힘이 생생히 깃들어 있다. 재미있고 의미심장하며, 현장감이 넘친다. 그 언어는, 살아 있다.

조사 과정에서 이야기를 들으면서 놀란 적이 한두 번이 아니다. 이주민 제보자들은 평균적인 한국 사람들보다 훨씬 이야기를 잘했다. 한 사람이 수십 편의 설화를 유려하게 구술한 사례가 여럿이며, 한 편의 설화를 30분 이상 완벽하게 구연한 경우도 꽤 많았다. 캄보디아의 킴나이키 제보자 같은 경우는 한 편의 설화를 2시간에 걸쳐 생생하게 구연하기도 했다. 한국의 유력한 이야기꾼들에게서도 좀처럼 보기 어려운 모습이다.

10여 명으로 구성된 조사팀이 만 3년에 걸친 현지조사를 통해 만난 화자는 150명 이상이며, 수집한 자료는 약 2,000편에 이른다. 이 중 공개 동의를 얻지 못한 이야기와 완성도가 낮은 이야기들을 제외하고 가치 있는 것들을 선별한 결과 27개국 130여 명 제보자가 구술한 1,364편의 이야기 자료가 추려졌다. 자료마다 기본 구연정보와 줄거리(개요) 등을 갖추어서 정리하니 분량이 단행본 20권을 채우게 되었다. 양적·질적 측면에서 '한국구비문학대계'에 비견될 '다문화 구비문학대계'라고 해도 좋겠다고 생각해서 이를 총서명으로 삼았다. 『한국구비문학대계』(1980~1988; 전 82권)는 한국 구비문학 조사사업의 빛나는 성과이자 인류의 소중한 문화유산으로서, 갈수록 가치가 증대되고 있는 구술자료집이다. 우리의 『다문화 구비문학대계』도 그와 같은 역할을 하게 될 것으로 믿는다. 세계 각국의 설화를 생생한 한국어로 집대성했다는 점에서 전에 없던 새롭고 특별한 언어문화 자료집이다. 이와 같은 현지조사 성과는 세계적으로도 유례없는 일임을 강조하고 싶다.

다문화 구비문학대계는 20권의 자료집과 1권의 연구서로 구성되어 있다. 자료집 구성은 다음과 같다.

1~2권 : 캄보디아 설화 (64편)
3권 : 태국·미얀마 설화 (53편)
4~5권 : 베트남 설화 (114편)
6권 : 필리핀·인도네시아·대만·홍콩 설화 (72편)
7~9권 : 중국 설화 (186편)
10권 : 몽골 설화 (92편)
11~12권 : 일본 설화 (149편)
13권 : 인도·네팔 설화 (78편)
14권 : 카자흐스탄 설화 (61편)
15권 : 러시아·중앙아시아 설화 (55편)
16권 : 유럽·중동·중남미 설화 (57편)
17권 : 세계의 문화와 풍속 이야기 (93편)
18권 : 세계의 속신·금기와 속담 (160편)
19권 : 세계의 신과 요괴 전승 (91편)
20권 : 한국 이주 내력 및 생활담 (39편)

1~16권까지 각국 설화를 나라별로 정리해 실었고, 17~20권에는 세계 여러 나라 문화 이야기와 속담, 생애담 등의 구술담화를 모아서 수록했다. 15권의 '중앙아시아'에는 우즈베키스탄, 키르기스스탄, 타지키스탄이 포함되며, 16권에는 에스토니아, 스웨덴, 터키, 아제르바이잔, 사우디아라비아, 도미니카공화국, 칠레, 브라질, 파라과이 등 9개국 자료가 실려 있다. 다 합치면, 설화가 수록된 나라는 총 27개국에 이른다. 중국편 자료가 가장 많은데, 한족과 조선족 자료를 포괄한 것이다. 7권에 한족 제보자의 구술자료를, 8~9권에 한국계 중국인 제보자 구술자료를 수록했다. 설화는 각 나라마다 앞쪽에 신화와 전설에 해당하는 것들을 싣고 뒤쪽에 민담을 실었다. 같은 유형의 자료를 한데 모으고 서로 내용이 통하는 자료를 이어서 배치함으로써 효과적으로 내용을 견줘볼 수 있게 했다.

27개국 총 1,364편에 해당하는 설화 자료 가운데는 한국에 처음 소개되는 것들이 매우 많다. 1, 2권에 해당하는 캄보디아 설화는 대부분 길고 흥미로운 것들인데, 모두가 한국어로 처음 출판되는 것들이다. 필리핀과 몽골, 인도, 카자흐스탄 등의 수많은 이야기들도 대부분 새로운 것들로 구성돼 있다. 베트남과 중국, 일본 설화 가운데는 한국에 알려진 유명한 이야기들도 포함돼 있지만, 새롭게 소개되는 것들도 많다. 각국의 대표 설화, 예컨대 베트남 설화 〈의붓자매 떰과 깜〉이나 일본 설화 〈복숭아 동자 모모타로〉 같은 경우는 제보자마다 이야기를 구술해서 최대 7~8편에 이르는 각편을 수록했는데, 세부 내용상 크고 작은 차이가 있다. 각편(各篇)마다 미묘한 차이가 있는 것은 구비설화의 본래적 특징으로, 이는 중요한 연구대상이 된다. 각국 주요 설화의 구술자료 각편들을 생생한 구어로 풍부하게 갖춘 것은 해당 국가에도 없던 일로서, 본 자료집의 가치를 더욱 높여주는 요소가 된다.

구비문학에 낯선 독자들로서는 구술을 녹취한 본문이 처음에 다소 어색하게 여겨질 수도 있을 것이다. 하지만 찬찬히 읽어나가다 보면 구술 담화의 맛과 가치를 생생히 느끼게 되리라고 믿는다. 구술자의 다양한 목소리가 귀에 쟁쟁 울려오는 듯한 경험을 할 것이다. 이주민 구술자들에 대하여, 이들은 오롯한 문화적·문학적 주체이자 구비문학 아티스트라고 말하고 싶다. 설화를 전공하는 한국인 연구자들에게 한국어 구술로 큰 감동과 깨우침을 안겼으니 특별한 아티스트가 아닐 수 없다. 현지조사 과정에서도 틈나는 대로 부탁했거니와, 이들이 앞으로도 적극적인 설화 구술로 21세기 한국어문화의 한 주역이 되어 주기를 기대한다.

본 자료집은 구비문학 연구와 언어문화 연구, 다문화 한국사회 연구를 위한 기초 자료로 널리 활용될 수 있다. 학술연구 외에 문화콘텐츠와 교육용으로도 본 자료집은 큰 의의를 지닌다. 작가와 기획자들에게 새롭고 특별한 소재를 제공할 것이며, 각급 학교와 평생교육 기관 등에서 다문화 교육자료 등으로 활용될 것이다. 아울러 본 자료는 일반 독자들에게도 재미있고 소중한 문학적·문화적 경험을 전해줄 것이다. 한국인 독자들은 외국의 문학과 문화에 대한 이해를 넓히는 한편으로 이주민들에 대한 인식을 일신할 것이며, 이주민과 다문화가정 구성원들은 문화적 정체성과 자부심을 내면화할 것이다. 아무쪼록 이 책이 한국사회 구성원들이 열린 마음으로 서로를 이해하는 가운데 상생적 화합과 발전을 이루어나가는 데 기여하기를 바라는 마음이다.

3년간의 현지조사와 정리 작업은 한국학중앙연구원 한국학 토대연구 지원 사업에 힘입어 진행되었다. 꼭 필요한 지원이 이루어져서 좋은 자료들을 널리 수집할 수 있게 된 데 대해 감사의 뜻을 밝힌다. 자료의 출판은 연구지원과 별개로 이루어진 것으로, 출판사의 후의와 결단에 의해 이루어졌다. 자료집의 가치를 이해하고 기꺼이 출판을 맡아준 북코리아 이찬규 사장님과 편집부 김수진 과장님께 깊은 감사 인사를 드린다.

이 자료집이 나올 수 있었던 것은 현지조사와 자료정리의 실무를 맡아 수고한 전임연구원과 연구보조원들이 있었기 때문이다. 팀장을 맡아서 일련의 길고 힘든 작업을 훌륭히 감당해준 박현숙, 김정은, 오정미, 조홍윤 박사와 이원영, 황승업, 김자혜, 김현희, 한상효, 김민수, 이승민, 엄희수, 강새미 등 여러 연구원의 노고에 감사와 사랑의 마음을 전한다. 공동연구원으로서 현지조사와 연구작업을 적극 뒷받침해준 김영순, 황혜진 선생님께도 깊이 감사드린다.

이 책은 기꺼이 이야기를 들려준 여러 제보자들에 의해 이루어진 것이다. 낯선 조사자들을 반갑게 맞이하고 바쁜 시간을 쪼개어 열성껏 이야기를 풀어내 주신 130여 명 제보자들께 머리 숙여 인사드린다. 본 자료집이 특별하고 귀중한 문화유산으로 자리 잡아 오래도록 널리 활용됨으로써 제보자들의 열정과 노고가 빛을 발할 수 있기를 바라 마지않는다. 모두들 행복하게 씩씩하게 잘 지내면서 한국사회의 실질적 주역 구실을 해주시기를 기원하며, 다시 만나 많은 이야기들을 즐겁게 나눌 수 있기를 기대한다.

2022년 5월
저자를 대표하여
신동흔

목차

인도네시아

일러두기

1. 본 자료집은 한국에 와 있는 세계 여러 나라 이주민이 한국어로 들려준 설화와 생애담, 문화 이야기 등을 화자가 구술한 대로 녹취하여 정리한 것이다. 현지조사는 구비문학 전공자들이 만 3년에 걸쳐서 진행했으며, 구비문학 조사 및 정리 방법에 따라 자료를 수집 정리했다. 27개국에서 온 130명 이상의 제보자를 직접 만나서 구술 자료를 녹음했다. 제보자의 주축은 결혼이주민이며, 유학생과 이주노동자도 포함돼 있다.

2. 자료집은 총 20권으로 구성되어 있으며, 총 1,364편의 구술 이야기 자료가 수록되어 있다. 1~16권에는 각 나라별로 신화와 전설, 민담 등 설화자료를 실었고, 17~20권에는 여러 나라 문화 이야기와 속신·속담, 신과 요괴 전승, 생애담 등을 종합해서 실었다. 별권으로 연구서 『다문화 이주민 구술설화 연구』를 갖추어 조사사업의 성격과 의의를 밝히고, 자료 총목록을 제시했다.

3. 모든 자료마다 조사일시와 장소, 제보자와 조사자 등 기본 구연정보를 제시하고, 이야기 줄거리(또는 개요)를 제시하여 이해의 편의를 도왔다. 그리고 모든 설화와 생애담 자료에 '구연상황'을 제시하여, 해당 이야기가 어떤 맥락에서 구술되었는지 알 수 있게 했다. 설화집에 해당하는 1~16권 말미에는 나라별 제보자에 대한 정보가 제시되어 있다. 제보자 인적사항과 특성은 조사 당시를 기준으로 삼은 것으로, 추후에 변동되었을 수도 있다.

4. 이야기 본문은 녹음된 내용을 그대로 받아 적었으며, 현장 상황을 생생히 전하기 위해 조사자와 청중의 반응 부분을 함께 담았다. 한국어 어법에 맞지 않는 구술도 그대로 반영하여 전사했으며, 오해의 소지가 큰 경우 괄호 속에 표준어 표기를 제시했다. 내용 이해를 위해 필요한 경우에는 각주를 달아서 보충 설명을 했다.

5. 이야기 본문에서 제보자의 구술 외에 조사자와 청자의 반응은 [ ] 속에 넣어서 정리했으며, 기타 보충설명은 ( ) 안에 제시했다. 여러 조사자가 발언한 경우 '조사자 1', '조사자 2' 등으로 표시했는데, 번호는 구연정보의 조사자 순서에 준한다. 본문은 이야기 전개 흐름에 따라 문단을 나누었으며, 대화에 해당하는 부분은 행을 바꾸어 표현했다. 대화에 부수되는 언술은 행을 달리하되, '고'나 '구'는 구어체 특성을 살려 대화문 뒤에 붙였다. 2인 이상의 제보자가 공동으로 구술한 자료는 각 제보자와 조사자의 발화를 단위로 삼아 단락을 나누는 방식으로 편집했다.

6. 본 자료집에 자료를 수록한 모든 제보자들에게는 사전에 자료공개 동의를 받았다. 다만, 생애담 등의 구술에서 사적 정보가 노출될 수 있는 부분은 내용을 일부 삭제하거나 **로 표시하기도 했다. 조사장소도 개인정보 보호를 위해 번지수와 같은 세부정보를 삭제했다.

필리핀

육지가 생겨나고 인간 남녀가 탄생한 내력

● 구연정보

조사일시 : 2019. 07. 27(토) 오후
조사장소 : 제주시 삼양1동
제 보 자 : 마리사콘데(오혜진) [필리핀, 여, 1984년생, 결혼이주 11년차]
조 사 자 : 신동흔, 황혜진, 박현숙, 이원영, 한상효, 이승민, 강새미

● 구연상황

제보자가 필리핀의 동식물에 대한 이야기 구연을 마쳤을 때 조사자가 최초의 남녀 말라카스와 마간다 이야기를 아는지 묻자 제보자가 안다면서 구연을 시작했다. 조사자들의 지인 2명이 청자로 함께 했다.

● 줄거리

옛날에 세상에 하늘과 바다만 있었을 때 새들은 앉아 쉴 곳이 없어 힘들어했다. 그래서 하늘과 바다를 싸우게 만들어서 하늘에 있던 돌을 바다에 던지게 만들었다. 그렇게 던져진 돌이 육지가 되었고, 육지에서는 곧 식물이 자라게 되었다. 육지에서 휴식을 취하던 새가 도와달라는 소리를 듣고 대나무를 부리로 깨어 보니 남자와 여자가 그 안에서 나왔다. 남자는 말라카스, 여자는 마간다라고 이름을 붙였다. 필리핀어로 말라카스는 강하다는 뜻이고 마간다는 예쁘다는 뜻이다.

[조사자 4: 아니면 말라카스와 마간다 이야기 들어보셨어요?] 네 압니다. [조사자 4: 그거 한번 해주세요. 사람은 어떻게 생겨났는지] 네, 대나무에서 생겨났다는 사람들이.

그 옛날에, 아주 먼 옛날에 하늘하고 바다만 있었다고 했어요. 하늘하고 바다하고 새는 그냥 이제 새들은 그냥 날아가기만 하는데, 땅이 없으니까 쉴 곳이 없었어요, 쉴 곳이 없으니까 새는 생각했어

요. 바다하고 하늘을 좀 싸우게 해야겠다고 좀 그런 생각을 가졌어요. 그냥 날아가기만 하면 되게 피곤하다고 해서 좀 싸우게 했어요.

그 생각을 했고 이제 또 바다, 새들은 바다 막 괴롭혔어요. 막 들어갔다가 막 해서 바다를 괴롭혔어요. 바다가 화났어요. 파도 해서 막 엄청 크게 만들어서 막 하늘까지 뭐지, 갔어요. 물을 또 이제 하늘은 이제 젖어버렸으니까 너무 싫어서 화났어요.

그래서 이제 하늘도 화났어요. 그래서 이제 바다가 그런 짓을 하니까. [조사자 2: 복수?] 복수. 네, 바다는 왜 그런 짓을 했는지,

"나한테 왜 그랬어요?"

막 해서. 복수 해야겠다고 해서 막 하늘에 있는 돌들을 바다한테 막 던졌어요. 던지니까 새들은 너무 좋았던 거예요. 그래서 이제 쉴 곳이 생겼으니까 해서 너무 좋아했어요.

그래서 세월 지나가고 돌들은 땅으로 되잖아요. 그래서 나중에 그 땅이 되고 이제 새들은 그냥 애기도 낳고 하니까 계속 새가 이제 새는 이제 땅에서 왕이었어요. 이제 뭐 들르라 하니까 쉴 곳이 있으니까. 어떤 데서 가봤는데 거기서 대나무가 있었던 거예요. 대나무 그 땅이 생겼으니까. 식물들도 자라고 하니까. 나무들도 하니까 이제 대나무도 있었어요. 그 새가 대나무 가까이에서 쉬고 있을 때 막 대나무에 똑똑똑 하는 소리가 들렸어요.

그래서 다시 하니까, 또 가까이 가니깐,

"도와주세요. 절 풀어 주세요."

하는 소리가 들렸어요.

그래서 그거 막 뿌리라고 해야 하나? 부리, 새 부리로 대나무를 톡톡톡 하니까 막 깨지고 하니까. 거기 남자가 나온 거예요. 거기 남자 나오고,

"아 감사합니다. 저를 풀어주셔서 감사합니다. 저기 부인도 여기 갇혀 있어요. 부인도 도와주세요."

라고 하니까 거기 새가 톡톡톡 하니까, 거기서 대나무, 여자가 나온 거였어요. 그래서 거기 그래서 그 남자하고 여자가 생겼다고 합니다.

[조사자 3: 아이가 나온 거예요? 아니면 어른이 나온 거예요?] 네, 어른이 나온 거예요. 근데 이제 남자는 좀 나오고 이제 좀 무거운 거 들고 하니까 전부 강한 사람이라고 하니까 거기가 말라카스라고 했어요.

거기가 말라카스는 강하다라는 뜻이에요. 여자는 얼굴이 이쁘다고 하니까. 거기는 마간다. [조사자 2: 마간다?] 마간다라고 하니까 거기가 이쁘다. 그러니까 강함이 하고 이쁜이. (웃음) [조사자 2: 남자와 여자.] 그런 얘기였어요.

필리핀 사람들의 유래

● **구연정보**

조사일시 : 2018. 05. 24(목) 오후
조사장소 : 경기도 화성시 진안동
제 보 자 : 멜로니 [필리핀, 여, 1985년생, 결혼이주 6년차]
조 사 자 : 김정은, 황승업

● **구연상황**

제보자가 〈파인애플이 된 아이〉를 구연한 뒤 필리핀을 대표하는 이야기라면서 이 설화를 들려주었다.

● **줄거리**

옛날 어떤 섬에 대나무가 있었다. 큰 새가 큰 대나무에서 열어달라는 소리를 듣고서 부리로 열어주니까 대나무에서 남자와 여자가 나왔다. 새가 섬을 알려주자 남자와 여자는 이 새를 필리피네스라 하면서 따라갔다. 첫 번째 섬에서는 아이를 낳았는데 하얗게 나왔고 두 번째 섬에서는 아이는 까맣게 나왔다. 기후가 안 맞는 것 같아 세 번째 섬으로 이동하자 지금의 필리핀 사람들이 나왔다. 그 세 개의 섬은 루전(Luzon), 비사야스(Visayas), 민다나우(Mindanao)다.

옛날에 필리핀, 그 필리핀 섬이잖아요. 사람이 없대요. 예.

그래서 어느 날 어떤 섬인지 모르겠지만, 거기에서 대나무 있잖아요. 큰 대나무에서. 그 큰 대나무에서, 큰 대나무는 있는데 뭐 어떤 새가 와서 배고팠어. 네, 배고팠는데 먹는 거. 먹는 거를 찾고 있어요. 그래서 갑자기 소리가 들었어요.

"문 좀 열어줘."

거기 대나무에서. 그래서 그 새가 왜 거기가 소리가 나왔어요. 그러니 궁금해요.

“문 좀 열어줘.”

‘똑똑’ 소리 하고,

“문 좀 열어주세요.”

그렇게 하더라고. 그래서 또 다시

‘웬 소리, 소리가 어디 나왔을까?’

그 찾아다가 아, 대나무 안에 있어요.

“어, 누구 있어요?”

그러면 또다시,

“어, 문 좀 열어주세요.”

그러잖아요. 이거 새가 어떻게 여는지 모르잖아요. 그래서 그냥 그 이거, 부리로 그거 ‘똑똑’해서 딱 한 번 열었잖아요, 그 대나무가. 거기 안에 남자하고 여자 있어요. 그래서 그 남자하고 여자하고 있는데, 그래서

“왜 거기 있는지 모르겠다.”

고 해서.

그래서 그러면 그 새가 맨날 어디 나가잖아요. 그 어떤 장소가 좋은 장소 그렇게 알아요. 그래서 그 둘, 그 남자하고 여자는,

“우리가 좋은 장소 보내면 좋겠다.”

그래서

“아, 그래. 이 장소는 좋아요.”

그래서 그 남자하고는, 그 큰 새예요. 큰 새인데. 그 내 머리 다 타고 이 장소로 갔대요. 그래서 거기 그 섬이, 이 섬이 좋아요. 왜 그러면 여기가 좋고, 살기도 좋고 편안히 살 수 있어요. 먹는 것도 많고. 그래서 거기는.

아 거기 가서 그 새가… 아 맞아요. 그 새가 (웃음) 거기 남자하고 여자 얘기해서 이 새는 ‘필리피네스’라고 해요. ‘필리피네스’, 이름이 ‘필리피네스’예요. 그러면서,

“거기, 여기서 살면 좋아요.”

그래서 그때부터 그 필리핀에서 사람이 생겼어요. 맨 처음에. 그런 이야기도 있고. [조사자: 아, 그 새 때문에 생긴 거예요?] 네. [조사자: 그럼 섬 이름도 다 새 이름으로 다 만들어진 거네요?] 네, 그렇게요.

(이후 일정을 확인하느라 잠시 구연이 중단됨.)

그래서 그때부터 거기서. 처음에는 또 애기 나왔어요. 그 애기가 나왔는데, 처음 애기는 아주 흰. [조사자: 아, 흰 애기가.] 예, 흰. 뭐 어떤 장소가 거기 했나 봐요. 그래서 흰이 그 애기가 그 피부가 흰 색, 흰 피부? 하얀 피부. 하얀 피부 나왔어요. 그래서

'왜 우리 애기는 이렇게 생길까?'

궁금했어요. 그래서 거기는 어, 거 산 쪽이었나 봐요. 거기는

'아, 이런 날씨 있구나.'

그래서

'좀 옮기자.'

그래서 또 다시 거기는 '루전Luzon' 있고, 그리고 '비사야스Visayas'에서 와서 거기서. 그 필리핀은 섬 세 개 있잖아요. [조사자: 네.] 거기 좀 그 또, 두 번째는 비사야스 가서 또 애기 하나 나왔어요. 나왔어요. 거기 나왔는데 애기가 또 피부가 달라요. [조사자: 거기도 달라요?] (일동 웃음) 그래서 피부가 또 달라요.

'어, 우리 애기는 왜 이렇게'

가, 감은? 까만 피부? 네.

'아, 여기 너무 덥구나. 그래 여기 살면 안 되겠다.'

그래서 또 다시 옮겼어요. 밑에 그거 나와서, 그쪽에서 나왔어요. 그래서 거기가 삶, 살면 또 좋나 봐요. 애기 또 셋째 나왔어요. 셋째 나왔는데, 거기는

'아! 피부가 좋구나.'

그렇게 하얗, [조사자: 하얗지도 않고.] 예, 하얗지도 않고, [조사자: 까맣지도 않고.] 까맣지도 않고.

'여기서 계속 살자.'

그렇게 했어요. (웃음)

[조사자: 그 섬은 이름은 뭐예요, 지금 살게 된 섬은?] 그 필리핀 큰

섬이요. [조사자: 아, 그게 필리핀 큰 섬이에요?] 네. 루전Luzon, 비사야스Visayas, 민다나우Mindanao. 그 첫째 이름은 루전. 그리고 둘째 이름은 비사야스. 셋째는 민다나우. [조사자: 민다나, 야?] 아우, 민다나우. [조사자: 아, 민다나우.] 예.

[조사자: 그래갖고 '민다나우'가, 이게 다 섬 이름인 거예요?] 네, 그 이름. 예, 그 큰 섬 이름이 그거예요. 그 나중에는 그 큰 섬 이름. [조사자: 그게 섬 이름이 결국엔 됐다는 얘기군요?] 그렇게 생겼어요. (웃음)

필리핀인이 초콜릿 피부색과 납작한 코를 가진 이유

● **구연정보**

조사일시 : 2019. 07. 27(토) 오후

조사장소 : 제주시 삼양1동

제 보 자 : 마리사콘데(오혜진) [필리핀, 여, 1984년생, 결혼이주 11년차]

조 사 자 : 신동흔, 황혜진, 박현숙, 이원영, 한상효, 이승민, 강새미

● **구연상황**

제보자가 〈육지가 생겨나고 인간 남녀가 탄생한 내력〉 구연을 마쳤을 때 조사자들이 이런저런 유래담에 대해 물었다. 제보자는 필리핀인들이 왜 피부가 초콜릿색이고 코가 납작한지에 대해 어릴 때 책에서 본 이야기가 기억난다며 이야기를 들려주었다. 조사자들의 지인 2명이 청자로 함께 했다.

● **줄거리**

옛날에 예수님이 사람을 만들 때 흙으로 사람 모양으로 빚고 불에 구워서 사람을 만들었는데, 처음은 덜 구워서 백인이 만들어졌고, 두 번째는 굽다가 잠드는 바람에 너무 많이 구워져서 흑인이 만들어졌다. 예수님이 남은 흙으로 적당히 구워서 초콜릿색 피부의 사람을 만들었는데 흙이 부족해서 키도 작고 코도 작은 사람이 되었다. 그렇게 만들어진 사람들이 필리핀 사람이라고 한다.

[조사자: 혹시 뭐 또 필리핀 이야기에서 그 원래 살던 고향의 전설 같은 거 지역에 있는 관한 그런 어떤 다른 이야기가 또] 다른 이야기 제가 생각나는 것은 뭐 필리핀 피부는 왜 초콜렛일까? 코는 납작한 걸까? 필리핀 아시다시피 다 카톨릭, 천주교 80퍼센트는 천주교다 보니까 이런 얘기 어렸을 때 책에서 봤어요. 그러니까 필리핀은 왜 초콜렛 색

깔. 이런 얘기 있어요.

그러니까 아직 세상 아직, 그러니까 세상 아무것도 아직 없을 때, 사람 아직 없을 때, 예수님이 뭐 이것도 만들고 하니까 이제 사람도 만들 때 이런 이야긴데 사람 만들 때 처음에 만든 그 흙이 있어요. 흙이 있는데 처음 만들고 사람 모양으로 빚었어요. 사람 모양으로 빚었고.

사람 모양으로 만드니까 제일 먼저 한 것은 좀 뭐지? 구웠고, 그 흙을 막 사람 될 수 있게끔 구웠고, 이제 세상에서 꺼내보는 건데 처음에 만든 것은 좀 덜 예쁘게 만들고 하니까 더 굽다고 했어요. 굽다고 했으니까 좀 하얗고 하얀 사람이었어요. 거기는 덜 구웠으니까 거기는 백인 사람들이예요.

"아 이거 좀 덜 구웠는데?"

라고 예수님이 그랬어요.

그래서 다시 구워야 되겠어요. 다시 구웠더니 똑같은 사이즈로 사람 모양을 만들고 이제 구웠어요. 구우는 동안 더 구워야 되겠다. 전에처럼 더 구워야 되겠다 해서 굽는 동안 예수님 잠들어 버렸어요. 그래서 일어나 보니까. 구운 사람은 그 너무 타버린 거예요. 그래서 거기는 흑인. 그러니까, 그래도 이 사람은 만들었으니까. 세상에서 내보내야 되겠다. 그래서 세상에는 흑인 사람들이예요.

이제 세 번째. 세 번째 사람은. 이제 세 번째 다시 만들어야 되겠어. 하니까 근데 이제 흙은 전의 흙보다 좀 부족했어요. 그래서 전에 만든 거랑 좀 키가 작고 코도 좀 작게, 흙이 이제 부족하니까 코는 작게 하고 하니까,

"아, 이제 좀 잘 구워야 되겠다."

라고 생각을 해서 굽는 동안 계속 쳐다보고 잘 굽게 해서,

"아, 이제 되겠다."

라고 해서 그렇게 색깔은 너무 하얗지도 않고 너무 검지도 않고 해서,

"아, 이거 딱 맞겠다."

근데 흙이 부족해서

“코는 너무 작네, 키도 작네.”

라고 해서 그래도 만들었으니까 세상에서 내보냈어요.

그래서 거기는 필리핀 사람이라고 그 사람들은 필리핀 사람이라고 합니다. (일동 웃음)

하늘에 별과 초승달이 생겨난 유래

● 구연정보

조사일시 : 2017. 11. 08(수) 오후
조사장소 : 경기도 화성시 향남읍 행정리
제 보 자 : 룻파네스 [필리핀, 여, 1974년생, 결혼이주 24년차]
조 사 자 : 오정미, 한상효, 엄희수

● 구연상황

제보자가 〈파인애플이 된 아이〉를 들려준 뒤 자신이 준비해 온 노트에서 이 야기를 찾아보다가 이 설화를 찾아서 구술하기 시작했다.

● 줄거리

옛날에는 하늘이 매우 낮았다. 그때 인다이라 불린 여자아이가 있었는데, 16 살 때 조상에게 선물로 받은 목걸이와 빗을 지닌 채로 절구질을 했다. 절구질을 할 때마다 낮은 하늘이 점점 위로 올라갔고, 목걸이와 빗도 따라 올라갔다. 목걸이는 하늘로 올라가 별이 되고, 빗은 초승달이 되었다.

목걸이하고, 그 여자 예쁜 여자는 목걸이랑 하고 빗 갖고 있는 여자. [조사자 1: 목걸이와 빗을, 가지고 있는 여자.]

그 옛날에는 그렇게 하늘에 낮은, 낮은, 낮은데요, 사람들은 지나가면서 저기 만질 수도 있대요, 이렇게. [조사자 2: 낮아서.] 네. 낮아서 쉽게 만질 수 있대요.

근데 이 여자 이름은 인다이예요. 인다이. 그래 우리가, 필리핀에서는 우리는 이름이 안 불렀어요. 어렸을 때. 좋은 이름 말고. 이름이 아니고 거 우리 엄마 아빠가,

"애기야."

이렇게처럼 비슷한 거. 여자는 인다이. 니니. 남자는 로이, 토토. 이런 거. [조사자 1: 아 잠깐만, 여자 아이는 인다이 혹은 인니?] 니니. [조사자 1: 니니.] 니니, 니니 치키. 니니. [조사자 1: 남자는?] 도토. [조사자 1: 도토, 아니면?] 아니면 노노이. [조사자 1: 노노이.]

[조사자 1: 아 진짜 이름이 룻파네스여도 어렸을 적에는 룻파네스 이렇게 안 부르고 인다이 니니 이런 애칭을 불렀다는 거죠?] 그리고 우리는 아 나중에 커서도 다 그렇게 불러요. 옆집에도 다. 이름도 그냥 이름만 부르지 성까지 안 불러요. 한국처럼 모든 성, 성까지 다 부르는데 이름만 불러요. [조사자 1: 아 이름 부르지 않고.] 네.

[조사자 1: 이렇게 애칭을.] 그 닉네임이라거나 닉네임. 근데 거의 비슷해요. 많이 그쪽에는 여자면은 사랑하는 사랑스러운 이름. 안쪽에 아는 그냥 이렇게 닉네임, 거의 비슷해요. 다. 다 똑같이 불러요. 인다이, 니니, 토토, 니니, [조사자 1: 여자친구가 밖에서 헷갈리지 않겠는데. (웃음) 그렇구나. 새로운 또. 어.] [조사자 2: 처음 들어봐요.]

그래서 우리도 지금 엄, 동창들의 이렇게 부르면은 모 룻, 안 불르고 무잔 안 불르고. 우리가 그런 저기 있으니까. 나는 니니니까 우리 친구들도 '니니 룻' 이렇게. 제 이름까지 앞에서 붙여요. [조사자 2: 아, 니니 룻 이렇게.] [조사자 1: 아, 룻파네스 씨도 니니 룻 이렇게.] '토토, 토토 잔' 이렇게, '노노' 뭐 이렇게. 다 이렇게 해요. 우리는. 에 지금도 그렇게 불러요. [조사자 2: 아 뭔가 귀여워.] (웃음)

지금 동창도 그렇게 불러요. 고등학교 애들도 페이스북 하면은 다 그렇게 불르더라고, 지금도. 더 모치니까 좋아요. [조사자 2: 더 뭔가 친근한 느낌.] [조사자 1: 그렇지.] 부모님들도 지금도 그렇게 불러요. 이름 안 불러줘요. [조사자 1: 뭐라고 부르세요. 부모님들이.] 그 니니. 그리고 남동생은 토토. 그리고 자 셋째, 셋째는 인다이. 그리고 넷째 동생은 여자니까 얘는 깅깅. [조사자 1: 깅깅.] 깅깅. 그리고 또 막내는 아 지지. 자기 이름은 이제 앞에나 뒤에 글씨만. 그렇게. 아니면 다른 이름 만들어가지고, 좀 예쁜 걸로. 이런 걸로. 자기 이름은 또 따로 있지만 다른 것도 불러요. 집에서는 닉네임.

[조사자 1: 오케이, 그럼 인다이라는 아까 그 여자아이의 경우도 진짜

본명이라기보다는 그냥 이 여자아이.] 저 예, 여자아이 이름에 에, 애는 또 예쁜 여자예요. 예쁜 선녀예요. 그 자기가 이지. 자기 조상들이서 가보. 그 좋은 물건을 받아가지고 조상들 우리가 뭐 부자하는 사람들도 나중에 뭐 예쁜 빗이나 갖고 있잖아요. 마찬가지로 얘는 그렇게 받았어요. [조사자 1: 아, 목걸이와 빗을.] 목걸이와 빗. 네. 그렇게.

이거는 16살 생일 때. 16살 생일 때. 조상들은 줬던 선물이에요. 비싼 선물. 그러게 한국말로 가보? [조사자 1: 아, 맞아요.] 가보라고. 보물. 보물 가보. (웃음) 그리고 그 인다이는 목걸이랑하고 이 빗을 가장 좋아했던 물건들이에요. 가장 아끼는 물건, 소중한. 귀한 물건 있어요.

그 인다이는 그 음, 그 일하면서, 목걸이하고 거기는 계속, 쓰고 있었어요. [조사자 1: 목걸이를 계속.] 네. [조사자 1: 매고 빗도 이렇게 손에 쥐고 있고.] 같이 예, 같이 그냥 목걸이.

옛날에는 우리 할머니 보니까 머리를 다 길어요. 필리핀 여자들은 민디, 옛날엔 머리 길고 그리고 말아가지고 빗은 여기 탁 약간 예쁜 모양 빗이에요. 그럼에도 여기 놓으면 뒤에 이제 핀처럼. 네 그런 거. 할머니들 많이, 이게 옛날에 많이, 봤어요. [조사자 1: 아 네. 네. 네.] [조사자 2: 뭔지 알 것 같아요.]

이거 옛날에는 방앗간이 없고 우리가 이젠 그, 큰, 뭐라고 하는 거지. 큰 나무를 큰 나무 파 가지고, 그 나무에 그다음에 막대기 큰 거, '모따레'라고. 하는 거. [조사자 2: 절구 같은 거.] 절구? 근데 우리가 이거는 막자? [조사자 2: 막자?] 막자랑, 막자 사발? 이게 근데 지금은 조금만 거 있잖아요. [조사자 2: 아 네네. 있어요.] 옛날에는 큰 나무 아빠가 큰나무 저기 잘라서, 이만큼 해 가지고 가운데 파. [조사자 1: 파서.] 파서. [조사자 1: 곡식을 빻는 거죠.] 네, 곡식을 이렇게 딱 하는 거요. [조사자 1: 절구.] 절구, 아 예.

그리고 인다이도 그렇게, 하고 있었는데 인다이는 자기는 이거 절구를 어 그 하늘, 하늘 타는 거는 모를, 모르는 거예요. 그냥 계속. 계속 그. [조사자 1: 빻았어요.] 쌀, 예. 그 쌀을 파는데, 이제 나중에 점점, 대가 모르면서 이제, 점점 고프니까, 하늘이 이제 계속 올라가는 거예요. [조사자 1: 아 절구가.] 절구가 계속 이렇게 하면은 하늘이도 계속 올라. [조사자 1: 그러니까 이 방망이가 절구 방망이가.] [조사자 3: 하늘, 하늘이 이렇게 올라간다고.]

어 여기, 절구하면은 이렇게 딱 하잖아요. 이거. [조사자 2: 아 하늘 낮아서.] [조사자 1: 하늘이 하도 낮으니까 자꾸 절구를 찧을 때마다 하늘이 점점 높이 올라갔어요.] 네, 그렇게. [조사자 1: 아 재밌다.]

그렇게 하면서 이젠, 인다이의 목걸이가. 목걸이하고 빗도 이제 따라갔어요. 이게, 일하면서. [조사자 1: 아 네.] 다 막 애기. 자기 목걸이를 다 하나하나씩 하면서 일하면서 이제 다 떨어져 있고, 저기 하늘에서 딱, 따라갔대요. 빗도, 빗하고. 그리고 그 구슬도. 자기 목걸이에 있는 구슬들은 이제 나중에 별, 별 되고, 빗은 인제 반달 모양의 달. 그렇게 돼요.

[조사자 1: 재밌다. 어.] [조사자 2: 달하고 별이 어떻게 생겼는지 그거를 알 수 있는 이야기네요.] [조사자 1: 창세신화! 재밌다.]

해가 달을 따라다니는 이유 [1]

● 구연정보

조사일시 : 2016. 12. 21(수) 오후
조사장소 : 경기도 화성시 향남읍 행정리
제 보 자 : 룻파네스 [필리핀, 여, 1974년생, 결혼이주 23년차]
조 사 자 : 오정미, 이원영, 이승민

● 구연상황

제보자가 〈무지개가 생겨난 유래〉 구연을 마쳤을 때, 조사팀이 제보자가 이야기 목록과 내용을 정성껏 적어서 준비해온 것을 보며 고맙다고 인사하자, 제보자는 괜찮다고 하면서 다음 순서로 이 이야기를 구연했다.

● 줄거리

해와 달이 결혼하여 자식을 낳고 살았다. 아내인 달이 먹을거리를 찾으러 숲으로 가면서 남편인 해에게 아이들을 돌봐달라고 했다. 아내는 남편인 해에게 당신은 너무 뜨거워서 아이들이 다 탈 수 있으니 가까이 가지 말고 멀리서만 지켜보라고 당부했다. 그런데 해가 그 말을 잊고서 아이들을 안고 뽀뽀하자 아이들이 다 녹아버렸다. 놀란 해는 숲속에 가서 숨어버렸다. 돌아온 달은 자기 말을 안 들은 남편 때문에 자식이 녹아버린 것을 알고는 가져온 야채를 던지며 싸웠다. 결국 달은 해를 떠났고, 녹아버린 자식들은 별이 되었다. 해는 달과 다시 합치려고 계속 쫓아다니고 있는데, 지금까지 달은 해와 합치지 않았다.

근데 또 여기가 전설이겠는데? 왜, 왜 저기 해, 해가. 해가 달 다라가는(따라가는) 건지. [조사자 1: 아 달을 따라가는지.] 예. [조사자 1: 팔로잉Following 하는지?] 예, 예. 따라가나 이렇게? (오른손을 들어 반원을 그리며) 따라가고 있죠? [조사자 1: 따라가죠. 따라가잖아. 따라간

다고도 볼 수 있지.] [조사자 2: 지면 또 뜨고 한다는 거 아니에요?] 네, 따라가고 있잖아요.

저기 해랑 하고 달이 결혼했었거든요. 예, 결혼했는데. 그래서 같이, 하늘을 같이, 같이 나누고 살고 있어요. 둘이는. 같이 살고 있는데. 네, 어느 날 달이 숲 가서 야채랑 이런 거 먹을 거 모은, 모은다고. 모으고 가족 위해서 이게 숲, 숲속, 숲속 가서, 응 가서 가는데. 근데 그래서 자기 남편 그 해, 해한테 해한테 부탁했어요.

"우리 아이들 좀 봐주라."고.

"자기가 보라."

고 하거든요.

근데 나중에 음, 그리고 그 달은, 인자 와이프는 저기 달이잖아요. 달. 그 달은 그래서 또 남편한테 이렇게 얘기했어요.

"그러나 애들한테 너무 가깝게 하지 마."

이렇게 말했어요.

"멀리 보고 오라."고.

"멀리 봐야 된다."고.

애들한테. 가까우면 안 돼요. 왜! 재네들은 이거 너무 뜨거워서 다 탈 수도 있으니까.

"멀리만 보라."고.

남편한테 이렇게 얘기했어요.

그래서 그 해가 그 남편이 애들한테 그냥 멀리 보고 멀리 도와주는 건데. 근데 아빠니까 응, 애들을 이제 뭐 안아주고 싶고 뽀뽀도 하고 싶었어요. 그래서 그거 깜빡 잠깐, 깜빡 그 와이프 얘기해놓은 거 깜빡해가지고 애들 앞에서 가깝게 해서 가지고 뽀뽀를 해주는데. 그 자기 와이프 저기 하는 건 하지 말라고 하는 건데 까먹었어요. 거기서 애들한테 딱 저기 했는데 갑자기 애들이 녹았어요. 너무 뜨거워가지고.

그래서 그 해는 숲속에 가서 숨었어요. 와이프 못 보게. 못 찾게.

그 와이프 달은, 와서 이제

"아 우리 애들 어디 있냐?"고.

안 보여요. 그래서 막 자기 막 싸우, 싸우면서 나중에 그 해를 자기 모습 저기 달한테 보여줬어요. 그리고 둘이선 싸워요. 싸워, 이제는. 왜 아, 그 자기 야채, 갖고 온 야채들은 다 해한테 막 다 던지고 막 그렇게 하고.

"왜 내 말을 안 들었냐?"고.

막 그렇게 했는 거. 그리고 달은 도났어요(떠났어요). 그냥 자기 남편은 버리고 달은 이제 가버렸어요.

그래서 어는, 어느 그 어떤 밤. 이게 깨끗한 밤? 클리어clear. [조사자 1: 맑은.] 어떤 맑은 밤. 맑은 밤에 달이 나타날 때는 그거 보면은 무슨, 무슨 어, 야채 자국이나 이런 거. 봐야 되겠어. 야채 자국 이런 거 한번 보세요. 자국, 자국 막 저기 해놓은 거. [조사자 1: 맑은 밤에 달을 보면 야채 자국이 있다?] 예. 한번 보세요. 그런 거는. 응? 자, 이렇게 얼굴에.

그리고 그 아이들은 별, 별들을 변했어요. 그 녹은, 녹았던 아이들은 별들이 돼버렸고.

그런데 그 남편은 계속 자기 와이프한테 아내한테 계속 쫓아다니는 거죠. 다시, 다시 같이 합치려고. 같이 저기 하려고 하는 건데, 그래서 계속 쫓아오는 거예요. 예, 지금까지. 안 합쳤죠.

[조사자 1: 그러나 지금까지 안 합쳐졌다. 이게 굉장히 리얼한 그 교훈을 주는데요!] 그렇네요. (웃음)

해가 달을 따라다니는 이유 [2]

● **구연정보**

조사일시 : 2018. 05. 24(목) 오후

조사장소 : 경기도 화성시 진안동

제 보 자 : 멜로니 [필리핀, 여, 1985년생, 결혼이주 6년차]

조 사 자 : 김정은, 황승업

● **구연상황**

제보자가 〈필리핀 사람들의 유래〉를 구연한 뒤 이어서 해와 달에 얽힌 이야기를 들려주었다.

● **줄거리**

옛날에 해와 달이 부부로 살면서 아이를 많이 낳았다. 달은 남편인 해에게 당신은 너무 뜨거우니까 아이를 안으면 안 된다고 했다. 아이들을 안아줄 수 없어서 서운해하던 해는 어느 날 달이 강에 빨래를 간 사이에 아이들을 안아주었다. 그러자 아이들은 죽고 말았다. 해가 슬퍼했지만 소용없었다. 해가 아이들을 안아준 것을 알게 된 달은 그 후로 아이들을 데리고 해를 피해 도망 다니게 되었고, 해는 달을 찾아다니게 되었다.

처음에는 해하고 달이 부부예요. [조사자: 아, 네. 부부였어요.] 부부라고 해요. 예, 부부였어요.

그래서 애들이 너무 많이 생겨서 (웃으며) 달이, 달은 애기 낳잖아요. 계속 애기 낳잖아요. 그런데 어, 햇이(해가) 너무 좋아하는데, 애기가 못 안아줬어요. 안아주면은 안 되잖아요. 왜냐면은 햇이(해가) 그 뜨거. [조사자: 뜨거워서.] 뜨거워서, 안아주면 애기가 죽어버려요.

그래서 달, 달이 항상 햇빛보고,

“조심하라.”고.

“애기는 절대 안아주면 안 돼요!”

그렇게 말했어요.

그래서 어느 날에 달이 뭐 강에서 무슨 발라, 발래(빨래). 발래 갈려고 했는데,

“우리 애들 좀 봐줘라.”

그렇게 했어요. 그래서 애기, 애들은 다 놀고 있는데, 재밌게 놀고 있는데, 어 햇이(해가) 너무 좋아해서

‘한 번 안아줄까.’

해서 애들은, 조그만 애들은 안아줬는데, 그때 생각났어요. 죽었어요, 애들이. 안아주면 안 되는데.

그래서 그것 때문에 너무 섭섭하고, 너무 슬펐잖아요. 또 한 시간 있다, 좀 있다 달이 다시 들어왔잖아요, 집에서.

“왜 우리, 왜 얼굴이, 왜 표정이 이렇게 너무 슬퍼 보여? 또 우리 작은 애들이 어디 있을까?”

찾았는데 없더라고. 그래서 그때는,

“야! 너 애들을 안아줬지?”

그렇게 말했어요. 그래서 그냥 말이 없는데, 달이 다 알잖아요.

“니가 안아줬구만. 그러면 우리는 같이 살면 안 되겠다.”

그런데 햇이(해가) 싫어요. 왜냐면 한 가족이니까. 그래서 날에 그냥 그 달, 아 햇이(해가) 자고 있는 동안 달이 애들 데리고 도망갔어요. 도망가서 숨고 있었어, 어디 있는지.

그래 햇이(해가) 일어나서

‘우리 가족 어디 있을까? 우리 와이프하고 우리 아이들 어디 있을까?’

그렇게 하잖아요. 그래 찾고 있는데 아침 나와서 달이 없잖아요. (웃음) 저녁에 달이 나왔고. 그 애들은 그 별. 그 별 나왔고. 햇빛이 없잖아요. 그렇게 해요. (웃음) 그래서 계속 그렇게 하면은 아직, 아직 그거 애들하고 와이프를 찾고 있더라고. [조사자: 해는.] 예, 예.

[조사자: 아우, 해 불쌍하다.] 네, 그런 이야기예요.

무지개가 생겨난 유래

● 구연정보

조사일시 : 2016. 12. 21(수) 오후
조사장소 : 경기도 화성시 향남읍 행정리
제 보 자 : 룻파네스 [필리핀, 여, 1974년생, 결혼이주 23년차]
조 사 자 : 오정미, 이원영, 이승민

● 구연상황

제보자가 〈신경초 마까히야 유래〉를 구연한 뒤, 자신이 준비해 온 이야기는 거의 다 전설이라고 하였다. 제보자는 한국 드라마도 즐겨보는 듯 유행 중인 드라마와 인기 배우들에 대해 이야기하며 웃음을 짓기도 했다. 그러다가 준비해온 다음 순서의 이야기 구술을 시작했다.

● 줄거리

한 농부가 집 공사를 하는데 벽이 세워지지 않고 계속 쓰러졌다. 하루는 밤을 새워 지켜보고 있으려니까 갑자기 반짝반짝하는 세 요정이 나타났다. 남자가 나타나자 두 요정이 도망갔으나 농부가 날개를 숨겨둔 한 요정은 날아가지 못해 남게 되었다. 남자와 결혼해서 아들을 낳고 살던 요정은 남편이 숨겨둔 날개를 찾고는 아들을 데리고 하늘로 올라가버렸다. 신들은 외로이 남은 남자를 불쌍히 여겨서 무지개를 만들어 주었다. 남편은 무지개가 뜨면 아내와 아들을 만나러 하늘을 방문한다.

음, 필리핀에 그 이런 전설도 있어요. 그거 첫 번째 무지개. [조사자 1: 무지개?] 무지개 왜, 왜 만들었는지. 어떻게 생기는 건지.

한 농부가 이거 짜이거, 뭐라고 해, 벼, 벽을 만들고 있어요. 벽, 막 이게 무슨 뭐 공사, 뭐 만들어 놓은 건데, 벽을 만들고 있어요. 근데 그 벽을 이게 계속 떨어지는 거예요. 이렇게 안 세우고 계속 떨어지고 있는데.

근데 한 그래서 그 농부가 계속 기다리고서 있었어요. 밤에. 밤이 되면 기다렸는데. 이만, 갑자기 거 세 명 예쁜 여자가 나타났어요. 거 세 명 예쁜 여자가. [조사자 1: 요정?] 네, 요정 비슷한 거? [조사자 1: 그냥 평범한 여자는 아닌 거죠?] 그냥 메이드니까, 예 약간 좀 요정 같은. 여자들은. 근데 그래서 그, 세 명 그 반짝반짝하는, 게 요정이죠. 반짝반짝하는 요정들.

근데 두 명은 도망갔고 한 명만 남았어요. 한 명은 못 갔어요. 왜냐면 그 한 명 날개가 농부가 그걸 숨켜놨어요. 그래서 날라갈 수가 없어요. 한, 한 명 요정은. 그 한 명 남았고, 날개가 없어서. [조사자 1: 날개가 없어서? 왜 날개가 없어요?] 농부가 숨겨서. [조사자 1: 아, 오케오케이.]

아고 생각난다. 한국 얘기 비슷한 거. (웃음) [조사자 1: 아 좋아요, 원래 그런 거예요.] 예, 그 자기가 요정 하나 응, 그 날개가 없어지고 그래서 농부랑 둘이 같이 결혼했어요. 비슷한 거 있네. (웃음) 예, 어, 재밌다.

어느 날, 그 요정이 자기 날개 찾았어요. 찾았는데, 어디서 그 집 옆에 남편이 인제 그거 숨겨있는 거 찾았어요. 에 그거는 다시 날개를 입고, 입고. 그리고 자기 아들에. 게 아들이 있어요. 아들이 있는데, 자기 아들이랑 인제 거기 날려면서(날면서) 같이 데려가서 올라갔어요. 하늘에.

근데 거기 올라갔는데, 아 신들은, 신들은 너무 남편이 너무 외로워하다고 그래서 불쌍하게 보여졌어요. 그래서 거기 그 신들은 이제 무지개를 만들었어요. 무지개. 그래야지 그 남편, 그냥 일반 사람인 남, 그 남편이 거기 하늘에 올라갈 수 있게. 그리고 방문할 수 있게. 와이프한테 아들이랑 방문할 수 있게 그렇게 만들어나 줬어요. 그래서 무지개를 생긴 거예요.

그래서 항상 무지개 나타나면은,

"아 이 농부가 이제 자기 와이프하고, 아들을 만나 보러 간다."고.

그렇게 생각하시면 돼요. 이 인제 무지개마다 한번 봐야 되겠어

요. 그건. (웃음)

[조사자 1: 착한 신들이다.] 아, 신들은 착하죠. [조사자 1: 이 무지개 이야기도 필리핀 분들은 대부분 다 아세요? 아니면은.] 잘 아는 사람도 있고 잘 모르는 사람도 있어요. [조사자 1: 아까 요, 이 아까 마끼.] 마까히야는 제일. [조사자 1: 이건 정말 유명한 거고.] 네, 유명한 거고. 이것도, 이것도 무지개도 유명했을 거예요.

바다가 짠 맛이 나는 이유

● **구연정보**

조사일시 : 2016. 12. 21(수) 오후
조사장소 : 경기도 화성시 향남읍 행정리
제 보 자 : 룻파네스 [필리핀, 여, 1974년생, 결혼이주 23년차]
조 사 자 : 오정미, 이원영, 이승민

● **구연상황**

제보자는 〈해가 달을 따라다니는 이유〉 구연을 마친 뒤 설화 내용에 대해 조사자들과 대화를 나누었다. 그런 다음 준비해온 다른 이야기 구연을 시작했다.

● **줄거리**

옛날에는 바닷물도 민물이라 짜지 않았다. 한 섬의 주민들은 배를 타고 바다를 건너 동굴 안에 사는 착한 거인에게 가서 소금을 받아 와서 먹고 살았다. 그러던 중 소금이 바닥났는데 심한 풍랑으로 배를 띄울 수 없어 마을 사람들이 고민에 빠졌다. 이때 한 아이가 거인의 큰 다리를 섬으로 연결해서 건너다닐 수 있는 다리가 되게 해달라고 요청해보자고 했다. 이에 마을사람들이 거인에게 그렇게 부탁했고, 착한 거인은 자기 다리를 마을 건너편 언덕에 걸쳐 다리로 만들어주었다. 사람들이 소금 자루를 지고 거인의 다리를 다닐 때, 언덕의 개미들이 거인 다리를 물어뜯기 시작했다. 고통을 참지 못한 거인이 다리를 들어 빼버리는 바람에 건너던 사람들이 물에 빠지게 되었다. 거인은 떨어지는 사람들을 구해냈지만, 소금 자루는 구하지 못했다. 이때 가라앉은 소금 때문에 바닷물이 짠물이 되었다.

그 바다가 왜, 왜. 왜 짜는, 짠지. [조사자 1: 아, 바다가 왜 차가운지?] [조사자 2: 짠지.] [조사자 1: 아 짠지?] 예, 짜. [조사자 1: 쏠티salty?] 쏠티. [조사자 1: 짠맛이 나는지?] 네. 한국 얘기는 그런 거 있어요? [조

사자 2: 예, 있어요. 한국도.] [조사자 1: 듣고 싶어요.] 똑같은 건가? [조사자 1: 똑같아도 돼요.]

옛날 옛날에는 바다 그냥 똑같애. 그냥 민물처럼 맛은 없어요. 맛은 없는데 이거 막 그냥 맛은 없어요. 그냥 똑같애. 그냥 일반 물이랑.

근데 거기 한 섬에 그 살고 있는 사람들은 거기 물에 있는데 그 케이브cave, 동굴 안에 거닌? 아, 거인? 거인 살고 있었어요. 그 거인이 살고 있어요. 근데 거기 어떻게 갈 수 있으면은, 사람들은 거기서 바다로 건너서 물 건너서 이제 배 타면서 커다란, 커다란 거인을 만날 수 있으면 배 타고 거기 만날 수 있어요. 근데 이 거인은 친절하고 착한 거인이에요. 그리고 거기에 소금이 있어요. 거인한테는 소금이 있어요. 그래서 배타고 거기 가면은, 자기 음식이 맛있게 해주면은 간 내면, 내면은 거기 가서 거인한테 가서,

"소금을 달라."

라고 하면 배타고 해야 돼요.

그 나중에 어느 날 그 바다에 너무 막 이렇게 뭐라 그럴까, 파도가 너무 심해졌어요. 심하고, 심하고 사람, 그 동네 사람들은 배 못 타게 됐어요. 배 못 타게 됐어요. 왜냐면 바, 바도(파도) 너무 심하게 해가지고. 너무 세서. 그 동네 사람들은 이제 소금을 다 먹었고, 음식 간을 넣을 수가 없었어요. 그래서 그 사람들은 아, 생각하고 이제 고민하고.

"아 어떻게 거기 어떻게 갈 수 있을까? 거인한테 어떻게 소금을 받을 수 있을까?"

계속 고민, 고민하는데. 그 한 애가 이렇게 말해줬어요.

"거인한테 한번 우리 요청해 보라."고.

그래서 그래서 요청했으면서 자기 그 거인이,

"자기 커다란 긴 다리를 우리 안, 우리 마을을 위해서 요렇게 다리처럼 만들으라."

고 했었어요.

"그 긴 다리, 다리처럼 만들라."

고 했어요.

“그 거인 다리, 다리로 만들자.”

[조사자 1: 거인의 다리를 다리로 만들어라.] 예. 그래서 바다 건널 수 있게. 그렇게 요청했어요. 한 애가 그렇게 생각하고 어른들한테 얘기를 했었어요. 그래야지 그 동네 사람들은 그 마을 사람들은 그 다리에서 걸어갈 수 있어요. 그쵸.

“어 좋은 생각이야.”

그래서 그 친절한 착한 거인은 어, 허락했어요.

“어, 알았다. 그렇게 할게요.”

그래서 그 마을 사람들은, 뭐라 그래, 푸대? 푸대? 삭스? 푸대? 그 저기 소금 담으는 거 뭐라고 하는 거죠? [조사자 2: 보따리?] 보따리? 보따리 말고 조금 더 큰 거. 우리가 소금을 많이 사, 사면은, [조사자 2: 자루?] 자루. 예, 자루 다 들고 하면서 거인 다리에 걸어가는 거예요. 그래서 거기 인제 도착했는데, 그 거인 땅에 도착했는데. 이제 한 사람마다 자기 한, 한 자루의 소금을 갖고 다녀, 갖고 이젠 자기 마을에 돌아가는 건데.

근데 갑자기 그 큰 다리, 거인 다리에 어디 쪽, 자기가 어디 쪽 놨나 하면은, 약간 조금 언덕, 언덕이에요. 근데 그 언덕은 개미, 개미 많은 언덕을 거기로 그 다리, 한쪽 다리를 거기에서 이제 놓았어요. 그 모르게 그런 건. 네.

근데 이제는 그 다리가 개미들은, 개미들은 큰 개미 있잖아요. 빨간 개미. 개미들 막 계속 물기 시작했어요. 물고, 물고 근데 거인이,

“아 이거 왜 그러지 왜 그러지?”

막 자기가 참고 참고 계속 참고 있다가, 근데 안 되겠어서 너무 저기 그 동네 사람들한테,

“빨리 빨리 하시라.”고.

“빨리 건너셔야 되는데 빨리 자기가 다리를 빼야 된다.”고.

“다리가 막 너무 아프구, 막 계속 응 개미를 막 물고 있으니까 참을 수 없다.”고.

막 그렇게 했는데. 엄청 많이 참았는데 그래도 안 되겠어. 너무 거기 막 간지럽거나 그런 거 하니까. 막 아프거나 그래서 갑자기 그

거인 다리를 자기가 인제 뺐어요. 이 자기가 있는. 그래서 사람들이 그 사람들이 이제는 다 떨어졌어요. 강에. 그 바다에서 다 떨어졌어요.

그 거인은 사람들만 구했어요. 사람들만 구해고 자기 손으로 다 구해야지만, 그 소금, 떨어지는 소금들은 다 못 구해, 못 건넜어요, 다. 다 물 밑에서 다 빠졌어요.

[조사자 1: 그래서 그때부터?] 네, 그래서 그때부터 바다 그 물에 짠맛이 됐어요.

칸라온 화산 유래

● 구연정보

조사일시 : 2016. 11. 09(수) 오전
조사장소 : 경기도 화성시 향남읍 행정리
제 보 자 : 룻파네스 [필리핀, 여, 1974년생, 결혼이주 23년차]
조 사 자 : 오정미, 이원영, 이승민

● 구연상황

조사팀이 필리핀의 자연 및 사회 문화와 관련한 설화 구술을 부탁하자, 제보자가 먼저 필리핀의 화산에 대한 이야기를 들려줬다. 필리핀에 있는 화산 섬들에 대해 설명한 뒤 화산이 생겨난 유래에 대한 구술을 시작했다.

● 줄거리

어느 섬에 결혼하지 않은 여성을 잡아먹는 용이 있었다. 섬에서는 여성들을 제물로 바쳤고, 결국 여성들은 살기 위해서 숨거나 도망갔다. 더 이상 제물로 바칠 여성이 없자, 아니나 공주가 자청해서 용이 사는 곳으로 갔다. 그때 동물들과 이야기할 수 있는 칸이라는 용사가 나타나 개미와 벌, 독수리의 도움을 받아 용을 물리쳤다. 아니나 공주는 자기를 구한 칸과 결혼했다. 용을 물리친 용사의 이름은 정확하게는 칸라온이고, 그 이름을 따서 산을 칸라온이라고 부른다. 지금도 그 산에서 잡힌 용이 방귀를 뀌어 화산이 터진다.

옛날 옛날에 한 섬에서 가족이 살고 있었어요. 그리고 예쁜 딸이 있었어요. 딸. 그 아빠랑 엄마의 왕하고 그다음에 왕비? 그러면 그 딸이 공주라고 부르는 거죠? 그 공주 이름은 '아니나'라고 했어요. 그 공주가 가장 예쁜 여성이라고 그렇게 이야기했어요.

그리고 어느 날 아빠랑 하고 그 수녀님. 수녀님이 이야기할 동안 아니나가 우연히 그 이야기를 들었어요. 그래서 아니나가 아빠한테 여쭤봤어요.

"무슨 일이냐?"고.

"무슨 문제가 있냐?"고.

그러니까 아빠가 이렇게 말했어요.

"어. 거기 거 일곱 개, 일곱 개 달리는 머리? 용? 그 용이 협박하는 거예요. 자기 왕국에서 협박하고 있어요."

그랬다고. 그런데 아 그거는 그 용이 가장 같이 싸우는 사람이 그 짐승. 짐승밖에 없대요. 그 용을 죽일 사람. 저 뭐 어떻게 말해야 하나? (웃음) 그래서 그런데 그 용이 그 짐승이 나타나면은 여성, 그 다음에 그 아직까지 결혼하지 않은 여성만 제물 바치라고 하면 그 짐승이 나타난대요. [조사자: 아! 그 용이 나타난다!] 짐승! 그 짐승이 그 용이랑 싸우면 그 용을 죽일 수 있어요.

(잠깐 침묵한 후) 그래서 왕국 있는 여성들은 다 찾아봐도 그 어떤 여성들은 무서워서 그냥 도망가고, 아니면 숨었어요. 또 딸이 있는 여자, 딸이 있는 집들은 그다음 엄마는 이렇게 얘기하는 딸들은 죽이거나, 그래야지 제물 못 바치게 한다거나 그렇게 했었어요. [조사자: 용과 싸워서 이길 수 있는 짐승이 하나 있는데 그 짐승한테는 제물이 필요했던 거예요?] 네.

그래서 이제 아가씨를 찾고 있었는데 모든 아가씨들은 다 무서워서 도망가고, 어떤 아가씨들은 숨거나. 그렇게 해서 이제는 빨리 해결해야 되는데, 그 문제를 빨리 해결해야 되는데 그래도 용이 인제 죽을 수 있어야 되는데. 근데 그러면은 공주가, 아니나 공주가 다른 사람이 없으니까 그냥 자기가 용감하게 그렇게 말했어요.

"제가 가겠다."고.

그래서 그날에 그 아니나 공주를 그 산에 올라갔어요.

그래서 거기서 도착하는데 갑자기 남자 목소리가 들렸어요. 네. 그리고 그 남자는 가장 귀족한 남자? (웃음) 귀한 남자! 다른 왕국에서 왔던 남자예요. 그래서 자기가 아니나 공주 대신에 자기가 싸운다고. 그 용이랑 자기가 어떤 방법을 할 수 있대요. 그 왕자 이름은 '칸'이라고. 칸. K, H, A, N '칸' 하고 라온. 응. '칸라온'라고 그 이름이요.

그 왕자는 인제 자기가 그 동물들이랑 같이 이야기하는 것은 능력 있었어요. 그래서 거기 인제 개미들이나 뭐, 벌. 그다음이 독수리랑 같이 이야기하면 이게 다 알아듣는 능력 있었어요. 그래서 개미들을 다 불러 놓고, 많은 개미들을 불러 놓고 그 용 몸에 다 둘러서 계속 살살 움직이면서 그 용을 계속 물기 시작했어요. 그리고 또 벌. 벌들은 그 많은 벌들은 용머리가 일곱 개잖아요. 그러니까 눈이 14개 있었어요. 그래서 벌들은 그 쏘는 거예요. 용 눈을 쏴서 그다음에 안 보일 때까지 계속 쐈어요.

그래서 거 마지막에 그 큰 독수리. 큰 독수리로 날면서 그 칸라온이라는 남자가 그 독수리가 그거 올려서 용 위 머리에 올려가지고 이제 죽였어요. 남자. 그래서 그 용은 죽었고 그리고 그 아니나 공주님이 이제 살았어요.

그 고마움에 그 왕국에서 그 고마움은 그리고 왕이랑 여왕이랑 그 공주님을 그 귀족한 남자한테 아니나 공주를 줬어요. 그래서 나중에 결혼했고. 네, 그 고마움 감사라고 하는 표시로 시집보냈어요. 그 산이 그 산 그 높은 산 그래서 이름을 만들었어요. 칸라온이라고. 칸라온이라고 말했어요. 그리고 나중에 화산 됐잖아요.

내가 그 화산이 터지면은 그 용이 방구라고, (웃음) 방귀 뀐다고 그런, 그렇게 이야기했어요.

볼칸마이언 화산

● 구연정보

조사일시 : 2019. 03. 07(목) 오후
조사장소 : 서울시 광진구 화양동
제 보 자 : 마리사콘데(오혜진) [필리핀, 여, 1984년생, 결혼이주 11년차]
조 사 자 : 신동흔, 김정은, 엄희수, 강새미

● 구연상황

제보자가 〈보홀섬의 두 거인과 초콜릿 언덕〉 이야기를 마친 뒤 조사자들과 필리핀 자연에 대한 이야기에 대해 잠깐 대화를 나누었다. 제보자가 준비해 온 이야기를 다 들려줬다고 했으나, 조사자가 이야기를 더 요청하자 〈볼칸마이언 화산〉 전설 구연을 시작했다. 중간중간 이야기 내용을 되짚어가며 구연을 이어갔다.

● 줄거리

옛날에 비사야 지역에 아름답고 똑똑한 여자가 살고 있었다. 한 부자 남자가 그녀를 좋아했는데, 여자는 북쪽에서 온 다른 남자와 사랑에 빠졌다. 둘은 결혼하기로 약속을 했고, 남자는 북쪽으로 가서 부모를 데리고 오겠다고 하며 떠났다. 그 사이에 부자가 여자의 아버지를 잡아 놓고서 여자에게 자신과 결혼하지 않으면 아버지를 풀어주지 않겠다고 협박했다. 북쪽에서 돌아온 남자가 부자와 맞서 싸웠는데, 그 과정에서 남녀 세 명이 다 죽었다. 사람들은 세 명을 한 곳에 같이 묻었다. 그러자 그곳 땅이 솟아오르더니 화산이 되었다. 사람들은 용암이 나오는 것은 부자 남자의 질투심 때문에 그러는 것이고, 잔잔할 때에는 북쪽 남자가 여자와 함께 있어 진정되기 때문이라고 했다.

옛날에 그 비사야, 필리핀은 세 군데로 나누어지잖아요. 그러니까 루손[●]. 북쪽은 루손, 가운데 쪽은 비사야[●●] 남쪽은 민다나오[●●●].

그래서 비사야 쪽에 그, 하여튼, 피콜 잠시만요. 어디에 있는지 정확히. 죄송합니다. [조사자 2: 섬이 많더라구요.] 네, 그리고 필리핀에서 여행을 많이 가지 못했기 때문에. 섬들은 잘 아는데, 위치가 외워지지를 않아서요.

(제보자가 스마트폰으로 위치를 찾아봄.)

[조사자 1: 정확한 이름 같은 거 몰라도, 그냥 이렇게 스토리 기억나시는 대로 편하게 하시면 돼요.] 네. 그 화산은 이쪽에 있대요. 비사야 쪽에. 가운데 쪽에. [조사자 2: 가운데네요.] 그래서 여기에 있는 사람들은 그, 타갈로그Tagalog인. 여기 있는 사람들은 타갈로그어●●●●를 쓰니까. 타갈로그인이라고 하고. 여기는 또 비사야 말을 하니까 또 여러 말 있잖아요. 그 관련 있어서 설명 드리는데.

그 옛날에 어떤 여자가 유명한 아름답고 뭐, 똑똑한 여자가 있었어요. 그래서 거기는 부자 남자가 있는데, 부자하고 용감한 남자가 있었어요. 그 남자는 여자를 좋아했어요. 이름이 좀 그 말로 해서 정확히 기억이 안 나요. 하여튼 여자, 남자라고 할게요. 하고 또 여자가 워낙 유명하다 보니까, 그 북쪽에 있는 곳까지 그 이야기를 소문난 거예요. 그래서 거기 있는 남자가 또, 이 여자가 좀. 그냥 마리아라고 부를게요. 마리아, 흔한 이름이니까 마리아라고 부를게요. 그 남자는 마리아를 보기 위해 그 곳으로 간 거예요. 마리아 있는 데에. 그래서 그 남자는 그 마리아 있는 데에 도망가서 마리아도 이 남자를 보고, 좀 서로 좋아하게 된, 반했고. 좋아하게 됐어요.

● 필리핀 북부에 있는 필리핀에서 가장 큰 섬이며, 세계에서 17번째로 큰 섬이다.

●● 비사야스 제도는 필리핀을 구성하는 세 지역 중 하나로 큰 섬 7개와 작은 섬 수백 개로 이루어져 있다.

●●● 민다나오는 필리핀에서 루손 섬 다음으로 크다. 국토의 남쪽 1/3에 해당하는 것이 민다나오 인근 군도이다. 민다나오 군도는 민다나오 섬과 남서부 술루 제도 등으로 구성되어 있으며 6개 지역과 26주가 있다.

●●●● 타갈로그어(Wikang Tagalog)는 필리핀 인구의 1/4이 제1언어로 말하고 있는 오스트로네시아어족, 말레이폴리네시아어파의 언어이다. 필리핀어(Filipino)는 헌법에 정해진 국어로서의 명칭이며, 실질적으로는 타갈로그어와 거의 같다.

이제 또 다른 남자가 있잖아요. 마리아. 좀, 어떻게 부를까요? 하여튼 다른 남자. 마리아를 너무 좋아하는 거예요. 짝사랑만. 너무 좋아하는 거예요. 그거 마리하고 다른 남자 얘기 듣고 화난 거예요. 그래서 그 둘이 마리아하고 좋아하는 남자랑 결혼한다고 그런 얘기를 들어서 그 남자는 이제 결혼하게 되면은 좀 보모가 있어야 되잖아요. 그래서 남자 보모를 이제, 남자가 보모를 데리러 갔다가 다시 온다고 하는데, 이제 그 다른 남자가 그 예비 신랑이 없는 사이에 그 마리아한테 선물을 구해서 했는데.

그 협박을 한 거예요. 마리아 아빠한테. 마리아 아빠가 있어요. 그러니까, 그, 마리아가 이 남자를 싫어하니까, 남자는 너무 마리아를 좋아하니까. 남자는 좀 욕심 많은 남자예요. 하고 이제 아빠 안 되니까 아빠를 잡아 놓고, 막 협박한 거예요.

"나랑 결혼하지 않으면은 아빠를 풀어주지 않을 거야."

라고 했어요.

근데 그 일을 그 북쪽에 있는 남자가 그걸 들었어요. 그 이야기를 들어서 이제 막 거기도 좀 강한 남자이다 보니까. 그 남자랑 싸우려고. 이제 와서, 마리아는 이제 아빠를 구하기 위해 막 그냥 결혼하겠다고 했어요. 그 남자한테.

근데 그 다른 남자가, 사랑하는 남자가 절대 안 된다고 그렇게 생각했기 때문에 그러니까 둘이 결혼하기 전에는 와서 남자랑 살겠다고 했어요. 그래서 거기 있는 사람들 뭐, 다른 사람들과 싸우기 위해 다른 사람들도 같이 왔고. 여기도 또 이미 부자하고 또 사람도 많이 있으니까, 싸웠어요 둘이.

싸웠는데 이제 예비 신랑이 또 그 여기, 욕심 많은 남자를 어, 이제 죽였어요. 근데 자기 좀, 죽였는데 좀 뭐가 잘못 됐는지 그 여자까지 막, 어디 맞아서 여자도 같이 죽었어요. 하고 막 이렇게 막, 예비 신부한테 막 가서 했는데. 아직은 다른 사람 싸우고 있잖아요. 또, 이제 어, 여기, 그 남자도 거기 있다가 어디 맞아서 다시, 그 사람도 죽었어요. 그래서 세 명이 다 같이 죽은 거예요. 그래서, 네. 세 명이 다 같이 죽고.

사람들이 이제 같은 곳에서 묻은 거예요. [조사자 2: 셋을?] [조사자 1: 사람을?] 네. 세 사람을. 그래서 거기다 묻고 시간이 지나니까 그 묻은 데에서 막 이렇게 땅이 올라가는 거예요. 뭐 올라가고, 엄청 크게. 그래서 이제 막 화산도 나오고.

그 화산 나올 때에는 그, 여기가 욕심 많은 남자 마음이라고. 그거 막 화나는 마음. 그래서 그게 화산이 폭발되는 거구. 근데 그 폭발하지 않을 때에는 그, 여자, 잠깐만요. 그러니까 좀, 진정하게 만드는 여자가 거기 옆에 있기 때문에, [조사자 2: 진정하게 되는 거구나.] 진정하게 되는 거예요. 네, 그렇게 됐어요. 그 한 남자도, 잠깐만요, 잘 기억이. [조사자 2: 이렇게 까만 게 나올까요?] 네, 까만 게 나와요. [조사자 2: 그건, 북쪽 남자도 뭐가 있을텐데, 그쵸?] 아, 그러니까요.

그러니까 그 둘 사이에 사랑이 이루어졌기 때문에, 진정, 그 산이 진정하게 되구. 그 산이 폭발할 때는 그 남자의 마음이 있는 거예요. [조사자 2: 죽어서 둘은 연결이 됐으니까 그래도 같이 진정이 되는 건데. 그 남자 또 질투하고 샘내고 욕심낼 때는 폭발하고. 그렇게 해석을 하는군요. 네, 재미있는 얘기였네요.] 네. 그런 이야기였어요.

[조사자 2: 그게 볼칸마이언?] 네, 볼칸마이언이라고 써요. [조사자 2: 그게 지역 이름이에요? 볼칸마이언이?] 아니요, 산. 그러니까 화산 이름이에요. [조사자 2: 화산 이름.] 그러니까 제주도는 한라산이잖아요. 그거는 볼칸이면 폭발하는 산. 마이언은 그냥 이름. [조사자 2: 이 마이언이 이름이 있나 보다. 그쵸?] 지역 이름인 거 같아요.

[조사자 2: 재미있는 이야기였어요. 맨날 없다고 저한테 막 그러시더니, 아주 재미있는데요?]

[조사자 1: 두 사람, 둘이 힘을 낼 때는 안정되고, 얘가 또 막 힘을 내가지고 막 들쑤시면은 폭발하고.] [조사자 2: 재미있어요.] 그런 얘기였대요. [조사자 1: 화내는 거랑 화산이랑.] [조사자 2: 지금 막 연결됐어. 나는 그 땅이 계속 올라가는 것도 '둘이 거기서 계속 싸우고 있었어가지고 올라가나보다.'] [조사자 1: 그 에너지가.] [조사자 2: 아직 끝나지 않았을 때.] 그런가 봐요. [조사자 2: 그랬구나. 재미있어요. 고생하셨어요.] 저도 재미있었어요.

보홀섬의 두 거인과 초콜릿 언덕

● **구연정보**

조사일시 : 2019. 03. 07(목) 오후
조사장소 : 서울시 광진구 화양동
제 보 자 : 마리사콘데(오혜진) [필리핀, 여, 1984년생, 결혼이주 11년차]
조 사 자 : 신동흔, 김정은, 엄희수, 강새미

● **구연상황**

제보자가 〈나비가 된 언니〉 구연을 마치고, 망고 관련 전설 이야기를 시작했으나 제보자가 완전히 기억 하고 있지는 못했다. 제보자는 그 대신 필리핀의 유명한 전설인 〈보홀섬의 두 거인과 초콜릿 언덕〉 이야기 구연을 이어갔다.

● **줄거리**

옛날 필리핀 세부 근처 보홀이라는 섬에 거인 두 명이 왔다. 각각 북쪽과 남쪽에서 온 거인들은 그곳이 자기의 땅이라며 싸웠다. 거인들이 만났을 당시는 우기가 끝난지 얼마 되지 않은 시기였다. 그래서 거인들은 물기가 있는 흙덩이를 서로에게 던지며 싸웠다. 싸움은 거인들이 지쳐 쓰러져 죽을 때까지 계속되었다. 싸움이 끝나고 나니 보홀섬에는 거대한 흙 언덕들이 많이 생겼다. 사람들은 흙이 초콜릿 색과 비슷하여 그 언덕들을 초콜릿 힐즈(Chocolate Hills)라고 부른다. 현재 초콜릿 힐즈는 필리핀에서 유명한 관광지 중 한 곳이다. 그곳은 건기에는 갈색, 우기에는 초록색의 모습을 보여준다.

이 이야기는 초콜릿 힐즈Chocolate Hills라는 이야기인데요. 필리핀에서 세부, 필리핀은 다 섬들이잖아요? 세부 아시죠? 세부 밑에 또 다른 섬이 있는데 그건 보홀Bohol●이라는 섬이 있어요. 보홀 섬은 원

● 보홀 섬(Bohol Island)은 필리핀 중부 비사야 제도의 섬으로 필리핀 내 10번째의 크기 규모이다.

래 평평한 땅이었어요.

근데 옛날 할아버지 할머니들 말 들으면은, 옛날에, 그 필리핀에서 거인 두 명이 있던 거예요. 북쪽에서 온 거인 한 명 하고, 남쪽에서 온 거인 한 명이 있었어요. 근데 그 거인들은 자기 간 땅에서 자기 땅이라고 해요. 그래서, 근데 두 거인은 보홀에서 같이 와서 만나게 된 거예요. 현지인들은 원래 거인들 만나는 것을 되게 이미 전부터 걱정했던 거예요. 만나면은 싸울 거라고 생각했기 때문에.

걱정한 대로 이제 거인들은 그 섬에서 만났어요. 그래서 서로 보홀이라는 섬을 가지려고 해서,

"이건 내 땅이야."

북쪽에서 온 거인이,

"여기서 뭐 하는 거야? 여기는 내 땅이야!"

라고 해서 남쪽에서 온 거인이,

"무슨 말이야? 이건 내 땅이야. 네가 가야지. 네가 떠나야지."

라고 해서 서로 양보하지 않았기 때문에 싸우게 되는 거예요.

근데 보홀에서는 건기하고 우기라는 계절이 있어요. 보홀에서는 건기 때에는 이제 막, 갈라지는 [조사자 2: 가뭄처럼.] 가뭄처럼 그렇게 생겼는데. 또 장마철에는 비가 많이 오잖아요. 많이 오고, 이제 진흙이 되는 거예요. 또 비 많이 오고, 진흙 되고, 장마철이 조금 지나면은 식물들이 올라오기 시작해요. 그래서 그때 그 거인들 만날 때에는, 장마철 얼마 전에 지나간 거였어요. 그래서 진흙이 약간, 완전 진흙이 아니라 [조사자 2: 물기가 있는.] 조금 물기가 있는 진흙. 그래서 거인들 싸울 때, 그 흙을 이거 잡고 막 흙덩어리를 만든 거예요. 흙덩이를 만들구 상대방 거인한테 막 던진 거예요. 그래서 똑같이 다른 거인도, 똑같이 진흙, 흙덩어리는 만들고 똑같이 던졌어요. 계속 둘이서 싸운 거예요. 그렇게 막 만들고. 흙덩어리를 많이 만들고 싸웠어요. 그래서 그러니까 힘 빠질 때까지 싸웠구. 죽을 때까지 싸웠어요 거인들이. 그러니까 양보하지 않고 계속.

그래서 결국 거인들은 죽고, 싸우는 거 이제 끝나니까 현지인들은 싸우기 전엔 좀 잠깐, 그 섬에서 잠깐 떠나고. 이제 싸움이 끝나니

까 이제 다시 왔어요, 그 보홀에. 그런데 현지인들이 다시 오니까 좀, 눈에서 띈 것은 그 언덕들. 엄청 많이 있구. 색깔이 갈색이다 보니 초콜릿 색깔이다 보니까, 초콜릿같이 생긴 것들이에요. 그래서 사람들이 '초콜릿 힐즈'라고 부르게 된 거예요. 네.

지금도 초콜릿 힐즈는 지금도 되게 유명한 관광지예요, 필리핀에서. 이제 건기는 나무들은 마르고, 갈색이 되고. 완전 초콜릿 힐즈라는 모습을 볼 수 있고. 이제 장마철이 얼마 지날 때는 이제 초콜릿 색깔 아니지만, 파랗게. 나무, 식물들 초록색으로 되니까 파랗게 되게, 아름다운 풍경을 볼 수 있어요. 그게 초콜릿 힐즈.

[조사자 1: 봤어요.] [조사자 2: 봤어요, 선생님?] 보셨어요? [조사자 1: 옛날에 사진 보고. 이렇게 동그랗게.] [조사자 2: 오름처럼 이렇게 되어 있다고.] [조사자 1: 무덤들이 쫙 모여 있는 거 같은데.] 찾아드릴게요.

[조사자 1: 예전에 필리핀 한 번 여행 가려고 막 검색했을 때, 가보진 못했지만. 그 거인의 정체가 뭔지 알아요? 그게 자연신. 하나는 비를 몰고 오는 북방의 신하고, 태양, 건조한, 맑은 날씨 신하고. 비 내리는 신하고. 두 신의 상징이 거인인 거죠. 두 신이 만나는 게, 두 기후가 만나는 곳이 보홀이라서. 양쪽 기후의 신들이 서로 부딪치는, 그게 거인이라고 표현하는 거죠.] [조사자 2: 태풍도 많고 그러니까, 필리핀이.]

거인이 누운 산

● **구연정보**

조조사일시 : 2016. 12. 17(토) 오전

조사장소 : 강원도 횡성군 횡성읍 읍하리

제 보 자 : 수맘퐁엠마 [필리핀, 여, 1970년생, 결혼이주 17년차]

조 사 자 : 박현숙, 김민수

● **구연상황**

제보자가 〈닭이 땅을 파는 이유〉에 얽힌 내력담 구연을 마친 뒤 조사자가 〈암팔라야〉 이야기에 대해 물었는데 잘 기억하지 못했다. 고향에서 전해지는 바위나 강 등 자연물에 얽힌 전설이 없느냐고 묻자 제보자가 생각이 났다면서 구연을 시작했다. 오숙민 작가와 일본 국적의 모우에히로꼬 제보자가 청자로 참여했다.

● **줄거리**

필리핀의 베나픈 농장 근처에는 거인이 누운 모양의 산이 있다. 가까이에 가서 봐도 눈, 어깨, 다리까지 모두 진짜 사람의 형상이다.

[조사자: 근데 그 혹시나 동네에 뭐 이렇게 되게 특이한 바위 또는 물과 관련된 이야기, 또는 산과 관련된 이야기 이런 게 전해지는 건 없어요? 어릴 때 살던 동네, 아니면 뭐.] 아 근데 하나 생각이 났어요. [조사자: 뭐요?]

우리 학교 갈 때마다 아주 신기한 산이가 있어요. [조사자: 산?] 산. 아주 신기해요. 이거 멀리서 보면은 아주 고낸 같은 산? [조사자: 고양이?] 고낸. 아, 고인? Giant? [청자: 거인.] [조사자: 거인.] 거인 같은 산 누워 있어요. 얼굴도 아주 또렷하게 볼 수 있고, 몸 그런 한 남자 모습이 누워있는 거예요. [조사자: 아 남자가 누워있는 모습의 형상이에요?] 네 그런 산이에요.

그래서 항상 이렇게 어디 가다 어디서 가다 보면 그 산이 보면은 진짜 너무 신기한 거예요. 근데 그 산은 어떻게 왜 그렇게 생겼는지. 그래서 그거 전혀 그 아마 지금까지 아직 그냥 있는 거 같았어요. 그래서 뭐 그냥 진짜 사람이에요, 사람 같아요. 누워 있어요.

[조사자: 그 산 이름이 따로 있지 않아요? 뭐라고 불러요, 동네에서는?] 무슨 이름이지? [조사자: 그럼 그 산이 있는 동네 이름, 마을 이름은 뭐예요? 동 이름이?] 동네 이름, 어디 **에서 지나가야 되는데. (웃음)

[조사자: 그럼 유명한데 어딜 지나가면 나오는 데예요?] 그래서 그 우리 베나픈 농장 [조사자: 베나픈 농장?] 그 가운데에서 그래도 뭐 아 어디가 있는지.

[조사자: 근데 그게 어릴 때 되게 신기했었어요? 엄청나게 큰 거인이 누워있는 모습 같아서?] 응응. [조사자: 그러니까 얼굴 형체도 드러나고 그런가 보죠?] 네. 그러니까 멀리서 보면 진짜 사람이에요. 사람 진짜 약간 누워있고 그 얼굴 코 이런 어깨 같은 거 그리고 여기까지 그 다리까지 잘 안 보여. [조사자: 엄청 큰가 보다 그죠?] 네네. 네, 그런.

사라진 금바위

● **구연정보**

조사일시 : 2016. 12. 17(토) 오전
조사장소 : 강원도 횡성군 횡성읍 읍하리
제 보 자 : 수맘퐁엠마 [필리핀, 여, 1970년생, 결혼이주 17년차]
조 사 자 : 박현숙, 김민수

● **구연상황**

제보자가 고향 마을에서 전해지는 〈거인이 누운 산〉 전설 구연을 마친 뒤, 이제 준비한 이야기가 없다고 했다. 조사자가 다른 이야기 구연을 유도하기 위해 필리핀의 민간 풍속이나 민간요법에 관해 말해달라고 요청했으나 잘 기억나지 않는다고 했다. 그때 제보자가 잠시 생각을 하더니 신기한 이야기를 하나 더 들려주겠다면서 구연을 시작했다. 오숙민 작가와 일본 국적의 모우에 히로꼬 제보자가 청자로 참여했다.

● **줄거리**

어느 마을에 바위가 하나 있었다. 동네 사람들은 흔한 바위라서 대수롭지 않게 여겼다. 그런데 어떤 비바람에도 흔들림이 없던 바위가 갑자기 사라졌다. 사람들 사이에서는 그 바위에 금이 들어있었다는 소문이 났다. 그 바위는 거인이 누운 산 근처에 있었다.

근데 내가 이것도 신기한 이야기일 거 같은데요. 바위 하나가 있어요. 이 바위를 사람들이 거기 앉아있고, 그리고 이것도 둥근 바위니까 언제든지 옮길 수도 있어요. [조사자: 아, 바위를?] 바위를. 근데 아주 큰 바위도 아니고 뭐 보통 사람들이 이렇게 옮길 수 있어요.

그런데 이 바위를 거 위치만 있는 거고 어디까지도 사람이 못 가져가, 사람이 못 가져가는 거예요. 그냥 바위, 그냥 다른 바위처럼 뭐 특별하지도 않고 그 모습에서도 그런 바위를 그냥 이쁘지도 않고 더러워요. (웃음) 네, 더럽고. 왜냐하면 한 일 년 내내 하면 비 맞고 뭐 산에 뭐 그 태풍도 오고 그냥 가만히 있는 거예요. 움직이지도 않았어요.

그래서 사람들이 막 만지고 발로 차고 그렇잖아요. 그리고 우리가 차를 기다릴 때는 거기서 기대고 하면서 앉아서 있었고요. 근데 어느 날 갑자기 사람들이 전혀 또 몰라요. 이 바위를 무슨 금 같은 거가 숨어있는 거예요. [조사자: 뭐가 숨어 있어요?] 금. [조사자: 금.] 금 같은 거가 있는 거예요.

그래서 한 몇 년 있다가 저 사람들이,

"이 바위를 어디가 있냐?"고.

왜 없어졌다고 어떻게 사라졌는지 근데 나중에 그 나중에 알았어요.

"그 바위가 금 있다."

그런 이야기가 나왔어요. 그래서 사람들이,

"아, 나도 알고 있으면 내가 가져가지."

네 그런 소리가 많이 나온 거예요.

[조사자: 누가 가져갔을까요, 근데?] 그러니깐요. [조사자: 그 사람은 대박인데요?] 그런데 어떻게 그 바위를 거기 무슨 금이 숨어있는가 한 몇 년간 그게 그 위치에 있었는데 갑자기 이렇게 사람이 가져가서

"아, 금이 있구나."

[조사자: 그러면 그 거인이 누워있는 산이랑 같은 데 있는 바위예요 그게?] 근데 그 거인 같은 거기 약간 좀 가까워요. [조사자: 아, 가까워요?] 가까이에 있어요. 왜냐하면 그 바위 위치가 조금만 차 타고 밑에 그 산을 볼 수 있어요. 우리가 갔다가 그래요.

마우섬 유래

● 구연정보

조사일시 : 2016. 12. 21(수) 오후
조사장소 : 경기도 화성시 향남읍 행정리
제 보 자 : 룻파네스 [필리핀, 여, 1974년생, 결혼이주 23년차]
조 사 자 : 오정미, 이원영, 이승민

● 구연상황

제보자가 〈원숭이가 처음 생겨난 유래〉 이야기를 마친 후 설화 내용에 대하여 조사자들과 대화를 나누었다. 제보자는 준비해 온 다음번 이야기를 꺼냈는데, 구연을 시작하기 전에 먼저 가져온 자료에 대해 부연 설명을 했다. 이 이야기는 원래 조사하는 날에 같이 나오려고 했던 친구가 알려준 이야기라고 했다. 친구가 시어머니를 찾아뵈어야 하는 상황으로 부득이 조사에 참여하지 못하게 되자, 휴대폰으로 이야기의 내용과 관련 사진을 전달해주었다고 했다. 이에 제보자는 휴대폰으로 전달받은 자료를 보면서 구연을 이어갔다. 친구는 필리핀 출신으로 자기보다 한국에는 더 오래 살았지만, 한국말은 자신보다 조금 못한다고 설명했다. 이 이야기가 제보자가 준비해온 마지막 자료였다.

● 줄거리

옛날에 거인 마우가 배를 타고 가는데 거인이 너무 커서 배가 뒤집어져 버렸다. 배는 파도에 휩쓸리다 숲이 많은 장소에 도착했다. 거인 마우가 타고 있던 배의 이름도 마우였는데, 이 큰 배가 뒤집혀진 채로 지형이 되었다고 생각해서 지명을 마우라고 부르게 되었다. 마우(Mao)는 필리핀에 있는 실제 지명이며, 섬 지역이다. 지금의 마우 마을의 산(언덕) 지형을 보면 뒤집힌 배 모양처럼 생겼다.

어떤 마을에, 어떤 마을인데 좀 큰 배처럼 생긴 마을이 있었어요. [조사자 1: 제목은 뭐라고 할까요? 배처럼 생긴 마을?] 배처럼 생긴 마을? 예, 그렇게. [조사자 1: 배? 타는 배 얘기하시는 거죠?] 네, 타는 배. [조사자 1: 음, 얘기해 주세요.]

필리핀은 옛날에 그런 저기 하는 거, 그 요즘은 배, 막 이런 좋은 배가 아니고, 그냥 옛날에 음, 그냥 나무 깎고? 나무 깎고 배로 그냥 이렇게 해놓은 거잖아요. 예, 그냥 그 농, 어부들은 쓰는 배가 있어요. 음, 잠깐만요.

(휴대폰에 있는 자료를 찾아봄.)

여기 보면은 아까 보내셨는데 사진까지 저한테 보내주셨더라구요? 아 이거, (친구가 보내준 사진을 보여주며) 이런 사진? 이렇게 배처럼 하는 마을? 이 마을인데. [조사자 2: 산이 약간 배처럼 생긴 거죠?] 예, 이 마을이 배처럼 생겼대요.

(사진 자료 촬영과 관련한 대화를 나누고 휴대폰 사진을 조사자가 카메라로 찍음.)

[조사자 1: 그치 그게 약간 배 밑에 부분같이.] 네, 배처럼 이제 저기 하는 거.

어, 이것도 거인이 나타나네요. 한 거인이 음, 그리고 이 배에 타고 있었어요. 그 거인 이름은 마우. [조사자 1: 마우.] 마우. 예, 마우라고. 근데 이거 거인이 너무 커서 배, [조사자 1: 뒤집어졌어.] 배 타는데 배가 어떻게 됐어요? 뒤집어졌어요. 그리고 이 배는 그 바닷가 저 쪽으로 이제 파도를(파도에 쓸려) 저기 도착했는데? 근데 어떤 약간 숲 쪽으로만, 나무 많이 있는 쪽으로 그 마을은 도착했었어요. [조사자 1: 누가 그 거인이?] 배, 배. 배가. [조사자 3: 뒤집어진 채로.] 응, 뒤집어진 채로.

그래서 나중에, 이거 파도로 이렇게 따라가서 가지고 그렇게 나중에 그 한 마을에 도착했는데 그래서 그 마을이 그냥. 음 그래서 이 마을의 이름은 마우라고 했어요. 마우. 예. [조사자 2: 음, 마우의 배가 왔다 그래서.] 음, 잠깐만요. 다음에 넘어가면. (준비해온 자료를 보면서) 음, 그 배의 이름은 마우라고. 왜냐하면 그 거인 이름이 마우거든요. 그래서 배 이름은 마우라고 만들으셨는데, 그래서 그 마을 이름은 마우라고 했었어요.

이 친구는 나랑 고향이 틀려요. (웃음) 저쪽에. 응, 그래서 그 그 쪽이, 그쪽 지역에 있나 보다야 이건, 마우. 엠에이오Mao. [조사자 1: 실제 마우라는 이름에.] 예. 마우. 엠에이오Mao. 마우.

[조사자 1: 이 마오라는 이름이 섬이 진짜, 아 마을이 진짜 있는 거죠?] 네. 마을 진짜 이름이에요. [조사자 3: 지명유래담이네요.] [조사자 1: 음, 지명 전설이네.]

[조사자 3: 거인은 빠져 죽은 거예요?] 네? [조사자 3: 거인은 빠져 죽은 거예요?] 그거는 안 썼네요. (웃음) 그냥 그 배가 그쪽으로 파도로 저기해가지고.

[조사자 1: 그래서 그 섬에 이름, 아니.] 그 섬, 그 마을 이름이 이제 배, 그 배처럼 생겨서. 그 배, 그, 그 마을이 배라고 생각하는 거죠. 그래서 이, 이 모양이 배, 배가 되는 거죠. [조사자 3: 뒤집어진 거다?] 뒤집어 돼서 이렇게. [조사자 2: 이 지역이 섬이에요?] 네, 섬이에요. 섬.

파인애플이 된 아이 [1]

● **구연정보**

조사일시 : 2017. 11. 08(수) 오후
조사장소 : 경기도 화성시 향남읍 행정리
제 보 자 : 룻파네스 [필리핀, 여, 1974년생, 결혼이주 24년차]
조 사 자 : 오정미, 한상효, 엄희수

● **구연상황**

제보자가 〈까마귀와 개〉 구연을 한 뒤 지난번 만남에서 파인애플 이야기를 했는지 물었다. 조사자가 아니라고 대답하자 제보자는 필리핀에서는 파인애플이 '핀냐'라고 하면서 그에 대한 유래담 구연을 시작했다.

● **줄거리**

필리핀에서는 파인애플을 '핀냐'라고 한다. 필리핀에는 이에 대한 유래담이 있다. '피낭'라는 이름의 게으른 소녀가 있었다. 피낭의 엄마가 피낭에게 살림을 시키지만, 피낭은 밥주걱을 찾지 못했다. 엄마는 피낭에게 '너는 눈이 100개 있어야겠다.'라고 했다. 그 후 피낭이 사라졌고, 얼마 후, 엄마는 마당에서 눈이 100개인 노란색 과일을 발견했다. 그것이 필리핀의 파인애플 유래가 되었다.

그 파인애플. [조사자 1: 파인애플.] 파인애플 이야기 지난번에 얘기 안 했나요? [조사자 1: 안 했어요. 안 하셨어요.]

파인애플은 필리핀 이름으로 '핀냐'라고 해요. 핀냐, 핀냐. [조사자 1: 피냐?] (한 글자씩 또박또박) 핀냐. [조사자 1: 핀냐.] 네. 핀냐라고 우리말로 필리핀 말로. 근데 옛날에는 이 핀냐, 여자 이름이에요. 여자 핀냐 이름인데.

근데 이 여자애가 자기 엄마를 그때, 아퍼, 너무 아퍼오기 시작했어요. 그런데 이 여자는 이제 너무 게으르고 예쁜데 게으르면서 항상 엄마가 항상 엄마가 다 해주고 집안일도 하나도 모르고. 근데 언젠가 어느 날 자기 엄마를 인제 많이 아파서, 이 핀냐…

여자 이름이 피낭. 피낭. [조사자 1: (주인공 이름이 달라진 것이 이상해서) 피낭?] 피낭이에요. 여자 이름이. [조사자 1: 아 피냐가 아니라 피낭, 여자 이름 피냐가 아니라 피낭인 거예요?] 네 피낭. 이거는 핀냐 이야기 하라고. 핀냐 이야기하는 것. 핀나가 어디서 왔는지. 어디서 시작했었는지. 이렇게. [조사자 1: 아 그러니까 핀냐라는 것보다 더 옛날 이름은 피낭이었던 거예요?] 에, 피낭. 이제 핀냐는 파인애플 이름이라. 우리말로는 핀냐. 피낭은 가장 예쁘고 근데 너무 게으른 여자. 응응, 게으른 여자.

근데 어느 날 엄마가 아프기 시작되고, 그리고 엄마는 요리 할 수가 없었어요. [조사자 1: 아 엄마가 아파서.] 해서 엄마가,

"너는 내가 할 수가 없으니까 이제 니가 집안일 하고 뭐 빨래도 하고 그리고 음식도 니가 다 요리 해야 되고."

근데 피낭은 그거 너무 싫어했어요. 다 누구나 싫어하죠. (웃음) [조사자 2: 맞아요.] 우리 애도 고3인데 싫어요. (웃음) 시킨 거. 안 도와줘요. 이렇게 엄마가 계속 막 잔소리하면서 이렇게 큰소리하고.

"이렇게 해라."

나중에 피낭이 인제, 일하기 시작됐어요. 근데 어느 날 자기가 인제 요리해야 되는데 그 주걱? 주걱? 이 우리가 밥 풀 때, [조사자 2: 주걱.] [조사자 3: 주걱.] 에, 계속 찾았는데 못 찾은 거예요. 그래서 엄마가,

"너는 왜 이렇게 못 찾으니."

이렇게 하는 거.

"그래서 너는 아 나중에 너는 눈 많이 있었으면 좋겠다. 한 눈 100개 정도 있었으면 좋겠다."고.

엄마가 그렇게 음, 빌었어요. [조사자 1: 아, 알 것 같애요.] 그래서 나중에 피낭이 약간 좀 실망하면서 이제는 사라졌어요. 사라지고. 이

제는 엄마는 혼자 놔두고 자기는, 자기는 어딘가 사라졌어요.

근데 어느 날 엄마가 일찍 그 마당에서 나가서 이제 약간 바람 쐬고, 하는데 그 마당에 어떤 노란색, 노란색 과일, 에 노란색 과일을 음, 발견했어요, 어 그 노란색 과일도, 눈이 엄청 많아져, 눈이 100개, 정도 있었어요. 그래서 아 그 엄마가 인제,

'우리 피낭인나 보다.'

라고 생각하고, 이제 지금은 피낭이라고 피냐라고 불렀어요. 그렇게. [조사자 1: 아 재밌어.]

피라니 구아바. 아 얘기 들어봤어요. [조사자 1: 지난번에 얘기해 주셨어요.] 그래서 그 피낭이 피냐가 됐구나. 피낭이 피냐 되는 거. 피낭, 핀냐.

그 피냐는 약간 스페인 말로 돼 있는 거 같아요, 네. 필리핀 말은. [조사자 1: 비슷한 거 이름으로.] 그 필리핀은 거의 비슷한 말, 스페인이 쪽에 많이 쓰더라고요. 멕시코 이런. 피낭.

[조사자 1: 파인애플 눈이 100개. 소름 끼쳤어. 진짜 그러래요.] [조사자 2: 근데 그 딸이 나가서 안 들어온 거죠?] 네 안 들어왔어요. [조사자 1: 잔소리 조금만 해야 돼.] 잔소리 조금만 해야 되고, 너무 많이 하면 요즘 애들이 조금만 잔소리하면 나간다고. [조사자 1: 그러니까. 그리고 나가고 이렇게 눈이 100개인 파인애플이 돼서 돌아오는 거.] 안 들어와 애들이.

[조사자 2: 파인애플 보면 떠오를 거 같애요. 이야기가.] 어 피낭. 이제 못 먹겠어요? [조사자 2: 아니 눈처럼 보일 거 같아요.] [조사자 1: 어 진짜. 막 어울리잖아. 눈처럼 보여요. 진짜.] 네, 너무 많아요.

파인애플이 된 아이 [2]

● 구연정보

조사일시 : 2018. 05. 24(목) 오후
조사장소 : 경기도 화성시 진안동
제 보 자 : 멜로니 [필리핀, 여, 1985년생, 결혼이주 6년차]
조 사 자 : 김정은, 황승업

● 구연상황

제보자가 한국에 오게 된 상황과 현재 하는 일 등에 대해 간단히 이야기한 뒤 다문화 수업 때 많이 아이들에게 들려준다는 파인애플이 된 아이 이야기를 시작했다.

● 줄거리

엄마가 나이 들어 낳은 피나라는 아이가 있었다. 하고 싶은 대로 하게 두면서 편하게 키웠더니 딸은 말을 안 듣는 아이가 되었다. 하루는 엄마가 아파서 밥을 하라고 했는데, 물건이 어디에 있는지 몰라서 하나하나 물어보았다. 밥을 할 때마다 일일이 물어보면서 움직이니까 엄마가 딸에게 네 눈이 백만 개 천만 개 있으면 좋겠다고 했다. 그 후 아이가 보이지 않아서 찾아봤는데, 아이 대신 눈이 많이 달린 과일이 눈에 띄었다. 그 과일을 피나라고 불렀는데, 그것이 곧 파인애플이다.

이 여자가, 아이, 여자아이는 말 안 듣는 여자아이잖아요. 그렇게 말 안 듣는 여자아이는 엄마 말이 안 들어요. 뭐 예를 들면,

"이거 해주세요, 이거 해주세요."

그렇게 하면은 안 있고요, 집 안에는 안 있고요. 엄마가 다 하니까. 왜냐면은 여자가 혼자, 아이가 혼자. 그리고 늦게 나왔어요. [조사자: 아, 늦게 애기 낳았구나.] 예, 늦게 생겨나서 그것 때문에 그냥 엄마가,

"그래 편안하게 이렇게 누워라. 누워라."

라며 다 집안일 다 하니까.

그런데 어느 날에 엄마가 갑자기 아팠어. 아팠어요. 그래서 어, 그 정도는 엄마도 못 일어나고, 밥도 못하고 그러잖아요? 그래서 애들보고, 그 아이 이름은 피나라고 해요. [조사자: 피나?] 네. 그 피나보고 밥 해달라고 해서 좀 부탁하라고 했잖아요.

"피나, 이것 좀 밥 좀 해라."

걔가 어떻게 밥을 하는지 얘기하게 그렇게 하잖아요. 그래서 그 피나는,

"네, 알겠어요."

그래 주방 가서,

"엄마, 냄비 어딨어요?"

"냄비 거기 저기 있는데. 가스렌지 밑에 있어요."

"안 보여요."

그렇게 말했어요. 또

"엄마, 국자 어디 있어요?"

밥할 때마다 어디 있는지 (일동 웃음) 물건을 찾아요.

"가구 어디 있어요? 물이 어디 있어요?"

다 그렇게 물어봐요. 그래, 그리고 엄마가 너무 아픈데, 좀 짜증나잖아요. 그래서 이렇게 말했어.

"아이고, 피나야. 네가 눈을 백만 원씩 천만 원 있으면 좋겠다."

라고 그랬어요. [조사자: 아, 눈이 백만 개, 천만 개 있으면 좋겠다고요?] 예.

그래서 뭐 그거 얘기하자마자 피나가 갑자기 사라졌어요. 어디, 어디 나갔는지 모르잖아요. 그래서 엄마가 또 몸이 괜찮, 괜찮아져서 나와서 딸을 찾았어요. 그런데 못 찾았어요, 어디 있는지. 뭐 한 일주일 이, 삼 일? 일주일 동안 계속 찾고 있어요. 이웃들도. 마을, 마을사람들도 물어봤는데 안 보인다고 그랬어요.

그래서 왜 사라졌는가 그거 궁금해서 다시 엄마가 집에 돌아왔어요. 그런데 그 집 옆에, 바로 집 옆에 없던 나무 생, 나무 생겼어요.

[조사자: 아, 생겼어요, 없던 게?] 네, 생겼어요. 그런데 보니까 그 나무, 나무가 과일, 과일 있어요. 동그라미 과일, 우리 머리 쪽처럼.

그리고 보면 그 눈 같은 생긴 거 많아요. 그리고 그 엄마가 그거 보면, 보면서 울었어요. 그때는 그 말이 기억났어요. [조사자: 눈이 백만 개 있었으면 좋겠다.] 예.

"백만 개 있으면 좋겠다."

라고 해서 그 눈이 절로 났는데,

"아이고, 이 과일은 우리 딸이구나."

그렇게 말했어요. [조사자: 아이고, 과일이 딸이구나.]

그래서 처음에는 계속 삐나, 삐나, 삐나 그렇게 말했는데, 지나다가 '피냐'라고 했어요. 예, 그 피냐는 필리핀 파인애플 말로 그렇게.

[조사자: 그게 피냐군요. 파인애플이 피냐네요.] 예, 처음에는 피나, 그다음에는 삔야라고 했어요.

파인애플이 된 아이 [3]

● **구연정보**

조사일시 : 2019. 03. 07(목) 오후
조사장소 : 서울시 광진구 화양동
제 보 자 : 마리사콘데(오혜진) [필리핀, 여, 1984년생, 결혼이주 11년차]
조 사 자 : 신동흔, 김정은, 엄희수, 강새미

● **구연상황**

제보자가 〈게으른 나비와 부지런한 개미〉 구연을 마친 두 조사자들은 제보자가 만든 동화책을 구경했다. 제보자가 준비해 온 이야기들 중 어떤 것을 먼저 할지 고민할 때 조사자가 파인애플 이야기를 먼저 해달라고 하자 구연을 시작했다.

● **줄거리**

피나라는 아이와 엄마가 살고 있었다. 피나의 엄마는 돌아가신 아빠의 역할까지 다 하기 위해서 피나를 애지중지하면서 키웠다. 사랑만 받고 자란 피나는 성격이 안 좋아졌고, 혼자서 할 수 있는 일이 없었다. 하루는 엄마가 병이 나서 피나에게 죽을 좀 쑤어달라고 했다. 그런데 피나는 쌀, 솥, 나무 주걱이 어디에 있는지 하나도 몰라서 계속 왔다갔다 하면서 누워있는 엄마에게 계속 물었다. 화가 난 엄마는 피나에게 눈이 천 개 있었으면 좋겠다면서 짜증을 냈다. 피나는 울면서 집을 나갔고, 엄마는 잠이 들었다. 잠에서 깬 엄마는 피나를 찾으며 여기저기를 다녔다. 엄마는 피나가 자주 노는 곳에서 피나와 똑같은 노란색 옷을 입은 아이를 찾았는데, 자세히 보니 피나가 아니라 눈이 1000개 달린 열매였다. 피나의 엄마는 그 열매를 집에 가져와 잘 키웠고, 이후 열매가 계속 생기자 마을 사람들과 나눠먹었다. 필리핀에서는 파인애플을 '핀야'라고 하는데, 이는 '피나' 이름에서 딴 것이다.

이야기는 그, 피나라는 아이가 있었어요. 거기는 아빠가 일찍 돌아가셨기 때문에 엄마와 둘만 살았어요. [조사자 1: 피나하고 엄마하고?] 네.

아빠가 없으니까 피나 엄마는 아빠 몫까지 다 해줬어요. 피나가 필요한 것들, 원하는 것들 다 해줬대요. 그래서 그러다가 다 해줬더니 피나가 그 성격이 나빠진 거예요. [조사자 1: 성격이 나빠졌구나. 다 해줬더니 오히려.] 네. 당연한 일이라고 생각해서. 그니까 엄마가 사랑을 너무 많이 줘서 오히려 안 좋아졌어요. 성격이 안 좋아졌어요, 피나가.

어느 날 엄마는 병이 나고, 열이 났어요. 하여튼 아팠어요. 근데 이제 누가 음식을 해 줄 사람이 없잖아요. 피나밖에 없어요. 그래서 엄마는 이제 피나의 성격을 고치려는 기회가 왔다고 생각해요. 그래서 피나보고 죽을 쒀달라고 했어요.

그래서 피나는, 아무것도 할 수 없는 피나는 못 한다고 그렇게 얘기했는데 엄마가 엄청 강하게 한 거예요. 그래서 피나는 처음으로 본 무서운 엄마의 모습이, 약간 무서워서 어쩔 수 없이 죽을 쑤러 갔는데. 피나는 쌀이 어디 있는지, 솥이 어디에 있는지 그걸 다 모르는 거예요. 그래서 계속 엄마 왔다갔다 하면서 엄마한테 물어보고.

"엄마 쌀은 어디에 있어요? 엄마 솥은 어디에 있어요?"

엄마가 하나하나씩 막 얘기했는데 겨우 쌀을 찾았고 씻고, 겨우 솥을 찾았고 거기에다 씻은 쌀을 거기에 넣고. 해서 나무 주걱을, 죽을 쑤는 거 필요하잖아요. [조사자 1: 이렇게 저어야 되죠?] 네, 저어야 되니까. 나무 주걱을 못 찾는 거예요. 또 엄마 가야 되니까.

"엄마 주걱은 어디에 있어요?"

엄마가 화난 거예요. 계속 그러니까. [조사자 1: 한계가 왔어.] 네. 피나가 얘기해도 바로 못 찾는 거예요. 그러니까 자기 혼자서는 찾지 않아요. 그냥 무조건 물어봐야 돼요, 엄마한테. 엄마가 화를 냈어요. 그래서 엄마는 그 어, 잠시 만요. (생각이 난 듯) 오케이.

"나무 주걱 찾는 게 뭐가 그렇게 어렵니?"

뭐 그렇게 하는 거예요.

"너는 눈 천 개 쯤이나 있으면 좋겠구나! 그래야 바로 찾는 것을 찾을 텐데."

그렇게 막 피나한테 얘기한 거예요.

근데 피나는 충격을 받았나 봐요. 그래서 막 울었어요. 그 말을 듣고 울었어요. 그래서 엄마는 이제 결국은 죽을 못 먹었구, 그냥 잠이 들었어요. 피나는 울고 그냥 나왔어요. 울고 나갔어요.

엄마는 이제 일어날 때 피나가 안 보이는 거예요. 또 안 보여요. 피나 안 보여서, 몸이 조금 괜찮아져서 피나를 찾으려는데 없어요. 마을에서 뭐 옆집에 물어봐도 없어요. 찾아봐도, 어디에서 찾아봐도 못 찾는 거예요. 그래서 문득 생각이 난 거예요. 그 피나가 자주 놀던 곳에 거기서 가 본 건데. 피나는 항상 노란색 옷을 입었어요. 항상 노란색 옷을 입었는데 엄마가 그 피나가 자주 놀던 곳에 가봤더니 거기 노란색 거기 있으니까,

"어, 피나 여기 있구나!"

라고 했는데.

더 가까이 가니까 피나가 아니라 무슨 처음 보는 열매인 거예요. 노란색 열매. 그거는 또 위에가 뾰족뾰족해요. 하고 또, 생긴 것은 눈이 한 천 개. 엄청 많은 눈이 있는 거예요. 그래서 엄마가,

"설마!"

라고 한 거예요.

그니까 그 피나를 찾는데 아무리 해도 못 찾으니까 그 열매를 막 피나라고 생각해서. 그거를 정성껏 키우고 했어요. 그거 키우다 보니까 또 열매를 더 생기고, 마을 사람들과 나누어 먹었어요. 그래서 그 과일은 '피나'라고 불렸는데. 필리핀에서는 파인애플은 '핀야'라고 불러요. 그래서 '피나'에서 '핀야'로 됐어요. 네.

[조사자 1: 핀야의 이야기네요?] 네. 핀야. [조사자 1: 재밌네요. 핀야 이야기도.] 그니까 필리핀은 과일 전설 되게 많아요. [조사자 1: 먹을 게 많아가지구.] [조사자 2: 과일이 많아서.]

바나나가 된 연인의 손 [1]

● **구연정보**
조사일시 : 2018. 12. 07(금) 오전
조사장소 : 경기도 화성시 진안동
제 보 자 : 멜로니 [필리핀, 여, 1985년생, 결혼이주 7년차]
조 사 자 : 김정은, 김민수

● **구연상황**
조사자들이 〈망고가 된 소녀의 불빛 심장〉 이야기를 재미있게 듣자, 필리핀에는 과일에 관한 이야기가 많다며 바나나에 대한 설화 구연을 시작했다.

● **줄거리**
부자집 여자와 가난한 집의 남자 바나가 사랑을 했다. 여자 집에서 반대를 해서 둘은 비밀로 만났다. 사랑하는 두 사람은 보름달이 뜨면 만나서 도망가서 같이 살기로 했는데, 여자의 아버지가 이 말을 듣게 되었다. 둘이 손을 잡고 도망가고 있을 때 아버지가 남자의 손을 자른 뒤 딸을 데리고 갔다. 여자는 슬퍼하며 남자의 손을 땅에 묻었다. 그런데 그 곳에서 바나의 손 모양을 닮은 열매가 열렸다. 그래서 이후에 열매 이름이 바나나가 되었다.

그러면 그거 바나나. [조사자: 아 정말 이런 이야기가 다 있군요! 하나하나.] 네 우리나라는 민속 이야기 많아요. [조사자: 네 괜찮아요, 그런 이야기 쭉 해주시면 돼요. 바나나 이야기예요, 이번에는.]

그래서 옛날에 필리핀 어느 마을에 아직 바나나 생기기 전에 그 여자하고 남자친구 있어요. 여자가 부자 남자는 그냥 [조사자: 남자는? 가난해요?] 네 가난해요. 근데 그 여자, 둘이는 너무 사랑해서. 그런데 다른 가족이라서 안 맞는 가족이라서 여자 가족 반대해요.

[조사자: 아 오히려 여자를 반대해요? 아니, 여자 가족이 반대하는 거죠, 남자를?] 네. 그래서 절대 둘이는 만나면 항상 비밀로 해요. 비밀리에 만났어요, 항상.

그런데 어느 날 이 둘이,

"우리는 그냥 같이 도망가서 같이 살자."

그런 생각 했고 그래서,

"오케이."

그랬어요.

그런데 모르는데 아빠가 듣고 있어요. 여자 아빠가 듣고 있어요. [조사자: 여자 아빠가 듣고 있었어요.] 들었어요. 그래서 이 날이 보름달. 그날이 보름달이 밝아서 여기 숲에서 만나서 어떤 숲에서 만나서 [조사자: 만나서?] 만났고, 거기서 도망가서 같이 살자 그랬어요.

그때 그 둘이 남자하고 여자하고 모르잖아요. 여자 아빠가 듣고 있는데 그런 걸 몰라서 그날에 만났는데 딱 둘이 만나서 아빠가 나타났어요. 아빠가 나타났는데 어떻게 하냐면 그냥 둘이 도망가야 되는데 여자 손을 딱 잡아서 아빠를 칼로 잘랐어요, 아니 남자 손. [조사자: 남자 손을 아빠가 칼로 잘랐어요?] 네, 칼로 잘라놨어요.

그래서 그때는 어쩔 수 없이 남자가 도망갔고 여자는 하고 아빠하고 갔지. 그래서 절대 둘이는 못 만났어요. 그런데 여자가 사랑하는 남자 손 가지고 왔어요. 너무 사랑했었기 때문에 여자가 그 손을 땅에다 숨겼어요. 숨겼, 숨었? [조사자: 묻었어요?] 묻었어요. 묻었어요.

그래서 며칠 지나서 어떤 나무가 생겼대요. 생겼는데 그래서 여자가 아 왜 갑자기 나무 생겼어요. 그래서 여자는 계속 키우고 있어요. 그래서 잘 자라고 있는데 그때 열매가 생겼어요. 열매는 보니까 [조사자: 아우 어떻게 해.] (웃음) 네, 손처럼 나왔어요. 우리 그 바나나 나무 그렇게 생겼잖아요. 그래서 여자가 깜짝 놀랐어요.

"이거 어떻게 해요."

아! 처음부터 이야기했어야 하는데 남자 이름이 바나라고 해요. [조사자: 남자 이름이 바나였구나.] 그래서 그거 얘기하고 그래서,

“아 이거 우리 바나 손이구나.”

그렇게 말했고 그리고 그거 하고 그전에는 어떤 가슴처럼 생겼잖아요. 열매 생기기 전에 가슴처럼 빨간색 있어요. 거기 나와서 손이 나오잖아요. [조사자: 빨간 열매에서 손이 나오는구나!] 그래서,

‘우리 바나 손이구나.’

그런 생각하고 그래서 그때 하고 너무 그 색깔이 조금씩 처음에는 초록색인데 조금씩 변해갔어요. 그래서 여자가,

‘아, 어떻게 할까? 이 손을 다 먹을까 아니면 그냥 계속 키울까.’

그렇게 한 건데 여자가 한번 가져왔고 열었어요. 그래서 한번 먹어봤어요. 너무 달아요. 그래서 그 여자 생각은

‘아! 우리 바나의 마음이구나.’

그래서 그때부터 그 나무는 바나라고 하는데 지나서 바나나 얘기 됐어요. [조사자: 바나나가 됐어요. 네.] 네.

바나나가 된 연인의 손 [2]

● **구연정보**

조사일시 : 2019. 07. 27(토) 오후

조사장소 : 제주시 삼양1동

제 보 자 : 마리사콘데(오혜진) [필리핀, 여, 1984년생, 결혼이주 11년차]

조 사 자 : 신동흔, 박현숙, 이원영, 한상효, 이승민, 강새미

● **구연상황**

제보자는 1차 서울 조사 때 구연한 〈게으른 후안〉, 〈두링 할머니와 과일 두리안〉 이야기를 재구연한 뒤 필리핀 전설은 사람이 새로운 과일로 생겨나는 이야기가 많다면서 파인애플, 바나나, 망고 등을 예로 들었다. 조사자가 바나나 유래도 있냐고 묻자 제보자는 조금 잔인하다면서 기억나는 대로 줄거리 위주로 구연했다. 조사자가 이야기 내용에 관해 자세히 질문하자 어릴 때 들었던 거라 정확하게 기억은 나지 않는다면서 스마트폰으로 관련 내용을 잠시 검색했다. 이야기판에 조사자들의 지인 1명이 청자로 함께 했다.

● **줄거리**

옛날에 여자는 후아나, 남자는 아깅이라고 불리는 연인이 있었다. 두 사람은 부모의 반대로 몰래 만나고 있었는데 하루는 후아나의 아빠가 둘이 만나는 것을 쫓아와 목격했다. 화가 난 후아나의 아빠는 칼을 휘둘러 아강의 손목을 벴다. 아깅은 그 길로 도망쳐 영영 돌아오지 않았고, 후아나는 잘려진 아깅의 손목을 집 마당에 묻어주었다. 그곳에서 나무가 자라 꽃이 피고 열매를 맺는데 꽃은 사람의 심장처럼 붉은 색이고 열매는 아깅의 손 모양이었다. 후아나는 그 열매를 아깅이라고 불렀다. 훗날 세월이 흘러 아깅이라고 불리던 열매는 사깅이라고 이름이 바뀌었다. 현재 필리핀에서 바나나를 사깅이라고 부른다.

[조사자 1: 바나나도 그런 전설이 있어요?] [조사자 2: 유래가 있어요?] 바나나, 네. 근데 최근, 그때도 이게 없고 안 찾은 거 같고, 그리

고 그 어렸을 때는 바나나 이야기 없었어요.

그 사랑하는 사이, 뭐 사랑하는 사이에 하고, 그 뭐지 그 조금 잔인한 거 같아요. 왜냐하면 그 손 모양이잖아요. 무슨 남자의 손을, 남자의 손을 땅에서 파서 이제 거기다 땅에 넣었어요. [조사자 2: 파묻어?] 아, 파묻었어요. 땅에 파묻었는데 거기 어떤 식물이 올라와서 그 열매가 그 손 모양이예요. [조사자 2: 손 모양?] 네, 그 좀 잔인해서.

[조사자 1: 처음에 묻을 때 왜 묻은 거예요?] 아, 그러니까 그걸 [조사자 2: 그걸 잘 모르겠다는 건데] [조사자 1: 사랑하는 사람이었고요?] 네, 사랑하는 사람이 있었는데 그 여자가 어떻게 됐는지 기억이 안 나서, 그거 아주 어렸을 때 한 이야기라서 최근에도 인터넷 검색할 때는 그 이야기가 안 나와서 네, 떠올리지는 않았어요.

(잠시 생각하다가) 이제 떠올랐어요. [조사자 1: 여자가 손을 자른 게 아니라 자기가 사랑하는 남자가 누군가한테 손이 잘린 것을 여자가…] 그 바나나 뭐지? 그 꽃 있잖아요. 꽃 가슴 심장 모양이 이제 하트, 심장. [조사자 2: 바나나 꽃이요? 아, 어떻게 생겼는지 못 봤는데요.] 네, 바나나 꽃은 심장 모양이에요. 빨간색이라, 색은 빨간색이라서 거기 그 남자의 사랑이라고 여자한테? 아, 그거 다시 찾아볼게요.

(제보자가 스마트폰으로 잠시 자료를 검색함.)

아, 네. 그러니까 사랑하는 사이의 이름은 여자는 아깅이라고 하고, 아니 남자는 아깅이라고 하고 여자는 후아나, 후아나라고 해요. [조사자 3: 후아나.] 필리핀은 그 후안이라는 이름을 아까 걔들 후안도 있고, 여자는 후아나, 후아나. 해서 [조사자 3: 후아나가 바나나가 된 거네요.] [조사자 2: 여자는? 남자는?] [조사자 3: 여자는? 아깅이 바나나 부부예요?] 아 그러니까 여자 부모는 후아나랑 아깅 사랑을 반대하는 거예요. 그래서 계속 후아나는 아깅한테 그냥 몰래 만나는 거예요. 잠시만요.

(제보자가 스마트폰으로 검색을 하느라 구연이 잠시 중단됨.)

아 맞아요. 후아나는 몰래 나가잖아요, 이제 몰래 나가서 아깅이랑 만나는데 후아나 아빠가 막 뭐지? 몰래 후아나, 몰래 후아나 아빠가 쫓아오는 거예요. 쫓아왔어요. 후아나가 아깅이랑 만난 것을 봤어요. 그래서 후아나 아빠가 엄청 화났어요.

그 뭐지, 그때 따라갔을 때에는 그, 잠시만요, 아, 그 옛날 사람들, 항상 농사하는 사람들 항상 이렇게 **처럼 [조사자 2: 낫 같은 거?] 낫 같은, 칼은 되게 작잖아요. [조사자 2: 검?] 검은 너무 길고 도끼도 아니고, [조사자 2: 꺾여져 있는 뭐 자르는 거 말하는 거 아니에요?] [조사자 3: 풀 자르는] 풀 자르는 것, 근데 칼처럼 생겼는데 칼보다는 많이 커요. 근데 검보다는 길지 않고요. [조사자 3: 정글도?] 뭐지 어디 가면 쉽게 나무 자르고 [조사자 3: 마체테, 마체테.] 저희 아빠도 그랬어요. [조사자 2: 항상 있구나.] 네, 항상 있어요.

그래서 따라 갔을 때 엄청 화내서 아깅은 그때 그러니까 했어요. 아깅은 그거 피해를 못하고 손을 맞은 거라서 손이 잘라진 거였어요. 잔인하죠? 잘라서 잠시만요, 손 잘라졌어요. 잘랐어요. 아 네, 그래서 아깅은 이제 너무 화나 아빠가 너무 무서우니까 그때 잘라진 손을 그러니까 잘라졌는데 무서우니까 도망갔어요. 달려서 도망갔는데 손은 그냥 그대로 그 자리에서.

그래서 후아나는 이제 집으로 왔고 아빠랑 같이 갔는데 아깅 떠난 것은 너무 슬퍼했어요. 아깅을 너무 보고 싶은데 아깅은 이제 안 오니까 그래서 잘라진 손을 생각난 거예요. 그래서 그 자리에 다시 갔더니 그 손이 거기 있는데 거기서 땅에서 파묻었어요. 잠시만요. 마당에서 파묻었어요. [조사자 3: 자기 마당이에요?] 네, 그러니까 그 손을 가져가서 자기 마당 [조사자 3: 집 마당?] 집 마당에서 거기다가 파묻었어요.

[조사자 2: 그래서요?] 네, 거기다 파묻었는데, 세월이 지나 아깅도 안 돌아오고 너무 슬퍼하고 어느 날에 그 후아나 아빠가 밖에 나왔는데, 마당에 나왔는데 어떤 식물, 식물이 막 올라오는 거예요. 그래서 그거 후아나가 그거 가서 봤을 때는 그 손, 파묻은 데 거기다 식물, 새로운 식물이 올라온 거예요. 식물이 막 이제 막 커지고 열매까지 열렸어요. 열매는 이제 손 모양으로 해서 그 후아나는, 그 식물은 그 과일은 아깅이라고 생각해서 아깅이라고 불렀어요, 후아나가. 그래서 거기도 또 가슴 모양도 나오고 하니까 그 아깅의 사랑도 생각

나니까 그거 아깅이라고 생각하고 아깅의 사랑이라고 생각했어요.

그래서 이제 세월이 지나니까 아깅은 사깅으로 바꿨어요. 사깅은 바나나라는 말이에요. [조사자 4: 그 사깅을 영어로 하면 바나나?] 네, 필리핀 언어는 사깅이라고 [조사자 2: 그 바나나를 의미하는 거구나.]

[조사자 1: 그러니까 손을 놔두고, 사람은 갔지만 마음은 놔두고 간 거예요. 그러니까 심장으로 열린 거지. 손만 놓고 간 게 아니라 사람은 떠났어도 사랑을 두고 갔기 때문에 심장이 열리는 거죠. 재밌네요.] [조사자 2: 그러네요.]

망고가 된 소녀의 불빛 심장 [1]

● **구연정보**

조사일시 : 2018. 12. 07(금) 오전
조사장소 : 경기도 화성시 진안동
제 보 자 : 멜로니 [필리핀, 여, 1985년생, 결혼이주 7년차]
조 사 자 : 김정은, 김민수

● **구연상황**

조사자들은 제보자와 두 번째 만남을 갖게 되었다. 제보자는 조사의 의도를 이해한 상태에서 준비해온 이야기를 차분하게 구연해 주었다.

● **줄거리**

엄마하고 사는 마나라는 아이가 살았는데, 엄마와 다른 사람을 잘 도와줬다. 요정이 마나가 착한 일을 하면 가슴에 하트 모양의 불빛이 나오게 했다. 어느 날 마을에 벌레가 생겨 나무가 다 죽어갔다. 마나는 벌레들이 불빛이 보이면 따라가는 것을 보고, 마을 사람들을 살리기 위해 불빛으로 벌레를 이끌고서 마을을 나갔다. 얼마 후 그녀 살던 집 옆에 나무가 생겼는데, 심장 모양의 과일이 열렸다. 과일은 매우 달았다. 사람들은 그 과일이 마나의 가슴이라고 생각했다. 과일은 망가 또는 망고로 불리게 됐다.

그 필리핀 대표적 음식 망고 있잖아요. [조사자: 음식이요?] 망고 [조사자: 아 대표음식 망고.] 네, 그래서 망고 어떻게 시작했는지 [조사자: 망고를.] 네, 어떻게 시작했는지 민속 이야기 시작할게요. [조사자: 네.]

옛날에 어느 필리핀 마을에 한 가족이 살아 있었어요. 엄마 하고, 아빠는 돌아가셨는데 애기 여자 열 살 살아 있었어요. 이 애기 이름이 마나라고 해요. [조사자: 마나, 네.] 이 여자는 너무 착해요. 다른 사람을 도와주고 엄마도 도와주고. 그리고 항상 좋은 일만 생기고,

그래서 어떤… (잠시 단어를 생각하다가) 요정! [조사자: 아, 요정!] 착한 요정이 나왔어요. 이 아이가 너무 착해서 그래서 착한 일이 생기면 여자가 착한 일을 하면 그 가슴이 불빛이 나와요. 그래서 우리 가슴이 하트 셰입Heart shape(심장 모양)이잖아요. 그래서 만약에 내가 이 사람을 도와주면 그러면 가슴에 불빛이 나와요.

그래서 그렇게 하다가 항상 그러하고 이 여자는 너무 착해요. 그래서 이 선물을 받았어요. 그래서 어느 날 이 마을에 벌레 같은 거 생겼어요. 그래서 이 벌레들이 심은 나무들 막 먹고 그래서 사람들이 먹을 수가 없어요.

그때 이 벌레들이 불빛이 보면 따라가요. 그래서 그거하면 아 이 여자가 생각났어요.

'아, 내가 이렇게 이 벌레들이 같이 나가야겠어. 그래야 우리 마을이 살아갈 수 있어.'

말했어. 그런데 처음에는 엄마가 반대했어요. 왜냐면 아기가 아직 10살인데. 그래서 어떻게 해야 할지 그런데 어쩔 수 없어요. 그래서 결국은 엄마가 반대하겠지만 보내버렸어요. 이 여자를. 그래서 여자는 마을에서 나가서 벌레들은 따라갔어요.

그런데 얼마 지나지 않아 그 엄마 집 옆에 어떤 나무가 갑자기 나왔어요. 이 나무는 과일이 있어요. 그 과일이 가슴처럼 생겼어요. 그리고 색깔이 금 색깔이에요, 햇빛에 꼭. 그때는 아직 마을에서 먹을 거가 없어요. 먹을 거 없어 왜냐면 벌레들이 다 먹었잖아요. 그래서 그때도 처음에는 한 나무 생기는데 조금씩 조금씩 다 다른 장소에서 마을 안에서 같은 나무 생겼어요.

그래서 사람들이,

'이거 한번 먹을까 말까?'

생각했는데 너무 배고파서 어떤 아이가 다 먹었어요. 너무 달대요. [조사자: 아 단 거예요?] 그래서 그때는 생각났어요.

'아, 이 나무는 우리 그 마나 가슴 아닌가?'

그런 생각했는데, 그래서 그 나무는 그때부터 마나라고 했는데 조금 지나자 '망가'라고 했어요. '망가'는 우리말로 '망고'라고 해요. 네, 그런 이야기예요.

[조사자: 마나 때문에 이렇게 됐네요. 지난번에 해주신 파인애플 이야기와 완전 반대되는 이야기네요.] 네, 반대예요. 그런 이야기예요.

망고가 된 소녀의 불빛 심장 [2]

● **구연정보**

조사일시 : 2019. 07. 27(토) 오후
조사장소 : 제주시 삼양1동
제 보 자 : 마리사콘데(오혜진) [필리핀, 여, 1984년생, 결혼이주 11년차]
조 사 자 : 신동흔, 황혜진, 박현숙, 이원영, 한상효, 이승민, 강새미

● **구연상황**

제보자가 〈바나나가 된 연인의 손〉에 관한 이야기 구연을 마친 뒤 조사자들과 필리핀 바나나와 관련된 대화를 나누었다. 그러던 중 조사자가 망고 전설은 어떤 이야기냐고 묻자 제보자가 곧바로 구연을 시작했다. 제보자가 이야기 구연을 마무리할 무렵 일부 일행이 뒤늦게 합석해서 이야기판이 다소 어수선해졌다. 조사자의 지인 1명이 청자로 참여했다.

● **줄거리**

옛날에 아빠 없이 엄마와 단둘이서 살던 앙가라는 소녀가 있었다. 앙가는 아빠가 없어서 친구들에게 괴롭힘을 받다가 마녀할머니의 도움으로 좋은 일을 하면 심장이 밝게 빛나는 능력을 얻었다. 하루는 앙가가 살던 마을에 해충이 습격해서 누군가 불로 벌레들을 마을 밖으로 유인해서 쫓아내야 하는 상황이 됐다. 아무도 나서지 않을 때 앙가가 이 일을 맡았다. 앙가는 마을 밖으로 해충을 유인해서 쫓아냈지만 다시는 돌아올 수 없었다. 앙가가 돌아오기를 기다리던 엄마가 집 마당에서 자라난 나무에 열매를 보니까 밝게 빛나는 빛깔이 앙가의 가슴에서 반짝거리던 빛과 비슷했다. 그 열매를 앙가라고 부르기 시작했고 훗날 앙가가 망고로 되었다.

[조사자 1: 망고 전설은 어떤 이야기예요?] 어, 망고 예, 그러니까 망고는 그냥 망고의 전설이 아니라, 그 망고의 그 두 얼굴이라고 해요.

[조사자 2: 망고의 두 얼굴?] 네.

망고의 두 얼굴은, 그 옛날 옛날에 한 여자아이가 엄마랑 같이 살고 있는데, 이번에도 아빠 없어요. 아이 이름은 앙가라고 해요. 앙가라고 하는데, 앙가는 되게 착하고 엄마를 도와주는 아이예요. 근데 이제 그 앙가는 아빠 없다 보니까, 아빠 있는 애들이랑 같이 놀면 아빠 있는 애들이 자꾸 괴롭혀요. 자꾸 놀려요. 부러워하니까.

그래서 그 어떤 마녀 할머니가 이렇게 해서 마녀 할머니가 계속 앙가를 지켜보는 거예요. 아이는 착한데 뭐 다른 모습도 다른 애들한테 다른 모습도 있는 거예요. 그래서 마녀 할머니가 앙가한테 그 좀 뭐였더라? 반짝반짝하는 뭐 가슴을 준 거예요. 아, 마법을 쓴 거예요. 그러니까 앙가한테 얘기했는데, 착한 일을 하면은 가슴이 막 반짝반짝 되고, 안 좋은 일 있으면 그냥 없어요. 반짝거리지는 않아요.

이제 어느 날에 마을에서 문제가 생겼어요. 그 벌레가 너무 많이 와서 그 뭐지, 농사 되게 파괴되고 그랬어요. 그래서 마을 사람들은 그 벌레를 쫓아내야 하는데 그 뭐지, 불. 불을 들고 마을 밖으로 나가야 하는데 그거 하면은 그 사람이 못 돌아올 수도 있대요. 그래서 누가 할까. 할 사람이 없었어요.

근데 그때는 앙가가 아직 아이일 때 앙가가 용기 내서 그러니까 너무 되게 용감하게 자기가 하겠다고 했어요. 그래서 앙가 엄마가 너무 하면 안 된다고 막 울고 그랬는데 앙가가,

"꼭 이거 내가 안하면 누가 하겠어요."

라고 했어요.

그래서 그거 하면서 가슴에 막 뭐지 반짝 거리는 거예요. 이렇게 해서 마을 나가서 막 이렇게 벌레 불을 막 쫓아갔어요. 그래서 이제 뭐지 앙가가 이제 떠났어요. 며칠 됐는데 돌아오진 않았어요. 그래서 엄마가 막 되게 슬프고 해서 계속 앙가를 기다리고 있는데 앙가가 돌아오진 않아요.

그래서 이제 그 오지 않아서, 어느 날에 앙가 엄마 집에서 마당에 식물이, 나무가 생겼어요. 거기 나무가 생기고 이제 커가지고 열매도 났어요. 열매는 파랗게 아직 파랗게 먹어보면 되게 시어요. 먹

을 때 그 안 좋은 표정 나잖아요. 신 거 먹으면은. 하고 또 익은 것을 먹어보면 되게 달고 얼굴이 되게 좋아요. 막 행복한 그런 느낌 있잖아요. 맛있는 걸 먹으니까.

그래서 앙가 엄마가 그 과일을 먹어서 이제 앙가가 생각난 거예요. 이건 앙가였고, 생각했고, 이제 세월이 지나니까 앙가는 망가로 됐어요. 네 망가. 필리핀어는 망가라고 합니다.

[조사자 3: 가슴이 빛나는 거랑 망고랑 무슨 상관이 있나요?] 아 그러니까 그 망가 익을 때는 노랗게 약간 금색이 되잖아요. [조사자 2: 금이 빛나는 것처럼.] [조사자 1: 망고가 여름에는 반짝거려요? 익으면?] 익으면 [조사자 2: 뺀질뺀질 하잖아요.] 금색, 그냥. [조사자 2: 완전 황금색 깔.] 노란색이라고는 하는데 황금색 반짝거리니까. 어떤 망고는 황금색도 있고 맛없는 망고는 이런 노란색? (웃음)

[조사자 1: 그 안에 딱딱한 씨는 한이 맺힌 거라고 할까? 그 씨가 굉장히 딱딱하잖아요.] [조사자 2: 뼈다귀 같잖아 꼭.] [조사자 1: 그 안에 씨가 굉장히 딱딱해서.] 딱딱해요 [조사자 1: 뭔가 그 한, 억울한 마음. 그 씨가 혹시 그런 건 아닐까. 생각을 해봤어요.] 그렇죠.

두링 할머니와 과일 두리안

● **구연정보**

조사일시 : 2019. 03. 07(목) 오후
조사장소 : 서울시 광진구 화양동
제 보 자 : 마리사콘데(오혜진) [필리핀, 여, 1984년생, 결혼이주 11년차]
조 사 자 : 신동훈, 김정은, 엄희수, 강새미

● **구연상황**

제보자가 이메일로 연애하다 남편과 결혼한 사연을 들려준 뒤, 제보자가 아시안 허브에서 만든 동화책에 대해 대화를 나누었다. 자연스럽게 제보자가 만든 동화책에 실은 이야기인 〈두링 할머니와 과일 두리안〉 구연이 시작되었다.

● **줄거리**

필리핀 남부 민다나오 지역에서 전해지는 전설이다. 두링이라는 이름을 가진 할머니가 산 밑에 홀로 살고 있었다. 남편과 자식이 있었는데 둘 다 죽었고, 그 이후로 사람들과 잘 어울리지 않았다. 또, 까다로운 성격을 가지고 있어서 다른 사람들이 두링 할머니를 가까이 하지 않았다. 어느 날 마을에서 며칠 동안 이상한 냄새가 나서 사람들이 냄새가 어디서 나는지 찾아보았다. 두링 할머니 집에까지 가보았는데, 할머니는 없었다. 그런데 두링 할머니의 집 근처 나무에 뾰족뾰족하고 이상한 냄새가 나는 열매가 있었다. 열매가 좀 벌어져 있었는데 사람들이 먹어보니 정말 맛이 좋았다. 마을 사람들은 이 열매를 나누어먹었고, 두링 할머니의 이름을 따서 '두리안'이라고 부르게 되었다.

이거는 이제 필라핀 남쪽에 있는 민다나오●에서 나온 이야기예

● 민다나오 섬은 필리핀에서 루손 섬 다음으로 큰 섬이다. 국토의 남쪽 1/3에 해당하는 것이 민다나오 인근 군도이다. 민다나오 군도는 민다나오 섬과 남서부 술루 제도 등으로 구성되어 있으며, 6개의 지역과 26주가 있다.

요. 그러니까 거기서는 되게 그 산들 많아서 거기 산 밑에 어떤 할머니가 살고 있었어요. 그 할머니 이름은 두링 할머니라고. 두링 할머니였어요.

그런데 그 두링 할머니는 약간 까다로운 할머니라고 해야 하나? 까다롭고 아예 사람들이 두링 할머니를 아이한테 무섭게 그런, 무섭게 얘기하니까 아이들이 말 안 들으면은,

"너, 말 안 들으면 두링 할머니 부를 거야!"

그러는 거예요. 그렇게 무서웠던 두링 할머니인데. 그냥 두링 할머니 나쁜 짓을 하지 않는데, 그냥 사람들한테 어울리지 않아서 그렇게 이미지가 갖게 된 거예요. 근데 보니까 두링 할머니는 그전에 남편도 있고 자녀도 있었는데 돌아가셨대요. 그래서 이제 사람들 어울리지, 어울리는 거를 싫어했었데요. 그래서 혼자서 산 밑에서 늘 지냈대요.

그래서 근데 갑자기 어느 날 마을에서 이상한 냄새가 났어요. 그래서 사람들이,

"어, 이거 무슨 냄새지?"

하니까 아 그냥 놔뒀더니 2, 3일. 3일 정도 지났는데 계속 냄새가 나는 거예요. (웃으며) 그래서 마을 사람들은,

"아, 이 냄새가 어디에서 나는지 한 번 찾아봐야 되겠어! 찾아봐야 되겠어!"

라고 해서 마을 사람들이 다 같이 다니고, 이 집도 가고, 저 집도 가고 찾아봤는데 결국 그 두링 할머니 댁에 갔는데.

"두링 할머니 계세요?"

그렇게 찾으셨는데 두링 할머니 대답 않고 안 계시는 것 같아요. 사람들이,

"두링 할머니 어디 계시지? 어디 계실까?"

라고 해서, 그때는 옛날 집들은 그냥 들어갈 수도 있으니까요. 막 들어가서 확인하고, 아무리 찾아봐도 두링 할머니 모습이 나타나지가 않아요.

아, 그전에 두링 할머니가 혼자 계시니까, 혼자 지내니까 거기서

산 밑에 있다 보니까 식물들 엄청 많이 키웠어요. 꽃, 나무들 다 많이 키웠대요. 그래서 거기 마을 사람들 들어가 보니까 나무가 어떤 나무가, 열매 열린 나무가 있었어요. 근데 약간 뾰족뾰족하고, 하나가 너무 익어서 약간 벌어졌어요. 그래서 한 사람이 거기 가까이 대니까 좀, 냄새 맡고,

"아, 이 냄새였구나!"

근데 사람들은 보니까 그 약간 벌어져서 색깔이 너무 예뻐서 먹음직스러워요. 그래서 그거 따서 사람들이 한 번 먹어보니까 되게 맛있대요. [조사자: 냄새는 그런데. 네네.] 냄새나도 되게, 먹어보니까 맛있었대요. 두링 할머니도 안 계시니까,

"어, 이 열매는 누가 다 먹지?"

라고 해서 사람들이 그거 다 가져와서 그거 마을사람들 그거, [조사자: 나눠서.] 나눠서 가져갔는데.

남은, 다른 마을에서 온 사람이 와서, 이 두리안 열매를 봤는데,

"어, 저건 무슨 열매야?"

라고 물어봤더니, 마을 사람들은,

"그건 두링이 키운 나무의 열매다."

라고 얘기했더니 좀 시간이 지나면서 그냥 두링이안 이라고 했어요.

왜냐면 그것은,

'그것은 두링이야.'

라는 말인데 근데 또 나중에 시간이 흐르면서 그냥 '두리안'이 되었어요.

[조사자: 두링 할머니였네요.] 네. 두링 할머니였어요. [조사자: 근데 두링 할머니 어디 가셨는지는 모르는 거네요?] 네. [조사자: 어, 근데 두링 할머니가 키우셨던 거라서.] 응. [조사자: 난 처음에 할머니가 (두리안이) 되는 줄 알고.]

(웃으며) 근데 전설들은, 필리핀의 전설들은 보면은 누가 뭐지? 그냥 사라지는 사람 많아요. 그 뭐더라? 나비의 전설, 두리안의 전설, 파인애플 전설도 다 그냥 사람이 그냥 없어지는 거예요. 그 과일

은 그 사람의 성격을 대표하는 것 같아요. 그러니까 두링 할머니처럼 두리안은 뾰족뾰족하고, 근데 안에는 좀 맛있고. 그러면은 두링 할머니도 좀 좋은 마음을 갖고 있었다는 그런 뜻이에요. [조사자: 어, 좋네요. 재미있는데요.]

과야바 유래

● 구연정보

조사일시 : 2016. 11. 09(수) 오전
조사장소 : 경기도 화성시 향남읍 행정리
제 보 자 : 룻파네스 [필리핀, 여, 1974년생, 결혼이주 23년차]
조 사 자 : 오정미, 이원영, 이승민

● 구연상황

제보자가 〈칸라온 화산 유래〉에 이어 필리핀의 대표 과일인 과야바에 대한 이야기를 시작했다. 과야바가 필리핀 말로는 '과야바스'라고 하면서 그 이름을 가지게 된 유래를 설명했다.

● 줄거리

게으른 왕 바라바스가 죽었다. 그의 무덤 위에 나무가 올라오고 열매가 열렸는데, 왕임을 표시하는 왕관 모양의 열매가 열렸다. 사람들은 그 과일의 이름을 왕의 이름과 비슷하게 과야바스라고 불렀다. 그 과일이 과야바다.

어떤 섬이 '네그러스'●라고 섬이 있었어요. 네그러스. 네그러스 섬 있었는데 그 왕자 살고 있었어요. 왕자. 그다음 자기 백성들하고 같이 살고 있으면서, 그 왕자는 아주 부자고, 돈 많고 그다음에 뭐 힘도 있고, 능력도 있었어요.

그런데 어느 날 왕자는 움직이는 건 싫어했어요. 그냥 앉아만 있고, 먹고만 하고. 몸이 너무 뚱뚱해졌어요. (웃음) 그 음식 먹을 때에도 음식은 엄청 많이 갖다 놓고. 그리고 접시는 안 쓰고. 거기 바닥에

● 2015년 5월 29일 신설된 필리핀의 18번째 지방(Region XVIII)이다. 약어는 NIR이다.

서 다 놓고 하면서 빈손으로 막 먹어요. 그냥 막 먹어요. 그래서 이젠 자기만 막 먹고. 이제 어떤 사람들은 와서 뭐 주민들은 와서 뭐 도와주라고 하면은. 그 왕은 그냥 내버려두고 그냥.

"알아서 하세요."

라고 신경 안 써요.

그래서 계속 그 왕은 너무 버릇이 없는 왕이에요. 네 버릇이 없고, 항상 자기 거만 욕심 하는 거죠. 먹는 것 욕심이. 다른 거는 욕심이 없는데 먹는 거만 자기가 다 먹으려고 욕심이 있었어요. 그래서 나중에 자기 왕국은 너무 지저분해졌어요. 청소도 안 하고, 뭐 자고, 그냥 먹고만 하고, 앉아만 있으니까 몸도 (팔을 넓게 벌려 보이며) 이만큼 뚱뚱해지고 하니까, 이제는 청소도 안하고 지저분해 완전 쓰레기장 되는 거야. 자기 왕국이.

그래서 어느 날 어떤 부부랑 할머니가 그 왕한테 가서,

"배고파."

이렇게 이야기했어요.

"먹을 거 주세요."

라고 보러 갔는데 그 왕은,

"저리 가!"

라고 했어요.

"저는 밥 먹고 있는데 왜 여기 있냐?"고.

지저분하거든.

"저리 가!"

라고 하는 거야.

그래서 갑자기 그 부부랑 할머니가 갑자기 모습을, 목소리가 변해서 그리고 자기가 이제 몸을 변해버렸어요. 그래서 이렇게 말했어요. 왕한테.

"이놈아! 그렇게 사니까 왕국을 어떻게 할 거냐!"고.

"그러면은 너의 재산들도 다 없어지고 그리고 이제 너의 왕도 이제 어떻게. 내가 원래 왕인데 그렇게 살면 주민 사람들은 어떻게 할 거냐!"고.

"그러면은 망한 거지!"

그러는 거예요. 그래서 그렇게 말해서 그 화가 난 그 할머니가 이제 없어졌어요. 그래서 왕이 이제 며칠 후 왕이 조금 이제 심각해지고. 그리고 나중에 병 걸려가지고 이제 죽었어요.

그렇게 그 왕은 도움 요청하는 사람들은 도와주지도 않고, 그리고 자기 있는 재산도 갖고 있는 거, 자기만 혼자 다 쓰고, 다른 사람한테 안 나눠주고 하니까. 다른 사람 아픔도 그냥 모르게 하고, 다 다른 사람한테 무시해서 이제 아팠으니까 옆에 봐주는 사람도 없었어요. 너무 그냥 버릇이 없으니까. 나빴잖아요. 그래서 사람들은 안 도와주죠, 또 아파가지고, 계속 아프면서, 심하게 아파가지고. 나중에 죽었어요. 왕이.

그러니까 죽으면서 이제는 누가 뭐 이렇게 울거나 하는 사람도 없고 그냥 다 좋아했어요. 그다음에 장례식도 그냥 아무 사람 안 가고. 한 사람만 묻어서 그 왕은 그냥 이제 그렇게 갔어요. 그 나쁘니까. 나빠서 이제 좋아하는 사람도 없잖아요. 그러니까 살아있을 동안은 좀 잘하고, 다른 사람한테 열심히 나눠주고, 좀 착하게 살아야 되는데 자기 혼자 욕심내니까 사람들은 그렇게 생각해서 그냥 놔두는 거예요. 그래서 사람들은 울지도 않고 그냥 혼자만 죽고. 그렇게 됐어요.

(잠깐 침묵한 후) 그런데 그 왕 이름은 '바라바스'라고. 왕 바라바스. 그런데 거기 이제 그 무덤을 모르는데 나중에 무덤 위에 어떤 나무가 자라는 거예요. 그리고 그 나무는 조그만 엄청 많은 열매를 이제 맺고 있었어요. 초록색에다가 나중에 익으면 약간 노란색이고. 그다음에 그 맛은 약간 신맛 하면서. 그 나중에 그 과일의 위에 약간 왕관이 생긴 거 있었어요.

그래서 사람들은 이름을 만들었어요. 바야바스라고 그 왕 이름 비슷하게. 왕 이름은 바라바스인데 그 과일은 '과야바스' 이름 만들었어요. 왜냐하면 그 과일 맛이 약간 쓴맛 하면서 왕 성격이나 그 비슷하다고 그렇게 말했어요. 생각하고 있어요. 그리고 그 과일 위에 왕관처럼 비슷한 거는 왕을 표시한다고 했었어요.

신경초 마까히야 유래

● **구연정보**

조사일시 : 2016. 12. 21(수) 오후
조사장소 : 경기도 화성시 향남읍 행정리
제 보 자 : 룻파네스 [필리핀, 여, 1974년생, 결혼이주 23년차]
조 사 자 : 오정미, 이원영, 이승민

● **구연상황**

제보자가 〈원숭이와 거북이〉 이야기를 마치고 난 뒤 잠깐 이런저런 대화를 나누다가 준비해 온 다음의 이야기를 시작했다. 마까히야는 신경초 또는 미모사로 불리는 식물로 살짝 건드려도 양쪽의 잎을 안쪽으로 오므리는 것이 특징이다. 마까히야 이야기는 필리핀 사람들 대다수가 알고 있는 유명한 이야기라고 했다.

● **줄거리**

필리핀 마사가나 마을의 한 부부가 딸을 낳고 싶어 기도를 했는데, 소원이 이루어져 여자 아이를 낳은 뒤 마리아라고 이름을 지었다. 예쁜 마리아는 쑥스러움이 많아 집 밖에 나가는 걸 좋아하지 않고 늘 집에 있었다. 어느 날, 스페인이 필리핀을 쳐들어와서 살육과 약탈을 일삼자 부모는 마리아를 큰 숲에 숨겨놓았다. 스페인이 물러간 후 마리아 부모가 딸을 찾으러 갔는데, 마리아는 사라지고 없었다. 다만 그 곳에서 한 식물이 나타났는데, 만지면 잎사귀가 닫히고 손을 떼면 잎사귀가 열렸다. 이 식물이 마리아라고 생각한 부모는 이후로 이를 마까히야라고 불렀다. 마까히야의 '마'는 '마리아'를 뜻하며, '까히야'는 '쑥스러운'이라는 뜻이다. 마까히야는 '나를 만지지 마'라는 뜻도 가진다.

그다음 이야기는 그 뭐라고 해야 하는 거지? 이 한국에서 이런 잎사귀가 만지면, 이 (손뼉을 치며) 닫어, 닫잖아요. [조사자 2: 미모

사.] [조사자 1: 모모사.] [조사자 2: 미모사.] 미모사, 예. 예, 그래서 그거 영어로는 '터치 미 낫Touch me not'이라고. 터치 미 낫. 근데 이거는 영어로 저기, 필리핀 말로 하며는 마까히야MAKAHIYA. [조사자 1: 마까이야.] 네, 마까히야. 마까히야. 음, 이 얘기예요.

[조사자 1: 마까히야가 필리핀에는 많아요?] 마까히야는 진짜 많아요. 막 그냥 다. [조사자 3: 마까이야요?] 마까히, [조사자 1: 히야.] 히야. 마까히야. [조사자 1: 미모사가 많구나.] 마까히야, 그 왜냐면 더운 나라니까. 마까히야, 히야 뜻, 뜻이는 약간 쑥스러운 거. 쑥스럽다, 히야hiya. [조사자 1: '쑥스럽다'에의 뜻이에요?] 예, 예. 쑥스럽다. [조사자 1: 아 이렇게 딱하면 닫히는 그 모습이.] 네, 마까히야. [조사자 1: 약간 이렇게 움찔해 갖고. 아 재밌다.] 네, 마까히야. 히야. (웃음)

그 옛날에 어떤 부부 한동네에서 살고 있는데 그 동네는 마사가나라고 하는 동네가 있어요. [조사자 1: 마사?] 마사가나. 마사가나 동네가 있는데, 지금은 반판가라고 하는, 저기 반판가. 마닐라 조금 클라크 쪽에, 이렇게 하는 건데, 반판가라고 지금은 그 도시 이름이에요, 이제는.

근데 그 부부는 딸을 원했어요. 딸. 딸을 원하는데 그래서 수완(소원)도 빌고 그래 나중에 그 소원을 이루어줬어요. 여자 애기가 태어났어. 그리고 그 이름은 마리아라고, 마리아. 마리아라고 지어요. 근데 마리아는 진짜 이뻐요. 이쁘고 그 담에 근데 많이 쑥스러운 애기예요. 그러나 마리아는 집이 나어, 나아게, 나가지도 않아요. 집에서 맨날 집에만 있어. 밖에 나가는 거는 별로 좋아하지 않아요.

한 몇 주 후에, 몇 주 후에. 거기 스페인, 스페인 사람들은 와서, 그 그 동네에서 왔는데. 그리고 어떻게 되냐면은 모든 물건들은, 모든 사람들은 이제 줘이고(죽이고). 죽이고 그리고 그 물건들은 뺏어왔어. 옛날에는 스페인 필리핀에서 그렇게 막 저기하면서 죽이고 막 뺏어, 물건도 뺏고 그렇게 했었어요. 그리고 만약에 고거 안 주면 죽여, 그냥 죽여 버리는 거예요.

그래서 그 두 부부는 자기 딸을 잃을까 봐, 너무 걱정 많이 했고, 너무 무서워했어요. 그래서 마리아는 그 딸에, 그거 커다란 나무 그,

저기 뭐라고, 숲. 숲 있는데 그 마리아를 거기에 숨겨했어, 숨어, 숨어놨어요. 그 엄마 아빠가. 거기서 뭐 다른 저기 스페인 사람들은 볼 수 없게 거기서 숨겨놔 있었어요.

근데 나중에 그 스페인 사람들은 도나서(떠나서), 그 동네에서 떠났는데. 이제 엄마 아빠가 마리아를 이제,

"아 이제 괜찮다."고.

"가자."

라고 했는데, 없어졌어요, 마리아가.

못 찾았어요. 계속 찾고 있는데 못 찾으니까. 고 자리에 조그만 식물이 거기만, 그것만 남아있었어요. 나타났어요. 그리고 마리아 대신에 그 식물이 있었어요. 근데 그 식물은 이거 만지면 이게 아 들어가고 막 만지면 들어가요. 그래서 나중에 아, 갑자기 이렇게 닫거나(손뼉 치고) 고 담에 또 안 만지면 또 열거나, 좀 있으면 또 닫거나 그랬어요.

그래서 그 부부는 이렇게 생각했어요.

'아! 이, 이 식물은 우리 애다.'

라고 생각했고 그래서 마리아라고 그 지네들, 어 이 식물은, '마리아'라고 정해져, 생각했었어요. 그 부모님이. 그래서 엄마 아빠가 그 식물 이름은 '마까히야'라고 불렀어요.

[조사자 1: 마까히야. 마리아랑] 마. [조사자 1: 발음이 비슷한 거예요?] 네. 마는, 마는 마리아하고, 까히야는 이게 약간 좀 아, 쑥스러워하는 거. 그렇게.

[조사자 1: 예를 들어 필리핀에서 '까히야' 하면 '아 쑥스러워' 이거예요?] 까히야, 아 예예. 그리고 이거는 '터치 미 낫'이라고, 터치 미 때 '나를 만지지 말라'고 하는 뜻이에요. 터치 미 낫. 그래서 자기 그 자기 딸처럼 쑥스러워가지고 숨거나 이렇게 하는 거는, 그 식물이 그렇게 표현이 됐어요.

원숭이가 처음 생겨난 유래

● **구연정보**

조사일시 : 2016. 12. 21(수) 오후
조사장소 : 경기도 화성시 향남읍 행정리
제 보 자 : 룻파네스 [필리핀, 여, 1974년생, 결혼이주 23년차]
조 사 자 : 오정미, 이원영, 이승민

● **구연상황**

제보자가 〈바다가 짠 맛이 나는 이유〉 이야기를 마친 후 설화 내용에 대하여 대화를 나눈 뒤 준비해온 다음 이야기로 넘어갔다. 원숭이가 벌을 받고 있는 사람이기 때문에 다른 사람들과 살지 못하고 숲에서만 살게 됐다면서, 필리핀에는 원숭이가 많고, 집에서도 애완동물로 키우기도 한다고 말했다. 전에 제보자의 사촌동생 집에서도 원숭이를 키웠는데, 시골사람들 몸에 원숭이가 올라가 이를 잡아주기도 했다고 회상하면서 웃었다. 이야기에 등장하는 신들은 모두 여신이라고 했다.

● **줄거리**

옛날에 옷 만드는 신을 도와주던 한 여자가 매일 똑같은 일을 반복하는 것이 지겨워졌다. 그러다 가죽으로 옷을 만들면 더 튼튼할 거라는 생각에 동물 가죽으로 옷을 만들었다. 이 사실을 알게 된 신들은 가죽옷을 만들려면 다른 동물들을 죽여야 해서 이를 금지하고 있었는데, 왜 자기만 생각해서 가죽옷을 만들었냐며 화를 냈다. 그리고는 여자에게 벌을 주어 가죽옷을 몸에 모두 붙여버렸다. 털가죽이 붙어버린 여자는 원숭이가 되었는데, 이것이 원숭이가 처음 생겨난 내력이다.

왜 첫 원숭이 생기는 것, [조사자 1: 첫?] 아, 퍼스트first. [조사자 1: 어떻게 퍼스트 멍키monkey가 생겼냐?] 예.

옛날에는 어떤 숲속에 숲인데. 그 젊은 여자 살고 있었어요. 그

다음에 그 젊은 여자는 신들에서, 신들에, 신들이랑 막, 신, 신 많은, 신들에? 거기서 이제 일하는 거죠, 도우미? 이렇게 하고. 예. 그리고 그 사람, 그 신들은 게 요즘도 이렇게 옷 만드는 건, 실로 뽑고, 이렇게 옷 만드는 거는 그, 그 신들은 그렇게 역할 하고 있어요.

[조사자 1: 그 여자가 신들의 옷을 만드는 일을 한 거예요? 아니면 신이?] 아뇨, 신. [조사자 1: 신이?] 예, 신들이. 그 여자는 도와주고. 그러게 그 여자는 모든 자기 원한 것을 이제 신들은 다 줘요. 자, 자기 다. [조사자 3: 신들이 옷을 만드는 것을 여자가 도와준다고요?] [조사자 2: 신들이, 옷을 만드는 신들인데 그 일들을 여자가 도와주나?] 도와줘요. 네. [조사자 1: 조교야, 조교.] [조사자 2: 사제 같은 거.] [조사자 1: 응, 사제.]

그래서 어느 날, 그 신들은 여자한테 어떻게 설명하는 거예요. 설명하는 거, 옷은 어떻게 만들었는지, 점이나 섬(선), 섬을 이렇게 어떻게 하는 건지, 그다음에 이거. (두 손을 돌리는 시늉을 하며) [조사자 2: 물레.] 이렇게 물레 하는 거랑 하고 어떻게 돌아가는 거랑 하고 (한 손을 돌리며) 나중에 어떻게 (한 손으로 바느질로 기우는 시늉을 하며) [조사자 1: 바느질하는 거.] 바느질하는 것까지 다 만들었어요. 컷팅cutting, 그 잘라는(자르는) 것까지 다. 그래서 나중에 바느질하고 마지막, 그렇게.

그다음에 나중에 그 여자는 진짜 잘했어요. 막 도와주고 잘 만들고. 근데 계속해서 그거 보니까, 그런 일만 해보니까. 아, 여자는 인젠 그 젊은 여자는 이제,

'하기 싫다.'

외롭, 지루하고 이제는 자기 막. 아 이 맨날 이렇게만 하니까, 같은 방법으로 하니까, 이거 하면 재미가 없는 거죠. 자기가 이제는,

'아 다른, 다른 방법, 어떻게 다른 것 좀 해보자.'

라고 그, 그 여, 그 젊은 여자는 생각하고 있어요.

해서 계속 생각하는데. 그다음에 이 옷은, 이 자기 만드는 옷은 막 오랫동안 앙, 오랫동안 입으면은 그래도 나중에 다 찢어지고, 그다음에 계속 막 이렇게 음, 튼튼하게 하지 않다고. 그래서 이 여자는

'아 다른 또 생각해보자.'

라고 하는 거예요.

그래서 이 여자는 이젠 생각나는 거 있어요. 그 가죽. 가죽 있죠. 가죽을 자기가 생각하는 거,

'이 가죽을 사용하면은 이거 진짜 안 찢어지고, 더 오래 오랫동안 입을 수 있다.'

라고 생각했었어요.

그래서 가죽을 가져가서, 실, 실들은 거기서 막 꼬매 하면서 다 붙여버리는 거예요. 실을. 그 나중에 그 신들은, 신들은 그거 알은 다음에 다 알잖아요, 이제는.

"아 그거 왜, 왜 이런 거 만드냐?"고.

"우리 말 안 듣고 왜 이렇게 만들었냐!"고.

그렇게 했어요. 그리고,

"이 가죽들은, 이 가죽들 이거 사용하면 안 된다."고.

이렇게 사용하면 안 된대요.

"가죽들은 왜 동물, 동물들을 죽이고 이렇게 만들으니까. 신들은 이런 걸 싫어해서 이런 걸 하지 말라고 했는데, 왜 너만 혼자 이렇게, 아 니 생각만하고 그렇게 만들었냐고, 옷을."

그래서 이제 여자는 나중에 벌 받았어요. 벌 받고, 신들은 그 벌 받으면서 그 여자한테 자기 만드는 옷, 그 가죽을 이렇게 다 그 여자한테 입으라고 붙여 버렸어요. 예.

그래서 나중에 그거 보면은 원숭이가 있잖아요. 예. 그 원숭이 보면은 원숭이가 옷, 가죽옷 입고 그 담에 밖에서 이렇게 털, 털에 실 있잖아요. 그 털이래요. 그리고 그다음에 그 여자애는 이제 막 힘들게 막 일 안 해도 먹을 수 있게, 원숭이도 그냥 막, 그냥 올라가면은 먹을 수 있는 거만, 그렇게 생각하면 돼요.

[조사자 2: 원래 그 원숭이가 인간.] 인간, 도로 되고, 그 여자로 되는 거죠. 그 담에 그 자기가 만들었던 옷, 가죽으로 만들어 놓은 옷, 신들은 입혀줘가지고 원숭이 변했고, 그렇게 그렇게 되는 거.

[조사자 1: 원숭이가 그 벌 받, 벌 받고 있는 사람인 거네요. 신의 말을 안 들은.] 네. 신의 말을 안 들어서 그렇게 원숭이 된 거.

원숭이가 된 아이

● 구연정보

조사일시 : 2018. 05. 24(목) 오후
조사장소 : 경기도 화성시 진안동
제 보 자 : 멜로니 [필리핀, 여, 1985년생, 결혼이주 6년차]
조 사 자 : 김정은, 황승업

● 구연상황

제보자가 〈해가 달을 따라다니는 이유〉를 들려준 뒤, 재미있는 이야기라며 다음 이야기를 들려주었다. 제보자가 이동할 시간이 돼가서 내용을 축약해서 들려주었다.

● 줄거리

옛날에 말썽꾸러기 남자 아이가 있었다. 아이가 부모의 말을 너무 안 듣자, 엄마가 집을 나가라고 했다. 남자아이도 나는 이 집 아들도 아니라고 말하면서 나가자, 죽을 끓이던 엄마가 화가 나서 냄비와 국자를 던졌다. 냄비는 아이의 머리에 붙고 국자는 엉덩이에 붙어서 떨어지지 않았다. 아이는 그렇게 원숭이가 되었다.

이 애기도 말썽꾸러기 애기예요. 남자 애기인데. 아주 말 안 듣고, 그냥 놀러만(노는 것만) 좋아요. 놀러가는 것만 좋아요.

그래서 어느 날에, 그냥 간단하게 할게요. (웃음) 어느 날에 엄마가 너무 화나서 [조사자: 응, 말 안 들으니까.] 예, 말 안 들으니까. 초등학생이에요. 말 안 들으니까,

"너 이 집에 나가!"

이렇게 말했어요. 그런데

"그래, 나갈 거야."

그렇게 했다라고.

"나는 이 집 아들 아니야!"

그렇게 말해서 엄마가 너무 화나서 그 프라이팬이(프라이팬을), 프라이팬 던져 버렸어요. (웃음) 던져버렸는데, 애도 머리 숙여서, 아머, 머리? 머리에다가, 맞아요? [조사자: 네.] 네, 맞어. 어, 머리, 여기서 어떻게 해요? 여기서. (웃으며) 여기 다쳤어요. 여기 다쳤는데 그 프라이팬은 냄비처럼 이잖아요. 냄비처럼 인데, 여기다 딱 붙어 있어요. 그래서 애기가 도망갔어요.

도망갔는데, 엄마가

"왜 도망가!"

다시 그 국자, 국자 던져서 여기 등에서 붙어 버렸어요. (웃음) 붙여 버렸는데. 어, 국자가.

그때 엄마가 왜냐면은, 그때 엄마가 죽 만들고 있어요. 그래서 그 냄비가 죽 있어요. 그 죽은 여기 붙이면은 그냥 그거 뗄 수가 없고요. 그래서 그 국자도 저기 붙였어요, 등에다가.

그다음에는 그 애기가 집에 안 들어가고.

'왜 안 들어갔냐?'고.

궁금했는데, 엄마가 찾았어요. 그런데 못 찾았어. 어디 갔는지.

그래서 사실은 그 애기가 그냥 밖에 기다리고 있었어요. 왜냐면은 너무 챙피해서 집에서부터. 왜 챙피했냐면, 그 냄비가 못 빠졌어. 빠질 수가 없어. 머리 쓰고 있고. 그리고 그 국자도 빠질 수 없어요. 그다음에는 계속 거기 밖에 나가 그 털이 갑자기 막 생긴다고. 생겼어요. 왜 이렇게 하든지.

음, 그렇게 했는데. 어, 엄마가 그때도 뭐 무슨 말했나 봐요. 너무 이렇게, 너무,

"네가 이렇게 말 안 들으면, 다 나쁜 걸로 생길 수도 있어요."

그렇게 말했더라고요. 그래서 그다음에는 그거, 그 냄비는, 그 뭐야, 그 원숭이처럼, 그 모자 같은 거 있잖아요. 그 모자가 됐고요. 그리고 그 국자는 꼬리가 됐어요. 그렇게 말했어요.

[조사자: 그래서 '원숭이가 그렇게 해서 생겼다.'하는 얘기네요.] 네, 생겼어요. 네. 그렇게 생겼어요. (웃음)

나비가 된 언니

● 구연정보

조사일시 : 2019. 03. 07(목) 오후
조사장소 : 서울 광진구 화양동
제 보 자 : 마리사콘데(오혜진) [필리핀, 여, 1984년생, 결혼이주 11년차]
조 사 자 : 신동흔, 김정은, 엄희수, 강새미

● 구연상황

제보자가 〈게으른 후안〉 구연을 마친 뒤 준비해온 이야기 중 나비에 관련된 전설을 이어서 구술했다. 슬픈 자매의 이야기라고 소개하며 구연을 시작했다.

● 줄거리

옛날에 파로와 펄라 두 자매가 살았다. 동생 펄라는 부지런한데 언니 파로는 동생에게만 일을 시키고 꽃구경을 하는 등 자기가 하고 싶은 일만 했다. 하루는 펄라가 음식을 준비했는데, 파로가 맛이 없다고 했다. 화가 난 펄라는 파로에게 음식을 만들라고 했지만, 파로는 자기가 왜 하냐며 집을 나가 꽃밭으로 갔다. 펄라는 파로를 따라갔지만, 이미 파로는 강물에 빠져있었다. 펄라가 소리를 지르는 것을 듣고 동네사람들도 나와서 같이 파로를 찾았지만 결국 찾을 수 없었다. 파로가 빠진 곳에서 하얀 식물이 자랐는데, 꽃인듯 하면서도 날아가다 멈추다를 반복했다. 펄라는 계속 해서 파로를 불렀지만 잡을 수 없었다. 파로는 그렇게 죽어서 나비가 되었다. 필리핀에서는 나비를 '파로파로'라고 부른다.

옛날 옛적에 펄라하고, 잠시만요. [조사자 1: 이름이?] 자매 이름이 펄라하고, 파로라는 자매가 있었어요. [조사자 1: 펄라와 파로?] 네. 부모가 없고 이제. 어 잠시만요. 부모가 없으면 뭐라 해야 되죠? [조사자 1: 고아?] 아, 고아. 고아 자매 둘인데요, 펄라하고 파로예요.

이제 펄라는 되게 착하고 부지런한 아이였고, 펄라는 동생이에요. 파로가 언니예요. [조사자 1: 파로가 언니? 파로는 부지런했고?] 어, 아니에요. [조사자 2: 동생이 부지런하고.] 하고, 파로가 좀 약간 자기가 언니니까 자기 뜻대로 하고 자꾸 동생을 일을 시키고 자기 하고 싶은 것만 해요. (일동 웃음)

파로는 되게 꽃을 너무 좋아해요. 그래서 집에는 그 꽃밭을, 꽃밭이 있었어요. 항상 거기 꽃을 키우고. 항상 거기서 뭐 꽃 냄새 맡고, 보고 했어요. 그런데 또 그 생활비를, 꽃을 키우고 있으니까 생활비는 이제 그 꽃을 파는 일을 하고 있어요. 그런 일을 하고 있어요, 자매가.

그래서 펄라가 좀 이제 항상 집에서 음식을 준비해줘요. 그래서 어느 날에 그 펄라가 준비한 음식을 파로가 맛없다고 했어요.

"이게 뭐야? 왜 이렇게 맛없어?"

그러는 거예요. 그래서 펄라가,

"왜 그래 언니? 먹을 것은 이거밖에 없단 말이야."

한 거예요.

"그럼 어떡해? 그럼 나중에 네가 좀 요리해 봐 언니."

그러면

"안 돼. 내가 언니니까 내가 왜 요리를 해?"

잠시만요. 단어가 안 나와요. 생각이 안 나요. [조사자 1: 왜 내가 해야 돼? 나만 해야 돼?]

"왜 나만 해야 돼? 니가 동생이니까 네가 해야지."

라고 해서, 그러니까 그냥,

"네가 해야지."

하고 그냥 집 밖으로 나간 거예요.

마음이 속상하니까 또 이제 꽃을 보러 왔어요. 하고 이제 꽃을 한 송이를 따고 이제 머리에다가 꽂았어요. 이제 펄라는 언니랑 싸우면 안 되니까 펄라는 이제 밖으로 따라갔어요. 근데 펄라(파로)는 이제 꽃을 머리에 끼고 자기 모습을 보려고 강으로 갔어요. 이제 강에다 자기 모습을 보다가, 이제 자기 잘못했기 때문에 이제 그만 강에서 빠진 거예요. 이거 자기 모습 보다가.

그 모습, 강에서 빠진 모습을 펄라가 목격한 거예요.

"언니!"

라고 부르는 거예요.

"언니!"

하다가 가봤더니 그 빠진 데에서, 펄라가 거기에서 가봤더니 펄라(파로) 모습이 안 보이는 거예요. 그래서,

"언니!"

아,

"파로!"

라고 부르는 거예요.

"파로!"

막 소리 지르고.

그래서 옆집 사람들도 그 소리를 듣고 알게 된 거예요. 파로가 뭐 같이 파로를 찾으러 옆집 사람들까지 다 찾으러 갔는데. 파로 모습이 보이지 않았어요. 그래서 계속 펄라가 너무

"파로, 파로! 파로!"

라고 계속 부르는데 안 나타나는 거예요 모습이.

그래서 어쩔 수 없이 그 강에서 빠진 데 사람들 그냥 찾아보고 너무 슬프게 찾아보는 거예요, 강을. 그래서 이제 그 강에서 빠진 데에서, 그 어떤 식물이 나온 거예요. 하얀색? 막 이렇게 나타나는 거예요. 뭐 꽃이라고, 꽃인데 점점 그 꽃 모습은 점점 변하는 거예요. 하고 결국은 그 꽃 모습은 날아가는 거예요.

뭐 어떤 식물이라고, 아, 잠시만요. [조사자 1: 곤충?] 곤충보다는, 아, 잠깐만요. 어떤 단어였지? 죄송해요. [조사자 1: 괜찮아요.] 생물이라고 해야 하나요? [조사자 1: 아, 생물처럼 막 날아갔어? 살아있는 것처럼 날아갔구나. 꽃이었는데, 네.] 꽃이었는데, 그 생물. 사람들은 생물을 보고 이제 날아가는 걸 따라갔더니 그 밭에서, 꽃밭에서 간 거예요. 가고, 있고, 또 가고. 또 꽃도 막 움직여 다녔어요. [조사자 1: 파로가 키웠던 꽃이 이렇게 움직이면서 가는군요.]

그래서 펄라가 그걸 보고 자기도 모르게,

"파로! 파로!"

라고 부르게 된 거예요. 그래서 생물이 '파로파로'라고 불리게 됐어요.

그래서 '파로파로'라는 말은 나비라는 뜻이에요. 네. [조사자 1: 나비가 됐군요. 이게 다 이렇게 사라지는군요, 진짜.] 그러니까요. 이게 사람이 사라져요. [조사자 1: 그래서 이번에는 그렇게 나비가 된 거였구나.] 나비가 꽃에서 계속 있으니까. 파로가 전에 항상 쉬듯이 그렇게 했기 때문에 파로라고 생각한 거였어요.

[조사자 1: 재미있다. 전설 되게 많네요.] 네, 엄청 많아요. 근데 전설이 안 좋은 게, 사람이 사라져요. (웃음) [조사자 1: 사라지네요 진짜.] 네.

[조사자 3: 게으름을 피우고 꽃만 찾으러 다니고 놀던 언니가 나비가 된 거예요?] 네. 그렇게 된 거였어요. 다른 전설도 보면은 다 사람이 사라지고 그 사람 성격으로 과일, 어, 성격으로 똑같이 나타나니까. 그 사람이라고 생각하는 거예요, 그 과일이. 두리안처럼? (웃음)

병을 고쳐주는 아다르나 새와 세 명의 왕자 [1]

● 구연정보

조사일시 : 2018. 12. 07(금) 오전
조사장소 : 경기도 화성시 진안동
제 보 자 : 멜로니 [필리핀, 여, 1985년생, 결혼이주 7년차]
조 사 자 : 김정은, 김민수

● 구연상황

제보자가 〈원숭이와 거북이〉를 구연한 뒤 조사자가 다른 이야기를 또 요청하자, 제목이 기억나지 않는다면서 망설이다가 이 이야기를 구연했다. 꽤 긴 이야기였다. 이 이야기를 끝으로 이날의 조사를 마무리했다.

● 줄거리

옛날에 왕이 병이 들었는데 아다르나 새의 소리를 들어야 낫는다고 했다. 왕에게는 아들 셋이 있었는데 첫째는 욕심이 많고 둘째는 적당히 많고 막내는 착했다. 새를 구하러 갔는데 두 형은 막내를 빼고 자신들만 길을 떠났다. 첫째와 둘째는 길을 가다가 아픈 사람을 만났는데 도와주지 않았다. 가다가 피부병이 있는 여자를 만났는데 또 모른 척하고 지나갔다. 새소리가 들려서 갔더니 어떤 아이가 나타나 배고프다고 했는데, 첫째는 도와주지 않고 둘째는 도와줬다. 아이는 둘째에게 새 소리를 들으면 졸리게 되고 똥을 맞으면 돌이 된다면서 팔에 상처를 내어 깔라만씨를 뿌리라고 했다. 새를 만난 뒤 첫째는 잠이 들었고 둘째는 깔라만씨를 뿌리며 잠을 자지 않았는데, 새가 세 번째 노래를 부를 때 깔라만씨를 뿌리지 않아서 새의 똥에 맞아서 형과 함께 돌이 되었다. 셋째 왕자는 아픈 남자를 만나서 도와줬고, 남자는 빵으로 새를 잡으면 된다고 알려주었다. 셋째가 다시 피부병 난 여자를 도와주자 여자는 돌에서 사람으로 돌아오는 향수를 주었다. 셋째는 아이를 도와준 뒤 그 말대로 깔라만씨를 뿌려서 잠을 자지 않은 덕분에 똥을 피할 수 있었다. 셋째는 빵으로 아다르나 새를 잡은 뒤 향수를 써서 돌이 된 형들을 살렸다. 형들은 막내를 다시 숲에 버리고 새만 가지고 궁으로 갔다. 하지만 새는 노래를 부르지 않았다. 막내가 힘들게 궁궐로 찾아오자 새가 비로소 노래를 불렀고, 왕의 병이 낫게 되었다.

아아, 맞아. 이봉아다르나. 그 이야기는 이봉아다르나라고 해요. [조사자 1: 그러면 어떻게 해야 되나요?] 이봉 이봉 [조사자 1: 이몽?] b요. 이봉 [조사자 1: 이봉?] 아다르나. [조사자 1: 이거 해석 안 되나요? 어떻게 말해야 하죠?] 이봉은 새예요. [조사자 1: 이봉은 새?] 네, 아다르나는 그 이름. [조사자 1: 아 새 이름인 거예요? 이봉이라는 게 아다르나 새네요, 그러면?] 네. 그러면 이봉아다르나는 요정처럼. [조사자 1: 요정처럼?] 네, 요정처럼이에요.

근데 동물 이야기인데 이 이야기는, 옛날에 필리핀 어느 마을에 옛날에는 아직 그 왕 있잖아요. 필리핀도 그거 왕? 왕국 있는데 그 왕이 아팠어요. 너무 아팠었기 때문에 뭐, 의사들이 어떤 약 맞는지 아무리 확인해도 맞는 약이 없어요. 그런데 어떤, 아 어떻게 했지? 아, 할아버지 (박수를 치며) 아! 아 갑자기 [조사자 1: 갑자기 생각이 나요?] 할아버지 제일 많은 나이 [조사자 1: 나이 많은 할아버지가 신하?] 네, 신하 할아버지 맞아요. 신하 할아버지 왔어요. 그래서 이봉아다르나라고 했는데 이거 잡으면 노래할 때 이 이봉아다르나 노래 들으면서 나아요. 낫는다고. 그래서 그 노래 때문에 그거가 약이래요. [조사자 1: 이게 약이래요?] 네.

그래서 왕이 아들 세 명 있어요. 첫 번째, 두 번째, 세 번째. 첫 번째는 욕심 많고

(중간에 도서관 관계자가 조사가 끝나는 시간을 물어봐서 이야기가 잠시 끊김.)

첫 번째는 욕심 많고 두 번째는 그냥 욕심도 있고 착함도 있고 그리고 세 번째는 막내는 착한 애예요. 그래서 다 같이 이봉아다르나 같이 구해서 아버지한테 드리려고 했어요. 그래서 세 명은 같이 가는데 첫 번째는 너무 심심하잖아요. 그래서 우리 그냥 두 번째 아이랑 같이 얘기하고,

"우리 이 새는 잡아서 그냥 둘이만 아빠한테 주고 막내는 그냥 놔두래요."

또 그렇게 말했어요. 묻고 가자. 막내는 아버지 너무 좋아하잖아요. 너무 착해서. 아버지가 너무 좋아해서 그래서,

"어차피 아버지는 우리 막내만 좋아하잖아."

그래서 우리는 그냥 이 새를 꼭 해서 우리는 그거 받을 수 있어요. 그래서 두 번째는 무서워서 무섭기 때문에,

"어 그래 가자."

그렇다고 했어요. 그래서 길 가다가 첫 번째 아픈 남자가 많았어요. [조사자 1: 아픈 남자?] 네 아픈 남자 많았어요. 그런데 이 둘이는 먼저 가는데 그냥 놔두고 그랬어요. 도와주지 않고 [조사자 1: 안 도와줬어요?] 안 도와줬어요. 그냥 먹는 거 좀 주고 하는데 안 도와줬어요. 그냥

"아이 저리 가 너 너무 냄새난다."

그랬어요.

"저리 가."

그래서 갔어요. 그냥 갔고 또 길이 가다가 어떤 여자도 만났어요. 여자는 너무 배고파서 그런데 피부 같은 병 있어요. [조사자 1: 아 피부병.] 병 있는데 만지면 옮을 수 있어요. 그래서 애는,

"저리 가 저리 가! 나는 모르냐? 나는 그거 있는데."

했어요.

그래서 그도 보내버렸어요. 그때 또 셋이 가다가 둘이 길을 가다가 무슨 노래 들었어요. [조사자 1: 노랫소리가 들렸어요?] 네 노래 들었어요. 그래서 이 노래 들으면서

'아! 그 새 있나 보다.'

[조사자 1: 아 그게 이제 새인 거야.] 네, 여기 새 있구나. 새로구나. 그런 생각 했는데 갑자기 어떤 아이가 나타났어요. 아이 나타났는데

"아저씨 나를 좀 도와줄래? 나는 너무 배고파 목이 말라서 좀 도와주고."

했어요.

그런데 그 첫째는 도와주지 않았지만 둘째는 아이라서 도와줬어요. 그래서 상을 받았어요 둘이. 아 상인가? 송, [조사자 1: 소원을 들어주는 건가?] 어, 들었어요. 그래서 어,

"아저씨들 어디 가세요?"

그런 말 했어요. 그래서

"아 이 새를 잡으러 가는데."

아이가,

"이 새는 노래 들으면서 졸린, 졸릴 수도 있어요."

졸려, 졸릴 수도 있어요.

그런데 우리나라 깔라만씨 있잖아요. 네, 깔라만씨 그래서 (팔을 가리키며) 여기 잘라서 깔라만씨 부르면 안 졸려, 졸릴 수가 없어요. 여기 여기 자르면, 깔라만씨 뿌리고 [조사자 1: 깔라만씨를 여기다 뿌려요? 네, 그럼 안 자요?] 네. [조사자 1: 아프잖아요.] 네. 새가 세 번 노래 부를 거예요. [조사자 1: 아 새가 세 번 노래 불러요?] 첫 번째 노래 부르면 여기 자르고 깔라만씨 뿌리고. 안 졸 거예요. 두 번째도 자르고 또 부르고. 그렇게 할 때예요. 그렇게 말했어요.

그런데 그 첫째는 믿음이 없어요.

'아니 무슨 말이야.'

그래서 그리고 그 세 번째는 노래 부르면 또 하고 그리고 세 번째 노래를 들으면서 항상 조심하고 왜냐면 세 번째 노래를 부르면서 새가 똥을 [조사자 1: 똥을?] 네, 똥을 나와요. 그 똥을 안 참아서 아니 어떻게 해요? [조사자 1: 똥을? 받아야 해요?] 아니 그 똥을 나를 안 대하게 [조사자 1: 안 맞게?] 네 안 맞게 왜냐하면 돈 돌, [조사자 2: 돌이 돼요?] 네 돌이 돼요. [조사자 1: 아하 똥을 맞으면 돌이 되는구나!] 네.

난 딱 나와요. 네, 돌이 돼요. 그래서 조심해요 그래서 세 번째 노래를 다 들어야 해요. 그런데 첫 번째는 그거 믿음이 아니니까 없으니까 그런데 두 번째는,

"어 그냥 어쩔 수 없이 받자 깔라만씨 받자."

[조사자 1: 그래서 깔라만씨 받고?] 둘째는 그래서 거기 산에 가서 봤어요 그 새. 새 봤는데 그렇게 얘기했는데 둘째가 얘기했는데 이렇게 하자 이렇게 하자 했는데 근데,

"안 해. 하지 마."

그렇게 했어요. 그래서 처음 새가 노래 부를 때마다 그냥 두 번째는 아니 둘째는 그렇게 했어요. 첫째는 안 했어요. 그래서 첫 번째

노인들이 첫째는 안에 갔어요. 그래서 첫 번째 나이 들면서 첫째는 졸렸어요. [조사자 1: 졸리다고?] 잠이 들었어요.

그리고 두 번째는 그렇게 했는데 노래가 너무 오래가서 조금 그럴 때는 기다리기가 힘들어요. 그런데 또 두 번째. 근데 두 번째는 기다리기가 너무 힘들기 때문에 잊어버렸어요. [조사자 1: 아 이거 한다는 걸 해야 된다는 걸.] 잊어버렸어요. 그래서 세 번째까지 새가 똥 났잖아요. 둘 다 맞췄어요. [조사자 1: 아 또 물어보셔서 둘 다 맞췄어요?] 네 이렇게 돌이 됐구요. 그래서 뭐 잡았잖아요. 이제는 세 번째 막내 아들 왕이 안 보낸다 그랬는데 [조사자 1: 둘이 안 오니까] 두 형이 안 나오니까 그냥 보내버렸어요.

그래서 똑같아요. 첫 번째 꺼 어떤 남자 만났고 그거 도와줬고 그래서 그 남자는 먹는 거 줬어요. 먹는 거 빵 같은 거 줬어요. 빵 줬고 그런데 이 빵은 절대로 먹지 말래요. [조사자 1: 아 또 먹지 말래요?] 네 먹지 말래요. 나중에 거기 새가 잡을 때 새 잡을 때 그 빵은 새한테 주면 될 거예요.

그리고 두 번째는 그 여자 입장 있잖아요. [조사자 1: 피부 병 걸린 여자?] 네 피부병 걸렸잖아요. 이 여자도 도와줬어요. 그 어떤 여자도 좀 그렇지만 도와줬어요. 그래서 이 여자도 어떤 과일 줬어요. 이 과일은 아 과일 아니고 아 향 같은 거 향수? [조사자 1: 향초?] 어 향초? 아니 향수. 향수병에다가 조그마한 병에다가 줬어요. [조사자 1: 아 향수를 줬어요?] 그래서 줬어요. 이 향수는 형을 지금 돌 때잖아요. 알았어요. 그래서 이 향수는 형들한테 새 방으로 같이 그래서 그렇게 하면 다시 다 아 뭐지 다시 사람이 살아 있어요.

그리고 그 마지막 거 아이 똑같아요. 도와줬고 똑같아요.

그래서 그 결국은 그렇게 해서 첫 번째 다 노래 들으면서 하나씩 하나씩 [조사자 1: 하나씩 하면서 그 뭐죠?] 깔라만씨? [조사자 1: 깔라만씨 뿌려서 잠을 쫓았어요?] 그리고 똥을 못 맞추고 [조사자 1: 똥을 못 맞췄어요?] 그때는 좀 [조사자 1: 똥을 피한 걸까요?] 네 피했어요. [조사자 1: 또 피했고.] 그리고 그거하고 나서 얘기 그거 잡아야 하잖아요. 어떻게 잡냐면 그 먹는 거 있잖아요. 빵 줍고 잡았어요. 그래서 이제 다

셋은 잡아 놓고 나서 형들이 그거 향수 세 방울 뿌리고 이제 다시 사람이 됐어요.

근데 아직은 왕이 아프잖아요. 그래서 이 세 명 같이 다시 왕궁으로 가야 하는데 첫 번째는 욕심이잖아요. [조사자 1: 네.] 욕심이 많아서 그래서 그냥 그 둘째 보고 우리 그 막내를 죽이고 새를 갖고 아빠한테 주고 [조사자 1: 우리가 가자.] 이렇게 해서 말했어요. 그렇게 말했는데 아무리 해도 처음에는 했어요. 그래서 죽어 우리가 죽이는 거야 방법 이런 거 있기는 있어요. 그런데 둘 다 죽었나, 안 죽었나 모르겠지만 그냥 놔둬버렸어요. [조사자 1: 아 네 일단 죽였는데.]

그래서 첫째하고 둘째는 [조사자 1: 새를 데리고?] 새를 데리고. 근데 거기 가는데 아무리 해도 새는 노래 안 불러요. 왜 안 부르는지 그것도 좀 할 건지 노래 절대로 많이 안 불러요. 그래도 그런데 막내는 안 찍었는지 아무리 아파도 다시 왕국으로 갔어요. 딱 왕국 도착하자마자 세기 [조사자 1: 새가 노래 불러.] 새가 거기 뭐야 그 막내, 막내 얼굴 보고 보자마자 노래 불렀어요. 그래서 그때,

(잠시 중단됨.)

노래 부르고 그때는 아빠 병이 나았어요. [조사자 1: 아 네 그랬더니.] 그런 이야기예요.

[조사자 1: 형들은 벌 안 받나요?] 아 그때는 이야기했는데 셋째가 너무 착해서 그냥 형이라서 용서하는구나.

[조사자 1: 아이고 착하네요. 그런데 죽이는 방법은 어떻게 죽이는 거예요?] 아 거기 숲 있잖아요. 숲에서 거기 뭐야 사자 같은 거 캥거루 같은 거 있잖아요. 거기에서, 그래서 그 나무에 묶어두고 [조사자 1: 묶어두고? 그리고 갔구나. 괴물한테 먹히라고 사자나 뭐 이런 거한테. 아 그렇겠구나.] 사냥하고 그러려 갔어요. [조사자 1: 아 너무 재밌어요. 고생하셨어요.]

병을 고쳐주는 아다르나 새와 세 명의 왕자 [2]

● **구연정보**

조사일시 : 2019. 03. 07(목) 오후
조사장소 : 서울시 광진구 화양동
제 보 자 : 마리사콘데(오혜진) [필리핀, 여, 1984년생, 결혼이주 11년차]
조 사 자 : 신동흔, 김정은, 엄희수, 강새미

● **구연상황**

제보자가 〈두링 할머니와 과일 두리안〉 이야기를 마친 뒤 준비해 온 다른 이야기를 시작했다. 이야기를 기억하기 위해서 준비해 온 자료를 중간중간에 참고하기도 했다.

● **줄거리**

옛날 바베니아 왕국에 왕과 왕비, 세 왕자가 있었다. 하루는 왕이 왕자에게 나쁜 일이 생긴다는 꿈을 꾸고 나서 병이 들었다. 그러자 의사가 아다르나 새의 노래를 들어야 살 수 있다고 했다. 첫째 왕자 페드로가 아다르나 새를 찾으러 떠났는데 몇 달이 지나도 돌아오지 않았다. 둘째왕자 디에고도 나섰으나 돌아오지 않았다. 아다르나 새의 노래를 들어서 잠이 들고, 새의 똥을 맞아서 돌이 된 탓이었다. 막내 왕자 후안이 길을 떠났는데 한 할아버지가 먹을 것을 달라고 했다. 후안이 먹을 것을 주자 할아버지는 아다르나 새를 잡을 수 있는 방법과 형들을 살릴 수 있는 방법을 알려주었다. 후안 왕자는 그 방법대로 해서 새도 잡고 형들도 살렸다. 그러나 욕심 많은 형들은 후안 왕자를 때리고, 둘이서만 새를 가지고 왕궁으로 돌아왔다. 새는 노래를 하지 않았고 뒤에 후안 왕자가 찾아오자 비로소 노래를 했다. 병이 나은 왕은 진실을 알고서 두 왕자를 먼 곳으로 보내려고 했으나, 후안 왕자가 말렸다.

이것도 필리핀에서 되게 유명한 이야기인데요, 아다르나 새는 그러니까 지금은 존재하지 않는 새인데. 옛날에 뭐, 딱 한 마리만 있었대요. 그러니까 어떤 왕국이 있어요. '바베니아'라는 왕국이 있었는데.

거기, 거기서 당연히 왕하고 왕비도 있고, 왕자들이 있어요. 첫째인 왕자는 페드로 왕자였는데요, 되게 용감하고 바베니아 왕국에 대해 다, 한다는 마음을 갖고 있었어요. [조사자 1: '왕국을 위해서 뭐든지 하겠다.' 뭐 이거군요.] 네. 두 번째 왕자는 이제 디에고 왕자였는데요. 디에고는 약간 조용한 성격을 갖고 있는데, 형처럼 되게 용감한 성격을 갖고 있고. 이제 막내 왕자는 후안 왕자라는데요, 막내 왕자는 똑똑한 지식을 갖고 있고, 마음이 따뜻해요. 그래서 첫째인 왕자와 둘째 왕자는 막내 왕자에게 좀 많이 부러워했어요. [조사자 1: 아, 마음이 따뜻해서요?] 네.

이제 근데, 어느 날 왕은 되게 꿈을 꿨어요. 그 왕자들 중에 한 명은 나쁜 일이 생긴다는 그런 꿈을 꿨어요. 근데 아들들은, 왕자들은 너무 사랑하기 때문에 너무 걱정을 하시는 거예요. 근데 너무 걱정하시니까 병이 들었어요. 아무 일도 아닌데. [조사자 1: 아직 생기지도 않았는데.] 그거 너무 걱정하시기 때문에 병이 들었고. 누구 뭐지? 어, 잠시만요. 그 왕국에 있는 의사 중 누구도 치료할 수 없는 병이라고 해요. [조사자 1: 의사들도 다 치료할 수가 없어요? 네.] 치료할 수가 없잖아요. 그래서 부자들 병은 되게 비싸요. (일동 웃음) 하고, 그러니까 하고, 한 명 왕국 의사 중에 아다르나 새라는 거 있는데, 그 노래를 들으면 낫는다고, 왕은 낫는다고 그런 정보를 줬어요.

왕은 그, 아 그러니까 첫째 왕자가 먼 곳으로 아다르나 새를 찾으러 갔어요. [조사자 1: 페드로 왕자군요.] 네, 페드로 왕자가. 페드로 왕자가 먼 곳으로 가서 아다르나 새를 찾으러 갔어요. 근데 한, 뭐지? 몇 달 정도 지났는데 돌아오지 않는 거예요. 아 참, 갈 때 말 타고 가서 찾으러 가는 건데. 몇 달, 아 말이. [조사자 1: 몇 달이 지나도. 네, 괜찮아요. 천천히 하셔도 돼요.] 어떻게 할까요? [조사자 1: 괜찮아요. 별 거 아니에요.] 어디 나오는 거 아니죠? [조사자 1: 네, 아니에요. 저희가 교육용으로 그냥. 저희 공부하는 용으로 하는 거니까 괜찮아요.] 오케이. 음, 그러니까 돌아오지 않아서 왕국 사람들은 되게 걱정했어요.

왕도 왕비도 걱정을 많이 했기 때문에 디에고 왕자를 또 시켰어요. 가서 형을 찾고, 아다르나 새도 찾으러 가요. 또 디에고 왕자도 따라가서 먼 곳으로 형과 아다르나 새를 찾으러 갔어요. [조사자 1: 또 안 돌아와요?] 네, 또 안 돌아왔어요.

그전에, 둘째 디에고 왕자가 가기 전에는 이제 그, 어, 페드로 왕자는 어떻게 됐냐면은 거기 나무에, 아다르나 새가 사는 나무에 그걸 찾았는데. 아다르나 새는 그 잠을 자기 전에, 노래를 부르고, 노래를 부른 다음에 똥을 눈대요. 근데 그 노래를 들으면 잠을 너무 좋은 노래라서, 누구라도 들으면 잠에 들고. 똥을 싸면은, 똥이 사람 몸에 닿으면은 돌이 된대요. 네, 그래서 페드로 왕자는 잡으려다가 노래를 들으면서 잠들고, 똥을 싸서, 그 나무 밑에 있으니까 그거 돌이 된 거죠.

그래서 또 디에고 왕자 왔을 때에도 나무, 아다르나 새가 사는 나무에 도착할 때에는 돌이 된 형의 모습을 발견했어요. 벌써,

"형 어떻게 할까?"

그렇게 형 옆에 앉았는데. 또 앉으면서, 아다르나 새가 날아왔어요. 또 아다르나 새가 잘려고 하니까 노래를 하니까 노래를 부르고 디에고 왕자는 잠들고 또 똥 싸니까 디에고한테도, 돌이 됐어요. 그렇게 됐대요.

형들이 돌아오지 않으니까 후안 왕자는 왕비가 시키지 않아도 혼자서 스스로,

"형들을 찾으러 가야겠다."

라고 해서 찾으러 갔어요.

근데 가다가 말 타고 가다가, 가는 길에 어떤 할아버지를 만났어요. 은둔자라고 하는데요. [조사자 1: 아, 은둔자. 혼자 사는 할아버지를 만났어요?] 아 네. 거기 있는 할아버지가 좀 많이 배고프다고 해서 먹을 것을 달라고 해요. 그런데 후안 왕자는 마음이 따뜻하니까 먹을 것을 줬어요. 네, 주니까 할아버지는 좀

'마음씨 좋은 왕자구나, 마음씨 좋은 사람이구나.'

아 잠깐만요. 그 할아버지는 새를 찾는 거 알고 있기 때문에

'마음씨 좋은 왕자구나.'

라고 생각해서 아다르나 새를 찾는 방법을 알려줬어요.

그래서 알려줬어요. 그래서 후안 왕자가 아다르나 새 사는 나무에 거기 도착해서 돌로 된 모습, 형들의 모습을 발견했어요.

네, 또 조금 있다가 아다르나 새가 올 거라고 생각해서, 오면은 이제 잠시만요. 아 그러니까 아다르나 새 왔어요. 이제 노래를 부를 거다 알고 있기 때문에, 자기 몸에 일부러 상처를 냈어요. [조사자 1: 안 잘려고?] 네. 잠들지 않으려고 해서 일부러 상처를 입히고 레몬즙을 넣었어요. 그럼 엄청 아프겠죠? [조사자 1: 네. 노래 듣고 안 졸려고 그렇게 한 거죠?] 네.

하고, 이제 아다르나 새가 노래를 부르고 똥을 쌌어요. 그거 조심해서 피해서. 이제 아다르나 새가 잠들었으니까 이제 잡을 기회가 왔잖아요? 그거 잡아서, 그걸 잡은 후에 형들을 이제 할아버지에게 배운 방법, 그 형들을 어떻게 사람 되게 하는지 그거 해서 형들을 구했어요. 다시 사람이 됐어요.

근데 대신 형들은 동생이 다 한 거가 자기들 왕국으로 돌아가면은 창피하다고 생각해서 오히려 동생을 막 정신없게 때려서. 하고 아다르나 새를 빼앗아서 둘만 왕국으로 갔어요. 하고 왕국에 도착할 때는 바로 왕 옆에서 누웠는데, 아다르나 새가 너무 기분 안 좋고 슬펐어요. 뭐 생각도 했나 봐요. 너무 슬픈데 노래도 부르지 않았어요. [조사자 1: 노래도 안 불러요.] 네, 노래도 부르지 않았어요.

하고, 할아버지 도움으로 후안 왕자가, 다시 회복된 후안 왕자는 이제 왕국으로 갔는데, 이제 왕국에 도착할 때는 새가 후안 왕자를 보고 이제 막 기분이 좋아졌구. 이제 막 노래를 부르기 시작한 거예요. 그런데 하고 이제 노래를 불렀으니까 사람들 다 잠들구. 이제 왕도 잠들고 하니까 이제 일어났을 때, 이제 병이 다 나은 거예요. [조사자 1: 오, 그니까 다들 자고 일어났더니 병이 나은 거예요?] 병이 나은 거예요.

병이 다 나아서 이제 두 왕자가, 페드로 왕자와 디에고 왕자가 한 것을 다 알게 된 거예요. 그래서 두 왕자를 먼 곳으로 보내려고 하는데 후안 왕자가 말렸어요. 그렇게 하지 말라고. 그래서 다시 이제, 왕국은 이제 왕국의 행복을 다시 되찾았어요. 아다르나 새 이야기였어요.

[조사자 1: 아 재미있네요. 보면은, 그 왕자가 셋째 왕자가 나라를 이어가겠네요?] 아, 나라를 (잠시 생각하며) [조사자 1: 그 왕이 죽으면 셋째가 왕이 되는 거예요? 그렇게까지는 안 나왔어요?] 그렇게까지는 안 나왔어요. 아마 그럴 거예요. [조사자 1: 그렇지 않을까요? 첫째랑 둘째가 왕이 될 순 없을 거 같아요.] 그 왕이 정하는 거잖아요. 누가 다음 왕이 될 건지.

[조사자 1: 근데 아다르나 새도 되게 재미있는 이야기네요.] 네, 이거는 사람들이 다 이거 알아요. 되게 그니까 필리핀 이야기 중에 되게 유명한 이야기예요. [조사자 1: 이것도 교과서에 나오고 그랬을까요? 아다르나 새도?] 그런 거 같아요. 하여튼 뭐 다른 교육에서 쓰는 이야기들 자료에 그 뭐, 영웅 이야기도. [조사자 1: 영웅이기도 하고 이 사람은.]

[조사자 1: 그럼 이야기 끝나고 뭐라 그래요? '사람은 그러니까 정직해야, 욕심이 없어야 된다.' 이럴까요?] 아 네, [조사자 1: 끝에 뭐라고 해 줄까요?] 그러니까, 항상 이야기들은 그런, [조사자 1: 교훈이 있죠?] 교훈이 있어요. 뭐 그러니까 욕심을 내지 말라고. 형제들은, 어 그러니까 사이좋게 지내자고. [조사자 1: 그런 얘기들을.] 다 똑같죠.

[조사자 3: 뭐 물어봐도 돼요? 그 첫째랑 둘째 왕자도 새 찾으러 가다가 할아버지를 만났어요?] 아, 그러니까 그건 이야기에서 안 나오는데 아마 만났을 거예요. [조사자 1: 만났을 거 같아. 할아버지한테 빵 안 줬겠지 뭐.] 아, 네. 그니까 마음이 그런 거 뭐 다른 사람을 봐주지 않는 그런 성격을 있어서 그러니까 그냥 무시한 거죠. 할아버지를.

[조사자 1: 그게 알고 싶었구나.] [조사자 3: 아, 네 혹시 나오는지.] 근데 이거 책으로, 한국에서 책으로 만드는 그런 거 집어넣으면 될 거 같아요. 그러니까 이야기가 반복해서 일어나는 거 넣으면은 되게 더 재미있을 텐데 제가 말로 하니까 재미없죠? [조사자 1: 아니에요. 재미있어요. 저희는 그런 거 좋아해가지고.]

닭이 땅을 파는 이유

● 구연정보

조사일시 : 2016. 12. 17(토) 오전
조사장소 : 강원도 횡성군 횡성읍 읍하리
제 보 자 : 수맘퐁엠마 [필리핀, 여, 1970년생, 결혼이주 17년차]
조 사 자 : 박현숙, 김민수

● 구연상황

조사자는 오숙민 작가의 소개로 수맘퐁엠마 제보자를 처음 만났다. 잠시 후 모우에히로꼬 제보자도 시간에 맞춰 도착했다. 서로 인사를 나눈 뒤 조사 취지를 설명하고서 수맘퐁엠마 제보자에게 이야기 구연을 요청하자 제보자는 조부가 필리핀에서 겪은 전쟁 이야기를 간략하게 들려준 뒤 자신이 번역한 이야기라면서 준비한 설화 구연을 시작했다. 그런데 제보자가 긴장해서 메모한 글을 그대로 읽었다. 조사자가 내용을 기억해서 말로 들려달라고 요청하자 제보자가 이야기 형태로 구술을 시작했다. 오숙민 작가와 일본 국적의 모우에히로꼬 제보자가 청자로 참여했다.

● 줄거리

옛날에 매가 암탉에게 호감을 느껴 결혼하자고 반지를 주었다. 암탉이 생각없이 반지를 받아 벼슬에 끼워두고 다녔다. 수탉이 이 사실을 알고 암탉에게 반지를 버리라고 화를 내자 암탉이 반지를 버렸다. 매가 암탉에게 반지가 없는 것을 알고 반지를 찾아오라고 했다. 암탉이 반지를 못 찾자 매가 화가 나서 암탉에게 영원히 땅을 파면서 반지를 찾으라고 저주했다. 닭이 땅을 파는 것은 반지를 찾고 있기 때문이다.

이 이야기는 호크hawk와 암탉 내용인데요.
이 매가, 매가? 매가에서 항상 하늘만해서 나는 동물이고 그리

고 매가 뭐 뭐랄까 날면서 암탉을 하늘에서 보았어요. 그래서,

'어? 나만 하늘에서 날면서 나는 땅에서 어떻게 생활하는지.'

그래서 그 매가 이제 암탉한테 찾아왔어요.

근데 갑자기 매가 암탉과 결혼하고 싶은 거예요. 그래서 다른 생각 없이 매가 고리 아니면 반지 같은 거 암탉한테 줬어요.

"나 결혼하고 싶다."

라고 그래서 암탉이 그냥 다른 생각 없이 그 반지를 받았어요.

받고 이제는 이거는 자기 위에 있는 뭐라 그럴까? [조사자: 닭벼슬?] 네네. 거기다 끼워놓고 돌아다닌 거예요.

근데 암탉이 돌아다니면서 수탉을 만났어요. 수탉이 너무 놀랐어요.

"어 그거 뭐냐?"고

"그거 어디서 났느냐?"고.

근데 암탉이 말도 안 하고 그냥 숨기만 하고 있는 거예요. 근데 사실은 그 암탉과 수탉이 그런 사이가 있었는데,

"너는 이거 바꿔가지고 나랑 같이 안 사느냐?"고.

그랬어요. 수탉이 그런 말을 하셨어요.

근데 어느 날 수탉과 암탉이 같이 돌아다니면서 수탉이 너무 속상한 거예요. 왜냐하면 그 반지를 보고 하면서 너무 수상한가 봐요. (웃음) 그래서,

"이거 안 버리면 무슨 일 생기면 나는 안 도와줄 거예요."

그랬어요.

그래서 암탉이 결정해서 이제 이제 반지를 어디서 갖다 버렸어요. 한 며칠 이따가 그 매가 암탉한테 다시 찾아왔어요. 찾아왔는데,

"반지를 어디에 있는지 안 보인다."

라고 말했는데 그래서 암탉이 이제 막 숨어 이거 돌아다니고 숨어 매한테 뭐 보이지 볼 수 있게 숨어 하고 있는 거예요, 그거 혼날까 봐.

그래서 그때 갑자기 인제 남자하고 매가 만났어요. 그래서 그 매가,

"그 반지를 꼭 찾아야 된다."고.

“찾아야 된다.”고.

그래서 너무 무서워서 암탉이 이제는 이렇게 막 여기저기 돌아다니고 이제 반지를 어디서 버렸는지 전혀 위치는 정확하게 몰랐어요. 근데 매가 너무 화가 나니까 암탉한테 이렇게 말했어요.

“반드시 그 반지를 가져오지 못하면 너는 암탉한테 영원히 항상 땅을 파고 반지를, 반지를 계속 찾아야 할 거야.”

그래서 보시면서 어떤 닭이나, 암탉이나 수탉 같은 거는 하늘 보지 말라고 항상 땅만 보고 계속 이렇게 [조사자: 땅을 파?] 응, 땅을 파고 그런 식으로 그러니까 그런 이야기를 암탉,

“닭들이 왜 땅을 파느냐? 그 반지를 찾아야 했기 때문입니다.”

그랬어요. (웃으며) 그런 이야기.

원숭이와 거북이 [1]

● **구연정보**

조사일시 : 2016. 12. 21(수) 오후
조사장소 : 경기도 화성시 향남읍 행정리
제 보 자 : 룻파네스 [필리핀, 여, 1974년생, 결혼이주 23년차]
조 사 자 : 오정미, 이원영, 이승민

● **구연상황**

조사자들은 룻파네스 제보자와 화성문화원에서 만나 2차 조사를 시작했다. 제보자는 들려줄 이야기를 1차 때보다 더 풍부하게 준비해왔다. 준비를 마친 뒤 구연을 부탁하자 이 이야기를 시작했다.

● **줄거리**

거북이가 쓰러진 바나나 나무를 발견하고 옮기려 했지만 너무 무거워서 어려워하고 있을 때 지나가던 원숭이가 도와줬다. 거북이와 원숭이는 나무를 둘로 나눠 각각 심었는데, 원숭이는 잎사귀가 붙어있는 쪽이 빨리 열매를 맺을 것 같아 자기가 가져가 심겠다고 했다. 원숭이의 바나나 나무는 점점 시들었고, 거북이의 나무는 점점 자라 열매를 맺었다. 그런데 거북이는 나무에 올라가지 못해 노랗게 익은 바나나를 따 먹지 못했다. 이때 원숭이가 올라가서 바나나를 따주겠다고 했고, 올라가서는 밑에 내려주지 않고 혼자 다 먹었다. 화가 난 거북이는 바나나 나무에 가시를 넣었고, 많이 먹어 배가 부른 원숭이는 가시에 찔려가며 나무를 내려왔다. 가시에 찔려 화가 난 원숭이는 바위 뒤에 숨은 게를 찾아 마구 때렸다. 거북이가 자기 몸은 돌과 같아서 부서지지 않는다고 하자, 원숭이는 강으로 거북이를 던졌다. 다행히 강은 거북이가 원래 살던 곳이었다. 그 뒤로 거북이는 강에서 계속 살고 있다.

[조사자 1: 첫 번째 이야기 제목이 뭔가요?] 아 첫 번째 이야기 제목. 아침에 제가 언니한테 필리핀에 언니한테 저기 보냈어요. 이메일로

보내라고 했는데 그거 저기 뭐드라? 아, 원숭이랑? 원숭이랑 하고 거북이 이야기하는 거예요. 원숭이랑 거북이.

근데 어느 날 거북이가 자기 그냥 시간 많아서 돌아다니고 하면서 원숭이랑 만났어요. 근데 거북이가 처음에는 여기 쓰러져있는 바나나, 쓰러진 바나나를 막 들고 올라고 했는데 그 무거워가지고 옮길 수 없어요. 거북이가. [조사자 3: 바나나요?] 바나나나무. [조사자 3: 아 바나나 나무.] 예, 쓰러지는 것. 쓰러지는 것. 이 땅에서 쓰러지는 거.

근데 원숭이 지나갔어요. 근데 원숭이가 지나가면서 거북이한테 이렇게 얘기했어요.

"거북이야. 그건 도와줄까?"

라고 했었어요. 그래서

[조사자 1: 원숭이한테 거북이가?] 아니, 원숭이가 거북이한테, 거북이한테

"여기 도와줄까?"

라고 했었어요.

그래서 원숭이가(거북이가)

"어, 그래. 난 좀 도와줘."

라고 했어요. 그래서 원숭이가 물어봤어요.

"이건 뭐할 건데, 뭐할 건데 왜 이거 무거운 거 들으라고 하는지?"

그래서 아, 자기가

"심는다."

고 했어요. 거북이가. 그래서 그럼 원숭이가

"나도 같이 심어보자. 그럼 이거 나나 보자. 이거 바나나 나무를 나나 보자."

이게 그래서 잘랐어요. 이게 바나나 나무를 두 개에서 잘랐어요, 이렇게. 잘랐는데 원숭이가 그쪽에 그때 잎사귀 있는데, 잎사귀 열려 있는 거는 자기가 가져가야 된대요. [조사자 1: 누가, 원숭이가?] 원숭이가. [조사자 3: 바나나를 먹으려고.] 예, 그래. 왜냐하면 그거는 인제 잎사귀가 있으니까 자기 생각에는 열매 바로 날 것 같아서, 그렇게 생각했어요. 원숭이가. 거북이는

"그래 알았어. 이거 가져. 이거는 남은 거는 뿌리 쪽에는 내가 가져갈게."

[조사자 1: 누가? 거북이가.] 거북이가. 그래서 나중에 그들이 이제 심었어요. 심었는데 그다음 날에 원숭이 거는 이게 점점 시들드르고 그 나무를 죽었어요, 여기. 그런데 거북이 거는 심었는데 그다음 점점 이제 이거 뭐가 싹이 났어요. 그건. 이제 점점 자라지고 그게 나중에 열매도 달렸어요. 열매. 점점 높아지고 열매가 달렸어요. 이제 그 바나나가 노랗게 익혔어요. 왕, 큰 바나나. 큰 열매가 났는데. 아, 거북이는 계속 밑에만 바라보고, 보고, 바라보고

"아 이거 이 열매는 어떻게 먹어야지?"

자기가 생각하는 거예요. 그래서 원숭이가

"야 거북이야 그러면은 넌 못 올라가, 못 올라가니까 제가 올라가서 딸게."

라고 하는 거예요. 원숭이 거북이한테. 그래서

"알았어."

라고 그렇게 생각, 그냥 그렇게 허락했어요. 거북이가.

그런데 원숭이가 올라갔는데 안 내려와요. 거기 그 위에서 그냥 계속 바나나를 따먹었어요. 바나나를 먹고, 먹고. 아, 거북이 너무 화났어 이젠.

"아. 내 바나난데 왜 혼자 다 먹어?"

그러는 거야. 그래서 원숭이가

"아, 알았어."

이거 버려, 밑에 버려줬어요. 버렸는데. 껍질, 바나나 껍질만 계속 거북이한테 주는 거예요. 그냥 자기가 혼자 다 먹어. 그래서 거북이가 너무 화가 나가지고.

"아, 안됐다."

너무 이 다 먹었잖아요. 그럼 자기가 먹을 거 하나도 없어서.

'좋은 생각 있다.'고.

거북이가 그렇게 했어요. 이 선 생각났어. 그 바나나, 바나나 나무에 거기에다가 카시, 카시 다, 다 넣었어요. 카시를 아세요? 카시?

[조사자 1: 카시가 뭐야?] 카시, 그 나무에. [조사자 2: 가시.] 가시, 가시? [조사자 2: 뾰족한.] 예. 뾰족한 카시. [조사자 1: 뾰족한 가시.] 예. 그 바나나 나무에 이렇게 막 넣어버렸어요, 다. 예, 다 넣고 다 넣고. [조사자 1: 거북이가.] 응, 거북이가.

그 이제 원숭이 다 먹었는데, 거 바나나를 다 먹었는데 원숭이 내려가, 내려왔어요. 막 내려왔는데. 갑자기 자기 엉덩이 막 팔에 막 찔리고, 찔리고, 아프고, 아프고, 막 그렇게 했었어요. 또다시 올라갔는데,

'아 어떡하지? 내려갈까 말까.'

근데 원숭이 너무 많이 먹어 이제 배가 아퍼요. 그래서 내려와야 되는데, 계속 그거 그 가시 때문에 다 찔린 다음에 내려왔는데, 거북이가 없어요, 찾아도.

"거북이야 어디 있어?"

막 화가 났어요. 원숭이가. 근데 거북이는 저기 고 뒤에 숨어 있었어요. 큰 바위, 큰 바위 뒤에 숨어서 있는데, 그 원숭이가 계속 찾고 있었어요. 게 나중에, 나중에 봤어요. 원숭이가. 거북이가 거기 어디 숨었는데 찾았어요.

"야 이 거북이야 너 일로 와!"

원숭이가 막 이렇게 잡고 그리고 막 자기가 그 바위에서 막 이렇게 막 이렇게 때렸어요. 거북이 몸에. 근데 그 거북이 몸이. 거북이가 그러는 거야.

"야, 나도. 니, 니 몸에는 다 바위라, 돌이라."

고 했어요.

"아무리 부셔 봐도 부서질 수가 없어."

그래 원숭이가

"그럼, '아 저기 강 있다.' 그래. 강이."

"너를 강에서 던져버리겠다."

라고 하는 거예요. 원숭이가 막 화가 나가지고. 그런데,

"알았어. 너 나를 던져."

이렇게 하는 거야. 그 강에서.

그래서 나중에 원숭이가 딱 던져버렸는데 거북이가 너무 좋아했어요.

"아, 야, 글, 나 여기서 원래 내 집인데."

막 이렇게 해줬어요. 이 거북이는 그냥 거기서 계속 살고있는 거고. 예. [조사자 1: 그래서 거북이는 강에서 살게 되었다.]

재밌나? [조사자 1: 재밌어요.] 한국에는 그런 거 [조사자 1: 비슷한 거 있어요.] 비슷한 거. [조사자 1: 그럼 결국 거북이는 바나나를 못 먹은 거네요?] 네, 못 먹죠. 올라갈 수가 없잖아요. 원숭이가 다 먹고. [조사자 1: 이 이야기가 어렸을 때 들으셨던 얘기세요?] 예, 그런 거.

원숭이와 거북이 [2]

● 구연정보

조사일시 : 2018. 12. 07(금) 오전
조사장소 : 경기도 화성시 진안동 아삭도서관
제 보 자 : 멜로니 [필리핀, 여, 1985년생, 결혼이주 7년차]
조 사 자 : 김정은, 김민수

● 구연상황

제보자가 〈바나나가 된 연인의 손〉을 구연한 뒤, 바로 이어서 이 이야기 구술을 시작했다.

● 줄거리

원숭이와 거북이가 친하게 지냈는데 바나나 나무가 둥둥 떠내려 왔다. 수영을 잘하는 거북이가 원숭이를 태우고 헤엄쳐 다가갔고, 원숭이가 긴 팔로 바나나를 꺼냈다. 혼자 바나나를 먹고 싶었던 원숭이는 바나나 나무를 반으로 자른 뒤 윗부분은 자신이 심고 거북이한테는 아랫부분을 심게 했다. 원숭이가 심은 윗부분은 죽고, 거북이가 심은 아랫부분은 잘 커서 바나나가 많이 열렸다. 하지만 거북이는 나무에 올라가서 먹을 수 없어서, 원숭이에게 바나나를 따달라고 부탁을 했다. 원숭이는 나무에 올라가서 바나나를 다 먹고서 껍질만 던졌다. 약이 오른 거북이는 나무 밑에 가시를 놓아서 원숭이가 내려오지 못하게 했다. 그 이후 원숭이는 땅에 내려오지 않고 이 나무에서 저 나무로 옮겨 다니게 됐다.

'원숭이와 거북이'. 이 이야기는 '원숭이와 토끼'와 비슷한 이야기예요.

그래서 어느 필리핀 마을에 원숭이와 거북이 살아 있었어요. 그때는 친하게 지내면 친구 되었어요. 어느 날 원숭이와 거북이 강에서 앉아서 쉬는데 바나나 나무를(가) 강에서 둥둥 내려왔어요. [조사자: 오호, 바나나 나무가 둥둥 내려왔어요?] 네, 둥둥 내려왔어요. 그래서 원숭이가,

"거북아 그 바나나 나무를 꺼내서 심어볼까?"

그렇게 말했어요. 거북이는 별 생각 없이 그냥,

"어, 그래. 바나나 나무 꺼내면 바나나를 계속 먹을 수 있겠다."

그렇게 생각했어요.

그래서 수영을 잘 하는 거북이가 원숭이를 등에 태우고 강에서 헤엄 가서는 바나나 이번에는 그 긴 팔 원숭이는 바나나 나무를 꺼내어 [조사자: 긴팔이니까] 네, 긴팔이니까 꺼내서 땅 쪽으로 [조사자: 땅 쪽으로 갔어요?] 갔어요.

그래서 그때 바나나는 원숭이가 바나나 나무를 땅에 두고 욕심이 생겼어요.

'아 어떻게 하면 바나나 열매를 내가 다 먹을 수 있을까?'

그런 생각 했고 그래서 한참 생각하고 또 생각한 원숭이는 거북이에게 말했어요.

"거북아 우리 이 바나나 나무를 나누어서 심어볼까?"

그렇게 말했어요.

"내가 긴 팔로 바나나를 건졌으니까 내가 윗부분 달린,"

(웃음) [조사자: 윗부분 내가 먹을게?]

"윗부분 달린 열매 내가 가져가고, 아랫부분 튼튼한 부분은 네가 갖고 심어볼래?"

그렇게 말했어요. 거북이는 생각 없이,

"어, 그래."

그렇게 했어요. 그렇게 해서 둘은 원숭이는 앞마당으로 오고 윗부분 달린 바나나 나무를 심고 그리고 아랫부분도 원숭이는 심어봤어요. 근데 결국은 그거 있잖아요. 윗부분은 보기가 좋지만 싹이 없어서 금방 열매 떨어지고 잎도 변해 죽고 말았어요. [조사자: 에 죽었죠. 네.] 그런데 그 거북이 심은 나무는 싹이 있어서 잘 자라고 열매도 주렁주렁 달렸어요.

그런데 아까웠어요. [조사자: 원숭이는 그게 아깝군요.] 거북이도 아까워요. 왜냐하면 자기 열매가 따 먹을 수가 없어요. [조사자: 아하!] 네, 올라갈 수가 없잖아요. 그래서 어떻게 했냐면 친하게 지내던 원숭이 불렀어요. [조사자: 아, 원숭이를 불렀다는 거죠?] 그래서,

"원숭아, 내가 거기 집에 있는 그 바나나 나무는 열매가 달려있는데 따 먹을 수가 없다. 같이 좀 도와줄래?"

그렇게 말했어요.

그래서 같이 와서 바나나 나무를 딱 보자마자 원숭이는 올라갔어요. 원숭이는 올라갔고 그리고 열매를 다 먹었어요. (웃음) [조사자: 다 먹었어요? 아이고.] 거북이에게 껍질만 던졌어요.

거북이는 너무 화났어요. 화가 난 거북이는 덩굴가시 있잖아요? 가시에다가 그 바나나 나무를 어떻게 탁 쳤어요? [조사자: 찔렀어요?] 네 찔렀어요. 원숭이는 못 내렸어요.

[조사자: 못 내려오게?] 네, 못 내려오게 그 가시덩굴을 거기서 [조사자: 가시를 막 찔렀구나.] 네, 찔렀어요. 그래서 바나나 나무를 다 먹고 나서 원숭이가 내려와야 하는데 가시 엉덩이에 다 찔렸어요. [조사자: 가시에 찔렸군요. 엉덩이를.] 네, 그래서 못 내렸어요.

그래서 이 바나나나무 저 바나나 나무. 아니 아니 이 나무에서 저 나무로 저 나무에서 이 나무로 옮겨 다녔어요. [조사자: 옮겨 다녔어요? 내려오질 못하고.] 네, 그런 이야기예요. [조사자: 네 재밌어요.]

원숭이와 거북이 [3]

● **구연정보**

조사일시 : 2019. 03. 07(목) 오후

조사장소 : 서울시 광진구 화양동

제 보 자 : 마리사콘데(오혜진) [필리핀, 여, 1984년생, 결혼이주 11년차]

조 사 자 : 신동흔, 김정은, 엄희수, 강새미

● **구연상황**

제보자가 〈파인애플이 된 아이〉 구연을 마친 뒤, 몇 년 전에 다른 필리핀 친구들과 어린이집에 찾아다니면서 연극을 할 때 활용했다는 이야기 구연을 시작했다. 중간에 이야기가 잘 기억나지 않을 때에는 자료를 참고하며 이어나갔다.

● **줄거리**

한 거북이가 나무에 열린 바나나를 발견하고 먹고 싶어 했지만, 나무에 올라갈 수가 없어서 친구 원숭이에게 부탁했다. 원숭이는 바나나를 거북이에게 주지 않고 자기 혼자 다 먹고 싶어 했다. 그래서 원숭이에게 나무를 반씩 나누자고 하고서는 위와 아래로 나누어서 자기가 위쪽을 택해 바나나를 다 먹었다. 이후 거북이와 원숭이는 직접 바나나 나무를 키웠는데, 원숭이의 나무는 시들고 거북이의 나무에서만 바나나가 잘 자랐다. 원숭이는 거북이와 나눠먹기로 하고 나무에 올라갔는데 약속을 지키지 않고 혼자만 바나나를 먹었다. 화가 난 거북이는 나무 아래에 코코넛 껍질과 조개 껍질을 깔아놓았다. 나무 아래로 내려오다 엉덩이를 찔린 원숭이는 엉덩이가 빨갛게 되었고, 화가 나서 거북이를 들어올렸다. 거북이는 꾀를 내서 자기는 바다가 무서우니 절구 안으로 던져달라고 애원했다. 그러자 원숭이는 거북이를 바다로 던졌다. 물로 들어간 거북이는 원숭이를 놀렸다.

네. <거북이와 원숭이>. 그러니깐 바나나, 바나나가 그 먹음직스럽게 익은 바나나 열매가 나무 있는데. 거북이가 먼저 본 거예요. 그래서 바나나를 따러 갔는데 거북이는 못 올라가잖아요.

그래서 또, 거북이하고 원숭이는 친구니까 나중에 그 원숭이도 왔어요. 그래서 이거,

"그 바나나를 따 줄래?"

아, 잠깐만요. 그러니까 거북이가 먼저 본 거니까. 원숭이를 보고 따 달라고 했어요. 그래서 어떻게. [조사자 1: 잠깐 보셔도 돼요.] 보면 너무 길게 돼서요. 그 연극할 때 기억나는 대로. 근데, 아, 그러니까 원숭이는 그렇게 못 한대요. 따 줄 수는 없대요. 자기만 딸 수 있으니까 그 바나나는 자기 거.

"이건 내 거야."

원숭이는.

"안 돼. 내가 먼저 봤으니까 내가 먼저 먹어야 돼."

라고 했는데.

그래서, 그러다가 원숭이가 좋은 생각이 났어요.

"그러면은 바나나를, 바나나 나무를 반으로 자를까?"

라고 했어요.

그런데 또 둘이 바나나 나무를 자르는데 또 이렇게 길게 되잖아요. 가운데. 그러니까 밑 부분하고 윗부분. 잘랐는데 그 열매 있는 부분은 원숭이가 얼른 가져갔어요.

그러면은 거북이가 억울하잖아요. 바나나 없잖아요. 그래서 원숭이는 하여튼 바나나를 다 가져가서 하나도 거북이한테 안 줬어요. 그래서 거북이가,

"원숭이야, 좀 나눠서 먹자. 나도 배고프단 말이야."

라고 하니까 원숭이는,

"안 돼. 이것은 다 내 거야. 그 나무를 한 번 심어봐. 그러면 나중에 또 열매 나올 거니까 심어봐."

라고 하니까 자기 것도 심을 거래요. 그 원숭이 것도.

그래서 둘이 심었어요. 원숭이는 열매 다 먹고, 이제 심고, 거북

이도 심었어요. 하고 이제 몇 달이 지나니까 거북이 거는 막 자랐어요. 건강하게 자라고, 열매도 열렸어요. 원숭이 거는 그냥 시들어졌어요. 시들어서 또 둘이 만날 때에는 거북이가 원숭이 집에 방문했을 때에는,

"원숭이야, 네 나무는 잘 자라고 있어?"

"아니. 다 시들어졌어."

그래서,

"그럼 네 바나나는?"

"응, 잘 자라고 있어. 열매도 다 열렸어요."

라고 했어요.

또 같이 그 바나나를 땄어요. 아아, 또 거북이가 그거 바나나를 못 따니까 또 친구를 불렀어요.

"이번에는 꼭 나눠서 먹자."

라고 했는데,

"알았어. 약속해."

약속까지 했어요. 근데 또 원숭이가 이제 올라가서 열매를 땄는데, 하나도 거북이한테 던져주지 않았어요. 하나도 안 줬어요. 그냥 나무에서 거기 있고, 먹기만 했어요.

그래서 거북이는 너무 화난 거예요. 또 속였으니까. 또 속였으니까 너무 화나서 나무 밑에서 그 뾰족뾰족한 코코넛 쉘Shell? [조사자 2: 껍데기?] 껍데기. 되게 딱딱하잖아요. 그거 밑에다 놓고 또 조개들도 깔았어요. 근데 살짝 다른 나뭇잎을 가려놓고. 그거 원숭이가 모르게 내려올 때. 그래서 원숭이 내려왔어요. 그래서 내려올 때,

"아! 따가워!"

라고 한 거예요.

"아, 내 엉덩이 너무 따가워요!"

라고 그러니까 또 원숭이는 너무 화났어요. 너무 화났기 때문에,

"야, 거북이야. 이거 네가 한 짓이지?"

[조사자 1: 일부러.] 그래서 원숭이가 그 거북이를 들었어요. 너무 화났기 때문에.

“거북이는 어떻게 할까? 절구에 집어넣을까? 바다에 던져줄까?”

[조사자 1: 응, 원숭이가.] 절구, 절구, 절구에, [조사자 1: 네 맞아요.] ‘집어넣을까’가 맞는 거예요? [조사자 1: 네.]

“절구에 집어넣을까? 아니면 바다에 던져줄까?”

“안 돼! 안 돼! 나는 바다가 너무 무서워 차라리 절구에 던져줘!”

한 거예요. 그래서 원숭이는,

“아하! 바보. 무서운 걸 아는 거구나. 그러면 바다에 던져야지. 이제 좀 무서운 거 맛 봐라!”

라고 해서 바다로 던졌어요. 그래서 거기 던지니까 거북이는,

“야, 원숭이야! 나는 바다를 엄청 좋아하거든. 원래 너무 좋아하거든.”

그래서 원숭이는 어쩔 수 없이 그냥 짜증을,

“아!”

해서.

그래서 그때는 엉덩이가 따가웠잖아요. 그래서 그때부터 원숭이 엉덩이가 빨개진 거예요. 그런 이야기였어요.

[조사자 1: 네, 재미있어요. 원숭이가 유난히 엉덩이가 빨개요, 그쵸?] 네. 털이 없잖아요 엉덩이에. [조사자 2: 네, 맞아요. 되게 민망하게 빨갛기만 하잖아요.] 네. [조사자 1: 그게 이제 그래서 나오는.] 그래서 엉덩이가 빨간 거래요.

까마귀와 개

● **구연정보**

조사일시 : 2017. 11. 08(수) 오후
조사장소 : 경기도 화성시 향남읍 행정리
제 보 자 : 룻파네스 [필리핀, 여, 1974년생, 결혼이주 24년차]
조 사 자 : 오정미, 한상효, 엄희수

● **구연상황**

제보자가 악몽 귀신 바티바트에 대한 이야기를 들려준 뒤 그다음 이야기라고 하면서 영어로 〈The Dog and Crow〉라고 제목을 소개하고서 이야기를 구술했다.

● **줄거리**

까마귀가 말린 소고기를 낚아채서 큰 나무에 앉아 먹고 있었다. 지나가던 개가 그 모습을 보고, 모든 새들 중에 까마귀가 제일 훌륭하다고 칭찬했다. 기분 좋은 까마귀가 웃다가 고기를 떨어뜨리자 개가 주워서 먹었다.

그다음은 "The Dog and Crow", 까마귀랑 하고 저기, 개. [조사자 1: 까마귀하고 개.] 개와 까마귀 이야기. [조사자 1: 까마귀와 개 이야기.] 개, 개. [조사자 1: 네, 해주세요.]

그 까마귀는 그 까마귀가 말린 고기를 봤어요. 고기, 우리가 옛날에는 원래 소 한 마리 잡으면 냉장고가 없어서 그다음에 말리고 하거든요. 에, 그래 말렸어요. 다 못 먹으면 말리고 그리고 나중에 또 먹으라고 그렇게 하는 건데. 그래 많이 말렸어요.

그래 이 까마귀도 그거 보면서 자기가 이제 꼭 집어서 도망갔어요. 멀리 멀리 날렸어요. 그리고 나중에 거기 거 큰 나무 위에 계속 먹고가 되는데 계속 먹고 있었어요. 근데 갑자기 큰소리 하는 목소리가, 들렸어요, 근데 이거는 이 큰 목소리는 개, 개 목소리가 말해요. 네, 이렇게 말했어요. 멍멍이가.

"아 그 모든, 그 모든 새 중에서 새, 새 중에서 너는 까마귀는 가장 훌륭하다, 가장 훌륭하다."

고 했어요.

"그 비교할 수가 없다."

그렇게 말했어요. 개가 그 까마귀한테.

그래서 어 그 까마귀가 너무 기분이 좋았어요. 자기가 인제 저기 하니까 너는 진짜 자기가 나쁜 일 했는데 그래도 거기 뭐라고 하는 건지. 자기가 이제는 좋다고 하니까 자기가 훌륭한 까마귀가 하니까 기분이 좋으면서 그리고 자기 이제 입을, 열고 이제 까마귀 소리는 거 있잖아요.

"아!"

까마귀 소리 논 거요. 그래서 갑자기 그거 이제 거기 자기 입 있는 고기들은 다 떨어졌어요. 다 떨어지고 그리고 인제 땅바닥, 땅에서 떨어졌어요. 네 그래 이제는 아 그 개가 너무 좋아했어요. 그 말린 고기는 자기 먹어도 되니까.

[조사자 2: 저 그 개가 일부러.] 응, 일부러 [조사자 2: 입 벌리게 할려고.] 일부러, 떨어지게 하면은, 자기 먹으라고, 어차피 개는 쫓아다니면은 못 잡았잖아요. 그 나무 위에 있으니까. 그래서 이렇게 개, 자기도 좋은 생각하는 거 같아요. [조사자 2: 똑똑하네요.] 똑똑해요.

게으른 나비와 부지런한 개미

● **구연정보**

조사일시 : 2019. 03. 07(목) 오후
조사장소 : 서울시 광진구 화양동
제 보 자 : 마리사콘데(오혜진) [필리핀, 여, 1984년생, 결혼이주 11년차]
조 사 자 : 신동흔, 김정은, 엄희수, 강새미

● **구연상황**

제보자가 〈병을 고쳐주는 아다르나 새와 세 명의 왕자〉 구연을 마친 뒤 아시안 허브에서 다른 필리핀 여성이 출품했던 이야기를 들려주겠다면서 이 이야기를 구술했다.

● **줄거리**

필리핀에는 건기와 우기가 있어서 건기 때 부지런히 먹을 음식을 준비해야 우기를 날 수 있다. 나무에 사는 개미는 건기 동안 부지런히 움직이며 먹을 것을 모았다. 이를 본 나비는 왜 그렇게 열심히 일을 하냐며 그냥 놀았다. 그리고 메뚜기와 함께 개미를 비웃으며 노래를 부르고 놀았다. 일주일 후, 우기가 시작되었다. 개미는 자기가 모은 음식을 먹으며 나무 안에 편하게 있었다. 반면 나비와 메뚜기는 먹을 것이 없어서 태풍 속으로 먹을 것을 구하러 나가야 했다. 이를 본 개미는 도와주고 싶었지만 비가 너무 많이 와서 밖으로 나갈 수가 없었다. 나비와 메뚜기는 먹을 것을 구하러 갔다가 물에 빠졌고, 날아가던 새에게 잡아 먹혔다. 개미는 나비와 메뚜기를 불쌍하게 여겨 기도를 했다. 그리고 예전에 할아버지가 해주었던, 여름에 먹을 것을 준비하지 않으면 내일이 없다는 말을 떠올렸다.

이것도 필리핀에서 좀 교훈을 해주면서, 그러니까 여름하고 장마철. 여름 장마철만 있잖아요, 필리핀에서. [조사자: 여름하고 장마철.

네 맞아요, 건기하고 우기만 있고.] 건기하고 우기.

그러니까 필리핀에서는 항상 건기할 때, [조사자: 건조한 날씨하구.] 네. 그러니까 음식을 많이 심고 모아야 한다는 그런 게 있고. 그래야 장마 때는 먹을 것이 있다. 그런 교훈 있어요. [조사자: 그때 부지런히 움직여야 되는군요.] 근데 한국이랑 비슷한 게, 여름에서 그 준비 많이 하고 그래야 겨울에 먹을 거 있다. [조사자: 우리랑 똑같네요.] 네, 똑같애요.

그래서 이거는 동물 이야기인데요, '나비와 개미'. 원래 '나비와 개미'인데 이거 하면서 교육을 받으면서 그냥 게으른 나비와 부지런한 개미로 수정했어요.

그래서 이제, 건기할 때, 개미가 그 음식을 모으려고 계속 왔다 갔다 빵 조각을 모으려고 왔다갔다했어요. 집은 나무 밑에 있는, 나무 구멍 속에 있는 거예요. 그래서 개미가 왔다 갔다 하면서 나무 위에 있는 나비가 개미를 보고

"어, 개미야. 뭐하고 있어요?"

이러는 거예요.

"아, 우리 나의 가족이 우기 때 먹을 것을 지금 모으고 있어요."

대답을 했어요. 하고,

"왜 그렇게 일을 열심히 하는 거지? 지금 주변에 먹을 거 많잖아요."

그렇게 얘기해서, 개미가

"아니에요, 지금 먹을 것을 다 모아야 우기 때 먹을 거 있죠."

그렇게 말했어요.

근데 나비는 그냥 개미 따라하지 않고 그냥 자기는 매일 노래 부르면서 놀고, 먹고 싶으면 그냥 주변에 있는 먹을 것을 먹고 했어요. 되게 여유롭게 행복하게 살았다는 건데요. 일을 하지 않아요. 노는 것만 좋아했어요. 그래서 메뚜기 친구들이 있어요. 메뚜기도 음악도 잘 하니까, 메뚜기랑 나비는 똑같이 노는 것을 좋아하니까 메뚜기가 노래를 부르면서 그럼 나비가 행복한 거예요. 그러니까 일하지 않아도 되니까. 먹을 것은 많으니까.

그래서 근데, 또 어느 날 개미가 계속 왔다 갔다 하니까 또 나비가 메뚜기한테,

"저 개미 봐봐. 너무 열심히 일을 해. 먹을 것이 많은데도 계속 일만 해."

그래서 메뚜기도,

"응, 바보같이."

이러는 거예요.

그래서 한 일주일 있다가 장마가 왔어요. 장마가 왔는데, 태풍. [조사자: 태풍까지 왔어요?] 태풍까지 왔어요. [조사자: 아, 필리핀 태풍 많으니까요.] 네, 태풍 많으니까 바람도 너무 세니까 곤충들은 나갈 수가 없는 거예요. 먹을 것을 찾으러 나갈 수가 없는 거예요. 특히 나비하고 메뚜기는. 모은 것이 없으니까, 먹을 것이 없어서 어쩔 수 없이 태풍 가운데에 나와서 먹을 것을 찾으러 왔어요.

다행히 개미는 이제 자기 집에 나무 밑에 구멍 속에 있는 집에 막 편하게 누워있고. 뭐 너무 좋았던 거예요, 개미. 근데 바람을, 태풍이니까 바람이 너무 세게 부니까 이제 살짝 창문을 열었어요. 창문도 있어요. (일동 웃음) 창문을 열었어요. 근데 개미가 일어나서 창문을 닫으려고 했는데 나비하고 메뚜기를 본 거예요.

"나비야! 메뚜기야! 뭐하고 있어요? 얼른 들어가. 지금 태풍이 왔잖아."

라고 해서 나비가,

"아니야, 개미야. 우리는 먹을 것이 없어서 너무 배고파. 먹을 것을 찾아야 돼."

한 거예요.

그래서 찾다가 그냥 개미가 너무 불쌍해서 나갈 수가 없는 거예요. 도와주러 나갈 수가 없어서 그냥 보다가, 그 음식, 먹을 것을 찾다가 이제 막 어디 가서 하려고 하는데, 먹을 것을 잡으려고 했는데 물이 많아서, 물에 빠진 거예요. 나비하고 메뚜기가. 그래서 물에 떠내려갔어요. 그때는 그 날아가고 있는 새들이 나비하고 메뚜기를 보고 너무 배고프니까 바로 잡아먹었어요. [조사자: 홀라당 먹었군요.]

그래서 개미는,

'불쌍한 나비와 메뚜기구나.'

그래서 기도를 했어요. 나비하고 메뚜기를 위해 개미가 기도를 했어요. 그래서 그때는 개미가 막, 할아버지 개미가 얘기한 것이 생각이 나는 거예요.

"여름에 먹을 것을 준비하지 않으면은 내일이 없다."

라고.

그래서 그러니까 여름에 부지런히 일을 해야 돼요.

[조사자: 다른 나라에는 베짱이가 있는데 개미와 베짱이 이야기가 있는데요. 메뚜기고 또 나비까지 같이 그냥.] 네. [조사자: 우아한 나비라서 그런가 봐요. 남 보기에는 되게 우아하잖아.] 네. 되게 좋아해요. [조사자: 메뚜기야 소리가 나니까 그렇다고 하는데. 재밌다. 원래 어릴 때부터 들으셨던 이야기예요?] 네. 이건 많이 들었어요.

왕자와 결혼한 아바디하

● 구연정보

조사일시 : 2017. 11. 08(수) 오후
조사장소 : 경기도 화성시 향남읍 행정리
제 보 자 : 룻파네스 [필리핀, 여, 1974년생, 결혼이주 24년차]
조 사 자 : 오정미, 한상효, 엄희수

● 구연상황

제보자가 일하고 있는 영어 학원의 강의실에서 조사가 진행되었다. 제보자는 사전에 연락을 받고 몇 가지의 이야기를 준비해왔다고 했으며, 이야기를 준비하면서 SNS와 전화를 통해 필리핀에 있는 지인들에게 이야기를 물어봤다고 했다. 제보자는 노트에 적어온 내용을 확인하면서 이야기를 구술했다.

● 줄거리

아바디하가 어머니가 죽은 뒤 계모와 새 여동생, 새언니와 살고 있었다. 계모와 의붓언니들은 아바디하를 괴롭히면서 힘들게 일을 시켰다. 아바디하가 숲속에 있는 엄마의 무덤에서 기도했는데, 어느 날 왕자가 지나다 보니 무덤가의 큰 나무에 반지가 걸려있었다. 왕자가 그 반지를 끼웠는데 빠지지 않고 손가락이 아팠다. 왕은 왕자의 손에서 반지를 빼 줄 수 있는 사람을 왕자와 결혼시키겠다고 했는데, 아바디하만이 반지를 뺄 수 있었다. 그래서 아바다하는 왕자와 결혼하게 되었다.

지난번에 신데렐라처럼 비슷한 거 있거든요. 필리핀 얘기도 그래서 신데렐라처럼, (조사자를 바라보며) 신데렐라 아시죠? 그 얘기. 이거는 아바디하라고 이름이 있어요. [조사자: 아바디하?] 예. 아바디하. 신데렐라 대신에 아바디하. [조사자: 아바디하.] 예. [조사자: 이름인 거죠? 신데렐라 이름. 여자 주인공의] 여자 주인공의… [조사자: 이름. 아

바디하.] 네. 아바디하. 이름이 아바디하예요. 네 그래서 신데렐라 대신에 아바디하. 네.

아바디하는 신데렐라 대신에 가장 친절하고 그리고 힘들게 일하는 아, 선녀예요. 선녀. 에. 근데 대가 이것도 새엄마라 하고 새 여동생이랑 언니들이랑 같이 살고 있었어요. 근데 똑같대. 신데렐라처럼 아 나쁘게, 그 새엄마들이랑 그다음에 동생들한테 나쁘게 자기가 막 힘들게 일 시켰어요.

그래서 아바디하는 음 자기가 모든, 모든 일이 힘들어해서, 자기 가서, 이제 자기 신들, 신들하고 자기 죽은 엄마한테 가서 이제 기도하고 했어요. 도움이 받, 받, 받았어요. 네, 받고 그리고, 나중에 그 강, 강가에서 있는데 강이 옆에 있는 거. 그 숲 있어요. 그 숲이 있는데 그거 엄마 묘, 무덤. 거기서 하는데 그 커다란 나무 옆에 있어요.

근데 그 커다란 나무 옆에 있는데 어떤 왕자, 왕자가 지나가면서 커다란 나무 앞에 뭔가 반지가 걸려 있는 거야. 반지, 그 가지 나무에. 에 그래서 그 왕자가 너무 궁금했어, 궁금했어가지고, 그거를 자기 손가락에서 켰(꼈)어요. [조사자: 왕자가?] 네, 왕자가.

근데 그 왕자는 이제 자기 왕국? 어 왕실 들어가서 이제 하는데, 갑자기 자기 손가락 아파주고 그리고 이제 반지를 못 빼, 못 빼 됐어요(못 뺐어요). 이제 막, 아 거기 손가락이 갑자기 이제 거주고, 아프기 시작했어요. [조사자: 아, 반지가 빠지지 않고.]

그러니까 그 왕, 자기 아빠 왕이 가장, 가장 높은, 뭐라고 하는 거지. 의사? 어 그 자기 왕국에서 높은 의사를 불렀는데 근데 그것도 못 빼겠어요. 어떻게 치료하는 것도, 음 방법이 없었어요. 그래서 그 저기. 그 왕이 얘기 했어요. 다. 모든 이거 모든 여자들 부르라고 했어요.

에, 그거 부른 다음에 음, 음,

“누구나, 누구나 그 반지를 뺄 수 있는 그, 빼줄 수 있는 여자, 하면은 왕자와 결혼시킨다.”고.

이렇게 됐어요.

그래서 (웃음) 그래서 모든 여자 모든 선녀들은 와서 이제 그 반지를 이제 빼는데 그 하나가, 아바디하가 이제 자기는 뺐으니까 자기 반지를 자기한테도 맞을 수 있더라고요. 그래서 나중에 아바디하는 이제 왕자의, 결혼하고 왕비 됐어요. (웃음)

[조사자: 끝?] 네, 끝이야.

[조사자: 여기서 질문 우선은 이 아바디하 이야기가 선생님 필리핀에서 굉장히 유명한 이야기예요?] 거기 아 어린이들이. 그런 이야기들.

[조사자: 아 어린이들한테. 그러면 선생님 어렸을 적에 이야기를 들으셨던 이야기예요? 아니면 최근에 유명해진 이야기예요.] 아니 이건 원래 오래되는 건데. [조사자: 아 오래된 이야기죠.] 네. 오래된 이야긴데. [조사자: 아 그렇구나.] 우리 엄마가 안 들려주는 거 아니고 학교에서 들었어요. [조사자: 아 학교에서 오케이 오케이.]

[조사자: 그러면 아바디아의 새, 나쁜 엄마와 동생들은 어떻게 됐어요? 갑자기 궁금해졌어.] 그런데. (웃음) [조사자: 그건 안 나와요?] 네 거기는 안 나와서, 그냥 이제 아바디아는 그 왕이랑 같이 결혼해서 인제 왕국이 같이 살고 있었어요. [조사자: 살게 됐어요.] 살게 됐어요.

[조사자: 오케이, 그리고 아바디하라는 이름이 혹시 어떤 필리핀 의미가 있어요? 선생님?] 어 그런 거는. [조사자: 없어요?] 네, 없어요. [조사자: 오케이 오케이] 거기 안 써있네요. [조사자: 그러면 어렸을 적부터 이 이야기를 많이 들었던 이야기고.] 학교에서 들었어요. [조사자: 네 학교에서 오케이 네.]

게으른 후안 [1]

● **구연정보**

조사일시 : 2016. 11. 09(수) 오전

조사장소 : 경기도 화성시 향남읍 행정리

제 보 자 : 룻파네스 [필리핀, 여, 1974년생, 결혼이주 23년차]

조 사 자 : 오정미, 이원영, 이승민

● **구연상황**

제보자가 <영웅 닥터 호세> 구연을 마친 뒤 조사자가 필리핀에 바보 이야기는 없느냐고 물어보자, 바로 '후안'의 이름을 말하고 구연을 시작했다. 필리핀 사람들이라면 잘 알만큼 유명한 바보 이야기라고 밝혔다.

● **줄거리**

일도 하지 않고 게으른 후안이 있었다. 어느 더운 날 후안은 산에 올라가서 나무 아래에서 열매가 떨어지기만을 기다렸다. 입을 벌리고 기다리고 있는 후안의 입에 새똥이 떨어졌다.

후안이라고 있어요. 그냥 일도 안 하고, 그냥 돌아다니고 하면서 먹을 것만 이렇게 달라고 막 이렇게 했어요.

그런데 어느 날 너무 더워가지고 그 어떤 산에 위에 올라가는데 그 나무가 있었어요. 그 나무가 저기, 나무가 있는데 그 어떤 나무인지 모르겠네요, 하여튼 거기서 막 계속 기다리면서,

'아 그 나무 열매를 언제 떨어질까?'

계속만, 계속만 그렇게 기다리고 있어요. 그런데 안 떨어졌어. (웃음) 그래 나중에 언젠가 새 지나가면서 그 새. 그 이게 입만 벌리고 있으니까. 그 새 똥 이 자기 입으로 들어가는데, 나중에 또 그 열

매도 떨어졌어요.

그렇게 후안이 그래. 게으른. [조사자: 후안은 이름이고?] 후안은 이름. 후안 존 이라고. 존 후안이라고 필리핀 말로 후안.

게으른 후안 [2]

● 구연정보

조사일시 : 2019. 03. 07(목) 오후
조사장소 : 서울시 광진구 화양동
제 보 자 : 마리사콘데(오혜진) [필리핀, 여, 1984년생, 결혼이주 11년차]
조 사 자 : 김정은, 엄희수, 강새미

● 구연상황

〈원숭이와 거북이〉 이야기를 마친 후, 조사자가 제보자에게 준비해 온 이야기를 더 구연해달라고 하자 드라마로도 나온 이야기라며 〈게으른 후안〉 구연을 시작했다. 이야기가 길어서 중간중간 자료를 참고하며 구연했다.

● 줄거리

옛날에 한 엄마가 후안이라는 아들과 살고 있었다. 엄마는 혼자 생계를 꾸리느라 고생을 했는데, 후안은 놀기만 하고 엄마를 도와주지 않았다. 후안은 나무 밑에 누워 열매가 떨어지기만을 기다릴 정도로 게을러서 마을 사람들이 그를 '게으른 후안'이라고 불렀다. 화가 난 엄마는 자기가 만든 떡을 팔아오라고 했는데, 후안은 시장에 가는 길에 개구리들과 나누어 먹어버렸다. 또, 엄마가 시장에서 게를 사오라고 했는데, 집에 돌아오는 길에 게들에게 자기 집까지 찾아가라고 하고는 친구 마리아네 집에 놀러갔다. 엄마가 화가 나서 심장병에 걸리자 그제서야 후안은 엄마를 잘 돕기로 결심했다. 이후로는 엄마의 말을 잘 들었고, 동네 사람들로부터도 인정을 받았다. 그래서 이제 '게으른 후안'이 아니라 '옳은 후안'으로 불리게 되었다.

옛날에 어느 한 마을에, 후안이라는 아이가 있고 엄마랑만 살고 있었어요. 그 아빠가, 죄송합니다. 아빠가 없다 보니 엄마는 열심히 일을 했어요. 그 생활비를 버느라 너무 바빴어요. 일 하느라구요.

근데 후안은 어, 엄마를 도와주지 않아요. 그냥 먹고, 자고, 놀고만 있었어요. 그래서 엄마는 후안을 너무, 뭐지, 너무 짜증나는 거예요, 후안한테. 아무리 말을 해도, 일을 시켜도 일을 하지 않는 거예요. 그래서 그러니까 그 마을에서는 후안이 너무 게을러서 사람들이 '게으른 후안'이라고 불렀어요.

어느 날, 나무, 어, 구아바라는 나무 밑에서 후안이 거기 밑에서 눕고, 구아바, 익은 구아바를 떨어지는 것을 기다리고 있었던 거예요. 그 모습을 보고 어떤 여자 아이가 왔어요.

"야! 게으른 후안! 게으른 거 알고 있는데 적당히 좀 해!"

라고 하는 거예요.

그래서 그 구아바 열매를 따고 후안한테 준 거예요. 그래서 그 여자아이는 마리아였는데, 그 마리아는 좀 부지런하고 되게 성격 좋은 여자아이였어요. 그래서 후안이 그 구아바 열매를, 아, 마리마가 구아바 열매를 후안한테 줄 때에는 후안이 마리아한테 반했어요.

잠시만요. 이제 다음 편. 이제 그러니까 그렇게 헤어졌고.

다른 날에 엄마가, 어떻게 했더라? 어, 그니까 엄마는 후안을 자꾸 일을 시키려고 해서 좀 필리핀에서는 그 떡이라는, 빵 같이 생긴, 쌀로 만든 빵인데. 그냥 떡이라고 할까요? [조사자 1: 쌀로 만든 떡이 있구요. 빵이 있구나.] 네, 그런 거 있는데 엄마가 후안을 일을 시키려고 해서, 후안 엄마가 그 떡을 만들고, 후안보고 시장가서 이걸 팔라고 해요.

했는데, 또 후안이 그날은 너무 날이 더우니까 나무 밑에서, 나무 그늘 밑에서 그냥 앉기만 하고 배고파서 그 떡을,

'먹어 봐야 되겠다. 엄마가 만든 것을 먹어 봐야 되겠다.'

라는 생각을 해서 그걸 먹고 있었는데.

"아, 엄마가 만든 떡은 참 맛있네!"

라고 한 거예요.

그래서 근데 옆에 개구리도 있어요. 배고픈 개구리도 있대요. 그래서 후안은

"아, 불쌍한 개구리들. 떡을 줘야 되겠다."

그래서 개구리들한테 떡을 하나도 팔지 못하고 그냥 자기 먹고 개구리들한테 준 거예요. 그래서,

'내가 팔지 못하니까 집에 돌아가면 엄마가 화났겠네?'

그러면은 개구리들, 후안은 그냥 게으른 것뿐만 아니라, 좀 바보 같은 생각이 있어요. 그래서,

'어, 개구리들을 집으로 들고 가면 엄마가 덜 화나겠네?'

라고 해서 이걸 들고 집으로 갔어요. 그래서 엄마가,

"떡 얼마나 팔았어?"

라고 했더니, 후안이 그렇게 얘기했더니 당연히 엄마는 화났어요.

"야, 후안! 왜 그래? 돈이 필요하다니까. 반찬 살 돈이 필요해."

그래서 엄마는 너무 화가 나니까 손으로 다른 물건들을 후안한테 막 던지는 거예요. 너무 화나니까. 너무 화났으니까. 그리고 이제 한 일 또 있고. 한 이야기는 좀 생략해야 되겠다.

이제 또 엄마가 그, 포기하지 않고 또 후안을 일을 시켰어요. [조사자 1: 또 시켰구나, 네.] 네. 이번에 또 시켰는데 게를 사라고 했어요. 시장 가서 게를 사라고 했는데. [조사자 1: 개? 아 꽃게.] 꽃게. [조사자 1: 그런 게를 사오라 그랬구나. 네네. 해산물 많으니까, 필리핀도. 그죠?] 아 네. 그리고 '꽃게'라는 노래도 있어요.

하여튼 게, 꽃게를 사러 가려고 했는데. 사러 갔어요, 후안이. 시장 가서. 근데 집에 오는 길에 또 길은, 시장 길은 이제 집에 갈 때는 마리아 집에 지나가는 거예요. 그래서,

'오랜만에 마리아를 봤기 때문에 마리아 집에 한 번 들렀다 가야 되겠다.'

는 생각을 했어요. 그래서 게들한테,

"게들아! 나 마리아 집에 잠깐 들렀다 가니까 먼저 우리 집에 가 있어."

라고 한 거예요.

"좀 걸어갔다가 그, 아 한참 걸어갔다가 오른쪽으로 해, 그러면은 일곱 번째 집은 우리 집이야."

한 거예요. 그렇게 얘기한 거예요. 게들한테. 그래서 그냥 놔둔

거예요, 게를.

그리고 자기는 이제 길 옆에서 작은 꽃들을 따서 모아서 이제 마리아 집에 들어갔는데. 맞아준 사람이 마리아 엄마였어요. (웃음)

또, 엄마는 후안이 너무 게으른 걸 알고 있기 때문에 싫어하니까,

"야, 후안아. 엄마는 너 찾겠다. 얼른 집에 가라."

한 거예요.

그래서 후안은 그냥 어쩔 수 없이 집으로 갔어요. 집으로 갔더니,

"엄마, 게들은 아직 안 왔어?"

그런 거예요. 그리고 또 엄마가 속이 탔어요.

그러니까 그 여러 가지 일이 있었어요. 엄마는 계속 화나고 그런 거기 때문에 엄마가 병이 들었어요. 항상 스트레스 받으니까. 뭐, 심장병. 필리핀에는 심장병이 유명해요. 뭐 이야기에서 자꾸 나오는데.

하여튼 엄마가 자꾸 스트레스 받으니까 심장병이 걸렸는데. 어, 이제 후안은 엄마, 엄마 아픈 모습을 보고,

'우리 엄마 어떡하지?'

막 걱정을 많이 했어요, 고민했고.

'어떡하지? 우리 엄마는 아프니까. 내가 어떻게 하면 될까?'

그래서 좀, 그때는 후안이 이제 막 정신이 든 거 같아요.

'이제 뭐 엄마 시키는 것을 똑바로 해야 되겠다. 똑바로 살아야 되겠다.'

그런 거 해서 처음에는 힘들었지만, 그 바로, 뭐였더라? 변하면은 안 되니까 조금씩 노력해서 엄마가 시키는 것을 해서, 했는데 그 마리아가 변하는 모습을 좀 점점 알게 됐구. 변하는 모습을 봤어요. 그래서 후안도 좋아했구. 막 행복했던 건데.

이제 마리아 엄마 있잖아요. 마리아 엄마가 있는데, 후안이 진짜로 변한 건지, 이제 확인하러 온 거예요. 이제 후안 엄마를 방문하면서 후안한테 일을 시킨 거예요.

"후안아 이제 엄마가 시장 못 가니까 니가 쌀을 사러 가."

라고 한 건데. 이제 후안은 가서 금방 쌀을 들고 후안의 모습 나타났어요.

어, 마리아 엄마가

'후안이 이제 잘 되겠다.'

생각해서 후안은 이제 사람들이 좀 변했으니까, 사람들이 이제 '게으른 후안'이 아니라 이제 어, '옳은 후안'이라고 불리게 됐어요.

왜냐면 이름, 제목이 잠시만요. 왜 옳은, 부지런한 아니구 '옳은 후안'이라고 하냐면은, 필리핀어로 '타마드tamad'이라고 하는 '게으른', 후안, 후안 잠시만요. 제목이 '후안 타마드' 그러니까 '게으른 후안'이라는 뜻인데. '타마드tamad'가 게으르다는 뜻이에요. 그래서 좀 비슷하게 '타마드tamad' 아니고 '타마tama'. '타마tama'는 '옳다'라는 뜻이에요. 그러니까 '후안 타마드', 이제는 '후안 타마드' 아니고 '후안 타마'. 그래서 말이 비슷하게. 이제 '옳은 후안'이라고 됐어요. [조사자 1: 이제 제대로 할 수 있는 게 생겼군요.] 네.

[조사자 2: 마리아랑 결혼하나요?] 아직 그건, 그다음에 이야기 나오더라구요. 그 드라마 나오면서. [조사자 1: 옛이야기에서는 그냥, '후안이 바뀌었어요.'까지 끝나는 거예요?] 그냥 거기서만 끝나는 건데.

그래서 이제 최근 한 10년 전에 드라마 나오고 나서 이제 어, '부지런한 후안'이라고 바뀐 거예요. [조사자 1: 근데 사람들이 이 후안을 좋아하나 보다. 드라마로까지 이런 얘기가 나오는 거 보면은.] 네. [조사자 1: 우리가 봤을 때는 막, '왜 그렇게 부지런하지 않은 사람을 좋아하지?' 막 이랬었는데.] 되게 좋아해요. 네. [조사자 1: 아, 오히려. 좋아하나 보다.]

하고, 필리핀에는 후안이라는 이름이 되게 많아요. 아까 후안 왕자•도 있구. 하고 후안도 되게. [조사자 1: 후안이 주인공의 이름이네요?] 네. 약간 이미지가 후안 주인공이긴 한데 약간 좀.

[조사자 1: 뭔가 남이 봤을 때는 모자라 보이는 그런 건가 보다.] 네. [조사자 1: 아까 새, 아다르나 새에서도 똑똑하긴 해도 형들이 봤을 때는 답답한 그게 있는 거죠?] 네. [조사자 1: 애가 그러니깐.] 약간 착한 이미지? 주인공 이미지? 대단한 이미지 그런 건 아니에요. [조사자 1: 저기다. 한

• 이 제보자가 구연한 〈병을 고쳐주는 아다르나 새와 세 명의 왕자〉에 등장하는 셋째 왕자의 이름이다.

스. 독일에서는 바보 한스.] 아. [조사자 1: 아, 러시아 바보 이반.] 아 그래요? 러시아? [조사자 1: 러시아에서는 이반. 이반이 바보예요, 바보.] 이반.

인도네시아

뒤집어진 배 산과 엄마 산의 유래

● **구연정보**

조사일시 : 2017. 10. 21(토) 오후
조사장소 : 경기도 안산시 단원구 원곡동
제 보 자 : 수산티 [인도네시아, 여, 1976년생, 결혼이주 11년차]
조 사 자 : 김정은, 황승업

● **구연상황**

제보자가 교회를 통해 이주한 내력을 이야기한 뒤 이 이야기를 구연했다. 우즈베키스탄의 샤히스타와 태국의 사이암낫 제보자가 청중으로 함께 했으며, 제보자가 단어 선택을 어려워 할 때 적극적으로 나서서 소통하기도 했다.

● **줄거리**

어느 나라 왕에게 다이앙숭비라는 공주가 있었는데, 결혼을 안 하려고 했다. 화가 난 왕이 공주를 숲에 내보내자, 숲에서 공주는 자신에게 도움을 주는 사람이 남자면 결혼을 하겠다고 했다. 그때 뚜망이라는 개가 옷을 들고 나타나자 공주는 개와 결혼을 하고 아들을 낳았다. 아들은 뚜망을 데리고 사냥을 갔는데, 화가 나서 뚜망을 죽였다. 아들이 엄마에게 고기를 먹게 한 뒤 그게 바로 뚜망이라고 하자, 화가 난 엄마는 아들을 때려 머리에 상처를 냈고 아들은 그곳을 떠났다.

세월이 흐른 뒤 아들은 고향으로 돌아오는 길에서 예쁜 여자를 만나 사랑에 빠지게 되어 결혼하기로 했다. 여자는 남자의 머리에 난 상처를 보고 자신의 아들임을 알고서 결혼을 피하려 했다. 그녀는 아들에게 타따룸이라는 강을 하루 동안 막아서 호수를 만든 뒤 배를 만들어 띄워야 결혼을 하겠다고 했다. 아들이 하루 사이에 호수를 막고 배를 만들고 있자, 엄마는 새벽에 우는 닭을 더 일찍 울게 했다. 새벽이 온 것으로 안 아들이 결혼을 못하게 되어 슬퍼하며 멈췄는데 알고 보니 계속 밤이었다. 자신을 속인 엄마에게 화가 난 아들이 배를 던지자 땅구반 쁘라후(뒤집어진 배)라는 산이 생겼다. 엄마는 산으로 숨었는데, 그 산은 엄마가 숨겨진 모습이라서 뿌뜨리(엄마, 공주)라고 한다.

저 고향이 제일 유명한 여행 다니는 여행사들이 하나, 산이 있어요. 그 산 모양은 배, 뒤집은 배●처럼 보이는 거고. 그 저 봤을 때도 배처럼 하시는데.

그 엄마의 이야기면 옛날에 그 뭐 왕 있을 때, 어떤 왕이 걸어 다니시다, 아니 어떤 왕은 그 뭐지? 딸, 공주가 있었어요. [조사자 1: 왕에게 공주가 있었어요?] 응, 응. 그 공주 이름은 '다이앙숭비'라고 불러요. [조사자 1: 저희는 이게 어렵더라고요. (웃음) 다이앙숭미?] 다이앙숭비. 다이앙숭비라고 해요. 얼굴도 이쁘고. 근데 이 공주가 도도한 공주예요. [조사자 1: 도도해요?] 예, 도도해. 그리고 모든 뭐 왕자들이 결혼 안 할라고 싶다고.

그 어떤 날 왕자(왕)가 너무 많이 화나서 이 공주한테 그냥 숲에서 내보내고, 그리고 어떤 날 이 공주가 실수를 어, 자기 옷 만들었을 때 뭐 실수를 하시는데, 그리고 그 자기 스스로 그냥 얘기하고.

"만약에 누가 나한테 도와주시면은, 그러면 나는 그 사람이랑 만약에 여자시면은 나한테 동생 만들고, 아니면 만약에 남자면 나는 그 남자랑 결혼한다."고.

그런데 그 자기 도와주는 그 사람이 아니라, 한 어떤 개, 강아지. [조사자 1: 강아지가요?] 예, 예. 강아지가 옷이가 떨어졌어요. 그러니까 자기 스스로 옷을 또 갖고 오는 사람이는 개예요. 그 개 이름은 뚜망이에요. [조사자 1: 뚜망?] 예, 근데 뭐 벌써 그 마을 나오니까, 그 개랑 결혼해요. [조사자 1: 개랑 결혼을 했어요?] 예, 개랑. 근데 몰라, 그거 이야기에 개면은.

그 개는 원래 뭐 신 같은 거 개, 강아지 있으니까 결혼했다가 애도 낳고. 아들, 아들 낳거든요. 뭐 어떤 날 행사라서 자기 집을 생일잔치를 하려고 이 아들 숲으로 가서 뚜망이랑 그 강아지랑 같이 가

● 땅구반 쁘라후산(Gunung Tangkuban Perahu, 침몰한 배 산) : 서부자바의 반둥에서 북쪽으로 30킬로미터 떨어진 곳에 위치한 활화산으로 고도 2,084미터이다. 순다어로 땅꾸반은 '뒤집다', 쁘라후는 '배'라는 뜻이다. 멀리서 보면 뒤집힌 배 모양으로 생겼다고 한다. (임진숙, 『천 가지 이야기가 있는 나라 인도네시아』, 즐거운 상상, 63면.)

는데, 그런데 아들도 아빠가 강아지 몰라요. [조사자 1: 아, 아빠가 강아진 줄 몰라요?] 응, 모르니까. 그리고 강아지, 자기는 원래 사슴, 뭐 그거 하고 싶어. 죽이고 싶었는데. [조사자 1: 아, 사슴 사냥.] 응. 근데 그 사슴 죽이지 못해서, 그러니까,

'엄마한테 뭐라고 할까?'

그 사슴고기도 갖고 와야 되잖아. 그러니까 그냥 그 강아지, 자기랑 같이 강아지를 죽이고. 자기도 모르잖아요, 그거 아빠니까. 그러니까 집에 가서 고기도 엄마한테 갖다 주고. [조사자 1: 그 강아지를?] 예. (웃음) 그런데 엄마는 뭐 그냥 먹고, 마지막 보고,

"강아지 어디 갔지?"

그래 막,

"그거 그 고기, 강아지 고기."

엄마가 그러니 많이 화났겠죠. 많이 화나고, 그 아들도 때리고. 머리가 좀 상처 있었어요. 그리고 그 동네 고향에 그냥 버리고, 아들.

아들은 고향에 가서, 다른 데 가서 한 매년(몇 년) 있다가 다시 고향이 보고 싶으니까, 인제 다 컸어요. 다시 돌아와서 그리고 길거리다가 여자 만났어. 근데 이 여자는 자기 엄마(였는데)도 몰라요. 엄마도 자기가 아들도 모르고. 그래 서로 사랑에 빠졌어, 둘이. 근데 딱 결혼 날짜 잡혀서 알고 보니 이 남자는 자기 아들이다. [조사자 1: 어머, 정말 대단한 이야기다.]

엄마가 그 좀 계속 평생 얼굴이 이쁘고. 그리고 엄마가 아들이니까 결혼 안하고 얘기하는데, 근데 아들은 너무 사랑, 그 여자 사랑하니까…

(캠코더가 꺼져서 잠시 구술이 중단됨.)

그리고 [조사자 1: 그래서 다시 고향으로 왔는데.] 응, 왔는데 엄마라고. [조사자 1: 엄마였다고. 반해서 결혼했는데, 알고 보니까 엄마였어요?] 네. [조사자 1: 그래서 헤어져요?]

아니, 엄마가 그냥,

"헤어지자."

그리고 설명하고

"너는 내 아들이다. 나는 니 엄마란다."

그런데 아들이 너무 사랑에 빠져서 무조건 이해가 안 하고.

"그냥 결혼하자."고.

[조사자 1: 아들이 엄만데도?] 응. 그러니까 엄마가 그러시면,

"그러면 니가 나한테 좀 조건이 있다. 그 조건은 했으면, 그러면 내가 너랑 할 수 없이 결혼한다."

그랬어요. 조건은 우리 그 소자와에 큰 강이 있어요. 그 강 이름은 티따룸 강이에요. [조사자 1: 티?] 티따룸. [조사자 1: 따룸.] 어, 티따룸, [조사자 1: 티따룸.] 응. 그 티따룸 강에서 그 뭐지? 강은 아니고 이렇게 그냥 사람은 [조사자 1: 호수?] 어, 호수. 응, 응.

"호수 그거 만들어라."

그렇게 하라고. [조사자 1: 강을 호수로요?] 예,

"강을 막히고 호수로 만들라."고.

"그러고 배도 만들으라."고.

"그러면 내가 이 호수를 그거 돌아 돌알 수 있어. 근데 무조건 하루만 만들으라."고.

[조사자 1: 하루만에.] 응. 뭐

"오전 하기(되기) 전에 무조건 완성해야 돼. 만약에 오전 하시면은 그러면 우리 결혼 못 한다."

그랬어요.

근데 아들이 보니까 아빠는 강아지잖아요. 그러니까 아빠가 좀 신처럼 하니까 빨리 완성할 수 있나 봐요. 그래 엄마가 걱정이라서 계속 기도하는 거예요. 기도하고,

'무조건 완성까지 안 한다.'

그렇게 빌었는데.

그리고 엄마 또 몰래몰래 딱, 그 아침마다 인도네시아서 딱 술이 나오게, 그렇게. 아침하면은 인도네시아에서 딱 무조건 술이 나오거든요. [조사자 1: 아침 하면요?] 예. 한국은 없어요? [조사자 1: 네.] 아. [청자: 우리도 있어, 다섯 시고 꼬꼬댁.] [조사자 1: 아, 닭이?] 응. [청자: 알람, 알람.] 무조건 [조사자 1: 알람이구나. 네.] 해오기 전에는 무조건. 그

알람은 아니고, 혼자 그렇게 알았나 봐요.

그러니까 엄마가 닭에서 어떻게 만들어 그 닭한테 소리 나오게. 그러면 아들이 들으면

'오전이구나. 내가 완성 아직 못했구나.'

그렇게 하려고. 그렇게 하시는데, 그거 엄마가 그렇게 만들었어요. 근데 그 닭소리 듣고 오전 생각하고 그러면,

'아, 내가 엄마랑 결혼 못하구나.'

그 아들이 그렇게 생각하니까, 그래 보니까 아직 밤이에요. 그러니까 많이 화났어. 그래 엄마가 자기한테 그렇게 거짓말. 자기한테 그렇게 숨기고. 그리고 그 화나기 때문에 이 배, 좀 있으면 완성하는 배 자기가 던지고.

그다음에 그거 그 산, 지금 있는 그 산으로 모양, 그거 우리 그, 우리 고향 그 생각나요? 그거 그 배예요. 그 산. 만약에 누네샤 가시면 그 산 이름은, 그 여행 잠시 그거. 그 산 이름이 '땅구반 쁘라후'요. 그 산 이름은 땅구반 쁘라후 산이거든요.

그리고 아들이 엄마 많이 화나니까 엄마 쫓아가서 그다음에 어떤지. 하여튼 엄마가 숨겨서 이렇게 하기 때문에 뭐 나무로. 그 뭐지? 땅구반 쁘라후 멀리 가는 거, 또 다른 산이 있어요. 그 산 이름은 '뿌뜨리'요. '뿌뜨리산' 인도네시아 산 말로는 '구능'요. 그러니까 '구능 뿌뜨리', '구능 땅구반 쁘라후'.

이 땅구반 쁘라후는 그 배 던지는 아들과. [조사자 1: 배 던진 거였고요.] 어, 어. 그런데 그 구능 뿌뜨리는 그 엄마 숨겨놓은 모습. [조사자 1: 엄마가 숨겨진 모습.] 응, 그렇게 하시는 거고요.

그러니까 엄마가 저한테 자꾸 얘기하는 이야기는,

'모든 거짓말은 하지 말라.'고,

'거짓말 하시면은 큰 일 난다.'

는 거고.

어, 그냥 그렇게 옛날에. [조사자 1: 이야기를 엄마가 해주셨구나, 이 이야기를요.] 네.

[조사자 1: 늘 그러면 동네에서 이 산도 보고. 딴꾸빨라호?] 땅구반 쁘

라후. [청자: 쁘라호?] 쁘라후. [조사자 1: 이 산 아들이 배를 던진 산.] 이 산하고 [조사자 1: 구능 뿌뜨리산?] 응, 구능 뿌뜨리산은 엄마 숨겨 놓은 모습.

저의 집은 그, 그 엄마 그거 엄마 쪽으로 빗대요. 그러니까 자꾸 그렇게 보이니까 엄마가 그런. [조사자 1: 그 얘기를 많이 어릴 때, 그거 보면서 얘기해주셨나 보구나.]

[조사자 1: 이게 이야기 제목을, 인도네시아에서는 제목을 뭐라고 해요? 이 이야기.] 아마 산꾸리안? 그 아들 이름.

[조사자 2: 아들은 어떻게 됐다는 이야기는 끝에 없어요?] 아들이, 만약에 하나, 하나잖아요. 그러니까 자기는 엄마 계속 찾아서 그 옆에 강, 그냥 뭐지? 몸이 던졌어. [조사자 1: 강에 몸을 던졌어요?] 어, 몸이 던졌는데, 그러니까 이 던지는 그거는 그 배랑 산, 그거 뭐지? [조사자 1: 호수? 강?] 호수 비슷했는데, 근데 얘가 불 나왔는 거예요. 그쪽에서. 그러니까 원래 뭐였지? 그 볼케이노 같은, 볼케이노 같은 산? [조사자 1: 화산.] 화산, 화산.

[조사자 1: 그래서 진짜 이렇게 배 모양이구나?] 배, 배 모양. 그래도 밑에 좀 화산처럼. 그런데 원래 화산 아니에요. [조사자 1: 아, 화산 아닌데?] 화산 아니고. [조사자 1: 화산처럼 생긴 거구나.] 화산처럼 생기고. 원래 그거는 자기가 그거 호수로 만들어야 되니까, 호수 못 만들고. [조사자 1: 호수를 만들다가 못 만든 그게 그렇게 생겼구나. 화산 분화구처럼.] 예, 예.

물고기 아내와 토바호수 [1]

● **구연정보**
조사일시 : 2017. 11. 22(수) 오후
조사장소 : 경기도 안산시 상록구 본오동
제 보 자 : 플레나 [인도네시아, 여, 1992년생, 결혼이주 1년차]
조 사 자 : 김정은, 강새미

● **구연상황**
제보자가 이주 내력을 들려준 뒤 〈돌이 된 여자, 로로종르랑〉을 구연했는데 책에서 본 것을 외웠다고 해서, 할머니께 들어서 기억나는 이야기를 해달라고 요청했다. 그러자 이 이야기를 어릴 때 들었다면서 구연을 시작했다.

● **줄거리**
가난한 어부가 물고기를 잡았는데, 물고기가 아내가 되어 줄테니 죽이지 말라고 했다. 단, 절대로 자신이 물고기였다는 말을 하지 말라고 했다. 그 후 둘 사이에서 태어난 아들이 아버지에게 새참을 가져가다가 쏟자 그냥 먹어버리고서 잠을 잤다. 일이 끝나 집으로 돌아가던 아버지가 아들에게 밥이 어디 있냐고 묻자 아들이 자신이 먹었다고 했다. 화가 난 아버지는 엄마가 물고기라서 그 모양이라고 말했다. 그러자 땅에서 물이 솟아서 마을 전체가 물바다가 되어 모두 죽었다. 그곳은 토바호수가 되었다.

농부가 되게 부지런 농부인데 근데 가난해서, 거의 다 이야기 가난한 사람이에요. (웃음)

어떤 날에 그 호수에, 그 토바호수에 갔는데. 물고기? 잡았는데 그 물고기 갑자기 소리, [조사자 1: 아 소리를 해요?] 네, 소리를 해요. 그,

"잡아먹는다고, 그런 거 하지 말라."고.

[조사자 1: 잡지, 잡아먹지 말라고 해요.] 네. 그런 거 해서.

(다음 내용이 기억나지 않아서 잠시 머뭇거리다가) 아 그다음에 그 물고기 갑자기 여자로, 여자로 변해요. 그래서 그 물고기 말하는 거는,

"저는 예전에."

그, (인도네시아어로 단어를 중얼거리면서) 그거 뭐지. [조사자 2: 공주?] 공주. 공주인데 벌 받아서 변했어요, 그 물고기로. 그래서 감사해서, [조사자 1: 아 자기를 살려줬으니까.]

"저는 아내로 될 게요."

그런 거 했는데 근데 약속을 하나는,

"만약에 결혼하면 아이가 낳고 아이한테 그런 거 말하지 말라."고.

[조사자 2: 자기가 물고기였다고.] 네 원래 물고기. [조사자 1: 자기가 물고기였다는 말은 하지 말아줘요.] 네 그런 거 있고.

다음에는 결혼했고 그리고 아들, 아들이 낳았어요. 아들을 낳았는데 그 어떤 날에 아들은 그 농부한테, 그 아빠한테 가는데 엄마가 그런 거, 밥 그런 거 준비해서 그 아빠한테,

"갖다 주라."고.

그런 거 있고 근데 그 아이가 너무 배가 고파서, 아 근데 너무 배가 고파서 그 밥 그냥 다 먹었어요. 아빠, [조사자 1: 아빠 밥인데.] 네. (웃으며) 그래서 아빠가 일이 끝나서 그 집에 가는 중인데 그 아이, 아들을,

"여기 왜 있느냐?"고.

그 아들이 그 어떤 그런 거 있는데. [조사자 2: 정자?] [조사자 1: 쉼터 같은 거.] 네 자고 있는데 거기서. 배부르니까 자서 아빠가 그거 들켰어요. 그래서

"일어나라."고.

그래서 아빠가 물어봤어.

"내 밥이 어디 있냐?"고.

그래서 아들이,

"아 너무 미안해서, 너무 배고파서 그거 다 먹었어요."

이렇게 말했는데 그 아빠, 그 농부가 너무 화가 나서 그런 나쁜

말이 나와요.

“너는 물고기 아들이라서 그런 거!”

갑자기 아들이랑 아내가 다 없어져요. 사라져요. 그래서 거기에 지역은 갑자기 그 호수, 변했어요.

[조사자 1: 비가 왔나요?] 아 비가 아니고 그 여기서, 땅에서 이렇게. [조사자 1: 아 땅에서 물이 솟아났어요? 그래서 거기 호수가 된 거예요?] 네 저주받은 거. [조사자 1: 다 죽었겠네요?] 네. (웃으며)

진짜로 그 다 호수, 토바호수Toba, Danau●는 진짜예요.

● 인도네시아 서부, 북수마트라 주 중부에 있다. 인도네시아의 최대의 호수로 수마트라 섬 중북부, 메단 남쪽 약 70km, 바리산 산맥 북부에 있는 칼데라 호수이다. 넓이 1,300km^2. 깊이 529m. 중앙에 사모시르 섬(길이 48km. 너비 16km)이 있고 아사한 강의 수원지로 이 나라 최대의 전원 지대다.

물고기 아내와 토바호수 [2]

● 구연정보

조사일시 : 2018. 11. 23(금) 오전
조사장소 : 경기도 안산시 원곡동
제 보 자 : 수산티 [인도네시아, 여, 1976년생, 결혼이주 12년차]
조 사 자 : 김정은, 강새미

● 구연상황

우즈베키스탄의 허율리나 제보자가 〈황새가 물어다준 수박씨〉 이야기를 마친 뒤 수산티 제보자에게 구연을 청했다. 제보자는 감기몸살에 걸려 몸이 안 좋다면서도 토바호수 이야기를 들려주었다. 그전에 인도네시아에서 일어난 비행기 추락 사건을 언급하면서 그것과 비슷한 사고가 있었던 호수라는 설명을 덧붙였다. 우즈베키스탄의 허율리나, 일본의 쿠미코, 중국의 박영숙 제보자가 청중으로 함께 이야기를 들었다.

● 줄거리

어떤 농부가 계속 땅을 파도 아무것도 나오지 않았다. 그때 물고기 여자가 와서 도와줄 테니 자신과 결혼하자고 했다. 대신 자신이 잘못한 게 있어도 물고기라고 말하면 안 된다고 했다. 둘은 결혼을 하고 아들을 낳아서 키웠다. 어느 날 아들은 엄마의 심부름으로 일하는 아버지 점심을 가져다드리게 되었는데 배가 고파서 점심을 다 먹었다. 화가 난 아빠는 너는 사람이 아니라 물고기 아이라고 했다. 그 사실을 안 엄마가 눈물을 흘렸는데 그 눈물이 모여서 토바호수가 되었다. 그리고 그 호수 가운데는 아들 이름인 사모시르라는 섬이 생겼다. 1년에 한 번씩 호수에 기도를 하지 않으면 지진이 나거나 사람들이 죽는 일이 생긴다고 한다.

인도네시아는 활화산이 엄청 많아요, 유명하고. 이 호수는 원래 교수들 생각은 사람들이 이야기하는 거 아니라, 아마 옛날에 활화산

이 되는 거 호수되는 거예요. [조사자: 화산 때문에 생긴 호수군요.] 교수님들이 그런 생각하는데 근데 우리 사람들 이야기는 그렇지 않아요.

원래 실제 이야기는, 옛날에 호수 아니라서. 우리는 농사도 많이 했고. 어떤 농사 아저씨가 농사하러 가다가, 계속 땅을 파다가 파다가도 아무것도 안 나왔어요. 어느 날 기도하다가 갑자기 어떤 토끼 나왔어요. 그런 여자. [청자: 토끼?] 물고기 같은 여자. [조사자: 인어 같은 여자인가 보다.] 인어, 인어.

근데 이 여자가,

"너 내가 도와줄 수 있어. 내가 하늘에서 나왔으니까. 근데 대신 나랑 결혼해라. 약속도 하고. 나랑 결혼하면 내가 잘못한 거 있으면 나를 물고기 여자라고 부르면 안 된다."

그렇게 얘기했는데, 부자 되고 싶으니까 모든 다 약속한 거예요. 결혼하고. 결혼 후에 애기 낳고. 그런데 이 아기는 엄마처럼 예쁘고, 말도 잘 안 듣고요. 아기 다 그러니까. 아빠는 아직까지 농사하고 있고요.

어느 날 엄마가 이 아이보고,

"너희 아빠 점심밥 갖다 주라."

이 아기는 말도 안 듣고, 게으르고, 장난만 좋아하는 아기, 밥만 먹는 아이니까. 가는 길에 배고팠나 봐요. 아버지 점심을 다 먹어버렸어. 아버지는,

"지금 계속 기다렸는데 왜 아직 도착 안 했어."

그랬지. 딱 와서 그냥 다 먹어버렸어요. 아버지가 너무 화났어.

"너는 어떤 아이냐? 사람도 아니야!"

그런 식으로. 아기도 아빠한테 다시 이야기했지.

"나는 사람이야."

"너 인간 아니야. 너는 물고기야. 물고기에서 나온 아이야."

화가 나서. 그리고 아기가 울었어.

"내가 물고기 아니라 아기니까."

엄마한테 다시 집으로 들어가는데, 근데 엄마가 소리 듣고 가슴이 너무 아팠어요. 왜냐 결혼하기 전에 약속했잖아요. (잠시 다른 이

야기 하느라 구연 멈춤) 그 와이프가 그렇게 듣고 밖에 나가서 울고, 아기랑 같이 울어서 눈물 때문에 호수로 만들어.

사람 생각했는데. 그리고 아기가 너무 아빠한테 죄가 있어서, 이 호수 가운데는 어떤 섬이 있어요. 이 섬 이름은 '사모시르'● 애기 이름인데, 사람 그렇게 불렀는데. 근데 매년마다 그거는 무조건 기도해야 되는데. 올해는 롬복●●이 지진이라서. 롬복도 기도해야 돼요, 일 년에 한 번씩. 안 그러면 지진 나서. 근데 그때 당시 기도하고 지진 바로 나요. 그니까 사람들이 몇 년이 죽었어요.

그러니까 그쪽에서,

"우리 이제 기도하지 말자. 그거는 미신이니까."

근데 딱 기도하는 날 배가 89명이 갑자기 그냥 물속에 떨어져서 사람들 다 하나도 살지 못했어요. [조사자: 그럼 기도를 해야 되는 거네요.] 네 그니까 일 년에 한 번씩 무조건 행사 같은 거 있어요. 우리 뭐 소도 하고, 돼지도 하고.

엄마가,

"믿든 안 믿든 무조건 해야 돼."

[조사자: 그걸 안 하면 사고가 나, 이런 식으로 생각을 하는 거예요?] 네 지금도 저번 달 189명 호수에서 추락하는 거. 그것도 행사가 안 해서 그렇게 믿는 거예요. [조사자: 그래서 그랬다고 인도네시아 사람들은 생각하는구나.] 네 모든 인도네시아 호수는 다 행사 일 년에 한 번씩 있어야 해요.

● 토바 호(Toba, Danau), 인도네시아 서부, 북수마트라 주 중부에 있다. 인도네시아의 최대의 호수바리산 산맥 북부에 있는 칼데라 호수이다. 중앙에 사모시르 섬(길이 48km. 너비 16km)이 있다.

●● Lombok, 발리 동쪽 롬보크 해협과, 숨바와 서쪽의 알라스 해협 사이에 있는 섬이다.

무씨 강의 물귀신

● 구연정보

조사일시 : 2019. 01. 15(화) 오전
조사장소 : 경기도 화성시 진안동
제 보 자 : 영산티 [인도네시아, 여, 1977년생, 결혼이주 10년차]
조 사 자 : 신동흔, 김정은, 한상효

● 구연상황

조사자들은 캄보디아 출신 제보자 텡쏙레앙의 구술조사를 마친 뒤 잠시 기다렸다가 영산티 제보자와 만나 설화 조사를 시작했다. 시작하기 전에 조사자들이 조사의 취지를 먼저 설명했다. 제보자가 한국에 오게 된 사연을 간단히 이야기한 뒤 어릴 적에 베이비시터에게 주로 옛이야기를 들었다면서 이야기를 시작했다.

● 줄거리

수마트라 섬의 팔렘방 지역에는 무씨 강이 있다. 무씨 강에서는 놀러왔거나 낚시를 하는 사람들이 미끄러져 1년에 한 번씩 사라지는 일이 있는데, 그 이유는 무씨 강에 귀신이 있기 때문이라고 한다. 그 귀신이 생긴 내력에 대해서는 두 가지 이야기가 전해진다.

첫 번째 이야기는 다음과 같다. 중국 상인이 인도네시아에 오니 많은 것이 풍족해 보여서 왕에게 거기 살 수 있는 방법이 있는지 물어보니, 인도네시아 공주와 결혼을 하면 된다고 했다. 중국 상인은 중국으로 돌아갔다가 공주와 결혼하기 위해 배를 타고 다시 인도네시아로 돌아왔는데 태풍을 만나 침몰해서 물귀신이 되고 말았다.

또 다른 전설은 다음과 같다. 왕과 왕비가 아기가 생기지 않아 기도를 해서 아들을 낳았는데, 피부병이 심했다. 아무리 애써도 병을 고칠 수 없었는데, 알아보니 자궁에서 물처럼 담겨서 태어난 여자와 결혼하면 낫는다는 것이었다. 그 여자가 신부가 되어 신랑과 함께 가마를 타고 오는데 신랑한테서 나는 냄새가 역해서 구역질을 했다. 화가 난 신랑은 신부를 강에 밀어버렸다. 그 후 시신을 찾지 못했는데 그 여자가 물귀신이 되었다고 한다.

무씨 강의 물귀신 (1)

처음에 할아버지 조금 친척 쪽에 이야기는 그 혹시 수마트라 섬● 에 그 팔렘방 지역 들어본 적 있죠? 아시안게임 [조사자 1: 아시안게임.] 네. 거기에선 알, 알아면, 거기에서 한 강이 있어요. 네 거기에서 강씨 강과 무씨, 무씨 강이에요. 거기 [조사자 2: 무씨 강?] 무씨 강 있는데요. 거기에서는 그 조금 무서운데 아마 저희 생각에는 여기 놀러오면 얘들이니까,

"떠들지 마라."

뭐,

"집을 어지르지 말라."고.

얘기할 거 같애요. 네 무씨 강에 거기는 뭐,

"신이 이렇게 신 거기로 그 강에 지키는 신 있다."

이렇게 얘기하는데 그 신은 뭐, 놀러 오는 사람 이렇게 거기는 일 년에 한 번 이렇게 하면 사람은 낚시하는 사람은 없어지고 이렇게 아니면 관광객 이렇게 뭐, 미끄러지고 넘어지고 이렇게 근데 이렇게 하루 이틀 이렇게면 그 사람들 다시 나와요. 근데 없어졌다가 다시 나오는데 거기에 그 두 개 이야기는 뭐라 그러드라, 만, 한뚜만류 이렇게요. 한뚜만류, 네 그거는 만류는 지역말이에요. 만류는 물이라는 뜻인데 한뚜는 그 귀신. [조사자 2: 귀신?] 네, 네. 귀신.

이렇게 하는데 근데 거기에서는 그런 이야기로 왜냐하면 숭에 무씨 그 강 무씨 강으로 알면, 여기 집 이렇게 있어요. 네 그 귀신은 뭐 어떻게 말했죠? 사람으로 잡을 때는 자기는 물에서 살으니까 그 미끌미끌 한 거 그거 뭐라 그러드라. [조사자 1: 비늘?] 아, 비닐(비늘), 그 집에서는 뭐 만약에 이 집은,

"손님 왔다."

● 수마트라(Sumatra)섬은 인도네시아의 주요 섬으로 세계에서 여섯 번째로 큰 섬이다. 대순다 열도에 속하는 섬으로 북동쪽은 말라카 해협을 사이에 두고 말레이 반도와 마주보며, 남쪽은 순다 해협을 사이에 두고 자바 섬이 있다. (다음백과 참고)

이렇게 하면 계단 올라가는 계단은 거기로 비닐(비늘)처럼 이렇게 바른다고요. 그 몸에서 물고기 있고. 그러면 만약에 그 계단 조심 안 하면 그 비닐(비늘) 밟고 넘어졌다. 넘어지면 찾기, 가 조금 힘들고 하루 이틀 있다가는 다시 나왔다고 이렇게 어, 이렇게 이야기하고.

어, 그리고 나왔으면 이렇게 어떻게? 엎드리가 아니고 어, 이렇게 [조사자 2: 기어서?] 기어서 나오고 아니면 두 가지가 있어요, 하나는 이렇게 그냥 떠요. 물에서 떠고(뜨고) 아니면 이렇게 다리 이렇게 다리 안고서 이렇게 떠드라고요. 근데 저도 직접 본 적 없어요. (웃음)

그리고 귀신은 좋아하는 거 누이? 사람의 누이 이렇게 먹다고. 누이. [조사자 3: 뇌?] 네, 뇌. [조사자 2: 뇌를. 귀신이 사람 뇌 먹어요?] 그래서 그거 맞는지 알으는지, 이렇게 그래도 거기서 여행으로 왔으니까

'아, 그러고 있었구나.'

그리고 그 귀신 오는 시간도 있어요. 네 인도네시아 알면 거기 이슬람 사람들은 하루에 기도 다섯 번 있잖아요. 네 번째 기도는 저녁이요. 여섯 시 되기 전에 이렇게 기도해요. 해는 내렸잖아요. 그때는 기도하고 그때야 애들은,

"만약에 강에 서면 놀라면 없어질 수 있다"고.

이렇게 얘기했더라고요. 만약에 낚시 사람들은 있으면 낚시대 던질 때는 그 시간에는 만약에 이렇게 뜨면 그거는,

"뭐 걸렸다."

아니면,

"물고기 뭐 잡을 것 같다."

이렇게면 절대로 그거는,

"낚시대는 그거 올리지 마라."

이렇게 얘기해더라고요. 이렇게 얘기하고 그리고 뭐 그 거기에서는 그 다리 있어요. 다리. 다리 건너면 조심하라고 왜냐면 미끄러, 그 발랐잖아요. 미끄러면 넘어질 수도 있고 이렇게 얘기하더라고. 해도 일 년에 한번 이렇게 그 뭐 신이 사람을 잡고 이런 식으로 했다고 이렇게 얘기하더라고.

근데 궁금했잖아요. 어렸을 때니까 이렇게 친척이 얘기했는데 근데,

"그 귀신은 어떻게 거기에로 살았냐."고.

그래서

"어떻게 거기로 살았냐?"고.

물어봤더니, 옛날에 아마 옛날에 내리는 이야기 있죠.

옛날에는 인도네시아에서는 이 팔렘방이라는 지역이 이름이 없었잖아요. 옛날에서 근데 인도네시아에서는 알잖아요. 옛날에는 나라 세우기 전에 왕국, 왕국 이렇게 많이 있었잖아요. 한 왕국이 거기 인도네시아 있는 거기 왕이 딸이 한 명 있어요. 이쁘게 키워가지고, 그때는 어 중국 쪽에 중국 쪽에 그 장사하는 사람 이렇게 그거잖아요. 장사하기 때문에 여기 저기 다녀가지고 다녀다가 여기서 왔어요.

강에서 와서 [조사자 2: 무씨 강에.] 네 무씨 강으로 왔는데 그 여자, 여자아이가 그 어떡하지, 만나고 그 사람이 인도네시아로 왔고 근데 인도네시아거 몰랐잖아요. 그래서 여기서 와서 처음에는 아무것도 없잖아요. 인도네시아라서. 그래서 근데 그쪽에 어 훌루힐린가 그 위쪽에는, 밑에 쪽 있잖아요. 그 위쪽에,

"사람 많이 왔네."

배 뭐 야채나 향신료 이렇게 되게 많이 가졌다고. 그래서 어 거기는 무슨 지역인지 어느 지역인지 가고 싶어 거기로 간 거예요. 거기로 갔더니 아 세 군데가 그 중국 오는 배는 세 군데 이렇게 나눠주고 한쪽 이쪽으로, 이렇게 지역을 몰라. 합죽인가 이렇게 팔렘방 쪽은 되게 야채들은 많이 나와요. 그리고 야채하고 석탄인가 그쪽으로 여기는 그 팔렘방이면 그 밑에 제가 나오는 거기 섬 블리툼 그쪽으로 석탄이 많이 나와요. 석탄 쪽으로도 많이 나고 그리고 한쪽은 담배 만드, 만드는 그 잎인가, 담뱃잎. 거기도 많이 있더라고요. 그거 많이 보고 이 지역은 되게 풍순한 그거이라 [조사자 2: 풍부하더라.]

그래서 그 장사꾼이,

"저는 어떻게 지역으로 살 수 있는지"

이렇게만, 알아보고 왕의 우연히 만났어요, 만났었는데 결혼하

고 되는데 결혼하고 되고 그리고 애는 중국에 모시고 가잖아요. 결혼, 결혼하고 싶어가지고 근데 하고 나서 다시 와, 오고 다시 와서 그 갑자기 가운데서 그 뭐죠? 비가 많이 오고 [조사자 2: 태풍?] 태풍처럼 마다이라고 하는데 뭐라 그러죠? 마디이? 아무튼 안 좋은 날씨 이렇게 비 많이 오고 해서 그 배는 그거예요. 부서뜨리고.

그래서 이런 이야기도 있고. 근데 이 친척 쪽에 이렇게 이야기 하는데 왜냐하면 저도 혼혈잖아요. 혼혈 [조사자 3: 혼혈] 혼혈 네. 중국-인도네시아 그래서 이렇게 나왔어요. (웃으며) 이렇게 이야기도 얘기 했더라고요.

무씨 강의 물귀신 (2)

그리고 다른 이야기는 또 하나가 있고 그 귀신, 여자 귀신, 아까 물귀신 이야기하는 거는 우리, 그 집에 도우미 아줌마 이야기하는 거예요.

그 도우미 아줌마 이야기하는 거는, 그 옛날에 왕궁에 있는 원래는 왕하고 왕궁 왕비, 아이가 없잖아요. 아이 없는데 그래서 기도하고 아이해달라고 하는데 아이를 줬어요. 아들로 한 명 줬고, 줬는데 성장했는데, 이 피부병이 걸렸대요. 피부병 걸려는, 걸렸는 다음에 그 어떻게 아들은 나기 위해서 여기 저기 찾았잖아요. 방법이 근데 방법이 없었더라고요.

근데 치료하는 피부병이 그래서 한 그 옛날에 의사 아니잖아요. 그 약 만드는 사람이. 이 병은 그 옛날에 저주는 병이다. [조사자 2: 저주] 네 그래서 이 병이 나기 하고 싶으면 어 이 아이는 이렇게 태어나는 아이로 찾아요. 우리 뭐 만약에 태어나면 그 인궁(자궁)이 그거 있잖아요. 거기에서 빠져나와야 되잖아요. 근데 인도네시아서 가끔 이런 아이 있어요. 인궁(자궁) 안에서 물처럼 이렇게 담고 나오는 아이가 있어요. 그래서,

“그런 아이 태어, 그 안에서 태어난 아이 결혼하면 이 피부병은

나을 수 있다.”

이렇게 얘기 했더라고요. 그래서 왕이 찾았잖아요.

“누구 어렸을 적에 이렇게 태어난 아이 있으면 이 아들 결혼시킨다.”고.

근데 없잖아요. 그쵸? 없어요.

그래도 어떤 욕심만치한(욕심 많은) 한 명가(명이) 있고 그래서 억지로 딸을 결혼시킨다고요. 결혼시키는 다음에 처음에는 여자 집에는 결혼식으로 올려요. 인도네시아는 이렇게 그래요. 결혼식 여자 먼저 여자집에 먼저 결혼식 올리는 다음에 남자네 집에 가고 결혼식 올리는, 그래서 거기로 남자, 여자 집에 결혼식 올리기는 다음에 그 남자 집에 가잖아요. 가는데 무씨라는 강이 지나가잖아요.

근데 옛날에는 결혼하고 나서면 그 한국처럼 그거 있잖아요. 천막 이렇게인가, 네네 마루, 둘다 이렇게 신부 신랑 같이 마루로 가는 거 근데 무씨 강에 안에서 가는 길에 그 남자는 피부병 때문에 되게 냄새가 안 좋은 냄새예요. 그래서 이 여자는 너무 고통스럽잖아요. 그 냄새 때문에. 그래서 가다가 그 강에서 이제는 막 토해잖아요. 토해가지고.

그래서 신랑이 아마 조금 어떻겠죠? [조사자 2: 마음이 안 좋아.] 화가 나는 그런 거, 그래서 이 여자는 막 밀어, 밀고 그래서 그 강에서 떨어져 버렸어요. 떨어져 버리는데, 못 찾으잖아요. 못 찾아가가지고, 아마 지금까지 그 여자로, 그 귀신으로 되, 이렇게 이야기하더라고요.

그게 되게 무서, 근데 어릴 때니까 아마 아 이 우리는 어렸을 때는 좋았잖아요. 강으로 가서 놀고 이렇게 하는데 저는 강쪽으로 집에 아니기 때문에 친척들 집 가면 이렇게 하고 또 좋았잖아요. 뒤에 강이고 바로 앞에 바로 집이니까 놀고, 아마 너무 시끄러 가지고 말 안 듣고 뭐 이렇게 아마 이런 이야기인가 이렇게 생각해요. 그래서

[조사자 2: 이 강에 되게 다양한 이야기가.] 네, 나왔더라고. 왜냐하면 그 이 도우미 아줌마는 정말로 거기를 살았잖아요. 거기에서 사는 사람이고, 거기에서 자라고 옛날에 이렇게 할머니 할아버지 이

야기 듣고 우리한테 이렇게 이야기하고. 근데 할아버지 할머니는 그 강에서 그리고 이름까지 지었잖아요. 원래는 무찌 이렇게 해는데 그 강 이름은 근데 우리는 인도네시아 사람들은 중국어는 조금 힘들잖아요. 그래서 무찌, 무찌 잘 안 돼가지고 그래서 무씨라고 변했어요.

근데 왕은 그 중국 돌아가기 전에 그 그 왕하고 만드는 이름이에요. 그 무씨라는. 무찌는 그 중국 사람들은 종교가 없잖아요. 그 뭐지, 무슨 유곤가요? 네 유교 사람들은 그래서 나라에서 가지고 온 이름도 기도하고 왜 무찌는 우리 할아버지가 그거 무찌는 암탉인가, 암탉 신 같구.

어 근데 중국에서는 그 암탉신은 사람들은 어 뭐죠? 농사지면 농사 잘 뭐지, [조사자 2: 잘 되게?] 잘 되게 그리고 뭐하면 다 잘 되기는 신이라고 그래서 거기에서 이름을 가지고 아 이 팔렘방에 그 아마 그 신이 있어서 풍성한 먹을 것도 그리고 뭐 이것저것 나왔기 때문에 그 이름으로 지어 불렀었더라고.

푸른 눈동자의 연못 뜰라가 비류

● **구연정보**

조사일시 : 2019. 01. 15(화) 오전
조사장소 : 경기도 화성시 진안동
제 보 자 : 영산티 [인도네시아, 여, 1977년생, 결혼이주 10년차]
조 사 자 : 신동흔, 김정은, 한상효

● **구연상황**

제보자는 〈무씨 강의 물귀신〉의 구연을 마친 뒤 친척집 베이비시터에게 이런 이야기를 많이 들었다고 했다. 인도네시아에서는 부모와 함께 잠을 자지 않고 베이비시터와 함께 자는데 그때마다 이야기를 들을 수 있었다고 했다. 조사자가 호수와 산에 관한 이야기가 없는지를 묻자, 제보자는 호수와 관련된 이야기가 있다고 하면서 이야기를 시작했다. 제보자의 집에 도우미 언니가 있었는데 자기 고향에 이런 곳이 있다면서 이 이야기를 들려줬다고 한다.

● **줄거리**

어느 마을에 사랑하는 남녀가 있었다. 둘은 사랑했는데 남자가 돈을 벌기 위해 장사를 떠났다. 여자는 남자를 기다렸지만 남자는 돌아오지 않았다. 여자가 남자를 찾아 나섰는데 다른 사람이 말하길 남자가 돈을 많이 벌었고 다른 여자와 결혼했다고 했다. 여자는 너무 슬퍼서 반얀나무에 기대 하염없이 눈물을 흘렸다. 그 눈물이 넘쳐흘러 지금의 연못이 되었다. 호수는 여자의 눈물처럼 맑은 뜰라가 비류라고 불리게 되었는데, 푸른 눈동자의 연못이라는 뜻이다.

뜰라가 비류 연못에는 길 떠난 남자에 대한 또 다른 이야기가 전해진다. 돈을 벌어 돌아오던 남자가 배를 타고 오는데, 폭풍우로 배가 침몰하고 말았다. 기다리던 여자가 배가 침몰하는 모습을 보고 남자가 죽은 것이 너무 슬퍼 눈물을 흘렸다. 그 눈물이 흘러넘쳐서 연못이 되었다고 한다.

푸른 눈동자의 연못 뜰라가 비류 (1)

[조사자 1: 또 산에 관련된 거나 호수에 관련된 거.] 호수 관련하는 거 있어요.

제가 그때는 중, 우리 집은 중학교까지인가, 그 중학교 전에는 조금 잘 살았어요. 근데 중학교 들어가기 다음에 그거 회사가 좀 망했어가지고 그래서 그전에는 우리는 저는 중, 초등학교 졸업하고 나서 그때는 잘 기억 안 했는데, 근데 도우미 아줌마가 고향으로 가라고 하는데 허락 받는 거 있잖아요, 엄마 아빠, 근데 우리는 보통, 허락 안 해줘요. 왜냐하면 가면 돌아와지지 않아요. 그 사람들은 그래서, 그러면 근데 그 사람이 마음에는 진짜 그건데, 다시 돌아오고 싶은데,

"그러면 따님이 데리고 간다."고.

이렇게 하는데 엄마 아빠 허락하지 않잖아요. 그래서 그전에는 저한테 얘기는,

"우리 거기 언니네 고향 가면 거기는 '뜰라가 비류'라고, 뜰라가 비류라고 거기는 있어요."

그래서 내가,

"음, 뜰라가 비류 그거 먼데냐?"고.

"거기는 조그만 호수인데 근데 거기는 좋아 거기가면 물로 되게 말가고."

이렇게 얘기하는데 그래서,

"왜 맑아요?"

이렇게,

"산속에 있으면 맑았지 뭐."

이렇게 제가 이렇게 얘기했는데.

"아니야, 거기는 이야기 전설 이야기가 있대."

이렇게 한 거야.

"무슨 이야기?"

거기에서 그 조그만 호순데요. 물 되게 맑고 그리고 거기에서 하

루 소나무가 아니고요. 보호브링인 그거 뭐죠? 보호브링인 소나무 아니고요. 근데 소나무 조금 비슷해요? [조사자 1: 소나무라고 해요?] 소나무가 아니고요. 소나무 그거잖아요. 삐죽삐죽 [조사자 2: 소나무 말고?] 근데 이렇게 큰 나무 보호브링인이라고 하는데요. 보호브링인 그거 뭐죠? 보호브링인은 잠깐만요. 보호브링인데요.

(스마트폰을 검색함.)

보호브링인은 음, 벤, 벤자민 아, 벤자민 맞아요? 벤자민? 보호브링인 이렇게 있어요. 어 거기 이야기가 있다고. 반얀나무• 반얀나무. [조사자 3: 아 고무나무.] 고무나무요? 고무 아닌데 어 아니에요. 그거 반얀나무 반얀. [조사자 1: 반얀?] 반얀, 반안, 반얀나무. 반얀. 반 'ㄴ'이요. 반 'ㄴ' [조사자 2: 반] 반얀나무 [조사자 2: 반얀] 네.

반얀나무 이렇게 있는데 그 반얀나무 거기서 그래서 호수는 별로 크지 않고 이렇게 하는데. 그래서 거기는 아 되게 맑아가지고 그래서 사람들은 이 호수 어떻게 생겼는지.

(조사자가 스마트폰으로 사진을 보여주며) 이렇게요? 아니에요. [조사자 2: 보리순데] 아 네 이런 거 [조사자 2: 아 이런 나무, 나 이거 봤던 건데] 이렇게 크고 네 반얀나무죠. 이렇게 크고, 그래서 [조사자 2: 그런 나무가 있구나.]

그 이야기는 어떡하죠? 그 사람들은 알고 싶어요.

'왜 갑자기 이렇게 물으로 생기냐?'고.

그리고 물이 어 되게 맑아. 옛날에 한 사발 이렇게 이야기 했더, 해는(하는) 사람도 있고요. 근데 왜 물은 왜 여기만 있고 왜 이렇게 하는데, 그래서 알고 싶었다고 알고 싶으면 옛날에 그 우리 인도네시아 이렇게 많아요. 부당(무당) 이렇게 한국은 부당(무당)이잖아요. 난 같은 사람으로 불러서,

"이거는 우리 어떻게 생기는지 우리 알고 싶다."고.

이렇게 얘기했는데 그래서 그 사람들은 귀신으로 들어가고 그렇

• 쌍떡잎식물 뽕나뭇과의 교목이다. 인디언 반얀이라고 부르기도 한다. 관엽식물로도 키우는데 원예명으로 흔히 뱅갈고무나무라고 불린다.

게 했는데 그러면 알잖아요. 어떻게 이야기하는데, 여기는 옛날에 아주 슬픈 이야기 때문에 이렇게 이뤄진다고 이렇게 지역에 그 지역에 뭐라 그러죠? 시장 말고요. 시장 조금만 더 내려오면 뭘까요? [조사자 2: 이장일까요?] 이장? 아 요렇게 이장. 맞아요. 조금만 그거. 이장한테 얘기했는데 음, 이 지역 지역은,

"집이 아이는 없, 아이는 잊어버렸는 집은 알아보자,"

알아보라고. 하는데 그 이장한테 이렇게 얘기했어. 그 부당(부당), 있는지. 그래서 그 사람들은 다 모았잖아요. 지역 사람, 몇 명밖에 없으니까 그래서 모아서 마을 사람들은 그래서 모았었는데 그 이장이 말했어요.

"지금 집에 있는 사람들은 확인하라."

그래서 확인하는데 누구누구 집에 아이는 없는 집은 그래서 알아보더니, 두 집가 아이가 없어요. 두 집이 아이가 모자라요. 모잘라. 근데 알아보면 보더니, 그 집이 한 명은 아이는 육 개월 전에는 다른 지역에,

"돈 벌기 위해서 다른 지역으로 간다."고.

이렇게 얘기하는데요, 다른 집은 한 명에 여자아이가 없대요. 근데 어디 간지 몰라요. 못 찾았대요.

"여자는 사라지고. 남자는 다른 지역으로 가서 일한다."고.

이렇게 이야기하는데 근데 계속 알아봤잖아요. 근데 그 양쪽 집이 이 아이, 남자아이, 여자아이는, 여자아이는 연애하는 상태는 몰랐대요. 그래서 연애하는 상태 몰랐는데 그래서 그냥 없다고 이렇게 얘기해요. 그래서 근데 다른 사람 소문 얘기하는데,

"둘이는 연애하는 상태라."고.

"근데 연애할 때는 정말로 어 너 없으면 못 산다."고.

이렇게 이야기해요. 어디가면 같이 가고 이렇게 하는데, 근데 그 남자가,

"그래 저도 너한테 사랑하는데 그래서 제가 다른 지역으로 가서 돈 벌어 오면 다시 온다."고.

"결혼하고 뭐 이렇게 약속한다."

고 하는데요.

그래서 결혼하기 전에 남자로 떠났잖아요. 떠나는데 다시 집에 안 들어와 가지고. 근데 그때 섬나라라서 어디가면 배 타잖아요. 배 타고 가고 해서 그 배 남자 타는 배는 또 빨리 돌아 올 수 없잖아요. 뭐 몇 개월 이렇게 돌아온다고. 그래서 그 배 돌아오기 돌아온 후에는 이 여자는,

"그제 남자친구 배 타고는 배 들어왔다."

그래서 거기서 찾으는데 근데 여기에서는 두 가지가 있어요. 네, 하나 이야기는 그 근데 마지막은 똑같은데요. 근데 그래서 중간에는 그 배 타는 사람들은, 말을, 여자한테 말하는데,

"니 남자친구 니가 이렇게 죽고, 또 같이 살고 있는(싶은) 친구는 그 다른 지역으로 가서 돈 많이 벌었어요. 이렇게 많이 벌어서, 그리고 다른 여자 이렇게, 근데 죽고 살고 나랑 너랑 같이 그거인데, 그래서 거기에서 결혼했고 행복하게 살고 있어요."

이렇게 얘기해도, 그래서 여자는 제가 이렇게 사랑하고 보내는데, 그래도 미래에 생각해서 보내는데, 이렇게 상처받았잖아요. 그래서 이 여자는 어떻게 기절했나, 너무나 속상해가지고 어 집에 가는 길, 막 걸어가지고 뭐 산 이렇게 지나갔잖아요. 지나가는데 저기는 어디 간지도 모르고. 그래서 그 반얀나무에서는 옛날에는 하나 반얀나무인데 저기에서 자기는 막 울어가지고. 그래서 그 반얀나무에서 기대하면서 울어, 삼 일 동안인가 이렇게 울었대요. 그래서 우는 눈물이 어 조금 조금씩 모아가지고 그래서 덮어가지고 그래서 호수가 됐대요.

그 여자도 거기까지 덮었대요. 덮어서 그래서 그 호수가 너무 맑아가잖아요. 그 물이 되게 맑았더라고요. 그래서 그 물이 그 여자네 눈물, 눈물처럼 맑아진다고 그 호수, 그리고 뭐지, 거기는 비루라고 했잖아요. 비루는 푸른색이에요. 맑아지지 아니고, 그러는데 그래서.

[조사자 2: 비루라는 게] 네. 비루는 푸른이요. 그래서 푸른 뜰라가 비루라고 해요. 이름 그, 호수 [조사자 2: 호수 이름이요?] 뜰라가 비루라고 하는데 그 푸른은 그 여자 눈이 우리 인도네시아 사람들은 오

리지날 인도네시아 민족은 있긴 있는데, 근데 저 인도네시아는 가운데가 있어요. 장사하는 많이 와가지고 그래서 민족이 되게 다양해요. 맞아요. 여자는 옛날에 어느 어느 민족 이렇게도 잘 몰라는, 그 여자 눈이 푸른색이래요. 네 그래서 그 강에 물이 막 여자 눈물처럼 맑아지고 그리고 푸른색은 여자 눈동자래요. 네. 이렇게 얘기하고.

[조사자 2: 호수가 눈동자구나.] 네, 그 눈 이렇게. [조사자 2: 뜰라가라는 무슨 뜻이에요?] 뜰라가는 호수보다 더 조그매요. [조사자 2: 연못 같은 거?] 네. 연못처럼 [조사자 2: 뜰라가라고 하는구나.] 아마 연못처럼 이렇게 것 같애요. [조사자 2: 푸른 눈동자의 연못 이런 건가요?] 네.

그런 거. 해서 그 나무에 하나 나무 저기 기대는 나무도 지금까지도 있대요. [조사자 2: 그 여자가 기댔던 나무, 뭐지 반얀나무.] 반얀나무 계속 거기까지 있어요. [조사자 2: 그 나무랑 같이 연결되는 전설.]

푸른 눈동자의 연못 뜰라가 비류 (2)

[조사자 1: 또 하나의 이야기는 뭐예요?] 또 하나는 그 가운데예요. 그 그 남자는 거기에서 돈 많이 벌어서 가지고 다시 돌아왔잖아요. 다시 돌아왔을 때는 그 자기는 멀리서는 봤어요. 그 배.

근데 그 배는 어, 올 수, 어떡하지, 가운데서 거기는 마다이라고 하는데 마다이가 뭐죠? 아, [조사자 2: 산호초처럼 뭐 잡는 건가요?] 아니요. 그 마다이는 그 비 많이 오고, 그거 마다이 [조사자 2: 태풍?] 어, 태풍은, 폭풍. [조사자 2: 폭풍?] 어 폭풍우가 내렸더라고요. 오는 길에 폭풍우가 내려가지고 그래가지고 그 배가 침승, [조사자 2: 침몰했어요?] 네네 침몰해서 그 남자가 거기에서 죽었대요. [조사자 2: 오다가 죽은 거군요. 돈을 많이 벌었는데]

그래서 다시 어 여자 만나는 길에 거기 바다에서 해서 그래서 자기가 너무 속상했잖아요. 네, 너무 속상해가지고 그래서 울고 마지막에 거기 반얀나무에 기대하면서 막 울었고, 너무 속상했기 때문에 우르고, 그 호수로 이뤄지는 것 눈물 때문에 그래서 맑아지고 그 가운데만. [조사자 2: 그 여자가 그 남자를 생각해가지고 울어가지고 그런 거죠?] 네네 맞아요. 네. [조사자 2: 슬프죠?]

두 번째는 슬펐는데, 그래서 저도 이 이야기 그러면 언니, 이거는 맞는 거는 저는 어렸을 때부터 조금 그거는 이렇게 미신, 미신 쪽은 많이 미치지 않으니까.

"언니 그럼 어떤 죽음 맞아요?"

"저도 몰라요. 저는 할아버지 할머니 뭐지, 그 거기 있는 사람들은 어 이야기 들어가지고."

저는 이렇게 얘기하고,

"가자, 나랑 같이 집에 가 거기로 가자."

가지 않았어. [조사자 2: 엄마가 막] 엄마가. 왜냐하면 여기서 멀어요.

여기는 이 이야기는 말루쿠● 쪽으로 혹시 들어본 적 있어요? 말루쿠? 아니 몰랐죠? 네 거기는 술라웨시●●는 알죠? 술라웨시 지난번에 그 쓰나미, 일어나는, 9월인가 그때 그 아시안게임 끝난 후에 그때 술라웨시 일어나는 쓰나미 거기 옆에 섬가 있어요. 조그만한 거기 말루쿠라고 해요. 그래서 너무 멀어 엄마 어떻게 해요. 딸 한 명밖에 없는데.

[조사자 2: 그 안 오는 이유도 있네요. 너무 멀어서] 보통 다 그래요. 돈 많이 벌었으면 가면 오지 않아요. [조사자 1: 그럴 만하네요.] 그래서 [조사자 2: 딸까지 어떻게 보내겠어요.] 혹시나 딸까지, 언니들만 그렇게 얘기 들어가지고.

● 인도네시아 동부의 제도. 술라웨시 섬과 뉴기니 섬 서부 사이에 있다..

●● 인도네시아 동부 칼리만탄 섬 동쪽 섬. 인도네시아의 섬으로 세계에서 11번째로 큰 섬이다.

불효자 말린꾼당

● **구연정보**

조사일시 : 2019. 01. 15(화) 오전
조사장소 : 경기도 화성시 진안동
제 보 자 : 영산티 [인도네시아, 여, 1977년생, 결혼이주 10년차]
조 사 자 : 신동흔, 김정은, 한상효

● **구연상황**

제보자가 〈푸른 눈동자의 연못 뜰라가 비류〉 이야기를 마친 뒤 조사자가 인도네시아에 〈말린꾼당〉 이야기가 있지 않느냐고 하자 제보자가 안다면서 이야기를 시작했다. 구연 중간에 제보자가 주인공의 마음을 생각하며 울먹이기도 했다.

● **줄거리**

옛날에 가난한 집에 말린꾼당이라는 아들이 있었다. 아버지가 장사를 갔다가 돌아오지 않자 자신도 장사를 하러 나가겠다고 했다. 어머니는 처음에는 말렸지만 어쩔 수 없이 아들을 보내줬다. 시간이 지나고 말린꾼당은 부자가 되었는데 고향에 돌아가고 싶어졌다. 말린꾼당은 큰 배가 닿지 않아서 고향 근처에 돌아가서도 어머니를 찾지 않았는데 어머니가 아들의 소식을 듣고 찾아왔다. 부자가 된 말린꾼당은 초라한 어머니를 모른 척했다. 어머니는 하늘에 기도를 하며, 만약 말린꾼당이 아들이라면 저주를 내려 달라고 했다. 하늘에서 저주를 내려 말린꾼당은 돌이 되었다. 말린꾼당은 마지막으로 어머니에게 용서해 달라고 말했지만, 그 소리는 어머니에게 닿지 않았다. 그 후로 그 바다에서 파도가 칠 때는 말린꾼당이 어머니를 부르는 것 같은 소리가 난다.

[조사자 1: 인도네시아 이야기 하나 아는 거 있는데.] 아 그래요? 어떤 거? [조사자 1: 밀란꾼당.] 말린꾼당. 네 맞아요. 말린꾼당은 수마트

라[●] 쪽인데 [조사자 1: 말린꾼당이에요?] 네.

근데 저는 저 들어, 저는 말린꾼당은 커서 알았어요. 저는 지역은 말린꾼당 이야기가 아니고 저는 망까[●●]는 지역으로 태어났고요. 근데 이야기하면 시간이 안 돼요. [조사자 2: 말린꾼당 이야기 너무 길어서요?] 말린꾼당은 별로 불효자는 아들 이런데요. 근데 그때는 저는 커서 이 이야기는 알았는 거예요. 근데 어렸을 때는 말린꾼당 이야기가 아니고요. 다른 거. 근데 말린꾼당 이야기 해드릴게요.

말린꾼당은 그 어느 지역에 가난한 집에 있어요. 그 가난한 집은 아버지 엄마, 그리고 말린꾼당가 살았어요. 근데 너무 가난해가지고 아버지가 다른 지역으로 가서 돈 벌라고 얘기해놓고 갔어요. 떠났었는데 근데 떠나고는 다 다음에는 아버지가 살았는지, 아니면 안 살았는지를 몰랐는 거예요. 소식이 없어졌어요. 해서 엄마가 아들을 키웠는데요. 바다 옆에.

그래서 바다 옆에 키웠는데 너무 가난해서 말린꾼당 커서도 가난했기 때문에 아빠처럼 다른 지역 가서 돈 벌라고 얘기 하는데, 엄마가 처음에는 허락하지 않아요.

"아빠처럼 다시 안 돌아오는 거 아니냐,"

이렇게.

"아니에요. 저도 돈 벌어서 엄마 다시 모시러 온다."고.

얘기하는데 어쩔 수 없어 허락해 줬죠. 거기에서, 거기는 수마트라 파당이에요. 거기 파당 거기에서, 배 타고 가는데 다른 지역 가서 거기 있는 사람, 그 특징이 있어요. 우리 파당 사람들은 진짜로 거기 사람들은 열심히 일 하는데, 근데 일하는 거는 다른 사람의 일하지 않고, 자기 혼자 사업해요. 이쪽 특징이 있어요. [조사자 2: 혼자 하는구나.] 혼자 일하는 그래서 거기로 가서 처음에 돈이 없잖아요. 좀 조금만 벌어서 뭐하는지 이렇게 장사해요.

● 수마트라(Sumatra)섬은 인도네시아의 주요 섬으로 세계에서 여섯 번째로 큰 섬이다.

●● 섬 이름이 인터넷으로 검색이 되지 않지만, 제보자가 자신이 태어난 수마트라에 있는 작은 섬이라고, 〈부서진 배와 흰 원숭이〉를 구연할 때 말한다.

그래서 장사하고 계속 이렇게 돈 많이 벌었잖아. 부자 되고 결혼하고 나서 여행 갔다가 고향이 그리워졌나 봐요. 그래서 가지고 아내랑 같이 가자고 같이 가는데 거기로 갔었는데, 우리는 큰 배라서 그 바닷가에 갈 수가 없어요. 가운데만 만나고 그래서 자기는 엄마 이렇게 찾지 않아요. 몇 십 년이라서 엄마가 죽었을 수도 있고 이렇게 했는데 거기로 가는데.

근데 엄마가 그 말린꾼당 오는 소식을 들었어요. 그래서 엄마가 매일 거기로 바닷가에 가서 오는 배 있는지 확인하는데 기다리고 있는데 어 하루 이틀 이렇게 오지 않고, 근데 어느 날 왔어요. 근데 왔는데 이렇게 부잣집 양반이라서 이런 엄마 보고 인정하지 않죠. 그래서 파당 사람들이 또 종가 있어요. 돈 좀 있는 사람 종이 있어. 그래서,

"엄마 아니다."

이렇게 얘기하는데,

"어떻게 내 엄마 증거 있냐."고.

이렇게 얘기하는데 근데 엄마가 한 가지 기억하는 거 있어요. 옛날에는 아버지 떠나기 전, 다음에 그 엄마도 도와주고, 일하다가 다치는 거 있어요. 그래서 거기는 어 상처가 남아서, 엄마가 거기는 알고,

"아니다. 이거는 이 이야기는 다른 사람 들었을 수도 있다."고.

이렇게 왜냐하면 부자잖아. 누구도 엄마한테 이거 싫잖아요. 이렇게 얘기했는데 그래서 종한테 시키고 엄마한테,

"치우라!"고.

했어요. 해서 엄마가 너무 몇 십 년 동안 매일, 매일 기도하고 우리 아들 잘 되고 이렇게 다시 돌아왔는데, 엄마 인정하지 않아요. 근데 엄마가 우리는 무슬림 사람들은 그쪽으로 무슬림 강해요. 어, 기도하는데 그 엄마가 근데 이렇게 기도해서,

"만약에 그 남자는 제 아들, 말린꾼당이면, 저주 내려도 괜찮다."고.

이렇게 얘기하는데 근데,

"아니면 괜찮다"고.

아마 그렇게 기도하는데, 근데 진짜니까 그래서 거 기도하다가 자

기 타는 배는 그거 어떻게 됐는지 부러져가지고 그냥 저주 내리라고.

(제보자가 이야기를 하며 눈물을 흘려 휴지를 건내 주느라 잠시 중단됨.)

"괜찮아요, 괜찮아요."

그렇게 하는데 어 해서 한순간에 엄마 이렇게 기도하더니, 아마 하늘 듣고 그 말린꾼당은 저주로 받으라 봐요. 그래서 얘는 엎드려 떨어져 넘어져가지고 한순간 자기 몸에, 돌로는 변했어요. 네, 근데 그러니까 우리도 몰랐는데요. 진짜로 돌인지 아닌지, 근데 돌(로) 변하기 전에 울었잖아요. 여기서 해달라고 엄마한테 그 말은 전달 못 했어요.

"용서해주세요."

이렇게 전할 못해가지고 그래서 전에 울어.

"엄마!"

이런 소리요,

"엄마!"

이렇게 불렀는데 그 뭐라 그러죠?

"엄마!"

이렇게 뒤에가,

"어!"

이렇게 [조사자 2: 메아리치고.] 네네, 그래서 그쪽에 바다는 파도 있잖아요. 그 소리가 그런 소리 들었다고 이렇게 그 파도는 칠 때마다 그런 소리로 나왔다고. 밤이면 이런 소리면 들었다고 이렇게 얘기하더라고요.

부서진 배와 흰 원숭이

● 구연정보

조사일시 : 2019. 01. 15(화) 오전
조사장소 : 경기도 화성시 진안동
제 보 자 : 영산티 [인도네시아, 여, 1977년생, 결혼이주 10년차]
조 사 자 : 신동흔, 김정은, 한상효

● 구연상황

제보자는 〈불효자 말린꾼당〉 이야기를 마친 뒤 자신이 살았던 망까 지역에서 그와 비슷하면서도 다른 이야기가 전해진다고 하면서 간단하게 내용을 전해주었다. 말린꾼당의 내용과 같은 부분은 생략했다. 이 이야기를 끝으로 이날의 조사를 마무리했다.

● 줄거리

망까 지역에 말린꾼당과 비슷한 이야기가 전해진다. 부자가 된 아들이 어머니를 모른 척하자, 아들의 배가 부셔졌다. 부서진 배는 돌이 되었고, 아들의 아내는 흰 원숭이가 되었다. 흰 원숭이는 옆에 있는 산으로 가서 그곳을 지키는 신이 되었는데, 마음이 깨끗한 사람만 이를 볼 수 있다.

근데 저 여기는 파당 지역의 이야기고 저는 망까, 서 수마트라 그 조그만 섬의 다른 비슷한데요. 비슷한데요. 불효자 아들인데 비슷해. 근데 그때는 여기는 말린꾼당 다 돌으로 변했어요. 근데 돌 엎드린 돌이 하나 남았어요.

거기 그래서 관광객도 지금 많이 와서 보는 거, 우리 리셋하는 사람들은 많이 해도 진짜인지 아닌지, 근데 지역 사람들은 맞대요. 밤에는 대개 그 소리 파도 소리 들으면 그 말린꾼당 그거 하는데.

근데 우리 지역은 비슷하는데요. 아까 보고잖아요. 보고로 왔어요. 보고 왔었는데 그 돌로 그 돌은 배 이렇게 두 개 팍 꺽 갈라지는데, 계속 돌로 이렇게 이렇게 배처럼 생겼는데 거기로 돌 하나 있고, 거기에서 바다 옆에가 산이 있잖아요. 나무 많고. 그래서 말린꾼당으로 배는 이렇게 돌로 변했고, 그 아내분이 하얀 원숭이로 변했어요. 그 하얀 원숭이는 그 바다 옆에 있는 산에 거기로 어떻게 지키는 신, 이렇게 얘기하는데, 근데 다 보통 다 사람 볼 수가 없는데 뭐 마음이, 마음이 깨끗한 사람이나 이렇게 볼 수 있다고.

[조사자 2: 영산티는 볼 수 있는 거 같은데. 제가 보니까 원래는 엄마 아들하고 이야기가 이제 전해지는 게 있었고, 들었던 거는 부부 이야기로 전해지는 거 들었던 거죠? 그래서 배하고 그다음에 원숭이가…] 네네 그거는 우리는 지역이고 [조사자 2: 다른 지역에?] 우리 지역이고 이거는 말린꾼당은 파당 수마트라 쪽에 파당.

거기 왜냐하면 중간에 특징가 있어요. 왜냐하면 파당 사람들은 지금까지도 걔네들은 다른 사람 일 하지 않아요. 그 사람들은 다 자기 일만 다 해요. 왜냐하면 그 사람들은 이렇게 이야기 하더라고요. 저는 회사 들어가면 월급만 받았잖아요. 근데 내가 장사하면 도전하는 거요. 내가 열심히 하면 내가 돈 많이 벌 수도 있고 부자 될 수도 있고. 근데 만약에 일하면 꼬박꼬박 월급만 받고 이렇게 얘기했더라고요. 그 사람들은. 그래서 파당 사람들은 다 장사꾼이라고.

[조사자 2: 여기 지역은 어디 사람들이었다고요?] 어디요? [조사자 2: 부부가 전승됐다는 부부] 아 거기는 망까, 망까는데 망까불리뚜 거기로 이야기하는데 그래서 그 돌 옆에 옛날에는 회관, 회관, 회관 마을 거기로 사람들을 모아서 모여서 뭐 이것저것 의논하고 그래서 여기는 사람들은 아는 지역에 말라이바뚜라고 말라이는 회관, 바뚜는 돌. 그래서 돌의 회관이라고. [조사자 2: 거기서 모여서 이야기를 하는 군요. 상징적인 곳이라]

[조사자 1: 돌이 사람 모양이에요?] 아니요. 배 이렇게 배가 부시는 거 [조사자 2: 두 개가 이렇게 나눠졌다는 것처럼] 한쪽만 거기는 남았더라고 [조사자 2: 아 배가 한 쪽만 남았어요?] 네 한 쪽만 그래서 그 한쪽 배만 이렇게.

의붓자매 바왕 메라와 바왕 뿌띠 [1]

● **구연정보**

조사일시 : 2017. 10. 21(토) 오후
조사장소 : 경기도 안산시 단원구 원곡동
제 보 자 : 수산티 [인도네시아, 여, 1976년생, 결혼이주 11년차]
조 사 자 : 김정은, 황승업

● **구연상황**

우즈베키스탄의 샤히스타 제보자가 〈의붓자매 줌라트와 흠마트〉를 구술한 뒤 제보자가 인도네시아에도 콩쥐 팥쥐와 비슷한 이야기가 있다면서 구술했다. 우즈베키스탄의 샤히스타와 태국의 사이암낫 제보자가 청중으로 함께 하면서 적극적으로 소통에 참여했다.

● **줄거리**

아빠의 딸인 바왕 뿌띠와 엄마의 딸인 바왕 메라가 함께 살았다. 엄마와 바왕 메라는 욕심이 많았고, 바왕 뿌띠는 착하고 아름다워서 모든 사람들이 좋아했다. 어느 날 엄마는 아빠에게 바왕 뿌띠를 멀리 버리게 했다. 그때 지나가던 할머니가 바왕 뿌띠를 데리고 가서 밥을 주었다. 얼마 후에 바왕 뿌띠가 집에 가겠다고 하자 할머니는 커다란 호박을 주었다. 집에 와서 엄마 아빠와 함께 호박을 잘라보니 안에 금이 있었다. 엄마는 바왕 메라를 같은 곳에 버렸다. 바왕 메라도 할머니를 만나서 밥을 먹고 돌아가는데, 할머니가 아무것도 주지 않자 자신도 호박을 달라고 했다. 바왕 메라가 집에 호박을 가지고 오자 엄마는 둘만 방에 들어가서 보자고 했다. 방에 들어가서 호박을 가르자 뱀이 나와서 둘을 잡아먹어 버렸다.

저도 그 이야기가 착한 쪽은 '바왕 뿌띠bawang putih'라고 불렀는데요. [조사자 1: 마왕?] '바왕 뿌띠'. 그 한국 뜻이는 '마늘'. 마늘, 그 마

늘가 있죠. 우리 나라는 하얀 마늘, 그 마늘. 그다음에 그 빨간 마늘, 그 마늘처럼 생기는 거 있어요.

한국은 그 빨간 마늘 없어요. [청자: 없지. 하얀색 마늘.] 응, 하얀색 마늘 자주 사용하는 거죠. 그런데 우리나라는 그 빨간 마늘도 있어요. [조사자 1: 맛있겠네요.] 지금은 많이, 많이 볼 수 있어요. 여기 수입하니까. 지금 많이 팔아요. [조사자 1: 좋아요, 안산시장 정말 좋아요. 그래 가지고 여기 오면서 내가 정신이.] 그러고 중국 거나 아니면 어디.

그리고 그 나쁜 소녀는 '바왕 메라bawang merah'. [조사자 1: 마왕 메라.] [청자: 그 이름들이 엄청 저렇게 아름다워?] [조사자 1: 메라는 'ㅏㅣ'로 할까요, 'ㅓㅣ'로 할까요?] 아니야. '메라'는 '빨간'이라는 뜻이, '바왕'은 '마늘'라는 뜻이. [조사자 2: 마늘?] [청자: 흰 마늘과 빨간 마늘 되는 거지.] 예, 그런 거. 흰 마늘, 빨간 마늘 그런 거.

[조사자 1: 응, 빨간 마늘 좋아요. 이건 흰 마늘, 아 좋아. '마왕 뿌띠'하고 '마왕 메라'?] 어, '바왕 뿌띠'하고 '바왕 메라', 바왕 뿌띠는 착한 소녀이고, 바왕 메라도 그 뭐지? 나쁜 소녀이고. [조사자 1: 욕심 많고?] 네. 똑같아요.

이 이야기하는데, 아빠 데리고 오는 거고, 엄마 데리고 오는 거고. [조사자 1: 아빠가 데리고 온 게 마왕 뿌띠?] 응, 바왕 뿌띠. [청자: 착한 애.] 그런데 엄마 데리고 하는 거는 똑같고, 욕심 많고. 어, 이야기도 똑같고, 아빠가 뭐 멀리 데리고 가서, 그다음에 뭐 어떤 할머니 만났는데, 그런데 그쪽 이야기는 뭐 상자를 찾아서. 저희 나라는 상자가 아니고, 호박. 호박주는 거예요. 그 할머니가요. 비슷했는데. [조사자 1: 비슷해도 처음부터 얘기해주세요.] (일동 웃음)

옛날 옛날에 어떤 마을에 뭐 두 미운 사람이 결혼하고, 그 남자가 데리고 오는 딸은 이름이 바왕 뿌띠이고, 그 여자 데리고 오는 딸은 바왕 메라라고 부르는데. 그리고 뭐 이 엄마는 욕심이도 많고, 자기 딸가(이) 제일 이쁘고. 근데 이 마을에 모든 사람들이 바왕 뿌띠만 좋아하고. [조사자 1: 그렇죠, 그렇죠.] 왜냐면 엄마도 많이 도와주고, 모든, 모든 마을 사람들이 착한소녀라고 나중에 뭐.

그리고 어떤 날, 엄마도 그 신랑보고 바왕 뿌띠, 그 착한 딸 멀리 버리고. 딱 버리는 날에 어떤 할머니가 그 바왕 뿌띠 만나서, 그다음에 자기 집도 데리고 가서 그쪽에서 밥도 멕이고. 그다음에 인제 또

"집에 데리고 갈게."

그 할머니는 그 바왕 뿌띠는 집에 데리고 가자고. 그리고 가기 전에

"여기 호박 집에 갖다 드려라. 니 엄마 아빠한테."

갖다 드리고. 딱 엄마가 호박 잘랐을 때 안에 다 금이야. (일동 웃음) 자기는 그냥 데리고 가는 거고. 금하고 그리고.

엄마 또 그렇게 하고 싶어서 다시 이 바왕 메라도 그쪽에서 데리고 가고. 그리고 그 할머니 만나서, 인제 할머니도 밥 멕이고 그리고 내보내고.

"뭐, 아무 안 줘요, 할머니?"

네, 그것도 같고.

"왜 안 줘요 할머니."

[청자: 손님이 가는데.]

"알았어."

할머니 호박 줘요. 아니야, 원래 처음에는 다른 데 주는 건데, 그런데 얘는 그 생각은 바왕 뿌띠가 호박 받았으니까,

"나 호박이요."

그러니까 그리고. 그리고 또 그 호박 골라서 그다음에 또 가족하고 집으로 가지. 여기는 그냥 그쪽까지 아니고. 집으로 가지, 엄마 갖다 드리고. 엄마는

"아이, 얘네들한테, 얘네들 앞에서 잘라시면서(자르시면서) 우리 돈 나눠줘야 되니까, 방에서 우리 몰래몰래 그냥 잘라주자. 만약에 더 많으면 우리 이 늙은 사람 그냥."

양반 늙은이 엄마는

"그냥 가자. 그리고 버리고 가자."

딱 잘랐을 때, 그거 뭐 뱀 뭐 같은 거 그런 거 나오고. 그다음에 얘네들이 뭐(엄마와 바왕 메라를) 잡아먹어요. [조사자 1: 걔들이 나와서 애를 잡아먹었어요?] 응, 그렇게. 엄마나, 무서운 이야기네. (일동 웃음)

의붓자매 바왕 메라와 바왕 뿌띠 [2]

● **구연정보**

조사일시 : 2018. 11. 23(금) 오전
조사장소 : 경기도 안산시 원곡동
제 보 자 : 수산티 [인도네시아, 여, 1976년생, 결혼이주 12년차]
조 사 자 : 김정은, 강새미

● **구연상황**

우즈베키스탄의 허율리나 제보자가 〈꽃에서 나온 엄지공주〉 이야기를 마친 뒤 수산티 제보자가 비슷한 이야기가 있다며 휴대폰으로 검색했지만 찾지 못했다. 조사자가 어머니에게 들었던 이야기를 해달라고 요청하자, 1차 조사 때에 했던 신데렐라와 비슷한 이야기인데, 조금 내용이 다르다며 이야기를 시작했다. 우즈베키스탄의 허율리나, 일본의 쿠미코, 중국의 박영숙 제보자가 청중으로 이야기를 함께 들었다.

● **줄거리**

바왕 메라의 엄마와 바왕 뿌띠의 아빠가 결혼을 해서 자매가 되었다. 바왕 메라는 빨간 마늘, 바왕 뿌띠는 하얀 마늘을 뜻하는 이름이다. 바왕 메라는 얼굴이 예쁘지만 마음씨가 나쁘고, 바왕 뿌띠는 마음씨가 착했다. 둘이 결혼할 때가 되었는데, 남자들은 처음에 바왕 메라가 예뻐서 그녀와 결혼하기를 원했지만, 이후에 성격이 너무 나빠서 다들 도망가 버렸다. 마지막 남은 남자가 마음씨 착한 바왕 뿌띠를 선택하자, 화가 난 바왕 메라가 둘을 죽여 버렸다. 바왕 뿌띠의 신랑은 죽으면서 모든 사람이 우리를 알게 될 거라고 했다. 그래서 빨간 마늘보다 하얀 마늘이 다른 나라에서 더 많이 쓰인다.

바왕 메라는 빨간 마늘, 뿌띠는 마늘. 인도네시아 요리하는 거 많이 빨간 마늘 썼어요. [조사자: 바왕 뿌띠는 하얀 마늘. 그때 그렇게 말

씀해주셨어요.] 바왕 뿌띠는 마늘, 하얀 마늘. 바왕 메라는 마늘이랑 똑같은 크기인데 얘는 빨간 애예요. 빨간 색.

옛날 옛날에 어떤 여자가 혼자 사는 엄마가 바왕 메라 딸 낳고, 그다음에 어떤 남자가 바왕 뿌띠 딸 있고. 서로 싱글이라서 둘이 결혼하는 거예요. 근데 바왕 메라는 마음이 좀 안 좋은 마음 갖고 있고. 물론 얘가 더 예쁘지만 바왕 뿌띠가 더 예쁜 마음을 갖고 있고요. 바왕 뿌띠는 작고 마을 사람들을 많이 도와주고, 바왕 메라는 자기가 도도하고 사람도 다 무시하는 거 많고.

근데 어떤 날 바왕 메라, 바왕 뿌띠가 결혼해야 돼. 그리고 남자 찾아서 아내가 누구, 아빠가 엄마가. 어떤 남자는 처음에는 바왕 메라 선택했는데, 바왕 메라가 더 예쁘니까. 근데 알고 보니 바왕 메라 마음이 너무 나빠서, 그리고 가고. 몇 명 남자는 다 바왕 메라만 선택하는 거예요. 계속 오면.

근데 마지막 남자는 바왕 뿌띠를 선택하는 거예요. 선택하고 바왕 뿌띠랑 결혼하고. 바왕 메라가 너무 열 받았어.

"왜 내가 이 남자를 갖지 못하냐?"

그렇게 했고요. 그리고 알고 보니 바왕 뿌띠는 마음이 착하니까 얼굴 안 예쁘지만 그래도 내가 이 사람이랑 같이 편할 수 있게. 근데 바왕 메라는 그렇게 받아주지 못해요.

바왕 뿌띠가(바왕 메라가 바왕 뿌띠를) 죽였어요. [조사자: 죽였어요, 바왕 뿌띠를.] 네 이 남자도 죽이는데, 죽기 전에 바왕 뿌띠 신랑이,

"내가 나중에 우리 없어져도 근데 모든 사람은 우리 알게 될 것이다."

지금 보니까 저도, 그때 이야기는 생각이 안 나요. 생각 안 해 봤어요. 근데 지금 보니까 한국에 와서 마늘 쓰고요, 중국도 마늘 많이 쓰고 여기 많이 쓰고. 근데 바왕 메라는 저희만 많이 써요. 바왕 메라는 저희, 캄보디아, 태국 많이 쓰고 있거든요. 무조건 그거 있어야 돼. 근데 나머지 나라는 흰 마늘을. 미국 가서도 다 마늘만 알게 되고.

의붓자매 바왕 메라와 바왕 뿌띠 [3]

● **구연정보**

조사일시 : 2017. 11. 22(수) 오후
조사장소 : 경기도 안산시 상록구 본오동
제 보 자 : 플레나 [인도네시아, 여, 1992년생, 결혼이주 1년차]
조 사 자 : 김정은, 강새미

● **구연상황**

제보자가 〈물고기 아내와 토바 호수〉를 구연한 뒤, 잠시 생각하다가 신데렐라 같은 이야기가 있다며 구연했다. 이 이야기를 끝으로 조사를 마무리했다.

● **줄거리**

언니인 바왕 뿌띠는 착하고 부지런했는데, 이복동생인 바왕 메라는 행실이 나빴다. 새엄마가 바왕 뿌띠에게 빨래를 해오라고 했는데, 옷 하나가 없어져서 찾아다니다가 동굴이 있어 들어갔다. 그곳에 할머니가 있었는데, 할머니에게 옷을 보았는지 물어봐도 말이 없었다. 바왕 뿌띠가 할머니의 집안일을 도와주자, 할머니가 옷을 찾아주고 호박을 하나 줬다. 바왕 뿌띠가 호박을 집으로 가져와서 열어보니 안에 보물이 있었다. 그것을 본 바왕 메라가 동굴로 할머니를 찾아갔다. 바와 메라가 할머니에게 받은 호박을 가져왔는데, 그 안에는 뱀이 있어서 바왕 메라와 새엄마가 물려 죽었다.

그 마늘, 마늘 아세요? 인도네시아는 마늘 비슷한 거, 색깔이 근데 빨간? 빨간색 아니면 보라색정도 그 마늘이 있는데 여기는 그냥 안산 쪽에만 있어요. 팔아요. [조사자 2: 아 팔아요?] 네 마늘처럼.

[조사자 2: 이름이 뭐예요?] 인도네시아어로 마늘은 ‘바왕 뿌띠 bawang putih’ ‘뿌띠’가 하얀색. (조사자가 단어를 적어줄 것을 요청했고 제보자가 적느라 잠시 구연을 멈춤.) 뿌띠는 하얀색. [조사자 1: 마

늘이 두 가지인 거예요?] 네 우리는 두 가지예요. [조사자 2: '바왕'은 무슨 뜻이에요?] 바왕은 그냥 이런 거 생기는. [조사자 2: 동그란 거?] 아니요 동그란 거 아니고 그냥 먹는 거.

뭐 마늘 종류가 그런 거 갈릭 그거 바왕 뭐, 바왕 뭐 그런 거 있고. 그 '바왕 메라bawang merah' '메라'가 빨간색이에요. 그래서 이름이, [조사자 2: 바왕 뿌띠 메라?] 아니에요 '바왕 뿌띠'랑 '바왕 메라'. [조사자 2: 아 마늘이 두 가지인 거예요? 흰색이랑 빨간색이랑?] 네. 종류가 되게 많은데 이거 제일 유명한 것 같아요.

아까 바왕 뿌띠랑 바왕 메라는 형제이고. 그 이름, 딸의 이름이요. 이름인데 그 신데렐라처럼 아마 엄마 아빠가 재혼해서 그래서 바왕 뿌띠는 되게 착하고. 하얀, 하얀색이라. (웃으며) 착한 그런 거 있고 부지런하고 그런 이미지인데 바왕 메라는 나쁜 거 다 가져요. 네 그런 거 있고.

그 어떤 날에 바왕 뿌띠가 그 빨래가 하고 있는데 엄마 옷이가 어디 있는지 잘 몰라서. 그래서 무서워서, 혼날까 봐 그래서 그 옛날에 우리 빨래하는 거를 강에서 빠, 빠, [조사자 1: 네 빨았잖아요.] 네 그 강에서 다시 돌아와서 찾는 거예요. [조사자 1: 아 옷이 하나 없어가지고.] 네, 없어가지고.

그래서 아 그럼 거기 근처에는, 강 근처에 거기 (영어로 단어를 중얼거리며) 케이브cave가 뭐지. 케이브. [조사자 2: 아 동굴?] 아 맞아요. 동굴. [조사자 1: 강 근처에 동굴이 있었어요.] 그 진짜 할머니 되게 할머니가 있어요. 그 할머니한테 물어봤는데,

"혹시 이런 이런 옷이가 있나요?"

"없는데?"

그래서 그 할머니가 아느냐고 물어봐서, 아 그 할머니가 옷이 어디 있는지 알아요. 그 대답했는데, 아 그 옷이 줄 건데 근데 그 할머니 일을 도와, [조사자 2: 도와달라고.] 네 그런 거해서, 일을 되게 잘 해가지고 그래서 옷이 다 주고. 그리고 선물까지는 그거 호박? 아 호박. [조사자 1: 아 호박을 받았어요.] 호박 받았는데 호박 안에가 그거 보물 다 있어요.

집에 와서 그 새엄마랑 그 아까 바왕 메라가 그 되게 나쁜 이미지잖아요. 그래서,

"어디에 너 받았냐?"고.

그래서 거기 다 가서 그 할머니한테 똑같은 거해서. 근데 그 할머니가 그 두 명이 나쁜 여자 이미지가 알아서, 그 호박 똑같은 거주는데 그 호박 안에가 그 뱀 같은 거 나와요.

네 그런 거. 그런 얘기 다 끝나요. [조사자 1: 그래서 얘는 뱀한테 물렸을까요?] 네 죽는 이야기. [조사자 1: 뱀에 물려서 죽었을까요?] 네. (웃음)

시티누르바야의 이룰 수 없는 사랑

● 구연정보

조사일시 : 2018. 11. 23(금) 오전
조사장소 : 경기도 안산시 원곡동
제 보 자 : 수산티 [인도네시아, 여, 1976년생, 결혼이주 12년차]
조 사 자 : 김정은, 강새미

● 구연상황

우즈베키스탄의 허율리나 제보자가 〈개구리 공주와 결혼한 막내 왕자〉의 이야기를 마친 뒤, 제보자가 인도네시아에 전해지는 〈로미오와 줄리엣〉과 비슷한 이야기라며 구연했다. 제보자가 어릴 적 어머니에게 들었던 이야기라고 했다. 인도네시아에는 특정 지역 사람끼리 결혼하면 안 되는 금기가 있는데 이에 얽힌 이야기라고 한다. 인도네시아에서 무척 유명한 이야기로 이룰 수 없는 사랑을 '시티누르바야의 사랑'이라고 한다는 설명을 덧붙였다. 우즈베키스탄의 허율리나, 일본의 쿠미코, 중국의 박영숙 제보자가 청중으로 이야기를 함께 들었다.

● 줄거리

시티누르바야는 수마트라 섬의 부자였는데, 같은 학교를 다닌 자와 섬 출신의 바흐리를 좋아했다. 시티누르바야의 아버지는 서로 섬이 달라서 결혼할 수 없다며, 수마트라 섬 사람과 결혼해야 한다고 했다. 바흐리는 돈을 많이 벌려고 고향에 와서 공부를 했다. 시티누르바야의 집이 가난해지자 아버지는 딸을 자기 친구인 라뚝마린기라는 부자와 결혼시키려고 했다. 시티누르바야는 바흐리를 찾으러 자카르타로 갔는데, 그 사이에 아버지는 죽고 아버지의 재산을 모두 라뚝마린기가 가져갔다. 그 사실을 알게 된 시티누르바야는 스스로 목숨을 끊었다. 바흐리는 라뚝마린기를 죽이고 감옥에 들어갔다.

원래 시티누르바야●는 부자 사람이에요. 아버지가 부자시고 근데 본인은 미남. 그니까 수마트라섬●●이요.

근데 시티가 어릴 때부터 어떤 남자를 만나서 같은 학교를, 그거 이름은 '바흐리'요, 그 남자. 바흐리는 원래 자카르타군. 바흐리 자카르타인데 근데 만나서 서로 좋았어요. 그때는 미남 사람들은 자기 집마다 소, 코에 이렇게 나와 있어요. 우리 인도네시아 소에. 이 소 집 앞에 일곱 단계 있으면 어떤 부자 사람인가, 몇 단계이고. 집 앞에는 다 그렇게 있고요. 더 부자면 더 많고.

근데 시티누르바야 아빠는,

"바흐리가 안 된다. 왜냐면 바흐리는 자와 사람이다. 우리는 수마트라 사람이랑 결혼해야 되고."

그리고 바흐리도 그렇게 똑똑한 사람 아니라서 그렇게 들었기 때문에,

"돈이 많으면 결혼할 수 있다, 시티누르바야랑."

그니까 다시 자기 고향에 가서 더 공부하는 거예요. 자카르타에서 공부하고. 시티누르바야는 바흐리랑 약속하기 때문에,

"기다리라."고.

"내가 공부 다 마치면 돈 많이 벌고 다시 너와 결혼할 거다."

근데 시간이 흘러 시티누르바야 아빠가 갑자기 망해졌어요. 그리고 어떤 시티누르바야 아버지가, 어떤 아버지 친구인데 그거 보고

"내가 도와주면 네 딸 나한테 줘라."

이렇게 해요. 인도네시아는 결혼은 한 명만 아니라 네 명까지 가능하기 때문에, 네 명은 법적으로 할 수 있고 일곱 명까지 그냥 같이 살 수 있고. [조사자: 남자가 여자를?] 남자가 여자를.

(잠시 청중들과 일부다처제, 일처다부제에 대한 의견이 오가느

● Sitti Nurbaya는 마라 루슬리(Marah Rusli) 작가가 1922년에 전통 이야기 방식으로 쓴 소설로 알려져 있다. 수산티는 옛이야기로 구연했고, 마라 루슬리의 소설과 결말에서 차이가 있다.

●● 수마트라섬은 인도네시아의 주요 섬으로 세계에서 여섯 번째로 큰 섬이다.

라 구연이 중단됨.)

근데 시티누르바야 도망갔어요. 바흐리가 계속 오지 않기 때문에 자카르타로 바흐리 찾아 갔는데, 바흐리 만났어요.

"바흐리랑 결혼해라."

근데 아버지도 반대하기 때문에 시티보고,

"집에 와라."

근데 시티가 집에 안 가요. 아버지가 그다음에 아파서 돌아가셨어. 시티도 보지 않고, 모든 재산이 시티아빠 친구가 다 가져갔어요. 그리고 뿐만 아니라 시티까지 갖고 싶어 하기 때문에. 그 남자는 이름이 라뚝마린기야. 라뚝은 그거 붙이는 이름 있어요. 여기 영감님 그렇게 붙이는 거 있어요. 그니까 이름은 마린기인데, 근데 제가 아까 얘기했잖아요. 레벨 하나, 레벨 둘. 라뚝 앞에서 그거 붙어야 돼요.

이 라뚝이 시티 찾아서 자카르타로. 만났는데,

"너 너와 결혼해라. 네 아버지도 모든 재산을 내가 다 가졌으니까 너는 아무도 없다."

근데 시티도 싫고 라뚝마린기 결혼하기보다 자기는 그냥 자기 자신이 죽어버렸거든요. 그니까 시티누르바야 자살하고. 그때 바흐리 집에 오다가 자기 연인, 아직 결혼 안 했어요. 우리는 같이 살면 안 돼요, 옛날에. [조사자: 결혼 전에 같이 살면 안 돼요.] 보고 가슴이 아팠는데 라뚝 죽이고 싶었는데, 근데 라뚝을 못 죽여서 대신 자기가 경찰서 잡혔어요. 왜냐면 부자사람이라서. 부자사람은 돈도 있고 힘이 할 수 있으니까. [조사자: 오히려 얘가 잡혔어요.] 네.

그니까 바흐리가 감옥에 있다가 다시 나와서, 그리고 다시 라뚝 찾아서 마지막까지는 라뚝 죽일 수 있어요. 라뚝을 죽여서 그다음에 바흐리도 혼자 죽이고 싶었는데, 자살하고 싶었는데 죽지 못했어요. 대신 감옥에 계속 있고 그냥 그렇게 이야기 끝나는 거예요.

[조사자: 이거는 되게 실제 있었던 일을 만든 것처럼.] 근데 실제는 아닐 것 같아서. 잘 모르겠는데 사람들이 말하기를 자카르타에 어떤 감옥, 근데 지금은 뮤지엄museum 된 거예요. 박물관. 옛날에는 밑에, 지하에 그때 바흐리가 감옥에 갔다고.

근데 실제로 사진도 없고, 아무것도 없고. 옛날에 사람들은 네덜란드 사람 그쪽에 다 보냈으니까. 사람들이 그렇게 예쁘게 이야기 만들었나봐. 왜냐면 우리 자카르타 사람 무조건 이쪽 사람이랑 결혼하면 안 된다. [조사자: 그런 게 너무 강하니까.]

대만

타이야족의 시조가 된 남매

● 구연정보

조사일시 : 2018. 01. 16(화) 오후
조사장소 : 강원도 춘천시 옥천동 한림대학교
제 보 자 : 사의진 [대만, 여, 1989년생, 유학 3년차]
조 사 자 : 박현숙

● 구연상황

제보자가 〈무지개다리가 된 사냥꾼 부다〉 이야기 구연을 마친 뒤, 이어서 타이야족 관련 이야기 구연을 시작했다.

● 줄거리

예전에 커다란 따바진 산에 큰 돌이 있었는데, 그곳에 히리크 새가 날마다 와서 노래를 불렀다. 그런데 어느 날 새가 돌을 밟아 돌에 금이 갔는데 거기서 남매가 나왔다. 그 남매가 최초의 인간이 되었다. 인간의 대가 끊길 위기에 놓이자, 여동생이 분장하여 오빠와 결혼했고 아이를 많이 낳았다. 이 남매가 인간의 시조가 되었다.

[조사자: 또 어떤 이야기가 있어요?] 네. 타이야족의 사람의 기원에 대한 전설이에요.

옛날에 따바진 산이라는 커다란 산 이름은 따바진 산이에요. 근데 거기는 커다란 돌이 있었어요. 그 돌 위에는 날마다 히리크 라는 새가 날아와서 노래를 불러요. 근데 어느 날 새가 돌 밟아서 돌에 금이 났어요. 근데 거기서 남자 한 명과 여자 한 명이 걸어 나왔어요. 그 사람 두 사람이 세상에서 가장 먼저 나타난 사람이고 그리고 타이야족은 그 사람을 그들의 조상이라고 봐요.

근데 시간이 지나서 둘이 같이 지내다가 계속 다른 사람 안 보여요. 그래서 둘이 되게 걱정을 해요. 만약 우리가 죽으면 다른 사람이 없어. 세상에서 사람이 없을 거예요. 그래서 동생, 그 여동생이 생각이 떠올랐어요. 그는 오빠랑 결혼하기로 했어요. 오빠가 친동생이라서 결혼해주지 못할까 봐서 그는 다른 여자로 분장을 해서 오빠랑 결혼하기로 했어요.

어느 날 오빠가 사냥하러 나갈 때 동생이 오빠한테 말했어요. 오빠가 날이 어두워지면 집으로 돌아올 때 동굴 앞에서 어떤 여인이 오빠의 신부. [조사자: 신부?] 신부가 될 여자가 동굴 앞에서 기다릴 거라고 오빠한테 말했어요. 그래서 오빠가 나가자마자 그 동생 나무를 태워서 그 재로 얼굴에 칠했어요. 얼굴 까맣게 칠하고.

그리고 날이 어두워지자 오빠가 들어오는데 정말 동굴 앞에서 어떤 얼굴 까맣고 예쁜 여자가 거기서 기다리고 있었어요. 그래서 오빠가 그 여자랑 결혼을 해서 아이를 많이 낳았어요. 그래서 사람들이 점점 많아졌어요. [조사자: 그럼 오빠는 결국 그 여자가 동생이라는 걸 몰라요?] 몰라요.

해를 쏜 용사들

● 구연정보

조사일시 : 2018. 01. 16(화) 오후
조사장소 : 강원도 춘천시 옥천동 한림대학교
제 보 자 : 사의진 [대만, 여, 1989년생, 유학 3년차]
조 사 자 : 박현숙

● 구연상황

제보자가 〈타이야족의 시조가 된 남매〉 구연을 마친 뒤, 쉼 없이 다음 이야기 구연을 이어나갔다.

● 줄거리

태곳적에 하늘에 해가 둘이어서 살기 힘들었다. 타이야족 사람들이 회의를 거쳐 해를 조정할 가장 뛰어난 용사 세 명을 뽑아서 보냈다. 용사는 아이 세 명을 업고 길을 떠났다. 세 용사는 길에 좁쌀과 과일을 심으며 태양을 향해 나아갔다. 그러나 태양을 향해 가는 길은 너무 멀어서 용사들은 늙어 죽었고 업고 간 아이들이 성장하여 해를 향해 떠났다. 세 용사는 마침내 목적지에 도착해 해가 뜨자마자 활을 쏴서 하나를 떨어뜨렸다. 해가 흘린 피에 용사 한 명이 화상을 입고 죽었다. 나머지 두 명은 해를 쏘고 난 뒤에 고향으로 돌아갔다. 타이야족 사람들은 떨어진 해의 시체가 달이 되었다고 믿는다.

그리고 해, 해를 쏜 용사들에 대한 설화예요. [조사자: 해를 어떻게 했다고?] 쏘, 쏜. [조사자: 아, 해를 쏜 용사들.]

태고 시대에 하늘에 해가 하나가 아니고 두 개가 있었어요. 근데 해들이 번갈아 나타나서 하루 종일 날이 밝고 밤이 없어요. 또 가끔 두 개 해가 동시에 하늘에 나타나서 너무 더워서 식물 다 죽어서 동물도 견딜 수 없어요.

그래서 타이야족 마을 사람들이 모여서 대책을 세워요. 그래서 그들이 해 그중 하나를 죽이기로 해요. 그래서 족장이 다른 마을 다른 어르신들이랑 토론을 해서 가장 똑똑하고 능력 가장 뛰어난 용사 세 명을 뽑았어요. 그 세 명은 만반의 준비를 해서 각자 등에 아기 한 명씩 업어서 떠나요. 해를 향해 떠나요.

그들은 길에 가는 길에 좁쌀과 과일 씨앗을 심어서 가요. 걷고 또 걸어서 해가 점점 가까워져요. 근데 너무 긴 시간 걸으니까 그 용사들도 늙어서 죽어요. 용사가 죽은 후에 세 명 아기가 어른이 됐어요. 그래서 그 세 명의 아기가 그 명을 받아서 계속 해를 향해 걸어요.

드디어 어느 날 해가 사는 곳에 도착을 했어요. 그들은 잠깐 쉬고 다음 날 해가 뜨기 전에 그들은 산골짜기에 숨어서 기다려요. 해가 뜨자마자 화살을 쏴요. 그리고 마침내 한 해 하나가 화살을 맞아서 죽어요. 근데 그 용사 중 한 명이 해 죽어가는 해의 몸에서 피가 솟아 나와요. 그 피를 닿아서 화상을 입고 그 한 명이 죽었어요. 그리고 나머지 두 명도 화상을 입었는데 근데 그렇게 심하지 않아서 네, 살았어요.

그 두 명이 집을 고향으로 돌아가요. 근데 그들이 돌아오는 길에 전에 용사들 길에서 심은 과일을 이미 과일 씨앗이 이미 나무가 되어서 그들은 그거를 먹고 집으로 걸어가요. 그래서 집으로 도착할 때 용사들도 노인이 되었어요.

그래서 그 타이야족 사람들이 지금 달이, 해와 달이 있잖아요. 근데 이제 달은 죽은 해의 시체라고 봐요. [조사자: 그 하나 죽은 해, 쏘아서 떨어트린 해가 달이 되었다고 보는 건가요?] 네.

무지개다리가 된 사냥꾼 부다

● **구연정보**

조사일시 : 2018. 01. 16(화) 오후
조사장소 : 강원도 춘천시 옥천동 한림대학교
제 보 자 : 사의진 [대만, 여, 1989년생, 유학 3년차]
조 사 자 : 박현숙

● **구연상황**

제보자가 〈호미(虎尾) 지명 유래〉 구연을 마친 뒤, 이어서 최근 원주민 마을에 여행 갔을 때 알게 된 이야기를 들려주겠다면서 구연을 시작했다. 제보자는 구연을 마친 뒤 이 이야기는 원주민 박물관에서 읽었고, 집으로 돌아와서 타이야족 관련 이야기를 찾아보았다고 설명을 덧붙였다.

● **줄거리**

타이야족 마을에 키가 크고 용감한 사냥꾼 부다가 살았는데 마을 사람들로부터 존경을 받았다. 그런데 부다는 나이가 들었고 점점 늙어갔다. 부다는 자신의 죽음을 직감하고 마을 사람들에게 자신이 무지개다리가 되어 마을 사람들을 지켜주겠다고 말하고 세상을 떠났다. 이후 하늘에 무지개가 나타났다. 타이야족은 사람이 죽으면 무지개다리에서 심판을 받아야 천국에 갈 수 있다고 믿는다. 사냥을 잘하는 남자와 베를 잘 짜는 여자 그리고 성년식 때 얼굴 문신을 많이 한 사람이 무지개다리를 건널 확률이 높다.

그리고 제가 이번에 집으로 가기 전에 타이페이에서 여행했어요. 거기 원주민 타이페이에서 어떤 원주민 사는 곳으로 갔어요. 거기서 무지개다리 이야기를 봤어요. 거기 사는 원주민이 타이야족이라고 해요. [조사자: 타이야족.] 이거 영화로도 나왔어요.

[조사자: 제목이 뭐예요?] 어, 중국어는 사이드크발라이라고 하는데 한국어로는 [조사자: 한국에도 영화가 개봉이 됐어요?] 네, 개봉된 거

같아요. 일단 찾아볼게요. 이거 무지개다리 이야기예요.

타이야족의 마을에서 키가 크고 아주 용감한 사람이 있었어요. 그 사람의 이름은 부다예요. 그는 맨손으로 검은 곰과 상대하고 아주 대단한 사냥꾼이에요. 부다는 근데 사냥을 잘 하는데다가 사람한테도 되게 친절해요. 그리고 머리가 똑똑하고 마을 사람이 싸우면 그가 나서서 그 분쟁을 해결해줘요. 그래서 마을 사람들이 그를 되게 좋아하고 존경해요. 그리고 마을에서 파종이나 사냥 아니면 제사의 날이 되면 항상 먼저 그에게 찾아가서 의견을 물어봐요.

근데 어느 날 부다가 점점 늙어가요. 어느 날 그가 자기가 이 세상을 떠날 줄 알고 마을 사람한테 가서 말해요.

"내가 죽으면 저 하늘에 무지개가 되고 너희들 계속 지켜 줄 것이야. 너희들 부디 조상의 당부를 마음에 새겨서 어기면 안 된다."

이렇게 말해요. 이 말을 하고 나서 눈을 감아 세상을 떠나요.

부다가 죽는 날 그날 정말 하늘에 무지개가 나타나요. 그래서 타이야족 사람들이 죽으면 하늘로 가기 전에 무지개다리에서 심판을 받아서 그걸 통과해야 하늘에 가서 가게 돼요. 이거 특히 피륙을 잘 짜는 여자와 사람 머리 사냥을 해본 적 있는 남자 하늘로 갈 수 있다고 해요. [조사자: 그러니까 남편은 사냥을 잘하고 여자는 이렇게 바느질이나 베를 잘 짜는 사람이어야 하늘을 갈 수 있다.] 네.

그리고 타이야족 성년식은 여자가 얼굴에서 문신을 해요. 여자 남자가 다 문신을 받아야 성인이라고 할 수 있어요. 그리고 그 문신이 많을수록 무지개다리를 통과할 확률이 높아요. 그거 되게 용사라는 상징이에요.

[조사자: 그러면 무지개다리는 실제 그 다리가 있어요?] 아니요. [조사자: 아니죠. 그러니까 죽어서 가서 만나서 부다가 있는 영혼이 있는 다리인 거죠?] 영혼이 있는. 네.

[조사자: 이걸 이번 여행 가서 찾아본 거예요?] 거기 원주민 박물관 있어요. 거기 써있어요. 그래서 집에 들어와서 또 타이야족의 이야기를 찾아봤어요. [조사자: 공부 엄청 하셨구만요.] 재미있어요. [조사자: 다행이다, 재밌어서.]

성황신이 된 물귀신

● 구연정보

조사일시 : 2017. 12. 23(토) 오후
조사장소 : 강원도 춘천시 효자동 강원대학교
제 보 자 : 사의진 [대만, 여, 1989년생, 유학 3년차]
조 사 자 : 박현숙, 김민수, 김자혜

● 구연상황

조사자는 제보자와 서울시 다문화동화 공모전 응모를 계기로 만났다. 조사자가 사전에 전화로 조사 취지를 설명한 뒤에 만난 터라 조사자가 제보자에게 곧바로 공모전에 응모한 작품 구연을 요청했다. 제보자가 이야기를 정리한 메모를 보고 구연하려고 해서 조사자가 내용을 기억하여 구연해 달라고 요청했다. 제보자가 처음에는 기억하여 구연하는 방식에 자신 없어 했지만, 막상 구연을 시작하자 재미있게 이야기를 이끌어 나갔다. 제보자는 조사 내내 웃음기를 잃지 않았다.

● 줄거리

옛날 짜이셴이라는 마을에 부자가 살고 있었는데 도둑이 부자를 죽이고 강에 버렸다. 물귀신이 된 부자는 환생을 하기 위하여 물고기를 잡으러 온 어부를 물속으로 잡아끌었다. 물귀신은 어부가 잠수하여 죽은 척한 줄 모르고 염라대왕에게 환생시켜 달라고 했다가 거절당했다. 물귀신은 자신을 속인 어부와 대화를 하다가 정이 들어 사람을 해치지 않고 오랜 기간 물귀신으로 살았다. 물귀신은 사람을 해치지 않은 공을 인정받아 짜이셴의 성황신이 되었다.

[조사자 1: 이제 처음에 들려주실 이야기가 뭐예요?] 처음에요? [조사자 1: 응.] 이게 성황신 이야기. [조사자 1: 성황신 이야기 요번에 써서 냈던 거?] 네. 이거 할 필요 있어요? [조사자 1: 네. 그거는 한번 써보셨

으니까 이야기 잘 아시잖아요.] 네. [조사자 1: 그러니까 안 보고 기억 나시는 대로만 해주시면 돼요.] (웃음) 저 안 보면. [조사자 1: 안 보면 걱정되죠?] 네. [조사자 1: 틀릴까 봐?] 네. [조사자 1: 근데 틀려도 상관없어요. 그냥 기억나는 대로 해주시면 돼요.] 근데 이거 되게 3개월 전에 쓴 거라서. (웃음)

[조사자 1: 이 성황신 이야기는 어느 민족 이야기예요?] 이거 한족. [조사자 1: 한족? 아 중국 한족 이야기?] 예. 이거 염라대왕, 귀신. [조사자 1: 염라대왕 이야기?] 이런 것도 나와서 그거 민간신, 한족의 민간 신앙에서 나온 거예요. [조사자 1: 아, 그렇구나.]

옛날에 대만 서쪽에서 '짜이셴'이라는 마을이 있어요. 근데 거기서 되게 돈이 많은 부자가 살고 있어요. 그리고 제가 과거형으로 말해야 돼요? 아니면 그냥 현재형으로 말해야 돼요? (웃음) [조사자 1: 편한 대로. "있었어요." 그래도 되구요. "있어요." 그래도 돼요.]

그 부자가 마음씨가 좋아서 가난한 사람들 되게 그 돈을 많이 베풀어요. 그런데 이런 이야기를 듣고 근처에 있는 도적들이 그의 돈을 뺏으려고 해요. 그래서 어느 날 그 부자가 다른 마을로 가고 있는데 갑자기 도적들이 나타나서 그 부자를 죽이고 돈을 뺏어요. 그리고 그 부자를 죽인 후에 그를 근처에 강에 버려요.

그래서 그 부자가 정신을 차려다 보니 자기가 염원부에 와있어요. [조사자 1: 어디?] 염원부(저승). 그 염라대왕이 있는 [조사자 1: 아, 염원부! 네네.] 염원부. (웃음) 네. 그래서 자기가 억울하게 생각해요. 그런데 염라대왕이 그에게,

"이건, 너의 명이다."

이렇게 말해요. 만약에, 그러니까 근데 환생할 기회가 있어요. 그 사람이, 그 부자가 만약에 강에 머물러서 다른 사람을 잡아서 자기를 대신할 사람을 찾으면 걔가 환생할 수가 있어요. 이렇게 말했어요.

그 이후에 그 부자가 그냥 강에서 물귀신으로 살았어요. 근데 거기에 엄청 외딴 마을이라서 지나가는 사람이 별로 없어요. 근데 자주 물고기를 잡으러 오는 어부가 있는데 그 어부가, 어부가 머리 너

무 똑똑해서 몇 번 시도를 해 봤는데 성공하지 못해요. (웃음)

[조사자 1: 어떻게 시도를 해요?] 이거는 나중에 (웃음) 나올 거예요. [조사자 1: 나중에? 어어, 나중에. 중요한 거구나.]

그래서 그 물귀신이 이거 저거 되게 많이 생각해봤어요. 어느 날 갑자기 좋은 생각이 떠올랐어요. 그래서 그가 그날 어부가 물고기 잡으러 올 때 그는 그냥 그물? 물고기 잡는 그물 근처에서 헤엄치고 물고기를 모두 다 쫓아내요. 그래서 하루 종일 기다려도 어부가 물고기를 잡지 못해요. 그래서 날이 어두워지자 그 어부가 고개를 숙이고 그물을 살피려고 할 때 물귀신이 갑자기 나타나서 그의 머리를 (두 손으로 당기는 동작을 하며) 이렇게 쥐고 물속으로 당겨요. 그래서 어부가 그냥 탈출하려고 시도하지만 몇 분 지난 후에 몸 움직이지 않아요.

그래서 물귀신이,

'아! 이제 성공했다.'

이렇게 생각했는데 신나게 자기의 귀신 명찰을 어부의 몸에 달아서 염원부에 뛰어갔어요. 그래서 그 염원부에 염라대왕을 만나서 신나게 외쳤어요.

"지금, 나 이제 환생해도 되겠죠, 염라대왕님."

이렇게 물어봤는데, 염라대왕이 그에게,

"이 멍청아. 너 어부한테 속은 줄도 몰라?"

이렇게 말했어요.

"빨리 네 명찰을 찾아오라. 아니면 환생 생각하지 마."

이렇게 말했어요. 근데 사실 어부가 그 잠수를 잘해서 죽지 않았어요. 그냥 죽은 척해서 물귀신을 속였어요. 그래서 물귀신은 또 빨리 강가로 뛰어가서 근데 어부가 이미 그의 명찰을 달고 집에 갔어요. 그래서 물귀신이 또 그 어부의 집에 찾아가서 빌어요.

"어부 형님! 제발 제 명찰 돌려주세요."

이렇게 해요.

"아니면 제가 환생할 수 없어요."

근데 그 어부가 아 그 물귀신이 되게 정성있게 빌어요. 그 눈물

까지 나와요. 그래서 어부가 이 가여운 모습을 보니,

"그래, 명찰 돌려줄게. 근데 나랑 약속 하나 하자. 나중에 내가 물고기를 잡으러 갈 때 물고기를 내 그물 속으로 몰아내라."

이렇게 제안했어요. 그래서 물귀신이 제 명찰을 받아야 하잖아요. 그래서,

"네, 그렇게 할게요."

이렇게 대답하고 명찰 받고 강가에 돌아갔어요.

그다음 날부터 어부가 맨날 물고기를 잡으러 갔을 때, 갈 때 되게 맨날 큰 수확을 얻을 수 있어요. 그리고 어느 날 아, 그리고 그 물귀신이 혼자 강물에 살아서 되게 외롭잖아요. 그래서 그 어부가 또 가끔 그를 집으로 초대해서 같이 밥을 먹어요. 그리고 어느 날 그 물귀신이 갑자기 어부한테 찾아와서,

"형님! 저, 제가 저를 대신 할 수 있는 사람 찾았어요. 내일은 어느 할머니가 물가에 올 거예요. 저는 그 할머니를 잡아서 저를 대신 할 거라."고.

어부한테 말했어요. 근데 그 어부가 듣고,

"할머니가 연세도 많으시고 물귀신이 물에서 죽으면 너무 불쌍하잖아요. 이렇게, 이렇게 하지 마."

이렇게 물귀신한테 말했어요. 그래서 그 물귀신이,

"아, 그래요? 네, 그러면 조금 더 기다릴게요."

이렇게 돼서 또 몇 년이 지났어요. (웃음)

어느 날 물귀신이 또 어부를 찾아요.

"형님! 저 이번에 진짜 떠날 거예요. 내일은 그 마을 아이들이 놀러올 거예요. 그래서 저는 그 아이를 잡아서 저를 대신할 생각이에요."

이렇게 말했는데 어부가,

"야! 아이가 너무 불쌍하잖아. 너무 귀여워, 귀여워. 그래서 또 좀만 기다리자. 우리 이제 정도 들었잖아요."

이렇게 말했어요. (웃음)

그래서 물귀신이 듣고,

"아! 네, 형님 말씀 맞아요. 네."

그래서 좀 또 몇 년이 지났어요. 그리고 또 어느 날 물귀신이 어부한테 찾아와서,

"형님! 내일 장씨 부인이 죽으러 물가에 올 거예요. 왜냐면 그 부인이 그 장씨랑 한판 싸웠어요. 그래서 내일은 그 부인이 그 물에 가서 물속으로 뛰어갈 거라."고.

이렇게 어부한테 말했어요.

그리고 어부가 듣다 보니 장씨 부인이 제 이웃사촌이에요. 그래서 다음 날, 다음 날 그 어부가 물가에 뛰어가요. 뛰어가자마자 막 부인이 '풍덩' 뛰어내리는 순간이에요. 그래서 어부가,

'아, 이러면 안 되는데.'

이렇게 따라 뛰어가요. 그 부인을 건져 왔어요.

그래서 물귀신이 또 실패했잖아요. 그래서 그 어부가 내가 이번에 진짜 그 물귀신한테 너무 미안했어요. 그래서 그날 되게 많은 맛있는 음식을 준비해서 물귀신한테 사과하려고 했는데 그날 물귀신이 왔어요.

근데 물귀신이 어부한테 따지지 않아요. 그 어부한테,

"형님! 저도 이제 사람을 안 해칠 거예요. 형님이랑 이렇게 살아도 저는 좋아요. 좋다고 생각해요."

그래서 그 어부가,

"그래 우리 그냥 이렇게 살자."

이렇게 사이좋게 또 지냈어요. 근데 또 어느 날 물귀신이 어부한테 찾아와요.

"어, 형님! 저는 이제 정말 떠나요. 왜냐면 그 옥황, 그 하느님이 저를 몇 년 동안 사람을 해치지 않고 그냥 제 명, 제 몫 잘 한다고 해서 저를 성황신에 맡길, 맡길 생각이에요."

[조사자 1: 성황신 자리를 준다구요?] 네네.

"그래서 내일 떠나야 해요. 그래서 오늘 마지막 형님이랑 같이 식사를 해서."

얘기 잘하고 어 그 어부가 다음 날 아침 근처에 성황묘에 가서 정말 물귀신이 성황신이 된 거예요. 그래서 그 두 사람이 또 그냥 이

렇게 신나게 이거저거 이야기해서 그다음에 어부가 춤을 추면서 집을 갔어요. 네, 이렇게 끝났어요.

[조사자 2: 재밌다. 이야기 되게 잘하시는데요? 쏙 빨려들어가는데.] 네? 아이. (웃음)

[조사자 1: 그럼 그 성황당이 지금도 있어요?] 네. 저 고등학교 때 그거 대학교 수능 그거 하기 전에 고3 학생들 다 같이 그쪽으로 저희 학교에 멀지 않아요. 그래서 저희 다 같이 학교에서 거기 걸어가서 기도했어요.

[조사자 1: 그게 어디에 있는 성황당이라구요?] 짜이. [조사자 1: 짜이?] 응. [조사자 1: 그럼 아주 유명한 거겠어요? 사람들이 그렇게 가서 소원 빌 정도면?] 네네. [조사자 1: 빌면 소원이 잘 이뤄져요?] 예예. 그건 모르겠어요. (웃음)

[조사자 1: 근데 중국에서도 이렇게 물에 빠진 귀신은 그러니까 꼭 그 자리에 다른 사람을 넣어야지, 누군가 그 자리에 죽어야지만 혼령이 나올 수 있다고 그렇게 믿어요?] 중국에서요? [조사자 1: 네.] 음. 잘 몰라요. [조사자 1: 근데 이 이야기는 그런 거잖아요. 그렇죠? 그러니까는 자기가 죽은 자리에 다른 사람이 죽어야 내가 나올 수 있는 거잖아요.] 네! [조사자 1: 그러니까 그런 문화가 있는 건지는 잘 모르겠고?] 네.

[조사자 1: 한국에는 그렇거든.] 아, 진짜요? [조사자 1: 네, 그래서 깜짝 놀랬어요. 그래서 물에 빠져 죽은 사람이 죽은 자리에는 반드시 사람이 그 자리에서 또 다시 사람이 죽는다고 그런 얘기를 하거든요.] 아. [조사자 1: 그래서 그 혼령이 나오려고 잡아당기는 거라고.] 옛날에 홍콩 영화에서도 그런 얘기 나온 거 같아요. [조사자 1: 그래요? 아주 오래된 그런 모티프인가보다.] 사람 잡아서 자기 대신 살게 하는 것.

[조사자 1: 그런데 오히려 어부가 이 물귀신을 도와준 거다 그죠?] 네. [조사자 1: 성황신으로 사람 해치지 못하게.] (웃음)

[조사자 1: 재밌어요. 이 이야기는 어떻게 찾으신 거예요? 동화 쓰실 때. 인터넷에서? 아니면 책에서?] 네, 인터넷에서. [조사자 1: 인터넷에서? 음 인터넷 검색해서?] 네. [조사자 1: 근데 원래 알고 있던 이야기 아니에요? 가서 수능 때 가서 소원 빌 정도면.] 아뇨. 그땐 몰랐어요. [조사자

1: 이야기는 모르고? 성황당의 신령적인 부분만 알고 가셨구나?] 네.

[조사자 1: 그럼 이 성황신 이름은 없어요?] 없어요. 그건 되게 여러 사람이 성황신이 될 수 있어서 딱 하나만 이름이 없어요. [조사자 1: 없고. 그 짜이에 성황신?] 네네. [조사자 1: 재밌어요.]

번개가 천둥보다 먼저 치는 이유

● 구연정보

조사일시 : 2018. 01. 16(화) 오후
조사장소 : 강원도 춘천시 옥천동 한림대학교
제 보 자 : 사의진 [대만, 여, 1989년생, 유학 3년차]
조 사 자 : 박현숙

● 구연상황

제보자가 〈해를 쏜 용사들〉 구연을 마친 뒤 조사자가 제보자에게 1차 조사 때 준비했던 이야기 가운데 구연하지 않은 것을 언급하며 들려 달라고 청했다. 제보자는 그 이야기가 설화인지 창작물인지 출처가 정확하지 않아서 구연하지 않았다면서 구연을 시작했다. 이 이야기를 끝으로 이야기판을 정리했다.

● 줄거리

옛날 어느 가난한 집에 며느리와 시어머니가 살았다. 며느리는 가난하여 먹을 것이 부족하자 시어머니에게는 항상 밥을 드리고 자신은 부엌에서 혼자 밥 대신 흰쌀나무의 열매를 먹었다. 시어머니는 며느리가 부엌에서 먹고 있는 흰쌀나무 열매를 밥으로 오해하여 자신보다 많이 먹는다며 나무랐다. 밤에 며느리와 시어머니가 사는 집 앞을 지나던 뇌신이 시어머니의 말만 듣고 며느리에게 불을 내렸다. 며느리는 죽어서 염라대왕에게 자신의 억울함으로 호소했다. 염라대왕이 며느리에게 거울을 주며 뇌신과 결혼하여 함께 다니되, 뇌신이 불을 내리기 전에 거울로 먼저 사실을 확인하라고 했다. 신이 된 며느리가 뇌신이 불을 내리기 전에 거울로 사실을 확인하느라 천둥이 치기 전에 번개가 먼저 친다.

[조사자: 그거 해 주세요.] 흰쌀나무 이야기요? [조사자: 번개? 번개? 천둥? 번개가 천둥보다 먼저 치는 이유?] 그거는 흰쌀나무 이야기. [조사

자: 행살나무?] 흰, 하얀 흰 쌀. [조사자: 흰.] 네네. (웃음) [조사자: 흰쌀나무라는 게 있어요?] 네, 그 나무의 열매가 하얗고 동그랗고 되게 쌀과 비슷해서 흰쌀나무라고 불러요.

옛날에 되게 가난한 집이 있어요. 그 집은 아들이 없고 그냥 시어머니랑 그거 뭐지? 며느리랑 같이 살고 있었어요. 근데 집이 너무 가난해서 쌀이 부족해요. 근데 밥을 지어야 하잖아요. 그래서 며느리가 그 쌀로 지은 밥을 시어머니한테 드리고 자기는 부엌, 항상 부엌에서 숨어서 흰쌀나무의 열매를 먹어요. 근데 시어머니가 맨날 혼자 밥 먹고 부엌에서 숨는 며느리가 의심해요.

'왜 나랑 같이 밥을 먹지 않나.'

그래서 시어머니가 어느 날 부엌으로 가서 며느리가 무얼 먹고 있는지를 봐요. 근데 그 흰쌀나무의 열매가 쌀이랑 비슷한데 쌀보다 조금 커요. 그래서 그 양이, 그릇에 담는 양이 되게 많아 보여요. 그걸 보고 시어머니가 화나서 며느리한테 야단을 쳐요.

"이 불효한 여자야. 어떻게 나보다 많이 먹을 수 있니?"

근데 그때는 밤이고 그때 마침 뇌신(雷神)이 지나가요. 근데 뇌신이 밤이 어두워서 잘 보이지 않아서 그냥 시어머니의 말을 듣고 뇌신도 되게 화나요.

'어떻게 이런 불효한 여자가 있냐. 내가 불을 줘야겠다.'고.

생각해서 뇌신이 그 망치를 며느리를 때려서 며느리가 죽었어요. 근데 며느리가 염왕부에 갔어요. 그때는 며느리가 염왕, 염라대왕한테 자기 이야기를 해요.

"제가 시어머니보다 많이 먹는 거 아니야. 제가 먹는 건 쌀이 아니고 흰쌀나무이라."고.

염라대왕한테 말해요.

그래서 염라대왕이 이거 듣고,

'아, 이거 뇌신이가 사람 잘못 죽였구나.'

이렇게 생각을 해요.

그래서 염라대왕이 며느리한테 거울 하나 줬어요. 그 며느리한테,

"뇌신이 같이 신이 되어 하늘에서 먼저 거울로 그 비추고 사실

을, 확인을 하고 나서 불을 줘야 한다."고.

염라대왕이 그에게 말해요.

그 이후로 그 며느리는 뇌신의 아내가 되고 뇌신이랑 같이 다녔어요. 그래서 항상 천둥이 오기 전에 번개가 먼저 봐요. [조사자: 쳐요?] 쳐요.

[조사자: 그러면 그 아내는 거울을 가지고 다니면서 먼저 봐요? 그 죄를?] 네.

[조사자: 근데 이 이야기를 아까 왜 고등학교 때 연극을 했다고 그랬어요?] 네. 그냥 짧은 연극 그거는 그냥 과제 발표하기 위해 [조사자: 과제 발표로. 어. 근데 이 이야기를 본인들이 지었는지 어디서 찾았는지는 모르겠다고 그랬죠?] 네. [조사자: 지금 찾아봐도 이 이야기는 못 찾겠다고 그런 거예요?] 왜냐면 그거는 흰쌀나무에 대해 그냥 소개하려고 쓴 이야기인데 아마 억울해서 죽는, 죽어서 나중에 뇌신의 아내가 된 것은 이런 이야기가 있었는데 아마 흰쌀나무 거기서는 저희가 지은 거 같아요.

[조사자: 그럼 이 흰쌀나무가 있는 거죠? 대만에서는 이 흰쌀나무를 뭐라고 불러요?] 바이판슈. [조사자: 봤어요? 이 흰쌀나무를?] 아니요. [조사자: 본 적은 없어요?] 네.

사우족에게 고기잡이 시간을 정해준 인어

● 구연정보

조사일시 : 2018. 01. 16(화) 오후
조사장소 : 강원도 춘천시 옥천동 한림대학교
제 보 자 : 사의진 [대만, 여, 1989년생, 유학 3년차]
조 사 자 : 박현숙

● 구연상황

제보자가 〈바뀐 아내 되찾은 뱀 신랑〉 이야기 구연을 마친 뒤, 자신감이 생겼는지 자연스럽게 준비한 이야기 구연을 이어나갔다.

● 줄거리

대만의 일월담에 물고기를 잡아먹는 인어 다크라하가 살았다. 근처에 사는 사우족이 일월담에서 어업을 하며 살았는데, 어느 날부터 통발이 망가져 있고 어획량이 줄었다. 마을 사람이 이상하게 여겨서 물속으로 들어가 보니 다크라하가 통발을 파괴하고 있었다. 사람들이 화가 나서 다크라하와 삼 일간 싸우다가 둘 다 지쳐버렸다. 마을 사람들은 다크라하에게 통발을 망가뜨린 이유를 묻자 다크라하는 사람들이 무분별하게 물고기를 잡아서 다 없어져 버릴까 봐 그랬다고 대답했다. 그 후 사우족은 다크라하가 정해준 날에만 물고기를 잡게 되었다.

이거 원주민의 이야기예요. [조사자: 원주민.] 네. 이거 일월담이 대만에서 되게 유명한 관광지예요. [조사자: 어디가?] 일월담●. 여기 사는 원주민은 사우족이라고 해요. 거기, (메모한 자료를 잠시 체크

● 타이완 성 타이중(臺中)현에 위치하며, 동그라미와 초승달 모양의 호수 두 개가 연결되어 있어 르웨탄(日月潭)이라는 이름이 붙었다. 산으로 둘러싸인 타이완 최대의 호수이다.

한 후에) 거기서 사는 인어 다크라하의 이야기예요.

그 사우족이 일월담에 가서 살기 전에 원래 거기서 인어 하나 살고 있었어요. 근데 '다크라하'라고 해요 근데 그는 상반신이 사람. 하반신이 물고기. 그리고 머리 위에 굽은 뿔이 있어요. 그리고 머리가 되게 길어요.

사우족이 사람들을 거기 가서 둘을 서로 알게 되고 사이좋게 되게 지냈어요. 그 사우족이 일월담의 안에 물고기를 잡아서 먹고, 근데 그 인어도 일월담 안에 물고기를 먹으면서 살아요. 그런데 날이 지날수록 사우족 마을 사람들이 그 일월담에서 나온 어획량이 점점 줄어든다는 것을 알게 됐어요. 근데 그들이 이상해서,

'어? 왜 이러지?'

이렇게 생각을 했는데, 근데 또 가끔 물고기를 잡으러 가는데 그 도구나 장치를 항상 망가지거나 없어져요. 그래서 그들은 이거 다크라하의 짓이라고 생각을 했어요. 근데 그때는 어떤 사람이 나섰어요.

"내가 물속으로 들어가서 이게 무슨 상황인지 파악해 볼게요."

그래서 그 사람이 물속으로 들어갔는데 역시 다크라하가 그 장어를 잡는 장치를 파괴하고 있어요. 그래서 그는 그 사람이 되게 화나서 다크라하한테 덤벼서 둘이 크게 싸웠어요. 근데 3일 동안 싸웠는데 막 결국 둘이 다 힘이 빠져서 더 싸울 수 없어요. 그때는 그 사람이 다크라하한테 물어봤어요.

"왜 우리 물고기 잡는 장치를 막 파괴하냐?"

그랬더니 다크라하가 대답했어요.

"너희들 와서 여기 물고기를 계속 잡고 작은 물고기들 자라는 시간을 기다려 주지 않고 그냥 여기 물고기들 점점 없어져요. 이러다가 여기 생물 다 없어지고 우리도 살 수 없게 될 거예요."

이렇게 말했어요. 그래서 그 사람이 듣고 일리가 있다고 생각해서 다크라하한테 사과를 해서 그거를 해결하는 방법을 물어요. 그래서 나중에 그 사우족 사람들이 물고기를 잡는 시간을 정해요. 정해진 시간에서 일정한 물고기의 양을 잡는 거예요.

[조사자: 지금도 그렇게 하고 있어요? 그건 잘 모르죠?] 지금은 안 잡

아요. 지금은 그냥. [조사자: 아, 지금은 물고기를 안 잡아요? 어업을 안 하는 거구나.] 네. 지금은 그냥 관광으로. [조사자: 그러니까 그 사우족 마을 사람들이 물고기 잡는 시간을 일정하게 정해놓고 잡았다는 거죠?] 네.

[조사자: 사우족은 어디에 살아요?] 어, 대만 남투현●이라는 곳인데 거기 대만에서 유일하게 바다에 안 닿는 도시예요. [조사자: 바다에 닿는 곳이라고?] 안 닿는. [조사자: 근데 바다에 안 닿는데 왜 낚시, 어업을 할까요?] 가장 일월담이 가장 큰 호수예요. [조사자: 아 바다에 안 닿으니까 그 호수에서.] 네.

● 타이완에서 유일하게 바다와 접하고 있지 않은 내륙현으로 난터우현이라고도 부른다.

섬이 된 거인의 두 다리

● **구연정보**

조사일시 : 2017. 12. 23(토) 오후
조사장소 : 강원도 춘천시 효자동 강원대학교
제 보 자 : 사의진 [대만, 여, 1989년생, 유학 3년차]
조 사 자 : 박현숙, 김민수, 김자혜

● **구연상황**

제보자가 〈신선 종리권의 제자가 된 청년〉에 관한 이야기 구연을 마친 뒤, 조사자가 지형 유래담에 흥미를 보이자 추가로 전설을 구연했다.

● **줄거리**

대만 동부지역의 원주민들은 야생동물을 낮은 곳으로 모는 방식으로 사냥을 해서 먹고 살았다. 그런데 게으른 거인은 원주민들이 사냥감을 몰면 입만 벌려서 다 잡아먹었다. 원주민들이 꾀를 내어 불에 달군 큰 돌들을 굴렸다. 거인은 불에 달군 큰 돌들이 사냥감인 줄 알고 삼켰고 뜨거워 뒹굴다가 바다에 빠졌다. 거인이 빠진 바다에 거인의 두 다리가 수면 위로 올라와 두 개의 섬이 되었다.

[조사자: 재밌어요. 준비해오신 얘기가 다 재미있어요.] (웃음) [조사자: 또 뭐 있어요?] 아, 거인 이야기. [조사자: 거인 이야기?] 네. 이거 원주민 이야기 [조사자: 원주민들 이야기예요?] 네.

이거 대만 동쪽에, 동남, 남동쪽에 있는 부락의 이야기예요. [조사자: 어느 부락이에요? 잘 몰라요?] 음, 빼난조라고 해요. 거기 대만 동부 그 지역에 원주민이 살고 있어요. 그리고 그 사람들이 사냥할 때 보통 야생동물 낮은 곳으로 몰아서 잡는 방식으로 해요. 근데 산에서 아주 게으른 거인도 살고 있어요. 그 거인이 스스로 먹을 거는 찾지 않고 그냥 맨날 사람들이 사냥할 때마다 딱 동물이 뛰어가는 곳에 서서 그냥 입을 벌려요. (웃음) 그리고 동물이 뛰어오면 그냥 삼켜요.

그래서 막 사람들이 그 거인 때문에 맨날 먹을 거 없어져요. 그래서 그 거인을 되게 싫어해요. 근데 어느 날 그 사람들이 모여서 거인을 없애려고 해요. 그래서 그들이 되게 큰 돌 여러 개를 찾아요. 그 돌을 불로 태워서 그리고 사람들 사냥하는 척해요. 거인이 그 소리를 듣고 또,

'와! 또 먹을 거 생겼다.'

이렇게 생각해서 또 같은 곳에 서서 기다려요. 근데 굴러오는 거는 돌이에요. 그 거인은 돌을 삼켜서 너무 고통스러워서 비명을 지르면서 그냥 바닥, 뒹굴뒹굴 바닥에 떨어져요.

그리고 그 대만 남동쪽에 작은 섬 두 개 있어요. 그 섬은 거인이 바다에 떨어져 죽어서 그의 두 발 수면 위로 떠오른 것이라고 그 거인의 두 발이라고 해요.

[조사자: 그럼 그 거인 두 발을 부르는 명칭이 있어요?] 섬, 섬이요? [조사자: 어 그 섬의 이름] 섬의 이름. 류따오, 건란위. 영어로 말할까요? [조사자: 네.] 그린, 그린 아일랜드. 녹색의 섬이랑 난화의 섬. [조사자: 난화섬?] 네, 난화. [조사자: 그게 이제 발 두 개 (섬)이라는 거죠? 거인의 발.] 네.

호미(虎尾) 지명 유래

● **구연정보**

조사일시 : 2018. 01. 16(화) 오후
조사장소 : 강원도 춘천시 옥천동 한림대학교
제 보 자 : 사의진 [대만, 여, 1989년생, 유학 3년차]
조 사 자 : 박현숙

● **구연상황**

제보자가 〈사우족에게 고기잡이 시간을 정해준 인어〉 이야기 구연을 마친 뒤 자신이 사는 곳의 지명에 관해 구연을 시작했다. 호미 지명 유래 구연을 마친 제보자는 유래와 관련된 다른 이야기가 있다면서 그 내용도 들려주었다.

● **줄거리**

대만에 짜이 북쪽지역 윈린현 안에 호미(虎尾)라는 지역이 있다. 이 지역에는 큰 호랑이가 나타나 사람들을 괴롭혔다. 사람들이 명나라 정성공에게 호랑이를 해치워달라고 부탁을 했다. 호랑이가 정성공과 싸우다가 도망을 쳤다. 호랑이가 잠시 쉴 때 정성공이 갑자기 나타나서 칼을 휘둘러 호랑이 꼬리를 잘랐다. 간신히 목숨을 건진 호랑이는 창피하여 숨어버렸다. 그 후 사람들은 호랑이가 잘린 자리를 호미라고 불렀다. 혹은 해당 지역에 있는 시내가 해마다 시냇길을 바꾸는데 이것이 호랑이 꼬리와 비슷하여 호미라고 부른다는 설도 있다.

이 다음은 제가 사는 곳의 이름의 유래예요. [조사자: 오, 뭐예요, 이름이?] 제가 사는 곳은 윈린현● 안에 호미(虎尾)라는 호랑이 꼬리라는 뜻이에요.

● 타이완 섬 남서부에 있는 현이다.

옛날에 대만에 짜이 북쪽에 아, 윈린은 짜이의 북쪽에 있어서 그 때는 합쳐서 절아현이라고 해요. 그래서 옛날에 대만의 짜이 북쪽에 숲에는 호랑이가 있었어요. 근데 호랑이는 자주 마을로 와서 사람들이나 지나가는 여객들 해쳐요. 근데 사람들이 그때는 호랑이를 모르고 그거 호랑이인 줄 모르고 그냥 되게 큰 고양이인 줄 알았어요.

근데 그때는 명나라 정성공●이 대만으로 와서 네덜란드 사람을 내쫓고 그때 대만 사람들은 그를 영웅으로 봐요. 그래서 마을 사람들이 정성공한테 호랑이를 내쫓아 달라고 부탁을 했어요. 그래서 정성공이 나가서 호랑이와 싸웠어요. 근데 호랑이가 정성공 못 이겨서 북쪽으로 도망을 쳐요. 이제 도망을 치다가 어떤 언덕에 도착했어요. 그때 호랑이는 뒤로 되돌아보니까 정성공이 안 보여요. 그래서 그는 잠깐 방심하다가 힘이 빠져서 쉬고 싶어요.

근데 그 호랑이는 멈추는 순간 정성공이 갑자기 뒤에서 튀어나와서 큰 칼로 그를 휘둘렀어요. 호랑이가 놀랐어요. 그는 갑자기 재빨리 도망을 쳐요. 근데 꼬리를 잘랐어요. 그 꼬리를 자른 호랑이는 너무 창피해서 산으로 가서 숨었어요. 근데 그 사람들이 호랑이의 꼬리가 잘린 것을 호미(虎尾)라고 불러요.

[조사자: 그 지금 사의진 씨가 살고 있는 그 마을에서 호랑이 꼬리가 잘린 거죠? 호랑이 꼬리는 어떻게 했을까? 잘라놓은 그 호랑이 꼬리는?] 몰라요. (웃음)

[조사자: 아, 재밌어요. 이거는 원래 마을에 살 때부터 알고 있던 얘기예요?] 그거 우리 마을에 역사에 관한 책으로 나왔어요. 거기에 실린 이야기예요.

근데 또 다른 얘기가 있어요. 이거는 그냥 전설인데 또 다른 학자가 나와서 호미가 왜 호미라고 하는 거는 그냥 그때 시내가 있는데 그 해마다 그 해, 길을 바꿔요. 시냇물 흘러가는 길을 해마다 바꿔요. 해마다 바꿔서 그게 호랑이의 꼬리랑 비슷해서 그냥 갈 데 갈 곳

● 중국 본토에서는 네덜란드의 침략에 대항하여 승리한 영웅으로, 타이완에서는 타이완의 개척자로서 존경받는 인물로 생몰연대는 1624-1662년이다.

이 알 수 없어서 그래서 호미라고 해요. [조사자: 어떤 학자는 그렇게 유래를 이야기한다는 거죠?] 네.

신선 종리권의 제자가 된 청년

● **구연정보**

조사일시 : 2017. 12. 23(토) 오후
조사장소 : 강원도 춘천시 효자동 강원대학교
제 보 자 : 사의진 [대만, 여, 1989년생, 유학 3년차]
조 사 자 : 박현숙, 김민수, 김자혜

● **구연상황**

제보자가 〈할머니로 변한 호랑이를 물리친 누이〉 구연을 마친 뒤, 조사자가 준비해온 다음 이야기가 무엇인지 물었다. 제보자는 가오숑에 있는 반병산에 대한 설명을 시작으로 이야기 구연을 이어나갔다.

● **줄거리**

중국의 팔선 중 한 명인 종리권이 제자를 찾고 싶어서 하늘에서 가오숑 남쪽 반병산으로 내려왔다. 종리권은 반병산의 흙으로 탕위안을 만들어 한 개 1문전, 두 개 2문전, 세 개에 공짜로 팔았다. 매일 사람들이 찾아와서 대부분 공짜로 먹었으나 한 청년은 매일 1문전을 내고 사먹었다. 종리권이 청년에게 돈을 내는 이유를 묻자 청년은 종리권이 힘들게 먼 길 와서 장사하니까 돈을 내고 사먹어야 한다고 대답했다. 종리권은 청년을 제자로 삼았다.

[조사자: 또 어떤 이야기 있어요?] 음 이거, 까오숑•. 그 대만의 남쪽 도시에서 어느 산이 있어요. 그 산이 반병산(半屛山)이라고 해요. [조사자: 반병산.] 네. 반쪽이 병풍처럼. [조사자: 반병산.] 네.

그거 중국 신화 이야기에서 되게 유명한 신선 여덟 명 그거 팔선

• 타이완 남서부에 있는 항구도시이다.

(八仙)이라고 해요. 그중에 한 명이 어느 날 제자를 찾고 싶어서 하늘에서 내려와요. 그리고 그는 탕위언[●], 탕위언 그 대만의 음식인데 그거 약간 디저트 같은 거. 그거 탕위언을 파는 노점상으로 변장해서 마을에 돌아다니고 그거 팔아요. 그래서 아, 그 신선의 이름은 종리권(鍾離權)[●●]이에요. [조사자: 종리권?] 네.

그는 그러니까 까오슝에 왔는데 그 산이 되게 아름다워요. 근데 그는 여기선, 여기에 내려와서 부채를 이렇게 살살 손질하면서 그 산에서 흙과 돌이 떨어져서 탕위언 돼요. 그래서 그는 탕위언을 만들 때마다 그 산이 조금씩 조금씩 없어져요. (웃음)

그래서 그는 그 수레에, 간판에다,

'맛있고, 크는, 크고 맛있는 탕위언, 하나 먹으면 1문전.'

그거 문전은 돈 계산하는 단위예요.

'두 개 먹으면 2문전, 세 개 먹으면 공짜.'

이렇게 해서 써 있었어요.

그래서 사람들이 그거를 알고 다 와가지고 세 개를 먹어요. 근데 그 한 청년이 맨날 올 때마다 1문전을 들고 하나만 시켜먹어요. 그래서 조금 시간이 지나다가 그는 그 사람한테 물어요.

"왜 세 개를 먹으면 공짜잖아요. 근데 왜 맨날 하나만 먹어요?"

그 사람이,

"어르신이 이렇게 멀리서 와가지고 장사를 하는 게 너무 힘들잖아요. 그래서 제가 돈을 내고 먹을게요."

이렇게 그 사람한테 말했어요.

그래서 그 종리권이,

"아, 이제 나 드디어 사람 찾았다. 내 제자가 될 수 있는 성품이 좋은 사람."

● 탕원(湯圓)은 찹쌀가루로 만든 경단에 깨, 땅콩, 콩 등의 속을 넣어 뜨거운 물에 삶아서 만든 중화요리이다.

●● 동한 때의 무장으로 도교 팔선(八仙) 중 한 명이다. 수련을 마친 후에 스스로 '천하도산한종리권(天下都散漢鍾離權)'이라고 일컬었고, 전진북종(全真北宗)의 2대 조사(祖師)이다.

그래서 그는 자기가 신선이라는 것을 그 청년한테 말해요. 그리고 그 사람이,

"나랑 떠나서, 하늘로 떠나 내 제자로 되겠느냐?"

그 청년한테 물어요. 그런데 그 청년이 그 자리에서 바로 결정할 수 없다고 부모님과 상의를 해서 결정해야 한다고 그 종리권한테 말했어요.

그 말을 듣자 그 옛날에 부모님 계실 때 멀리 나가지 않는 말이 있어요, 중국에서. [조사자: 어떤 말이에요?] 그러니까, '부모님 두 분 다 계시면 멀리 자식이 멀리 나가지 않는다.' 그런 얘기.

그래서 그 종리권이 그 말 듣고,

'아, 완전 효자다.'

또 더 마음이 들어요.

그래서 둘이 그 청년을 따라서 그 집에 가서 부모님한테 이 이야기를 해요. 그럼 부모님이 좋다고 한 후에 둘이 다시 하늘로 떠나요. 근데 둘이 떠나는 길에 마지막 마을 사람을 만났어요.

그리고 그 종리권이 그 마을 사람한테,

"저 뒤에 산 좀 봐봐. 아름다운 산이 이렇게 됐어. 그건 너희 탓이야."

이렇게 말했어요.

그래서 '사람의 욕심으로 원래 자연환경이 점점 없어진다.'는 그런 뜻도 포함됐어요. [조사자: 그런 말과 관련된 속담이나 이런 말이 있어요? 중국에?] 이거요? [조사자: 아니. 그렇게 사람 욕심으로 점점 사라진다는.] 없는 거 같아요.

[조사자: 없는 거 같아요? 그럼 그 탕위언은 어떻게 먹는 거예요? 재료가 뭐예요?] 찹쌀. [조사자: 찹쌀?] 네, 약간 모찌같은 건데 모찌보다 더 조금 쫄깃쫄깃한 느낌?

[조사자: 이건 언제 먹어요?] 동지, 어제 어제. (웃음) [조사자: 그러게 어젠데. 동짓날 꼭 먹는 음식이에요?] 네. 팥, 주로 팥이랑 같이. [조사자: 팥이랑 같이. 그럼 여기도 한국에서처럼 안에 새알심처럼 다른 거 안 넣고?] 어, 넣은 것도 있고 안 넣은 것도 있어요. (손으로 크기를 보여

주며) 그냥 이 정도 크기로 해서. [조사자: 그 정도 크기로 해서?] 한 것도 있고 안에 뭔가 땅콩이나 깨 들어가면 한 이 정도?

원숭이가 된 게으름뱅이

● 구연정보

조사일시 : 2017. 12. 23(토) 오후
조사장소 : 강원도 춘천시 효자동 강원대학교
제 보 자 : 사의진 [대만, 여, 1989년생, 유학 3년차]
조 사 자 : 박현숙, 김민수, 김자혜

● 구연상황

제보자가 〈섬이 된 거인의 두 다리〉 구연을 마쳤을 때 조사자가 다른 이야기가 더 있냐고 묻자 짧은 이야기라면서 구연을 시작했다. 제보자가 구연을 마친 뒤 조사자가 제보자에게 한국에는 게으른 사람이 소가 된 이야기가 있다면서 간략하게 줄거리를 들려주었다. 그러자 제보자는 일리 있는 이야기라면서 반응을 해주었다.

● 줄거리

옛날에는 농기구에도 생명이 있었다. 아주 게으른 사람이 밭일을 하지 않고 게으름만 피웠다. 호미가 게으른 남자의 엉덩이를 때리려다 엉덩이에 꽂혀 그 사람의 꼬리가 되었다. 그리고 그 사람은 몸에 털이 생기면서 원숭이가 되었다.

원숭이가 된 게으름뱅이. [조사자: 게으름뱅이가 원숭이가 됐어요?] 네. 이거 되게 짧아요. (웃음) [조사자: 네, 얘기해 주세요.]

그 옛날에 아주 게으른 사람이 있어요. 그는 매일 논밭에 가지만 일을 하지 않아요. 그냥 매일 나무 밑에 누워서 잠만 자요. 근데 옛날에 그 논밭은 호미, 호미가 그때는 생명이 있는 거예요. [조사자: 살아 움직여?] 그거는 네. 그거는 일을 하지 않는 사람을 보면 가서 그 사람의 엉덩이를 때려요.

그래서 어느 날 호미가 또 게으름뱅이를 때리러 갔는데 잘못 때려가지고 그 왜 날 부분이 사람의 똥구멍에 꽂혀요. 그래서 그 사람이 그리고 그의 호미의 자루? 자루 부분이 원숭이의 꼬리가 되었어요. [조사자: 꼬리.] 네. 꼬리 되었어요. 그리고 그 사람의 몸도 털이 생겨요. 그냥 원숭이로 되었어요. 그래서 너무 창피해서 숲에 숨어서 살았어요, 그 사람은.

[조사자: 그런데 원숭이가 되고 나선 안 게으르다. 그쵸? 원숭이는 엄청 부지런하지 않아요? 게으른가? 원숭이도? 늘어져 있긴 하지?] (웃음)

[조사자: 그렇구나, 재밌다. 우리나라는 소. 게으름뱅이가 소가 돼요, 소.] 소는 부지런하지 않나요? [조사자: 부지런하라고 부지런해지라고. 그래서 맨날 맞으면서 일을 하는 거예요. 그래가지고 "너! 무 먹으면 죽는다."고. 얘가 이렇게 소로 힘들게 사느니 차라리 죽는 게 낫겠다고 생각하고 무를 먹어요.] 오, 일리 있네요. [조사자: 그랬더니 다시 사람이 됐어. 그래서 걔는 오히려 반대로 소처럼 부지런하라고 억지로 매 맞으면서 움직이는 거야. 그래서 그다음부터는 부지런해졌대요. 그 얘기에서는.]

할머니로 변한 호랑이를 물리친 누이

● 구연정보

조사일시 : 2017. 12. 23(토) 오후
조사장소 : 강원도 춘천시 효자동 강원대학교 스토리텔링 학과사무실
제 보 자 : 사의진 [대만, 여, 1989년생, 유학 3년차]
청　　중 : 조사자 3인
조 사 자 : 박현숙, 김민수, 김자혜

● 구연상황

제보자가 〈성황신이 된 물귀신〉 구연을 마친 뒤, 조사자는 제보자가 메모한 구연목록을 보고 호랑이 이야기에 대해 궁금증을 나타냈다. 제보자는 호랑이가 고모할머니로 변신한 내용이 〈빨간 모자〉와 비슷하다면서 구연을 시작했다. 제보자는 구연을 마친 뒤, 이 이야기가 한족에게 전해 내려오는 것이며 밤에 아이들이 잠을 자지 않으면 호랑이가 온다는 말을 한다고 설명했다.

● 줄거리

옛날에 사람이 되고 싶은 호랑이가 있었다. 호랑이가 사람이 되려면 사람을 잡아먹어야 했다. 호랑이가 어느 집의 엄마가 집을 비운 것을 알고 고모할머니로 변신하여 아이들에게 같이 자자고 하였다. 호랑이가 동생을 잡아먹자, 누이가 방에서 탈출해서 나무 위로 도망쳤다. 호랑이가 누이를 잡으러 쫓아오자 누이가 호랑이로 하여금 솥에 물을 끓여서 나무에 걸게 한 뒤 그 물을 쏟아서 호랑이를 죽였다.

[조사자: 어떤 이야기 해주실 거예요? 호랑이?] 그럼 호랑이 이거 고모할머니. 이렇게 하는 거 맞아요? [조사자: 호랑이 고모할머니?] 네. 음, 고모할머니 변장한 호랑이 [조사자: 고모할머니?] [조사자 2: 아, 고모할머니로 변신한] 약간 빨간 모자랑 비슷한 이야기. [조사자: 그러니

까 할머니로 변신한 거예요? 그 고모할머니라는 게 고모가 아니고 친척 할머니로? 그런 거예요?] 네. 왜냐하면 그냥 할머니 아니고 약간 할아버지의 여동생? [조사자: 그러니까. 고모할머니 맞네.] 네네. [조사자: 고모할머니로 변신을 했구나.] 네. [조사자: 네, 이야기해 주세요.]

옛날옛날에 사람이 되고 싶은 호랑이가 있어요. 그 사람 되려면 사람을 잡아야, (웃으며) 잡아먹어야 돼요. 그래서 호랑이가 산에서 마을로 내려와 사람 찾아요. 그런데 마침 헤매다가 마침 그때 어느 집에서 엄마가 외출하려는 소리가 들려요. 그래서 호랑이가 그냥 옆에서 숨어서 들어요. 엄마, 그날 밤에 엄마가 돌아오지 않겠다고 아이 두 명만 집에 남은 상황이에요. 그걸 호랑이가 알게 됐어요. 그래서 엄마가 나간 후에 그 호랑이가 고모할머니의 모습으로 변장해서 아이한테,

"얘들아, 너희 엄마 오늘 집에 안 돌아오니까 고모할머니가 같이 자 줄, 할머니랑 같이 자자."

애들한테 말해요. 근데 혼자 집에 남아서 애들이 너무 무서워서 그거 듣고 바로 문을 열어줬어요. 그래서 밤에 아이들 다 잠이 든 후에 그 호랑이가 동생을 먼저 잡아먹어요. 그 동생 먹을 때 그 잘근잘근? 그거 소리가. [조사자: 오도독. 오도독.] 네네. (웃음) 그래서 그 동생은 여자, 여자아이 한 명, 남자아이 한 명이에요. 그리고 동생 잡아먹잖아요. 근데 누나가 잠 깼어요. 그 소리를 듣고 누나가 깼어요. 누나가,

"고모할머니 뭘 먹고 있어요?"

이렇게 물어봤어요. 그래서 호랑이가,

"땅콩, 어, 땅콩 먹고 있어."

이렇게 말했는데 누나가,

"저도 먹고 싶어요."

그래서 호랑이가 동생의 손가락 하나를 그 여자아이한테 줬어요. 그 여자아이가 그걸 보고 동생의 손가락인 줄 알게 됐어요. 근데 그 여자아이가 내색하지 않고 그냥 고모할머니한테 막 화장실 가려고 한다고 했어요.

그러니까 옛날에 화장실 다 집 밖에 있어서, 네. 그래서 여자아이가 집 밖으로 나와서 바로 나무 위에 올라가서 숨었어요. 근데 집에 있는 호랑이가 여자아이가 아무리 기다려도 안 돌아와요. 그래서 호랑이가 또 따라서 밖으로 나왔어요. 그래서 여기 찾고 여자아이를 발견했어요. 그냥 고모할머니가 여자아이한테,

"야! 빨리 내려와."

이렇게 근데 여자아이가 그 고모할머니, 그 호랑이한테,

"고기, 삶은 고기, 삶은 고기가 더 맛있다."고.

"저를 삶아서 먹어요."

이렇게 호랑이한테 말했어요.

그래서 호랑이가 되게 큰 냄비? [조사자: 솥.] 네, 큰솥. 끓은 물을 끓여요. 그래서 끓어서 그거를 나무 위에 걸어요. 그러니까 여자아이가,

"고모할머니, 제가 스스로 뛰어갈게요. 그냥 눈을 감고 입을 벌려서 기다리면 돼요."

그래서 호랑이가 그거 듣고 그냥 눈을 감고 입을 벌려요. 근데 이 여자아이가 바로 그 물을 호랑이한테 부어요. 그래서 호랑이가 죽었어요, 네.

이거 약간 한국의 〈해와 달〉 이야기랑 비슷하죠. (웃음) [조사자: 네, 그거 비슷하고 그다음에 토끼랑 호랑이 사이에서 토끼가 호랑이한테 먹힐 위험에 처하니까, 그거 입 벌리고 있으라 그러고 불을 태워요, 거기는. 비슷하죠?] 네.

[조사자: 이것도 한족 이야기예요?] 네. [조사자: 고모할머니 이야기가?] 네, 이거 어렸을 때 되게 많이 듣던 이야기예요. [조사자: 애니메이션으로도 많이 나오겠네요?] 네네. [조사자: 재밌다.] 그리고 밤에 아이가 떼쓰고 잠 잘 자지 않으면 [조사자: 호랑이 온다고.] 네네네. (웃음) [조사자: 그렇구나. 어릴 때도 많이 들어 봤어요? 그런 말을?] 아마도. (웃음)

산약 요괴를 물리친 형제

● **구연정보**

조사일시 : 2017. 12. 23(토) 오후
조사장소 : 강원도 춘천시 효자동 강원대학교
제 보 자 : 사의진 [대만, 여, 1989년생, 유학 3년차]
조 사 자 : 박현숙, 김민수, 김자혜

● **구연상황**

제보자가 〈원숭이가 된 게으름뱅이〉 이야기 구연을 마친 뒤, 조사자가 이야기를 더 해달라고 구연을 요청하자 제보자는 준비한 마지막 이야기라면서 구연을 시작했다.

● **줄거리**

옛날에 어느 어머니와 딸이 산에서 산약을 캐고 있을 때 산약 요괴가 나타나서 어머니를 잡아갔다. 딸이 어머니 납치 사실을 아버지에게 알리자 아버지는 두 아들과 함께 어머니를 구하러 떠났다. 두 아들이 어머니를 찾았지만 어머니가 아들을 알아보지 못했다. 어머니는 뜨거운 물을 부어서 다치지 않으면 자신의 아들이라고 말했다. 두 아들은 어머니에게 그 방법으로 아들임을 확인시킨 후 어머니와 함께 배를 타고 탈출했다. 산약 요괴가 쫓아오자 두 아들이 공격하고 아버지가 마지막 창을 던져서 산약 요괴를 죽였다. 네 가족은 집에서 기다리는 딸을 만나서 행복하게 살았다.

이게 마지막이에요. [조사자: 마지막이에요?] (웃음) [조사자: 요괴?] 산약. [조사자: 산약?] 산약은 마 같은 거예요. [조사자: 마!] 마 요괴? [조사자: 산약 요괴.]

옛날에 날마다 산에 가서 산약을 캐는 모녀가 있어요. 근데 어느 날 엄마가 산에서 사람 모양같이 생긴 산약을 발견했어요. 근데 그 엄마가 그 산약을 잡을 [조사자: 캐?] 네, 캐서 그거 잡으려는 순간 그 산약이 갑자기 엄마를 잡아가지고 날개도 생겨서 하늘 위로 날아가요. 그리고 그 딸은 빨리 집에 뛰어가서 아빠한테 엄마가 잡혔다는 이야기를 아빠한테 말해요.

근데 아빠가,

"어, 걱정하지 마, 우리는 꼭 엄마를 구해낼 거야."

이렇게 해서 딸한테 말해요. 그날 이후로부터 아빠가 그 집에 아이가 셋이 있어요. 딸 하나랑 남동생 두 명. 그래서 그날 이후로 아빠가 남동생 두 명을 데리고 맨날 훈련 시켜요. 그리고 어느 날 두 형제가 청년이 됐어요. 그래서 아빠가,

"산에 가서 나무를 베어서 배를 만들어라."

그리고 아빠도 창을 많이 준비했어요.

그 모든 것이 다 준비된 후에 아빠랑 형제 두 명이 배를 타서 바다로 떠나요. 되게 되게 오랜 시간 지나서 드디어 어느 섬에 도착했어요. 그래서 도착하자마자 아빠가 두 형제한테,

"아빠가 너무 늙어서 저 산에 올라갈 수 없어. 너희 둘이 올라가서 엄마를 찾아라. 내가 여기서 배를 지킬 테니까."

그래서 두 형제가 산에 올라가요. 산꼭대기에서 일하는 엄마를 발견했어요. 근데 두 형제가 이미 청년이 되어서 너무 오랜만에 만나서 엄마가 둘을 못 알아봐요. 그래서 엄마가 두 형제한테,

"저기 끓는 물이 있다. 그 물을 너희 몸에 부어라. 만약에 다치지 않으면 내 아들인 게 맞아."

이렇게. 그래서 두 형제가 끓는 물을 몸에 부었어요. 근데 다치지 않아서 엄마가 이제 두 사람이 자기의 아들인 것을 알게, 알게 됐어요.

그래서 같이, 세 사람 같이, (뭔가 생각이 난 듯) 아! 떠나기 전에 엄마가 산약 요괴 날개를 불로 태워요. 그래서 불로 태운 후에 세 사람이 바로 배로 가서 떠나요.

근데 바다에 산약 요괴가 반으로 된, 날개 반쪽 남은 날개로 쫓아와요. 두 형제가 창으로 산약 요괴를 겨냥해요. 근데 산약 요괴 너

무 잘 피해서 안 맞아요. 그래서 마지막 창 남았을 때 아빠가 창 들고 주술을 외면서 산약 요괴한테 던져요. 근데 그때 딱 눈에 맞았어요. 그래서 산약 요괴가 비명을 지르면서 바다에 떨어져요. 떨어져 죽었어요.

그래서 그 네 사람이 집에 돌아가서 딸을 만나서 그 후에 행복하게 살았어요. (웃음) [조사자: 재밌어요.]

바뀐 아내 되찾은 뱀 신랑

● 구연정보

조사일시 : 2018. 01. 16(화) 오후
조사장소 : 강원도 춘천시 옥천동 한림대학교
제 보 자 : 사의진 [대만, 여, 1989년생, 유학 3년차]
조 사 자 : 박현숙

● 구연상황

조사자는 2차 조사를 위하여 1차 조사 이후 한 달여 만에 제보자와 한림대학교에서 다시 만났다. 제보자는 1차 조사 경험이 있어서인지 조사자가 장비 설치를 마치자마자 준비한 이야기를 구연하기 시작했다. 첫 번째로 구연한 것이 이 이야기이다.

● 줄거리

옛날에 돼지똥을 줍는 돼지똥 할배에게 꽃을 좋아하는 세 딸이 있었다. 돼지똥 할배가 어느 꽃밭에서 딸에게 주려고 꽃을 꺾었는데, 꽃의 주인인 뱀에게 걸렸다. 뱀은 꽃을 꺾었으니 세 딸 중 한 명을 자신에게 시집보내라고 했다. 벌로 변신한 뱀이 세 딸에게 청혼했는데 막내딸이 거절하지 않아서 둘이 결혼했다. 언니들은 뱀 신랑이 부자인 것을 알고 막내를 시샘했다. 첫째가 뱀 신랑이 없는 틈에 막내를 유인하여 죽이고 뱀 신랑의 아내 노릇을 했다. 막내가 새, 의자, 붉은 인절미로 변신하여 뱀 신랑에게 진실을 알리려고 했고, 첫째는 필사적으로 막으려 했다. 뱀 신랑이 아내 자리를 두고 다투는 여인들에게 계란이 담긴 통 넘기 시험을 했다. 막내가 시험에 통과하여 남편을 되찾았다.

이거 보면서 말해야 될 것 같아요. [조사자: 왜요? 잘 모르는 이야기야?] 이야기 좀 길어서. [조사자: 아, 이야기가 좀 길어요? 알긴 아는 이야기고?] 네. 이거 약간 외국에 미녀와 야수랑 비슷한 이야기예요. [조

사자: (제보자의 메모를 보며) 뱀 장군?] 뱀 낭군. [조사자: 뱀 낭군?] 뱀 신랑의 뜻인데. [조사자: 아, 뱀 신랑!] 중국어 한자로 뱀 낭군으로 되어 있어요. [조사자: 네, 얘기해 주세요.]

옛날에 돼지 똥을 줍는 것을 생계로 하는 사람이 있었어요. 그 사람들이 그를 돼지 똥 할배라고 불러요. 근데 그는 꽃을 좋아하는 딸 세 명이 있었어요. 그래서 걔가 돼지 똥을 주우러 갈 때 항상 꽃을 따서 집에 가져와서 딸에게 줘요. 근데 어느 날 그는 돼지 똥을 주우러 갈 때 그 꽃을 따다가 갑자기 고개를 들어보니까 뱀 낭군이 앞에 서 있었어요. 그래서 뱀 낭군이 화나게 그에게 물어요.

"왜 맨날 여기 와서 내 꽃을 따 가니?"

근데 돼지똥 할배가,

"제가 꽃을 되게 좋아하는 딸이 있어서 꽃을 따서 딸에게 선물하려고 해요."

그랬더니 뱀 낭군이,

"근데 그건 내 꽃이야. 네가 여기서 내 꽃을 따 가는 것 나한테 배상해야 해. 아니면 널 죽일 거야. 아니면 네가 딸이 세 명 있으니까 그중에 하나가 나한테 시집 보내줘라. 이렇게 보내는 것도 좋고. 네 딸이 어떻게 생겼니?"

이렇게 물어봤어요. 그래서 그 뱀 낭군에게 시집가는 게 얼마나 무서운 거예요.

그래서 할배가 주기 싫어하는데 그냥 건성으로 대답했어요. 첫째 딸은 얼굴 되게 크고 동그랗고 근데 얼굴에 주근깨가 많이 있어요. 그리고 둘째는 턱이 튀어나와요. [조사자: 주걱턱.] 네네. 그리고 마지막 셋째 딸은 얼굴 작고 입이 되게 조그만해요.

그래서 뱀 낭군이 듣고 또,

"그럼 나한테 시집올 사람 누구니?"

이러헤 물어봤어요. 근데 돼지똥 할배가 이렇게 대답했어요.

"그거 내가 결정할 수 없어요. 내 딸에게 직접 가서 물어보세요."

그래서 뱀 낭군이 벌로 변신을 해서 딸에게 날아갔어요.

이제 가장 먼저 큰딸에게 날아갔는데 뱀 낭군이,

"윙윙윙- 나한테 시집올래?"

이렇게 큰딸에게 물어봤어요. 근데 큰딸은 그때는 밥 짓고 있었어요. 그래서 그는 그 벌이 되게 귀찮아서 밥주걱으로 벌을 때렸어요. 그랬더니 뱀 낭군이 또다시 둘째딸에게 날아갔어요. 그때는 둘째딸은 바느질을 하고 있어요. 그래서 둘째딸도 벌이 귀찮아서 그 바늘로 벌을 찔렀어요. [조사자: 바늘로?] 네네. 그 마지막으로 뱀 낭군이 셋째 딸로 날아가는데 셋째 딸 그도 셋째 딸한테,

"윙윙윙- 나한테 시집올래?"

이렇게 물어봤는데 셋째 딸은 그냥,

"이거 제가 결정할 수 있는 일이 아니에요. 제 아버지한테 물어보세요."

이렇게 대답했어요.

그래서 뱀 낭군이 다시 돼지똥 할배에게 가서 셋째 딸의 대답을 말해줘요. 그래서 할 수 없이 돼지똥 할배는 셋째 딸을 뱀 낭군에게 시집보냈어요. 근데 결혼식 날에 뱀 낭군이 결혼식도 되게 화려하게 치렀어요. 돼지똥 할배가 그의 재력을 보고 되게 안심해요. 또 뿌듯하고 안심해요. 근데 큰딸과 둘째딸은 원래 되게 싫어하는 대상인 줄 알았는데 근데 부자잖아요. 그걸 보고 시샘했어요. 그리고 어느 날 돼지 똥 할배가 사위의 집으로 가서 구경해요.

그 집이 되게 궁전처럼 되게 화려하고 그 안에 있는 책상, 탁자, 의자가 거의 다 금으로 만들고 그리고 그 밥 먹는 그릇이랑 수저 다 은으로 만든 거예요. 그리고 뒤쪽에 집 뒤쪽에 예쁜 화원이 있었어요. 그래서 그래가지고 그때 갑자기 돼지똥 할배가 똥이 마려웠어요. 그래서 그는 뱀 낭군한테 엉덩이를 닦는 것을 달래요. 그랬더니 뱀 낭군이 그에게 금으로 만든 막대기를 줬어요. 그 돼지똥 할배가 그걸 보고 그거 안 쓰고 숨겼어요. 그거 집에 가져가서 딸에게 두 딸한테 자랑해요.

"내 사위가 이런 능력을 가진 사람이야."

그래서 큰딸은 그거 보고 더욱 동생을 미워해요. 그래서 그는 동생을 없애고 사위를 아! [조사자: 동생 자리에.] 네, 동생 자리를 대신

하려고 해서 큰 언니가 뱀 낭군의 집으로 가서, 그때 마침 뱀 낭군이 집에 없어요.

그래서 그는 동생에게 제안을 했어요.

"우리가 화장을 해서 누가 더 예쁜지 비교해 볼래?"

그랬더니 동생이,

"응. 그래. 좋아요."

이렇게 대답을 했어요.

그래서 둘이 화장 끝나고 언니가 동생에게

"우리 우물로 가서 좀 모습을 보자."

그래서 동생이 우물에 가자마자 언니가 동생을 뒤에서 밀었어요. 그래서 그날 밤에 뱀 낭군이 집으로 돌아왔어요. 그는 아내 모습을 보고 이상해서 아내한테 물어봤어요.

"왜 얼굴이 이렇게 주근깨가 많아? 또 왜 발이 이렇게 커? 그리고 목소리가 왜 이렇게 거칠은 거야?"

그래서 언니가 이렇게 대답했어요.

"서방이 집을 나간 후에 날씨가 너무 건조해서 제가 물을 날마다 지러 가야 돼요. 그래서 발이 이렇게 너무 많이 걸어서 발이 이렇게 커졌어요. 그리고 물을 질 때 갑자기 넘어져서 얼굴에 상처가 났어요. 또 요즘 감기가 걸려서 목소리가 거친 거예요."

그래서 뱀 낭군이 조금 이상했지만 그냥 넘어갔어요. 그런데 어느 날 뱀 낭군이 물을 지러 갔을 때 어떤 새가 나무 위에 날아가서 노래를 불러요. 그 새가 이렇게 말했어요.

"쯧쯧쯧. 아이, 뱀 낭군이 눈이 삐었어요. 처형을 아내로 보고."

그래서 뱀 낭군이 새한테 말해요.

"너가 내 아내라면 내 멜대 위에 와서 서보라, 멜대."

[조사자: 멀대. 여기 메는?] 네네. 그 물을 질 때 이렇게 큰 막대기가 [조사자: 큰 막대기가 걸쳐서 어깨에 이렇게 물 다는 그 막대? 그 위에 앉으라고?] 네네.

근데 새가 이 말 듣고 정말 날아왔어요. 거기에 서서 뱀 낭군하고 같이 집에 돌아갔어요. 그 둘이 집으로 도착하자마자 새가 언니

에게,

"쯧쯧쯧. 내 화장품을 쓰고, 내 침대에서 자고 이 염치없는 여자야!"

이렇게 화냈어요.

그랬더니 언니가 이거 듣고 매우 화났어요. 그래서 새를 죽이고 그거를 국물로 끓여서 뱀 낭군한테 먹여요. [조사자: 국으로?] 네, 국으로. 그러나 새가 냄비 속에서도 계속 말을 해요.

"뱀 낭군님 먹는 것은 고기이고, 처형 먹는 거는 뼈야."

이렇게 그래서 둘이 정말 보니 뱀 낭군이 먹는 건 다 고기고 언니가 먹는 건 다 뼈. 그래서 언니 또 화나서 그 뼈를 담 밖으로 던졌어요. 근데 얼마 지나지 않아 거기 뼈를 던진 곳에서 대나무가 자라났어요. 마침 뱀 낭군이 의자를 필요해서 그거를 베어서 의자로 만들었어요. 근데 그때 의자가 또 말해요.

"뱀 낭군이 앉을 땐 복을 받고, 처형이 앉을 때는 넘어진다."

그래서 정말 뱀 낭군이 그 의자에 앉을 때마다 아무 일도 없었어요. 근데 언니가 앉으면 항상 넘어져요. 그래서 언니가 또 화나서 그 의자를 태웠어요.

그래서 그때는 마침 옆집 할머니가 불씨를 빌리러 집으로 왔어요. 그래서 큰 언니가 할머니한테 직접 부엌으로 가서 불씨를 가져가라고 했어요. 근데 그 할머니가 부엌으로 가는데 거기 불씨가 없고 그냥 붉은 인절미가 있어요. [조사자: 인절미? 떡?] 네. 인절미 그거는 쌀로 만든 건데 그 안에 땅콩 잼 같은 거 들어있어요. 붉은색이에요. 그래서 붉은, 대만에서는 앙국외라고 해요.

그래서 할머니가 부엌으로 가서 보니까 그것만 있어서 큰 언니한테 물었어요.

"그 불씨가 없는데 붉은 인절미만 있네?"

근데 언니가,

"어? 인절미가 없을 텐데? 드시고 싶으시면 가져가세요."

그래서 할머니가 인절미를 집으로 가져갔어요. 근데 그거 식을까 봐 그래서 이불 속으로 넣어서 그거 온도를 유지 시켜요. 그래서

밤에 아들이 들어왔어요. 할머니가 아들한테,

"이불 속에 붉은 인절미가 있는데 그거 가져가서 먹어라."

이렇게 말했어요. 근데 아들은 이불 열어 보니까 거기 인절미가 없고 되게 이쁜 여자가 나타났어요.

그래서 이(이야기)를 뱀 낭군의 귀에 들었어요. [조사자: 들어간 거예요?] 네. 들어갔어요. 그래서 뱀 낭군이 할머니집 가서 그 여자를 달래요. 근데 여자가 그 여자가 뱀 낭군의 집으로 들어갔는데 두 여자가 언니랑 동생이 서로 싸워서 자기가 뱀 낭군의 아내라고 해요. 그래서 뱀 낭군이 계란 가득 들어있는 통을 가져왔어요.

"너희 둘 누가 이 통을 뛰어 건널 수 있는 사람이 내 아내가 되는 거야."

그래서 둘한테 말했는데 그 동생이 먼저 뛰어갔어요. 동생의 몸은 되게 가볍고 운동신경 좋아서 그는 무사히 뛰어갔어요. 근데 언니가 너무 뚱뚱해서 민첩하지 못해요. 그걸 뛰어가다가 통에 빠져 계란을 밟아서 계란이 다 깨졌어요. 그래서 동생이 뱀 낭군, 뱀 낭군의 아내가 되었어요. 그 자기의 자리를 되찾았어요.

[조사자: 언니들은 그다음에 어떻게 됐어요?] 그건 [조사자: 그건 얘기가 없고?] 네. (웃음)

[조사자: 그 붉은 인절미가 대만에서 의미가 있어요?] 그냥 설날에 먹는 음식이에요. [조사자: 그럼 이걸 집에서 만들어 먹어요?] 아니요. 사서 먹어요. [조사자: 옛날에는 만들었다는 얘기는 없고? 엄마들이 직접 만들지는 않았어요?] 옛날에 그건 기억이 없어요. 제 할머니가 요리를 되게 잘했는데 근데 붉은 인절미를 만든 적은 없어요.

[조사자: 그럼 계란은, 그 계란은 어떨 때 대만에서 따로 시험하거나 그런 쓰는 건 아니에요?] 계란. [조사자: 그러니까 이 이야기에서 계란 통 넘는 게 어떤 의미가 있을까 좀 궁금해서.] 계란은 그냥 아기들 태어나, 약간 한 달 태어난 지 한 달이 되면 아들인가? 딸인가? 그거 달라요. 아들이 한 달이 되면 친구 지인들한테 계란을 주고 딸이면 전통의 밥. [조사자: 밥?] 그거 어떻게 말해야 해요? 그냥 버섯, 고기, 새우 작은 [조사자: 볶음밥 같은 거?] 찜? 그거 조리방법은 찜. [조사자: 쌀 넣고

여러 가지 버섯이랑 야채 같은 거 넣어서 쪄요? 그게 약밥 같은 건가 한국에서?] 네, 그거. [조사자: 나중에 굳으면 밥이 굳어 있는.] 네. [조사자: 그거를 지인들에게 돌려요?] 네.

홍콩

사자산의 망부석 유래

● 구연정보

조사일시 : 2018. 12. 14(금) 오전
조사장소 : 서울시 광진구 화양동
제 보 자 : 채가오 [홍콩, 여, 1993년생, 유학 4년차]
조 사 자 : 신동흔, 오정미, 한상효

● 구연상황

제보자는 홍콩의 젼빠우산 축제에 관한 이야기를 마친 뒤 조사자에게 홍콩에 대한 사진들을 보여주었다. 그중에 망부석과 관련된 것이 있어 조사자가 관심을 나타내며 이야기를 청하자 구연을 시작했다.

● 줄거리

농촌에 한 가족이 있었는데 아이를 낳다가 어머니가 죽었다. 고아가 된 아이를 불쌍히 여긴 옆집에서 그 아이를 데려다 키웠다. 사실, 그 집도 가난해서 남편이 장사를 하러 떠났고 부인은 돌아오지 않는 남편을 아이들과 함께 기다렸다. 태풍이 오던 날도 아이들과 함께 부인은 남편을 기다렸고, 결국, 기다리던 모양의 망부석 돌이 되었다.

[조사자 1: 아까부터 눈길이 망부석.] 망부석이요? [조사자 1: 그런데 생긴 것도 사람처럼 생겼네.] (사진을 보여주며) 그래서 망부석이라고 한 거 같애요. [조사자 2: 아 진짜 그러네. 애기를 업고 있는] 어 네 맞아요. [조사자 1: 뒤에 애기 업고 있는.] 그렇게 해서 망부석이라고 하는 거 같아요. [조사자 1: 망부석 얘기 좀 찬찬히 들려줄래요?]

그렇게 길지 않는, 찾아봤을 때 그렇게 길지 않는데 뭐 망부석은 홍콩에서 사, 사전(沙田)이라는 구가 있는데 영어로 샤텐Sha Tin. 거기에서 나오는 이야기인데 그 그림처럼 여자가 아기를 품에 안고 있는 모양을 생겨서 그래서 다들 망부석이라고 해요.

뭐 그 전설이 있는데 예전에 농촌 집안의 그 아내가 그 여자 아이를, 아기를 낳고 다음에 죽어, 죽었어요. 그래서 옆집부인이 보고 그 어린아이를 데리고 그래서 분유 같은 거를 주는 데 [조사자 2: 모유?] 아 모유를 주는데 그 집안에도 아이들이 있고. 그래서 그 아이랑 그 여자 아이랑 같이 뭐 자랐어요.

근데 그 어, 그 집안에 옆집 집안에 남편이 먹고 살기 위해서 나갔는데 오랫동안 안 돌아와요. 안 돌아가고 이제 그 여인이랑 아이 같이 남편을 기다리죠. 기다리다가 안 오기 때문에 그래서 막 갑자기 태풍 같은 거 오고 막 날려 와서 갑자기 사라진다고 해서 이제 갑자기 또 돌 같이 생겨서. 그래서,

"그 돌은 그 여인이랑 아이들이다."

하고 전설에 나가지고.

왜냐하면 현태가, 형태가 되게 그 모습이 비슷해서 그래서 그렇게 나오는 얘기 같아요. 산꼭대기 있어서. [조사자 1: 산꼭대기에.] 산꼭대기 있어서 진짜 거기 남편을 기다리는 느낌이 들었다고 해서.

[조사자 1: 남편이 돈 벌러 갔다 이렇게 했어요?] 네. 농사가 안돼서 딴 데 나가고 이제 돈 벌고 오려고 하다가 이제 남편이 안 들어와서.

[조사자 1: 그게 옆집에 아이도 데려오고 그래서 먹을 게 없어서 그다음에 아버지가 나갔을까? 아니면 아버지가 원래 안 계셨을까?] 아 그 어린 여자아이의 아버지도 이제 죽게 돼 가지고. 너무 농사를 짓다가 너무 힘들어서 그 여자아이의 아버지가 죽고 그래서 그 여자아이 아예 옆집에 딸이, 딸이 아니라 뭐지 며느리를 돼서. 그래서 그 옆집 부부이랑 두 아이랑 그 어린 여자아이가 그래서 다섯이 같이 살다가, 이제 농사가 안 돼서 옆집 그 남편이 나가서 돈 벌고 하러 오다가 이제 아무 소식도 없고 안 들어와서 그래서 그 부인이 계속 밖에서 남편을 기다리고 오기 바라는 이야기인 거 같아요.

[조사자 1: 슬픈 이야기로구나. 워낙 모양새가 사람 모양새라서 그런 전설이 있나. 근데 여기가 원래 농사짓기가 좋은 땅은 아닌가 봐요, 그러면?

조금 농사가 잘 되는 곳이 아니니까 그런 이야기가 생겼겠죠?] 음 농사가 가끔씩 안 되잖아요. 비 안 오고 물이 없고 막 그럴 때가 그 남편이 나간 거 같아요. 원래에도 농사가 짓기 하는데 홍콩에서 농사짓기 하는데 근데 어촌, 약간 해변 지역이라서 어업이 잘 발달돼요. 어업이 발달되지만 농사도 조금 짓는데 농사가 그만큼 발달하지 않나 봐요.

근데 요즘에도 뭐 목양, 그런 사람들이 있대요. 약간 서울처럼 한국처럼 그 시골, 홍콩에도 나름대로 있어요. 작지만 나름대로 있고 왜냐하면 산이 되게 많아요, 홍콩에서. 산이 되게 많고 어 도시 같지 않은 지역도 아직 있는데. 그렇게 빌딩 높이 솟아하는 거 아니라 그런 데도 아직 있대요. 목양이랑 소 키우는 어르신들이 아직 있다고 들었어요.

해적 장보와 장보동 유래

● 구연정보

조사일시 : 2018. 12. 14(금) 오전
조사장소 : 서울시 광진구 화양동
제 보 자 : 채가오 [홍콩, 여, 1993년생, 유학 4년차]
조 사 자 : 신동흔, 오정미, 한상효

● 구연상황

〈사자산의 망부석 유래〉에 관한 이야기를 마친 후 조사자가 다른 이야기가 있으면 해달라고 하자 제보자는 전설이 하나 있다고 하며 장보에 대한 이야기를 들려주었다.

● 줄거리

장보는 어부의 아들로 태어나 해적 정길에게 납치되어 해적의 일원이 되었다. 장보는 정길의 마음에 들어 곧 두목의 자리에 올랐다. 정길이 죽은 후에는 정길의 조직을 이어받았다. 붉은 깃발을 기치로 내걸어서 홍기방이라 불렸던 집단을 이끌었다. 남중국해 해적의 전성기에 최대 세력을 가지고 광둥 연안 일대에서 활동했다. 스스로가 가난했던 집 출신이었기에 장보는 가난한 이들에게 음식이나 금품을 제공했고, 또한 부하들에게 가난한 자는 약탈하지 않도록 지시했기 때문에 평민들에게는 의적으로 인기가 높았다. 청나라와 서양 군대의 연합에 의해 해적 조직은 해산되었으나 장보는 무관으로 임명되었다가 죽었다. 현재 장보의 재산을 숨긴 동굴이라고 하는 장보동이 장주 섬의 명소이다.

[조사자 1: 또 아무거나 이렇게 좀 스스로 생각하기에 재미있고 특이하다고 생각되는 이야기 해보세요.] 또 있는 게 전설도 하나 있는데 그 방

금 태평청조이라는 행사 장주(長州)●라고 하잖아요. 그 거기 섬에도 전설 하나 있는데 해적의 전설.

그때 청나라 때 '장보'이라는 사람이 되게 세력 있는 해적인데 거의 주변 해변 지역들을 거의 장보라는 사람의 세력 지역이고 뭐 청나라도 되게 무서워하는 사람 되었다고 해요. 그 사람이 원래 그 어민의 아들인데 열다섯 살 때 아버지랑 낚시하러 가다가 정길이라는 해적한테 납치 당해가지고 그래서 그 이후에는 정길이라는 사람의 밑에서 계속 일 해요.

그 이후에는 그건 어 조수 같은 거 오른팔? 왼팔? 한국어로 그런 표현 있잖아요. 약간 그런 사람이 되고 정길이 죽고 다음에 이제 정보가 해적의 일을 아예 상속됐어요. 그래서 그 이후에는 장보가 계속 해적의 일을 확장되고 이제 그 해적이 무슨 홍기방(紅旗幫)이라는 이름이 있는데 거기에 되게 세력 있기 때문에 청나라가 그 장보이라는 사람의 세력이 없애려고 해요. 계속.

그래서 서양, 서양의 군대를 합쳐서 이제 장보에 대각징에 없애려고 하다가 왜냐하면 세력이 되게 커서 거의 삼백 척 배가 있대요. 그 인원수도 뭐 삼백, 사백 명 정도 된다고 해서 엄청 세력 큰 사람인데 이제 청나라랑 서양 사람들이 합쳐서 장보를 죽이려고 하기 때문에 그래서 세력 엄청 줄였대요. 배도 많이 없어지고 그래서 이제 홍콩에 지금 공항이 있잖아요. 적렵각(赤鱲角)●● 거기에 있는데 거기도 배하, 바다가 하나 있어요. 거기에다가 싸우다가 세력 많이 줄이고.

이제 또 한 번 또 청나라가 청나라도 한 번 장보이라는 사람을 잡으려고 해서 이제 세력 많이 줄였기 때문에 장보가 져가지고 청나라한테 항복을 했어요. 항복하고 다음에 이제 장관 같은 거 되고 이제 다른 해적도 잡고 그래서 정부에서 막 나쁜 해적이 원래 칭하는

● 長洲島(장주도), '청자우섬'이라고도 부른다. 홍콩에서 가장 큰 '란타우섬'에서 동남쪽으로 1km 정도 떨어져 있는 작은 섬이다.

●● '첵랍콕'이라고도 부른다. 섬 이름을 따서 홍콩국제공항을 '첵랍콕국제공항'이라고도 부른다.

데 이제 항복을 하다가 이제 정부 일을 하고 다른 해적도 잡고 그래서 장군 같은 거 이름을 붙였어요. [조사자 1: 굉장히 좀 뭔가 능력이 뛰어난 사람인가 보네요.] 네.

그리고 장보이라는 사람이 어 납치를 당했잖아요. 원래 어민의 아들인데 되게 가난하다고 해요. 그래서 해적끼리 했을 때 더 많이 뺏기잖아요. 남한테 그 돈, 뺏기는 돈은 가난한 사람한테도 돌려주고 이제 자기 밑에 사람들한테,

"평민들이 건들지 말라."고.

그런 사람들이었대요. [조사자 1: 의적.] 네.

그 얘기가 나오는 이유가 그 장주에서 장보동이라는 굴이라고 해야 하나, 되게 작은 동굴인데 거기 사람들이 장주 사람들이 장보가 옛날에 그 동에다가 자기 금 그런 거 거기에다가 넣는다고 해서 그래서 되게 유명해요. 근데 그 동굴이 되게 좁악해서(좁아서) 그래서 연구자들이 약간 무조건 사람을 데려가지 않다고 약간 혼자 내려갈 수 있는데 약간 보물 같은 거 내릴 수 없다고 해서. 그리고 장보가 세력이 되게 크다고 하니까 약간 피해, 그 청나라 사람들이 피하려고 약간 돌아다니면서,

"그럴 필요 없다."

그리고,

"그 보물들이 숨길 필요 없다."고.

해서 그 장보동이가 이 장보동이라는 동굴이 진짜 장보의 장보가 그 금들이 넣었냐 의심을 한 적이 있어요. [조사자 2: 진짜 맞냐?] 네 진짜 맞냐.

[조사자 1: 그 장보라는 사람이 도술을 부렸다거나 힘이 셌다거나 지혜가 그 지략이 뛰어났다거나 이런 이야기는 없어요?] 어, 지혜는 그것도 있어요. 왜냐하면 서양 사람들이, 배가 삼백 척 배가 있는데 그 장보가 서양 사람들의 배가 많이도 공격을 하고 이제 사람도 많으니까 처음에 이기고 있거든요. 근데 나중에도 그 서양 사람들이도 계속 배 오고 하니까 그래야 진 거예요. 네.

[조사자 2: (조사자 1을 보며) 우리나라, 선생님, 장보고랑 아무 상관없

겠죠?] [조사자 1: 에이.] [조사자 2: 농담. 우리나라에도 장보고라는 분이 계셨어.] [조사자 1: 아주 옛날 사람.]

장보 얘기 하는데 그 광동어에서 그 밑에 한 글자 더 붙였어요. ‘정보자이Cheung Po Tsai’라고 하는데 그 사람이 이름이 정보, 장보가 맞긴 해요. 근데 그 사람이 광동 지역 사람인데 광동지역 사람들이 예전에 자이라는 글자가 많이 붙이라고 해요. 그래서 네. 그 이름이 그렇게 됐어요. 그래서 제가 그 어렸을 때 아는 것도 정보자이라고 많이 해요. 그래서 그 동도 정보자이동이라고 해요.

[조사자 1: 재밌네요. 전형적인 이야기인 거 같아요. 가난한 어민 아들이 그 나라, 그다음에 외적 맞서가지고.] 네 특히 또 해변 지역이라서 많이 일어난 거 같아요. [조사자 1: 홍콩 사람들이 장보이라고 하면 웬만큼 다 알 정도로 유명한가요?] 네. 저까지의 나이들은 다 알 거 같아요. 어렸을 때 되게 유명한 그런 이야기여서 [조사자 1: 어렸을 때 이야기로도 많이 들었어요?] 어 드라마에서 나와, 나와요. 장보이라는 사람으로 테마로 해서 드라마 아니면 영화도 나왔어요. 몇 년 전에도 나오고 있어서.

추석 축제 무화용 유래

● **구연정보**

조사일시 : 2018. 12. 14(금) 오전
조사장소 : 서울시 광진구 화양동
제 보 자 : 채가오 [홍콩, 여, 1993년생, 유학 4년차]
조 사 자 : 신동흔, 오정미, 한상효

● **구연상황**

제보자가 홍콩의 역사에 대해 이야기를 마친 뒤 조사자가 홍콩의 전설이나 축제에 관해 묻자 제보자가 홍콩의 추석 축제인 무화용의 유래와 특징에 대한 구연을 시작했다.

● **줄거리**

홍콩의 무화용은 추석 축제로, 뱀에 관한 축제이다. 예전에 홍콩에 태풍이 심할 때 집에 뱀이 들어오기 시작했고, 사람들이 뱀을 죽였다. 그러자 마을에 역병이 돌아 마을 사람들이 죽었다. 그러던 중 마을의 한 어른이 꿈을 꾼 뒤로 풀로 용을 만들어서 마을을 한 번 크게 돌았다. 마을에서 이러한 풍습이 이어져서 지금의 축제 무화용이 되었다.

그 행사는. 그거 하나 있는데 그 추석 때가 홍콩에서 막 '무화용'이라는 축제가 있는데.

그 축제가 그 원래 홍콩에서 '대항' 하는 그 마을이 있는데, 거기 십구 세기 때 태풍을 당해가지고 그래가지고 비단뱀이라는 동물이, 뱀이 들어와서 사람들이 많이 죽이고 그러는데. 그래서 그 마을 사람들이 같이 그 뱀을 죽이고 나서 경찰서까지 보냈는데 다음 날에 그 뱀가 없어지고 그다음에 무슨 역병이 생겨서 그 남자애들이 많이 죽고 하는데.

그 마을이 어르신 한 분이 꿈을 꿨다가, 이제 약간 신, 신 내리는 거 있는데 무슨 풀로 용이 크게 만들어서 이제 마을 한 번 돌고 그런 전설이 있는데. 그래서 백 년 동안 쭉 내려와서 그 축제를 하다가 이제 용이 만들고 만드는데 향이 있잖아요. 향을 꽂아서 이제 그 거리에다가 쭉 다니면서 그래서 요즘은 축제로 됐어요. 그때마다 사람들이 많이 구경하러 가요. 약간 그런 거. 약간 사람들이 편안하게 아프지 말고 그런 기원하는 의미가 있는 거 같아요. [조사자 1: 이런 이야기도 좋아요.] 그런 거 있어요.

[조사자 2: 그 축제 이름이 무화용.] 네 무는 춤 무(舞)구요. [조사자 1: 화는?] 화는 불 화(火)자. 용은 [조사자 2: 용 용(龍)이겠죠?] 동물 그 용. 네. 화는 아마 그 향. [조사자 2: 아 향 때문에.] 엄청 커요. 되게 길고. [조사자 1: 우리가 생각하는 일반적인 향이 아닌가 봐요.] 그런 거 같아요.

(제보자가 축제와 관련한 사진을 보여줌)

[조사자 2: 이 무화용 축제는 홍콩 전체에서 다 하는 거예요?] 전체가 아니라 그 방금 말하는 대항이라는 구(區)만. [조사자 1: 그 구(區)만?] 구만 하는 축제. 뭐 바푸림라는 구도 있는데 거기도 한대요. 이 두 군데만 하고, 딴 데 안 하는 거 같아요. 왜냐하면 이거 되게 규모가 되게 커요. 무슨 이백사십 척 길이, 이백사 척. [조사자 1: 척이 이백사 척.] 되게 길다고 해서. [조사자 1: 육칠십 미터. 이 구 두 개에서만 하지만 그러나 홍콩 사람들은 무화용 하면 다 알아요? 이 무화용 축제하면 다 알아요?] 알 것 같아요.

전빠우산 축제 유래

● 구연정보

조사일시 : 2018. 12. 14(금) 오전

조사장소 : 서울시 광진구 화양동

제 보 자 : 채가오 [홍콩, 여, 1993년생, 유학 4년차]

조 사 자 : 신동흔, 오정미, 한상효

● 구연상황

제보자가 〈추석 축제 무화용 유래〉를 들려준 뒤 조사자가 또 다른 유래담이 있는지 묻자 제보자가 하나 더 있다며 이야기를 이어갔다.

● 줄거리

홍콩에는 전빠우산이라는 축제가 있는데 빵을 탑처럼 쌓는다. 예전 장주라는 섬에서 신이 있었는데, 역병이 돌자 사람들이 신에게 병을 퇴치하기 위해 어떻게 해야 하느냐고 물었다. 신은 제사를 지내면 된다고 했고, 마을 사람들은 그 말대로 했다. 그것이 유래가 되어 빵 쌓는 축제가 생겨나 현재까지 이어져 오고 있다.

[조사자 1: 뭐 또 비슷한 다른 유래 같은 거 있어요?] 비슷한 거 아, 또 하나 있는데 또 약간 뭐 병이 퇴치하려고 하는 그런 거 있는데.

그 홍콩에서 섬이 되게 많아요. 유명한 섬은 몇 개밖에 없는데 그중에 하나는 장주(長州)●라는 섬이 있는데 거기 되게 유명한 행사

● 長洲島(장주도), '청차우섬'이라고도 부른다. 홍콩에서 가장 큰 '란타우섬'에서 동남쪽으로 1km 정도 떨어져 있는 작은 섬이다.

들이 있어요. 표색이든가, 그 광둥어로 말하면 젼빠우산●이라고 하는데 빠오는 빵. 뭐 한국에서 만두라고도 하는데 그 빵으로 만들어서 타워를 쌓아요. 쌓다가 사람들이 올라타서 빵을 되게 쌓아요. 뒤에서 서서 그 빵을 쌓은 만큼 복이 많다? 건강할 수 있다 그런 의미가 있는데.

뭐 예전에 장주에서 그 신이 있어요. 그 예전에도 그 무슨 역병 같은 거 생기다가 그 장주에 사는 사람들이 그 신한테 약간 비는 거 같아요.

"어떻게 해야 역병을 퇴치할 수 있냐?"

막 빌어가지고 약간 축제, 제사 같은 거 만들어서,

"이제 그렇게 하면 된다."

그렇게 만들어서, 뭐 표색은 어린이들이 꾸며서 이제 마을 돌아다니면서 그런 행사가 있고.

그다음에 마지막 그 행사 끝나다가 그 신을 뭐 축제 같은 불태워요. 불태워 하다가 그다음에 그 젼빠우산 날엔 행사를 해요. 그 총 3일 동안 하는 행사인데 진짜 해마다 사람들이 그거 볼려고 홍콩 섬에 배 타서 그 섬으로 들어가요.

그리고 옛날에 그 이 축제가, 아 이 축제는 사실 (중국원어)라고 하는데 한국 태평청조, [조사자 1: 태평천국.] 그렇게 칭한데 그게 원래 정하는 시간이 없어요. 언제 하는지 모르는데 그 마을에 족장 같은 거 이장? 마을 이장에 신한테 물어봐가고,

"아 우리가 음력 사월, 사월 팔일에 하고 싶다, 쭉 앞으로도 그렇게 하고 싶다. 그렇게 할 수 있냐?"

그 신한테 물어봤더니

"된다."

고 해서 그래서 그때부터는 음력 사월 팔일 쭉 그렇게 해가지고 그렇게 됐어요.

● 청차우 빵 축제(Cheung Chau Bun Festival)는 홍콩 청차우에서 매년 5월에 열리는 문화 축제이다.

그 젼빠우산이라는 게 되게 커요. 타워가 진짜 크고 막 그러는데 [조사자 2: 근데 저게 다 빵으로 만든 거예요?] 다 빵으로 만들어서 그 다 올라타서 그런데 예전에 크게 막 묻어가지고. [조사자 2: 무너져서.] 네 무너져서 많이 다치고 한참 동안 안 했어요.

그리고 원래 예전에는 이 행사를 했을 때 그 장주 사람들만 가능한 그런 선수, 선수 뽑을 때도 장주 사람만 됐는데 이제 그거 무너지고 나서 정부가 나서 그게 음 관리, 가끔 관리하는 거 있는데 그거 다시 이천오년대에 다시 하는데 그때부터는 장주 사람 아니어도 선수가 될 수 있고 그거를 빵을 참여할 수 있어요.

[조사자 2: 그럼 보통 사람들이 지나가면서 소원 빌면서 빵을 올리거나 그런 건 아니고 그 선수라고 말하는 그분들이 그 빵을.] 네. 그분들이만 그 빵 타워로 올라타서 빵을 계속 이렇게만 할 수 있어요.

[조사자 1: 독특하네. 근데 그게 역병을 예방하는 방법이 빵으로 탑을 쌓는다는 것이 특이하네. 그게 역병에 못 먹는 거랑 상관이 있을까?] [조사자 2: 옛날에는 그랬을 수 있을 것 같아요, 선생님.] [조사자 1: 잘 먹으면] [조사자 2: 그게 기본이니까.] [조사자 1: 먹으면 잘 낫는 건지. 또 보면 단순히 그냥 한 집이 아니라 못 먹는 사람들이 많으니까. 이런 거 하면 많은 사람들이 나눠 먹을 수 있으니까 그런 것 같기도 하고.] 그런 거 같아요. 그니까 먹기 위해서. 그니까 다 모여서 그러니까 한 사람이면 약간 그 음식물을 적을 수 있는데 딴 집 모여서 하면은 다 공평하게 나눌 수 있게, 먹을 수 있게끔 하나 봐요.

낙서하는 증조제 할아버지

● 구연정보

조사일시 : 2018. 12. 14(금) 오전
조사장소 : 서울시 광진구 화양동
제 보 자 : 채가오 [홍콩, 여, 1993년생, 유학 4년차]
조 사 자 : 신동흔, 오정미, 한상효

● 구연상황

제보자가 홍콩과 영국의 관계에 대한 이야기를 마친 뒤 조사자가 제보자가 가지고 온 자료 중 하나를 보면서 무엇이냐고 묻자 증조제 할아버지에 관한 사진이라고 하며 그에 대한 이야기를 했다.

● 줄거리

홍콩에는 증조제 할아버지라는 사람이 있었다. 그는 홍콩의 땅이 원래 자신의 조상의 땅이라고 하면서 땅마다 먹으로 낙서를 했다. 그 낙서는 지금도 발견되는데, 할아버지가 죽은 뒤 그 낙서가 진기한 구경거리가 돼서 국가에서 보호를 한다.

[조사자 1: 이 그림은 뭐예요?] 아 이게, 이게 또 이게 전설이 아니라 그 증조제라는 사람이 있거든요. [조사자 2: 중조제.] 증조제이라는 사람이 있는데 그 사람이 홍콩 사람들이 구룡 황제라고 불러요. [조사자 1: 황제?] 황제.

되게 재미있는 이야긴데 이 할아버지가 옛날에 자기 조상들이 왕한테 왕이 내리는 땅이 있다고 하는데 이제 그 땅이 구룡● 지역이

● 정확한 명칭은 구룡(九龍), 주룽이라고도 부른다. 홍콩본섬과 수도(水道)를 사이에 두

랑 홍콩 섬에 일대 지역이래요. 그래서 어 그 땅이 원래 증조제라는 사람의 조상의 땅인데 이제 영국의 식민지 돼버려서 그 땅이 다 정부한테 다 주는 거예요. 그래서 뭐 건물주 땅의 주인 그런 거 없고, 그 땅들이 무조건 정부 건데. 이제 이 증조제라는 사람이 항소를 해요.

"이 정부가 내 땅을 뺏어갔다."

는 걸 되게 많이 얘기하고.

이제 그 사람이 홍콩 섬에서 자기가 땅이라고 생각하는데다가 다 낙서를 해요. 붓으로. 먹으로 낙서를 하고 그 낙서의 내용은 다 자기 자신의 내용이랑 조상의 내용.

"이 땅은 우리 조상이다. 내 거다."

다 구룡 지역이랑 홍콩 섬의 지역이 다 있어요. 예전에는 근데 낙서는 불법 행위라서 그래서 정부에서 이 낙서들이 볼 때마다 다 지워요. [조사자 2: 이게 그 낙서구나.] 네, 예전에 만약에 홍콩에 가봤으면은 그 무조건 볼 수 있어요. 되게 많아요. 엄청 많아요. [조사자 1: 지웠는데도.] 다리 밑에 쓰고 기둥도 쓰고 어 벽장 있잖아요. 거기에다가도 쓰고 진짜 많이 써요. 그래서 볼 때마다 지우고 건물주들이 지우고 그러는데도 계속 쓰고 그래서 사람들이 약간 원래 몰랐는데 이야기 퍼져다가 되게 보아요. 되게 보고, 무슨 내용인지 하고.

그래서 이 사람이 구룡 황제라고 해요. 왜냐하면 자기가, 거기 지역은 내 거꺼라고. 계속하니까.

그래서 그렇게 지냈어요. 근데 사람이 돌아가셨어요, 이미. 그래서 되게 유명한 그런 분이라서 약간 낙서도 되게 신기한 낙서이기 때문에 그래서 막 지금은 남아있는 낙서는 지우지 않고 막 보호하고 있대요. [조사자 2: 보호하고 있어요?] 보호하고 있대요. 왜냐하면 더 이상 나타나지 않는 그런 거라서 [조사자 2: 이제 안 지우는군요.] 네.

근데 남아있는 게 별로 없는 거 알고 있어요. 예전에 어렸을 때 그 구룡 아니면 홍콩 섬에 나가면은 기둥에서 이거 볼 수 있어요. 기둥에서 볼 수 있는데 근데 많이 없어졌어요. [조사자 2: 할아버지가 이

고 떨어져 있으며 중국본토와 연결된 곳이다.

기셨네.] 진짜 많이 있어요. 그 신문에서도 나오는 그분이에요. 되게 재미있어요.

[조사자 3: 언제 적 사람이에요?] 어 오십 년대. 구십 년대 팔십 년대부터 쭉 써가지고 이천 몇 년도쯤에 돌아가신 거라서. 왜냐하면 이분도 몰랐는데 나중에 조상들이 유물을 정리하다가 발견된 사실. 그 땅이 자기 거라고 라는 사실 발견돼서 그 이후에 계속했어요.

[조사자 2: 이 할아버지의 자손들은 안 그러고 있어요?] 자손들이 제가 조사했을 때는 뭐 딸, 딸 두 명이 있다고 해요. 원래 더 많았는데 근데 다 죽고 딸을 두 명 남았는데 다 외국으로 시집을 가버려서 이제 와이프도 없고. 그래서 나중에 막 사람들이 그 할아버지가 정신병이 있다고 그런 이야기 나왔어요.

[조사자 2: 재밌다.] [조사자 1: 재밌네요. 뭐 근래의 인물이긴 하지만 사람들 사이에 이렇게 화제가 되면은 전설화돼가는] [조사자 2: 전설화돼가는 거네. 진짜.] [조사자 1: 그 사람들이 다 이 땅이 다 내 거였으면 하는 욕망이 누구나 다 있기 때문에…]

대항지역의 이름 유래

● 구연정보

조사일시 : 2018. 12. 14(금) 오전
조사장소 : 서울시 광진구 화양동
제 보 자 : 채가오 [홍콩, 여, 1993년생, 유학 4년차]
조 사 자 : 신동흔, 오정미, 한상효

● 구연상황

제보자가 〈채홍역의 지하철 귀신〉에 관해 이야기한 다음에 곧장 아래 이야기를 이어갔다.

● 줄거리

일본이 홍콩을 점령했을 때 사람을 죽이고 구덩이에 시신을 버렸다. 그래서 그 지역은 귀신이 많다는 의미로 대항지역이라 했다.

그리고 방금 나오는 대항이라는 지역 있잖아요. 그 이름이 대항이라는 이유가 막 예전에 거기 일본 사람들이 사람을 죽이다가 그 시체들이 다 거기, 막 묻어나는 홍콩 말에서 그런 거는 눈정껑이라고 해요. 그래서 귀신들이 다 모여서 그래서 항이라고 해요. 항이라고 하고, 그래서 큰 항이다. 이름이 대항은 큰 항이라고 하고.

[조사자 1: 항은 갱도 같은 구덩이.] 네 거기 막 귀신, 귀신 많이 물어나는 지역이라고 하고 이야기를 많이 했어요.

[조사자 1: 거기 가서 귀신 봤다는 사람도 있고 막 그랬어요?] 봤다는 거보다는 그냥 이름이 그렇다고 하는 것 같아요. 왜냐하면 일본도 홍콩은 3년 막 거의 4년 가까이 통치했기 때문에 그런 이름도 있어요.

대항뿐만 아니라 옆에서 무슨 티우겡렝Tiu Keng Leng이라는 구도 있는데 거기도 이름이 약간 그런 예전 이름에 그런 느낌 뉘앙스가 있어요. 근데 나중에 약간 변해버려서 이제 그 이름이 되는 거 같아요.

뻰지꾸엔 귀신

● **구연정보**

조사일시 : 2018. 12. 14(금) 오전
조사장소 : 서울시 광진구 화양동
제 보 자 : 채가오 [홍콩, 여, 1993년생, 유학 4년차]
조 사 자 : 신동흔, 오정미, 한상효

● **구연상황**

제보자가 귀신과 관련되는 〈대항지역의 이름 유래〉를 구술한 뒤에 학교 전설에 해당하는 이야기를 이어갔다.

● **줄거리**

예전에 어떤 여학생이 전쟁을 피해 기차를 타고 홍콩으로 내려왔다. 여학생은 기차에서 창문으로 뛰어내려고 하다가 머리카락이 걸려 앞머리가 모두 뽑혀버렸다. 그렇게 죽은 여학생은 앞뒤가 똑같이 땋은 머리를 가진 귀신이 되었다. 그 기차역 근처에 홍콩 중문대학교가 있다. 하루는 대학에 다니던 학생이 울고 있는 여학생을 보고 무슨 일이냐며 다가갔다. 그 여학생이 뒤돌아보자 뒷모습과 똑같은 모습이어서 남학생이 크게 놀랐다.

귀신 이야기는 도시전설 같은 거 막, 학교에 도시전설도 있고, [조사자 1: 학교전설도 좋아요. 학교에는 어떤 전설들이 있어요?] 그 예전에 여자들이 이렇게 묶었잖아요. 머리가 그래서 뻰지꾸런라는 그 귀신 있는데 뻰지는 이렇게 이게는 뻰지라고 하고(땋은 머리) 꾸런은 처녀. 어린 여자가 그 이름인데.

그 여자아이가 대륙에서 내려왔을 때 전쟁을 피했을 때 내려왔는데 이제 불법적으로 내려왔기 때문에 기차를 타서 이제 그 창문에서 내리려고 하다가 그 머리가 걸려가지고 그래서 다 뽑아서 이제 그 앞쪽에, 앞쪽이랑 앞쪽에 없어가지고 뒤에서 앞뒤가 똑같이 생겨가지고 그런 귀신이 있어요.

그 여자아이가 뛰어내려왔을 때 그 근처가 홍콩 주문대학교●인가 홍콩대학교 그 대학교 근처에 있는데 그래서 예전에 어떤 남학생이 그 어린 그 여자가 보고 그래서 막 울고 있다가 그래서 그 여자 달려(달래려), 하려고 하는데 이제 그 귀신을 만났죠. 그래서 생기는 제일 유명한, [조사자 1: 달래려고 했는데 뒤돌아봤는데.] 그 머리가 앞에 있고 약간 그런 이야기.

[조사자 1: 그때 기차에 뛰어내리다가 머리가 걸려서 죽은 거구나. 그러니까 죽어서 귀신이.] 뽑아, 뽑으니까 그래서 죽었어요. 제일 유명한.

왜냐면 홍콩에서 약간 용산에 있는 놀이터 있잖아요. 그것처럼 홍콩에서 해양공원이라는 테마파크 있는데 거기 매년 할로윈 때 그 귀신의 집을 되게 많이 만들거든요. 거기 매년 테마 만들어가지고 어느 한 해는 홍콩 도시전설이라고 했거든요. 그래서 거기에 나왔어요. 제일 유명한 것.

● 홍콩의 중문대학교를 잘못 발음한 것으로 보인다.

담력시험 중 미쳐버린 의학대학 신입생

● 구연정보

조사일시 : 2018. 12. 14(금) 오전
조사장소 : 서울시 광진구 화양동
제 보 자 : 채가오 [홍콩, 여, 1993년생, 유학 4년차]
조 사 자 : 신동흔, 오정미, 한상효

● 구연상황

제보자가 삔지꾸엔 귀신 이야기를 마쳤을 때 조사자가 학교에 관련된 도시전설이나 괴담에 대한 이야기를 더 해달라고 청하자 제보자가 이야기를 이어갔다.

● 줄거리

홍콩의 의학대학에서 신입생 환영회 때 선배들이 담력 시험을 하기 위해 신입생을 시체가 있는 영안실에 가둬두었다. 다음 날 가보니 그 신입생은 시체의 내장을 먹고 있었다. 그 밤중에 무슨 일이 있었는지는 아무도 모른다고 한다.

[조사자 1: 뭐 학교에서 이렇게 공부하다가 자살해가지고 귀신이 되거나 그런 이야기는 없어요?] 자살하는 거 아니라 막 그 신입생 환영회 같은 거 했잖아요. 그 의학원, 그 의학대 사람들이 막 신입생을 놀리고 그 신입생이 게임을 져서 이제 시체가 보관하는 그 [조사자 3: 영안실?] 네 거기에 갇혀서 이제 다음날에 사람들이 들어와 오고, 그 신입생이 막,

"시체 내장을 먹고 있다."고.

"시체 내장을 먹고 있다."고.

막 소리 지르면서 막 돌아다니고 그래서 [조사자 2: 미쳤구나.] 네.

미쳐가지고.

근데 그때가 무슨 일이 생겼는지 아무것도, 몰, 모른대요. 근데 그것도 약간 아마 사람들이 놀이키는 그런 이야기일 수도 있어요.

[조사자 1: 그것도 재밌네, 시체들 사이에 갇혀 있었는데 왜 그렇게 됐는지 아무도 모른다?] 시체 내장 먹고 있다고 하니까 되게 무서웠대요. [조사자 1: 컴컴한 밤중에 시체 사이에 혼자 밤새다 보면은.]

중문대학교의 나무 전설

● 구연정보

조사일시 : 2018. 12. 14(금) 오전
조사장소 : 서울시 광진구 화양동
제 보 자 : 채가오 [홍콩, 여, 1993년생, 유학 4년차]
조 사 자 : 신동흔, 오정미, 한상효

● 구연상황

제보자가 〈담력시험 중 미쳐버린 의학대학의 신입생〉 이야기를 마친 뒤 조사자가 홍콩할매귀신에 대해 물어보자 제보자는 모른다고 했다. 이런저런 이야기를 청했으나 내용이 구체적이지 않고 산만했다. 그때 제보자가 선생님께 들은 이야기라면서 중문대학교의 나무에 얽힌 전설에 대해 구연했다.

● 줄거리

홍콩 중문대학교에 가면 한 나무가 있는데 이 앞을 지나가면 졸업을 할 수 없다고 한다. 한 학생이 이 말을 무시하고 나무 앞을 지나갔는데 졸업이 얼마 남지 않았을 때 교통사고가 나서 죽었다.

그리고 중문대학교에 이야기인 거 같은데 거기 무슨 나무가 있는데 만약에 학생들이 거기 지나가면은 무조건 졸업할 수 없다. 그런 것도 있어요. 그 학생이 안 믿고 지나가다가 졸업하기 전에 죽었대요. 교통사고로. 그런 전설도 있고.

[조사자 1: 그 나무에 뭔가 저주가 있는 건데.] 네. [조사자 1: 그 나무에 어떤 사연이 있다는 얘기는 혹시 못 들었어요? 그 나무가.] 선생님이 얘기 안 해주셨어요. [조사자 1: 혹시 그 나무에 누가 목매달아 죽었다든지.] 얘기 안 해주셨어요. [조사자 1: 그 밑에 누가 묻혀 있다든지.] 그럴

수도 있지만 그냥,

"거기 지나가면은 졸업, 무조건 졸업할 수 없다."

이야기하는데 그 학생이 안 믿고 지나가고,

"그거 거짓말이잖아."

그렇게 하다가 이제 다음 날 뭐 졸업하기 전에 졸업하기 전날에 막 죽었다고 막 선생님이 그런 얘기를 해주셨어요.

[조사자 1: 그다음에 학생들 아무도 거기 못 지나가고.] 맞아요. 그래서 선생님이 그런 얘기 해주셨어요. 약간,

"만약에 너네도 그 학교에 들어가면은 그 나무가 지나갈 수 있잖아. 너 지나가지 마. 너 지나가면은 너 졸업할 수 없다."

그런 식으로 얘기해 주셨어요.

[조사자 1: 그 나무가 뭔가 약간 크고 좀 특이하게 생겼나 보다.] 그런가 봐요.

결계 때문에 산에서 사라진 사람

● 구연정보

조사일시 : 2018. 12. 14(금) 오전
조사장소 : 서울시 광진구 화양동
제 보 자 : 채가오 [홍콩, 여, 1993년생, 유학 4년차]
조 사 자 : 신동흔, 오정미, 한상효

● 구연상황

제보자가 <중문대학교의 나무 전설> 이야기를 마친 이후, 도시전설과 관련하여 홍콩의 일반적인 사람들의 생각이라며 결계에 관한 이야기를 했다.

● 줄거리

홍콩에서는 사람들이 산에 결계가 있다고 믿는다. 어떤 사람이 산에서 실종이 되면 사람들은 그 사람이 결계에 걸렸다고 하면서 못 찾을 것이라고 말한다.

뭐 산에도 무슨 결계가 있다고 [조사자 2: 결계.] 뭐 올라가고 나서 아 소공●이라는 지역이 있는데 [조사자 2: 서공?] 예, 조금 시골, 조금 외곽지 같애요.

거기 들어가면은 차가 타서 길도 조금 험하고 그런 데였는데 거기 무슨 산에 들어가다가 이제 밤에 되면은 결계가 생기고 태양, 해가 내리면은 결계가 나타나고 이제 그전에 안 나가면은 더 이상 못 나온다고 그런 것도 있어요. 그래서 뭐 누군가가 산에 올라가고 나서 실종됐다고 하면은 무조건 결계 얘기 나와요. 홍콩에서. [조사자

● 홍콩 서공(西貢)구. 시공이라고도 부른다.

1: 결계에 걸렸구나.]

"결계에 들어가서 못 찾을 거야."

그래서 좀 일주일 며칠 뒤에 나타나면

"얘가 무조건 결계 들어가서 그래서 시간이 걸리니까 나오는 거야."

그런 얘기가 많아요. 홍콩에서. 딱 실종하고 나서 그렇게 빨리 못 찾으면은 결계 얘기 나와요. 댓글에서 무조건 그런 얘기 나와요.

[조사자 2: 그 결계라는 단어가 되게 일반적인 거네요. 그러니까.] 네. 살짝.

제보자 정보

룻파네스

[필리핀, 여, 1974년생, 결혼이주 23년차]

한국으로 이주한 지 25년이 된 룻파네스 제보자는 유창한 한국어 실력을 지니고 있으며 행복한 결혼 생활을 하는, 문화적응에 성공한 제보자이다. 그녀는 성인으로 성장한 1남 1녀의 자녀를 두고 있으며, 현재 영어학원을 운영하는 남편과 함께 화성에서 학생들에게 영어를 가르치며 생활하고 있다. 유창한 영어 실력만큼 고급 수준의 한국어를 구사하는 제보자는 설화 조사에 가장 적극적인 태도를 보인 제보자 중 한 명이었다. 필리핀의 다양한 문화를 한국에 소개하고, 동시에 다문화가정에 대한 선입견과 편견을 고치고 싶다는 포부를 밝혔다.

룻파네스 제보자는 들려줄 이야기를 미리 찾아서 정리하는 과정을 거쳐 내용을 충분히 파악한 상태에서 전해주는 정성을 보였다. 그래서 대부분이 자료적 가치가 높은 필리핀의 구술자료였다. 룻파네스 제보자는 총 3회에 걸친 조사를 통해 신화적 전설을 비롯한 23편의 다양한 필리핀 설화를 조사팀에게 들려주었다.

마리사콘데(오혜진)

[필리핀, 여, 1984년생, 결혼이주 11년차]

마리사콘데 제보자는 1984년에 필리핀에서 태어났다. 2008년에 결혼하여 1남 1녀의 초등학생 자녀를 두고 있다. 필리핀에서 백화점 직원으로 일하다가 동료를 통해 한국 남자에게 이메일 주소를 전해준 것을 계기로 남편을 만나 결혼하게 되었다. 태안과 인천, 서울에 살다가 현재는 남편 직장 때문에 제주도 제주시에 살고 있다. 한국어는 남편에게 직접 배웠다고 하는데, 고급 수준의 한국어를 구사했다.

마리사콘데 제보자는 〈엄마가 들려주는 다문화동화 공모전〉을 통해 인연이 닿았다. 마리사콘데 제보자는 공모전에서 대상을 받기도 했고, 그전에는 두리안의 전설을 한국어로 번역해서 〈두링할머니〉라는 동화책을 낸 적도 있다.

제보자는 총 2회의 이야기판에 참여했다. 첫 이야기판은 조사 취지를 듣고 흔쾌히 제주도에서 서울까지 와서 건국대에서 진행했다. 필리핀 설화를 정확하게 전달하려는 마음 때문에 처음에는 다소 긴장했지만, 금방 안정을 찾고 차분하게 이야기를 구연했다. 첫 이야기판에서 설화 9편을 구연했다. 두 번째 이야기판은 조사팀이 제주도로 찾아가 마련되었다. 제보자는 두 번째 이야기판에서는 1차 때와 겹치는 설화를 일부 포함해서 총 8편의 설화를 구연했다.

멜로니

[필리핀, 여, 1985년생, 결혼이주 6년차]

멜로니 제보자는 1985년 필리핀의 바기오에서 태어났다. 2012년에 결혼으로 이주하여 현재 남편과 두 자녀와 함께 경기도 화성시에서 거주하고 있다. 화성시에 있는 아삭도서관에서 방과후 다문화 강사 모임을 하고 있다.

멜로니 제보자와는 두 번의 조사를 진행했다. 고급 수준의 한국어로 필리핀의 전설과 민담을 재미있게 구연했다. 말이 빠른 편이고 이야기를 매끄럽게 구연하는 특징이 있다. 두 아이를 키우고 방과 후 다문화 교사를 하는 멜로니 제보자는 개인 일정이 많이 바빠서 두 번의 조사 모두 1시간 정도만 진행할 수 있었다. 두 번의 조사에서 멜로니 제보자가 구연한 자료는 8편이다.

수맘퐁엠마

[필리핀, 여, 1970년생, 결혼이주 17년차]

수맘퐁엠마 제보자는 1970년에 필리핀에서 태어났다. 필리핀에서 교직 생활을 하다가 남편과 결혼하여 한국으로 이주했으며 강원도 횡성군에서 17년째 살고 있다.

수맘퐁엠마 제보자는 오숙민 작가의 소개로 만남이 이루어졌다. 제보자는 조용한 성격으로 이야기를 차분하게 구연했다. 구연할 때 비교적 한국어 발음이 정확한 편이었으나 '거인' 같은 특정 어휘에 대한 발음을 어려워했다. 목소리가 작은 편이나 청취에는 어려움이 없었다. 구연 과정에서 이야기 내용이 기억나지 않아서 구연을 중단하는 경우도 있었다.

수맘퐁엠마 제보자는 이야기판에서 8편의 이야기를 구연했다. 오숙민 작가와 번역작업을 한 〈닭이 땅을 파는 이유〉를 포함하여 전설 위주로 구연했으며 후반부에는 신이담, 신이체험담을 구연했다. 구연한 자료는 총 6편이다.

수산티

[인도네시아, 여, 1976년생, 결혼이주 11년차]

수산티 제보자는 1976년에 인도네시아 소자와에서 태어났다. 교회의 소개로 남편을 만나 결혼을 해서 경기도 안산에 거주하고 있다. 세계문화체험관에서 다문화 강사를 하고, 국민공단에서 인도네시아 이주민 상담을 하며 지내고 있다.

제보자는 안산 다문화 작은도서관에서 이주민들과 '옛이야기 모임'을 함께 하고 있어서, 인도네시아 옛이야기에 대해 잘 알고 있었다. 조사의 의도를 듣고는 어린 시절에 엄마에게 들었던 전설을 처음으로 구연했는데, 무척 긴 이야기를 차분히 구연했다. 함께 조사에 참여한 태국과 우즈베키스탄의 이야기를 적극적으로 들으면서, 인도네시아에 비슷한 설화나 금기 등이 있으면 기억해서 구연했다. 차분하게 이야기하면서도 듣는 사람을 집중하게 하는 힘이 있었으며, 청중일 때는 유쾌하게 웃으며 자리를 훈훈하게 하는 역할을 했다.

제보자가 구연한 이야기는 총 8편이다.

영산티

[인도네시아, 여, 1977년생, 결혼이주 10년차]

영산티 제보자는 1977년 인도네시아 수마트라섬 인근의 섬에서 4남 1녀 중 첫째로 태어났다. 2008년에 결혼하여 경기도 화성시에서 남편과 초등학생 자녀를 두고 있다. 영산티 제보자는 다문화 방과후 강사를 하고 있고, 화성시 아삭도서관에서 다문화 강사 모임을 하고 있다.

제보자가 있었던 지역은 중국계 사람들이 많아서 그들과 관련된 전설이 있다며 이야기를 시작했으며, 어린 시절에 베이비시터하고 밤에 잘 때 들려주었던 지역의 호수에 관련한 전설을 구연했다. 조사자가 말린꾼당 이야기를 안다고 하자, 그 이야기를 들려주면서 어머니 마음에 감정을 이입하기도 했다. 구연할 때 말이 빠른 편이고, 한국어 모음과 자음에 따라 달라지는 조사와 어미에 대해 약간의 어려움을 겪었으나 청취에는 어려움이 없었다. 제보자가 구연한 이야기는 총 4편이다.

플레나(플레나 스콜라스티가 그라티아)

[인도네시아, 여, 1992년생, 결혼이주 1년차]

그라티아 제보자는 1992년 인도네시아 수라바라에서 1남 1녀 중 첫째로 자랐다. 인도네시아에서 남편을 만나서 한국의 안산으로 이주해서 현재 한국어 공부를 하고 있는 중이다.

조사자와 약속을 잡고 세 편의 이야기를 준비했는데, 첫 번째 〈로로 종그랑〉 전설과 두 번째 〈말린꾼땅〉 전설은 좋은 설화였음에도 제보자가 자료를 보면서 읽는 형태로 구술한 터라서 정리대상에서 제외했다. 조사자가 기억나는 대로 이야기해 달라고 청하자, 어린 시절 들었던 이야기라면서 세 편의 설화를 들려주었다. 그중 내용이 갖추어진 2편의 이야기를 정리 대상으로 삼았다.

사의진

[대만, 여, 1989년생, 유학 2년차]

사의진 제보자는 1989년에 타이페이에서 태어났다. 대만에 있는 대학에서 한국어를 전공했고, 졸업 후 무용단에서 사무직으로 근무했다. 한국어에 관한 관심은 고등학생 때 본 한국드라마 〈궁〉을 보고 생겨서 한국어를 익히기 시작했다고 한다. 대만에서 직장생활을 하다가 한국 소재의 대학으로 유학을 와서 석사학위논문을 준비하고 있다.

사의진 제보자는 수줍음이 많은 편이지만 막상 구연이 시작되면 차분한 목소리로 적극적으로 구연에 임했다. 구연할 때 한국어를 비교적 정확하게 발음하려고 했고, 손짓을 자주 곁들였다. 구연하는 이야기의 인물에 따라 다른 목소리를 내기도 했다. 구연할 이야기 자료를 준비해 왔지만 기억력이 좋아서 모두 자료를 보지 않고 기억해서 구연했다. 2회에 걸친 이야기판에서 구연한 이야기는 총 18편이다.

채가오

[홍콩, 여, 1993년생, 유학 4년차]

채가오 제보자는 한류의 영향으로 한국에 관심을 가지게 되었고 홍콩에서 대학을 졸업한 후 2014년에 국내 대학에 입학했다. 조사 당시 석사과정을 이수 중이었다. 채가오 제보자는 한국 연예인에게 관심이 많아서 한국 방송을 보며 한국어를 공부하기도 한다. 최종적으로 한국어 교사가 되는 목표를 가지고 있으며 그만큼 한국어 표현과 발음이 좋다.

채가오 제보자의 설화 구술은 주로 홍콩의 역사와 문화에 대한 이야기였다. 설화의 경우도 전통적인 이야기는 잘 알지 못했고, 도시괴담과 학교 전설을 주로 구술했다. 총 26편의 이야기를 들려주었는데 설화적 성격을 지닌 것은 10편 정도였다.

국경전쟁

국경전쟁

[국가의 미래를 좌우하는 새로운 지정학 전투]

THE NEW BORDER WARS

The Conflicts That Will Define Our Future

클라우스 도즈(Klaus Dodds) 지음 | 함규진 옮김

미래의창

옮긴이의 글

"성을 쌓는 자 망하고, 길을 닦는 자 흥하리라."

2019년, 세계사 속의 장벽에 대한 책을 쓰면서, 7~8세기 활약한 돌궐의 명장 톤유쿠크가 남겼다는 말을 인용하며 끝맺은 적이 있다. 그리고 2년 뒤, 이번에는 번역자로서 현대의 장벽, 국경에 대한 흥미롭고 가치 있는 책을 만나게 되었다. 톤유쿠크의 명언은 여러 모험가들, 상인들, 탐사자들, 정치인들에 의해 되풀이되어왔다. 특히 20세기 말에서 21세기 초, 세계화, 정보화, 신자유주의화라는 '되돌릴 수 없는 문명의 흐름'을 옹호하고 축복하는 세계의 기업인들, 지식인들, 정치인들이 앞다투어 이 말을 입에 올렸다. 이제 세계는 더 이상 자연적으로도 인위적으로도 경계선에 따라 나누어질 수 없고, 정보와 물자와 사람이 자유롭게 오고 가면서 더 편리하고 더 싸고 더 다양한 상품과 스타일을 만끽하는 생활을, 하나의 인류로서의 발전을 거듭하게 되었다고 했다.

그러나 앞서의 책에서 이미 난민 장벽과 사이버 장벽이 세계 곳곳에서 빠르게 올라가고 있음을 지적했던 나는 다른 많은 이들과 마찬가지로 그때는 상상하지도 못했던 현실의 족쇄에 매여, 그 족쇄가 국경의 엄중함을 더하며 곳곳의 문에 자물쇠를 채우는 상황까지 빠짐없이 다룬 이 책을 번역했다. 코로나19 팬데믹. 얼마나

어이없는 현실인가. 얼마나 무서운 상황인가. 열린 국경이 저주가 될 줄이야. 사람과 사람의 만남에 공포가 뒤따를 줄이야. 축복일 따름이었던 세계화가 재앙처럼 되새겨지고, 새로운 자유 문명을 떠받치는 듯했던 정보 기술과 인공지능이 사람들을 감시하고 분류하며 차단하는 일에 활용되리라고는 누가 예상했을까.

이 책의 저자도 예상하지는 못했을지 모른다. 하지만 그는 꼼꼼히, 낱낱이 상황을 파악하고, 국경(border, 영어로는 이렇게만 표현하면 되겠지만, 사실 책 속에서 어떤 경우에는 우리 말로 국경을, 어떤 경우에는 그저 경계를 의미하는 뉘앙스로 쓰였다. 그래도 전체적으로는 국경의 의미가 많기에, 이 책의 제목 등에서는 국경이라고 번역했다)과 관련하여 전 세계에서 벌어지고 있는 상황과 그 심각한 영향을 9개 부문에 걸쳐서, 한반도의 DMZ부터 달과 남극에 그려진 국경까지, 영토 분쟁에서 바이러스 방역까지 오롯이 담아냈다. 국경 관련 문제에는 민족 문제도 있고, 자원 문제도 있으며, 평화, 환경, 인권, 교육 문제도 있다. 2020를 막 열어 가고 있는 지금, 이 세계의 거의 모든 골치 아픈 문제와 쟁점들이 '국경'이라는 하나의 키워드를 통해 펼쳐져 있는 것이다.

예전에, 장정일 작가가 '고현학'이라는 말을 쓴 적이 있다. 까마득히 오래 전에 만들어진 유물이나 유적을 조사하여 그 시대와 사회를 읽어내는 학문이 고고학이라면, 바로 지금, 우리가 접하고 사용하고 살아가고 있는 것들, 그리고 우리 자신을 조사함으로써 비로소 우리 시대와 사회에 대해 진실을 알게 된다. 그리고 더 나은 미래를 고민할 수 있게 된다. 그것이 고현학이다.

이 책을 읽으며 우리가 사실 얼마나 경계에 구애되어 살고 있는가, 우리의 외면과 내면에는 얼마나 많은 벽이 있는가, 국경이라는 것이 얼마나 우리의 인식, 관심, 생각, 행동방식을 틀지우고 있는가를 느낀다면, 코로나 19 이전부터 사실 타자와의 만남은 공포였으며, 강자도 약자도 그 공포에서 벗어나고자 국경을 부수면서도 또 다른 국경을 쌓아왔음을 깨달을 수 있다면, 그리하여 '성을 쌓는 자 망하고, 길을 닦는 자 흥하리라'는 고고학적인 메시지가 사실은 얼마나 고현학적인 메시지인지를 곱씹으면서, 이 책의 곳곳에 꽂혀 있는 경고등과 위험 신호판을 제대로 읽고 제대로 대비할 수 있게 된다면, 이 훌륭한 책을 번역한 역자로서 무한히 기쁠 것이다.

2022년 1월,

함규진

1987년 6월, 로널드 레이건(Ronald Reagan) 대통령이 헬무트 콜(Helmut Kohl) 서독 수상(오른쪽), 리처드 버트(Richard Burt) 주서독 대사(왼쪽)와 브란덴부르크 개선문 앞에서 연설하고 있다. 이 연설에서 그는 소련과 동독 지도자들에게 외쳤다. "장벽을 허물어 버리시오!"

들어가며

"이 장벽을 허물어 버리시오!"

1987년 6월, 분단된 베를린을 방문한 로널드 레이건 미 대통령은 베를린 수립 750주년 기념식에 참석했다. 분단의 상징인 브란덴부르크 개선문을 등지고 연단에 올라선 그는 말을 하면서 결코 뜸들이지 않았다. 배우 출신의 레이건 대통령은 냉전체제의 맞수, 미하일 고르바초프(Mikhail Gorbachev) 소련 서기장에게 일갈했다.

"미스터 고르바초프, 문을 여시오! 미스터 고르바초프, 이 장벽을 허물어 버리시오!"

TV로 중계된 이 연설의 효과는 베를린 장벽의 반대편에서 더 높게 나타났다. 동독과 소련의 언론은 장벽을 허물라는 레이건의 요구를 벌떼처럼 떠들어댔다. 서독 수상 헬무트 콜이 보기에, 레이건의 가열찬 요구가 여론의 흐름을 바꾼 점은 틀림없어 보였다. 1989년 11월, 동독 경비원들은 브란덴부르크 문을 열라고 들이닥친 군중을 막는 데 실패했다. 그리고 1960년대 초에 세워진 그 주변의 베를린 장벽은 해머와 손도끼를 든 군중의 손에 부서지고 허물어졌다. 그 한 조각은 아직도 내 책상 위에 있다. 그들과의 연대감을 느끼게 해주는 표식이다.

실로 엄청난 순간이었다. 현장에 있든 방송을 통해서든 그 장면을 경험한 사람이라면 문을 열고 벽을 허물려는, 독일민주공화국(GDR)을 동서로 갈라놓고 있던 국경을 없애버리려는 사람들의 열망에 감동할 수밖에 없었으리라. 수십 년 동안, 얼음의 장막과 철의 장막, 죽(竹)의 장막이 세계 곳곳에서 자본주의 세계와 공산주의 세계를 갈라놓고 있었다. 매우 드물긴 했지만, 그 장벽을 넘은 사람은 세계적인 유명인사로 등극하곤 했다. 1975년에 US오픈에 참가한 뒤 서방으로 넘어온 체코슬로바키아 테니스 선수 마르티나 나브라틸로바(Martina Navratilova)는 기회의 나라에서 재능을 활짝 꽃피웠고, 1981년 미국 시민권을 취득했다. 그녀의 미국 귀화는 레이건의 미국이 자랑할 수 있는 승리였다. 그녀는 체코슬로바키아 정권과 그 테니스 연맹이 부과한 제약을 대놓고 거부했다. 나머지 이야기는 역사와 지리의 몫이다. 그녀는 세계를 돌아다니며 그랜드슬램을 이루고 상금을 자루에 퍼 담았으니까. 지금 그녀는 존경받는 스포츠 해설가이자 정치 활동가로서 특히 성 소수자 권리 신장을 위해 활약하고 있다.

탈냉전시대의 낙관주의

—

공산주의 세계의 '붉은 장막'을 걷어내고 국경을 열어젖힌 일은 자유와 민주주의, 서방 국가들의 정의와 건실함에 대한 탈냉전 시기의 낙관주의를 반영했다. 우리 눈앞에 닥친 '역사의 종말'과 '지리의 종말'로 인해 글로벌 이동과 무역이 완고한 지정학적 장벽에서 마침내 해방되었으므로 자본주와 공산주의 세계의 뚜렷한 분리는 곧 사라질 것으로 여겨졌다. 1980년대 후반에서 2000년대 초까지 '우리의' 모든 흐름이 자유로운 세계화와 '우리의' 지리적 경제권을 등장시켰다. 그 바람에 국가간 금융 거래가 놀랍도록 빠르게 이루어지고, 무역과 투자가 국경을 초월하여 이루어지며, 자본주의적 자유가 전 세계에 퍼지고 있다는 등의 말이 많이 나왔다. 고전적 냉전 군사기술의 산물인 인터넷으로 인해 1990년대부터 실시간의 통신, 가상공간의 거래, 데이터 전송이 가능해졌다. 기존의 (모든 것을 선악의 대결로 치환해 버렸던) 이분법적 지정학은 묘비명으로 전락하는 신세가 되었고 "민주적 규범과 진보적 가치로 하나 된 온라인 커뮤니티의 힘으로, 전 세계에서 권위주의 정부에 고삐가 채워질 것"이라는 기대가 팽배했다.

EU(유럽연합)는 새 회원국들을 받아들이기 시작했고, 북아메리카에서는 미국 정부가 멕시코, 캐나다와 NAFTA(북미자유무역협정)를 체결했다. 남아메리카에서는 1990년대 초부터 메르코수르(Mercosur, 남부공동시장)가 새로운 무역 블록이 되면서 이전의 권위주의 군부정권들이 이제는 더 국경지대의 땅과 자원을 갖고 서로 다투지 않고 공동의 경제 미래를 열어갈 것처럼 여겨졌다. 그러나 소련 이후의 러시아에 대해서도 불안감과 긴장을 늦추지 않았던 유럽은 에스토니아나 폴란드 같은 나라들을 NATO(북대서양조약기구) 회원국으로 받아들여 추가적인 안전 보장을 받도록 했다. 폴란드는 1999년 NATO에 가입한 데 이어 2004년 EU에 가입했다. NATO의 1949년 조약 제5조는 어느 회원국에 대한 공격도 전체 회원국에 대한 공격으로 간주한다는 내용을 담고 있다.

아마 할리우드는 뭔가 새로운 위협에 대한 직감이 있었던지, 외계인의 침공을 다룬 영화들을 연이어 제작했다. 그러나 1990년대의 분위기는 거의 낙관 그 자체였다. 외계인이 쳐들어 왔다고? 그래도 미국의 영도 아래 너끈히 물리칠 수 있을 터였다. 터프한 엄마가 인류를 구하든(터미네이터 2), 가공의 대통령이 이끄는 미국이 외계인의 침공에서 지구를 구하든(인디펜던스데이) 말이다.

1990년대에 국경은 여전히 현실에서나 가상에서나 규제 장벽 역할을 하고 있었다. 그러나 상품과 전문직 서비스, 능력 있는 이민자들이 더 빠르게 국경을 넘나들도록 하자는 데는 거의 이견이 없었다. '닫힌 국경'은 사라질 거라는 말은 이 낙관의 시대에 매우 어울리는 듯 보였다. 〈트래픽(Traffic)〉 같은 영화가 '자유무역'이나 '국경 개방'이 마약 카르텔과 범죄 집단에게도 큰 기회를 주리라는 경고를 날리기도 했지만, 그런 목소리는 대개 소수의견으로 묻히고 말았다.

9.11과 지정학적 위험의 재구성

9.11 테러는 국경 개방에 대한 그런 낙관적 감흥과 행동을 하루아침에 뒤집었다. 이제 국경은 새로운 이념적 편견과 심리적 필요에 부응하게끔 목적이 다시 설정되었다. 할리우드도 바뀌었다. 영화사들은 새로운, 더 음울한 지정학적 분위기에 편승했다. 국경을 넘나드는 기동성의 상징이던 제트기가 2011년 9월 11일 아침에는 대량살상무기로 둔갑한 것이다. 테러 발생 직후 조지 부시 행정부는 멕

시코와의 남쪽 국경을 닫아걸었지만, 캐나다와의 국경은 그대로 두었다. 위험이 남쪽에 있다고 보는 시각은 우연이 아니었다. 독립 이후 미국 역사에서 남부와 서부는 대개 백인 여성을 납치하고 아수라장을 즐기는 난폭한 도적 떼 이야기가 끊이지 않는 변방지대였다. 그 이후, 마약 카르텔과 불법 이민자들의 무법과 폭력이 횡행하는 범죄 지역으로 지목되었다.

우리의 친구, 적, 이방인이 어디에 위치하는가가 재구성되면, 마음의 지도도 빠르게 다시 그려질 수 있다. 그러나 최고의 특권을 누리던 사람들에게는 아직 도피처가 남아 있었다. 2000년대에 가장 많은 돈을 쓸어 담은 영화들은 〈캐리비안의 해적〉, 〈해리 포터〉, 〈반지의 제왕〉 같은 역사 판타지물이었다. 그 밖에는 9.11 테러와 "대테러 전쟁"의 추악한 여러 진실 가운데 일반의 주목을 받을 만한 것들을 다룬 영화들이 있었다. 정치·사회적 프로파간다 영화를 만드는 마이클 무어(Michael Moore)는 〈화씨 9.11〉에서 미국 대중의 느슨한 안보관을 비판했는데, 플로리다의 비행 학교에 다니는 사람에서부터 자가용 제트기를 몰고 다니는 사우디아라비아의 왕족들에 이르는 제3자가 국경을 넘나드는 일을 방치한 데 대해서도 일침을 놓았다.

9.11의 유산은 계속해서 오늘날의 지정학에 대해 알려주고, 그것을 전 세계의 국경지대마다 울려 퍼지도록 한다. 미국 브라운 대학교에서 진행한 '전쟁 비용' 프로젝트는 2001~2009년 동안 미국이 대테러 전쟁에 들인 돈을 6조 4천억 달러로 추산했다. 또 아프가니스탄, 예멘, 이라크 같은 곳에서 이 전쟁으로 빚어진 폭력에 직

접 사망한 사람이 80만 명을 넘는다고도 보았다. 여기에 2천만 명이 집을 잃고 난민이 되었다. 이런 나라들에서 정치·경제·사회적 진동은 계속되고 있다. 분쟁이 발생할 때마다, 파키스탄에서의 미군의 드론 공격이 큰 인명 손실과 분노를 불러올 때마다 국경은 침범된다.

한편, 러시아 같은 나라들은 체첸, 크림, 조지아 일부를 각각 침공하고, 합병하고, 점령하는 일을 아무렇지도 않게 자행했다. 대테러 전쟁의 와중에 많은 나라가 기회주의적으로 테러리즘과 제3자의 위협을 이용해먹었는데, 고질적인 자국의 지정학적 난제를 해결하고 어떻게든 군사·전략적 우위를 점하려는 속내였다. 국경은 어디서는 터지고, 어디서는 꽁꽁 싸매졌다.

'국경 개방'은 안보 위협의 의미로 새로 인식되었다. 1990년대와 2000년대에 민주화 압력에 직면했던 러시아와 중국은 미국과 다른 국경관을 갖고 있었다. 중국에서는 대규모 토착 무슬림 소수집단이 극단주의와 분리주의의 혐의를 뒤집어쓴 채 정부의 억제와 감시 아래 놓여야 했다. 1,100만의 위구르인이 사는 중국 서북단의 신장 위구르 자치구가 천연자원이 풍부할 뿐 아니라 중앙아시아 공화국들과 몽골 사이의 전략적 요지임은 그냥 흘려버릴 문제가 아니다. 중국은 자국의 틀을 깨는 어떤 시도도 단호히 막으려 했고, 위구르인은 그런 시도의 핵심 중 핵심이었다. 러시아 정부도 분리주의자들의 땅이라고 선포한 체첸 같은 곳에서 전쟁을 벌였다.

미국이 일으킨 대테러 전쟁은 이들 두 나라에도 세계적으로 팽배한 테러리즘에 대한 두려움을 이용해 자신들의 영토 보존을

'위협'하는 소수민족과 분리주의자들을 억압할 수 있겠다는 힌트를 주었다. 중국과 러시아만이 아니다. 세계 곳곳에서 정부발 감시와 안보 이슈가 사회를 옭아맸으며, 새로운 형태의 디지털 권위주의 세트를 팔 수 있는 기업이나 국가는 한껏 재미를 보았다. 국경은 정치지도자들이 국민적 목표를 다시 내세울 수 있도록 하고, 이민자들에 대한 두려움을 불러일으키고 '국경을 지키기 위한 폭력'을 정당화시킬 수 있는 빌미를 제공한다.

"미국을 다시 위대하게"라는 슬로건은 미국인들에게 국경을 한없이 늘리고 또 늘리도록 요구했다. 하지만 이런 국경이 어쩌고 하는 이야기는 결국 다른 이들에게 느끼는 연민을 없애버리는 것으로 끝난다. 가장 유명한 가상의 베트남 참전용사인 존 람보(John Rambo)는 남쪽으로 가서 그의 양녀를 사악한 멕시코 산적들로부터 구해낸다(람보 4 : 라스트 워). 자경(自警)이 최고라고 믿어 의심치 않는 트럼프 지지자가 썼을 법한 대본에 따라, 람보가 모는 SUV는 애리조나와 멕시코 국경지대의 허술한 안보 장벽을 마구 드나드는데, 이때 미국 정부가 필요하면 언제든 동원할 수 있는 국경 감시군은 어디 있는지 보이지 않는다.

2018년, 트럼프 대통령은 연두교서에서 멕시코를 비롯한 중앙아메리카 국가들이 미국 국경을 위협하고 있다고 비난하면서 미국민을 한껏 추켜세웠다.

"작년에, 세상은 우리가 늘 알고 있던 것을 깨달았습니다. 지구상에 미국인만큼 두려움 없고, 용감하고, 결의에 차 있는 국민이 없다는 사실을 말입니다. 산이 있으면, 우리는 올라갑니다. 국경이 있으면, 우리는 가로지릅니다. 도전이 있으면, 우리는 물리칩니다. 기회가 있으면, 우리는 붙잡습니다."

이것이 바로 존 람보의 이야기다. 그러나 트럼프는 그 연설에서 다른 이야기를 빼먹었다. 미국인들만이 여기저기를 가로지르고, 오르고, 헤엄치고, 걷고 하지는 않는다는 사실 말이다. 중앙아메리카의 이민자와 난민은 미국으로 향할 기회를 잡고 싶을 것이다. 다른 많은 이들도 그럴 것이다.

국경 문제의 네 가지 추진력

지난 15년 동안 국경은 더 주목받게 되었고, 그것은 군사주의, 테러, 기후변화, 이민 그리고 가장 최근의 팬데믹 등에 따른 것이었다. 이런 국경 문제는 네 가지 추진력에 따라 움직인다. 제한하기(constriction), 확장하기(expansion), 따돌리기(deflection), 내쫓기(expulsion)이다. 전 세계의 정부들도 적대적 환경을 적극적으로 구축하고 있어서 이민자나 난민에게 더 까다로워지고 있다. 이유는 셀 수 없이 많다.

첫 번째는 제한하기. 외부자에 대한 적대감은 오래 전부터 있었다. 그러나 요즘 그것이 특별한 까닭은 국내 기관, 공무원, 민간인이 한 팀이 되어 이 국경 문제에 전에 없던 방식으로 작용하고 있기 때문이다. 인종과 주택 관련 차별은 이미 만연해 있다. 영국에서 택지 소유자는 셋집을 찾는 '불법 이민자'를 내무부에 신고하지 않으면 무거운 벌금을 물 수 있다. 대학의 입학 사정관은 임용되기 전에 자신의 시민권 여부를 증명해야 한다. 일반 시민들에게도 국경을 통제-순찰할 임무가 주어진다. 인도의 모디 정부는 개정된 시민법과 시민등록법을 통해 토착 주민 및 비힌두계 시민에게 '국경 전쟁'을 벌인다는 비판을 받고 있다. 주민의 토지를 빼앗고, 그들의 삶을 어렵게 만들며, 그들의 가진 것을 짜내는 일이 시민법 개악으로 자행되고 있으며, 이 모두가 '조국 인도'를 지킨다는 이름으로 이뤄진다.

제한하기는 법률-행정 체제에 그리고 일상생활에 적대적 환경을 구축한다는 뜻이다. 언제나 취업 비자와 그에 따르는 증빙 서류를 제대로 갖추고 있어야 하는 사람들의 부담을 크게 늘린다는 뜻이다. 나이러 유발 데이비스(Nira Yuval Davis) 같은 사회학자들은 이런 '내재화된 국경'에 대한 선구적 연구로 그런 일과 행동이 최근 급속히 늘고 있음을 보여주었다. 이런 식의 국경 만들기는 아웃소싱되기도 한다. 그래서 동료 시민들이 서로를 손가락질하며 "너희 나라로 돌아가라"고 말하고, 그들의 비자에 문제가 있다고 고발하도록 만든다. 예술가, 소설가, 언론인, 영화제작자, 전직 국경수비대원, 이민자, 사회운동가들은 이렇게 적대적 환경에 내몰린 일상의 국경을 글과 다큐 영상으로 생생하게 전한다. 한편 특권층에게 국경이란 그들의 삶에서 대체로 눈에 띄지 않으며, 단지 팬데믹, 사회혼란, 전쟁 등의 긴급 상황에만 겨우 인식될 뿐이다.

두 번째는 확장하기. 영국에서 크게 주목받은 몇몇 사례 가운데는 1940년대 말에 군용선 엠파이어윈드러시 호를 타고 온 사람들이 변덕스레 푸대접을 받은 끝에 노약자들이 재이주를 당한 일도 있다.* 아멜리아 젠틀먼(Amelia Gentleman)은 《윈드러시 호의 배반, 적대적 환경에의 노출》(2019)에서 정부 당국의 국경 확장 조치가 이민 희망자들이 육체적·정신적인 병을 안은 채 되돌아가도록 하는 등 얼마나 파괴적인 결과를 낳았는지를 고발했다. 콜린 그랜트(Colin Grant)는 《귀향 : 윈드러시 세대는 말한다》(2019)에서 최근 영국 내무부의 억지 주장에 분개한 사람들에게, 사실 인종주의와 일상생활 억압의 역사는 훨씬 길다는 사실을 일깨워준다. 국경은 마치 강물처럼 사람들의 삶을 굽이치게 한다. 그리고 때때로 그들을 익사시킨다.

EU에서 '경계지역'은 자체적으로 1단계에서 3단계까지 구분해 놓은 EU 확장 개념의 한 단위다. 3단계가 경계지역으로, EU의 국경들 그리고 그 국경의 25킬로미터 안쪽 지역에 국민의 절반이 사는 지역을 말한다. 이런 시스템은 언뜻 비정치적으로 보이는데, EU가 스스로 '우호적 국가들의 국경 없는 블록'으로 선전하고 있기 때문이다.

다른 나라들은 국경에 관한 생각이 이와 다르다. 미국-멕시코, 인도-파키스탄, 이스라엘-팔레스타인의 경계지대는 '국경 이야기'를 찾는 리포터들과 예술가들에게 늘 풍부한 '꺼리'를 제공한다. 크게 보아, 이쪽에 관심이 한껏 높아진 까닭은 그런 국경이 몰려드는

---

* 당시 노동력 부족으로 애를 먹던 영국 정부는 각지에서 이민자를 받고 있었는데, 1948년 엠파이어윈드러시 호에 1,027명의 자메이카인을 태워 왔다. 그러나 그들에 대한 영국 사회의 시선이 곱지 않았으며, 결국 그들 가운데 상당수, 주로 노약자들은 다시 자메이카나 그 밖의 나라로 떠나게 되었다.

이민 희망자들을 막고 있기 때문이거나, 지정학적 긴장이 생생히 드러나는 곳이기 때문이다. 미국-멕시코 국경은 보통 두 독립 국가의 국경일뿐 아니라 국제 경제의 북부와 남부를 가르는 경계선으로 여겨진다. 그런데 잘 보면 그 경계선은 생각만큼 뚜렷하지 않다. 미국 기업은 멕시코에 더 싸게 돌릴 수 있는 제조공장을 세우려 하고, 한편 미국 농업과 서비스업에서는 불법 이민 노동자의 역할이 중대한 문제를 낳고 있다. 일부에서는 이민자를 환영하고, 일부에서는 이민자를 배척한다. 한편 남쪽에서 북쪽으로 올라오는 사람들은 국경이 돈벌이를 가로막는 장벽으로 보인다. 어떤 국경이든 보는 사람의 상대적인 힘, 즉 국적과 인종에 따른 특권에 따라 달리 보인다. 그것은 우리 앞에서 확장될 수도, 우리를 내쫓을 수도, 제한하거나 따돌릴 수도 있다.

오늘날 국경 혹은 국경지대는 미래의 지정학이 모습을 드러내는 지점이기도 하다. 2020년 1월 이란과 미국 사이에 긴장이 고조된 직후 약 200명의 이란계 미국인은 자신들이 미국-캐나다 국경지대에 선별 억류되어 있었음을 폭로했다. 억류된 사람들은 자신들의 '정치적 충성 대상과 견해'를 심문받았다고 불만을 토로했다. 그 심문은 가족력 때문에 영주권자와 시민이 차별받을 수 있음을 명백히 보여주었으며, 그것은 9.11 테러 이후 많은 아랍계 미국인이 겪은 일이다.

한편 문학계에서는 멕시코와 멕시코-아메리칸 작가와 언론인들이 멕시코를 탈출해 미국에 들어가려던 어느 모자의 경험을 다룬 소설을 놓고 SNS와 방송에서 논쟁을 벌였다. 출판사들의 치열한 판권 경쟁을 부른 《아메리칸 더트(American Dirt)》(2019)에서 저자인 지닌 커민스(Jenine Cummins)는 극심한 월경(越境)의 고난을 묘사하며 (그녀의 표현에 의하면) '얼굴 없는 갈색의 대중'을 휴머니즘적으로 접근했는데, 저자가 이를 직접 체험한 것이 아니라는 점이 논란이 되었다.

다음으로는 '따돌리기'가 있다. 이는 이민자들이 농업, 요양산업, 식품업 등 수많은 분야에서 그림자 역할을 수행하는 것과 같은 이슈를 피하기 위해 국경을 이용하는 행태를 말한다. 정치적 좌파는 국경과 관련된 도덕적 문제를 비난하는 한편, 정치적 우파는 다른 곳에서 들어오려는 사람들을 통제하는 데 국경이 필수라고 본다. 양쪽 다 국경과 통제 체제의 법적·도덕적·경제적 문제를 따진다. 미국을 비롯한 구미의 많은 나라에서 이민 노동자는 사회 각 분야의 매우 핵심적인 역할을 수행한다. 이들 나라에서 이민자가 피난처를 찾기 훨씬 어렵게 만드는 여러 조치가 실행되고 있는 가운데, 일부 정치지도자들은 이민자, 피난민, 난민을 굳이 엄격히 구분지으려 하지 않는다.*

트럼프 행정부는 중앙아메리카 난민이 난민 인정을 받기 전까지 때로는 몇 달씩이나 멕시코에 남아 있도록 강제했다. 과테말라 같은 다른 나라들은 '안전한 제3국'을 선언하는데, 이민자가 그 나라로 들어가서 피난처를 찾을 수 있다는 뜻이다. 트럼프 행정부는 과테말라, 온두라스, 엘살바도르와 새 이민 협정을 맺었는데(온두라스, 엘살바도르는 1969년의 '축구 전쟁'**에서 볼 수 있듯 국경 분쟁과 이민자 문제로 서로 으르렁대기로 유명한데), 그들 나라에 미국이 무역 압력을 가하지 않는다는 대가에 따른 것이었다. 멕시코 역시 북쪽으로 가려는 사람들을 더 잘 차단하라는 압력을 받고 있다.

마지막으로는 '내쫓기'가 있다. 최근 여러 나라의 지도자들이 정권이 바뀔 때마다 국토를 지키고, 내국인과 외국인을 감시하며, 국경지대에 배치 인력을 늘리는 조치를 해왔다. 이런 '국경'을 둘러싼 연극에는 이뿐만 아니라, 실제로 전쟁 충동이 치밀 만큼의 직접적·노골적인 적대적 태도는 취하지 않으면서도 국내외에 자국 정부는 강경하고 의지가 뚜렷한 듯 보이게 하는 것도 포함된다. 이민자들이 원주민들을 압도한 나머지 '언제나와 같은 일상'이 깨질지 모른다고, 이른바 '대체 불안'을 자극하는 것도 그런 전법의 하나다. 전염력이 매우 높은 겨울철 독감, 또는 더 고약한 코로나19 전염병처럼, (자유민주주의 정부든, 권위주의 정부든) 세계 각국의

* 이민자(migrant)는 '외국에서 우리나라로 온 사람'을 총칭하며, 재난을 피하여 이주를 선택한 사람들 말고도 취업이나 새로운 생활을 위해 온 사람들도 포괄한다. 피난민(asylum seeker)은 '천재지변이나 내전 등으로 (일시적인) 도피처를 찾아온 사람'으로, 대체로 도피처에 영구히 머물기보다 상황이 진정되면 왔던 곳으로 돌아가려 하며, 외국인만이 아니라 내국인(특정 지역에서 재난이 일어났을 경우)도 포함된다. 난민(refugee)은 일상어에서는 피난민과 구분되지 않기도 하지만, 법적 의미로는 '본국의 천재지변, 분쟁, 정치적 박해 등으로 우리나라로 피신해온 사람'으로, 대체로 도피처에 정주하여 국민 자격을 얻기를 바라며 외국인만 해당한다. 국제법적으로는 난민의 정의가 매우 엄격하여, 정치적 박해나 분쟁만을 인정하며 기아나 문화적 낙후 등의 이유로 고국을 버린 사람은 난민으로 보지 않는다.

** 1969년 엘살바도르와 온두라스 사이에 벌어진 5일간의 전쟁. 이민자 문제나 영토 분쟁 등이 쌓인 끝에 월드컵 축구 지역 예선전에서의 승부 시비가 촉발되어 벌어졌다.

정부들도 국경을 둘러싼 열병을 이용해먹고 있다. 장벽, 담장, 울타리는 디지털 감시망과 더불어 곳곳에 세워지고 있다. 셀 수 없이 많은 TV 리얼리티 쇼, 장벽 탐방 다큐멘터리, 숱한 영화와 비디오게임 덕분에, 서구인들은 국경 보안 문제에 거의 심취해 있다고 할 정도다. 이제는 호주와 뉴질랜드의 관세 공무원들, 영국과 아일랜드의 항공 보안팀 등에 대한 TV 쇼가 방영된다. 미국과 캐나다인 상당수는 국경수비대, 경찰, 국토안보부 공무원 등에 관련된 프로그램을 시청한다. TV 리얼리티 쇼의 한 유형인 '국경 보안 TV'가 인기를 끄는 현상은 국경 통제와 보안에 대해 다시 타오르는 관심을 반영한다.

'아름다운 장벽'의 정치학

웬디 브라운(Wendy Brown)은 그의 책 《벽으로 둘러싸인 국가, 약화되는 주권(Walled States, Waning Sovereignty)》(2010)에서 이 모든 것은 정부와 국민이 국경을 포함한 경계를 철저히 통제한다는 말이 단지 동화 속 이야기에 불과하다는 걸 천천히 마지못해 받아들일 수밖에 없음을 뜻한다고 풀이한다. 브라운은 주권이 '실종'되었다기보다 '약화'되었다고 본다. 비록 TV 카메라가 주변에 없어도, 세계 각국에서는 국경 안보를 강화하려는 전략의 사례를 넘치게 찾을 수 있다. 국경 문제를 물리적, 그리고 심리적 지도를 놓고 교차 검토해 볼 필요가 있다. 2019년, 석유 매장량이 많은 아프리카의 소국, 적도기니는 카메룬의 분노를 샀다. 적도기니가 거의 200킬로미터에 이르는 안보 장벽을 양국 국경지대에 세우기로 계획한 때문이었는데, 장벽 자체가 긴장의 유일한 원인은 아니었다. 카메룬 관료들은 그 장벽이 국제적으로 공인된 양국의 국경선을 침범한다고 보았다. 그런 점에서 그 장벽은 도발적인 의미를 갖고 있었다. 두 나라의 관계가 냉각된 지는 꽤 오래되었다. 적도기니가 1990년대에 석유 수출국이 된 뒤, 카메룬의 불법 이민자들이 이 작은 나라에 일자리를 찾으러 넘어오는 일을 카메룬이 적극적으로 막지 않는다는 비판이 일었다. 적도기니의 해상 유전 및 천연가스 생산은 그 나라를 아프리카 에너지 시장의 큰손으로 만들어 주었다. 그리고 그 이웃인 카메룬이나 가봉을 앞질러 적도기니는 중진국 대열에 섰다. 당시 적도기니 대통령 테오도로 오비앙(Teodoro Obiang)은 인권 유린, 공금 횡령, 부정부패로 비난받는 처지에 있었는데, 마침 그때 나온 국경 장벽 프로젝트는 국내의 불붙는 여론을 잠재우는 한편 사회, 경제, 문화적 변화의 규모와 속도에 관심이 높은 그의 지지자들에게는 환영을 받았다.

2016년 2월, 도널드 트럼프 미국 대통령 후보가 미국민에게 '아름다운 장벽'을 세울 것이며 그 비용은 멕시코가 부담할 것이라고 밝혔을 때 많은 이들이 그를 조롱했다. 그러나 그는 미국의 국경이 위험에 처해 있으며, 그에 따라 미국도 위태롭다는 우려를 유권자들에게 지속적으로 주입함으로써 표를 얻을 수 있었다. 다시 한 번 남쪽 국경은 외세의 침략이라는 판타지를 쏟아내는 금광이 되었다. 한 세기 전, 국경 안보라고 하면 네 줄짜리 철조망이 전부였고, 대체로 사람보다 소들이 경계를 넘지 못하도록 막는 것이 거의 전부였다. 그러나 수십 년 동안, 국경 경비와 유지를 두고 말이 많아졌고 보다 엄격해지기도 했다. 라틴아메리카의 불법 이민자들이 점점 늘어났기 때문이다. 1970년대 초에는 닉슨 행정부에서 '마약과의 전쟁'을 시작했고, 그에 따라 남쪽 국경을 군사적으로 철통 방어해야 한다는 의식이 더 힘을 얻었다. 마약과 범죄 문제, 그리고 나중에는 테러 문제가 미국 남부와 멕시코 북부 주민들의 심각한 관심사가 되어갔다. 라틴아메리카의 불법 이민자들에 대한 우려가 커짐에 따라, 국경을 지키고 약화되는 주권을 지키자는 '백인들의 불안'은 더욱 배양되었다.

국경의 근거

국경은 정치인들의 정략에 따라 그 의미가 달라지곤 하지만, 무언가에 근거를 갖는 실체이기도 하다. 일상 속의 경계선은 마을이나 도시에서 분명하게 느끼기 마련이지만, 지도에 그어진 국경선이 명확한 선이며, 사막이든 평야든 산이든 강이든 호수, 바다, 정글, 심지어 지하에서까지 분명히 경계 짓고 있다는 사실을 잊지 말아야 한다. 공중 또한 영공과 국제공역(國際空域)으로 잘게 나뉘어 있으며, 다른 나라의 영공을 통과할 때는 그 나라의 해안선에서 12해리(22킬로미터)까지의 배타수역을 통과할 때와 마찬가지로 반드시 허가를 받아야 한다.

남중국해나 시리아 주변처럼 긴장이 높은 지역에서는 서로 자신의 영공을 침범했다고 적대세력을 비난하는 일이 흔하다. 군용 제트기의 속도와 무대가 공중이라는 걸 고려하면 이런 '침범'은 불과 수 초 동안 이루어지며, 침범한 비행기가 남긴 비행기구름만 남는 경우가 대부분이지만 말이다. 반면 육지와 하천, 산악과 사막은 오랫동안 국경의 기준이 되었고, 분리의 기제가 되어왔다. 그것이 잘 먹힐 때도, 먹히지 않을 때도 있었다.

피레네산맥은 (1659년의 협정에서 명문화되었다시피) 오랫동안 스페인과 프랑스의 '자연 국경'으로 여겨졌다. 그러나 사람들과 동물들은 이 산맥을 넘나들 길을 언제나 찾곤 했다. 1866년에서 1868년까지 이루어진 바욘(Bayonne) 협정에서야 겨우 스페인과 프랑스는 양국 사이의 국경을 완전히 확정하고, 두 나라 사이를 가로지르는 산맥의 구체적인 경계선을 나눴다. 앞으로 2장에서 보겠지만, 산악에 의존해서 국경을 정하는 방식은 자연의 변화 때문에 곤란해질 수 있다. 협곡과 산마루는 시간이 지나며 깎여나갈 수 있고, 빙하의 움직임으로 인해 국경이 재설정되는 경우도 있다.

국경 인프라의 허상

—

국경 인프라는 우리가 기대만큼 안보에 도움이 되지 않는다. 규칙을 세우고 절차대로 시행하지만, 뭔가 발생하면서 이 모든 것의 약점을 노출한다. 2018년 1월, 호기심 많은 코끼리 한 마리가 중국과 라오스 사이의 경계선에 다가오는 모습이 CCTV에 잡혔다. 그 코끼리는 아무렇지 않게 발을 들어 올려 울타리를 넘었다. 두 시간 만에, 코끼리는 한밤의 만찬을 끝내고 유유히 중국으로 돌아왔다. 아무도 감히 그 코끼리를 막을 용기를 내지 못했다. 이것은 인간이 그은 국경을 자연이 무시한 예로, 무해한 경우다.

그러나 극단의 기상재해를 포함하는 기후변화는 이야기가 다르다. 인간이 제멋대로 금을 그어대는 행위에 지구는 마냥 잠자코 있지 않는다. 오래전부터 환경주의자들과 피해 지역의 주민들은 장벽과 철조망이 자연을 훼손시켜 홍수 같은 피해 위험이 가중하고 있다고 경고해왔다. 국경 안보를 위한 잡다한 장치들은 크고 작은 동물들이 경계를 넘어 이동하는 것을 어렵게 한다.

보통 세계 곳곳의 토착 주민들로 이루어진 국경 지역사회는 국경 강화 조치 때문에 생활이 엉망이 되어 버렸다. 정부는 그들의 주거지를 마구 뜯어고쳐서 상황을 어렵게 만들어 버린다. 터널을 뚫고, 강줄기 흐름을 바꾸고, 포대를 설치하고, 언덕을 깎아내는 일 같은 건 흔하다. 지형을 바꾸고 물줄기 흐름을 바꾸는 일은 세계 어디서나 국경 방위 프로젝트의 필수인데, 그에 따른 막대한 사회적·환경적 비용은 거의 고려하지 않는다.

또, 강물 같은 물리적 실체의 환경 변화가 이웃 국가끼리의 분쟁 요인이 되기도 한다. 지형 자체가 변화하면 그 책임이 누구에게 있느냐, 그 효과가 무엇이냐를 두고 논쟁이 벌어진다. 하천과 늪지대가 종종 그 대상이 된다. 강변 지대의 영유권, 강물의 흐름 방향, 강의 수원지, 유수 동학, 수자원, 하수 추출, 수질오염 관리, 교량 건설, 배수 계획, 선박 운행, 운하 건설, 강바닥의 변동 등을 놓고 국가들은 다투곤 한다. 강은 자연의 경계선처럼 보이지만, 사실 늘었다

줄었다 한다.

볼리비아와 칠레는 2013년에 실라라(Silala)강의 상태에 대하여 국제사법재판소에 제소했다. 해당 분쟁 지역은 두 나라에 걸쳐 있는 산악지대로, 칠레는 그 강이 '국제하천'이며 그곳의 광산 개발에 필요한 용수권이 침해당하지 않기를 원했다. 한편 볼리비아는 칠레가 수원지에 개입하여 강물의 흐름을 바꿔놓았다고 주장했다. 두 나라 모두 안데스산맥 수계에 의존하고 있었고, 그러한 의존성은 오랜 가뭄으로 인해 더 절박해져 있었다. 더구나 하천 수위가 낮아지면서 하류의 수력 발전 문제도 불거졌다. 이런 문제는 두 나라의 해묵은 분쟁(볼리비아가 칠레와의 전쟁 때문에 태평양으로의 접근로를 잃은 것)과 빙하의 축소 문제까지 겹치면서 법적 분쟁을 더욱 부추겼다. 대개 원주민들로 이루어지는 고지대 지역사회는 고고도 국경지대의 최전선에 자신들의 삶의 터전이 자리하게 되는 지경임을 알게 되는 수가 많다.

분쟁의 진짜 이유

—

접근이 어려운 오지라고 해서 국경 분쟁에서 자유롭지는 않다. 다수 대중의 눈에서 멀어진다고 분쟁의 대상에서도 벗어나는 것은 아니기 때문이다. 오히려 한 나라의 변방은 말썽이 일어나기 쉽다. 인도와 파키스탄의, 인구도 얼마 안 되는 혹한의 고산지대는 군사적 대치가 종종 일어나는 곳이다. 양쪽 모두 수천의 병사를 그 땅에 주둔시키고 있으며, 그들은 열악한 환경 때문에 건강이 나빠진다.

그리고 눈사태가 일어나면 수십 명의 인명 손실이 발생하기도 한다. 줄어드는 빙하는 물 보급을 방해할 뿐 아니라 서로 적대하는 국가들이 영토 및 자원의 이익을 지키기 위해 더욱 날을 세우도록 한다. 빙하가 녹아 땅이 드러나면 그 영유권 확보와 식민화를 놓고 갈등이 더욱 불붙는 것이다. 과거에는 얼음과 눈이 갈등을 예방하는 기능을 했을 수도 있다. 그러나 온난화는 고지대와 극지방을 불안정한 상태로 만들고, 접근이 쉬워진다는 사실은 역설적으로 상대도 그 이점을 이용할 수 있다는 우려를 낳는다.

세계 곳곳에서 국경의 역사는 문명 및 제국의 역사와 밀접하게 연관되어 있다. 그리고 이후, 16세기에서 17세기에 근대 국민국가가 탄생할 무렵과도 밀접한 연관이 있다. 로마인들은 최초로 여권(passport)을 만든 것으로 알려져 있다. 경계를 넘나드는 사람의 숫자를 제한하는 권한은 시민적 특권을 근거로, 또는 유대인이나 그 밖의 소수집단을 제한하려는 일반 대중의 정서를, 또는 원거리 노예무역을 근거로 뒷받침되었다.

일반적인 국경은 사람들을 일정 구역에 머물도록 하는 것이다. 그러나 유럽에서와 그 너머 지역들에서의 국경 경험은 매우 다양하다. 베스트팔렌 조약(1648)은 흔히 국민국가 수립의 초석을 놓았다고들 한다. 이로써 일정한 국경을 경계로 하는 영토를 통치하는 공인된 체제가 수립되었다는 것이다. 그 조약은 국경, 국가 주권, 국가 목표를 수립하는 길을 열었다. 그것은 30년 전쟁의 산물이었으며, 일부 정치체들에게 평화와 자기 방위, 독립과 영토를 보장해 주었다. 스위스는 오스트리아로부터, 네덜란드는 스페인으로부터 독립했으며 스웨덴 같은 다른 나라들은 영토를 확장했다.

그러나 이와 달리 부족이나 지역사회의 전통적 경계를 무시당한 경우도 허다했다. 16세기에서 19세기까지, 수백만 명의 서아프리카인들은 유럽인들에 의해 오로지 노예노동에 동원될 목적으로 아메리카로 끌려갔다. 플랜테이션 농업, 강제수용소, 집단농장 등은 모두 노예사냥과 강제노동의 무시무시한 사례들로 남아 있다. 식민 제국들은 딱히 노예가 아니어도 자신들의 식민지에 거주하는 사람들에게는 쉽게 통제권을 휘둘렀다. 본토의 인구 과잉과 식량 부족 우려는 많은 유럽인들이 짐을 싸서 해외 식민지로 떠나게 했다. 19세기에 일부 국가들은 자기네 영토에 들어오는 이민자들을 마땅찮게 여기고, 국경 통제를 강화했다. 20세기 초에는 여권이 다시 등장했다. 노예제와 식민주의가 공식적으로 끝났음에도 불구하고, 세계 각국의 원주민과 흑인들은 법적·정치적·경제적 족쇄에 자신들이 묶여 있음을 깨달아야 했다. 18세기와 19세기 미국의 인디언 보호구역 설정 정책은 수천의 인디언들에 대한 참혹하기 그지없는 강제 재이주와 재정착으로 뒷받침되었다. 이 정착지구는 일종의 국경으로 둘러쳐진 셈이었기에, 그곳의 인디언 부족들은 백인 주민들과 미국 정부의 눈에 아무런 가치가 없어 보인 땅에 묶여 있어야 했다.

오래된 난제

과거와 현재의 제국, 국가, 정부는 이 오래된 난제와 씨름해왔다.

"국경으로 구획되었으나 현실적으로 불분명한 변경지대에서 들고 나는 사람과 물자의 흐름을 어떻게 통제할 것인가?"

지난 300~400년은 국내 경계와 국경을 확정하고, 구분하고, 고정하는 규범과 절차를 세우기 위한 시도가 끝없이 이루어진 시기였다. 평야, 하천, 삼림 가운데의 초지 등을 국경의 기준으로 삼은 예는 흔하지만, 국경 확정은 대체로 네 단계를 거쳐 이루어진다. 첫째는 국경지대의 정의, 둘째는 지역 지형의 조사, 셋째는 국경의 물리적 확정, 끝으로는 협정과 조약을 통한 국경의 정립 및 행정조치. 북미 인디언의 거주지 설정과 남아공의 아파르트헤이트(인종 분리) 정책은 지역사회 주민들의 삶을 얽어매고 해체하기 위한 가장 기괴한 사례들이다.

세계지도나 지구본을 보자. 거기 그어진 선들은 아마 공정하고 합리적인 과정을 거쳐 그어졌으리라 생각할 수 있다. 그러나 지구상에 그어진 국경선 치고 긴장과 분쟁을 거치지 않고 확정된 사례는 거의 없다. 지표면을 이렇게 저렇게 나누는 일은 언제나 팽팽한 협상 과정, 긴장 고조 그리고 폭동에서 세계대전에 이르는 온갖 직접적 충돌을 빚곤 했다. 물론 평화로운 영토 교환과 우호적 분위기 속의 조약 체결도 없지는 않다. 그렇다 해도 국경은 뭔가 근본적인 인간의 진실을 드러내 준다는 일반적 관점은 변하지 않는다. 그것은 "우리는 토지와 자원을 배분할 복잡한 규칙을 마련하고 그에 관련한 협력 체제를 구축할 능력을 완벽히 갖추고 있다. 그러나 권력과 권한의 문제가 개입되면, 그렇게 만든 국경을 무시하고 침범할 능력 또한 갖추고 있다"는 것이다.

역사에 남은 상처는 쉽게 사라지지 않기 때문에 이런 국경을 관리하는 일은 어렵다. 그런 상처는 영향을 미칠 수 있는 공간에 언제든 다시 출현하곤 한다. 볼리비아에는 그들 나라가 19세기의 분쟁으로 태평양으로의 접근로를 잃은 사실에 아직도 분개하는 사람들이 많다. 아르헨티나는 지금도 1830년대에 상실한 포클랜드 제도(그들 말로는 말비나스 제도)를 못 잊는다. 파키스탄과 인도는 카슈미르의 현 국경에 똑같이 불만이 있다. 영국, 스페인, 독일, 프랑스, 오스트리아-헝가리, 오스만 제국 등의 몇 안 되는 나라들만이 내키는 대로 국경을, 그리고 영향력의 경계선을 이리저리 옮기곤 했다. 그런 경계선이 주민들의 삶을 바꾸는 것이든 협정을 위반하는 것이든 개의치 않고 말이다. 세계 곳곳에는 제국주의와 포스트 제국주의 국경선들이 남긴 복합적 유산들의 피해를 입은 지역들이 널려 있다.

영국 식민지였던 키프로스는 아직도 피해에서 벗어나지 못하고 있다. 1950년대에 격렬한 반식민투쟁과 내부 갈등이 빚어졌고, 1960년에 독립을 이뤘으나 새로운 평화와 안정의 시대는 오지 않았다. 1974년 터키의 무력 침공은 이 섬나라의 그리스 민족주의자들이 그리스와 병합되려 한다는 우려가 낳은 결과였으며, 터키계와 그리스계 사이의 틈을 더욱 벌려놓았다. 그 침공 이후, 키프로스는 그리스계와 터키계 주민을 분리하는 '그린 라인'으로 분단되었다. 유엔 평화유지단은 이 나라의 수도 니코시아를 가로지르는 출입금지지역을 계속 감시·순찰하고 있다. 하지만 이 섬나라를 다시 하나로 통일하려는 시도는 계속되고 있다. 2015년 5월, 키프로스 주재 UNFICYP(유엔 평화유지군)의 호위를 받으며, 나는 니코시아의 버려진 공항을 보고, 니코시아를 기반으로 하는 민간 항공사 '트라이던트선제트'사의 잔해를 둘러보았다. 우리 가이드는 슬로바키아군의 소위로, UNFICYP의 역할은 유엔이 설정한 완충구역을 감시하는 데 있다고 설명해 주었다. 터키 보안대원들은 그들의 감시탑에서 내가 그 완충구역의 다른 관할구역에 접근하는 걸 보자 호루라기를 불고 경고를 외쳤다. 영국이 주권을 유지하고 있는 기지 구역이 두 군데 있으며, 그 면적은 총 256평방킬로미터다. 그리고 이른바 '미양도 구역'들도 시내 곳곳에 있다. 경계 장벽과 보안 시설은 어디를 둘러봐도 눈에 띈다.

키프로스는 레바논에서 대략 260킬로미터 정도 떨어져 있고, 터키와는 더 가깝다. 2015년 이래 국제 승인을 받지 못한 '북키프로스 터키 공화국'으로 들어가는 이민자들은 꾸준히 늘어왔다. 그러나 북부에는 난민대피소가 없다 보니, 대피소를 찾는 사람들은 완충지대와 영국 주권 유지 지역으로 밀고 들어오게 되었다. 영국 정부는 자국의 군사기지 주변에 팔레스타인과 시리아에서 온 난민들이 북적대는 상황에 익숙해져야 했다. 키프로스 공화국은 결국 데켈리아의 영국 기지들 반환을 요구하는 과정에 들어가기로 했다. 전반적으로 3천 명 정도의 사람들이 2019년 현재 키프로스에서 난민 지위를 가졌으면서도 피난처를 찾지 못하고 있다. 한편 이 섬의 수목지대와 고르지 않은 지형은 이민자들이 몰래 경계지대로 숨어들 기회를 주고 있다. 긴장된 상황은 쉽게 일어날 수 있으며, 실제로 그러고 있다.

국경과 '경계선'은 침범되거나, 무시되거나, 혹은 부패의 대상이 될 수 있다. 그것들이야말로 밀수, 인신매매, 뇌물과 부패 등 국민국가가 통제하고자 애쓰는 모든 행동을 부추기기 때문이다. 2018년에서 2019년, 에스토니아의 국경 수비대는 FSB(러시아연방보안국)가 밀수업자들에게 돈을 주고 에스토니아의 국경 안보 작전 상황을 정탐하고 있다는 사실을 적발해냈다. 에스토니아 법원에 제출된 증거에 따르면 FSB는 자신들의 비밀 작전을 계속하기 위한 별도 비용도 불법 밀수에 의존했다. 에스토니아는 국경 순찰, 전기 대첩보 기기 및 경계 수단 구축 등에 적잖이 투자한 나라였으나 그 국경지대의 현실은 뇌물과 강압, 강탈 등이 벌어지는 혼란의 도가니로 남아 있었다.

인류세와 요동치는 국경

—

사실 국경은 일확천금의 기회를 낳는 촉매 역할도 한다. 한국의 DMZ(비무장지대) 인근의 주거지와 농지 관련 재산권 주장은 남북교류와 협력 전망이 높아질 때마다 크게 두드러진다. 남북한 관계가 개선된다면, 남한의 투자자들은 이 경계지역이 경제활동과 주거지역 개발로 활발해질 것으로 기대할 수 있다. 로이터 통신에 따르면, 최근 이 중무장한 경계지대 근방에 '토지 매입 광풍'이 불었다. 투자자들은 구글어스 인공위성 사진과 국가에서 만든 지도를 들여다보며 DMZ 근방 땅을 훑듯이 사들였다. 이 모든 일은 지나치게 낙관적으로 보인다. DMZ는 세계에서 가장 군사화된 국경지대로, 수십만 개의 지뢰가 곳곳에 묻혀 있으며, 경계병이 계속 순찰을 돌고, 감시탑과 철조망이 어딜 봐도 눈에 띄는 곳이다. 지금, DMZ는 서로 대립하는 두 진영과 그들의 동맹자들을 나누고 있는 선이며, 두 진영의 분리는 평화적인 해결이 아니라 군사적인 휴식 상태임을 항상 일깨워주고 있는 곳이다.

지금 우리는 심각한 기후변화와 코로나19 팬데믹 국면이라는 새로운 시대를 맞고 있다. 그에 따라 각국은 스스로를 '유해한 외부자들'과 '보이지 않는 적들'에 맞서 고립시킴으로써 국가경쟁력을 지키고자 국경을 폐쇄하고 심지어 전쟁까지 불사할 태세다. 마스크 제조에 쓰이는 합성섬유에서부터 배터리와 휴대폰 기술에 쓰이는 희귀광물에 이르기까지, 자원을 향한 관심과 열의는 아직 대단히 높다. 2020년 상반기만 해도 자원의 은밀한 거래와 이중거래, 의료장비 독점 등의 사례가 드러난 것만도 헤아릴 수 없이 많다. 특히 미국은 NATO 동맹국들로부터 "우월한 자금력을 갖고 백신을 과도하게 쓸어담고 있다"는 비난을 받았다.

결과적으로, 국경에 대한 우리의 관심은 적어도 가까운 장래에는 줄지 않을 것 같다. 북극해나 남극해, 해저나 달과 같은 오지들도 중국, 러시아, 미국 등의 관심을 끌고 있다. 그런 국가들만이 아니다. 일론 머스크(Elon Musk)는 화성에 새로운 문명을 세우는 꿈을 꾸고 있다. 아프리카와 아시아의 인구가 계속 늘고 있는 이상, 자원 사냥은 끝나지 않고 더욱 확대될 것이다. 에너지 전환과 '넷제로'(net zero)* 목표에도 불구하고, 내연기관의 전기화와 재생에너지로의 전환은 계속해서 세계 곳곳의 석탄, 석유, 천연가스에 의존하지 않으면 이룰 수 없을 것이다. 전략 광물의 수요는 줄고 있지 않으며, 따라서 대양과 남극처럼 지구상의 오지 중 오지에서까지 새로이 긴장을 높이고 있다.

한 가지는 분명하다. 우리는 경제성장은 지나치게 중시하면서도 기후변화 억제에 필요한 노력은 지나치게 경시하고 있다는 것이다. 더 덥고 더 습한 세상은 많은 나라가 기후변화 효과를 더욱 심각하게 여기도록 할 것이며, 따라서 해수면 상승에 대비해 더 고지대를 찾고 기온 상승과 생물 다양성 감소에도 대비책을 고민하게 할 것이다. 과거에는 세계 각지의 토착민 공동체가 가축들을 겨울에는 저지대로, 여름에는 고지대로 모는 등의 '인위적 생물체 이동'을 계절별로 주도했다. 그러나 국경은 국가 내적으로나 외적으로나 그런 이동 능력을 억제했으며, 계절에 따른 적응 능력도 없애버렸다.

'인류세'(Anthropocene)라는 말은 이 지구에 인류가 끼친 누적적인 영향을 나타내는 말로('안트로포스'는 고대 그리스어로 '인간'을 뜻한다) 대중과 정치의 관심을 끌고 있다. 우리의 대양은 산성화되고, 우리의 빙하는 녹아내리며, 우리의 강물은 마르고, 우리의 삼림은 사라져가고 있다. 이를 억제할 수 있는 시기가 언제인가, 행동 주체와 장래의 효과는 어떤가 등에 대한 논쟁은 불붙고 있되,

---

* '탄소 중립' 개념의 다른 표현으로, 환경에 배출하는 탄소만큼 다시 탄소를 거둬들임으로써 '플러스 마이너스 제로' 상태를 만든다는 환경보전 운동의 이상적 지향점이다.

한편 우리는 종종 소출과 성과물을 극대화하려는 의도로 계속해서 자연을 이리저리 쪼개나가고 있다.

이런 상황에서도 땅과 바다를 그리고 식량이나 물처럼 중대한 자원을 움켜쥐려는 권력자와 특권층의 욕망은 식을 줄 모른다. 하천을, 빙하를, 대수층(帶水層)과 삼림지대를 두고 또 다른 분쟁들이 벌어질 것이 불 보듯 뻔하다. 물 공유, 질병 예방, 오염 통제 등 협력 분위기가 무르익은 지역들에서는 '국경에 사로잡힌 연대의 파괴'(border vandalism)가 벌어질 가능성이 크고, 각국은 서로 협력한다는 생각을 쉽게 내던질 것이다. 그러는 동안, 토착민 공동체와 그 밖의 공동체들은 더 이상의 환경 악화를 막고 그들이 입은 피해에 대한 보상 및 원상복구를 주장하고자 (권리, 책임, 특권을 갖는) 법인으로 탈바꿈하고 있다. 인류세는 국가 간 그리고 지역사회 간 분쟁을 심화시킬 공산이 크다. 그 여파로 하천, 삼각주, 늪, 산, 호수, 삼림, 섬, 해안, 평야 등이 쟁탈의 대상이 될 것이다. 배타적 주권이라는 신화와 고정된 국경이라는 신화는 위험하다. 우리는 국경에 대해 전혀 다른 견해를 도입해야 한다. 국경이란 살아 있는 것이며, 자연의 변화가 가져오는 복잡한 현실에 열려 있어야 한다. 그리고 기후변화와 국제갈등이 깊어지는 지역에서 일어나게 될 사람들의 집단 이주도 수용하는 것이어야 한다.

서문에서 분명해졌듯, 국경 문제의 규모와 복잡성은 워낙 커서, 그것을 캐 보려는 연구자들을 힘들게 만든다. 이 책에서, 나는 미래의 어젠다를 지배하게 될 세 가지 유형의 국경 분쟁을 다루려

한다. 자연환경 때문에 국경에 생긴 변화를 둘러싼 분쟁, 통행 불가를 고집하는 강경한 국경 관리 노선에 따른 분쟁, 기술 혁신에 따라 가능해진 첨단 국경과 관련한 분쟁이 그것이다.

이 책은 독자들을 역사와 지리에 따라 이루어진 그런 분쟁 지역으로 데려간다. 동화나 전설과 결코 떨어질 수 없는 존재, 국경은 국내 및 국제정치학의 소우주라고 할 수 있다. 우리는 국경 문제를 분석해본 결과, 국경 지역의 자연적 변동이 문제가 된다는 점을, 그리고 생물 종으로서 우리의 지나치게 빠른 움직임이 국경을 지키는 일과 관련해 기회와 위기를 모두 주고 있음을 알게 됐다.

기후변화는 복잡한 문제다. 세상은 녹아내리고, 흘러내리고, 사라져가고 있다. 육지와 해양 사이의 한때 뚜렷했던 구분은 이제는 뭐가 뭔지 모르게 되었다. 섬들과 저지대 환경은 우리 시야에서 사라질 위기에 있고, 인간 조건의 모든 개선은 쌓이고 쌓여 결국은 이 행성에 막대한 해악을 초래하고야 말았다.

우리는 또 풀어낼 수 없어 보이는 문제와도 맞서 있다. 가령 국경 불안정 그리고 출입금지지역 같은 것들 말이다. 이 극도로 비정상적인 공간에서, 비로소 '독점적이고 안정적'이라는 주권의 신화는 까발려진다. 지도 위에 그어진 줄은, 사실 국가와 그 밖의 이해관계자들이 비상사태를 선포하고 특단의 조치를 취하는 순간 엉망이 되는 것이다. 앞으로 보게 될 것처럼, 분쟁과 자원 확보 경쟁은 국경을 인정하지 않고 회색지대도 존중하지 않으려는 강력한 원인이 된다. 지역 감염과 팬데믹급 감염이 국경이나 변경 따위와는 별개로 이뤄지는 사실이 명확하지만, 2020년 코로나 바이러스

사태에 따른 국민 보건 비상 상황은 공항 폐쇄, 국경 폐쇄, 엄격한 여행 금지 조치 등을 세계 곳곳에서 불러왔다. '국경 없는 바이러스'가 더 이상 퍼지는 것을 원하는 사람은 아무도 없을 것이다. 결국, 우리는 기술에 힘입어 새로운 국경과 변경을 만들어낼 것이다. 이는 우주와 '사이버상의 스마트 국경'을 포함한다. 앞으로 국경 관련 작업은 더욱 자동화되고, 디지털화되고, 원격화에 가상화될 것이다. 이민과 국경을 연구하는 인류학자, 루벤 앤더슨(Ruben Andersson)의 말을 빌리자면, 우리는 매우 수익성 좋은 글로벌 비즈니스를 갖게 될 것이다.

장래의 분쟁이 무엇에 근거하고 있을지를 이해하고 싶다면, 세 가지 유형의 국경 분쟁을 모두 이해해야 한다. 물리적 분쟁, 비정통적 분쟁, 새로운 분쟁을. 그러나 먼저, 우리는 어째서 이 국경이라는 것이 그토록 뻔질나게 논쟁거리가 되고, 행동, 논란, 수익을 창출하게 되는가를 이해해야 한다.

차례

1장

국경은 중요하다

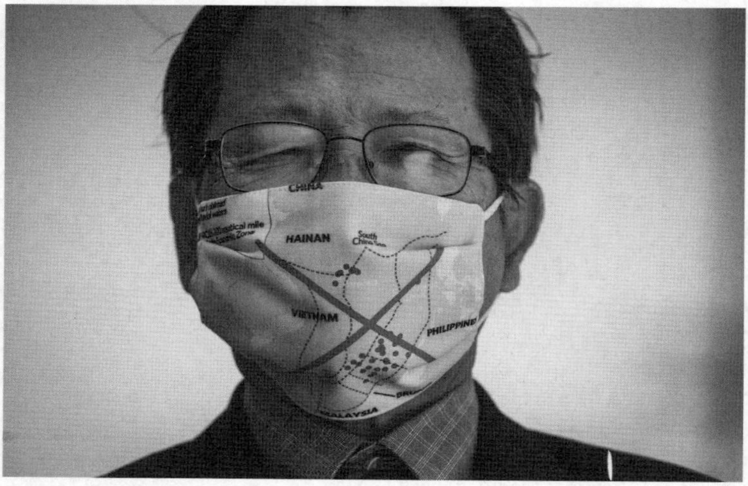

'프로젝트 베트남 재단'의 자원봉사자인 콴 딘. 파운틴밸리의 마이요코 의료센터에서 베트남과 남중국해를 묘사한 마스크를 쓰고 서 있다. 이 마스크는 '대중판 지정학'의 한 예다. 이제는 흔하게 된 아이템인 마스크를 써서, 남중국해에 표시된 붉은 십자는 전부터 논란이 많았던 열도와 그 주변 해역에 대한 중국의 주권 주장을 거부하는 의사를 나타낸다. 2020년 4월, 두 나라는 이 해역에서의 어업권을 두고 충돌했으며, 베트남은 중국이 문제의 파라셀 제도* 근해에서 베트남 어선을 격침했다고 비난했다.

---

* 남중국해 상의 여러 무인도로 이루어진 산호초 군도. 중국에서는 시사군도(西沙群島)라고 한다. 전략적 요충지로, 본래 남베트남에 속했으나 베트남전쟁 중에 중국이 점령한 이후 그 귀속을 놓고 양국 사이에 치열한 공방이 벌어지고 있다.

국경 그리고 그것을 가능케 하는 구조는 수천 년 전부터 있어왔다. 방어 목적에서 쌓은 최초의 장벽은 1만 2천 년 전의 중동에서 찾을 수 있고, 기록된 가운데 가장 오래된 도시 성벽은 요르단강 강변의 예리코에 있었다. 방어용이든 홍수 방지용이든, 이 장벽들은 뭔가 둘러쳐서 방어력을 높이려는 본능이 수천 년 전부터 이어져 내려왔음을 알려준다. 방어용 장벽은 아테네에서는 인기가 있었지만, 용감한 전사를 기르는 편이 벽돌과 돌멩이보다 더 큰 방어력이라 여긴 스파르타에서는 아니었다. 거기서 그리 멀리 떨어지지 않은 콘스탄티노플에서는 유명한 테오도시우스 장벽이 거의 천 년간 굳건히 도시를 지켜냈다. 5세기에 세워지고, 1453년 5월에 화약과 대포 공격으로 너덜너덜해진 다음에야 넘어간 것이다. 장벽과 요새화된 국경은 결국 인간의 지혜와 집념으로만 무너졌으나 모래폭풍, 화산 폭발, 홍수, 지진 같은 자연재해는 계속해서 도시 장벽이나 안보 울타리의 한계를 보여주고 있다.

그러나 국경에 대한 열의는 시간이 지나며 고조와 퇴조를 반복한다. 1990년대, 각국 정부들이 세계화 구호에 취해 장벽을 없애고, 무역을 늘리고, 민주주의를 빨리 확산하자고 주장한 덕분에 국경 장벽과 장애물은 상당히 줄었다. 20년 뒤에는 장애물, 장벽, 울타리 등등 국경 안보 강화에 새로 예산을 투입하는 일이 빈번해졌다. 예산과 물자 동원 능력을 따져볼 때, 미국 남부 국경지대의 건설업자들은 그들이 하루에 400미터씩 장벽을 지을 수 있다고 한다. 멕시코와 접하는 국경은 3천 킬로미터 이상이다. '아름다운 장벽'에 대한 도널드 트럼프 대통령의 야심이 이뤄지려면 시간도 돈도 많이 필요할 것이다.

그러나 장벽과 울타리는 국경이 갖는 중요성의 한 가지 요소일 뿐이다. 국가는 자국의 국경 준비태세를 여러 가지 방식으로 갖출 수 있다. 정부는 수백만 달러를 들여 드론 군단을 배치하거나 자연환경을 개조해서 우발적 상황에 대한 대응력과 국경 감시 능력을 키울 수 있다. 아니면 기존의 비자 발급 시스템을 뜯어고치고, 위험하고 불안하며 위협적이거나 보건 상태가 나쁘다 싶은 나라들로부터의 입국을 엄격히 통제하는 쪽을 선택할 수도 있다.

또 그 밖의 다른 국경 안보 강화 선택지도 있다는 것을 잊지 말아야 한다. 국가는 전략적 이유에서 국경을 '개방'한다는 결정도 내릴 수 있다. 말하자면, 사람과 물자의 흐름을 막지는 않기로 할 수 있다는 것이다. 2015년 이후 남동유럽과 근동에서 벌어진 이민 위기는 대체로 터키와 유럽연합 사이의 관계가 그리스-터키의 영토-영해 갈등과 맞물리며 초래되었다. 시리아 난민들 및 아프가니스탄, 앙카라, 브뤼셀 등에서 온 피난민들 수백만 명을 수용하는 일은 그들을 어떻게 사회에 받아들일지를 놓고 벌어진 날선 논쟁 속에서 진전을 보지 못하고 있다. 자국의 터키-시리아 국경지대의 전략적 중요성을 무시하는 듯한 유럽의 태도에 분개한 터키 정부는 2020년 2월, 수천의 피난민들이 그리스 국경 쪽으로 가도록 부추졌다. 오늘날의 터키에서 남쪽 국경은 고도로 군사화되고 철통같이 지켜지는 한편, 서부 국경은 정권의 전략적 계산에 따라 이리저리 바뀐다. 더 많은 이민자가 유럽연합 블록에 진입하고 흩어질 것에 대한 두려움을 이용해, 터키는 금융 지원과 정치적 지지를 받아내는 수단으로 국경을 활용하고 있다.

우리는 국경을 단지 정적인 국경 장벽이나 지도상의 수동적인 경계선으로 여기기보다 어떤 '활동'(activity)으로 여기게 되는 경우가 많다. 그건 무슨 뜻일까? 실제로 국경 안보 투자의 배후에는 여러 중요 추진세력이 있다. 그리고 이와는 모순되게도, 굳이 그 방위력을 철통같이 만들려고 애쓸 필요는 없다는 이유도 많다. 그런 추진세력은 문화적이거나 경제적이거나 정치적일 수 있다. 가령, 이민자들이 토착 문화를 말살해 버리지나 않을까, 갈등과 테러를 저지르지 않을까, 전염병을 퍼뜨리지나 않을까 하는 두려움이다. 또 자주 논의되지는 않지만, 재정적 문제도 있다. 국경 인프라와 안보 시설을 둘러싼 유럽과 북미의 경험은 산업-법률-정치-군사 복합체가 번성하면서 방위 담당관, 국경 수비대원, 변호사, 정책결정자, 밀수꾼, 민간 위탁업체, 시민사회 단체와 정치 지도자들 같은 사람들이 활개를 치는 모습으로 나타난다. 여기서 국경 안보와 통제는 아주 수익이 좋은 비즈니스가 된다. 2019년 3월에 나온 보고서에서, 경영분석 그룹인 프로스트앤설리번(Frost and Sullivan)은 국경 안보 관련 시장이 2025년에 1,680억 달러 규모까지 성장할 것으로 보았다. 새로운 투자는 실시간 데이터 분석에 집중될 것이며, 국경 안보 기구는 이로써 사람과 물자의 비정규적인 움직임을 포착하고 예방하는 역량을 키울 것이다.

국경 안보산업이 발달한 국가는 그 안보 기술과 디지털 감시 역량을 수출하고 싶어 한다. 가령, 군사용 드론의 세계시장은 2020년대에 계속 성장하여 매년 5억 달러씩 가치를 늘려갈 것으로 여겨진다. 이는 유럽과 북미 같은 이민자들이 많이 몰려드는 지역에서 수익이 쏠쏠할 것이며, 그 밖에 국경 분쟁이 '실제 상황'인 곳에서도 마찬가지일 것이다. 남아메리카에서는, 베네수엘라와 가이아나 사이의 분쟁 지역 같은 곳에 고정익 드론을 그 어느 때보다 대량으로 배치했다. 고정익 드론은 분쟁 지역을 폭넓게 오래 감시할 수 있으며, 국경 감시 임무에도 뛰어나다. 드론 산업은 매우 잘 나가는 중이며, 스위스 같은 나라는 스스로 '드론의 나라'라 부를 정도로 적극적으로 마케팅을 하고 있다.

유럽 EUROSUR(국경 감시 시스템)는 회원국들을 상대로 비즈니스를 창출한 케이스다. 2019년, 이는 그리스에 6천만 달러를 무상원조하여 에게해역(사실상 유럽연합과 터키의 경계)에 새로운 감시 시스템을 구축하도록 했다. 그 자금은 그리스 해안방위대와 해군이 24시간-매주 작동하는 모니터링 시스템을 구축하게 해줄 것이며, 그리하여 그들의 상황 인식능력을 높이고, 밀수 거래를 차단하는 목표를 이루게 할 것이다. 관련 정보는 그리스 정부와 바르샤바에 본부를 둔 유럽 국경안보국, FRONTEX에 공유될 것이다.

하지만 국경 건설과 투자는 비용이 든다. 납세자에게, 이민자에게, 국경수비대와 야생동물들에게 그 비용이 청구된다. 미국의 환경단체, 시에라 클럽은 남쪽 국경지대의 생태계가 입은 심각한 피해를 집중 조명했다. 텍사스주의 샌타애나 국립 야생동물 대피 구역은 그 생태 충격이 집중된 곳이다. 국경 방비 울타리를 치기로 한 구역 주변은 초목이 모조리 제거되었고, 지형은 평평하게 깎이거나 심지어 도로로 포장되었으며, 밤새도록 밝은 빛이 비쳤다. 모든 국경 안보체제 건설 계획은 토지를 수용하고, 출입금지구역을 설정하며, 이와 관련된 입법 과정 속에서 연방정부는 국립 야생동물 대피 구역의 보존을 해칠 수밖에 없다. 환경 관련 영향평가와 검토는 손쉽게 대체되거나 경시된다. 국가 안보에 대한 호소는 보통 다른 모든 고려에 우선하는 경향이 있다.

국경 안보계획은 세계 여러 나라에서 두루 문제를 일으킨다. 2019년 3월, 케냐 정부는 새로운 국경 울타리 구축 사업에 3,500만 달러를 투입, 10킬로미터의 울타리를 더 세우는 일에 골몰하고 있었다. 2014년에 처음 잡힌 계획은 700킬로미터의 장벽을 세워 그 나라 동쪽에서 가해오는 심각한 안보 불안을 해소하는 것이었다. 케냐는 최근 몇 해 동안 테러에 여러 차례 휘말렸는데, 특히 2013년 수도 나이로비의 웨스트게이트 쇼핑몰에서의 총기 난사와 2015년 가리사 대학교에서 벌어진 테러가 대표적이다. 그 두 차례의 테러만으로 200명 이상이 숨졌다. 테러리스트들은 남부 소말리아에 근거를 둔 알샤바브 테러집단으로 밝혀졌다. 2019년도 연두교서에서, 우후루 케냐타(Uhuru Kenyatta) 케냐 대통령은 정부가 국경 안보와 관리를 강화하고 있다고 밝혔다. 그러나 테러와 국경을 넘나드는 무장집단의 위협에도 불구하고, 케냐 의회는 그 치솟는 비용 때문에 사업의 일시 중지를 요구했다. 이제 그 장벽은 완성

10킬로미터를 앞에 두고 멈춘 상태다.

케냐 같은 사례는 드물지 않다. 끊임없이 재정을 과다 투입하는 사례는 국경 하드웨어 보강 사업에서 넘치도록 볼 수 있다. 수백만 달러가 이동식 탐지기, 드론 정찰기, 차단 및 감시 기술 기기 등에 지출되는데, 그 가운데 비용 대 편익에서 긍정적인 경우는 거의 없다. 오바마 행정부가 2009년 1월에 출범을 앞둘 무렵, 국경 안보와 이민 정책에 들이는 돈은 이미 수십억 달러에 달했다. 2012년, 이민 정책에만 쓰인 돈이 180억 달러로 나타났다. 그리고 그보다 100억 달러 좀 넘는 돈이 FBI(연방수사국)에 들어가고 있었다. 특히 남쪽 국경에 더 많은 돈이 쓰이면서, 이민자 수용시설은 민영화되고 이민자 수는 꾸준히 늘어갔다. 이민자 수용은 그 어느 때보다 많은 사람이 수용되고 추방되면서 큰 사업이 되고 있다. 매년 수십억 달러 규모에 이른다. 수용시설과 더불어 드론 정찰대, 레이더 시설, 지표면 감시 장비 등의 기술 인프라 구축에 더 많은 연방정부 투자가 이뤄지는 중이다. 국경 하드웨어는 실로 대규모 사업이다.

국경은 대규모 사업일 뿐 아니라 정치적인 화약고이기도 하다. 세계 곳곳에서 국경은 정치 운동에서 빼놓을 수 없는 존재이며, 각국 지도자들은 시민들에게 국경 불안 문제에 강경히 대처하겠다는 약속을 늘어놓는다. 오늘날, 그들의 약속은 언론에 자주 대서특필되는데, 국경 문제를 언론이 소홀히 여기는 경우는 드물기 때문이다. 적어도 장벽과 울타리의 신축, 그런 방어막을 돌파하거나 지킨 사람들의 이야기는 늘 언론의 주목을 받는다. 종종, 가장 큰 대중의 관심을 끄는 보도는 이민자들의 사망 소식을 담은 충격적인 사진이다. 시리아 출신의 쿠르드계 소년, 에일란 셰뉴(앨런 쿠르디)의 주검 사진을 본 사람은 아마 평생 그 이미지를 잊지 못할 것이다. 그 아이는 2015년 9월, 지중해 어딘가에서 익사한 뒤 해변에 떠밀려 왔다. 경직된 소년의 이미지는 유럽연합의 이민 정책에 대한 격렬한 반발을 삽시간에 불러일으켰다. 소셜미디어와 24시간 방송 채널은 피난민과 이민자들이 국경을 넘는 이야기와 인도주의 단체, 난민 수용 지역사회 등의 취재 보도가 그 어느 때보다 높은 관심을 끌고 있음을 잘 알고 있다.

국경과 국경 관련 이야기는 보통사람들에게도 널리 흥미를 일으킨다. 그들은 대개 그 이야기를 듣고 '침범'을 막아야 한다는 목소리를 낸다. 세계 각지의 독재자들과 포퓰리즘 지도자들은 국경 관련 선동에 올라타고, 자국 영토를 더 늘려야만 한다거나, 자국 영토로 일부 사람이나 물건이 유입되는 것을 더 강하게 통제해야 한다는 주장으로 유권자들을 꼬드긴다.

국제 분쟁 지역에서의 정치적 선동들

중국과 일본에서는 국경을 표시한 지도가 국경을 침범하고 있다는 선동뿐 아니라 실제 위기의식까지 조장하고 있다. 2016년 도쿄의 외무성이 일본 국민에게 국토의 실제 모습을 알려주고자 제작한 〈일본전도(Shape of Japan)〉는 동중국해의 센카쿠 열도도 어엿한 영토로 포함하고 있다. 그 영유권이 치열한 분쟁의 대상인데도 말이다. 이 지도는 일본 국민에게 그 열도가 일본 땅임을 각인시키려는 의도가 있었다. 그러나 또 영토 보전이라는 중대 과제를 위해 핵무기를 갖춘 중국과 러시아, 북한을 충분히 억제할 만한 군사력 증강이 절실하다고 국민에게 호소하려는 뜻도 있었다.

이 세 이웃의 군사력을 볼 때 이는 어려운 주문임이 틀림없다. 그러나 냉전기에 비해 미국의 지원이 훨씬 불확실해진 지금의 상황에서는 절실한 주문처럼 여겨진다. 해상 경계는 굵은 선으로 표시되어 있으며, 사실상 육지와 바다를 구분하는 표시는 없다. 일본은 육지 영토와 해양 영토가 죄다 연속된 듯 제시되며, 이 모두는 국가 안보에 한결같이 절실하다. 멀리 떨어져 있으면서 사람도 별로 안 사는 섬들이라도 말이다. '지도에 찍힌 점 하나'라 해도 중요성은 크나큰 것이다.

그 부록인 동영상은 영어를 쓰는 시청자에게 일본의 남방 열도가 어떤 역사를 지녔고 왜 전후의 점령국 미국이 이를 1971년 오키나와 반환 협정에서 일본에 돌려주기로 했는지를 설명한다. 또 중국의 지도와 신문이 그 열도를 중국보다 일본 영토로 제시할 거라는 낙관적인 견해를 보였다. 그러나 중국은 문제의 열도에 일본의 주권을 인정하지 않았다.

한국도 일본과 공동 수역을 놓고 충돌한다. 독도의 영유권(그리고 그 작은 섬 주변에서의 어업권)과 그들 사이의 바다에 대한 명칭에서까지 그들은 입장을 달리한다. 일본은 그 해역이 일본해의 일부라 주장하지만, 한국은 동해라고 부른다. 일본은 그 바다를 '일본해'라고 명기하고 한국도 이를 받아들여야 한다고 주장하며 이를 관철하기 위해 대양과 해양의 공식 지도를 제작하는 국제수로기구에 로비를 벌이고 있다. 섬의 영유권과 바다의 명칭에 대한 갈등은 갈등으로 점철된 두 나라의 역사적 배경에서 비롯된다. 한국은 일본해라는 이름이 일반화된 때가 그들이 증오해 마지않는 식민강점기(1910~1945)라고 주장한다. 두 나라 모두 상대야말로 문제를 악화시켰다고 비난한다. 두 나라가 상반되는 내용으로 만든 지도야말로 그들의 악감정을 잘 드러낸다.

동남아시아의 문제들

지도는 중국의 지정학적 이익을 공격적으로 뒷받침하는 데도 쓰인다. 그것은 그 나라의 공식 지도에 이른바 '구단선'(九段線, Nine Dash Line)을 넣어, 남중국해와 그 섬들, 해저까지 대부분을 자국의 유효 지배 범위에 있었다고 주장하는 데서 나타난다. 이 구단선은 중국 주변국들을 격분시켰다. 베트남에서는, 2019년 10월에 미·중 합작 애니메이션 〈어보미너블(Abominable)〉을 두고 SNS에서 난리가 났다. '이'라는 이름의 젊은 중국 여성과 그녀의 친구들이 티베트의 산에서 전설의 설인을 만난다는 따뜻한 내용의 애니메이션이었는데, 베트남 사람들은 이의 집에 걸린 지도가 비치는 장면에 주목했다. 엽서와 사진 사이에, 문제가 되는 구단선이 그려진 지도가 살짝 보인 것이다. 이 사실이 알려지자마자, 베트남 정부는 그 영화 상영을 금지하고 영화 포스터까지 전국에서 깡그리 없애도록 했다.

남중국해는 중국이 기술 투자를 통해 시각적 차원에서 국경선의 확장을 꾀하는 대표적 사례다. 개인 여권이나 공익광고 등에서, 이 새로운 지도를 보임으로써 중국은 자국의 해양주권에 대한 인식과 그것을 수호하겠다는 의지를 과시하고 있다. 이는 베트남만이 아니라 필리핀, 대만, 말레이시아 등에서도 우려가 가중되고 있는데, 그들은 그들 나름의 해양주권 주장, 자원 관련 이해, 전략적 비전을 갖고 있기 때문이다. 이처럼 중국이 영토 통제권을 확대하려는 시도의 배경에는 자원 문제와 전략 문제가 있다. 2018년, 미국 에너지관리청은 이 지역의 잠재 에너지 보유량을 '천연가스 190조 제곱피트와 석유 110억 배럴'로 추산했다. 또 그 인근 국가들에게는 이 해역이 중대한 해로가 되며, 풍부한 어장에다 탄화수소 잠재력도 엄청나므로 남중국해의 해상 경계선은 격렬한 논쟁 대상이면서 분쟁의 화약고일 수밖에 없는 것이다.

중국 언론은 어째서 이 모든 것이 국가의 미래에 중대한 의미가 있는지 효과적으로 인식시키고 있다. 인공섬 조성, 타국에 대한 안보 정찰 및 감시 등은 중국이 소비하는 석유의 80퍼센트를 남중국해의 해로를 통해 수입하는 점에 비추어 절실하다고 한다. 지도와 홍보 영상뿐 아니라, 석유시추선과 어선들도 해상 국경 문화에서 빠지지 않는다. 중국에 대한 법적 고발은 별 효과가 없다. 중국은 군사력과 경제력을 이용해 베트남이나 필리핀 같은 나라들이 중국의 탐사 프로젝트에 동참하도록 종용하거나 심지어 그들의 영해 내에서 벌이는 조사조차 하지 못하도록 방해를 한다.

필리핀은 옛 식민 본국인 미국에 대한 오랜 굴종의 상황에서 벗어나려는 열망과 현재 중국의 영토와 자원 탐욕 앞에 노출된 상황 사이에서 발이 묶여버렸다. 양국 관계에서 힘의 불균형을 인식한 필리핀은 중국과 협력하기로 하고, 필리핀 서해에서 중국이 어로 활동을 할 수 있도록 '허용'했다. 그 결과, 로드리고 두테르테 대통령은 엄청난 시간과 노력을 들여 자국민에게 "중국 어선들이 대통령의 허가 아래 필리핀 바다에서 고기를 잡고 있다고 해서, 우리의 국경 방비가 포기된 건 아니"라고 설득해야 했다. 그는 중국 어선들이 입힌 필리핀 어민들의 피해를 평가절하하기 위해 말장난을 거듭해야 했다. 한편 야당은 두테르테에게 국가의 어업권을 팔아넘길 권한이 없다고 지적했으며, 필리핀 헌법이 국가의 해양 자산을 타국이 전용하도록 허용할 권한을 정부에 부여하고 있는지 없는지에 대한 논란까지 뒤따랐다.

이처럼 미국, 케냐, 아시아의 해양 관련 논란은 국경 문제가 다층적임을 잘 보여준다. 국경 관련 투자는 지금 여러 나라의 국가원수들이 국가 주권은 안전하다는 대국민 메시지를 확고히 하는 데 활용하고 있다. 그러나 국민의 특별한 관심은 긴장과 취약성을 폭로한다. 장벽과 울타리를 포함한 국경 인프라는 비용이 많이 든다. 그 가성비는 한결같지 않다. 국경 울타리나 장벽이 사람과 물자를 완전히 차단하는 경우는 손꼽을 정도다. 대규모 국경 방비 프로젝트는 대개 지역사회와 환경을 망치며, 따라서 해당 지역의 반발을 산다. 해상 국경 가운데 남중국해 같은 해역은 자원의 보고라는 꾀임과 함께 지정학적 긴장을 동시에 가져온다. 그러나 이때 얻을 수 있는 교훈은 명확하다. 국경 문제를 계속 심각하게 만드는 것은 여론이며, 이를 이용해 정부는 신뢰를 얻는다는 것이다.

국경은 '중요한 주제'

지리와 역사 교육은 많은 나라에서 애국주의에 물들어 있다. 학생들은 자기네 나라의 영토에 대해, 국민국가의 형성과 발전 과정에 대해 배운다. 특별한 사건이나 상황이 있으면 애국주의적 교육에 다시 열풍이 불 수 있다. 1989년 천안문 사태 뒤, 공산당 지도부는 공교육과 민족주의에 노력을 배로 기울였다. 그 나라가 탈냉전기 민주화 혁명의 열풍에 휩쓸리지 않도록 하려는 뜻이었다. 중국 국민은 다시 한번 국가 위기가 닥쳤다는 경고를 받았는데, 그 가운데는 인도와의 국경 분쟁도 있었으나 '조국에 굴욕을 안기려는 외세의 파상공세'가 더 컸다. 일본에서는, 학생들에게 일본이 과거 만주와 한국을 지배했을 때 저지른 만행에 대해서는 전혀 교육하지 않는다.

역사교육은 지리교육을 포함하며, 그 반대의 경우도 같다. 학생들은 그들의 조국이 과거에 다른 나라를 침략하고 점령한 역사를 배울까, 안 배울까? 일본 학생들은 전시 역사에 대해 배우지 않는다. 학생들은 조국의 영토 경계가 사실 불분명하다는 것을 배울까? 아르헨티나 학생들은 영국의 제국주의와 그들이 포클랜드 제도를 '약탈'해 갔다는 것을 배운다. 그리고 마지막으로, 학생들은 그들의 조부모에게는 고향일 수도 있는 땅에 대해 제대로 배울까? 아르메니아 학생들은 아르메니아 대학살*과 오스만 제국 및 러시아 제국에게 빼앗긴 땅에 대해 배운다.

이와는 반대로, 터키 학생들은 1915년에서 1916년까지 벌어진 대학살을 '아르메니아 문제'로 배우지 않으며, 오스만과 러시아가 아르메니아를 나눠 가진 일도 안 배운다. '대학살'이라는 말은 전혀 사용되지 않고, 학생들은 아르메니아가 터키의 영토권을 침해하고 재정적 보상을 받아내려고 '수'를 부렸다고 배운다. 터키 국내의 아르메니아계 학교에서는 터키 교육부에서 인가한 교과서만 써야 한다. 간단히 말해서, 국경 관련 교육은 거의 모두 국가안보 차원의 문제로 귀결된다.

우리는 자기 나라의 공교육 시스템과 그것이 자국 지리와 역사를 어떻게 대하느냐에 크게 영향을 받을 수밖에 없다. 19세기, 스페인 제국의 족쇄에서 풀려난 남미의 신생 독립국들은 멀리 떨어져 있던 땅을 자국 영토에 통합했다. 국가 엘리트들은 그들의 국민에게 들려줄 이야기를 마련했다. 가령 아르헨티나에서 새로 나온 역사서와 지리책들은 아주 특별한 영웅담을 담고 있다. 이 나라가 남방과 서방으로 확장하면서 파타고니아처럼 멀리 있는 지역까지 병합했다는 것이다. 군사작전이 아르헨티나의 이른바 '사막 정복'을 가능하게 한 것은 틀림없다. 미국과 마찬가지로, 이 나라의 확장 과정에 대한 관점은 매우 기회주의적이다. 그 지역을 '사막'이라고 표현해 놓으면, 아무도 살지 않는 무인지경을 불굴의 정신으로 개척하는 그림이 떠오르게 마련이다. 거짓말이다. 그 지역이 지도로 그려지고, 탐사되고, 점령되는 동안 원주민들이 내내 살고 있었음

---

* 1909년 당시 오스만투르크 제국이 소수민족의 독립 요구에 대한 본보기로 아르메니아계 주민 100만여 명을 학살한 사건.

을 속이기 위한 것이다. 그 원주민들은 자체로 지역사회를 이루고 있었다. 병사들과 정착민들이 몰고 온 전염병과 혼란은 그 사회를 파괴했다. 원주민 사회는 완전히 소멸해 버렸다.

이탈리아, 스페인을 비롯한 여러 유럽 나라에서 온 아르헨티나 주민들에게 그들의 새로운 역사와 지리를 각인시키려던 부에노스아이레스의 중앙정부는 이 나라의 얻은 것과 잃은 것 모두에 대한 '가짜뉴스'를 퍼뜨리고서 만족해했다. '잃은 것'은 영국이 1830년대부터 영구 지배하기 시작한 포클랜드 제도다. 1830년대 이전에는 영국, 프랑스, 스페인, 아르헨티나 사람들이 그 섬들에 거주하고 있었다. 영국의 점령 후, 아르헨티나 학생들은 그 섬들이 자신들에게서 '훔쳐 간' 국토라고 교육받아오고 있다. 포클랜드 제도를 두고 1982년에 영국-아르헨티나 사이에 벌어진 전쟁은 그런 교육적 도그마를 한결 강화했다. 보다 최근에는 어린 학생들에게 "여러분의 조국에는 남대서양의 많은 섬과 남극 일부도 포함됩니다"고 가르치는 지경이다. 학생들은 어릴 때부터 자기 나라의 경계를 배우면서 칠레나 우루과이 같은 나라 사이의 국경선을 아전인수식으로 숙지하도록 요구받는다. 모든 국민은 포클랜드 동쪽 섬과 서쪽 섬의 모양새를 알고 있어야 한다.

1994년 개정된 아르헨티나 헌법은 "아르헨티나는 불확정된 국경선을 가진 불완전한 국가"라는 점을 국민에게 다시금 상기시켰다. '잃어버린 영토'의 수복은 그 국가적 사명을 완수하는 핵심이다. 이것이 또 다른 포클랜드 전쟁을 불가피하게 하는 것은 아니다. 하지만 이 나라에 국경 관련한 교육 및 문화적 여한을 남기기는 한다. 아르헨티나를 방문하는 사람이라면 그곳의 지도, 우표, 공공기념물, 벽화와 포스터 등이 전하는 한 가지 메시지를 알게 될 것이다. 그것은 바로 이 나라는 "완결되지 않은 국경을 가진 나라"라는 것이다.

'국토의 완성'이라는 욕망

자국의 영토와 국경 분쟁을 매우 진지하게 대하는 나라는 아르헨티나뿐이 아니다. '국토의 완성'이라는 욕망은 세계 곳곳에서 불거지고 있다. 때때로 그것은 과거의 향수에 젖는 것에 지나지 않는다. 국가나 국민이 지금보다 큰 과거의 영토를 회상하며 '황금시대'였다고 곱씹는 경우는 흔하다. 아르헨티나가 남대서양의 '잃어버린 영토'에 집착하는 한편, 다른 나라들은 대(大)라는 수식어를 쓰면서 영광스러웠던 제국의 과거를 되살리는 꿈을 꾼다.

예를 들어, 헝가리에 가 보면 '대 헝가리'라는 표어를 ('대 아르메니아'만큼이나) 쉽게 볼 수 있다. 그 경계는 지금의 공식 헝가리 영토와 일치하지 않는다. 1920년, 트리아농 조약은 헝가리를 오스트리아-헝가리 제국에서 분리해 냈다. 1920년 이후 헝가리의 국경은 다시 조정되어, 국토가 원래보다 3분의 1정도로 줄어들었다. 내륙 국가가 되었으며, 잃은 영토는 다른 나라들에 배분되었다. 수백만 명의 헝가리계 주민이 루마니아 같은 나라의 국민이 되어버렸다. 트리아농 조약의 100주년이 다 되어갈 무렵, 헝가리 민족주의자들은 '잃어버린 영토'와 '씻지 못한 국치'를 거론하기 시작했다. 때로 이 민족주의자들은 헝가리 국영방송에서 날씨예보를 할 때 현 국토보다 훨씬 넓은, 카르파티아 분지까지 모두 표시되는 지도를 쓰도록 운동하기까지 했다. 그건 날씨라는 게 국경선을 따져서 이루어지는 게 아니니까, 봐줄 만도 했다. 날씨는 산맥이나 대평원, 대양이나 큰 강 등의 초국가적 지리 조건에 따라 이루어지니 말이다. 그러나 이런 것들은 그 애국자들의 관심사가 아니었고, 그들은 단지 그들의 나라가 한때 더 넓은 지역을 차지했고, 언젠가는 다시 그렇게 되어야 한다는 메시지를 전하고 싶었을 뿐이었다.

사회학자 마이클 빌리그(Michael Billig)는 1995년에《민족주의의 평범성(Banal Nationalism)》이라는 책에서 민족주의는 단지 '강렬한 감정'(sensations fortes)을 보전하려는 것만이 아니라고 보았다. 그는 보다 속물적이고, 일상생활에 녹아들어 있는 민족주의가 있다고 주장했다. 그는 그 점을 입증하고자 국영방송 날씨예보에 비치는 지도를 들었다. 날씨 지도는 특별히 주목을 받는데, 바람의 흐름이나 강우 패턴 등이 그 자체로는 국경과 무관하기 때문이다. '전국 날씨'에 대한 이야기는 시청자들에게 잘 통하는 픽션일 뿐이다. 각자 사는 곳과 그 밖의 곳들의 날씨를 날씨 지도를 보고 빠르게 알 수 있는 것은 고맙지만 말이다. 빌리그가 아직 인터넷은 걸음마 단계이며 BBC 같은 국제급 TV 채널이 주도하던 시절에 글을 썼음을 잊지 말아야 한다. 나이든 영국 시청자들이 기억하기로, 날씨 지도는 브리튼 제도 중심이었다. 날씨를 나타내는 기호들은 아일랜드와 유럽 대륙에까지 표시되어 있었으나, 기온 표시는 영국 영토를 벗어나지 않았다. 나는 당시 그것은 날씨가 갖는 국가적 성격과 초국가적 성격을 섬세하게 나타내주는 방식이었다고 여긴다. 영국인 시청자로서, 나는 더블린에는 비가 오리라는 것을 알았으며, 그러니 아마도 그 기온은 벨파스트와 비슷하리라 짐작할 수 있었다.

날씨예보가 아니더라도, 국경이 흔한 주제라는 것은 교실 밖에서도 여러 방식으로 체험할 수 있다. 가령 나는 1990년 중반 베네수엘라에 다녀오신 어머니가 사 오신 티 타월에 그 나라의 지도가 그려져 있던 것을 기억한다. 자세히 보면, 그 나라의 국경은 실제보다 멀리 뻗어서 가이아나의 상당 부분을 먹어 들어가 있었다. 두 나라의 국경 분쟁은 유서가 깊다. 간단히 말하면, 베네수엘라는 자국 국경이 에세키보강의 서안까지 미친다고 여기고 있다. 실제로 그런 국경이 공인된다면 가이아나는 영토를 크게 잃게 된다. 국토의 3분의 2가 사라질뿐더러 영해권도 크게 줄어드는 것이다. 베네수엘라 헌법에는 이 공화국이 여러 행정구역으로 이뤄져 있다고 적혀 있으며, 국가 공인 지도에는 공식 명칭상 '개척 구역'이라는 부분이 들어가 있다. 베네수엘라 학생들은 아주 어릴 때부터 자국의 실제 영토는 베네수엘라와 가이아나의 국경선을 한참 넘어간다고 배운다. 베네수엘라 영토상의 '개척 구역'은 베네수엘라 땅이며, 결국에는 볼리바르주와 델타아마쿠로주에 병합될 것이라고.

이런 국경 논쟁은 1966년에 가이아나가 영국 식민통치에서 벗어나 독립했을 때부터 끓어올랐다. 가이아나와 베네수엘라는 심지어 국경 분쟁의 원인이 무엇인지에 대한 의견부터 다른데, 에세키보강이 핵심임을 둘 다 알고 있음에도 그렇다. 에세키보강은 한때 스페인, 네덜란드, 영국의 식민 교역의 대동맥 역할을 했으며,

1899년 프랑스 법원은 이 강 유역이 대영제국에 귀속된다고 판결했다. 나중에 베네수엘라는 그러한 판결이 부당하다고 비판했으나, 1966년의 제네바 협정에서는 영국을 이어서 가이아나가 그 유역 통제권을 얻는 것으로 결정되었다. 하지만 베네수엘라는 자국의 '영토 극동부'에 대한 주권을 한 번도 포기한 적이 없다. 우리 어머니의 티 타월은 그런 영토 의식의 좋은 예다. 어머니는 두 나라의 영토분쟁이 비교적 덜 첨예하던 시점에 그 타월을 샀다.

민족주의와 국경

상황은 그 지역에서 석유와 천연가스가 발견되면서 바뀌었다. '민족주의' 열풍이 한 차례 지나간 지 20년이 지나고, 세상은 이제 디지털화되었다. 2015년, 엑손모빌사는 문제의 영역과 바로 인접한 땅에서 상당량의 석유와 천연가스를 발견했다고 밝혔다. 가이아나 정부는 추가 탐사권을 승인했다. 베네수엘라는 분노가 치밀었다. 그저 그런 민족주의가 갑자기 뜨거운 민족주의로 탈바꿈했다. 논란이 되는 국경의 반대쪽에서, 가이아나 국민은 베네수엘라 범죄조직들이 변경지역 주민들에게 잔인무도한 짓을 벌이고 있다는 소셜미디어 이야기를 열심히 공유하고 있었다. 이제 국경은 중대하기 짝이 없어진 것이다.

최초의 발견 뒤, 엑손모빌과 그 협력업체들은 추가 탐사 결과 하루에 75만 배럴을 추가로 생산할 수 있는 매장량이 발견되었다고 발표했다. 가이아나처럼 상대적으로 가난한 나라에서 이 정도 석유는 정부의 국고에 수십억 달러를 쌓아둘 수 있는 엄청난 수입원이었다. 이 나라 인구는 80만 명 정도이며, 연간 GDP는 50억 달러 정도로 추정된다. 그 대부분은 보크사이트, 금, 설탕의 수출로 이루어진다. 석유와 천연가스 관련 수입은 첫해에만 이 나라의 GDP를 두 배로 올려줄 터였다. 하지만 베네수엘라 대통령 니콜라스 마두로는 이에 관련 반(反)가이아나 민족 감정을 한껏 부추기면서, 2015년에 '에세키보 지역 수복청'을 설립하고는 전직 육군 대령인 리베로에게 "이 베네수엘라의 지리적 공간을 수복하려는 조직적 노력을 배가해 달라"고 당부했다. 교육과 대중매체에서의 캠페인이 뒤를 이었다. 베네수엘라인 20만 명의 주민등록지를 문제의 강변 지역(공식적으로 가이아나 영토인)으로 옮기는 작업도 이뤄졌다.

이제 티 타월에 새겨진 이야기는 수면 아래로 내려갔다가 들끓었다가 하는 국경 논쟁이었던 것이, 당장이라도 폭발할 것 같은 분쟁으로 바뀐 것이다. 기회주의적인 정치지도자들은 언제든 민족주의의 불을 붙일 준비가 되어 있고, 상대방을 땅이나 자원 '도둑놈'으로 손가락질하려 하고 있다. 가이아나의 경우, 문제가 심각해질 뻔했던 전례들이 있다. 이미 2000년에, 가이아나와 수리남은 해상 국경선을 두고 충돌했다. 가이아나의 시추선이 원인이었다. 그리고 2013년에는 베네수엘라의 해군 함정과 가이아나 정부가 인가를 내준 해저 탐사선 사이에 충돌이 빚어졌다. 최근 자원 발견의 흥미로운 점은 엑손모빌과 그 밖의 다국적기업들이 가이아나 정부에 "베네수엘라가 뭘 어떻게 하든 밀어붙이라"고 설득했다는 점이다.

가이아나는 그들의 기술 지원 덕분에 이제 해저 원유 탐사의 선도 국가 대열에 끼었다. 2019년, '카타르 원유&프렌치 컴퍼니'가 가이아나 해안에서 새롭게 해상 시추권을 얻었다. 2019년 7월 29일 '카타르 원유'가 띄운 트윗에 따르면, 이 회사는 2개 광구의 40퍼센트의 시추 지분을 획득했다. 국영 석유회사가 이런 추가 시추 상황에 한몫 더했으며, 이는 해양 광구의 세분화와 함께 가이아나의 통제권을 부각하는 역할을 했다.

그 트윗을 보면, 그 밖의 어떤 국가도 남아메리카 북부 지도에 나타나지 않는다. 가이아나의 국경은 명확히 그려져 있지만, 베네수엘라나 수리남처럼 영토 분쟁이 있는 나라는 표시되어 있지 않다. 달리 말해, 국경 분쟁의 지정학은 외국 투자자를 포함한 외부 업자들이 아웃소싱하고 있다. 가이아나 정부는 그 트윗이 크게 불편하지 않았을 것이다. 하지만 베네수엘라에서는 분노가 폭발했다.

장기적으로 봐서 두 나라의 충돌을 상상하기는 어렵지 않다. 외채에 허덕이며 국내질서가 무너진 상태인 베네수엘라는 가이아나가 해저 유전과 가스전을 분쟁 지역에서 독식하는 것을 바라만 보고 있지 않을 것이다. 국제사법재판소가 2020년에 이 문제를 다루려 하자 가이아나는 환영했지만, 베네수엘라는 내켜 하지 않았다. 당시 미국은 가이아나를 더 지지했으나 러시아가 보여준 태도는 다소 흥미로운 점이 있었다. 외채에 허덕이던 베네수엘라는 2009년 모스크바에서 돈을 빌려 제트 전투기와 탱크를 구매했다. 그러나 그 자금을 갚지 못해 고생하고 있었다. 한편 베네수엘라의 석유 생산은 한계에 부딪혔고, 해외 채권자들은 빚을 갚으라고 난리였다. 러시아뿐 아니라 중국에 진 빚도 상당하여 합치면 1천 억 달러가 넘었다. 그나마 다행히도 러시아는 베네수엘라를 아직 쓸 만한 동맹국으로 여겼던지 미국의 군사적·정치적 압력으로부터 지켜줄 의향을 보였다. 이 모든 상황 때문에 미국은 가이아나에 쏠렸고, 가이아나는 자국 영토 3분의 2를 서쪽으로 넘기라는 베네수엘라의 요구에 맞설 수 있다는 확신을 얻었다.

따라서 국경에 대한 경각심과 분쟁은 여러 이유에서 비롯되고 고조된다고 하겠다. 경제적 이해관계가 달라져서일 수도 있고, 영토 확장 또는 해당 지역의 지정학적 입지가 바뀌거나 해당 지역에 새로운 자원이 발견돼서일 수도 있다. 대부분의 문화권에는 '국경을 놓고 벌이는 경쟁'이 존재한다. 절대적으로 확실한 것은 그런 민족주의의 표출이 언제나 평범성을 띠지는 않는다는 점이다. 역사상의 수많은 사례에 비추어보더라도, 격렬한 민족주의의 분출이 일어나기도 한다. 관련 논쟁이 끝도 없이 이어지기도 한다. 다음의 두 가지 사례는 특히 우리의 집단의식 속에서 뿌리 깊게 박혀 있다.

분리, 끝없는 국경 분쟁의 원인

1947년 8월, 영국 식민지였던 인도의 분리는 그 지역에서 가장 극적이고 지속적인 국경 분쟁의 사례를 낳았다. 두 파벌 간 타협의 산물로 여겨진 이 분리가 가져온 변화의 규모와 속도는 놀랄 만했다. 영국 식민지 인도는 두 나라로 갈라졌다. 힌두교도가 다수인 인도와 이슬람교도가 다수인 파키스탄으로(동파키스탄과 서파키스탄이었는데, 전자는 1970년대 초에 분리 독립하면서 방글라데시가 되었다). 각기 다른 집단들간의 폭력과 정치적 대립이 이어지고 우여곡절 끝에 이루어진 분리는 영국 관료인 시릴 래드클리프(Cyril Radcliffe)가 의장으로 있는 국경설정위원회가 제안한 바에 따른 것이었다. 뛰어난 학자이자 변호사인 래드클리프는 인도 독립법이 영국 의회에서 통과된 직후 이 일을 맡게 되었다. 그는 인도에 있어본 적이 없었고, 다만 위원장이 되기 직전인 1947년 7월에 잠깐 들렀을 뿐이었다.

래드클리프의 국경설정위원회는 어처구니없는 실수들을 연발했다. 하지만 그들의 결과물은 결코 가벼운 것이 아니었다. 케케묵은 지도를 놓고, 국경 문제에 대해 별반 소양이 없는 사람의 지휘를 받으며, 위원회는 아마추어같이 일했다. 역설적으로, 지도와 현지 조사는 영국의 제국 경영에 오랫동안 핵심으로 꼽혀왔는데도 말이다. '아틀라스'(Atlas)라는 제호를 단《제국의 인도 지명사전(The Imperial Gazetteer of India)》 제26권은 그런 목적에서 발간된 출판물의 하나였다. 래드클리프는 변호사였지만, 그가 숙련된 조사관이었거나 지도 제작자였다 할지라도 영토 분리 작업이 꼭 나아졌으리라 볼 수는 없다. 인도의 현지 사정을 고려했을 때, 분리가 이루어지는 순간 사회적 파국은 피할 수가 없었다. 예나 지금이나 인도는 엄청나게 다양한 언어와 종교를 가진 땅이며 지역사회도 서로 다르다. 또, 비록 영국은 '명예로운' 퇴장을 원했으나 혹독한 세계대전을 치른 후 재정적으로 파산하고 지친 상황에서 영국이 래드클리프에게 줄 수 있는 기간은 겨우 5주에 불과했다. 인도를 떠날 때, 래드클리프는 자신이 펀자브와 벵골에 무시무시한 유산을 남기고 간다는 것을 알고 있었다. 자신의 명예가 실추될까 봐 두려웠던 그는 자신이 보관했던 문서들을 없애버렸다.

분리 이후의 분쟁

—

1947년 8월 15일, 밤을 꼬박 새운 갑론을박 끝에 마침내 인도는 인도-파키스탄으로 분리되었다. 지도상에 그어진 줄이 실제 국경선이 되었고, 대규모 폭동, 대량 이민, 심각한 유혈사태가 터져 나왔다. 서로 나뉜 인도와 파키스탄 공화국의 새 국경지대 거의 모두에서 수백만 명이 국경을 넘어 삶의 터전을 바꾸었다. 이슬람교도는 파키스탄으로, 힌두교도와 시크교도, 그 밖의 소수 종파 신도들은 인도로 향했다. 라호르와 암리차르는 국경으로 나뉜 도시들이 되었다. 분리 직후 벌어진 유혈사태로 몇 명이 죽었는지 정확히는 모른다. 수십만 명에서 수백만 명까지 추정된다. 성폭행과 살인이 곳곳에서 일어났다. 설상가상으로 전염병까지 돌았다.

펀자브나 카슈미르 같은 인도, 파키스탄의 일부 지역들은 계속해서 분쟁이 그치지 않았다. 인도와 파키스탄 사이의 첫 번째 국경 분쟁은 분리가 이루어진 거의 직후에 발생했다. 존경받는 인도 민족주의 지도자 간디가 1948년 1월에 암살되자, 일부 힌두교 민족주의자들은 이를 지나칠 정도로 이슬람계의 잘못으로만 몰고 갔다. 많은 피난민은 이 분리 직후의 혼란기만 지나가면 조상 대대로 살아온 고향으로 돌아갈 수 있을 거라고 잘못 생각하고 있었다. 경제적 보상이나 배상도 이뤄지지 않았다.

분리 이후 몇 년 동안은 다행히도 두 나라 사람들이 국경을 넘어 서로 오갈 수 있었다. 그러다가 1950년대부터 상황은 달라졌고, 분리된 국경 주변에 대한 태도와 행동에 변화가 나타났다. 주민 소개와 이주에 대한 초기 계획은 그 숫자가 어마어마한 데다가 폭력이 불거지면서 의미를 잃었다. 두 나라 모두 각자의 국경지대를 확고히 하려 들면서 국경선에는 무장이 강화되어갔다. 카슈미르(본래 이슬람교도가 대부분인 왕국이었으며, 1947년의 분리 때 이 또한 양분되어 버린)처럼 고도 분쟁 지역에서는 두 나라 사이의 국경이 1972년 심라(Simla) 협정*에서 규정된 통제선(LOC : Line of Control)으로 전환되었다. 본래 일부 국경 분쟁에서 '휴전선'을 의미했던 LOC는 오늘날 '실질적 국경'으로 여겨진다. 인도는 뒷날 LOC에 550킬로미터가 넘는 긴 안보 울타리를 둘러치면서 파키스탄의 지원을 받는 게릴라 집단의 테러 공격을 막기 위해서라고 밝혔다. 이는 1990년대에 착공되어 2004년 완공되었다. 분명 인도는 '대테러전쟁'이라는 정치적 표현을 빠르게 채용했으며, 미국이나 이스라엘과 마찬가지로 그것이 테러에 맞서려는 불가피한 조치라고 강조했다. 이 세 국가 모두 국경 장벽과 그에 관련된 안보 강화 프로젝트에 골몰해 있는 모습이다.

구획별로 대치 상태인 국경은 여전히 인도와 파키스탄 사이에

---

* 1972년 7월 2일, 전년도부터 이어진 인도-파키스탄 전쟁을 마무리한 협정.

서 긴장을 낳고 있는 원인이다. 인도는 오래전부터 카슈미르 분리주의자들을 돕는다고 파키스탄을 비난하고 있다. 한편 카슈미르 분리주의자들은 카슈미르를 다시 통일하고 인도군을 역내에서 몰아내기를 바란다. 어려운 주문이다. 하지만 최근 몇 년 사이 인도의 군사점령 강도가 높아지면서 이 요구는 더욱 급박해졌다. 양쪽 모두 국경을 사이에 둔 지정학에 대한 사회적 관심이 높고, 국경지대에서 발생하는 폭력과 소요 사태는 이런 관심을 지속적으로 고조시킨다. 2019년 2월, 인도의 제트기들이 파키스탄 영공을 침범해(분리주의자들의 거주지로 의심받던) 캠프 한 곳을 공격하면서 긴장은 폭발했다. 뒤이어 인도군에게 가해진 반격으로 40명의 전투경찰이 목숨을 잃었다. 이 사태에 모디 총리는 민족주의를 한껏 강조했으며, 국경 위기를 최대한 이용하려는 듯 보였다. 카슈미르 사람들은 최근의 UN 보고서에 따르면 광범위한 인권 유린을 당하고 있음이 명백하다. 그 대부분은 인도의 국경수비대가 자행하고 있다.

이 구획화된 국경이 장래 전쟁의 도화선이 되지는 않을 것이라고 낙관할 수 있을까? 그럴 것 같지는 않다. 인도와 그 동맹국들은 파키스탄이 계속해서 테러리스트와 분리주의자를 감싸리라 확신하고 있고, 인도의 언론은 파키스탄이 테러 연관성과 그 자금 지원에서 결백하다고는 절대 믿을 수 없다고 반복 보도하고 있다. 파키스탄군은 인도에 대한 공격을 거듭한다고, 또 인도와 그 동맹국들이 아프가니스탄에 대한 지정학적 영향력을 보전하지 못하게 온갖 방해를 일삼고 있다고 여겨진다. 동시에 인도는 파키스탄과 중국의 관계를 염려한다. 파키스탄은 중국의 야심적인 '일대일로'(一

帶一路) 프로젝트에서 자금 지원을 받고 있으며, 중국과 더 가까운 전략적 동반자가 되려는 듯 보인다.

분리의 트라우마

분리의 트라우마는 계속된다. 휴전 협정 위반사례는 셀 수도 없으며, 인도군과 파키스탄군은 산발적인 국경지대의 돌발 사태 때마다 서로에게 주저 없이 사격한다. 양쪽 다 무엇이 국경 간 휴전 협정 위반사례가 될지 살피고 있으며, '무력 사용의 에스컬레이션', 즉 개인화기 사격에서 중화기 사격으로, 그리고 급기야는 대포 사격으로 갈수록 확전될 가능성도 엄중히 보고 있다. 2019년 1월부터 6월까지, 인도 정부는 1,500회 이상 휴전 협정을 위반했다. 국경지대의 현실은 여행객들이 공식 통행 관문에서 목격한 것과는 크게 달랐다. 많은 주민은 카슈미르가 두 나라로 분단되어 있기를 바라지 않으며, 국경지대의 군사화가 해소되었으면 한다. 더욱 불분명한 점은 미래가 어떨지 하는 것이다.

카슈미르는 독립할 수 있을 것인가? 인도와 파키스탄 사이에서 영영 분할된 채로 남을 것인가? 아니면 그 틈의 어떤 형태로 조정될 것인가? 중국 또한 카슈미르 일부를 점령하고 있으며, 따라서 그 어떤 미래든 3개 핵보유국이 실제의 또는 잠재적인 국경 전쟁을 치르는 일과 무관할 수 없음을 상기할 필요가 있다. 지금으로서는 카슈미르에서 가장 넓은 영토를 지배하는 나라는 인도다.

이런 복잡한 국경 문제의 도가니 속에서, 트럼프 대통령은

2019년 7월에 "모디 인도 총리로부터 임란 칸(Imran Khan) 파키스탄 총리와의 중재를 요청받았다"고 발표했다. 그러나 두 나라 모두 이 주장을 부인했다. 인도는 이 문제를 두고 제3자 중재에 동의한 적이 한 번도 없다. 중국도 여기에 찬성할 가능성이 희박하다. 우리가 말할 수 있는 것은 구획화된 국경이 저강도 군사분쟁을 촉발할 수 있고, 심지어 전쟁의 도화선이 될 수도 있다는 점이다. 하지만 한편으로 그것은 신뢰 구축 수단이 될 수도 있다. 가령 국경을 오가는 열차나 버스 같은 것으로 말이다. 하지만 그래도 인도와 파키스탄 모두 이른바 '지도 불안'(cartographic anxiety)에 사로잡혀 있으며, 그 해소는 좀처럼 어려울 듯하다

일상의 삶에 들어온 분리와 국경

분리는 평범한 사람이 하루아침에 서로 으르렁대는 두 나라 사이에 끼여 지정학적 분쟁에 휘말릴 수 있음을 보여주었다. 그러한 상황이 계속해서 일반인들의 삶에도 관여하는 또 하나의 사례가 이스라엘과 팔레스타인의 분쟁이다. 여기서 국경 분쟁은 한층 심각성을 띠는데, 도시 하나가 고스란히 격렬한 영토 분쟁의 한가운데에 있기 때문이다. 웨스트뱅크 서쪽에 있는 분단된 도시, 예루살렘은 국경 갈등이 어떻게 이스라엘과 팔레스타인 사람들의 일상생활과 공적 생활을 휘어잡고 있는가를 잘 보여준다.

1948년에 이스라엘이 건국한 이래, 이스라엘-팔레스타인 분

쟁은 언제나 치열하고 처참했다. 오늘날, 팔레스타인 정부는 웨스트뱅크와 가자 지구 일부에 통제력을 행사하고 있다. 그러나 웨스트뱅크에는 이스라엘 정착민도 살고 있는데 이들의 점유는 국제법상 불법 처분을 받았다. 40만 명 이상의 이스라엘인이 웨스트뱅크에 들어앉아 있고, 20만 명이 또 동예루살렘에서 살고 있다. 웨스트뱅크에 거주하는 팔레스타인 사람은 250만 명에 이르지만, 팔레스타인 국가가 앞으로 독립을 유지하며 존속할 수 있을지는 대체로 예루살렘의 미래에 달려 있다.

다인종이 몰려 사는 예루살렘의 종교 특성은 이 도시를 두 진영 모두에게 일촉즉발의 민감한 포인트로 만들었다. 이스라엘도 팔레스타인도 이 도시를 자국의 수도로 삼고 있다. 2017년, 트럼프 대통령은 이스라엘 주재 미국 대사관을 텔아비브에서 예루살렘으로 옮긴다고 선언했으며, 보리스 존슨의 영국 정부도 그럴 계획임을 전했다. 호주 역시 뒤따를 것으로 보였다. 이 모든 조치는 팔레스타인에 반대하며 예루살렘은 이스라엘의 수도라는 주장을 옹호하는 것이었다. 2019년 3월에는 골란 고원(이스라엘이 시리아로부터 빼앗아 점령 중)을 이스라엘 영토로 승인한다는 트럼프 대통령의 언급도 있었다. 강력한 제3자의 승인은 분리된 땅의 고정된 지리를 온통 뒤흔들어 놓을 수 있다. '대이스라엘' 같은 정치적 표현은 정치적 실지회복론을 나타낸다. 역사상 자국 영토였던, 또는 영토이기를 바랐던 땅을 손에 넣으려는 실지회복론 말이다.

팔레스타인 사람들에게 예루살렘의 지위는 실존적이다. 1949년 이스라엘과 주변국들 사이에 휴전협정이 맺어지면서 요르단의 통제하에 들어갔을 때부터, 동예루살렘은 팔레스타인 독립의 꿈의 중심에 있었다. 그린라인(1949년의 휴전협정 과정에서 이스라엘과 주변국들의 협상 대표들이 선을 그으며 녹색 펜을 썼기 때문에 이렇게 불렸다)이 예루살렘을 둘로 갈랐고, 팔레스타인은 동쪽, 이스라엘은 서쪽을 차지했다. 이때 그린라인의 의미는 국경과는 달랐다. 휴전 결과 이루어진 것이기 때문이다. 국제사회에서 이는 두 국가 사이의 합법적 분계선으로 여겨지지 않는다. 이 선은 1967년, 이스라엘이 1949년 협정 당시의 선을 넘어 새 영역을 통제 아래 둠으로써 다시 바뀌었다. 1967년의 '6일 전쟁' 뒤, 이스라엘은 시나이반도, 골란고원, 웨스트뱅크를 차지했다. 그중 시나이반도는 1979년 이스라엘과 이집트가 평화우호조약을 맺으면서 이집트에 반환되었다. 이 시점부터 영토의 재조정은 계속 이뤄져 왔는데, 갓 태어난 팔레스타인 자치 정부(PNA)가 그 수도로 동예루살렘을 간절히 원했기 때문이다.

2000년대 이후, 팔레스타인을 독립국가로 승인하려는 시도가 이스라엘과 아랍 이웃국가들 사이의 여러 협정에서 시도되었다. 웨스트뱅크와 동예루살렘의 이스라엘 정착촌 건설이 국제법상으로는 불법이라는 사실을 상기하는 게 중요하다. 이 갈등은 단지 전적으로 외교적 또는 정치적 갈등은 아니었다. 2020년 3월, 팔레스타인 정부는 아마존과 그 배송 시스템과 관련하여 작지만 아주 중요한 승리를 거두었다. 그때까지 팔레스타인 고객들은 배송지를 '이스라엘'이라고 적으면 무료 배송을 받는 데 반해 그렇지 않으면 배송비를 내야 했다. 팔레스타인 땅으로 들어가는 우편물은 종종 이스라엘 공안의 검열을 받았고, 그 때문에 한참이나 지연되었다. 아마존은 법적 조치를 하겠다는 경고를 받고서야 웨스트뱅크에 거주하는 이스라엘 국민과 팔레스타인 국민을 동등하게 대우하겠다고 선언했다. UN 만국우편연합은 "팔레스타인 사람들은 제3자에 의해 우편 서비스를 방해받지 말아야 한다"고 확언했다. 그러나 실제로는 과연 이것이 지켜질지 알 수 없다. 그렇긴 하지만, 한 미국 기업이 당한 수치는 의미가 있다.

예루살렘의 지위 문제가 유난히 풀기 어려운 이유는 웨스트뱅크에 영향을 주는 복잡다단한 영토 분할 문제와 얽혀 있기 때문이다. 이스라엘을 비판하는 쪽에서는 동예루살렘이야말로 국경 인프라가 어떻게 팔레스타인 사람들을 물리적 · 행정적 · 군사적 · 심리적으로 옥죄는 데 쓰이는지 보여주는 뚜렷한 예다. 그들의 비판 목록은 꽤 길다. 땅은 병합되고, 이스라엘 도시계획법은 건물 규제 등을 포함해서 뭐든 마음대로이며, 이스라엘 정착민을 위해 집이 지어지고 팔리는 한편, 도시 경계는 교묘히 조작되어 예루살렘의 인구 비중이 이스라엘계로 치우쳐 있도록 유지된다. 오늘날 예루살렘을 방문하느 사람들은 유대교회에서는 여전히 3개 국어(영어, 아랍어, 히브리어)가 사용되는 가운데 도시 곳곳에는 이스라엘 국기가 펄럭이는 모습에 놀라게 된다.

"분리하여 지배하라"

—

동예루살렘에 거주하는 팔레스타인 사람들은 일단 '영주권' 소지자다. 그러나 그것은 엄혹한 규제 대상이 된다는 의미다. 그들의 가족 가운데 동예루살렘에서 태어나지 않은 사람에게는 영주권이 주어지지 않는다. 이들은 물건을 구매한다거나 재산을 상속하는 데 있어 제한을 받는다는 뜻이다. 또, 영주권자도 어떤 이유에서든 영주권을 갱신받지 못하면 그 도시를 떠날 수밖에 없다. 따라서 이스라엘 국가가 국경을 관리하는 데 쓰려고 만든 제도들이 이스라엘이 분쟁 지역에서 패권을 쥐게 하는 복잡하고 혼란스러운 강제력으로 효과를 낸다.

최근에는 주택을 철거하는 조치가 팔레스타인과 이스라엘 주민들 사이에 또 다른 긴장을 낳고 있다. 이스라엘 대법원은 이스라엘의 안보 장벽에 너무 가까이 지어진 주택들을 철거하기로 한 조치를 적법하다고 판정했다. 팔레스타인 주민들에게 주택 건설 허가는 늑장을 부린다. 따라서 특정 집이 불법이냐 합법이냐를 놓고 지역 정부와 주민들 사이에서는 노상 싸움이 벌어진다. 일상생활은 합법-불법 사이의 타협에 의존하며, 기준은 이스라엘 군사시설과 예루살렘의 이스라엘 안보 장벽에서 얼마나 가까운가이다. 아파트 한 단지를 모조리 허물어버린 충격적인 사례는 그 단지가 안보 장벽이 지나가는 길목에 있다는 게 이유였다. 그러나 그 분리 장벽의 건설 예정지는 2003년에 바뀌었으며, 팔레스타인 자치 지역으로 분류된 땅의 상당 부분을 잠식하게 되었다. 해당 지역 주민들은 팔레스타인 자치 정부의 주거권 보장을 받았음에도, 주거지는 '안보상 이유'로 장벽에서 최소한 250미터 이상 떨어져야 한다는 이스라엘군의 주장에 따라 그들의 집은 철거되고 말았다. 2019년 7월의 주택 철거는 극도로 논란이 되는 이 정책의 최신 사례였다. 그것은 도시계획법, 자치 정부 권한, 군사 지침, 국경 안보 등을 동원해 원하는 목표를 이뤄내는 이스라엘의 공권력을 적나라하게 보여주었다. 각국의 옵저버들은 팔레스타인 주민의 주택 철거 정책을 비판했으며, 유엔 인도주의 업무조정국에서는 주택 철거 상황, 토지 강제수용 상황, 팔레스타인 자치 정부 관할구역에 대한 이스라엘의 침범 상황 등을 지도로 정리하여 발표했다. 안보 장벽의 포로가 되어 버린 팔레스타인 주민들은 이 사실상의 국경 분리 장벽이, 자신들의 집이 언제든 또 헐릴 수 있다는 위협과 팔레스타인 자치 정부에서의 고립을 의미한다고 호소했다.

이스라엘의 동예루살렘 점령에 대하여 저항이 이어졌지만, 이 도시를 국제 관할로 두는 일은 이스라엘이든 팔레스타인 자치 정부든 둘 모두에게 도움이 될 것 같지 않다. 베를린이나 트리에스테 같은 국제 관할 도시의 역사는 대체로 좋지 못했다. 내부 저항과 외부 압력이 초기의 낙관주의를 이내 엉클어 버리곤 했다. 트럼프 행정부가 미국 대사관을 예루살렘으로 옮긴다고 발표했을 때, 그것은 이 도시가 결코 둘로 갈라진 적이 없다고 주장하는 의미도 되는 것이었다. 그러나 예루살렘에서의 나날은 갈라진 경계에 의해 지배된다. 구도시는 지역적·국가적 그리고 세계적 중요성을 띤 종교적 장소들의 집합지다. 성전산, 통곡의 벽, 거룩한 무덤 교회, 알 아크사 모스크와 그에 딸린 바위의 돔 등등. 이런 종교적 명소로의 접근을 두고 긴장은 끊임없이 불거지는데, 더욱이 2019년 7월에 팔레스타인 지구 지하를 지나는 이스라엘의 터널이 개통됨으로써 상황이 더 심각해졌다.

국경과 관련된 이스라엘의 비타협적 태도와 인프라 구축 강행은 부분적으로 과거 이웃나라들과의 분쟁에서 비롯되었고, "사방이 우리의 국경을 위협한다"는 전략적 인식을 기반으로 한다. 예를 들어, 그 나라의 해상 국경은 여전히 레바논과의 분쟁에 휘말려 있다. 한편, 이스라엘 비행기들은 가자 지구의 국경을 따라 제초제를 투하해 그 주변의 곡물과 재배하던 채소를 말려 죽였다. 그 국경선이 '최대한 깔끔히' 유지되도록 하기 위해서였다. 그 제초제는 이스라엘 국경 안쪽에만 뿌려진다고 했지만, 결국 팔레스타인 쪽 농지도 엉망으로 만들었다.

런던에 본부를 둔 법의학 기구와 이열 와이즈먼(Eyal Weizman) 같은 학자들은 이스라엘-팔레스타인 국경지대에 대한 연구의 최전선에 있다. 그들은 인공위성 사진, 현지 증언 청취, 심층 조사와 지리 추적(geo-location tracking) 등도 동원하여 국경지대에서 벌어지는 인권 침해 사례를 조사해왔다. 법의학 기구는 이른바 "정복하고, 분리하라"(conquer and divide)고 이름 붙여진 이스라엘 국가의 통제 전략을 추적하는 단편 동영상들과 지도를 올려놓은 웹사이트를 개발했다. 간접적으로, 법의학 기구의 작업은 예루살렘의 지하 공간과 지상 시설들, 가령 도로, 건물, 안보 장벽과 배수체계 등등이 어떻게 분쟁의 대상이 될 수 있는지, 그리고 실제로 되고 있는지를 일깨워준다. 국경은 하늘에도 냄새를 남긴다. 국경은 매일 먹는 음식에도 흔적을 남긴다. 국경은 나날을 살아가는 사람들의 장소에, 그리고 방식에 개입한다. 국경은 수많은 사람들의 진짜 삶 속에 살아 있다.

도시의 역량이 경쟁의 대상이 되고, 심각하게 갈라지는 일은 예루살렘에만 해당되지 않는다. 사람들이 그 어느 때보다 더 도시에서 생활함에 따라, 도시들은 갈등과 긴장의 발화점이 되었다. 예루살렘에서, 도시와 중요 자원(가령 식수)에의 접근권은 이 도시의 팔레스타인계 주민이 얼마나 분리되어 살고 있는지 잘 보여준다. 중동 전역에서, 단지 예루살렘만이 아니라, 인구 성장은 더욱 불편한 진실을 끄집어낸다.

국경은 언제나 변동이 가능한데, 분리는 결코 말 그대로 이뤄지지 않기 때문이다. 서로 적대적인 지역들을 갈라놓으려 땅 위에 그어진 선들은 한순간도 잠잠하지 않다. 가족 친지들은 계속해서 경계를 넘나들며 물건도 주고받는다. 정치적 협력은 퇴조하고 유실된다. 우세한 쪽은 분리 또는 휴전 이후 그들이 얻은 이익을 확실히 하고 싶어 하는 데 반해, 약한 쪽은 지연 전술을 쓰든지 우세한 쪽의 계획을 훼방하려 한다. 우리가 예로 든 4개국(이스라엘, 팔레스타인, 인도, 파키스탄) 모두는 서로가 그린라인과 통제선에 관련해 협정을 어겼다며 비난을 거듭하고 있다.

국경 분쟁의 인적 피해

때로 국경은 국가들만의 부담으로 인식되지만, 그 양쪽의 주민과 지역사회는 생활 터전의 상실과 공포에 시달리는 당사자다. 예를 들어, 이슬람계 소수파인 미얀마의 로힝야족은 미얀마 군부의 압제와 폭력에 못 이겨 수십만 명씩 이웃나라로 피신했다. 그들은 모진 박해 속에서 태국과 방글라데시의 난민 캠프에 정착했다. 그러나 2017년 11월, 방글라데시와 미얀마는 난민 환송 협약을 맺어 그들을 미얀마로 돌려보내도록 했다. 많은 로힝야족은 돌아가고 싶어 하지 않는데, 미얀마 정부가 그들을 일정한 헌법적 보호를 받는 인종 집단으로 봐주지 않으며, 다만 '벵골인들'(그러니까 '외국인들')로 여기기 때문이다. 그리고 어쩔 수 없이 고향에서 떠난 사람들은 낯선 땅에서 겪는 고통과 트라우마에 시달려야 했다.

2019년 12월, 국제사법재판소는 미얀마에서 내쫓긴 피난민들에 대한 예비심문을 시작했다. 재판소는 미얀마 군대가 자행한 잔학행위, 대량학살과 성폭행, 촌락 파괴 등에 관한 문서 자료를 받았을 것이다. 분쟁 대상이 되는 국경지대는 늘 불안하고 살기 어렵다. 국경은 민족주의 이데올로기를 부추기고, 누가 우리 편이고 누가 적인지를 강조한다. 라디오 방송, 신문 칼럼, SNS를 염두에 두고 만들어진 흥미로운 드라마와 동영상 등은 국경이 얼마나 우리의 일상에 중요한지를 납득시켜줄 정보와 의견을 퍼다 붓는다. 이는 공교육과 시민 교육의 테두리 밖에서 일어나는 것이기에 포퓰러(popular)한, 또는 심지어 포퓰리즘적인(populist) 지정학이다. 국경 이야기와 TV 쇼는 초국적으로 방영되며, 전 세계의 시청자들은 가령 '우크라이나의 불법 이민자들이 동폴란드 국경을 넘어오지 못하도록 막아내는 폴란드 국경수비대의 눈물겨운 노력'을 보게 된다(2014년 제작된 〈국경〉이라는 다큐멘터리에서 실제 제시된 것이다). 이 일상적인 현실의, 그리고 가공의 경험은 국경에 관한 단순한 현실을 반영한다. 국경이 일부에게는 기회를, 다른 일부에게는 죽음의 위협을 뜻한다는 현실 말이다.

사실, 국경 분쟁에 따르는 모든 정치적인 영향에서 사람에 대한 영향을 결코 잊어서는 안 될 것이다. 국경 구획과 재구획 과정의 포로가 되어 버린 사람들 말이다. 인도-파키스탄 분리와 팔레스타인의 사례에서 보았듯, 국경 분쟁이 진행됨에 따라 관련된 삶은 극적으로 달라지거나 아예 단절된다. 이보다 나을지 아닌지는 모르지만, 국경 때문에 달라지는 삶의 유형을 극적으로 보여주는 또 다른 사례들이 있다.

하나는 미국의 경우로, 이 나라에서는 그 어느 때보다 더 국경이 군사화-민영화되고 있다. 미국시민자유연맹(ACLU)이 그 지지자들에게 상기시켰다시피, 연방정부는 국경의 교차점과 진입로를 탐지하고 조사할 권력을 쥐고 있다. 이러한 탐지-조사권은 국경에서, 그리고 공항 같은 입출국 지점에서 160킬로미터 떨어진 지역에까지 미친다. 이 확장된 국경지대는 로스앤젤레스, 뉴욕, 시카고처럼 큰 도시까지도 은근슬쩍 포괄해 버린다. 또, 플로리다처럼 남쪽에 있는 주들은 사실상 주 전체가 국경지대라는 뜻도 된다. 미국 관세국경보호청 직원들은 그 구역 안에서 배나 자동차로 어디든 순찰을 다닐 수 있고, 수시로 순찰에 나서서 특정 구역에 수용된 사람들의 이민자 지위를 점검한다는 명목으로 이른바 '전술적-항구적 점검 포인트'를 살펴볼 수 있다.

물론 이런 차원의 긴장 수준은 미국-멕시코 국경지대에서 한층 더 높다. 2004년 만들어진 미니트맨 계획(Minuteman Project) 같은 자경 조직은 '이웃집 감시하기' 식의 국경 정찰 활동을 계속하도록 정부를 압박하고 있다. 무장 민병대로 여겨지는 그 집단은 자신들 시각에서는 애국자들일 뿐이다. 한때는 자원봉사자들의 수가 수천 명에 달하기도 했던 이 조직은 연방정부와 주정부에 국경을 단단히 지키라고 계속 닦달하고 있다. 이제는 디지털 미디어도 국경 관련 뉴스 양산에 본격적으로 뛰어들었다. 미니트맨은 하원의원들에게 로비하여 국경지대에 군비를 늘려달라고, 더 많은 장벽과 울타리를 설치해 달라고, 이민이 더 까다로워지도록 법을 개정하고 불법체류 노동자들에게는 무관용 원칙을 세워 달라고 요청한다. 그들은 해외 언론하고도 손잡고 일하는데, 그들의 정당성을 널리 알리기 위해서다. 미니트맨이 목소리를 높이는 와중에도, 텍사스주의 엘파소 같은 변경 도시들은 성장하고 있다. 그런 도시들은 스페인어를 쓰는 라틴아메리카 이주민들이 많이 몰려드는 곳이었으며, 지금은 브라질 이민자로 넘쳐나는 곳이다. 브라질 청년들은 조국을 떠나고 있다. 중앙아메리카의 청년들이나 마찬가지로, 부패, 일자리 부족, 조폭이 연관된 강력범죄 등에 질려서이다.

이민자 숫자가 느는 한편으로, 그들을 막아야 한다는 목소리도 커진다. 국경을 넘나드는 사람들에 대한 불편한 생각은 흔해졌고, 거의 시대정신처럼 되어버렸다. 한층 강화된 국경은 그들을 억제할 수 있을 테지만, 한편으로는 위험을 무릅쓰고서라도 국경을 넘는 사람들, 그리고 그와 연관된 범죄는 늘어날 것이다. 시리아와 아프가니스탄에서 탈출한 피난민들은 전쟁에 갈가리 찢긴 일상에 관한 이야기, 뒷돈을 받고 사람들이 국경을 넘게 해주는 업자들과 위험천만한 구명정을 붙잡고 터키로 갔던 이야기들을 공유하고 있다. 제발 유럽연합이나 그리스의 해양경비대에 걸려 주기를 바라면서 말이다. 운 좋은 사람들은 물에 빠져 죽거나 지쳐서 죽는 운명을 피해 그리스의 사모스섬 같은 곳에 도착할 수 있었다. 하지만 그것으로 고생이 끝난 건 아니었다. 수용 인원이 초과되고 배급물자도 변변찮은 난민 캠프에서, 그들은 난민 지위를 승인받기까지 몇 달을 기다려야만 했다. 캠프에서의 삶은 혼란 그 자체였고, 위험하며, 심신 모두에 상처를 남겼다.

한편, 구원을 찾는 사람들을 놓고 전 세계에서 법적·정치적 싸움이 벌어지고 있다. 애리조나주 출신으로 인도주의적 원조활동가로 일해온 스코트 워렌(Scott Warren)은 중앙아메리카에서 온 이민자 두 명에게 음식과 숙소를 제공했다는 이유로 2018년 1월에 체포되었다. 그는 인도적 지원을 한 일이 어떻게 범죄가 되느냐는 식으로 단순하게 스스로 변호했다. 그러나 몇 차례의 재판을 거쳐야 했고 결국 연방대법원까지 가서야 무죄 평결을 받을 수 있었다. 항만 출입 관련죄와 반국가 모의죄로 고발당했는데 만약 이것이 인정되었다면, 그는 30년 정도의 징역을 살았을 것이다. 이 재판은 검사와 피고인 측 변호인이 국경 문제를 얼마나 다른 프레임에서 보는지를 드러냈다. 워렌의 변호인이 인도주의를 강조한 데 반해 국경 정찰대원들은 국경지대는 자신들의 '책임 구역'이며 따라서 탐지 '정보자료'를 얻는 대상이라고만 여겼다.

워렌 사건은 해당 문제에 얼마나 감정과 이해관계가 복잡하게 얽혀 있는지를 보여준다. 국경은 단지 장벽, 울타리, 감시 시스템만이 아니다. 국경을 국경이게 하고, 또 그 힘을 강화하는 법적·정치적 시스템까지 포괄한다. 더 나아가, 국경은 근본적으로 사람들의 만남과 교류 혹은 상호충돌의 장이다. 하지만 전 세계의 정부들은 상대를 차단하고 격퇴하는 데 혈안이 되어 있다. 이동하고자 하는 인류의 의지가 꺾여서는 안 될 것이다. 또 기후변화 같은 전 지구적 요인들은 이동 정의(mobility justice)에 명분을 더해준다. 즉, 인종이나 민족, 종교나 사회적 배경에 따라 사람들의 이동을 차별하지 못하도록 하는 의지는 꺾이지 않을 것이다.

국경이 초래하는 인적 비용

—

점점 더 많은 세계인이 인류의 가장 부유하고 가장 특권이 많은 부류만이 '누가, 언제, 어디로 갈 수 있는가'를 결정한다는 데 반기를 들고 있다. 슈퍼리치들은 심지어 코로나19 팬데믹에 따른 '락다운'과 국경 봉쇄 국면에서도 자가용 제트기를 타고 해외 별장을 오가며 온갖 화제를 뿌렸다. 한 악명 높은 사례로, 2020년 4월에 어느 자가용 제트기에 탑승한 여러 나라 출신 승객들이 프랑스의 마르세유-프로방스 공항에서 발이 묶인 적이 있다. 세 대의 헬리콥터가 그들을 기다리고 있었는데, 프랑스의 리비에라에 있는 주말용 빌라로 그들을 태워가기 위해서였다. 프랑스 경찰은 그들에게 그들이 출발했던 런던으로 돌아가라고 명령했다.

이 슈퍼리치들의 행각은 국경 분쟁에서 자유로운 일부 집단의 모습을 보여주는 극단적인 예다. 그 반대쪽에 있는 사람들로, 가장 취약한 사람들은 가장 반대되는 극단적 예일 것이다. 시워치(Sea-Watch) 같은 단체의 미래는 어떻게 될까? 독일에서 출범한 이 단체는 지중해의 공해상에서 벌인 인도적 행동을 이탈리아 같은 유럽연합 회원국이 걸고넘어짐에 따라 벌어진 법리 논쟁에 힘을 다 쏟고 있다. 2019년 12월, 이탈리아 정부에 의해 6개월 동안 억류된 끝에 '시워치 3호'는 마침내 이탈리아 법정에서 승소해 다시 바다로 나갈 수 있었다. 그 법정 판결로 이탈리아 행정부는 쓴맛을 보았다. 이로써 이탈리아가 짊어질 이민자 부담이 크게 늘 것으로 여겨졌기 때문이다.

또 2020년 1월, 이탈리아 대법원은 지중해에서 이민자들을 구조한 배의 선장을 이탈리아 법에 따라 구속할 수 없다고 평결했다. 코로나19 팬데믹은 수시로 넘어오는 이민자들을 차단하려는 해안경비대의 의지를 확실히 뒷받침했다. 공공보건 문제가 이민자를 받아들여 국가에 비용과 복잡함의 부담이 가중되었기 때문이다. 이민자들의 호소에 대한 인도주의적 배려는 깡끄리 무시당했다. 그들 중 다수는 불안정하고 위험한 환경에서 목숨을 걸고 탈출하는 것이 당연하다고 아직도 확신하고 있는데도 말이다.

팬데믹 이전에는 '피난민이 거쳐 가는 국가'로 통하던 리비아 같은 나라에 주목할 필요가 있었다. 이 나라는 유엔난민기구(UN-HCR)가 '안전하지 않은 나라'로 규정한 곳이며, 따라서 이런 의문이 들게 된다. "지중해에서 헤매면서 안전한 항구를 찾는 사람들에게 인도적 지원을 제공하는 일은 불법일까?" 일단 유럽연합은 이민자들과 난민들이 리비아를 떠나는 것부터 막으려 하고 있다. 유럽연합 시민들의 보건을 지켜야 할 필요성과 국제 인도주의 규범이 충돌하는 상황이다. 결과는 아마도 국경이 더 굳건히 잠기고, 이탈리아나 스페인처럼 난민에 비교적 너그러운 국가가 팬데믹의 된서리를 맞은 끝에 난민과 이민자 수용에 더 까다로워질 것 같다.

전 세계에서 국경이 초래하는 인적 비용의 사례는 넘쳐난다. 그 가운데 일부는 비판을 부정할 수 있다. 각국이 지도와 지상의 선들을 정당하다고 인정하는 이상 말이다. 우리는 지금 국경 분쟁과 긴장이 얼마나 많은 사람에게 비극과 절망을 안겨주는지 똑똑히 목격하는 중이다. 인적 피해를 말하자면, 이민자들과 난민들은 먼저 가고자 하는 나라의 정부가 자신들을 거부한다는 것을 알고 충격을 받게 된다. 국가의 기계장치가 가동하며, 노골적인 군사적 침입에서 법적·행정적 압박에 이르는 다양한 박해 속에서 살아남을 수 있는 사람은 가장 의지가 굳고 가장 가진 게 많은 사람들뿐이다. 공해상에서 그리고 국경선들이 교차하는 지점들에서, 인도적 지원을 위해 과감히 나서는 개인과 단체의 사례를 찾을 수 있다. 어딘가 이런저런 기회주의자들과 협잡꾼들이 갈등을 부추기고 이용하려 드는 가운데 그들의 행동은 그 자체로 사람들의 이동을 저지하고 포기시키려는 사람들에게 반격이 된다.

바다의 만리장성

육지 및 해상의 국경 장벽과 보안 울타리를 사이에 두고 벌어지는 이민자들과 원주민들의 대립에 온통 관심이 쏠려 있는 사이에 국경 안보와 감시의 새로운 흐름은 갈수록 대양과 해양의 물밑에서 진행되고 있다.

3장에서 자세히 다루겠지만, 국제해양법과 해양 관련 협약들은 세계의 대양과 해양을 구역별로 구획화한다는 틀을 따르고 있다. 표면적으로 이는 각국의 해안경비대와 해군이 자국 영해 및 자국의 원양 어선과 그 밖의 해상 활동들(가령, 석유나 천연가스 시추 활동)을 순찰한다는 뜻이다. 이런 법적인 틀은 반드시 환경 변화(가령, 해수 온난화나 그것이 초래하는 문제점 등)에 발맞추어 바뀌지 않는다. 이 경우에는 분쟁이 일어날 가능성이 크다. 가령, 지역 어선들이 고갈된 자국 어장을 넘어서 해상 국경을 침범하고, 한 국가가 상대국을 해양 산성화 방치, 어족 고갈, 환경 악화 등으로 비난할 수 있는 것이다.

표면 아래로 가면 상황이 더 암울하다. 냉전 기간 중, 미국과 소련의 핵잠수함들이 첩보 목적으로 서로의 해역을 침범하는 일은 비일비재했다. 하지만 세상은 구 소련의 핵잠수함 사건을 다룬 톰 클랜시(Tom Clancy)의 《붉은 10월》(1984년 소설로 나왔고, 1990년에 영화화되었다) 이후로 많이 변했다. 새로운 기술들은 전에는 너무 멀었던 수중 공간도 도달하거나 탐지할 수 있게 해주었다. 세계의 해저는 글로벌 통신 네트워크로 하나로 묶여 있다. 통신 케이블이 그야말로 바다 밑바닥을 이리저리 덮고 있으며, 이를 통해 어선들의 활동과 선박 정박이 서로 얽히지 않게 조정되고 있다. 거의 400개에 이르는 해저 케이블이 매설되어 있으며, 이는 대륙 간 통신의 95퍼센트를 담당하고 있다. 그리고 중국은 '화웨이 마린 네트웍스'를 통해 굴지의 해저 케이블 제공 국가로 발돋움하고 있다. 해저 케이블은 모든 국가가 중시하며, 구글 같은 기업들도 결정적인 인프라로 중요하게 여긴다. 그러나 인적·물리적 침해에 취약한 편이다. 그리고 해저 전력 및 통신 케이블을 태풍 같은 돌발적 피해와 잠수부의 케이블 절단 같은 사보타주에서 보호하는 일은 바다에 접한 나라라면 어디든 최우선시할 뿐 아니라 국제사회에서도 중요하게 보고 있다.

태평양이 주된 분쟁 해역이 될 듯한데, 그 대양에 흩어져 있는 작은 섬들은 중국이나 미국 같은 강대국도 하나하나 통제하기에 역부족이기 때문이다. 태평양은 대부분 국제수역으로 분류되며, 따라서 강대국들이 이익을 챙기고 개입하기에 좋다. 바다에 면한 국가들은 200해리(370킬로미터)의 배타적 경제수역을 넘어서는 바다에는 주권적 영향력을 미치기 어렵다. 해저 국경을 지키는 일은 힘들고 비용이 많이 든다. 특히 해수면 상승으로 존망의 기로에까지 서 있는 군도 국가들로서는 감당할 수준이 아니다. 더 크고 부유한 나라들의 경우에는 첨단 수중 센서와 향상된 원거리 조작 기술, 드론 등을 합쳐서 해저에서의 국가 능력을 크게 발전시켰다. 이전부터 몰디브처럼 작은 해양 국가들은 자국의 어장과 배타적 경제수역을 지키는 데 노심초사했다. 해저 자원 탐사는 제3자의 도움이 있어야만 시도할 수 있었다.

지금 바다 밑에서는 미국과 중국의 기술 "군비경쟁"이 벌어지고 있다. 중국의 해저 기술력은 해외 공급자들에게 의존하지 않는다. 해양과학기술에 관련된 신생 중국 기업들은 '메이드 인 차이나 2025'라는 구호 아래 관련 기술의 국산화를 위한 주도면밀한 전략의 하나로 베이징의 적극적인 후원을 받고 있다.

중국에서 새로 개발한 것 중 하나로, 야심찬 '수중 글라이더 개발계획'이 있는데, 이는 극히 적은 수중 음파만 남기는 신세대 잠수선이다. 2미터쯤에 불과한 이 글라이더는 매우 민첩하게 움직이며, 해저 환경을 지도화하고 탐사할 수 있다. 중국 수중 글라이더는 지금 세계에서도 가장 민감한 해역들에 배치되어 있는데, 필리핀과 대만 사이의 루손 해협도 그중 하나다. 잠수선 투입과 해저 케이블 매설은 수중에서도 해저에서도 관측되고 있다. 이 해협은 매우 중요한 해로이며, 필리핀 같은 나라는 중국의 해양 지배에 맞설 만한 위치에 있지 않다.

중국이 건설하고 있는 '바다의 만리장성'을 언급하며, 서구의 군사분석가들은 앞으로 중국의 AURs(차세대 자동 수중 로봇)가 분쟁 중인 남중국해와 대양에서 중국의 활동 거리와 깊이를 모두 키울 것이라 보고 있다. 이 AURs는 아주 깊은 심해에서 활동할 수 있으며, 해저 광물 참사-채굴과 수중 감시 기능을 수행하도록 설계되었다. 만약 중국 어부가 수중 드론을 그물로 건져내 중국 경찰이나 해안경비대에 넘기면 그들은 미화 1만 달러에 상당하는 현금으로 보상을 받는다. 언론 보도에 따르면 그렇게 포획된 수중 장비는 선박

항행 정보 수집과 잠수함 탐지 등의 기능을 갖는다. 신화통신은 경쟁국들이 중국을 그런 식으로 염탐하고 있다는 비난성 기사를 실었다. 외국 수중 장비들의 소속은 직접 밝혀지지 않았는데, 아마도 3개국이 가장 의심을 받는다. 일본, 대만, 미국이다.

날로 치열해지는 미·중 '물밑다툼'

서태평양에서도 앞으로 긴장이 고조될 수 있다. 2018년 7월, 미 해군은 93만 대 이상의 소나 부이(sona buoy, 수중 음파탐지 부표)를 제작·배치하기로 10억 달러의 계약을 두 전자기기 회사와 맺었다. 이 부이들은 수중에서 제3국의 잠수정을 탐지하는 일뿐 아니라 관련 음향 정보를 미국 잠수함과 선박들에 송신하는 일도 담당하도록 설계되었다. 미국 근해와 공해상에 설치될 목적으로 개발된 이 탐지 시스템은 공중에서 바다로 투하되며 일회성의 성격을 가졌다. 장래의 방위 기획자들은 이 기기들이 신속하게 투입되고, 수중 드론들의 감시와 정보 수집 능력 지원도 받아 초저음 잠수정까지 잡아내는 점을 염두에 두고 일해야 할 것이다. 그 바탕이 되는 기술은 언젠가 실현되겠지만, 최근 러시아, 중국, 인도가 각자의 해군력을 현대화하고 확대하고 있다는 사실로 인해 더욱 시급해지고 있다.

따라서 중국과 미국이 지금 '물밑 드론 전쟁'에 들어갔다고 봐도 이상한 말은 아니다. 두 나라 모두 장차 세계의 대양과 해양의 패권을 잡기 위해 치열하게 맞붙고 있다. 국제법은 제3국이 타국의 배타적 경제수역에서 활동할 권한을 배제하지는 않는데, 그 활동이 해당 국가의 고유 권한을 침범하지 않는 선에서 그렇다. 이는 지정학적 드라마와 역할극이 펼쳐질 넓은 무대를 마련해준다. 분쟁 수역에서 위해 행동이 벌어질 가능성은 매우 커진다. 2016년 12월, 중국이 남중국해에서 미국의 수중 드론 한 대를 나포한 사건은 앞으로 벌어질 일의 전조일지 모른다. 그 드론은 미국이 수중 탐지 기술로 중국의 선박과 잠수정 활동을 염탐하는 것인지도 모른다는 의심을 받고 나포되었다. 또, 대통령 당선인 신분이던 트럼프가 대만과 전화 정상회담을 한 것도 나포에 영향을 미쳤을 듯하다. 이유가 뭐였든, 단지 드론 전쟁만이 아니다. 분쟁 공간에서 전개되는 경쟁국들의 해저 기뢰 매설 프로젝트 또한 중국과 미국이 각자 국익에 부합되는 것으로 여겨 추진되고 있다.

3장에서 자세히 보겠지만, 수중 자원의 새로운 편제는 강대국들의(그리고 어쩌면 비국가 단체들도) 대충돌이라는 악몽 같은 현실을 떠올리게 한다. 그들은 수중 드론과 무인선으로 수중의 중요한 인프라를 파괴하고 심해의 자원 채굴 가능성을 파악하려 할 것이다. 심해에 매설된 통신 케이블을 복구하기란 어려운 한편, 그 파괴가 여러 지역사회에 미치는 악영향은 매우 심각하다.

나는 이 제1장에서 국경 문제는 여러 분야에 걸쳐 있음을 보여주려 했다. 장벽과 울타리로 시작해서 수중 드론과 해저에 설치된 신형 군사 자원들까지 이야기는 이어진다. 인간의 역사는 경계를 긋고 공동체의 정체성을 확립하는 한편, 위협이라 느끼는 것들을 국경과 장벽으로 방어하는 일로 점철되어왔다. 이는 국경이란 지리적이고 문화적인 봉인임을 알려준다.

국경은 땅과 바다를 가로질러 그어지며, 그에 따라 이루어진 구획은 특정 국가와 그 국민이 '상상의 공동체'(imagined communities)를 구성하는 근거가 된다. 베네딕트 앤더슨(Benedict Anderson)이 동명의 책*에서 제시했듯 말이다. 전 세계의 공교육과 대중매체는 이러한 '국경 프레임'을 재생산하는 데 힘을 보태며, 그에 따라 우리가 저들에게 부당한 취급을 받았다, 침해당했다는 인식에 불을 붙인다.

인도-파키스탄 분리와 국경 분쟁을 체험한 이들에게 '국경' 문제는 중요하다. 그것이 모든 사람의 일상 및 미래의 인생 기회와 밀접히 연관되어 있기 때문이다. 국경을 넘다가 수없이 많은 사람이 죽었고, 국경 넘기는 그 국경이 자신들을 보호하기는커녕 얽어매기만 하는 나라에서 탈출하려는 최후의 수단이었다. 지금가지국경 연구의 다양한 영역을 둘러보았으니, 이제부터는 우리가 사는 이 세계가 어떻게 바뀌고 있는가, 그것이 어떻게 국경을 더 복잡하게 만들고 있으며, 앞으로도 그럴 것인가를 살펴보자.

---

* 1983년 발표된 베네딕트 앤더슨의 대표작으로, 공동체란 서로에 대해 잘 알고 교류하는 친밀한 사람들로 이루어지는 것인데 멀리 떨어져 살며 한 번도 만난 적도 없는 사람들을 '민족'이라며 하나로 묶는 것은 정치적 의도에서 비롯된 '상상의 공동체'에 지나지 않는다고 보는 민족주의 비판론의 고전이다. 그는 다만 편의에 의해 그은 국경선이 '우리 민족공동체의 경계선'이라고 교육과 대중문화를 통해 왜곡된다고 보았다.

2장

움직이는 국경

2005년 6월 19일, 파키스탄 병사들이 전방 초소에서 지휘본부로 돌아가고 있다. 이들은 5.69킬로미터 높이의 시아첸 빙하 자락을 안전 로프에 의존해 이동한다. 이 빙하 지역은 파키스탄 영토로 여겨지고 있지만, 인도와의 국경 분쟁이 심각한 지역이다.

산악지대는 국경이나 식민지 경계를 긋고, 탐사하려는 사람들에게는 골치 아픈 대상이다. 가령, 인도를 지배하던 시절의 영국은 복잡한 산악지대를 조사하고 지도화하며 결국 경계선을 긋기까지 몇 년이고 애써야만 했다. 제국조사위원회는 각 지점마다 돌을 쌓아 표시를 만든 뒤 삼각 측량을 해나갔는데, 조사 목적만이 아니라 현지에 대영제국의 영토주권 표시를 남기려는 목적이었다. 1802년, 인도에서 시작된 '대삼각 측량 조사사업'은 1871년에야 끝났다. 이 공식 조사사업에 투입된 사람만 수백 명이었으며, 70년이나 걸렸는데도 완전하지는 못했다.

토머스 홀디치 경(Sir Thomas Holdich, 1843~1929) 같은 노련한 전문가의 조언에 따라, 국경 확정의 책임을 진 사람들이 걸머져야 할 도전과 고난에 대한 이해는 깊어질 수 있었다. 한때 '영국령 인도 변방 조사위원회' 위원장(1892~1898)을 맡았던 홀디치는 인도, 아프가니스탄, 페르시아(지금의 이란), 아르헨티나, 칠레 등의 고지대를 두루 거쳤다. 그는 여러 종류의 국경 관련 임무를 수행했으며, 아르헨티나와 칠레 정부에서 그들의 경계에 있는 안데스산맥의 산악지대와 빙하지대의 분쟁을 해소해 준 점에서 큰 평가를 받았다. 그는《정치적 변경과 경계 짓기(Political Frontiers and Boundary Making)》(1916)에서 국경을 이렇게 정의했다.

"국경이란 전진하는 문명의 필연적 산물이다. 이는 자연의 배치와 꼭 맞아떨어지지 않는 인간의 발명이기 때문에, 이를 침범하고 훼손하려는 움직임을 차단할 만큼 강력하고 안전한 경우에만 확실한 가치를 지닌다."

그는 조사자의 의도가 무엇이든 국경은 방어 가능해야만 한다고 생각했다. 그게 불가능하다면, 국경은 장차 갈등의 근원이 될 소지가 크다.

홀디치의 생각에 산악지대는 북인도와 아프가니스탄 같은 이웃나라와 '천연의 국경'을 만들기에 아주 좋은 기회를 주는 것이었다. 그는 1916년에 쓴 소논문에서 히말라야 산맥이 이 점에서 최적이라고 보았다.

"히말라야는 경계선과 장벽이 하나가 된 자연의 산물로 세계 최고다. 이 산맥은 어디와도 이어지지 않으며 우뚝 서 있다. 히말라야 독수리들만 그 자취를 따라갈 수 있는 곳이 대부분이다. 광활한 설원과 얼음 봉우리들 사이에 영원한 침묵을 지키는 곳이다. 그토록 인상적이고 거대한 변경을 지키는 이 경계선이야말로 신의 선물이다."

지도상의 한계, 충분치 못한 조사와 분명하지 않은 경계선들로 이루어진 현실에서 산악지대를 천연의 국경으로 삼자는 아이디어는 매력적일 수밖에 없다.

하지만 19세기와 20세기 초의 지역 조사 자료들은 공표된 것이든 아니든 고산지대 환경은 인간과 그 도구 모두에 가혹한 물리적·기술적 부담을 준다는 점을 드러내는 게 많았다. 홀디치의 독수리와는 달리, 사람은 그런 가파른 산등성이와 빙벽을 마음대로 넘나들 수가 없다. 공중 조사는 홀디치의 거의 생애 말년인 1920년대 후반에야 가능해졌다. 하지만 그렇더라도 고고도 비행 환경은 좀처럼 안정적이지 않았으며 '조감도'는 종종 궂은 날씨와 짙은 구름층 때문에 명확성이 떨어졌다. 근본적으로, 종이에 경계선을 긋는 일은 많은 수고가 따랐다. 삼각 측량을 해야 하고, 돌무더기와 국경 경계 말뚝을 세워야 하고, 조사 자료가 본부까지 무사히 도착하도록 애써야 했다.

국경 설정 작업이 식민지 이후 시대와 독립 시기에 더욱 중요해지는 가운데, 지리학자 리처드 하트숀(Richard Hartshorne)은 그의 논문, 〈지리학의 본질(Nature of Geography)〉(1939)에서 중요한 질문을 제기했다.

> "그렇다면 과연 어떤 근거에서 우리는 본래 복잡하게 얽혀 있고 나누기 어려운 세상을 잘라내고 있는가? 한 가지는 분명하다. 우리는 처음부터 한 가지 단순한 해결책을 무시해왔다. 우리는 진실된 분리 방식이 무엇인지 찾지 않았다. 그런 것은 없기 때문이다. 우리는 그저 그런, 적당한 방법을 찾아왔다."

80년 뒤, 이 질문의 전제를 부정하는 국경/경계 전문가는 찾아

볼 수 없게 되었다. 그 질문의 답변은? 오랫동안의 기술적·법적·정치적 작업의 소산일 수밖에 없었다. 산맥이나 그 밖의 천연의 장벽에 기대 각자의 국경을 확립하려는 여러 국가에는 의미가 있었겠지만, 이는 한편으로 자연의 형태에 인류가 손을 대고 영향을 미치는 일이 비교적 드물던 시대 상황을 반영한 것이었다.

오늘날 산악지대와 그곳에 간직된 빙하나 유빙 같은 방위 자원은 국가 안보에 절실한 요소로 여겨지고 있다. 그리고 물 보급과 수력 발전은 영토 내에 산악지대를 포함하는 여러 나라에 중대한 의미가 있다. 그러나 빙하가 녹고 있는 현상은 이 모든 것을 위태롭게 하며, 돌연한 홍수, 산사태, 눈사태 등이 언제고 일어날 수 있는 상황을 초래한다. 물 관련 인프라는 산사태 한 번으로 끝장날 수 있으며, 이는 다시 하류 지역의 식수 수급에 영향을 준다. 이러한 상황은 실로 심각하다. 전 세계의 20억 인구가 빙하지대의 물 수급에 의존하고 있기 때문이다. 이런 고장의 지형은 항상 움직이고 있으며, 한때 확고하다고 여겨졌던 것이 다음 순간에는 경쟁과 갈등의 한복판에 놓일 수 있다.

고지대에 경계선 긋기

국경 설정과 구분의 이론과 실천에서 대개 세계의 오지는 최대의 난관이 된다. 여기서 다뤄지는 '국경 설정'(demarcation)은 돌무더기, 경계석 등으로 지상에 물리적 표시를 남기고, (19세기에 영국이 인도대륙을 가로질러 시도한 것 같은) 지상 국경을 명확히 표시하는 기술용어다. 반면 '국경 구분'(delimitation)은 해당 경계에 조약, 지도, 그리고(또는) 지리학적 조정을 통해 법적인 명칭을 부여하는 것이다. 국경의 공식적 인식 여부는 국가 간에 서로 설정과 구분을 마치느냐에 달려 있다.

국경 설정은 국경 구분을 가능하게 하며, 그 반대도 성립한다. 따라서 산악지대에 대해 두 가지가 공통으로 갖는 난점은 국경 조약과 합의가 국경 구분은 상세히 담고 있되 현지의 구체적인 국경 설정은 결여한 상태의 합의이기 십상이라는 데 있다. 위치 설정 관련 분쟁은 지역과 관련된다. 국경 설정과 (산사태, 빙하 용해, 만년설 소멸 등에 따른) 국경 환경 변화를 놓고 벌어진 분쟁으로 상호 출입금지구역이 설정되는 수가 많다. 극도로 긴장된 지역에서는 저강도 분쟁과 반복적인 분쟁 발생 가능성이 매우 크다. 파키스탄과 아프가니스탄 사이의 명확히 구분되지 않은 국경지대에 있는 치아티보 빙하지대에서는 파키스탄군이 알카에다-탈레반 연합 세력과 끊임없이 전투를 벌이고 있다.

천연의 분수계 역시 산악지역에서 국경 구분하는 데서 주목을 받곤 한다. 산의 분수령은 눈과(또는) 비가 모이는 곳이다. 분수계의 경계는 그곳이 자연스럽게 나누는 능선이나 언덕에 따라 이쪽, 저쪽으로 이루어진다. 이는 유역, 즉 물이나 얼음이 흘러내려 하천 같은 공통 배출구역으로 모이는 지표면을 다른 곳과 분리하고, 정립한다. 그러나 설원과 빙하는 국경 설정에 어려움을 준다. 그 때문에 능선과 빙하지대가 나타났다가 사라졌다가 하기 때문이다. 천연의 분수계 또한 크게 변동될 수 있다. 앞서는 드러나지 않던 능선을 드러내고 따라서 새로운 국경 설정의 기회를 주기도 한다. 관련 국가들은 국경이 '옮겨진' 것으로 볼지 결정해야 하고, 제3국이 이에 따라 영토·자원 상으로 유리하게 되었는지 경계해야 한다.

심지어 고지대에서 발견된 것 때문에 다툼이 벌어지는 수도 있다. 1991년 9월, 두 독일 여행객들이 5천 년쯤 전에 살았을 것으로 보이는 사람의 놀랄 만큼 잘 보존된 유해를 발견했다. 그의 이름은 '외치'(Otzi)라고 붙여졌는데, 이탈리아와 오스트리아 국경지대인 외츠탈 알프스에서 발견되었기 때문이다. 그 유해는 얼음에서 흘러나와서 오스트리아 영토인 인스부르크까지 이르러 있었다. 그러나 그 지역의 영토권에 대해서는 논란이 없지 않았다. 이탈리아와 오스트리아 사이의 국경선은 그 지점에서 인강과 에치강(이탈리아에서는 아디제강이라 부름)의 분수계를 기준으로 정해져 있다. 일을 어렵게 만든 것은 빙하의 후퇴 때문에 1918년 처음 정해진 그 국경선이 달라졌다는 점이다. 그 유해는 나중에 사실 국경선에서 90미터쯤 이탈리아 쪽으로 들어간 지점에서 발견된 것이라는 지적이 나왔다. 법적인 승강이가 얼마간 진행된 뒤, 이탈리아 남티롤주는 외치를 확보하는 데 성공했으며, 그 미라는 지금 볼차노의 고고학 박물관에 전시되어 있다.

지구 온난화 때문에 빙하와 빙원은 전 세계적으로 후퇴하고 있다. 고지대에서 그 규모와 속도는 토머스 홀드리치 같은 조사자는 꿈도 못 꿔봤을 만한 방식으로 모니터되고 있다. 그는 독수리들만이 산꼭대기들 위로 돌아다닐 수 있다고 썼지만, 그런 '독수리의 눈'이 공중 탐사와 인공위성 사진에 채용되리라고는 미처 생각지 못했을 것이다. 냉전기 이후 미국 인공위성 촬영은 지리 연구자들에게 활용되면서, 2000년도 전후에는 히말라야의 빙하 600개가 녹아 없어질 것이라는 예측 근거를 제공했다. 빙하지대가 축소되면서 드러난 대지는 곡물 생산지로 이용되었다. 그리하여 하얗던 산들이 이제는 푸르러졌다. 동시에 세계 각국은 변경지대의 장기적인 안보를 우려하게 되었다.

자연환경이 바뀌고 있다면, 그 자연을 나누고 있는 국경선도 바뀌어야 할 것이다. 그에 따라 빙산의 용해와 빙하의 후퇴는 오래 묵은 두려움, 즉 "저 건너편 놈들은 취할 수 있는 이익은 뭐든 취하고 말 것"이라는 두려움을 전혀 줄이지 못한다. 고지대 환경에서 인도와 파키스탄 병사들이 겪은 경험은 국경의 이동을 막아 보려는 인위적 노력에 따르는 인적 피해를 잘 보여준다. 그곳에서 복무하던 사람 중 다수가 강추위와 고산지대 환경에 시달리다 죽었다. 일부는 무시무시한 눈사태에 희생되었다.

빙하지대에서의 대립

고지대 지형은 이제껏 전략적으로 유리하다고 여겨왔다. 고지대는 더욱 높은 상황 대응력을 요구하는 한편, 한번 점령하면 다른 세력이 그곳에 이르거나 인력 및 물자를 보급하기 어려우므로 한층 더 큰 통제력을 발휘할 수 있다. 그러나 세계의 산악지대에서는 그런 전략상의 장점들이 혹독한 추위와 어둠 그리고 고위도에 오래 노출되었을 때 인체와 기계에 미치는 악영향 등과 같은 요인들에 의해 맥을 못 춘다. 산악인들이 말하는 '데스 존'(death zone)은 보통 해발 8천 미터 이상의 고지대를 말한다. 하지만 그보다 좀 낮은 곳이라도 추위와 산소 부족의 영향은 심각하다. 이는 1984년 4월, 사람이 접근하기 어려운 고고도 빙하지대인 시아첸(Siachen) 빙하를 점령하기 위해 병력을 투입했던 인도가 겪은 '뜻밖의 상황'이었다.

카라코람산맥에 속해 있던 이곳은 세계에서 가장 높이 위치한 전쟁터가 되었다. 거의 80킬로미터나 되는 빙하는 '인디라 콜'이라 불리는 해발 5,700미터 이상의 지점에 자리 잡고 있다가, 결국 해발 3,600미터 지점까지 내려왔다. 이 지역의 지정학적 중요성은 20세기가 막 시작될 즈음, 영국 조사단이 처음 인식했다. 시아첸 빙하의 꼭대기는 영국령 인도와 지금의 중국 남부 사이의 경계로 여겨졌다. 당시 영국 식민지 관료들은 자신들의 조사사업 덕분에 자신들에게 산과 강을 장악할 수 있는 방식으로 경계가 '주어졌다'고 여겼다.

인도군은 30년 이상 이 빙하지대를 점령해왔는데, 그곳이 중국 국경과 가까이 있고 북쪽 통제선의 NJ9842 지점에 해당하기 때문이었다. 이 지점이 중요했던 까닭은 1972년 인도와 파키스탄의 심라 협정의 하나로 합의된 통제선 가운데 가장 나중에 그어진 부분이었기 때문이다. 이 협정은 1960년대에 국경 주변의 산발적 충돌에서 시작되어 1971년의 인도-파키스탄 전쟁으로 번진 두 나라 사이에 무기를 내려놓기로 합의한 것이었다. 그런데 본래 통제선에

시아첸 빙하는 포함되어 있지 않았다. 터무니없는 오지여서 아무도 다다를 수 없다고 여겨졌기 때문이었다. 통제선 협정의 관련 문장은 그것이 연장될 수 있고 "따라서 빙하지대의 북쪽으로 이어질 수 있다"고 한 것뿐이었다. 그 뒤, 1972년에서 1982년까지의 첫 10년 동안, 특히 인도는 NJ9842 북쪽의 '휴전선'에 특별히 신경 쓰지 않았다. 시아첸 빙하와 살토로산맥은 말하자면 비무장지대였다. 이 빙하지대는 단순히 난공불락의 천연 방벽으로 여겨졌다.

이 모든 것은 1970년대 후반, 한 독일 산악인과 그가 갖고 있던 지도 한 장, 그리고 인도군의 산악전 훈련소장을 맡고 있던 인도군 대령 한 사람에 의해 바뀐다. 나렌드라 쿠마르(Narendra Kumar) 대령은 미국에서 만든 카슈미르 북부 지도를 보고, 그 해외 지도의 제작자들이 인도와 파키스탄 사이의 휴전선을 생각보다 동쪽으로 치우쳐 그려 놓았음을 알았다. 그는 (그리고 나중에, 인도 정부는) 해당 선이 1972년 협정 이래 방치된 상태로 지도에 표기되어 있는 것은 큰 문제라고 생각했다. 그러한 임의적 국경 설정에서는 파키스탄이 '승자'로 보였다. 그 경계선 어딘가를 두고 국제 지도학 학술대회가 열려, 파키스탄에게 카라코람 통행로의 통제력을 더 늘려주는 방향으로 통제선 재설정이 제시될 법도 했다. 이처럼 공개된 지도가 갖는 영향을 우려한 쿠마르의 상사들은 파키스탄이 통제선 북쪽 땅의 영유권을 주장하지 못하도도록 할 작전을 지시했다.

다른 유럽 산악인들과 여행객들도 자신들이 갖고 있는 지도를 인도 관리들에게 보여줄 수밖에 없었는데, 이로써 인도-파키스탄 국경의 실제를 입증하는 '탐사로'가 만들어졌다. 외국의 지도가 인도인들에게 주는 메시지는 한결같았다. 현 경계선 표시가 인도의 지정학적·전략적 이해에 반한다는 것! 인도와 파키스탄이 각자의 입장을 살린 아전인수격의 지도를 제작하는 일은 드물지 않았다. 하지만 미국산 지도는 그들에게 경각심을 주었는데, 영향력 있는 제3자가 만든 지도이기 때문이었다. 냉전 기간 중, 파키스탄은 미국의 친밀한 군사동맹자였다. 동시에, 중국과 파키스탄은 시아첸 빙하지대 분할을 포함하는 국경 협정을 맺고 있었다. 중국은 1963년에 파키스탄과 그 협정을 맺으며 파키스탄을 '실제적인 해당 지역의 통제권자'로 인정했다. 그 협정에서 국경이란 산봉우리들과 수많은 산맥들을 아우르는 문구로만 존재하지 않았다. 해당 지역에 미치는 국가 주권의 주인공을 파키스탄으로 정립하는 의미 또한 있었다. 그 협정은 또한 국경 통제의 메커니즘과 당사자들을 분명하게 명시한다는 점에서도 중요했다.

이러한 기회는 등반가들과 그들의 도전적인 산행의 지정학적 중요성을 한껏 높였다. 지정학적 분석가들은 '광석 정치학'(oro-politics)이라는 혼성어를 쓴다. 그리스어 어원인 광석(oros)과 정치학을 합쳐서 만든 말이다. 이 용어는 인도의 산악역사학자 조이딥 시르카(Joydeep Sircar)가 정립했는데, 그는 1982년의 강연에서 "등산이 전략적 목적을 띤 작전이 되어가고 있다"고 경고했다. 캘커타(지금의 콜카타) 〈텔레그래프(Telegraph)〉지에 쓴 글에서 그는 산악 등반 원정과 고고도 지역 지도 제작 작업이 북부 카슈미르의 국경 통제선을 바꾸는 데 쓰이고 있다고 지적했다. 등반 원정은 아프가니스탄, 인도, 중국, 네팔, 파키스탄이 외국 등산가들에게 허가를 내주는 여부에 달려 있으며, 이를 통해 그 나라들은 분쟁지역에 자국의 통제권을 행사할 수 있다. 그런 원정은 다국적으로 꾸려지는 경우가 많으며, 따라서 그들 외에도 여러 나라가 치열한 분쟁지역에 자국민을 들여보낸다는 식으로 암암리에 일종의 통제력을 과시하는 셈이었다. 동시에, 영국이 에베레스트산(그 이름의 유래인 조지 에베레스트 경은 인도 '대삼각 측량 조사사업'의 고문이기도 했다) 등정 성공을 발표하면서, 등산은 국가적 자존심과도 연결되었다.

인도의 관점에서, 가장 심각한 상황 변화는 파키스탄에서 허가한 등반 원정들에서 나타났다. 파키스탄은 자기네 쪽에서 등반을 시작하는 게 더 저렴할 뿐 아니라 효과적(이 점은 논란이 있었지만)이라며 해외 등반가들을 끌어들여 자국의 지정학적 국익 증진에 이용하고 있었다. 1970년대에 그들은 심지어 6천 미터 이상을 오르기로 하는 원정에는 '등반료'를 깎아 주는 식으로 더욱 자국에서의 고고도 등반에 인센티브를 주었다. 등산가가 시아첸 빙하나 그 밖의 남아시아의 분쟁 대상 고지대를 오를 때마다 인도는 해외에서 그 빙하지대가 인도 아닌 파키스탄의 통제 아래 있다고 여길까 봐 조바심을 냈다. 바야흐로 위기에 처한 통제선은 그 나라의 실질적 북부 국경선이었기 때문이다.

인도와 파키스탄의 대립에 중국까지 가세

—

1978년, 쿠마르 대령과 그의 팀은 민간 등반 원정대로 위장한 군 원정대를 조직해 출동하라는 지시를 받았다. 쿠마르는 이전의 등반에서 남은 증거가 무수함을 발견했다. 바로 등반객들이 버리고 간 쓰레기였다. 3년 뒤, 그는 빙하지대를 철저히 조사하라는 지시를 받았다. 이 원정은 파키스탄의 반발을 가져왔고, 그 나라는 인도에 시아첸 빙하에서 물러나라고 경고했다. 그러는 동안 쿠마르는 등산 잡지와 전문 학술지에 자신의 발견 내용을 기고했는데, 그것은 지정학적 영향력을 행사하는 또 하나의 방법이었다. 1980년대 초쯤 되자, 통제선의 NJ9842 지점을 넘는 영역에 대해 두 나라 모두 외국 등반객들 같은 대리자들에게만 맡겨 두기에는 너무 큰 중요성을 부여하고 있었다. 런던의 등산장비 매장을 휩쓴 인도와 파키스탄은 이제 행동에 나설 만만의 준비가 되었다.

쿠마르의 회고에 따르면, 인도는 발 빠르게 움직일 필요를 느끼고 1984년에 또 하나의 군인 등반대를 시아첸 빙하에 파견했다. '메그두트 작전'은 육군 헬리콥터를 동원해 전방 작전부대를 수송했다. 그들은 빙하의 고지대와 중요성이 매우 높던 살토로 능선을 점령했다. 그리고 '쿠마르 본부기지'가 설립되었다. 파키스탄의 대응에도 불구하고 인도군은 그 자리를 지켰다.

이제 그곳에 인도군 병력을 유지하는 데 드는 비용은 매년 4억 파운드(약 6,375억 원)로 추정되며, 혹독한 자연환경은 여전히 주둔 병력의 건강과 생활의 질을 위협하고 있다. 어느 악몽 같던 해(2012년)에는 눈사태가 파키스탄군 기지를 휩쓸어서 140여 명의 목숨을 앗아갔다. 지금도 그곳은 위험하고 비용이 많이 드는 작전 환경이다. 이 분쟁이 참호전의 양상을 띠고 있음은 이 분쟁에 두 나라가 뭘 걸고 있는지를 보여준다. 일단 인도가 고지를 점령한 이상,

그곳에서 이동하는 일은 전략상 별로 이로워보이지 않았다. 따라서 이 지역에서 군사적 대치 상태는 거의 영구화되었다.

인도는 그 지역에 파키스탄과 중국이 버티고 있는 한, 시아첸 빙하에서 내려오지 않을 것이다. 1963년의 중국-인도 간 국경 협정은 이 지역의 국경 문제를 더 복잡하게 만들었다. 이 3개국 모두에게 국토 지도는 막대한 중요성을 띠었다. 그리고 3개국 모두 '지도 불안증'에 시달렸다. 이로써 자국 또는 적성국의 지도들은 국가주의적 자존심 문제를 촉발했고, 군사적 조치를 부추길 수 있었다. 시아첸 빙하를 두고 보면, 인도는 그 지역의 모든 지도상에 '실제·지상 위치선'(AGPL: Actual Ground Position Line)을 설정하고 싶어 했다. 반대로 파키스탄은, 아마 당연히도 AGPL 설정을 꺼려했다. 그 지역에 실질적 국경을 긋고 싶었기 때문이다. 여러 차례 거듭된 외교적 협상에도 불구하고 그 누구도 인도군이 지금 점령하고 있는 위치에서 떠날 것이라고 기대하지 않는다.

시아첸 빙하처럼 오지에 있고 사람 발길이 닿기 어려운 환경은 한편으로 대중에 어필할 수 있는 국경 국가주의의 지정학 소재가 된다. 인도와 파키스탄에서 영화와 TV 쇼는 국경수비대의 영웅적인 역할을 조명한다. 파키스탄에서는 국경 분쟁을 다루거나 카슈미르, 히말라야에서 벌어지는 어떤 충돌이라도 나오는 인도 영화를 상영 금지하는 일은 그리 드물지 않다. 2019년 2월, 또 한 차례의 국경 충돌이 벌어지고서 다시 영화 상영금지 조치가 취해졌다.

한편, 한쪽은 통제선을 옮기고 싶어 하고, 다른 한쪽은 현상을 유지하고 싶어 하는 상황에서, 이런 교착상태가 현지의 환경과 사람들에게 미친 영향은 막대했다. 환경운동가들은 군사점령이 환경에 미치는 유독한 오염에 주목, 이 빙하지대에 국경을 초월한 평화공원을 조성하고 두 나라 모두 오염 제거와 군사시설 철폐를 하도록 촉구했다. 그러나 이곳의 전략적 배치 상황이 조금이라도 달라질 기미는 전혀 없다. 2019년, 인도는 치누크 헬리콥터를 새로 구매하여 시아첸 빙하의 군사기지에 군수품을 보급할 능력을 향상시켰다. 산악 근무병들의 생활 상태가 열악하다는 여론의 비판을 받고 나서였다.

빙하나 고산지대에 평화공원을 조성하는 일은 예전부터 시도되었다. 미국-캐나다 국경에서부터 페루-에콰도르 사이의 '코르디예라 델 콘도르 초국경 보호구역'에 이르기까지, 100개 이상의 사례가 있다. 보통 세계의 오지이자 국경 관련 시비가 있는 곳에 들어서는 평화공원의 논리는 간단하다. 해당 지역을 탈군사화하고, 신뢰 구축 메커니즘을 구축하며, 과학이나 관광 목적으로 개발함으로써 국경을 초월한 협력을 끌어낸다.

비슷한 아이디어로 시아첸 빙하를 세계유산에 등재하자는 얘기도 나왔다. 그러나 기대는 하지 말자. 시아첸 빙하는 지금도 수백만 남아시아인들의 집단적 상상을 움켜쥐고 있는 거멀못이다. 국토방위를 위한 국경선은 중요하며, '움직이는 국경'을 평화공원이나 세계유산 같은 것으로 만들어 공동 협력의 장으로 만드는 일은 영토 분쟁이 치열한 나라들의 관심 밖이다.

움직이는 국경

이탈리아 통일 이후 알프스산맥 쪽 국경은 한 번에 정해지지 않았다. 스위스와의 국경은 1861년에 확정되었다. 오스트리아와는 대체로 1919년의 전후 신질서 수립 과정에서 조정되었고, 프랑스와의 국경은 제2차 세계대전 뒤에 바뀌었다. 한편 슬로베니아와의 국경은 냉전 시대 적국이던 유고슬라비아와의 협정에 근거하고 있었다. 전후의 새 질서 형성 과정에 따른 이러한 변화에도 불구하고, 알프스산맥의 국경은 산등성 사이의 천연의 분수계에 따른다는 원칙을 따랐으며, 따라서 대략 8천 군데의 구획 설정이 필요했다. 그런데도 일부 국경선은 설원과 영구 빙하지대에 가로막혀 미완으로 남았다. 이 모든 것은 탈냉전기에 접어들면서 별로 문제가 되는 것 같지 않았다. 더는 공산주의 유고슬라비아와의 국경이 존재하지 않으며, 이탈리아의 모든 이웃나라들이 유럽연합 회원국이거나 그 유일한 예외인 스위스도 유럽자유무역연합(EFTA) 회원국이기 때문이다.

그러던 차에, 지난 10년 동안, 세 사람의 이탈리아 학자들이 놀라운 프로젝트를 수행했다. 마르코 페라리(Marco Ferrari), 엘리사 파스쿠알(Elisa Pasqual), 안드레아 바냐토(Andrea Bagnato)는 외형상 이탈리아와 여러 나라의 천연 국경을 이루고 있는 알프스산맥이 움직이고 있으며, 빙하의 축소 때문에 국경 지형은 물리적으로 중대한 변화를 맞고 있음을 발견했다. 19세기 제작 지도와 원정대의 일기, 20세기의 항공 조사와 사진 등과 대조해 보면 변화는 뚜렷했다. 2016년 봄, 절묘한 이름의 프로젝트(라틴어로 '변경'을 의미하는 '리메스'(Limes))가 이탈리아-오스트리아 산악 국경지대의 환경 변화를 모니터하기 위해 시작되었다. 지상 센서를 설치하고, 이 팀은 분수계 고도에서 벌어지는 변화를 기록해 나갔다. 분수계가 그것을 덮고 있는 얼음과 눈의 변화 때문에 변화할 때마다 국경은 달라지는 지형대로 오르락내리락, 나서거니 물러서거니 반복했다. 해발 3,100미터 고도에서 작전할 때 모니터 대상이 되는 곳에 접근하기란 극히 어렵고, 헬리콥터로 비행하는 방식만이 안전할 수 있다.

얼음과 눈이 녹아서 물러나거나 아예 사라질 때, 빙하지대의 지형은 기존 형상을 없애거나 새로운 형상을 나타낼 수 있다. 그리고 그러한 빙설의 축소는 해당 지역의 영구적인 지형 변화의 촉매가 된다. 산등성이와 분수계를 조합해서 그려내던 구식 국경 설정은 더는 이런 상황에 대응할 수 없다. 리메스 프로젝트는 센서 데이터를 이용해 이탈리아와 오스트리아의 실시간 국경선을 구현했다. 이는 일단 (1990년대 이탈리아군이 수행한) 지상 조사로 이뤄진 이전의 작업을 재확정했다. 그리고 산악 수준에서 이뤄진 변화를 측정하는 한편, 시밀라운산 주변에 대해서는 특별히 꼼꼼히 조사했다. 알프스산맥의 다른 곳(에벨탈 빙하라고도 알려진, 위베랄페르너 빙하), 오스트리아-이탈리아 국경이 해발 3천 미터 이상 위치에서 지나가는 곳에는 빙설의 축소가 새로운 능선을 드러냈으며, 그 결과 국경선을 다시 그려야 할 필요성을 제기하고 있었다.

기후변화와 국경의 변동

이런 식으로, 국경은 결코 영구히 고정되어 있지 않다. 빙하의 고도와 양에 따라 나아가기도 하고, 물러서기도 한다. 빙하가 후퇴하거나 축소되면 영토는 빙설이 아니라 산등성이처럼 밖으로 드러난 암석으로 구분되어야 한다. 알프스 환경의 물리적 조건에 좌우되는 이러한 변화는 일부 국가에는 영토적 이익을, 다른 국가에는 손해를 끼친다. 따라서 기후변화는 유럽 알프스에서 미래의 이탈리아와 그 이웃나라들의 영토 크기를 결정하고 있다.

2003년의 폭염 역시 유례없는 설원 소멸과 영구 동토의 해동 원인으로 꼽힌다. 당시 산사태는 비일비재했으며, 결빙지의 유지는 4천 미터 이상의 고도에서만 안정적이었다. 유럽 알프스의 빙하는 예상을 뛰어넘는 양의 빙설을 잃었다. 그 폭염이 끼친 영향은 막대했으며, 스위스와 이탈리아의 빙하학자들은 21세기 말이 되면 알프스의 빙하가 수천 개 단위로 사라질 것이라고 경고했다. 그러면 천연의 국경은 남아 있는 산악이 될 것이지만, 그 역시 데워지고, 녹고, 홍수에 산사태 등이 일어나면서 계속해서 변하고 있다. 마터호른산 주변 지역처럼 잘 알려진 지역조차 국경 변동이 일어나는 현장이다.

그때 이후, 마터호른과 그 밖의 산악 국경선은 거의 항시적인 감시의 대상이 되고 있다. GPS 기술로 공동 국경선을 따라 지형을 모니터하는 중이다. 이탈리아 군사지리연구소가 그 책임을 맡고 있는데, 그들의 GPS는 분수계의 기하학적 형태가 바뀜에 따라 어떻게 국경이 '움직이고' 있는가를 보여준다. 조사자들은 계절별로 적설량과 빙하의 빙원 규모가 달라지면서 국경이 몇 미터 정도 이동했고, 때로는 그보다 더 많이 움직이기도 했음을 알아냈다.

기후변화 때문에 빙하와 만년설이 녹아내려 알프스 국경이 바뀌고 있다는 뉴스는 입법 대응을 부추겼다. 2006년, 이탈리아와 오스트리아 정부는 '움직이는 국경' 개념을 법제화하기로 합의했다. 이는 2009년, 스위스와의 비슷한 협정으로 이어졌다. 그러나 '움직이는 국경'은 지정학적 논쟁을 피하기 어려워 보였다. 기후변화의 장기적 영향에 따라, 더 국가주의적이거나 포퓰리즘적인 정부는 "빙하를 구해야 한다"고 선언할 수 있다. 영토 손실 이야기는 "우리 땅이 이웃으로 넘어가고 있다!"는 실존적 고뇌로 빠르게 바뀔 수 있다. 앞으로 국가들이 다가올 스키 시즌에 대비해 눈과 얼음을 지키려 스키 리조트 등에 많은 기계설비를 투자하리라고 예상된다. 국가가 그야말로 빙하를 융단처럼 깔고(이미 스위스는 론 빙하에 그렇게 하고 있다) 인공 눈을 살포해서 빙하의 후퇴나 소멸을 방지하려는 시나리오를 상상할 수 있다. 그것이 군사분쟁으로 이어지지는 않더라도, 자원이 많은 나라는 그 빙하지대를 열공학(thermal engineering)의, 심지어 군사적 보호 대상으로 여길 수 있다.

여러 세기 동안 얼음은 전략물자였다. 수백 년간 얼음을 채취하고 수송하는 일이 세계적 사업이었고, 노르웨이 같은 나라는 공급자로서 쏠쏠한 이익을 보았다는 사실을 잊기 쉽다. 저장된 얼음은 식량 보존과 물 공급에 중대한 역할을 했고, 더운 여름철을 시원하게 보낼 수 있는 수단도 되었다. 19세기와 20세기에 냉장고와 냉동고는 얼음 무역에 의존하고 있었다. 그러나 세계적으로 산악지대는 아직도 여러 나라의 경제에 매우 중요한 역할을 한다. 각국의 변경지대는 심지어 세계 최고의 오지라 할지라도 지정학적으로 매우 중대한 의미가 있다. '움직이는 국경'은 빠르게 안보와 군사화의 대상이 될 수 있다. 이탈리아, 스위스, 오스트리아에서 인식한 것처럼, 그것은 공식적인 법률 문제로 떠오를 수 있다. 지형이 변하면, 국경도 그 영향을 받을 수밖에 없다.

급수원과 댐 건설을 둘러싼 문제

인류 문명에 빙하가 주는 복합적 기여는 대체로 계절마다 그것이 녹은 물의 형태로 이뤄져 왔다. 봄철과 여름철마다 세계의 빙하들은 녹았다. 빙하 녹은 물은 하천의 수량을 늘리고, 그리하여 농업에 보탬을 주는 한편 하류 지역 마을들에 귀중한 물을 공급했다. 하지만 그렇게 인류와 그 밖의 생명체에게 소중한 빙하 녹은 물은 또한 위험하기도 하다. 계절마다 빙하에서 떨어져 나온 얼음덩어리가 굴러내리고, 빙하의 축소는 역설적으로 비정상적인 범람을 초래할 수 있다. 빙하 녹은 물이 빙하의 끝부분에 몰리고, 물에 쓸려 내린 퇴적물에 막혀 호수를 이룰 수 있다. 이는 천연의 댐 역할을 하는데, 흘러드는 물의 양이 그 댐의 한계를 넘으면 범람한다. 그 결과 엄청난 규모의 홍수와 산사태가 일어난다. 온난화가 빙하를 붕괴시킴에 따라, 하류의 지역사회는 이중의 위험을 겪게 된다. 빙하 녹은 물이 홍수를 일으켜 물난리에 노출될 위험, 그리고 빙하 용적이 줄어듦에 따라 점점 더 물이 부족해지는 위험이다.

중국의 야르칸드강 같은 곳에서는 빙하 범람이 잦아지고 있다. 신장 위구르 자치구에서 발원하는 이 강은 중국으로서는 지정학적 의미가 크다. 베이징 정부는 이곳의 이슬람계 위구르인을 강력히 통제하는 한편 인도와의 국경 분쟁도 대응해야 한다. 또 석유와 천연가스가 생산되는 곳이며, 농업생산량 또한 높다. 따라서 중국은 장래에 인도주의 위기에 직면할 수 있다. 이곳의 홍수와 가뭄이 잦아지면서 수천의 주민들이 못 살겠다고 들고 일어날 수 있기 때문이다.

빙하 후퇴는 21세기 중반에 더 심각해질 것으로 전망된다. 지구적 인구 분포와 밀집도의 결과로, 히말라야 같은 빙하지대가 어떻게 될 것인가는 빙하학자들의 '그라운드 제로'가 될 것이다. 히말라야는 빙하 분석 연구에도 중요하지만, 중국, 인도, 파키스탄 등 많은 국가의 물 안보에도 결정적으로 중요하기 때문이다. 국경 분쟁 지역, 빙하 축소, 물 수급의 변화와 물 수급 불안 등은 장차 격한 갈등을 촉발할 가능성이 있다. 물 보급이 더 예측 불가능해지고 따라서 감축될 수밖에 없다면, 농촌, 수력발전, 식수 등의 이유로 물 보급권을 보호하려는 국가들 사이에 충돌이 일어날 것은 상상하기 어렵지 않다. 인더스강 수계를 보면, 인도는 그곳에 100곳 이상의 댐을 건설했고, 빙하 녹은 물은 강의 수량 유지에 절실하다.

중국의 복안

—

댐이 국제 갈등의 방아쇠가 될 수 있다고 알려진 한편, 그 건설을 둘러싸고도 문제가 끊이지 않는다. 빙하나 산악에 가깝게 댐을 건설하는 것이 바로 그렇다. 빙하 녹은 물의 공급 없으면 하류의 댐은 (발전 능력을 포함한) 그 역량을 충분히 발휘할 수 없게 된다. 중국은 자국이 갖는 지정학적 위치와 규모 때문에 이런 점에서 특히 중대한 처지에 있다. 국경 이동을 더 큰 전략적 흥정의 대상으로 삼는 방법이 몇 가지 있다. 이른바 '제3의 극지대'를 점거하고 있는 나라로서, 중국은 다른 여러 나라로 흘러드는 열 개의 큰 강을 효과적으로 통제할 수 있다. 베이징이 물 수급에 대해 혜택을 주는 대가로 자국에 더 유리하게 국경을 옮길 수 있다는 것이다.

간단히 말해서, 인도는 물 수급에 관련해 중국에 의존하고 있다. 예를 들어 브라마푸트라강과 인더스강은 중국이 점령하고 있는 티베트에서 발원한다. 브라마푸트라강의 집수 영역은 대체로 인도의 국경 분쟁 지역에 속해 있다. 중국은 이 빙하지대에 막대한 수의 댐을 만들었으며, 앞으로도 더 만들 예정이다. 인도는 파키스탄과 '인더스강 물 수급 조약'을 맺었으나 중국과는 그런 조약을 맺지 않았으며, 물의 분배에 대해 어떤 정해진 메카니즘도 갖고 있지 않다. 중국은 자국 영토에서 뭄바이 같은 인도 도시들로 물이 공급되는 일과 물 공급이 인도의 식량 생산 능력에 갖는 중요성을 인식하고 있으며, 아직은 이를 위협하는 행동을 하지 않았다. 장래에 물은 중국-인도 관계에서 핵심 역할을 할 수 있고, 두 가지 중대한 문제가 여기에 싸움의 불씨가 될 수 있다. 인도의 댐 건설 정책과 중국의 하천 관련 자료 공유다.

먼저, 인도는 중국을 압박하여 공통의 하천과 집수 영역에 대한 공동 관리에 응하도록 만들 수 있다는 기대를 품고 '댐 건설 경쟁'에 돌입했다. 인도는 이 문제를 국제사법재판소에 가져가는 데 긍정적이었는데, 하류 지역에의 물 분배 책임에 유리한 재판 결과를 예상했기 때문이다. 그러나 그런 기대는 착오일 수 있다. 그것은 일단 중국이 자국의 이익에 반하는 국제사법재판소의 판결을 존중하지 않을 가능성이 높기 때문이다. 두 번째는 범위가 더 넓다. 물 공급권을 나눠달라는 중국에 대한 인도의 요구는 자체적으로 인도와 하천 문제가 얽혀 있는 방글라데시와 파키스탄 등의 국가들을 자극할 수 있다. 두 나라 모두 물 공유 문제, 댐 건설, 환경 관리 문제로 인도와 충돌한 일이 있었다. 또 중국이 홍수 방지 시스템 구축 지원에서부터 인더스강 수력발전 체계 구축 지원에 이르는 협력관계를 ('일대일로 공정'의 하나로) 각기 방글라데시, 파키스탄과 맺어왔음을 되새길 필요도 있다. 물 관리 문제에서 인도는 중국과 그 지역 동맹자들에게 에워싸인 형국이다.

둘째, 물 관련 정보자료 공유는 중국이 무기로 사용해왔다. 2017년, 중국은 브라마푸트라강 유수량 정보자료를 인도에 제공하기를 거부했다. 중국, 인도, 부탄의 변경지역에 있어 민감한 영토 분쟁의 중심점이던 도클람 고원에서 인도군과 중국군이 대치하던 중이었기 때문이다.

인도와 부탄은 부탄 영토 일부가 중국령으로 표시되어 있다하여 중국 지도에 민감했던 점에서 오랫동안 비슷했다. 인도와 부탄은 긴밀한 전략적 동반자 관계였으며, 인도가 부탄 안보의 후원자가 되는 형태였다. 그러다가 2017년 6월에 문제가 터졌다. 중국 정부와 계약을 맺은 업자들이 문제의 고원까지 길을 닦는 작업에 착수했기 때문이다. 인도와 부탄은 그들이 보기에 '불법 침입'인 이 작업을 방해하고 나섰다. 그 결과 대치 국면이 이루어졌다. 그러자 중국은 자국 입장에서는 '인도군의 무력 도발'에 맞서 유수량 정보 공유를 중지했다. 중국이 제공하던 정보는 인도, 그리고 더 하류 쪽에서는 방글라데시가 자국의 홍수 통제 정책을 세우는 데 도움이 되고 있었다. 결국, 중국은 2018년 5월에 인도군과 중국군이 해당 고원에서 동시 철수한 뒤에 정보 공유를 재개했다.

장기적으로 볼 때, 이는 지역적 관점에서 더 큰 뭔가를 위한 리허설로 여겨진다. 중국이 브라마푸트강에 대한 접근도를 더 높인다면, 그만큼 전략적 통제력을 더 많이 갖게 될 것이다. 다시 말해서, 중국은 티베트의 더 황량한 지역에 물을 돌릴 수 있을 것이며, 수력발전과 식량 생산 능력도 향상될 것이다. 이 모든 것이 분쟁과 논쟁이 심한 국경지대에 인프라를 깔고 병력을 배치할 동기가 된다. 중국은 인도의 아루나칼 프라데시 지역을 수십 년간 '남티베트'로 불렀음을 기억할 필요가 있다. 중국은 이를 두고 인도가 자국 영토를 침범했다고 비난하는 한편, 인도는 그 지역이 결코 분리될 수 없는 인도의 영토라고 천명한다. 인도로서는 중국이 군을 현대화하면서 국경 설비에도 적극적으로 투자하고 있으며, 분쟁 국경지대 전역에서 군사훈련에도 힘쓰고 있는 점을 우려하지 않을 수 없다.

군사화되는 국경

—

분쟁 국경지대에 병력의 투입과 철수가 반복되는 사이에도, 주변의 지형은 계속해서 바뀌고 있다. 몬순 기의 폭우와 동반한 빙하 녹은 물은 하류 지역사회에 물만이 아니라 침전물도 대량으로 공급하여 농토를 비옥하게 한다. 그런데 댐은 미네랄을 품은 침전물의 흐름을 차단한다. 광산 개발도 게임체인저가 될 수 있다. 토양, 대기, 수질에 지속하여 환경 영향을 주기 때문이다. 중국은 부탄 인근의 인도차이나 방면의 분쟁 국경지대에 새로 광산을 개발할 계획을 세웠다. 광산은 또 물에 대한 접근권도 강화한다. 그리고 역시나 하천과 자원, 전략적 접근권 등은 기존의 지정학적 긴장 지속에 힘을 보탠다.

남아시아 전반의 분쟁 국경지대는 꾸준히 군사화되고 있으며, 도로, 공항, 댐, 주택 등 모든 종류의 인프라 투자가 진행되고 있다. 이런 건설 작업과 뒤따르는 군사 작전은 모두 해당 지역을 헐벗기고 있다. 전략적 점령의 필요성은 장기적 생태 기획을 뒤흔든다. 인도-중국 사이의 국경 논란의 강도는 매우 높으며, '공통 국경' 일대에서 LAC(실제 통제선)를 어찌할 것이냐는 두 나라 모두 국익의 핵심이라 여기는 영토, 물, 전략적 접근 가능성과 밀접하게 연관되어 있다.

중국은 특히 하천 시스템 통제력을 중시하는데, 그 강들이 중국 점령 아래 있는 티베트에서 발원하며, 인도-중국 관계가 인도가 티베트의 망명 정부를 수용하고 있어서 더 껄끄럽기 때문이다. 히

말라야와 중앙아시아의 고고도 지대의 지형은 기후변화로 인해 계속 바뀌고 있는데, 그곳의 군사 인프라 설치와 전략적 거점 확보 동기는 이로써 더 커지고 있다. 2020년 6월, 양측은 돌멩이, 몽둥이, 기타 손에 잡히는 대로 아무 무기나 들고 다시 충돌하여 수십 명의 사망자를 냈다. 인도 언론은 그들이 갈완 계곡 내외 지역에서 벌어진 중국의 '국경 침범'에 대응한 것이었다고 목소리를 높였다. 그러나 이는 오지이며 사람이 거의 살지 않는 땅을 가로지르는 LAC가 지정학 드라마의 주역임을 충격적으로 상기시켰다.

세계 곳곳의 얼음으로 덮이고 산봉우리가 삐죽삐죽한 지역들에서, LAC처럼 공허한 국경선은 계속해서 국가 지도의 야심을 부추길 것이다. 그런데 '선'(line)이라는 표현 자체에 문제가 있다. LAC는 실제로 이중의 선이기 때문이다. 중국과 인도가 각각 주장하는 두 개의 선이 있으며, 그 중간에는 확고부동하지 않은 비무장지대가 가로놓여 있다. LAC 주변에는 그리 많지 않은 순찰 지점이 드문드문 지정되어 있다. 히말라야나 힌두쿠시 같은 세계 각지의 영토 분쟁지역에서 우리는 인도, 중국, 파키스탄의 끊이지 않는 입씨름을 보게 된다.

2020년 6월의 사건은 부분적으로 중국군이 분쟁지역에서 간이 댐 건설을 시도한 것에서 촉발되었다. 만일 그 '댐'을 파괴할 경우 인도군이 점령한 지역이 홍수로 뒤덮일 것이 예상되었기 때문이다. 이 소규모의 물난리가 더 큰 관점에서의 진실을 가려서는 안 될 것이다. 바로 20억에 이르는 사람들이 이 산악지대에서 빙하 녹은 물이 얼마나 많이 혹은 조금 나오느냐, 또 그 지역 기후가 일정하게 유지되느냐에 따라 대홍수 아니면 가뭄이라는 재앙을 겪을 수도 있다는 진실 말이다. 빙하와 상류 지역 환경이 두 나라 모두에서 왜 더욱 국가안보 차원에서 중시되는지 이해하기란 어렵지 않다. 장래에는 자연환경의 변화와 인위적인 물 보급 및 유역의 조작이 합쳐져 국경 전쟁이 발발할 가능성이 크다.

이탈리아-오스트리아 국경지대에서 진행된 리메스 프로젝트와 남아시아 고지대에서 벌어지는 드라마의 대조는 이보다 더 극명할 수가 없다. 그처럼 고산지대에 걸쳐 있는 움직이는 국경들은 반드시 그 자체로서 지정학적 드라마의 주인공일 필요는 없다. 두 국가 사이의 관계가 원만하다면 그들의 공통 국경 문제를 조정할 방법과 수단은 얼마든지 있다. 그런 원만함이 없을 때, 일은 심각해진다. 특히 세계적인 오지일 경우에는 더 그렇다. 그런 지역의 국경은 귀중한 자원의 배분과 통제력, 전략적 이익을 적절히 끌어내고 장기적으로 보장하는 능력에 대한 광범위한 우려의 피뢰침이 된다. 그러나 그러한 움직이는 국경은 꼭 고지대에만 있지 않다. 이제 물밑을 들여다보자.

3장

수중 국경

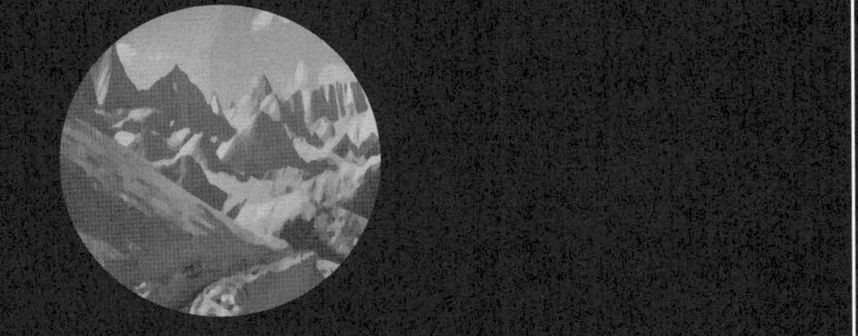

1969년, 한 소련군 병사가 소련과 중국 국경을 지키고 있다. 그는 다만스키섬(중국에서는 전바오섬(珍寶島)이라고 부름) 근처의 우수리강 변에 서 있다. 1969년 3월, 양측은 이 강의 중간에 있는 그 섬의 영유권을 두고 충돌했다. 분쟁은 2주 정도 계속되었고, 어째서 그 분쟁이 촉발되었는지는 아직 불명확하다. 결국, 휴전에 합의했지만, 섬의 영유권은 아직도 분쟁 대상이다.

앞서 보았듯, 2050년쯤 되면 수십억에 이르는 세계인이 물 부족에 처할 것으로 보인다. 그러나 그것은 지구 온난화가 고고도 지역의 빙하 녹은 물에 영향을 끼쳐서라고 할 수 없다. 그리고 또 수십억 명은 공동의 수원지에 의존하고 있다. 빙하는 얼어붙어 있으니 빙하이지만, 녹아내리기도 하며, 그래야만 세계 각지의 하천 시스템이 제대로 돌아갈 수 있다.

빙하, 하천, 호수는 중요하다. 각국 정부가 이런 물 자원이 안보와 산업에 필수적일뿐더러 신생에너지 개발, 공공보건, 수송, 농업과 어업에도 긴요하다는 사실을 인식하고 있기 때문이다. 하천의 유량 및 방향 통제도 해양 수송 관련 기획과 통제에 있어 국가안보 차원에서 중요하다. 그리고 중앙정부든 지방정부든, 세계 각지의 수로에서 움직이는 대상을 통제하고 싶어 한다. 그것이 오염수이든, 이민자든, 밀수꾼 아니면 테러리스트든 말이다. 걸려 있는 이권은 크다. 세계 각지의 하천, 호수 분지, 대수층(지하수를 대량 함유하는 암반 지층) 수백 군데는 제대로 된 국가 간 협정 아래 있지 않다. 여러 나라에 걸쳐 있는 대수층은 270군데 이상이나 되며, 특히 유럽에 많다. 물 배분 문제를 두고 국가 간 대립이 가장 치열한 지역은 중동과 아프리카로, 빅토리아호수, 티그리스강, 이스라엘-팔레스타인이 공유하는 대수층 등이 그런 예다.

하천과 호수를 놓고 벌어지는 분쟁은 국제적 위기로 격화되기 쉽다. 경계선을 놓고 분쟁이 벌어지기도 하지만 때로는 수질 오염이나 수중 비대칭(asymmetries in water) 같은 요인들도 삽시간에 분쟁을 일으킬 수 있다. 하천과 호수가 오랫동안 '천연의 국경'으로 여겨져 왔지만, 그것은 고정되어 있지 않다. 상류의 적대국이 물 보급을 통제함으로써 하류의 인접국에 환경 재해와 보건 재앙을 일으킬 수도 있다. 댐 건설과 농업 확장은 설령 우호적인 인접국에서 이루어지는 일이라 해도 타국에 심각한 피해를 줄 수 있다. 따라서 석유 및 천연가스 채굴과 어로 그리고 수력발전 등의 활동을 공동의 호수와 분쟁 해역에서 실시한 결과로 세계 각지에서 갈등이 격화되고 있다.

대수층의 활용은 심각한 불평등으로 이어질 수 있는데, 가령 이스라엘은 팔레스타인보다 1인당 더 많은 양의 물을 공동 대수층에서 끌어다 쓰고 있다. 웨스트뱅크의 팔레스타인 사람들은 이스라엘 생수 업체에 꼭 필요한 물을 의존하고 있는 형편이다. 가자지구의 물 공급 사정은 주민의 건강을 해칠 정도로 위태로운 지경이다. 유네스코에서 대수층을 공연히 '푸른 황금'이라고 표현한 것이 아니다. 하천, 바다, 대수층, 호수는 국경에 대한 우리의 인식을 복잡하게 만든다. 각국의 수력 관리 정책은 세계 전역에서 주류 지정학 쟁점이 되고 있다.

2020년 1월, 파키스탄, 인도, 아프가니스탄 대표들은 '국경 외 수자원' 관련 회담을 열고 장래의 물 공유에 대한 긴급 사안들을 논의했다. 그 대표들은 기후변화, 에너지 수요, 농업 확대와 인구 증가 등이 모두에게 압력을 가중할 것이라고 보았다. 파키스탄은 인더스강 물을 적당히 가져가라며 시도 때도 없이 인도를 비난한다. 상류 쪽 국가들은 흔히 하류로의 유수량에 개입한다는 비난을 들으며, 에티오피아, 수단, 이집트 같은 나라들은 나일강의 수자원 문제를 놓고 오래 갈등해온 역사가 있다. 1990년대에, 지역의 수자원을 둘러싸고 벌어지는 소규모 분쟁이 대규모 지역 분쟁으로 번질 가능성이 크다는 이야기는 흔했다. 유엔 사무총장을 지낸 이집트 외교관 부트로스 부트로스갈리(Boutros Boutros-Ghali)는 1988년에 이렇게 경고했다.

"다음 중동전은 정치보다는 물 때문에 벌어질 것이다."

원주민들과 환경운동가들이 하천과 호수를 관리하고 보호할 '권리'를 확실히 하고자 애쓰는 데 반해, 정부와 정치지도자들은 기회주의적인 이웃나라와 귀찮게 간섭하는 불청객들을 염려한다. 호수, 해양, 하천을 공유하는 일은 한 번도 순조롭지 않았고, 앞으로는 자원 문제와 기후변화의 누적된 효과 덕분에 더욱 분쟁이 잦을 전망이다. 그리고 〈유엔 원주민 권리 선언(the UN Declaration on the Rights of Indigenous Peoples)〉이 있는 이상, 세계 각지의 원주민들도 대수층을 포함한 자연환경에 '피해를 주는 세력으로부터 법적 보호를 받을 권리'를 요구하리라 예상할 수 있다. 그러나 각국 정부가 그들의 요구나 권리에 부응한 사례를 보면 대충 넘어가려 하는 것을 알 수 있다. 특히 정부가 국가 비상사태 기획에 근거하여 행동하고 있다고 변명하는 경우에는 더 그렇다.

'천연 국경'으로서의 물?

국제 하천 관리 연구자들은 두 가지 유형의 하천, 즉 '국경을 가로지르는 하천'(through-border rivers)과 '국경을 만드는 하천'(border-making rivers)에 주목한다. 전자의 예는 중국에서 발원해 베트남으로 흘러드는 하천이고, 후자의 예는 미국과 멕시코를 구분하는 리오그란데강이다. 이 구분은 국경과 물 사이의 관계를 더 폭넓게 볼 수 있는 근거가 된다. 실제 지리와 정치적 지리에 근거하여, 우리의 하천-호수-빙하 관리 방식은 달라진다. 하천은 온전히 한 나라의 영토 안에 있을 수도 있고, 여러 나라를 거쳐가며 흐를 수도 있다. 호수 역시 어느 한쪽에 온전히 속할 수도, 미국과 캐나다 사이의 오대호처럼 여러 나라에 걸칠 수도 있다. 빙하는 특정 국가 내의 산악에 속할 수 있지만, 녹아내리면서 국경을 넘나드는 하천 체계에 영향을 줄 수 있다.

세계사를 통틀어 제국과 국민국가는 '국경을 만드는 하천', 산맥, 해안선 같은 천연의 장벽들을 찾아내어 그것을 국경으로 삼는 것이 매우 유용하고 영토를 표시하는 매우 설득력 있는 장치라는 점을 깨달았다. 두 제국이 서로 마주쳤을 때, 그 경계선은 대개 강, 호수, 해안, 산길 등이었다. 지난 200년 동안 지형 조사, 지도 제작, 국경 협정, 국제사법재판소에의 제소 등 국가 간에 땅과 바다를 나누는 일에 전례 없는 노력이 기울여졌다. 아프리카와 아시아를 지배했던 유럽의 제국주의자들은 지도를 작성하면서 하천의 흐름을 국경으로 삼곤 했다. 그런 하천의 구획은 정확히 이루어지기 어려울 수도 있지만, 하천, 호수, 바다 등은 제국주의 통치권의 눈에 보이는 경계선으로 활용되기에 충분했다.

특히 유럽에서 나중에 만들어진 국제법은 그런 국경을 보다 정밀하게 공인하는 일에 힘을 보태주었다. 항행 가능한 규모의 강을 2개국 또는 그 이상의 국가들 사이에서 나눌 때, 경계선은 그 강의 가장 심층부의 수로를 의미하는 탈베그(thalweg)에 따라 그어져야 했다. 항행이 불가능한 하천은 가장 깊은 수심을 기준으로 경계선이 그어졌다. 국제사법재판소는 이를 기본 근거로 삼아, 1999년에 보츠와나와 나미비아의 국경 문제에 판결을 내렸다. 관련 논쟁은 초베(Chobe)강의 상대적 깊이 문제가 아니라 그 강바닥의 어디를 기준으로 삼을지에 대해서 이뤄졌다. 두 나라는 어디를 주 수로로 볼지를 갖고 다투었으며, 서로 그 강의 중간 지점을 두고 자신들의 영역이라 우겼다. 재판은 보츠와나가 승소했다. 이로써 국제법이 제 몫을 다한 경우로 볼 수 있지만, 양측의 쟁점은 해결되지 않은 상태로 남아 있었다. 보츠와나와 나미비아는 더 이상의 분쟁을 회피함으로써 마무리를 한 셈이다.

그러나 하천은 시간이 지나면 달라지며, 따라서 법적 규정에 부담을 가져온다. 물리적인 세계는 고정되어 있지 않으며, 하천의 가장 깊은 바닥도 일정하지 않다. 갠지스강 같은 강의 하천 체계는 대단히 복잡하며, 특히 규모가 방대한 하구 지역은 더욱 복잡하다. 강을 터전으로 사는 사람들이라면 강물의 흐름과 형태가 계속해서 바뀐다는 사실을 알 것이다. 그리고 매년 탈베그의 위치도 바뀐다. 지상 관측과 위성 관측을 종합함으로써 이제는 환경 변화를 실시간으로 쉽게 파악할 수 있게 되었다. 현재 국제법의 관련 규정은 위성사진과 실시간 환경 모니터링 센서가 나오기 이전에 만들어진 것이다.

러시아와 중국 사이

탈베그를 기준으로 하는 원칙하에 접경 국가들은 그 잠재 자원을 포함해 하천 활용에서 평등을 누려야 한다. 강의 섬들은 어느 쪽 탈베그에 가까이 있는지에 따라 소속이 정해져야 하겠지만, 강의 섬들은 양쪽의 합의에 따라 공동 소유가 될 수도 있다. 해양법에 관한 유엔 협약(UN Convention on the Law of the Sea, 1982)에 따라, 육지와 수역의 차원에서 국경선을 넘어 해저나 수주(water column)의 소유권 및 용익권을 해안과의 거리 등을 따져서 배분하고 가늠하는 기준이 마련되어 있다.

역사적으로 제국과 국민국가들은 하천과 호수와 같은 거대한 물을 만날 때면 각자의 영토를 구분할 필요성을 느꼈다. 강변 지대는 그 영유권을 놓고 분쟁이 벌어지기 일쑤였다. 중국과 러시아 사이에서 강변 지대와 강의 섬들을 두고 계속 벌여온 영유권 분쟁이 그 전형적인 사례다. 강변 지역은 그런 분쟁이 길게 이어지기 쉬운, 지정학적으로 민감한 대상이다.

17세기, 팽창 일로에 있던 러시아 제국은 시베리아와 태평양 연안을 향해 계속 서진했으며, 그것은 또한 남쪽으로 중국에 더 가까이 다가서는 것을 의미했다. 러시아는 대외로 팽창함에 따라 아무르나 우수리 같은 큰 강의 하천 체계를 탐사하기 시작했다. 1689년, 러시아와 중국은 두 제국 사이의 경계를 정하는 최초의 조약인 네르친스크 조약을 맺었다. 하지만 이 조약의 결과 수립된 것은 '국경'이라기보다 '경계'였으며, 두 나라 모두 경계 기준으로 이러저러한 강, 산, 호수 등을 정하는 데 동의한다는 의미였다.

이후 두 나라의 운이 바뀌면서, 19세기의 러시아는 아무르강 남쪽으로 세력을 뻗쳤다. 아이훈 조약(1858)과 북경 조약(1860)으로 러시아는 새로운 경계선을 획득했다. 이번에는 단지 경계가 아닌, 국경이었다. 러시아는 청 제국이 상대적으로 약해진 틈을 노려 주요 하천 체계를 따라 영토를 병합했다. 러시아 지도는 그 나라의 주권이 중국의 하안까지 뻗친 상황을 그대로 드러내 주었다. 러시아인에 따르면, 그 하천들은 더는 공유 하천이 아니었다. 거의 전적으로 모스크바의 통제 아래 놓인 하천들이었다.

아무르강과 우수리강은 러시아 영토의 일부로 여겨졌고, 러시아는 그 강들의 수로 체계로 보아 전적인 항행권, 자원 채굴권, 하중도 소유권을 갖는다고 보았다. 중국은 이 두 강의 실질적 병합 상황에 대해 1950년대에 이르러서야 이의를 제기했는데, 당시 마오쩌둥 주석은 중국은 더는 러시아의 기회주의를 용납하지 않겠다고 엄중히 선언했다. 중국은 러시아에서 나온 지도를 살펴보고, 그들 스스로 지도를 만들어 중국의 주권이 그 두 강둑을 넘지 못한다는 러시아의 정의를 거부했다. 이로써 두 강은 지정학적으로 뜨거운 감자가 되었다. 중국은 아무르강 인근 지역사회에 대고 그 강에 배를 띄우고 고기잡이를 하는 일을 장려했으며, 두 나라는 19세기의 조약과 그에 따라 조정된 지도의 의미에 대해 계속 설전을 벌였다. 긴장감은 현장에서 더욱 고조되었다. 소련은 군을 동원해 중국의 어선을 나포하고, 선원들에게 얼음물을 분사했으며, 강의 얼어붙은 부분에서 중국 민간인을 내몰았다.

중국은 "무지막지한 소련군이 우리 인민을 적대했다"며 재빨리 선동에 들어갔고, 민간인 활동을 계속 부추김으로써 모스크바가 이 하천 국경 분쟁에 더 신경을 집중하도록 만들었다. 1968년 1월, 마침내 두 나라의 국경수비대가 무력 충돌을 빚었으며, 몇 사람의 중국 민간인이 그 와중에 목숨을 잃었다. 1969년 3월, 또 한 차례의 충돌이 얼어붙은 우수리강의 섬에서 벌어졌다. 겨울이면 얼어붙는 이 강의 특징은 두 나라가 군인이나 민간인을 동원하기에 유리한 조건이었다. 이 분쟁은 양측이 문제가 된 하중도 위를 가로지른다 여겨지는 '레드라인'에 맹렬히 집착하고 있으며, 어느 쪽도 자국의 패배를, 또는 어떤 식으로든 후퇴를 고려하지 않고 있음을 드러내 주었다. 중국은 자국 영토가 강변에서 끝난다는 데 결코 동의하려 하지 않았지만, 이를 관철할 만한 군사력은 그 지역에 갖고 있지 못했다. 소련은 자국이 지리적 유리함을 누리고 있다는 데 수긍하고 싶지 않았지만, 자국 군대가 반대편 강둑에 닿는 순간 중국 영토 침범이 될 것임을 인식했다. 따라서 그 하중도들은 불가피하게 양측의 충돌 지점이 될 터였다.

해빙 무드와 이후의 변화

1980년대, 두 나라는 고르바초프 시대의 해빙 분위기에 힘입어 "북경 조약으로 돌아가 탈베그 원칙을 공동의 하천 국경에 적용한다"는 데 합의했다. 이제 두 강의 가장 깊은 지점이 두 나라의 국경이 되었고, 그것은 그런 지점이 상대적으로 안정적일 것이라는 편리한 가정에 근거한 것이었다. 1986년 고르바초프 대통령이 그렇게 '양보'한 일은 의미심장했다. 소련이 대략 150년 동안 실효적으로 지배해온 하중도에 대한 영토권 제기를 포기한 것이어서, 중국은 전적으로 수혜자 입장이 되었다. 20년 뒤인 2006년, 새로운 영토 협정을 통해 가장 쟁점이 되는 부분을 합의함으로써 최종 마무리가 이뤄졌다. 전략적으로 중요한 곰섬(Bear Island)은 양국이 분할 지배하는 것으로 결정되었다. 이 이야기의 교훈은 각국이 어떤 대상을 전략적으로 중시하는지, 그리고 그에 따라 하천이나 하중도가 분쟁의 발화점이 될 수 있는지에 있다.

비록 협정이 맺어졌다 해도, 이른바 천연 국경은 계속 갈등을 일으킬 불씨를 안고 있다. 아무르강의 양쪽 강변에서, 중국과 러시아 현지인들이 강에 들어가고 그 자원을 이용하는 일을 놓고 옥신각신하는 일이 아직도 종종 벌어진다. 이 강은 민족주의 정치의 사례가 될 소지도 있다. 경쟁하는 지역사회 사이에서 서로 이익을 보려고 소송전을 벌이고 있기 때문이다. 중국이 이 강을 '아무르'가 아니라 '헤이룽'(黑龍)이라 부르는 사실도 이 점에서 주목할 만하다.

그러나 2019년 11월, 러시아의 블라고베시첸스크시와 중국의 헤이허(黑河)시를 잇는 전략적 요충지에 새로 다리가 들어섰다. 이 다리의 건설은 1988년에 처음 논의되었고, 혹한에다 강물이 얼다가 녹다가 할 때마다 수위가 달라진다는 점 때문에 공학적으로는 상당한 난제였다. 겨울이면 임시로 설치된 배다리를 이용해 얼어붙은 강 위로 사람과 물자가 오가는 일이 드물지 않다. 이 새로운 다리는 이 모든 것을 적시에 바꾸었다. 바로 두 도시를 코로나바이러스가 덮쳤을 때다. 2020년 1월, 바이러스 때문에 중국-러시아의 하천 국경은 폐쇄되었다. 그리고 블라고베시첸스크 등의 러시아 도시들은 중국과의 교역 및 관광 수입 감소로 큰 타격을 받았다. 그때까지 휴일을 즐기는 중국인들은 중국 춘절(春節)이 오면 블라고베시첸스크에 가서 여기저기 돌아다니곤 했다. 아무르강 양편의 지역사회들은 이 바이러스가 장기적으로 중-러 국경 관련 협력관계를 저해할 것을 염려하고 있다. 중국의 투자와 교역이 없다면, 시베리아 및 극동 러시아의 여러 도시는 미래가 불투명해질 것이다.

한편 그토록 오래 오고간 서로의 우정과 이해의 언어에도 불구하고, 모스크바는 이 새 다리가 러시아와의 남부 및 동부 국경지대에 대한 중국의 영향력을 강화하지 않을까 의심하고 있다. 반중국 정서가 팽배한 러시아에서는 구소련의 유라시아 내륙, 중앙아시아 국가들에 미치는 중국의 경제적 영향력에 불편한 심기를 드러낸다. 한편, 더 서쪽에서는 푸틴 대통령이 점령 상태의 크림반도와 러시아 연방의 서쪽 끝을 잇는 다리를 건설하면서 그에 따른 중국과의 상호연관성과 상호의존성 증대에 별다른 불편을 나타내지 않았다. 크림의 케르치 해협에 놓인 19킬로미터 길이의 새 다리는

2018년 개통되었는데, 40억 달러에 이르는 비용을 러시아가 부담하였다. 이 다리를 둘러싼 지배적인 권력 동학은 분명 차이점을 보여준다. 러시아에게 우크라이나는 흔들어댈 수 있는 상대지만 중국은 투자와 전략적 협력을 위해 오히려 의존해야 할 상대인 것이다.

수중이나 강변과 해안 그리고 수면 같은 '물의 국경'에서 지정학적 온도는 언제나 그것을 체감하도록 만든다. 물밑에서, 강줄기나 해안을 따라 혹은 물 위에서 말이다.

천연 국경의 조작

바로 이전의 사례에서 보듯, 러시아와 중국은 하천 국경을 두고 분쟁을 벌이는 상태이지만 동시에 서로 협력하는 방안도 갖추고 있다. 그리고 탈베그 원칙이 국가 간 합의에 도움이 되는 면이 있지만, 하천은 자연에 의해서든 인간의 지구공학적 시도에 의해서든 격변할 수 있다. 그러면 그 '국경의 근거'는 매우 불안정하게 된다. 이 과정은 아주 심각한 갈등을 유발할 수 있다. 잠시만 생각해 보아도, 이웃과 강물로 나뉜 나라가 의도적으로 그 강의 흐름을 조작하여 자국의 전략적 또는 경제적 이익을 도모할 수 있다. 이러한 행동은 바로 분쟁을 촉발시킨다.

일부 옵저버들은 이런 분쟁이 식수 공급 문제와만 관련된다고 여기지만, 사실은 자원으로 쓰일 잠재력을 지닌 다른 대상을 놓고서도 갈등이 벌어진다. 예를 들어, 인접국이 공유 하천에서 무슨 짓을 벌이든 내버려두기란 쉽지 않다. 2010년 11월, 코스타리카는 국제사법재판소에 니카라과가 부당하게 행동하고 있다고 제소했다. 코스타리카 정부의 주장으로는 니카라과가 고의로 그들의 공동 국경을 침범하고, 불법으로 자국의 영토를 점거했다는 것이었다. 문제는 니카라과가 운하를 건설하고 산후안강 일대를 준설하려는 계획이었다. 니카라과 정부는 공병대를 동원해 강의 물줄기와 유량을 바꾸려 했다고 고발되었다. 그 밖에도, 산후안강변에 길을 새로 냄으로써 그 강의 물줄기와 유량에 추가적 영향을 주려 한 것도 문제가 되었다.

대략 5년 뒤, 막대한 양의 증거와 반박 증거를 살펴본 뒤, 국제사법재판소는 판결을 내렸다. 코스타리카의 북부 일부에서 카리브해에 가까운 북단부까지의 영토가 침탈당했다는 것이었다. 그 지역은 코스타리카에서 국립 생태보전지구였다. 재판소는 니카라과의 행동을 단죄했다. 그 운하 건설 작업을 비판하고 군 인력으로 코스타리카 영토를 불법 점거한 일을 지적했다. 니카라과에는 하천 체계에 끼친 피해를 배상할 책임이 있다고 판정했다.

2018년 2월, 재판소는 하천과 그 유관 영토에 니카라과가 가한 환경적 재화-용역의 피해 배상금으로 37만 8천 달러를 코스타리카에 지급하라고 판결했다. 약소한 금액이었다. 니카라과는 2018년 3월 초에 그 금액을 코스타리카로 보냈다. 장기적으로 볼 때 코스타리카가 거둔 이익은 금전적 배상에 있지 않았다. 그 나라는 사실상 군대를 보유하고 있지 않아서(2020년도 세계 군사력 지표상 세계에서 가장 소규모의 군대 보유국) 니카라과와의 군사분쟁은 불가능했다. 따라서 국제사법재판소를 통해 분쟁을 해결한 것은 매우 잘된 일이었다.

이 사건이 특히 주목받았던 까닭은 양측이 모두 각자에게 유리한 역사적 근거를 제시한 분쟁이었기 때문이다. 여기에는 과거 양측이 맺은 조약은 물론, 이른바 '알렉산더 판정서'라는 것도 인용되었는데, 알렉산더 판정서란 1897년 미국 공학자인 에드워드 알렉산더(Edward Alexander)의 이름을 딴 것이다. 클리블랜드(Cleveland) 대통령이 선임한 알렉산더는 코스타리카와 니카라과 각자의 국경 설정에서 모두 그 권위를 주장하는 대외 문제 위원회를 맡았다. 그 위원회의 작업은 복잡했고, 미국의 국익을 위해 두 나라의 땅을 관통하여 태평양과 니카라과를 연결하는 운하를 건설하는 문제를 다루고 있었다. 그러나 2년 뒤인 1899년에 산후안강이 결국 양국의 국경선으로 정해졌다. 두 나라 모두 알렉산더의 판정 건의를 받아들였다. 하지만 알렉산더는 니카라과에서 활동하다가 그의 아내가 풍토병에 걸려 병사하는 바람에 계획보다 빨리 그 땅을 떠나게 되었다.

'물의 국경'을 그려낸다는 것

—

2010년, 니카라과가 공동의 국경을 넘어 코스타리카 북부의 이슬라 포르티요(Isla Portillos)를 자국 영토라고 주장했을 때, 알렉산더의 판정서는 별 역할을 하지 못했다. 그보다 니카라과는 그 영토가 자기네 것이라고 여기게 된 것은 구글맵 때문이라는 주장을 했다. 구글맵에 책임을 떠넘기는 일은 반려견이 숙제를 망쳐버렸다고 타박하는 것과 비슷할지 모른다. 그러나 구글맵을 작성하는 구글이 국경 분쟁에 휘말린 적은 한두 번이 아니었다. 미국의 대규모 컴퓨터 회사에서 일하는 한 지리 전문가는 비슷한 이야기, 즉 1990년대 말에 남아시아의 '중립적인' 지도를 제작하는 데 얼마나 힘들었는지를 말했다.

물의 국경을 그려내기란 고산지대에서 국경을 그리는 일처럼 어렵다. 모양이 바뀔 수 있고, 또 실제로 바뀌기 때문이다. '현지 사정'이라는 말은 분쟁지역의 정착촌에서는 별로 설득력이 없다. 코스타리카와 니카라과만이 (대체로 19세기에 이뤄진) 과거의 낡은 조약과 지도를 뒤져서 내놓는 게 아니다. 아르헨티나와 우루과이도 비슷하다. 그들의 하천 국경은 오래전에 정착되었고, 라플라타강의 하중도인 마르틴가르시아섬도 1973년의 협정에 따라 아르헨티나령이 되었다. 그리고 40년이 흐르는 사이에, 막대한 양의 퇴적물이 하류로 흘러내려 대서양으로 나갔다. 퇴적물로 강 하구의 항구 진입로가 위축되고 있어서 아르헨티나는 준설 작업을 더욱 많이 벌이고 싶었다. 인근의 더 작은 섬인 티모테오도밍게즈섬은 우루과이령이었는데, 퇴적물 때문에 마르틴가르시아섬과 연결되었다. 사실상 새로운 육지 국경이 생겨난 셈이었다. 양국 역사상 처음으로 두 나라 사이를 라플라타강이 흐르지 않게 된 것이다. 이런 식의 자연적인 형질변경 혹은 '테라포밍'(terraforming)은 서로 협력하게 하는가 하면 긴장을 발생시키기도 한다.

그러나 최근 상황을 보면 그 강은 정치적 논쟁을 비껴가지 못할 운명이다. 두 나라는 하류로 내려오는 오염 문제를 두고도 논쟁을 벌이고 있기 때문이다. 2010년에 우루과이는 핀란드 제지 공장 설립을 허가했는데, 아르헨티나는 이에 격한 반응을 보였다. 공유 하천 체계에 심각한 환영 영향을 미친다는 이유였다. 국제사법재판소는 그 제지 공장이 양국 간에 맺은 어떤 조약도 위반하지 않는다고 판결했다. 그리고 지금은 푼타페레이라에 두 번째 제지 공장이 들어서 있다. 아르헨티나로서는 씁쓸한 판결이었다.

두 하중도가 자연히 연결됨으로써 생겨난 육지 국경은 장래의 분쟁거리가 되기 십상이다. 두 나라의 민족주의자들은 분명히 이 문제를 분쟁의 땔감으로 쓸 것이다. 가령 한쪽 정부가 위성사진을 근거로 상대방이 자국의 권리를 침탈하거나 방해했다고 주장하면, 그다음으로는 육로의 점령이 벌어질 수 있다. 강의 물줄기가 바뀌거나 호수의 규모나 모양이 달라지면 그런 발견이 이어지리라고 쉽게 상상할 수 있다. 해당국 정부는 국경의 혼란 상황에서 우위를 점하려고 할 것이다. 특히 어족과 석유, 천연가스 등의 자원이 걸려 있는 지역에서라면 말이다.

옛 협정이 누더기가 되는 한편, 하천과 호수는 더는 안정적인 국경의 기준이 되지 못한다. 커뮤니케이션 네트워크 같은 인프라는 물론, 심지어 지역사회 전체가 부지불식간에 옛 국경을 넘나들고 있다. 인접국들은 유럽 알프스의 경우처럼 '움직이는 국경'을 있는 그대로 인정하기로 합의하든지, 편집증적인 국경 감시 활동을 끝없이 벌이면서 숱한 도발을 일삼든지, 그리고 심지어 분쟁을 불사하면서 나가거나 하는 수밖에 없다.

공유 대수층, 하천, 호수의 관리

많은 대수층, 호수, 하천이 국경선을 이리저리 넘나들고 있어서 초국가적 공동 물 관리가 근본적으로는 의미 있을 수밖에 없다. 유럽에서 다뉴브강은 움직이는 국경 하천의 좋은 예다. 그리고 유럽 국가들은 여러 해 동안 그 강을 집단으로 관리하여 항행의 안전, 오염의 통제, 자원의 활용을 모두 보장할 메커니즘을 개발해왔다. (그 기원이 1856년까지 올라가는) '다뉴브강 위원회'는 각기 상류와 하류에 위치한 국가들이 공동의 이익이 있는 영역에서 협력할 필요를 명확히 인식하고 있다. 아프리카에서는 기니, 말리, 모리타니, 세네갈이 회원으로 있는 '세네갈강 유역 개발기구'(1972년 설립)가 눈에 띄는 성공을 거두었다. 그러나 전 세계의 대략 286개의 공유 하천 유역에서 고작 85~90개 정도만 공동 물 관리 계획이 실행되고 있을 뿐이다. 세계 차원에서 물 관련 국가 간 협력의 메커니즘은 미약하거나 아예 없다.

세계 인구의 밀집 지역은 해안 지역들이며, 그중 다수가 큰 강의 삼각주를 끼고 있다. 이 하류 지역들은 21세기에 들어와 전에 없던 압박을 받고 있다. 상류 지역에서의 수력발전, 자원 편취, 범람원의 축소, 인간에게나 그 밖의 생물에게 피해를 주는 인프라 설치와 하천 개발 등이다. 동남아시아에서 '메콩강 위원회'는 캄보디아, 중국, 미얀마, 베트남, 태국, 라오스의 국토를 지나가는 메콩강에 대한 공동 관리에 보탬이 된다. 한편 메콩강 위원회의 회원국이 아닌 중국은 메콩강 상류에 여섯 개의 댐을 건설했다. 게다가 더 지을 예정이다. 이처럼 대형 댐이 또 들어서면 이 강이 하류로 물을 흘려보내는 힘이 크게 떨어지고, 퇴적물의 이동도 느려지고, 생태적 다양성도 손상될 것이다. 메콩강은 수억 명의 젖줄이며, 그것이 품고 있는 생물 다양성은 막대하다. 1천여 종 이상의 회유어와 육상동물이 이 강의 하천 체계에 의존하고 있다.

중국은 이 강에 기가와트급 추가 발전 시설을 원하지만, 한편으로 중국 남부 지역이 혹독한 가뭄과 극단적인 홍수 피해가 일어날 가능성을 우려하기도 한다. 물을 한쪽에서 지나치게 끌어 쓰는 일은 하류 지역 국가들이 고민하는 일이지만, 중국은 자국의 남부 지방에 홍수가 나지 않도록 유량을 조절하고 싶어 한다. 적당한 홍수는 하천 체계의 필수 요소이지만 말이다.

인구가 늘어날수록 하천에 가해지는 압력은 늘어나기만 한다. 중국은 이 지역의 주도 국가로 남을 것이며, 그 큰 규모와 영향력은 중국과 하류 쪽 인접국들과의 힘의 균형을 무너뜨릴 것이다. 2025년이면 메콩강 유역의 중국 도시들 인구는 3천만 명가량 늘어날 것이다. 그리고 베트남 같은 하류 지역 국가들은 그때가 되면 중국이 공유 하천 체계를 어떻게 이용하려 할 것인지 우려하고 있다. 상류 지역 국가들이 공유 자산인 하천 유량에 미치는 힘은 막대하다. 국가들끼리 때로 하천 합동 관리를 위한 신뢰 구축 메커니즘을 모색하는데, 국가들 사이에 위치와 지형에 따라 힘이 불균등하기 때문이다. 물리적 및 정치적 지리는 두 가지 반대되는 방향으로의 진행을 촉진한다. 물리적 지리는 물의 흐름의 유지 및 연속에 중점을 두도록 하는 데 반해, 정치적 지리는 통제와 독점을 부추긴다.

아프리카, 복잡한 하천의 지리학

아프리카의 하천들은 종종 하천 관련 지정학이 얼마나 복잡미묘한지를 보여주는 가장 좋은 예다. 식민 시대의 종료와 함께 설정된 아프리카의 국경 대부분은 독립 직후에는 명확하지 않았고, 부족한 물 자원 공유에 관한 시스템은 거의 없었다. 이러한 모호함은 종종 국가 간의 국경을 사이에 둔 분쟁의 전제가 되었으며, 어떤 강이 둘 이상의 나라를 지나갈 때 그런 분쟁의 여지는 특히 높았다. 앞서 보았듯, 댐 건설은 유량과 하천 관리에 직접 영향을 미치므로 반대 목소리가 많이 나오게 마련이다. 에티오피아 같은 상류 지역 국가가 댐 건설 계획을 그저 검토하기만 해도 하류 지역 국가들의 불안을 촉발할 수 있다.

케냐 북부에 있는 투르카나 호수의 경우, 나이로비 정부는 (중국의 자금 지원을 받은) 에티오피아의 자이브(Gibe) Ⅲ 댐 건설 계획이 오모강에 관한 자국의 이익을 해칠 것을 염려한다. 760킬로미터에 이르는 이 강은 투르카나 호수에 흘러드는 물의 90퍼센트를 공급하며, 에티오피아의 국토를 지나 그 호수에 이르기까지 북쪽으로 흐른다. 케냐 북부는 반쯤은 사막지대이며, 그곳의 목축, 소규모 농업, 어업은 오로지 투르카나 호수에 기대고 있다. 이 호수는 또한 에티오피아와 케냐의 일부 국경을 이루고 있기도 하다. 그 호숫물의 대부분이 케냐 국경선 안에 들어가며, 케냐 정부는 그 13만 제곱킬로미터의 수역을 유네스코 세계유산에 등재하려 애쓰고 있다.

한편 에티오피아 정부는 댐을 건설하면 자국의 면직업과 사탕

수수 가공업이 더욱 발전할 것이며, 인접국들에 잉여전력을 판매할 수도 있을 것이라 보고 있다. 2020년 현재, 케냐 정부는 자이브 Ⅲ 댐이 투르카나 호수로 흘러드는 강물의 유량을 바꿀 것이라 염려하고 있다. 그것은 국지적 분쟁과 국경을 넘나드는 갈등의 불씨가 될 것이다.

상황을 더 위태롭게 만드는 요소는 이 지역이 지진에 취약한 지역이라는 점이다. 그리고 강 주변에서 대규모 홍수가 날 가능성도 크다. 그런데도 케냐 정부는 자이브 Ⅲ 댐의 발전 전력을 일부 구매하기로 합의했으며, 이는 해당 지역사회와 환경운동가들의 분노를 샀다. 전력을 매입하는 가격이 매우 높은데도 불구하고 케냐 정부는 에티오피아와의 전력 거래를 맺고 싶어 한다. 하지만 이 댐에 의해 호수의 수위가 낮아지면 생태계가 파괴되고, 호숫물의 염도는 높아지며, 결국 마실 물과 어족 자원은 급감한다. 댐 건설을 지지하는 측은 환경단체의 암울한 예측이 과장이라고 반박하고, '물 조절위원회' 같은 케냐 정부 산하 공식기구는 댐이 호수에 특별한 악영향을 끼치지 않을 것이라는 공식 발표를 내놓는다. 그러나 일단 댐이 완공되면 투르카나 호수의 수위는 2미터가량 낮아질 것이며, 호수를 둘러싸고 있는 지역사회는 그 이상으로 수위가 내려갈 수 있다, 그러면 수십만 명의 농축산업자들이 파탄에 이를 것이라고 계속 경고하고 있다.

자이브 Ⅲ 댐은 전 세계적인 위험의 대표적 사례다. 높이 15미터 이상 되는 댐은 세계적으로 4만 5천 기가 있는 것으로 추정된다. 댐 건설은 1940년대부터 1980년대까지 아주 중요했으며, 해외 투자와 냉전기 지정학 경쟁에서 핫 이슈가 되었다. 케냐처럼 제2차 세계대전 뒤 독립한 나라는 수력발전과 더 넓은 자원 개발을 통해 자국이 자연환경을 통제할 능력이 있음을 보여주려는 의욕이 컸다. 비록 댐 건설은 아직도 이루어지고 있지만, 이제는 대형 댐 건설 계획은 생태적·사회적 폐해가 적지 않음이 인식된 상태다. 아프리카 인프라 건설에 대한 중국의 투자도 그 점을 잘 보여준다. 자이브 Ⅲ 프로젝트에 중국 산업은행의 투자가 일부 이루어진 것은 다른 국제자본이 "인류의 발생지의 하나로 여겨지는 곳에 나쁜 결과를 초래할 계획"에 투자하는 것을 거부했기 때문이다. 여러 비판론자가 우려하듯 생태적 피해가 심각하다면, 그리하여 사회적 분열과 어쩌면 케냐 북부 내외에서 분쟁까지 일어난다면, 이 댐에 대한 케냐의 태도도 달라질 수 있다.

에티오피아의 지리적 특성은 그 나라의 남부에 흐르는 강과 호수의 체계만이 아니라 북부에서도 중요하다. 나일강이 바로 그 핵심에 있다. 세계에서 가장 긴 강의 하나인 나일강은 11개 국가의 영토를 관통해 흐르고, 이집트가 지중해와 만나는 지점에서 끝난다. 이야말로 참으로 '문명의 강'이다. 이집트는 물 공급의 90퍼센트를 이 강에 의존하며, 나일강이 잘못된다면 이집트 자체가 사라질 수도 있다. 그래서 (역시 나일강이 흐르는) 수단과 이집트는 에티오피아의 댐 건설 활동을 합동 군사작전으로 막을 계획을 세웠다. 2010년, 카이로에 상정된 계획서는 에티오피아의 새 댐이 하류 유량을 감소시킬 경우 그 댐에 공격을 가한다는 내용을 담고 있었다. 더 복잡한 것은, 에티오피아의 댐 건설이 비밀리에 이스라엘의 지원을 받고 있으며 이집트를 궁지로 몰려는 이스라엘의 음모가 저변에 있다고 이집트 정부가 믿고 있다는 사실이다. 국가 간에 얽힌 음모까지 생각한다면 나일강과 관련된 모든 나라가 취하는 물 정책의 진의를 의심할 수밖에 없다.

여러 국경을 품은 호수의 문제

'국경을 가로지르는 하천'은 이처럼 갈등의 대상이 될 여지가 매우 크며, 그것은 앞으로도 그럴 것이다. 하지만 그와 비슷한 갈등의 여지가, 가령 형태의 변화 같은 것이 호수 관리에서도 있다. 비슷한 이야기란 바로 아프리카를 횡단하는 선상의 니아사(Nyasa) 호수와 차드(Chad) 호수에 있다. (말라위, 모잠비크, 탄자니아에 걸쳐 있는) 니아사 호수와 (나이지리아, 카메룬, 니제르, 차드에 걸쳐 있는) 차드 호수는 여러 나라에 공유되고 있다. 니아사 호수의 경우, 탄자니아와 말라위가 2011년에서 2012년까지 호수 북부 지역에서의 석유와 천연가스 개발을 놓고 갈등을 벌인 적이 있다. 문제는 그 개발의 결과 호수의 수량이 얼마나 줄어드느냐에 있었다. 차드 호수의 경우, 4개국이 호수 규모의 축소와 그에 따른 농업 및 목축업의 타격을 고민했다. 또, 호수 수위가 낮아지고 면적이 줄어듦에 따라 새 땅이 드러나고, 그것은 '불법 점유'의 문제를 낳는다. 자신들의 땅을 빼앗아갔다거나 멋대로 활용하고 있다는 등의 고발이 이어진다.

댐 건설, 물의 자국 위주 활용, 전략적 이익을 위한 의도적인 자산과 지역사회의 수몰 등이 벌어지는 곳에서는 이런 식의 갈등

사례가 수도 없이 많다. 일견 국경과 무관해 보이기도 하지만, (아나톨리아 반도의 남동 지역을 흐르는) 티그리스강에 여러 댐을 건설하려는 터키의 계획은 그 지역의 쿠르드 사회에 치명타를 안길 것이다. 2019년 7월부터 시작된 일리수(Ilisu) 댐 건설 프로젝트는 그것이 고대 메소포타미아의 고고학적으로 귀중한 지역을 훼손하게 될까 봐 국제적 이목을 집중시켰다. 유서 깊은 하산케이프 마을을 포함한 여러 고장의 정착민들은 이주해야 했으며, 코자테페 같은 다른 마을들은 수몰될 운명이었다. 이는 표면적으로는 터키 내부의 문제였지만, 그 활동의 대상 지역은 인류 유산의 보호 문제를 제기했다.

주권국가로서 터키는 하산케이프 마을을 유네스코 세계문화유산으로 신청한 적이 없다. 해외에서 자국 주권을 간섭하기를 원하지 않기 때문이다. 각국 정부가 지속 가능한 방식으로 개발을 추진하라는 압력이 높아지면, 유네스코 세계문화유산 지정이 해당 국가의 정부 동의 없이 이루어지게 되지 않을까? 터키로서는 생태 보전과 문화유산 보존보다 지정학적 고려와 국익 추구가 더 중요하다. 쿠르드족의 분리 운동, 시리아 내전의 파급, 그리고 그 밖의 세력이 앙카라 정부에 대해 음모를 꾸밀 수 있다는 두려움은 타국의 의도를 음모론적이고 편집증적으로 보려는 지정학적 문화를 부채질한다. 의도가 아무리 좋아도, 해외의 개입은 그 지역의 맹주가 되려는 뜻을 품은 나라에는 환영받기 어렵다.

법인으로서의 하천과 호수

그런 유형의 '유네스코의 개입'을 예상하며, 사회운동가들은 하천과 호수를 보호하기 위해 법적인 조치로 눈을 돌리고 있다. 코스타리카-니카라과의 경우처럼, 이웃나라들은 분쟁 대상인 하천이나 호수 문제를 두고 국제사법재판소의 법적 심판에 호소하기도 했다. 그 재판소가 서구의 법 원칙을 가지고 비서구 국가와 상황에 적용한다는 비판도 있는데, 갈등을 평화적으로 해결하려고 애쓰는 다른 방법도 있다. 아프리카에서는 아프리카연합이 '현자들의 모임'(the Panel of the Wise)이라는 기구를 2007년에 만들었다. '현자들의 모임을 돕는 친구들'(Friends of the Panel of the Wise)의 지원을 받는 이 기구는 이 대륙 전체에 영향을 주는 쟁점에 대해 아프리카 내부적으로 협력해서 해결해 보려는 시도의 하나다. 갈등 해소와 국경 분쟁은 이 모임의 직접 관여 대상이다. 2007년, '현자들의 모임'은 모든 현존하는 지상과 수상의 국경 분쟁을 다룰 것이며, 그것을 해결하려 노력한다는 목표를 천명했다. 그것은 4만 5천 킬로미터에 이르는 아프리카의 총 국경 길이를 생각할 때 벅찬 목표처럼 보이기는 한다. 그러나 이 모임의 활동은 계속되고 있으며, (하천 및 호수가 연관된) 적어도 100건의 미해결 국경 분쟁을 다루고 있다.

세계의 법정에서, 비교적 새로운 하천-호수 경계 분쟁 관련 혁신은 분쟁 대상인 수역에 '법인격'을 부여하는 것이다. 달리 말해, 법정은 하천 체계와 호수다. 그 특별한 생태적·문화적 중요성에 비추어 더 큰 법적 보호를 받도록 명시하고 있다. 많은 경우, 문제의 하천 체계는 인근 지역사회를 끼고 있으며, 그곳 주민들은 댐이 건설되거나 상류의 물 사용량이 늘어날 경우, 또 자원의 난개발이나 관광업이 확대될 경우 생활이 위태로워진다. 그런 경우, 만약 법인으로서의 하천의 권리가 침해당할 때 법적 배상과 원상회복을 강제할 가능성이 생기는 것이다.

원주민들과 그 지지자들은 법정을 통해 정부와 싸운다. 예를 들어, 칠레에서는 사회운동가들이 모든 하천에 법인격을 부여하기 위해 법정 투쟁을 벌이고 있다. 그들만이 아니다. 2017년, 뉴질랜드 법정은 왕가누이강이 마오리족 문화와 절대 불가분의 관계이며, 그 강은 법인격을 갖는다고 판결했다. 마오리족은 그 강의 자원을 마구 채취하고 댐을 건설하려는 정부 조치에 반대해왔다. 그 강은 적어도 한 사람의 마오리족에 의해 대표되며, 이후의 개발을 관리하는 위원회가 있다. 뒤이어 콜롬비아는 (왕가누이강처럼 자국 영토 안에서만 흐르는) 아트라토강을 위한 하천보호위원회를 설치했다. 미국에서는 2019년 9월에 유로크족 원주민들이 캘리포니아의 클라마스강에 대해 비슷한 선언을 했다.

하천에 법인 자격을 부여함으로써, 사회운동가들은 법원과 정부가 이 강물, 비와 빙하 녹은 물, 그리고 지류에 의해 끊임없이 보충되는 물 덩어리가 단순한 국가 재산이 아님을 인식해 주기를 바란다. 강물은 토착, 원주 문명에서 불가분의 존재이며, 생태계의 건강과 지역사회의 정신적 복지를 위해서도 없어서는 안 된다. '자연을 위한 권리'(rights for nature) 운동이 세계 각지, 각국에서 힘을 얻고 있으며, 이는 원주민들이 하천과 호수 관리에 일부 동참함으로써 국가가 하천·호수 관리를 어떻게 해야 할 것인지 지침을 준다.

앞으로는 한 국가가 한 하천에 그 시민들과 똑같은 법적 인격을 부여하고, 그 하천 또는 호수를 공유하는 이웃 국가는 그런 조치를 거부할 때 갈등이 빚어질 가능성이 높다. 강물이나 호숫물에 법인격을 부여한 국가는 그에 대해 제3자의 침해가 있을 때 보호에 나설 책임도 갖는가?

인도와 파키스탄은 각기 다르게 인더스강에 법인격을 부여하고, 그 미래에 대해 이견을 가질 수 있다. 큰 강이 갖는 생태적·경제적·지정학적·영적 차원은 협상을 결코 쉽게 만들지 않는데, 단지 법인격이 부여되었다고 해서 문제가 전부 해결되지는 않는다. 물 문제에 대해 극도로 예민해진 나머지 어떻게든 물을 확보하기 위해 법체계고 뭐고 무시해 버릴 가능성도 없지 않다.

기후변화가 커지면서 호수도 강도 변화의 폭이 커지고 있다. 물리적 변화를 이해하면 해당 국가 또는 지역사회의 안전과 복지에 그것이 갖는 의미를 이해할 수 있다. 국경 관련 협정은 물 관리와 관련해서 더욱 민감해져야 할 필요가 있다. 그러지 못한다면 국가 간의 긴장이, 어쩌면 분쟁이 일어날 것이다. 그에 관해 도움이 될 메커니즘이 있는데, 대표적인 것이 1997년에 이루어진 '국제 수로의 비항행적 이용에 대한 UN 협약'(UN Convention on the Law of Non-navigational Uses of International Watercourses)이다. 그러나 이는 우리가 알고 있는 혼란스럽고 비선형적이며 혹독한 장기적 생태 변화가 일어나기 전에 만들어진 것이다. 1997년에는 인류가 환경 문제를 다루기 충분한 능력과 집단 의지가 있다는 믿음이 존재했다.

위협에 대한 시각 또한 바뀌고 있다. 보통 국가들은 밀수업자, 극단주의자, 불법 월경자 등을 우려해왔다. 21세기에는 우리의 하천과 호수에 대한 우려가 그보다 훨씬 크다. 국가들은 물의 부적절한 사용과 조절, 과도한 자원 개발이나 환경 파괴 등을 놓고 서로를 비난하게 될 가능성이 어느 때보다 커졌다. 강이나 호수의 수위와 하류로 방류하는 유수량은 세계의 여러 나라와 지역사회의 보다 민감한 위험 지표가 되었다. 그리고 지리 정보 기술은 이러한 분쟁을 일으킬 수도, 완화할 수도 있다.

전쟁은 물 문제로 골치 아픈 나라들에 부도덕한 해결책이 될 수도 있다. 최근의 시리아는 그 비극적 예다. 2011년부터 시작된 내전의 가장 참혹한 몇 개월 동안 농업은 피폐해졌으며, 따라서 지역 하천 체계에서 물 사용량은 줄어들었다. 많은 경우, 시리아 농민들은 국경을 넘어 요르단으로 달아났다. 인공위성 사진은 당시 야르무크강의 수위가 올랐음을 보여주었다. 그러나 흔히 그렇듯, 여기에는 연이은 효과가 수반했다. 과거에는 심한 물 문제를 떠안고 있던 나라인 요르단은 시리아가 상류에 댐을 만들고 물을 과다 사용하는 일에 목소리를 내곤 했다. 그런데 남부 시리아의 관개 농지는 줄어들었지만, 요르단은 그 덕을 보지 못했다. 그 나라의 인프라에 의존하는 난민들의 물 사용량이 급증했기 때문이었다. 그리고 앞으로는 키네레트 호수(갈릴리 해)에서 나오는 물을 얻기 위해 요르단은 이스라엘에 대한 의존도가 더욱 높아질 전망이다.

숨겨진 국경, 대수층

대수층은 지하수를 함유한 지층을 말한다. 이 눈으로 볼 수 없는 수자원은 국경 간 협력을 더 복잡하게 만드는 요인이다. 전 세계적으로 600곳 이상의 대수층이 하나 이상의 국토에 걸쳐 존재하는 것으로 추정된다. 아주 최근까지, 그 규모나 범위는 불확실했다. 그러나 지하 지형의 지도화와 지리 시각화(geo-visualisation)는 지하 세계에서 흐르고, 저장되어 있는 물에 대한 이해도와 관심도를 현격히 높였다. 광산 개발이 (18세기와 19세기에 그랬듯) 국가의 '수직적 영토'에 대한 관심을 높였다고 한다면, 이후에는 탄화수소와 수자원에 대한 관심이 폭발적으로 증가했다. 특히 지하 공간에서 흐르는 물은 더욱 그런데, 이는 규제하기가 매우 어렵기 때문이다.

프랑스나 스위스 등의 일부 국가는 한 세기 반 동안 대수층 관리 시스템을 가동해온 데 반해, 다른 국가들에게는 대수층 관리라는 개념 자체가 생소하다. 중동에서, 요르단과 사우디아라비아는 2015년에 알사크(사우디아라비아 측)와 알디시(요르단 측)라는, 두 나라 사이에 걸쳐 있는 대수층들을 공동 관리하자는 협상을 맺었다. 두 나라 모두 1970년대부터 대수층의 수자원 개발에 열을 올려왔으나, 공동 관리 협상에서 얻은 것은 어느 정도의 물을 뽑아 쓸 것인가 하는 합의와 대수층 수량을 공동 모니터링하자는 합의 가능성 정도였다.

세계의 다른 곳에는 지하 문제 협력과 공동 수자원 관리에 대한 더 긍정적인 사례도 있다. 아르헨티나, 브라질, 파라과이, 우루과이가 체결한 '과라니 대수층 협정'은 그중에서도 가장 돋보인다. 이는 대수층 공유와 공동 모니터링을 포함한 초국가적 관리를 명백히 규정했다. 2010년에 체결된 이 협정은 4개국 모두의 비준을 마치는 데 4년이 걸렸다. 이제는 위원회가 수립되어, 지하수자원 공유와 관리를 위해 일하고 있다. 이 대수층의 중요성은 말할 수 없을 정도다. 120만 제곱킬로미터에 이르는 수많은 동굴에는 수백 년 동안 전 세계인이 마실 수 있을 정도의 충분한 물이 저장되어 있다. 이 대수층이 매우 특별한 가치가 있는 자원인 한편, 과라니 대수층 협정은 가맹 4개국이 각자의 의무를 다하고, 위원회 사업에 자금 출자를 하며, 장기 모니터링 작업에 동참할 것을 필요로 한다.

유네스코는 이 협정의 중요성을 높이 평가하여 우루과이 지역 지하수 관리 센터에 자금을 후원했다. 이 협정의 유효성은 그 어느 때보다 4개국의 정치적 의지에 달려 있는바, 이 협정은 이 지역의 지하수 경계를 재규정하는 중요한 첫걸음이 될 것이다.

바다의 국경

해상 국경은 오랫동안 '해양법에 관한 유엔 협약'(The United Nations Convention on the Law of the Sea, UNCLOS)에 근거해 왔다. 세계적으로 승인된 이 시스템은 1982년 체결, 1994년 발효되었다. 그 가운데 가장 중요한 당사자는 미국이지만, 민주당과 공화당으로 정권이 바뀌는 가운데 대통령들이 모두 그 비준을 공언했음에도 아직 미 상원에서 비준이 이뤄지지 못한 상태다. 미국이 UNCLOS의 기본 원칙 대부분을 받아들였음에도, 보수파 상원의원들이 승인을 완강히 거부하고 있는 사실은 해상 국경을 둘러싼 현재진행형의 긴장을 드러내 준다.

수 세기 동안, 세계의 해양과 대양을 '관리'하는 원칙은 '자유' 뿐이었다. 가령, 최소한의 간섭을 받으면서 세계 각지로 항해할 자유 같은 것이다. 제국주의 국가들은 이 자유에 근거해 무역 네트워크를 구축했다. 미국 같은 강대국은 항행의 자유를 관철하고자 힘을 행사했으며, 항해의 주요 길목을 배타적으로 지키려는 자국의 의도를 (국제법상 선박은 간첩 행위, 쓰레기 투기, 밀수, 군사적 행동 등을 하지 않는 한 타국의 영해를 항해할 권리가 있다는 점을 들면서) 문제가 없다거나 (바다와 바다, 또는 대양과 대양을 오가는 흐름을 지속하여 보장해야 한다면서) 항해에 필요하다고 변명했다. 캐나다는 대서양에서 북아메리카 북쪽 해안을 따라 태평양에 이르는 북서항로(Northwest Passage)를 "우리 영해"라고 주장했지만, 미국과 기타 국가들은 이를 자유항행에 필요한 길목이라 보았다. 그 차이는 컸다. 어떤 바다가 필수 항로의 일부라면, 제3국은 그 연안 국가의 아무런 제재도 받지 않고 그 영해를 다닐 수 있기 때문이다.

따라서 역사적으로 모든 나라가 마음대로 세계의 바다를 항해할 권리를 옹호했던 것처럼 보이지만, 북서항로 등을 보면 항로는 해당 해역의 지배국가와 제3자들 사이의 알력으로 여러 차례 봉쇄되었음을 알 수 있다. 연안 국가들은 자국의 영해와 배타적 경제수역에 대한 권리와 의무를 주장한다. 그러나 제3자들은 그런 해역을 지나가면서 기득권을 침해하지 않는 한 방해받지 않아도 된다고 본다. 여기서 '모두에게 공짜인', 공유지의 비극이 벌어진다. 누구에게도 간섭받지 않으며 해저 자원 채굴, 어획, 쓰레기 투기, 무역 등을 벌이려는 상황이 전개되는 것이다.

UNCLOS의 탄생은 해저 문제와 관련되어 있다. 1940년대와 1950년대에, 연안 국가들은 그들의 영토에서 상당히 떨어진 곳까지의 바다를 영해라고 주장하기 시작했으며, 특히 제3국이 거의 존재하지 않았던 태평양에서 그랬다. 그때까지 해양 관련 국제법은 거의 내용이 없고 때로는 비공식적이기까지 했다. 전형적으로, 자국 해안에서 2마일 정도의 해역을 순찰하고 경비할 수 있는 국가들의 권리가 인정되고 있었다. 1945년, 트루먼 선언은 이런 상황을 뒤바꿨다. 이 선언에서 미국은 자국의 대륙붕을 독점으로 지배할 뿐만 아니라 인근 해역의 상당 부분까지 어업권을 가진다고 천명했다. 그러자 다른 나라들도 그 뒤를 따랐다.

UNCLOS는 세계 해양관의 변화 산물이다. 이는 대양(ocean)과 해양(sea)을 구분하고, 그 40퍼센트는 연안국(coastal states)의 영해이며 나머지는 공해(high sea)라고 규정했다. 제87조를 보자.

> "공해는 연안국과 지중국을 가리지 않고 모든 국가에 개방된다. 공해의 항해 자유는 이 협약에 규정된 조건 및 기타 국제법의 조건 아래 보장된다. 이는 연안국과 지중국 모두에게 특히 해당된다…. 어떤 국가도 어떤 공해의 일부라도 자국의 주권을 정당하게 행사할 수 없다."

이런 틀에서, 연안국들은 배타적 경제수역이라 명명된 자국 해안에서 200해리까지의 해역에 독점적 권리를 주장할 수 있었다. 국가의 물리적 형태와 크기에 따라 배타적 경제수역은 정말로 커질 수도 있었다. 캐나다나 미국 같은 대륙 국가, 또 대양 한가운데에 있는 서로 거리가 먼 섬들로 구성된 나라들은 크고 풍요로운 배타적 경제수역을 인정받았다. 가령 인도양의 군도 국가 몰디브는 100만 제곱킬로미터에 이르는 배타적 경제수역을 주장할 수 있었는데, 1,200개의 산호섬과 산호초로 이루어진 이 나라는 끝에서 끝이 매우 멀었기 때문이다.

공유자산으로서의 바다

—

1960년대 말, 몰타 출신의 아르비드 파르도(Arvid Pardo)를 비롯하여 다수의 국제변호사들과 외교관들은 세계의 대양과 해양을 구역화하는 것이 잠재적으로 얼마나 위험한 일인지를 깨달았다. 최대의 이익을 챙기려는 급한 마음에서, 연안국가들은 이로써 해양 보전은 뒷전으로 한 채 더욱 자원(가령 어업, 그리고 석유-천연가스 채굴) 난개발에 열을 올릴 것이 뻔했다. 그들은 (배타적 경제수역을 포함한 근해를 통과하려는) 지중국과 제3국의 이익을 희생시키며 자국의 특권을 극대화하려 할 것이었다. 원주민 역시 그들의 전통적인 물 사용이 만약 연안국가의 국익을 위해 필요하다 싶으면 제한받게 될까 봐 우려했다. 하지만 일단 권리를 인정받은 국가들은 지역민과 원주민의 전통 지혜나 물 활용법 따위는 거의 고려하지 않았다. 파르도는 시험적으로 해저를 '인류 공동 유산'(common heritage of mankind, CHM)으로 삼아 이 세계 최고의 오지를 국익의 경계 너머에 두고, 소수가 아닌 다수에게 혜택을 줄 공유자산으로 활용하는 방안을 마련해 보았다.

그러나 덩치가 큰 연안 국가들은 여전히 바다와 해저에 대한 자국의 권리를 보호하는 데만 골몰한다. 파르도는 미국 같은 나라들이 그런 태도를 보이는 것은 곧 세계의 대부분을 자국 이익에 맞게 써먹으려는 것임을 인식했다. 나라의 동쪽과 서쪽 모두 인접한 나라가 없는 미국은 크고 부유한 연안 국가로서 기회만 되면 '주권을 내세우는 침탈'을 행사할 준비가 되어 있었다. 1967년, 파르도는 유엔 총회에 출석하여 참석자들에게 해저 자원 채굴 기술과 냉전 상황에서의 지정학적 긴장이 결합할 때 고도로 군사화되고 자원이 수탈되는 변경지대가 나타나게 된다고 경고했다. 대양에서 얻는 이익을 극대화하려면 가장 효율적이면서 무자비한 수단이 동원될 것이다. 그의 생각에, 대양의 해저 표면에 드러난 망간단괴 같은 것들은 손쉽게 채굴될 수 있을 것이었다. 파르도가 연설할 당시, 미 해군은 수중 탐사 활동과 잠수함 작전에 대폭 투자하고 있었다. 어떤 규제 조치가 없는 한, '해저를 포함한 대양의 쟁탈전'은 불가피하리라고 그는 주장했다.

그의 연설은 엄청난 반응을 얻었다. 파르도의 주장을 계기로 심해 해저와 그 자원의 관리에 대한 논의는 봇물처럼 터졌다. 국제기구가 이 대양의 오지를 관리하자는 주장을 한 사람이 그가 처음은 아니었지만, 심해 해저를 CHM으로 삼자는 아이디어는 연안국과 비연안국의 국경 전략에 큰 의미가 있었다. 세계의 대양을 '국가들의 호수'로 만들려는 경향이 강했던 UNCLOS는 심해 해저의 자원 채굴을 통제하고 조절할 해저 국제기구를 세우고, 권한을 부여했다. 연안 국가들은 UNCLOS 규칙 아래 각자의 영역 한계로 대륙붕을 설정하되, 실질적으로 CHM인 곳까지 손을 뻗쳤다. 1960년대와 1970년대 내내, 국제 협상가들은 UNCLOS 관련 조항 합의를 위해 애쓰면서 대양을 어떻게 경계 지을지에 대해 서로 다투었다. 통상 남부 국가들로 불리는 개발도상국들은 세계의 대양이 어떻게 관리될지에 대해 특히 민감했으며, 그 가운데 각자의 국익을 지키려고 조바심을 냈다. 선진국과 개발도상국을 막론하고, 연안 국가들은 자국의 주권적 이익을 극대화하려 혈안이 되었다.

1970년대의 UNCLOS 협상은 열린 참여 정신을 내세운 것이 눈에 띈다. 아마도 관련 문제에 대해 전문가 집단의 판단에만 의존하지 않았기 때문일 것이다. 그러나 잘 살펴보면 그 합의가 대양의 지리적 특성에 대한 비현실적인 이해에 기반을 둔 것임을 알 수 있다. 모든 연안 국가에 똑같은 자원 활용 기본권을 보장하고자, 대륙붕이란 해안(Coastline)에서 200해리(370킬로미터) 떨어진 곳까지의 해저를 의미한다고 정의했다. 지질학적 차원에서의 대륙붕의 실체는 무시되었다. 이 '해안'이라는 것도 법리상의 고안물이었다. 연안 국가들이 자국 해안에서 200해리를 벗어난 해역에서까지 자원 채굴권을 원한다면, 그들은 해저 지질학상의 문제를 들며 전문지식을 동원해 반론을 제기할 수 있다.

연안 국가의 수중 국경은 어디서 끝날까? (남중국해를 대하는 중국의 입장에서 보듯) 해답은 항상 일정하지 않다. '200해리 경계'는 그럴듯한 기준이라고 여길지 모르지만, 생각보다 확정적이지 않다. 대륙붕의 외부 경계를 규정하는 UNCLOS 규칙이 비현실적이기 때문이다. 200해리 바깥으로도 대륙붕이 뻗어 나가 있다고 입증하면, 해저 자원을 더 많이 활용할 수 있을 것이다. 세계 각지의 분쟁 대상 대양에서 그런 입증은 상당한 경우 가능하다. 캐나다, 덴마크, 러시아 모두 그들의 자원 개발권이 북극해 해저 전반에 걸쳐 있다고 주장한다. 지난 15년 동안, 그들은 각각의 대륙붕을 최대한도로 해석한 지도 제작과 탐사에 바빴다. 관련된 모든 국가는 배타적 경제수역 경계를 350해리로 늘리거나, 수심 2,500미터 이상의 해역의 경우 100해리를 늘리려고 했다. 대서양 중앙 해역은 가장 깊은 곳은 4천 미터가 넘는다. UNCLOS 규칙에 따르면, 이 3개국 모두 같은 목표에 이를 수 있었다. 대서양 중앙 해역의 바다 밑에 자기네 국기를 꽂는 것!

일단 연안국들이 세계의 해저에서 자국의 자원 채굴권을 극대화하고 나면, '국제해저기구'(International Seabed Authority)가 CHM 원칙에 따라 최고의 오지에 속하는 심해 해저, 혹은 '구역'(the area)이라고 부르는 곳을 관리하는 데 도움을 주었다. '구역'에서 산출되는 수입은 다른 국제사회 회원국들과 공유하는 것으로 상정되었다. 국제해저기구의 승인을 얻은 채굴 활동은 곧 그에 따른 환경영향평가도 통과한 것으로 여겨졌다.

식민지화되어가는 세계의 대양

우리는 앞으로 어찌 될지를 대강 알고 있다. 해양과 해저 활동 및 자원 채굴권에 대한 복잡한 규칙들은 갈수록 압박을 받게 될 것이다. 그런 자원들이 유동적이냐 고정적이냐, 생명체냐 무생물이냐 등의 문제를 두고 권리 다툼은 더욱 치열해질 것이므로. 대륙붕에서 '착생종'(sedentary)으로 분류되는 게(crab) 같은 생물자원은 연안국가에 속한다. 게는 움직이지만, 그 해저에 계속 머무르기 때문이다. 이런 분류 관련 결정은 바렌츠해에서 이익이 쏠쏠한 게 '어업권'을 계속 독점하고자 하는 노르웨이 같은 연안 국가로서는 중요한 의미가 있다. 연안 국가의 배타적 경제수역과 원양을 오가는 어족들은 '출입종'(straddling stock)으로써 별도 관리된다. 유엔 식량농업기구 같은 기구에서는 어업 관리에 특히 민감하며, 지역별 어업 관리기구들은 각국의 해양공간계획(marine spatial planning)에 따라 움직이고 있다.

이 모두는 아주 질서정연하고 절차를 잘 지키고 있는 듯 들린다. 그러나 이러한 의사결정들에 관한 규정, 규칙, 구역 등은 1970년대와 1980년대에 이뤄진 것들이다. 그때 이후, 세상은 바뀌었고 어족들도 바뀌었다. 남획되고 줄어든 것이다. 또, 지구온난화와 해양의 산성화는 어족들이 오랫동안 살던 바다에서 떠나도록 만들었을 수 있다. 그에 따라 어업계와 국가의 수익도 급감했다. 필연적으로 다른 나라 해역으로 예기치 않게 어족이 들어가면 긴장이 촉발되며, 어족의 '소유권을 잃은' 쪽에서는 출입종 관리와 공동

자산의 관리에 흥미를 잃게 된다. 이는 원양 관리에 더 압박을 가한다. 어선들이 통상적인 어장을 넘어서는 곳에서 어족을 찾으려 하기 때문이다. 이 모든 것은 기존의 복잡한 규칙들로 세계의 대양과 해양의 관리상 빚어지는 분쟁을 예방하기 어렵게 만든다.

해저 자원 발굴은 1970년대에 최고조였으며, 파푸아뉴기니 같은 나라들은 이제 '노틸러스미네럴스' 같은 중국 및 서구의 채굴 전문업체들과의 제휴에서 앞서나갔다. 그러나 최근 파푸아뉴기니에서 심해 해저 채굴은 그다지 좋은 사례가 못 된다. '솔와라 1'이라 불리는 계획은 2019년에 실패했는데, 노틸러스미네럴스가 도산했기 때문이다. 작전 구역은 의심할 여지없이 파푸아뉴기니에 속한 비스마르크 해역이었지만, 개발의 이익이 없는 것으로 드러났다.

그런데도 심해 해저 개발을 향한 관심은 사라지지 않았다. 대서양 해저 준령 주변의 해저, 이른바 '사라진 아틀란티스' 지역의 심해 열수(熱水) 분출공들이 해저 개발의 인기 대상이 되고 있다. 분출공에서 뿜어나오는 초고열의 물에는 대양의 밑바닥층에 있던 광물질이 많이 함유되어 있다. 입자가 안정화되면, 각양각색의 광물질 용출장이 수립된다. '사라진 아틀란티스'는 아주 깊은 곳에 있지만, 세계의 원양 가운데서도 유독 주목받고 있다. 광활한 태평양에 있는 피지, 통가, 쿡아일랜드 등은 모두 해외 투자자들을 끌어들이고 싶어 한다. 그 나라들의 인근 해역은 코발트 같은 해저 광물을 풍부히 보유하고 있는 것으로 알려져 있다. 쿡아일랜드의 '해저광물기구'는 2019년에 해저 채굴 활동을 위한 200만 제곱미터에 이르는 구역을 설정했다고 발표했다.

지금은 세계 공해의 어족 관리가 눈앞의 관심사가 되고 있지만, 세계 최고의 오지인 해저도 중요하기는 마찬가지다. 세계의 바다 가운데 넓은 영역이 공해로 분류되며, 이 바다는 모든 연안국의 배타적 영향에서 벗어나 있다. 특히 남반구의 대양은 공해의 비중이 매우 높고, 그에 관심이 있는 쪽에서는 그 관리권을 두고 맺은 협정들을 지키려 애쓰고 있다. 로스해 해양보호구역(The Ross Sea Marine Protected Area)은 중국과 뉴질랜드가 심해 해양환경 관리에 대해 (어업 진흥과 환경 보호의 균형을 맞추는 문제에서) 얼마나 입장이 극과 극으로 다른지를 보여주는 좋은 예다. 뉴질랜드와 유럽연합, 미국 같은 그 동맹국들은 로스해의 환경보전 구역을 더 확대하려 하는 데 반해, 중국, 러시아, 그리고 그 밖에 어업 관련해 해당 해역에 관심이 있는 나라들은 규제를 더 느슨하게 풀고 어업 금지를 한시적으로만 시행하는 것으로 바꾸기를 바란다. 로스해 협정은 35년 동안 유지되어왔고, 따라서 개정할 시점이기도 하다. 그러면 우리는 '최대 이익 추구냐, 환경 보전이냐'를 두고 다시 불붙는 논쟁을 보게 될 것이다.

해양보호구역이나 해양공간계획 같은 시도들은 더 일반적으로는 국경 문제에 속한다. UNCLOS는 그런 수중 국경을 세우고 관리하는 일에 법적·기술적 틀을 제공한다. 그러나 UNCLOS로는 다른 문제에 대한 해답을 얻을 수 없다. 앞으로 해양보호구역을 축소, 감축해 나가야 할 것인가? 인류의 공동 유산이라는 것이 기후변화와 자원 압박, 그리고 예상되는 바 2050년 이후 100억에 이르게 될 세계 인구 등의 상황 앞에서 어떤 의미가 있을 것인가? 넓은 배타적 경제수역을 가진 섬나라들이 타국의 재정 지원이나 채무 경감 등을 받는 대신 해양 보호나 어업권 등으로 그런 나라들에 보상하는 방식을 선택한다면? 심해 해저는 결국 해저 자원이 자원 압박 때문에 분쟁 대상이 되는 순서를 밟아가게 될 것인가?

이러한 압력들이 반드시 자원 강탈과만 연관되어 있는 것은 아니다. 공해나 심해 해저에 뭔가를 건설하거나 유지보수하는, 보다 무해해 보이는 일 때문에도 분쟁이 발생할 수 있다. 중국이나 UNCLOS 비가맹국인 미국 같은 강대국의 후원을 받는 부유한 기업인이 새로운 수중 세계 투자를 결정할 수 있다. 실제로 그런 예가 있다. 2014년부터, 일본의 건설공학 기업 시미즈(清水)사는 '오션 스파이럴'(Ocean Spiral) 프로젝트를 진행하고 있다. 수십억 달러가 드는 이 프로젝트는 2030년 초쯤에 완성되는 해저 도시 건설 계획이다. 그 도시는 적어도 수심 3킬로미터가 넘는 곳에 지어지고, 그곳의 해저 자원이 동력과 식량의 공급원이 될 것이다.

이런 식으로 세계의 대양이 식민지화될 때, 앞으로 국가 간 논쟁이 불붙을 것은 뻔하다. 지금 당장은 어업 문제가 초미의 관심사다. 그다음은 해저 자원이고, 유엔 국제해저기구는 해저 채굴을 규율할 새로운 규범 제정을 논의하고 있다. 이른바 '푸른 가속화'(blue acceleration)는 세계의 대양이 현재와 미래에 당면하게 될 압박을 요약해서 잘 보여준다. 마실 물을 찾는 수요가 늘어남에 따라 담수화 시설도 폭발적으로 늘어난다. 수중 통신 케이블 매설과 파이프라인 증가는 해저를 복잡하게 만들고, 어업이나 준설 같은 활동에 방해가 된다. 생선과 광물에 대한 수요는 늘어나고 있다. 2030년이면

전 세계의 생선 수요량은 1억 5천만 톤에 이를 것이며, 각국 정부는 '단백질 지정학'을 관리하기 위해 골몰하고 있다.

중국은 그런 관리 기술을 인정사정없이 추진하려는 나라다. 2017년에서 2020년까지, 중국의 어선들은 북한의 해역에서 대략 5억 달러어치로 추산되는 오징어를 잡아갔다. 적어도 700척의 배들이 불법 무역에 동원되고 있다. 2017년 유엔 안전보장이사회는 (탄도미사일 실험 때문에) 북한을 제재하면서 어업권과 생선 판매권을 박탈했다. 호주, 한국, 미국, 일본 학자들의 공동 탐사 활동이 없었다면, 그런 위반 행위에 대해 세계는 까맣게 모르고 있었을 것이다. 이에 대한 한 가지 가능한 설명은, 북한 정권이 자국의 배타적 경제수역에서 어업 활동을 할 권리를 중국에 주는 대가로 뭔가 은밀한 지원을 받았으리라는 것이다. 또 한 가지, 보다 설득력이 떨어지는 설명은 중국이 북한을 전혀 상관하지 않고 불법 어로를 자행하고 있다는 것이다. 어느 쪽이 맞든, '북한 해역에서 중국 어선들의 조업을 방지할 수 있을 것인가? 그리고 보다 소규모인 북한의 어로 활동으로 대신하도록 할 수 있는가?' 중국 어선단과는 달리, 북한의 어선들은 연안에서 멀리 떨어진 바다에서 작업하기에는 낡고 장비가 미비하다. 일본과 러시아의 영해에서 불법 조업을 하는 북한의 이른바 '유령선'들은 결국 외국 해안에 정박해야 한다.

마지막으로, 국영 또는 민영의 활동이 벌어지고 있는 100만 평방킬로미터의 국제 해저가 있다. 중국 기업들은 수중 채굴과 활동에서 단연 앞서가고 있다.

수중 국경의 미래

세계의 호수, 빙하, 해양, 대양은 인류와 지구의 모든 생명체에게 필수적인 존재다. 우리는 그 사실을 잘 알고 있다. 우리는 세계 곳곳의 원양 같은 공동의 자원이나 공간을 다룰 규칙도 갖고 있다. 그러나 그런 규칙들은 우리가 지금 그리고 앞으로 마주하는 시대와는 매우 다른 시대에 만들어진 것이다. 세계 인구는 늘고 있다. 기후변화는 세계의 대양, 호수, 하천, 빙설 지대 등을 바꿔놓고 있다. 그리고 만약 저탄소 에너지의 미래로 이행하게 된다 해도, 우리는 2차 전지를 포함하여 재생에너지 인프라를 전 세계적으로 갖추기 위해 지금보다 더 많은 광물이 필요하게 될 것이다.

널리 알려진 대로, 오늘날 세계 인구의 25퍼센트가 물 문제에 시달리고 있다. 그것은 거의 20억의 사람들이 매년 물 수급원을 한계까지 쓰고 있다는 뜻이다. 미국의 연구기관인 세계자원연구소(The World Resources Institute)는 2019년 보고서에서 물 관련 위기에 대해 세계 지도자들이 심각하게 논의해야 한다고 지적했다. 이 연구소는 물 문제가 심각한 국가 순위를 발표했는데, 그중 '극도로 심각한 기본 용도 물 부족' 상태인 국가들은 서쪽의 팔레스타인, 레바논, 이스라엘, 동쪽의 인도, 파키스탄, 투르크메니스탄에 이르는 거대한 반원 모양을 그리고 있다. 따라서 수많은 사람이 여러 국경을 지나가는 빙하 지대, 하천 체계, 호수, 대수층에 목을 매고 있다.

물론 우리는 유럽, 아메리카, 아프리카, 아시아에서 바람직한 공유 사례들이 여럿 있음을 알고 있다. 가장 성공적인 시스템은 참

여자들이 공평하게 국제간 법적·정치적 책임을 분담하고 오랫동안 협력과 신뢰 구축 수단을 실행해 온 경우다. 그러나 그런 요소들이 언제나 제 자리에 있지는 않으며, 많은 사람이 국제사회가 점점 커지는 위기 앞에서 충분히 대처할 수 있을지 의심스러워하고 있다. 기후변화, 경제활동의 증대와 인구 증가는 모두가 물 수급에 부담을 가중한다. 홍수, 가뭄, 지진, 산사태 등의 자연재해는 물 수급 인프라를 오염시키거나 파괴한다. 악화되고 있는 공해는 국민 건강에 매우 유해하며, 세계에서 가장 가난한 지역들에서는 물 정책이라고 부를 만한 것도 없는 실정이다. 원주민 사회는 심지어 캐나다처럼 선진경제 국가의 지역사회라 할지라도 단수가 종종 일어나며 물 공급은 안전하지 못하다. 아프리카의 대도시인 케이프타운도 2018년에 물 부족 사태를 겪었으며, '데이 제로'(마실 물이 제로가 되는 순간)는 긴급 조치와 도시 물 공급을 엄격히 제한한 덕분에 간신히 막을 수 있었다. 2050년이면 물 관련 문제는 40억 내지 50억의 사람들에게 일상이 될 것이며, 수급 부족은 흔해질 것이다.

국제법은 이런 물 문제에 맞춰 진화하고 있다. 코스타리카-니카라과 논쟁은 국제사법재판소가 단지 국경 분쟁에만 대응하지 않고, 환경 피해도 공동으로 대응한다는 면을 보여주었다. 2017년, 지구환경협약(the Global Pact for the Environment)이라는 법적 구속력이 있는 수단이 '생태적으로 건전한 환경'에 대한 보편적 권리 인식에 따라 태동하리라는 희망을 품고 출범했다. 법적 구속력이 생기면, 시민과 지역사회는 정부 및 기타 행위자들이 환경에 미치는 영향에 책임지도록 강제할 수 있을 것이었다. 만약 미시간주의 플린트

(Flint)*나 이라크의 바스라(Basra) 같은 오염수 피해를 입은 도시가 그 지방정부, 주정부, 중앙정부에 급진적 개선을 요구할 권한이 있었다고 상상해 보라!

물론 이는 수중 국경의 문제점을 해결해주지는 못한다. 일부 정부들은 지구환경협약을 본체만체할 것이고, 고통받는 사람들에 대해서도 무관심할 수 있다. 또 다른 정부들은 하천 또는 호수의 장기적 운명이 자신들의 존폐와 관련되어 있다고 보면서도, 법적 조치가 아무리 있어 봤자 또 다른 댐을 세우고, 더 많은 물을 끌어들이며, 더 많은 물고기를 잡고, 호수 및 하천의 후퇴로 말미암은 새로 나타난 강둑, 해변, 섬들의 형태로 주어진 새로운 영토를 식민화하는 데 어떤 억제력도 발휘하지 못할 것이다. 하천과 호수의 축소는, 그것이 장기지속적 가뭄 때문이든 지나친 물의 사용 때문이든, "더 많은 땅과 물을 손에 넣어야 한다"는 생각에 박차를 가해줄 뿐이다.

100억을 넘게 될 세계 인구를 지키기 위해, 그리고 에너지 발전에서 획기적인 변화를 가져오기 위해, 우리는 세계 각지의 대양, 호수, 하천 그리고 빙하 같은 청정수의 원천에 더욱 의존하게 될 것이다. 1970년대와 1980년대에 마련된 우리의 법규들이 그런 목표에 계속해서 부합할 수 있을까? 2020년 봄, 유엔 회원국들은 뉴욕

---

* 미국 미시간주 플린트시에서 2014년부터 수질 오염 문제가 대두되었다. 낡은 수도관에서 기인한 납 중독이 문제의 원인이었으며, 당시 연방정부 차원에서 문제 해결을 위해 나섰을 정도로 전국적 이슈가 되었다.

에 모여 세계의 원양 지역에서 해양생물 다양성을 보전하는 문제를 두고 법적 합의를 시도했다. 그러나 보전(conserving)이 곧 보호(protecting)를 의미하지는 않는다. 세계의 원양을 보호하려는 국가들과 중국을 비롯하여 해저에서 광물과 식량 자원을 최대한으로 얻어내려는 국가들 사이의 의견 차이는 엄연히 있다.

해저에서 영토 다툼이 벌어지고 지정학적 충돌이 벌어질 가능성은 충분히 예상이 가능하다. 또, 수중에서 국경선 설정이 갖는 중요성은 계속될 것이다. 우리의 세계적 공유자산은 위태롭다. 그리고 언젠가는 집집마다 갑자기 인터넷이 끊길지도 모른다. 해저에서의 분란 때문에 말이다. 미국의 지정학자이자 컴퓨터 과학자인 벤저민 브래튼(Benjamin Bratton)의 말처럼 '지상 시설'(earth layer)이 없는 인터넷이란 있을 수 없다. 그리고 그 대부분은 대양의 밑바닥에 있다.

4장

사라지는 국경

한 어린 소년이 밀려오는 파도를 뒤로하고 나뭇가지 위에 앉아 있다. 키리바티 공화국 사람들은 해수면 상승으로 살던 땅을 버리고 떠나야 할 위기에 처해 있다. 매년 해수면은 약 1/2인치씩 오르고 있으며, 장기적으로 이 섬나라가 사라지는 걸 막을 수 있을지 심각한 고민에 빠져 있다. 2019년 9월, 키리바티는 중국에 도움을 요청했으며, 베이징 정부는 남중국해에 인공섬을 만들었던 자국의 준설 선단을 동원해 대규모 준설로 키리바티의 토지를 늘릴 계획을 제안했다.

우리의 공식 지도는 대체로 바다와 육지는 늘 그대로이며 세계를 구획선으로 나누는 일은 가능하고 심지어 바람직하다라는 가정에 근거한 것이다.

주권과 자의식의 근거는 대체로 그런 구획선에 있다. 국가는 마치 컨테이너처럼 여겨지고, 정부는 국경 안쪽에서 벌어지는 일을 통제하는 한편 국경의 출입도 통제하려고 애쓴다. "통제권을 가져와야 한다"는 주문(呪文)은 이런 믿음, 영토와 주권이란 완전하고 배타적이어야 한다는 믿음에 뿌리내리고 있다. 그러나 북한조차도 그 정도의 완벽한 통제를 실현하지는 못하고 있다. 국가가 아무리 통제한다 해도, 국경에는 계속 들고 남이 있는 것이다.

바다 쪽에서는 이런 정치 지리의 이념형이 더욱 복잡하게 꼬인다. 세계의 해양과 대양에 대한 국가의 통제력은 육지에서 멀어질수록 약해진다. 연안 국가는 지상 영토를 소유하듯 해양과 대양을 소유할 수 없다. 앞서 보았듯, 수중 국경은 대체로 보이지 않으며, 대체 어디부터 어디까지가 배타적 경제수역인지를 가늠해줄 공식 지표 따위는 바다 위에 없다. 영공과 마찬가지로 각국은 12해리 내에서 벌어지는 활동을 추적하고 감시하고 있지만, 지상에서처럼 하기란 불가능하다. 국가는 영해에 대해 완전한 통제력을 발휘할 수 없는데, 그 통제력은 영해를 지나가는 배들의 형태로 취해지며,

이를 통해 "우리 배타적 경제수역에 개입하지 마라"는 메시지를 보내는 방법밖에 없기 때문이다. 그 '개입'(interference)을 정의하기란 또 쉽지 않기 때문에 불확실성, 위험성, 모호성은 늘 있게 마련이다.

하지만 잠시 상상해 보자. 해수면이 상승해 세계 여러 곳의 섬들이 사라지는 장면을. 이렇게 육지와 그에 걸쳐 있던 국경이 사라진다면, 수중 자원의 소유권은 누가 주장할 수 있는가? 수세기 동안 우리는 명확한 해안선, 하천 체계, 섬들을 근거로 하는 절차, 관행, 규칙들을 만들어왔다. 이것들은 금세기에 해수면이 계속 상승한다면 모조리 수장되어 버릴 것이다. 반면 그에 따라 새로운 영토도 나타날 것이다. 화산섬은 화산 분화 뒤 나타나는데, 1963년 새로 생긴 아이슬란드 남쪽의 쉬르트세이섬이 유명하다. 그 섬에는 아무도 살지 않으며, 땅이 계속 침식되고 있어서 2100년쯤이면 사라질 운명이다. 해발 고도가 낮은 태평양의 섬들과 인구밀집도가 높은 해변 도시들, 마을들이 수몰될 운명에 처해 있다. 이제는 기후 난민을 흔하게 말하게 되었고, 지역사회에 치명적 영향을 줄 극단적 기후 상황은 앞으로 전 세계에서 더욱 자주 일어날 것이다. 심지어 미국처럼 부유한 나라도 2005년의 카트리나 허리케인과 그것이 멕시코만에 끼친 영향으로 인해 침수의 악몽에 시달리고 있으며, 이에 더해 지속적인 겨울 폭풍에 시달리는 알래스카 해안의 지역 주민들의 이주 작업도 진행중이다. 한편, 2019년은 바하마 같은 다른 지역에서 무시무시한 '허리케인의 해'가 되었다.

세상이 점점 뜨거워지고 습해짐에 따라, 사라지는 국경은 우리가 일상에서 받아들여야 하는 뭔가가 되었다. 기후변화의 속도,

규모, 심각성은 해수면 높이가 중대한 문제가 될 것임을 예고하고, 현재 살고 있는 지역이 바닷물에 잠겨 사라질지도 모른다는 우려를 안긴다. 해수면 상승은 균일하게 이뤄지지 않는다, 어떤 섬나라들은 사라질 것이지만, 해수면은 절대 평평하지 않다. 가장 심한 피해를 보리라 예상되는 나라는 키리바티, 투발루, 몰디브다. 이 세기가 끝날 무렵 세계의 해수면이 0.8~1미터 상승하면, 세계의 육지 면적은 대략 1만 7천 제곱미터만큼 줄어들 것으로, 그리고 수백만 명의 주민이 삶의 터전을 잃어버릴 것으로 추정되고 있다.

사라지는 국경 그리고 '인류세'

사라지는 국가에는 무슨 일이 일어날까? 물론 우리는 나라가 나뉘어지는 일에 익숙하다. 소련은 1991년 소멸했지만, 그 이전에 설정된 국경은 그때나 지금이나 긴장을 일으키고 있다. 2014년 러시아의 크림 병합과 계속되는 우크라이나 동부의 불안은 2008년 러시아-조지아의 짧은 전쟁과 함께 그 사실을 일깨워준다. 그러나 영토의 병합과 점령에도 불구하고, 이전 국가들이 남긴 흔적은 대체로 남아 있다. 영토 자체는 여전히 눈에 보인다. 그 대부분은 사람이 살고 있다.

해수면 상승과 다른 형태의 근본적인 환경 변화는 국경에 사뭇 다른 도전을 가져온다. 우리의 기후와 환경이 변화하고 있음을 세상 모두가 인식하면서, 우리는 더는 지상의 지리조차 고정불변한 것이 아니라는 생각을 갖게 되었다. 예를 들어, 해수면은 대략 6천 년 동안 거의 변화가 없었다. 그러나 과학자들이 세계 각지의 자료를 토대로 모델링을 해본 결과, 참담한 결론이 나왔다. 2030년이면 세계 각지에서 약 40퍼센트의 도시 지역이 주기적으로 홍수를 겪게 될 것이다. 예를 들어 미국의 남동부 해안은 특히 취약하다. 그리고 더욱 취약해질 전망인데, 그곳 인구가 현저히 늘고 있기 때문이다. 해수면 상승이 이대로 계속된다면, 수백만 명에 이르는 사람들이 살던 곳에서 이주해야 할 것이다. 덴버 같은 고지대 도시나 일반 고도의 중서부 도시들에 해수면 상승으로 살 곳을 잃은 피난민들이 몰릴 것으로 예상된다. 반면 플로리다와 멕시코만 해안지대는 수몰 위험에 처할 것이다.

영토 및 이와 연관된 국경의 소멸은 이제 바로 인류세(Anthropocene)라는 새로운 기후 시대 특유의 국면으로 여겨지고 있다. 비교적 기후가 안정된 채로 1만 년을 지속해온 홀로세(Holocene)를 서기 2000년을 기점으로 대체하는 이 시대는 이전 시대와는 급격한 차이를 보일 것이다. 기후변화 연구자들은 이 시대에는 우리가 인류를 지구물리학적 세력으로 봐야 하며, 인류는 지구 시스템을 현저하게 뒤바꿔놓을 집단적 영향력을 가지고 있다고 선언했다. 인류세가 실제로 언제 시작되는가에 대해 이어지고 있는 논쟁과 별도로, 그 메시지는 명확하다. 인류는 그 자신을, 즉 그 자신이 행성의 운명을 바꾸는 세력임을 알아야 한다.

그러나 이 용어가 널리 알려지자마자, 과거 인류가 쌓아온 영향을 지구 전체에 일괄 적용하는 것이 과연 옳은지에 의문을 제기하는 다른 목소리가 들리고 있다. 분명 제국주의 시대에 산업혁명을 추진하면서 각자의 사회경제적 변혁을 뒷받침하느라 화석연료를 마구 써댄 제국주의 나라들과, 이들에게 원자재를 착취당해야 했던 세계의 다른 지역 나라들은 구분하는 것이 마땅하다. 세계의 기후가 변하고 있다면, 우리는 인류세에서 '인간'이 차지하는 비중을 하나로 묶을 게 아니라 누가 더 책임이 있는지를 신중하게 따져 다루어야 한다. 디페쉬 차크라바티(Dipesh Chakrabarty) 같은 사람은 이런 관점에서 목소리를 내고 있다. 기후변화는 부유한 나라의 질병이며, 세계의 대기를 오염시키는 탄소의 거의 절반이 미국과 유럽에서 나온다. 이에 반해, 아프리카의 탄소 배출은 세계 전체의 5퍼센트에 지나지 않는다. 비슷하게, '해수면 상승'이라는 용어도 잘못된 것이다. 더 정확하게는 '해수면 변화'(sea-level change)가 맞다. 해수면이 세계적으로 고르게 상승하는 게 아니기 때문이다. 간단히 말해, 큰 나라들은 기온의 급상승, 해수면 상승, 가뭄, 심각한 태풍과 돌풍의 피해를 피할 수 있는 지리적 기회가 더 많을 것이다.

지구온난화와 닥쳐올 재앙

—

만약 지구온난화가 계속된다면 극지대와 빙하지대의 빙하 소멸이 가속화되고, 전 세계적인 재난이 올 것이라고 과학자들은 경고한다. 태평양 도서 국가 공동체의 투발루(Tuvalu) 대표인 애플리 피타(Afelee Pita)가 2007년 유엔에서 경고했듯, 세계는 지금 '온난화 전쟁' 중에 있다. 투발루는 26제곱킬로미터의 육지에 1만 1천 명이 사는 섬나라다. 해수면의 변화는 저지대 국가들과 여러 나라의 영토를 사라지게 할 것이다. 그렇다면 해수면 상승으로 물에 잠긴 섬은 어떻게 될까?

인류와 환경이 심각한 재앙을 겪는 것과는 별도로, 섬들이 사라지는 일은 또 다른 문젯거리를 만들어낸다. 과연 이전에 섬이 있던 주변의 바다는 원양에 속하게 될까? 옛 도서 국가가 갖고 있던 자원 개발권, 배타적 경제수역에의 접근권 등은 어떻게 되는 걸까? 어떤 지역사회는 수몰되기 전에 섬을 빠져 나오느라 고생하는 것도 모자라, 곧이어 자신들이 지녔던 어업권과 광물 채굴권 등 수입을 보장하던 권리마저 잃어 버릴 수 있다. 더는 주권에 의해 보호받지 못하게 되기 때문이다.

기후변화에 관한 국제협의체(the Intergovernmental Panel on Climate Change, IPCC)의 추산대로라면, 2100년 말이면 해수면 변화는 어디에서든 50~100센티미터 상승으로 나타날 것이며, 그 정도는 우리가 얼마나 온실 가스를 줄이느냐에 따라 달라질 수 있다. 그러나 기후변화 연구자들은 그런 추산도 너무 보수적으로 규모를 잡은 것이라 본다. 그린란드와 남극 빙원이 추가도 손실되고, 세계의 대양이 열팽창까지 일으킨다면 해수면 변화는 더 큰 수준으로 일어날 수 있다. 2019년에 나온 어느 과학 연구에서는 역시 2100년 말에 해수면 상승으로 수백만 제곱킬로미터의 땅이 사라짐에 따라 무려 1억 8천 만 명의 사람들이 이주해야 할 상황이 올 수 있다고 보았다.

사라지는 국경은 지역사회의 문제만이 아니라 지정학적 · 법적 문제로도 연결된다. 지구가 생각보다 불안정하며 예측 불가능한 곳임이 드러나면서, 국경의 영속성에 대한 생각도 바뀌고 있다. 물리적 국경에 대한 소소한 조정은 앞서 보았다시피 드문 일이 아니다. 해수면은 여러 가지 이유에서 바뀔 수 있고, 실제 바뀌고 있다. 그 가운데 일부는 빙하의 용해와 기온의 변화다. 다른 요인도 작용할 수 있는데, 가령 지진이나 화산 분화 등 직접적으로는 기후변화와 무관한 요소들이다. 우리의 국경 논쟁은 협상으로 풀 수 있고, 때로는 비무장지대나 완충 지대를 설정하기도 한다. 그러나 국경 그 자체가 통째로 수몰되면서 사라져 버릴 때, 우리가 당연시하던 것들은 더는 당연한 게 아니게 된다.

이런 상황을 제시한 건 할리우드가 더 빨랐다. 1995년에 나온 〈워터월드〉는 2500년쯤, 지상의 빙설지대가 녹아버린 지 한참 된 세상을 보여준다. 해수면은 수천 피트나 상승했고, 육지는 거의 다 사라져 버렸다. 살아남은 마을들은 ('아톨'이라 불리는) 인공 구조물 위에 타고 대양을 떠다닌다. 더는 육지에 사는 사람은 없으며, 그런 꿈을 꾸는 사람만 얼마간 있다. 이제 인간은 완전히 해양생물이다. 그러나 이 영화가 제시하듯, '워터월드'는 살기가 험하며, 따라서 생존자들은 '마른 땅'이 어딘가 있으리라는 약속에 목멘다. 이 영화는 그리 호평받지 못했지만, 해수면 상승에 대한 이슈를 만들기에 유용했으며 육지를 잃어버린 인간 사회가 겪는 고난을 극적으로 표현해냈다.

해수면 상승의 가공할 위협

현재 해수면 상승으로 인해 영향을 받는 나라의 수는 무려 70개국에 달하는 것으로 나타난다. 저지대 및 소규모 섬나라들이 그 영향을 대부분 떠안게 될 것이지만, 중국과 미국처럼 큰 나라들도 해수면 상승의 피해에서 벗어날 수는 없다.

'2030년 지속가능 발전 어젠다'에서, 유엔은 해수면 상승이 세계의 많은 국가에 위협이 되리라고 인식했다. 국제사회는 점점 더 해수면 상승을 우려하고 있으며, 그 불안은 이제 영향이 가장 큰 70개국에 한정되지 않는다. 현행 난민관리 원칙은 가혹한 기후, 해수면 변화, 환경 악화(앞으로 보겠지만, 국제 난민협약은 제2차 세계대전과 홀로코스트의 참상만 반영해서 만들어졌고, 지금과 미래의 환경 위기는 전혀 반영되어 있지 않다) 등에 맞추어 개편되어야 할 것이다. 우리는 새로운 유형의 사람 또는 공동체, 즉 환경 난민(environmental refugees)을 인식해야 할 것이다. 육지의 각 지역은 밀려오는 난민들을 감당하기 힘들 뿐 아니라, 극단적인 사태에 계속 휘말림으로써 정부 지원이나 외부 자금 지원 없이는 재정난을 극복하기 어려워질 것이다. 신용 위기가 올 수밖에 없으며, 외부 자금 수혈 없이는 파산에 처하는 나라들도 나올 것이다. 엎친 데 덮친다고, 저지대 도서들은 코로나 팬데믹과 관련된 세계 여행시장의 침체 때문에도 이미 경제적 타격을 입었다.

국제법협회(The International Law Association)는 2012년에 해수면 상승 문제를 다룰 국제위원회를 설치했다. 그보다 앞서 기준선에 관한 국제법협회위원회(International Law Association Committee on Baselines)는 참여 변호사들에게 경고했다. “여러분은 1970년대에 합의된 유엔 해양법 같은 기존의 국제적 틀에서는 상상하지도 못했던, 전혀 다른 세상과 마주서야 합니다.”

기후변화는 당시만 해도 국제법의 논의 주제가 아니었고, 세계의 대양과 해양은 일일이 구획되어 평화롭고도 협력적인 방식으로 관리, 활용되는 물덩어리로 인식되고 있었다. UNCLOS는 해수면 상승에 대해 인지하고 있었지만, 1990년대가 될 때까지는 지구의 물리적 지리가 변화 및 변형되는 문제에 대한 논의가 시작되지 않았다. 2012년 기준선 위원회는 해수면 상승이 소규모의 저지대 국가들은 영토를 잃고 따라서 인접한 해양과 대양에 권한을 주장할 수 없는 특별한 상황에 빠질 것이라고 결론을 내렸다. 물이 범람하면 국가 자체가 소멸하며, 국가적 정체성이 유실되고, 보유 자원에 대한 접근권과 평화와 안전을 누릴 힘도 모두 상실되어 버린다. 그리고 그 주민은 강제로 이주할 수밖에 없게 된다.

이 보고서가 나온 뒤, 국제법협회는 ‘국제법과 해수면 상승 문제 위원회’(the Committee on International Law and Sea Level Rise)를 설치했다. 이 위원회는 해양법의 미래를 따질 때 영토 상실과 강제 이주, 해수면 상승이 국가 정체성과 세계 안보에 미칠 영향 등을 다뤄야 한다고 지적했다. 달리 말해, 세상이 점점 물이 넘치는 곳으로 변해가고 있다면, 자기 국토가 가라앉거나 아예 사라지게 될 일부 국가들을 위한 준비가 필요하다. 지역사회는 지속 불가능하게 될 뿐 아니라 자신들의 바다와 배타적 경제수역을 타국이 마음대로 분탕질할 공포도 떠안게 된다.

1990년 창설된 군소도서국가연합(AOSIS: The Alliance of Small Island States)은 소규모 저지대 국가들에 기후변화가 미칠 지역적 영향을 널리 알리기 위해 애써왔다. 이 연합은 국제사회에 로비하고, 국제법이 영토 소멸, 인구 감소, 환경 난민, 그리고 과거의 영해와 배타적 경제수역이 무의미해지는 일 등을 반영해야 한다고 열심히 주장한다. 2009년 코펜하겐에서 열린 기후변화회의(COP 15)에서 투발루 대표인 아이언 프라이(Ian Fry)는 단상에 올라 간명한 메시지를 전했다. 그는 청중에게 "우리나라의 운명이 여러분 손에 달려 있다"고 말한 다음, 온실가스 배출을 감축하는 급진적 조치를 취해 달라고 호소했다. 그의 호소에 귀 기울이는 사람이 없지는 않았다. 그러나 아마도 투발루를 구하기에는 너무 늦었을 것이다.

기준선의 미래

해안선 또는 '기준선'(baseline)은 어디서 한 국가의 육지 영토가 끝나는지, 그리고 그 영해와 그 자원에 대한 권리의 시작이 어디인지를 따지는 데 필수적이다. 경계를 긋고 기준선을 잡는 일은 예전 세대들의 진을 빼는 일이었다. 16세기와 17세기에 해양 통제선을 실효성 있게 정하는 방법은 대포였다. 한 나라의 영해란 (벼랑 위든, 해변이든, 연해의 섬이든) 그 영토에 설치된 대포의 최대 사정거리로 결정되었다. 3해리(5.6킬로미터)가 현실적 한계였지만, 그것은 영토가 안정적이고 일관성 있게 식별되는 공간이라는 전제에서였다. 4세기 뒤, 국제해양법은 이 기준선 개념을 써서 세계의 대양과 해양의 구획을 공식화했다. 기준선은 국가의 정치적·법적 국경이다. 국가들이 12해리(22킬로미터)를 영해로 주장했을 때, 그런 계산의 기준은 해안의 저수선(low-water line)*이었다. 저수선은 임의로 선택된 게 아니다. 각국이 그 영해 기준을 고수선으로 정했을 때에 비해 더 넓게 영해를 주장하려는 뜻이 담겨 있다. 달리 말해, 해변은 한 국가의 영역에서 매우 중요한 비중을 차지한다. 해변을 정확히 측정하는 일은 쉽지 않으므로, 국제해양법은 원칙과 규정 수립에 쉽도록 종종 더 단순화된 지리적 실제에 따른다.

해안선과 대륙붕 문제에 이르면, 변호사들과 지질학자들은 그 물리적 형태와 구조에 대해 입장이 갈린다. 지질학자들이 법적인 해석에 동의하지 않더라도, 모든 연안 국가는 그 원칙에 동의할 수 있거나 동의하고 있다. 그에 따라 이루어진 규정은 연안 국가들이 영해와 배타적 경제수역을 확정하고 선포할 수 있게 해준다. 이런 기준 설정은 제3자들이 해당 영해와 배타적 경제수역에 진입할 때의 규칙을 설정해 준다. 비고의적 통행, 임시 통행, 항해의 자유, 기타 권리 등을 주장할 수 있는데, 국제법이 온갖 권리와 의무를 얼기설기 짜 맞춰 놓았기 때문이다. 이 모든 것은 세계의 대양과 해양이

* 썰물이 최대일 때, 물이 가장 낮게 차는 지점에서 그은 선으로 바닷물이 육지를 가장 많이 드러내 주는 선이므로 이를 기준으로 하면 자국 영토를 최대로 주장할 수가 있다. 고수선은 반대 개념이다.

계측되고 선들로 일정하게 구획되어 있어서 가능한 이야기다.

따라서 해변과 해안선은 국제해양법의 지리적 기초를 제공한다. 그러나 해수면 상승은 이런 복잡하고 계산적인 작업을 무위로 돌릴 상황을 빚어내고 있다. 그리고 해안선이란 복잡한 지리적 환경이라고 할 수 있는데, 파도와 바람 때문에 형태가 계속해서 바뀌기 때문이다. 어떤 섬이든 아니면 대륙이든, 그 해안선은 해안 공학(coastal engineering)으로 일부러 반듯하게 만들지 않은 이상 들쑥날쑥하게 마련이다. 우리는 분명 그런 동학을 알고 있다. 바다 방조제를 세우거나 망그로브 늪지대, 해변의 바위들, 빙산 등이 내륙에 피해가 미치지 않게 막아 주는 중요한 기능을 한다는 것을 이해하고 있기 때문이다. 그런 완충적 존재들이 없다면, 파도는 우리의 주택과 사회적 인프라를 더 쉽게 직격할 것이다.

연안 국가들은 이미 자국의 해안선을 기회주의적으로 활용하는 데 있어 매우 능숙하다. 저수선을 해변의 기준으로 삼는 대신 간조노출지(low-tide elevations), 즉 썰물이 될 때 수면 위로 드러나는 바위나 암초 따위를 영해의 근거로 제시한 것이다. 가장 악랄한 경우로, 중국과 그 밖의 남중국해 연안 국가들은 인공으로 섬을 만들어서 자국의 해역 통제권을 주장하는 근거로 쓰고 있다. 이 모든 일에는 막대한 시간과 노력이 필요하며, 중국은 육·해군의 지원을 받는 준설선 선단을 동원해 섬을 만들었다. 남중국해의 중요성에 미루어, 중국은 아마도 이 지역이 모조리 상승한 해수면으로 없어져 버리지 않도록 투자를 계속할 것이다.

중국과 그 밖의 나라들이 남중국해에서 벌이고 있는 일은 법과 군사력의 남용에 해당될 수 있다. 그러나 다른 나라들이 오직 기후변화에 버티기 위해서 인공섬 건설과 해안 방비 강화에 뛰어든다면 어떤 일이 벌어질까? 그런 식의 강화 조치는 지정학적 영토 욕심보다는 생존 전략의 발로일 수 있다. 인공 섬 및 해안에 대한 우리의 인식은 맥락에 따라 바뀌기도 한다. 소멸한 국경과 물에 잠긴 영토는 사는 나라가 어디인지에 관계없이 우리 모두에게 골치 아픈 문제를 안긴다. 세계 지역사회의 3분의 1은 이미 해수면 상승에 따른 위협을 실감하고 있으며, 이 문제를 다뤄본 사람치고 이의 영향을 받게 될 지역사회와 국가의 수가 점점 늘어날 것임에 이의를 제기하는 경우는 없다.

몰디브가 보여주는 '사라지는 국경'

세계 저지대 곳곳의 작은 섬나라들 다수가 겪는 해수면 상승에 따른 영토 상실은 그들의 배타적 경제수역을 상실할 미래를 예고한다. 각자 어떤 위치에 있고, 영토의 형태가 어떤지, 상대적으로 영토 간의 거리가 얼마나 멀리 있는지 등에 따라 그런 상실 구역은 어마어마하게 커질 수 있다. 이의 완벽한 사례로 거론되어온 것이 바로 몰디브다. 인도양의 저지대 군도 국가인 이 나라는 1천 개 이상의 산호섬, 그리고 남에서 북으로 산호초들을 사슬처럼 잇고 있는 사주(沙洲)로 이루어져 있다. 산호초 지대는 약 9만 제곱킬로미터에 이르며, 죽은 산호 또는 살아있는 산호초들인데 이는 수온과 해수의 산성도에 몹시 민감할뿐더러 적도의 사이클론으로 피해가 막심할 수 있다. 몰디브 전역이 겨우 해발 1미터쯤에 불과하다.

몰디브 정부는 19개 행정구역으로 자국을 구분하는데, 영토보다 영해가 훨씬 비중이 크다. 산호초는 매우 극적인 생태환경이라 할 수 있으며, 수천 년 동안 변화를 거듭해온 곳이다. 시간이 지나며, 이 산호초 섬들에서 사는 지역사회민들은 생활 조건을 안정시키고자 해안 공학을 시도한다. 해안방조제를 만들고, 기타 방조 시설을 세우는 것은 해수면보다 바로 위의 땅에서 사는 사람들로서는 흔한 대응책이다.

앞서 본 것처럼, 몰디브 자체의 배타적 경제수역은 매우 넓다. 대략 100만 제곱킬로미터에 이른다. 이 지역을 나타낸 지도는 거대한 정사각형을 연상시키며, 그 북동쪽 모서리에 해당하는 부분은 인도와 스리랑카가 각각 자국의 배타적 경제수역이라 주장하는 해역과 맞닿아 있다. 어업이 이 나라 경제의 근간으로 수출의 65퍼센트를 차지하며 그 대부분이 참치 잡이이다. 배타적 경제수역과 관광산업이 없다면, 몰디브는 45만 인구를 먹여 살릴 방법이 마땅치 않을 것이다. 해수면 변화가 계속된다면, 이 나라의 산호초들과 그 밖의 육지 영토는 수면 아래로 사라질 것이 명백하다.

바닷물의 범람은 몰디브에 존재 그 자체에 관한 위기를 던지며, 지난 10년 동안 유럽연합이나 세계은행 등의 국제 파트너들이 참여하는 '기후변화기금' 설립 계획이 진행되어왔다. 이 기금은 이 나라가 건물 구조변경, 폐기물 관리, 재생에너지 발전 등의 새로운 회복탄력성 역량을 갖추는 것을 돕는다. 모하메드 나시드(Mohamed

Nasheed) 같은 이 나라의 지난 대통령들은 이 문제를 절감하고 있었다. 2009년, 그는 수중 각료회의를 개최했다. 진행되고 있는 기후변화 문제를 세계인들에게 부각하려는 시도였다. 그야말로 저지대 섬 및 연안 국가들의 미래의 모습, 모조리 물속에 가라앉은 모습을 보여주려는 것이었다. 이 회의는 세계를 향하여 온실가스 감축을 호소하는 공동 성명을 내고 30분 만에 마무리되었다. 이 전임 대통령은 방글라데시 같은 외국과도 제휴하여 기후변화의 피해가 세계적으로 고르지 않음을 부각하는 데 힘을 모으고 있다.

몰디브는 해수면 변화와 그것이 국경들과 주권국가의 승인에 미칠 영향에 관한 논란의 한가운데에 있다. 이 나라의 산호초가 사라지고 사람 살 곳이 없어진다면, 다른 나라들이 그곳에는 이제 누군가의 영토권도 없다고 볼 가능성이 농후하다. 1993년의 몬테비데오 협정은 '승인 가능한 국가'를 네 가지 범주로 분류했다. 국가 승인을 받으려면, 영구적으로 거주하는 인구, 확실한 영토, 제 기능을 하는 정부, 다른 국가와 관계를 맺을 수 있는 능력이 인정되어야 한다. 영토의 상실은 일부 국가들이 범람에 희생된 국가를 승인하지 않는 일로 이어질 수 있으며, 그것으로 그 국가는 타국과 관계 맺는 능력도 부정될 것이다.

한편 공식 영토가 없음에도 다른 나라들과 외교 관계를 맺고 있는 경우로 몰타 기사단(Sovereign Military Order of Malta, 스페인령 몰타 섬에 근거지를 두었으나 1798년 나폴레옹군에 의해 패배한 뒤 영토를 상실했다)의 예가 있기는 하다. 몰타 기사단은 유엔의 옵저버 자격을 가지며, 그 자체의 여권, 우표, 통화를 발행하고 있다.

몰디브 같은 섬나라에 일어날 수 있는 일은 국제사회 전체에 중요한 전조가 될 수 있으며, 현행 국제법 및 정치의 틀 자체가 뒤흔들릴 수 있다. 이제 해안선도 없어지고, 영해권도 사라지며, 배타적 경제수역도, 수중 자원 접근권도 무의미해질 수 있다.

만, 또 하나의 사라지는 국경

해수면 변화에 저지대 섬나라만 영향을 받는 것은 아니다. 해안과 만(灣) 역시 영향을 받을 수밖에 없다. 인도와 방글라데시 같은 나라가 몰디브와 투발루처럼 국가 자체가 소멸할 만큼 심각한 영향을 받는다고는 할 수 없겠지만, 벵골만은 섬나라가 아닌데도 심각한 범람과 환경 변화가 일어날 수 있음을 보여준다. 벵골만은 인도, 방글라데시, 미얀마, 스리랑카, 인도네시아에 둘러싸여 있다. 수천 년 동안 이는 무역, 자원 채굴, 문화 교류 등 수없이 많은 활동의 무대였다. 제국주의 국가들은 차나 고무를 비롯한 상품 교역에서 자신들의 이익을 더 높이기 위해 벵골만을 이용하려 했다. 또, 내륙 국가들한테 이 만은 중대한 무역로이며, 어업 등으로 상업 소득을 얻는 곳이었다. 대략 5억 명의 사람들이 벵골만 지역에서 살고, 일하고 있는데 이제 이 해안 지역사회는 기후변화의 피해를 심각하게 입고 있다. 예를 들어, 2013년에는 맹렬한 폭풍이 인도의 오디샤주를 강타, 80만여 명이 그들의 마을을 버리고 피난해야 했다.

벵골만은 연안 국가들의 전략적 요충지이기도 하다. 인도와 방글라데시는 이 만의 경계 설정과 자원 개발권을 두고 최근 분쟁을 벌였으며 현재 긴장 상태에 놓여 있다. 방글라데시와 미얀마도 해양 경계선을 두고 나름의 논쟁을 벌였으며, 결국 2014년 유엔 심사위원회에서 결론을 보았다. 지정학적 차원에서 이 모든 것을 더 꼬이게 만드는 것은 미얀마의 이슬람계 소수집단인 로힝야족과 수천 명의 미얀마인이 태국 등의 이웃으로 피신하는 상황이다. 또 생태적 차원에서, 이 만은 오염과 염류집적*이 더해지고 어족 관리 문제가 불거지면서 애를 먹고 있다. 수백 년 동안, 식민화와 혹독한 집중호우-가뭄의 영향 덕에 이 만은 인간 또는 자연이 일으킨 소란에서 잠잠한 적이 거의 없었다.

상승하는 해수면과 예측할 수 없는 날씨는 이제 벵골만에 새로운 스트레스를 주고 있다. 연안 국가들은 불법 이민만 우려하는 게 아니라 해양 지정학의 미래까지 염려한다. 방글라데시와 미얀마는 몰디브 같은 나라와는 상당히 다른 처지에 있다. 방글라데시는 1억 6,400만의 인구가 있지만, 2050년이면 2억까지 인구가 늘어날 것이다. 미얀마의 인구는 5,600만이며, 2050년엔 6,300만에 이를 것이다. 두 나라 모두 저지대이며 범람원이 넓다. 또, 철마다 사이클론과 홍수 피해를 보는 해안 지역사회가 있다. 예상대로 해수면이 계속 상승한다면, 수백만 명의 생활이 불가능해질 것이며 또

* 땅의 표층에 소금기가 쌓이는 현상으로, 일조량이 많고 강우량이 적으면 물이 땅의 저층으로 소금기를 끌고 내려가지 못한 채 증발로 소금기가 지표면에 머물기 때문에 일어난다. 염도가 높은 땅은 농사를 짓지 못하게 된다.

수백만 명이 물에 잠긴 땅에서 다른 곳으로 이주해야 할 것이다. 두 나라 모두 기후변화 대응과 회복 능력이 가장 열악한 나라들로 평가되며, 그것은 대체로 나라에 돈이 많지 않은 점, 그리고 기후변화에 영향을 받는 국민의 수가 워낙 많다는 점 때문이다.

이 지역에서 기후변화에 따른 집단 이주가 일어날 가능성은 매우 크며, 그것은 그들을 수용하는 과정에서 인접국인 인도나 스리랑카 등에 부담을 주게 될 것이다. 지역 내 협력이 절실한데, 벵골만 연안국들은 이미 집단 이주와 적응을 공동 관리하는 문제에 대한 논의에 들어갔다. 방글라데시 같은 나라들이 사태의 시급성을 인식하고 있음에도, 현황을 논의하고 결실을 맺는 과정은 느리기만 하다.

방글라데시에서는 지금 2천만 명 이상이 염류집적 때문에 물 관련 곤란을 겪고 있으며, 해수면 상승은 이를 더 힘들게 한다. 범람원이 염분으로 오염되면, 비록 바닷물에 완전히 덮이지 않더라도 살 수 없는 곳이 되어버린다. 방글라데시가 지금 태풍 대피소와 해안 공학에 투자하고 있지만, 마실 물을 찾아 나서거든 살던 곳이 물에 잠겨서든 수백만 명이 피난에 나서리라는 전망은 분명 인접국들을 불안하게 한다.

같은 시간, 방글라데시 해안에서 떨어진 섬들은 해수면이 상승하면서 점차 지도에서 사라지고 있다. 이는 다시, 사라지는 영토의 지정학적 문제를 반복한다. 사람이 떠난 노두*나 작은 섬들이라

---

* 지진, 산사태, 태풍 등으로 암반의 일부가 표면에 드러난 것을 총칭하는 것.

해도 영유권을 두고 분쟁 대상이 될 수 있다. 인도와 방글라데시는 2010년 섬이었다가 사라져 버린 뉴무어/사우스탈파티(인도와 방글라데시가 각각 이 섬을 부르는 이름)에 대해 영유권 분쟁을 벌이고 있다. 양측은 그 노두를 '섬'이라 부를지, '간조노출지'라 부를지부터 주장이 다르다. 해수면에서 2미터가 넘지 않는 이 바위섬은 1981년 인도 해군이 발견하여 깃발을 꽂았다. 그리고 인도는 이 분쟁이 사실 해수면 상승으로 해결된 것이라고 밝혔다. 반면 방글라데시는 섬이 사라진 것을 인정하고 싶어하지 않는데, 그것은 더 일반적으로 자국의 국경 문제에 영향을 줄 수 있기 때문이다.

UNCLOS는 섬과 암초, 간조노출지를 구분하고 있으며 간조노출지와 암초는 배타적 경제수역과 같은 해양 구역을 창출할 수 없다. 사람이 살 수 없는 땅이기 때문이다. 섬으로 인정받으려면, 문제의 땅은 만조 시에도 땅이 보여야만 한다. 방글라데시는 해수면 상승으로 해안가 섬들과 간조노출지들이 더 많이 물에 잠길 경우 인도 쪽이 유리한 상황이 될까 봐 염려하고 있다. 2014년 7월, 방글라데시는 벵골만의 해상 경계선을 두고 중요한 재판 결과를 얻어냈다. 이 판결은 UNCLOS 위원회에서 이 나라의 영해와 배타적 경제수역의 경계를 정하는데 벵골만의 해안 형태를 근거로 정했기 때문이다. 방글라데시는 분쟁 구역의 80퍼센트 가량을 얻어냈으며, 이는 그 나라가 해당 구역의 자원 탐사와 개발에서 앞서나갈 수 있음을 뜻했다. 그러나 이는 그 나라의 거주 가능 지역이 더 축소될 경우 무의미해져 버릴 터다.

사라져가는 국가와 그 국경들

만약 예상대로 세계의 대양과 해양이 섬들과 저지대 해안선을 삼키게 되면, 인류, 생태환경, 사회적 인프라에 미치는 영향은 막대할 것이다. 그리고 국제법과 지정학은 여전히 그 문제를 따라잡기 위해 애쓰고 있다. 세계 각지의 빙설지대에서 해빙(海氷)의 소멸은 영토권과 자원 접근권에 대해 새로운 판을 짜게 된다는 점에서 새로운 우려를 낳는다. 한편 저지대 환경에서는, 언젠가 이 땅이 사라진다는 환영이 특별하게 다가온다. 그러나 두 입장 모두 사라진 땅과 얼음 뒤에 제3자가 이익을 챙기러 올 거라는 염려에서 하나가 된다. 특히 해수면 상승으로 가장 직접 영향을 받는 부분, 시민권과 국제적 승인에 더 관심이 쏠린다.

먼저, 한 국가의 국토가 극단적인 사태 때문에 거주할 수 없는 곳이 된다면 그 국민은 어찌 될 것인가? 그 나라는 정치 탄압이나 경제 위기가 아니라 기후변화 때문에 살던 곳에서 떠나는 신세대 이민의 대량 발생에 직면하지 않을 수 없을 것이다. 만약 몰디브 같은 나라의 국민이 수몰에도 불구하고 조국 땅에 남아 있는 게 가능할까? 호주나 인도 같은 더 큰 나라들은 그들에게 새로운 조국을 찾아주기 위해 난민의 일부를 수용하라는 요청에 직면할 가능성이 높다.

기후 변화로 살아갈 땅을 잃은 사람들 문제가 이번 세기에 어떻게든 해결되어야 함은 명백하다. 몰디브는 지상에서 가장 인구밀집도가 높은 국가 중 하나이며, 또 네팔계, 스리랑카계, 방글라데시

계 등 소수집단도 많이 품고 있어 그 인구는 금세기 중반이면 55만까지 늘어날 것이다. 대규모 이주의 경우, 상당수의 사람은 인도, 스리랑카 등의 인접국에 적응해 살거나 세계 각지로 흩어지거나 하나를 선택해야 할 것이다.

그러나 지역사회 일부가 수몰되기 전에 떠나기를 결정하면 어떻게 될까? 2014년 11월, 뉴질랜드 법정은 또 다른 저지대국인 키비라티(300만 제곱킬로미터에 걸쳐 있는 태평양의 섬나라)에 대한 건을 처리했다. 테이티오타 가족이 뉴질랜드 대법원에 청원한 내용은 피난처의 제공이었다. 이 가족의 건을 어떻게 처리하느냐는 그들의 집이 해수면 상승으로 더는 살 수 없게 되었고, 많은 가족이 고지대로 대피하지 않을 수 없는 상황을 얼마나 중시하느냐에 달려 있었다. 피난 간 이웃 산호초가 사람들로 미어지고, 따라서 식량 부족, 거주지 싸움, 생활 조건의 악화(식수 오염 포함)가 이어지자 테이티오타 가족은 '환경 난민' 신청을 한 것이다. 법정은 2015년에 그들의 청원을 기각했다. 1951년 성립된 국제난민협약을 인용하며, 판사는 그들 가족이 정치적 탄압에 해당되지 않는다고 지적했다. 그런데 만약 그들이 승소했다면, 뉴질랜드는 다른 많은 태평양 도서 국가 주민들의 난민 신청에 직면했을 것이다.

이 재판은 1951년 협정이 체결되던 당시 그 협정이 기후변화 난민을 염두에 두지 않았음을 드러냈다. 제2차 세계대전과 홀로코스트의 악몽 같은 경험만이 그 탄생의 배경에 드리워져 있었다. 따라서 이 협정은 정부 당국에 의해 처형되거나 물리적 위해를 입을 위험에 처한 사람에게만 집중했다. 이 협정에서 '난민'의 정의는 더 넓은 의미, "보호나 안정을 위해 고향을 떠난 사람들"을 모두 포용하는 것이 아니라, "처형이나 폭력을 피해 국경을 넘은 사람들"에 한정되었다. 이 협정의 내용이 바뀌지 않는다면, 국제사회는 기후변화 난민을 위해 다른 방안을 마련해야 할 것이다. 경제 난민과는 달리 그들은 돌아갈 조국이 없으며, 따라서 우리가 사용하는 난민과 이민자의 정의는 이제 그들에게는 유효하지 않다.

'기후변화 난민'이라는 아이디어 자체가 일부에서는 논란거리다. 2005년 허리케인 카트리나가 뉴올리언스와 멕시코만 일대를 휩쓸었을 때, 뉴올리언스의 상당 부분이 침수되었다. 노호하는 바닷물이 낡은 제방을 무너뜨렸고, 지역사회 일대가 물바다가 되었다. 그 도시의 로우어나인스워드(The Lower Ninth Ward)가 모조리 물에 쓸려나갔다. 적어도 1,800명이 뉴올리언스와 그 근방 해안선에서 숨졌으며, 수십만 명이 미국 국내에서 피난민이 되었다. 이 폐허를 정리하는 비용만 수십억 달러가 들었고, 조지 부시 대통령은 허리케인 사태의 앞뒤로 연방정부 대응이 부실했다는 비난에 휩싸였다. 이주 과정에서 흑인들의 피해가 훨씬 컸으며, 그중 다수가 '난민'이라고 불리는 것을 싫어했다. 그 표현은 그들이 이등 시민이라고, 나아가 외국인이라고 낙인찍는 것 같았기 때문이다. 카트리나와 그 밖의 허리케인(샌디나 하비 등)이 초래한 비용이 막대했지만, 그 집단 이주는 미국 국내에서 이뤄진 일이었다. 범람한 물은 결국 빠졌지만, 로우어나인스워드의 거주자 대부분은 결국 집으로 돌아가지 못했다.

두 번째 의문은 국제적 승인과 관련된다. 특히, 기후변화는 저지대 섬나라들의 법적 지위 문제를 일으킨다. 인식이 가능하고 거주가 가능한 영토가 없다면, 유엔이나 남아시아지역협력연합(the South Asian Association for Regional Cooperation, SAARC) 같은 국제기구에서 대표성을 인정받을 수 있을까? 앞서 몰디브의 경우에서 언급했다시피, 가라앉은 나라가 그 영토에 더는 사람이 살 수 없는데도 불구하고 배타적 경제수역을 계속 주장할 수 있을까? 국제해양법은 암초와 섬을 구분하며, 오직 섬만을 사람이 살 수 있는 곳으로 규정한다. 몰디브가 더는 존재하지 않는다면, 국제사회는 그곳에 한때 존재했던 배타적 경제수역을 '계속 유지'하면서 그 해역을 관리하는 데 협력할 것인가? 아니면 그 해역을 원양으로 재분류하고 그곳의 어업 관리를 다른 식으로 가져갈 것인가?

한 나라의 불행은 다른 나라의 기회

—

배타적 경제수역의 상실은 지역사회에 재앙이 될 것이며, 저지대 도서 국가들의 정치지도자들이 경고했듯, 세계는 범람이 실제로 닥치고 기후변화 난민이 쇄도하면서 더 큰 긴장과 분쟁을 불러일으키기 전에 이 문제를 해결해야 할 필요가 있다. 국제사회로서는 한 나라의 법적 존재를 승인하는(다시 말해서, 유엔 회원국 지위를 유지하고, 국제전화 코드와 심지어 기존의 배타적 경제수역까지 인정하는) 한편 그 물리적 존재가 불확실함을 인지하는 식이 되어야 할 것이다. 그러나 그것은 조국으로 돌아갈 가능성이 거의 없는 보트피플이나 이주민들 문제는 해결하지 못한다. 장기 난민이 존재한지는 이미 오래되었지만, 아프가니스탄 같은 나라는 국토가 사라지기 때문에 그런 문제를 빚은 것은 아니다. 따라서 난민을 받는 국가들은 장기 이주에 따른 위기가 세계의 많은 곳에 영향을 미친다는 점을 새로운 일상적 규칙으로 받아들일 필요가 있을 것이다.

몰디브와 키리바티 같은 나라들이 사라질 가능성은 '존엄한 이주'(Migration with Dignity) 같은 새로운 운동에 힘을 더한다. 호주와 뉴질랜드의 후원을 받은 이 사업은 키리바티 시민들을 이 두 나라로 보내 신기술 습득과 새로운 직업을 경험하도록 한다. 즉, 언젠가 키리바티가 살 수 없는 곳이 되었을 때, 이민자들이 잘 적응해 이민 대상국이 안게 될 부담을 줄이자는 것이다. 2014년, 키리바티는 피지의 땅 일부를 사들이기도 했다. 비록 지금 대략 12만 명 되는 인구가 들어가 살기엔 너무 좁은, 20제곱킬로미터밖에 안 되지만 말이다. 피지 자체가 혹독한 기후와 해수면 상승에 대처해야 하며, 인프라 개편에, 그리고 심지어 지역사회 분산에 거액을 투자하고 있다. 2014년 이후, 다수의 피지 촌락들이 보다 내륙으로 옮겼으며 새 거주지를 물색했다. 이를 가능케 했던 점은 그 인구 규모다. 영향을 받는 사람들의 숫자는 결코 적지 않지만, 벵골만처럼 훨씬 인구가 많은 지역에는 비할 바가 아니다.

수몰을 앞둔 나라들이 대안 전략을 생각해야 함은 분명하다. 키리바티는 외국 땅을 사들인 첫 번째 저지대 도서 국가지만, 그런 방법도 리스크가 없지는 않다. 자국 영토 일부를 팔기로 한 나라가 미래에는 국가안보 문제를 들어 그 땅은 여전히 자국의 주권 아래 있음을 내세울 수도 있기 때문이다. 몰디브도 비슷한 접근을

2009년에 시도했지만 결국 토지 매입을 포기했다. 대신, 산호초 위에 인공물을 세우기 시작했다. 달리 말해, 거주지를 떠받쳐 올리는 기둥들을 건설한 것이다. 물론 이 섬나라에는 전부터 물 위의 방갈로들이 있었는데, 대개 부유한 관광객을 위한 고급 호텔이나 빌라였다. 그러나 이제는 해수면 상승 때문에 리조트 차원을 넘어 내국민을 위한 시설이 필요해진 것이다.

또, 조국 땅을 포기하는 일이 다른 부유한 나라들에 기회를 주는 것임도 인지할 필요가 있다. 남중국해를 보면 앞으로 환초들과 저지대 섬나라들이 어찌 될 것인지 짐작할 수 있다. 중국 같은 나라들은 일부 섬 국가가 포기한 땅을 활용하기로 하고, 준설선 함대를 동원해 수몰된 땅을 다시 수면 위로 드러내려 할 수 있다. 한 나라의 불행이 다른 나라의 기회가 되는 셈이다. 수몰된 영토는 제3자에게 두 가지 기본 선택지를 준다. 문제의 나라를 도와서 주거지구와 사회 인프라를 고지로 올려 주든가, 한때 그런 나라의 영토였던 곳을 점거하여 '우리 영토'라고 주장하든가. 인도적 개입이 끝나면, 제3자가 영토를 빼앗아 군사 또는 전략적 우위를 얻기 위해 활용할 수 있다. 몰디브가 중국에 거액의 빚을 지고 있으며, 국채 비중만 약 30억 달러에 이른다는 사실을 염두에 둘 필요가 있다. 중국의 돈은 국영공항과 수도 말레를 잇는 새 고속도로와 다리를 짓는 데 쓰였다. 또 훌후말레(Hulhumale)라 부르는 인공섬을 짓는 데도 쓰였다. 몰디브의 야당은 중국이 해외 직접투자를 통해 자국 정부를 의도적으로 약화시키고 있으며, 약소국을 굴복시키는 데 부채를 이용하고 있다고 비난한다.

미래의 국경 문제 해결책은?

사라지는 국경이라는 공포스러운 유령은 타국의 어떤 조치나 지원에 의해 완화될 수 있다. 국가는 지리적 공백을 싫어하게 마련이다. 키리바티 같은 나라의 난민들은 새로운 국제관계 아래 놓일 수 있다. (그들을 받아준) 다른 나라와 연방 체제를 구성할 수도 있고, (인도에 망명해 있는 티베트 정부처럼) 제3국으로 가서 망명정부를 세울 수도 있다. 동정적인 제3국은 수몰된 나라 사람들의 이익을 보호하려 할 수 있다. 국제사회는 가장 위험한 나라들에 원조기금을 늘려, 핵심 인프라와 지역사회 필수 시설들을 물이 닿지 않는 곳까지 밀어 올리는 공사를 도울 수 있다. 섬에 건설되는 인공물들은 점점 더 많이 눈에 띄게 될 것이다.

자국의 해안이 수몰되지 않고, 지역사회도 유지될 수 있도록 인공 시설에 크게 투자하는 나라는 드물지 않다. 가령, 네덜란드는 자국의 미래를 최대한 안정시키려 해안 공학과 제방 건설에 엄청난 투자를 하고 있다. 또, 남중국해는 인공섬에 열심히 투자하는 나라들의 사례를 잘 보여준다. 일본은 '더글러스 암초'라 불렸던 오키노도리시마(沖ノ鳥島)*에 적극 투자 중인데, 이를 국토 최남단의 '섬'으로 거주가 가능하게 만들기 위해서다. 이 맥락에서 '인공'이란 주권을 보전하고 해양 권리를 확보하려는 수단이라 해야 한다. 또, 부유한 나라들은 더 적극적으로 인공 건조 사업에 뛰어들고 있다. 인도양과 태평양의 넓은 배타적 경제수역을 가진 저지대 국가들의 경우, 중국, 러시아, 한국처럼 강력하고 심지어 공격적인 어업 활동

을 벌이는 나라들이 사라진 섬나라들의 배타적 경제수역을 존중해 줄지 의문을 가질 수밖에 없다.

사라지는 섬나라들과 기후변화 난민에 대해 확실히 말할 수 있는 게 있다면, 이들이 갈수록 국제사회의 주목을 받을 것이며, 자연재해와 계속되는 기후변화는 국내적, 국제적 집단 이동을 가속화하리라는 것이다. 1951년의 난민 협정은 '탄압'의 의미를 확대하여 심각한 환경 위기, 기후변화도 포함시켜야 한다. 아니면 아마도 세계 최대의 온실가스 배출국들이 더 취약한 외국 사람들을 간접적으로 '탄압'하고 있다고 규정해도 좋을 것이다. 오늘날, '기후변화 난민'에 대해 국제적으로 합의된 법적 승인은 없다. '난민 수용국가'가 일시적이든 영구적이든 이주민 관리를 전적으로 알아서 하고 있다. 영토-국경의 '사라짐'을 어느 정도까지 인정하는가, 피난민들의 '귀환' 권리를 어떻게 볼 것인가, 제3국은 사라진 땅이 다시 드러나면 난민들에게 돌아가도록 강요할 것인가 등의 문제는 상황을 더욱 복잡하게 만든다.

사라지는 국경은 전 세계의 저지대 국가들에게는 현실로 다가올 전망이며, 해안 지역사회 역시 수몰당할 위기에 처해 있다. 저마다 처한 위험의 정도는 다른데, 그 즉각적이고도 장기적 결과 또한 다르다. 1970년대와 80년대에 만들어진 국제법 틀은 지금의 상황

* 도쿄 남쪽 1,740킬로미터 지점에 있는 면적 7.8제곱킬로미터의 바위'섬'으로, 16세기 유럽 항해자 더글러스가 처음으로 발견해 '더글러스 암초'로 불렸으나 1931년 일본이 자국의 최남단 영토인 '섬'이라고 주장했다. 한국을 포함해 이를 섬으로 인정하지 않는 나라들이 많다.

은 전혀 염두에 두지 않았다. 앞으로는 우리가 한때 확고하다고 여겼던 육지와 바다의 경계를 변화시키는 압력이 더욱 커질 것이다. 몬테비데오 협정(1933) 같은 예전의 국제 중재는 국가가 명확한 영토를 보유해야 함을 분명히 했다. 명확한 영토를 보유하고 있다고 인정받는 일은 중요하며, 국가가 수몰되면 당장 중요한 문제가 불거질 수밖에 없다.

사라지고 가라앉은 영토는 미래의 국경 분쟁을 내포하고 있다. 영토가 사라지면, 예전에 없던 수많은 일들이 발생한다. 그런 나라는 대부분 존재 자체가 없어질 위기에 처하며, 마셜제도 같은 저지대 국가들은 상업적 어업 문제를 두고 중국과 미국 같은 강대국들의 이권 다툼에 쉽게 희생될 수 있다. 원양 선단이 곧잘 범하는 불법 어업은 심지어 수몰되지 않은 섬나라들에도 고통을 주는 범세계적 폐단이다. 마셜제도는 수익률이 좋은 참치잡이를 하러 오는 동아시아 어선들의 불법조업에 만신창이가 되었다. 기후변화가 닥쳤을 때, 가장 취약한 상대의 자원을 빼앗는 일이 단죄받지 않는다면, 그처럼 정의롭지 못한 일도 없을 것이다.

5장
무인지대

북한 쪽에서 바라본 모습. 북한 병사들이 남북한의 경계선을 지키고 있다. 그 경계선은 비무장지대(DMZ) 중 판문점의 공동경비구역(JSA)을 지나가는 짧은 콘크리트 선이다. JSA는 '휴전 마을'(Truce Village)이라고도 불리며, DMZ에서 남북한 군인들이 서로 마주 대할 수 있는 유일한 구역이다.

아무도 실제로 거의 통제하지 않고 있는 공간에서 무슨 일이 일어나는지 의문을 품어본 적이 있는가? 지도는 보통 지구의 모든 표면이 이런저런 국가에 의해 빠짐없이 통제되고 있다는 인상을 준다. 그러나 더 자세히 들여다보면, 그렇지 않다. 가령, 유럽은 영토의 모호성이 지도에 제대로 반영되지 않았다. 유럽연합 국가들의 국경을 넘나들 때마다, 이민자들은 몇 차례씩 무인지대를 통과해야 한다. 유럽 국가들이 없애버릴지, 교통이 더 원활하도록 할지, 적응할지 지금도 결정을 못 내리고 있는 무인지대들이다. 국경이란 명확하기보다 모호한 상태에 머물며, 양측의 수비대원들은 과연 어느 나라에 속해 있는지 오리무중인 곳에서 대치한다. 우리가 가진 지도 대부분은 심지어 세계의 가장 큰 무인지대, 다시 말해서 원양을 표시조차 하지 않고 있다.

앞서 보았다시피, 세계의 대양 3분의 2는 그 어떤 국가의 법적 관할권에도 속하지 않으며, 아주 최근에야 연안 국가들과 제3국들 사이에 균형을 맞추기 위한 차원에서 무인지대가 국제법적으로 수용될 수 있었다. 오늘날, 우리는 원양에 대해서 어느 때보다 많이 관여하고 있다. 기술적 진보 덕분에 어업, 유전적 자원 수집, 해저 자원 채굴 및 탄화수소 채취 등이 전에 없이 활발해졌기 때문이다. 세계 각국의 정부는 항행 관련 환경부담을 더 늘리라는 요구에 마주치고 있으며, 수중 주요 시설의 안전성과 재생 능력도 높이도록 요구받고 있다. 지구의 절반을 공유하는 상황은 결코 간단명료했던 적이 없으며, 원양을 무인지대로 삼는 국제법적 조치를 유지하려는 강력한 유인이 작용하고 있다.

다시 마른 땅으로 돌아오면, 포기되었거나(말 그대로 어떤 통치권도 행사되지 않는 무주지) 조심스럽게 구획되고 '특별 규칙'에 따라 규율되는 영토들(그 인접국이나 제3국들이 해당 영토에 대한 영유권, 규율권, 방위권을 인정하지 않는 경우)의 사례가 있다. 일부 경우, 이런 구역들은 워낙 시국이 불안정해서 유엔군이 거의 영구 주둔해 있거나 국제평화유지군이 더 제한적으로 개입하여 평화와 안정을 보장하고 있다. 한 예가 쿠웨이트와 이라크 사이의 좁은 땅줄기다. 유엔 평화유지군은 이 길이 약 190킬로미터, 폭 약 15킬로미터의 비무장지대를 모니터링하는 목적으로 주둔하고 있었다. 1991년, 사담 후세인이 미국이 주도한 다국적군에 패배한 직후 수립된 이 부대는 이라크의 쿠웨이트 침공 저지를 영구적으로 보장하려는 목적이었다. 이라크군은 쿠웨이트와의 접경지대에 모일 수 없으며, 유엔군은 1993년 완충지대에서 어떤 불법 행동이라도 억제 가능한 모든 유형의 군사행동을 취할 수 있는 권한을 받았다. 이 부대의 활동은 2003년, 사담 후세인 정권이 무너진 뒤 공식 종료되었다. 완충지대는 상황의 정상화에 따라 소멸했다.

때때로 이런 무인지대는 이렇다 할 통제권이 없어서 '날로 이익을 취할 수 있는' 곳이 된다. 14세기에서 17세기까지, 소 떼를 약탈하는 일은 잉글랜드와 스코틀랜드의 접경지에서 흔해 빠진 일이었다. 언덕과 황야, 이리저리 뻗은 강줄기를 넘나들며, 두 나라 모두 약탈꾼들은 아무 제재 없이 소들을 잡아갔다. 심판이 있었다 해도 상당히 거친 심판이었다. 두 나라 모두에서 일가끼리 모의하여 소 떼를 빼앗아 오면, 피해 가족은 또 손해를 벌충하기 위해 복수의 소 도둑질을 벌이는 식이었다.

이 모든 일이 가능했던 것은 잉글랜드와 스코틀랜드의 국경 사이에 두 왕국 어디의 주권도 미치지 않으며, 아무도 감시나 순찰을 하지 않는 구역이 있었기 때문이었다. 접경지대의 강물과 언덕들은 '예외 구역'이었다. 17세기 초 잉글랜드 왕국과 스코틀랜드 왕국이 하나가 됨으로써 비로소 제임스 1세가 이 경계를 넘나드는 도둑질을 큰 노력을 들여서 규제할 수 있었다. 제임스 1세는 이 접경지대를 '미들셔'(Middle Shires)라는 이름으로 고쳐 불렀으며, 주권 통제 아래 있는 무인지대를 만들기 위한 위원회를 설치했다. 1620년대 초쯤에는 아주 과도한 떼강도 행위는 잦아들게 되었다.

소 도둑의 역사와 국경 강도는 우리 곁에 무인지대가 수 세기 동안 있었음을 일깨워준다. 중세 영국사에서 도시 성벽 바깥에 있는 토지는 소유권이 모호했다. 그렇지만 이처럼 들쑥날쑥한 주권적 이해관계의 다툼은 공유 지역의 문제를 따져보면 상대적으로 단순해 보일지 모른다. 어떤 경우에는 두 마을이나 두 교구 사이의 좁은 땅이 누구도 영유권을 주장하지 않는 상태로 남아 있고, 그처럼 주인이 없는 만큼 수익의 기회는 두드러지는 사례를 보여준다. 그럴 경우, 경쟁 상태인 마을들은 공동묘지를 만들거나 공동의 목초지를 정하거나 하는 식으로 무주지를 활용할 새 방법을 짜내곤 했다.

많은 이들에게 '무인지대'는 온통 구덩이가 파인 제1차 세계대전의 전장을 떠올리게 한다. 양측 모두에서 탈영병들이 포탄으로 생긴 구덩이를 찾아 지하 생활을 하다가 이따금 고개를 내밀고 사람 하나 없는 유럽전의 전쟁터를 살펴보곤 했다는 이야기가 전해진다. 국가의 직접 통제권 밖에 있는 무인지대는 따라서 그곳의 사람, 동물, 지리환경이 이 비상한 상황에 어떻게 적응하는지의 능력을 드러낸다고 할 수 있다. 가장 통상적인 환경에서 통제받지 않는 존재는 스스로 안식처를 확보하기 위해 분투하게 된다.

다양한 연원의 무인지대

2018년 10월, 한반도의 DMZ(비무장지대)에서 돼지들 때문에 비상이 걸렸다. 아프리카돼지열병이 아시아에 유행하고 있었으며, 남한 당국은 이 병에 걸린 멧돼지들이 북한에서 DMZ를 뚫고 내려올까 봐 우려했다. 남한은 북한 당국이 예방 차원에서 DMZ 곳곳의 멧돼지들을 사살했다는 소식을 들었다. 2020년 2월, 남한 정부는 DMZ 진입 특별 허가를 내고 멧돼지 개체 수를 조사하도록 했다. 남한 당국으로서는 감염된 동물들이 DMZ를 지나 남으로 내려오는 걸 북한이 내버려둘까 봐 신경 쓰였다.

우리가 무인지대를 신경 쓰는 까닭은 그것이 국제정치의 틈과 금을 보여주기 때문이다. 무인지대는 크기도 범위도 제각각이다. 원양이 있고, 비무장지대, 완충지대, 중립지대, 임시 특수구역

등이 세계 각지에서 비상 상황이 유지되는 이상 존재한다. 한편으로 국경들 사이에서 이민자들이 발이 묶인 사례가 있고, 다른 한편으로 험지이자 오지인 지역들이 국가권력의 실효적 지배에서 벗어나 독자적으로 존재하는 사례가 있다. 케냐 정부는 여러 해 동안 케냐-소말리아 국경지대의 보니 숲에 숨은 알샤하브 테러리스트들과 싸우느라 애를 먹었다. 케냐군은 그들의 적들과 숨바꼭질을 거듭했고, 현지 케냐 주민들은 숲에 들어가기를 두려워했다. 이처럼 달갑지 않은 무인지대는 계속 존재하고 있다. 어떤 과정에서 만들어졌든, 정치적·군사적 이해관계가 의도적으로 빚은 국경 체계의 모순은 이렇듯 예외적인 결과물을 내놓는다.

무인지대는 그 기원과 규모, 범위, 지속성에서 모두 다르다. 또 어떻게 규정되고 있는지도 다른데, 완충지대는 유엔군에 의해 감시되며, 그 길이와 넓이 모두 정확히 규정되는 반면 반군과 테러리스트들이 암약하는 지역은 정확히 어디서 어디까지인지 규정하기 어렵다. 제1차 세계대전 중, 무인지대로 알려진 작전 구역의 규모와 범위는 지형, 적의 화력, 전장 전술 등에 따라 달랐다. 그런 구역은 일정하지 않은 상태로 오래 유지되었다. 프랑스의 일부 지역에서, 불발탄과 독가스 잔여물 등이 많이 남은 전장 지대는 '붉은 구역'(Zone Rouge)이라는 이름으로 정부에 의해 특별 관리 대상이 되었다. 문제의 구역은 위험하다 여겨져, 마을 전체와 (심하게 오염된 땅을 포함하는) 그 인근 지역은 접근 금지되었다. 프랑스 정부는 그 땅에 나무를 심고 언젠가는 해독이 되리라 여겼다. 그리고 세계 1차 대전의 최고 격전지였던 베르됭 주변의 일부 마을과 구역들은 안전하다는 진단을 받았지만, 다른 구역들은 워낙 유독해서 다시는 사람이 살 수 없는 곳이 되어 버렸다. 영국 역사학자 크리스티나 홀스타인(Christina Holstein)은 《베르됭 산책, 전쟁터 가이드》(2009)에서 "프랑스 당국은 전체 전장을 깨끗이 만들기 위해서는 300년의 노력이 필요하다고 추산했다. 그리고 그들은 그러기를 포기했다"라고 썼다.

따라서 무인지대는 그 지역이 안고 있는 위험이 사라지지 않는 한 그대로 남는다. 제2차 세계대전 중, 윈스턴 처칠이 이끄는 영국 정부는 스코틀랜드의 하이랜드에 있는 그뤼너드 섬에서 생물학전 관련 실험을 했다. 영국 과학자들은 탄저병의 살상력을 더 잘 알아보기 위해 이 섬에 탄저균을 살포했다. 섬은 이로써 심각하게 오염되어, 반세기 동안 출입금지구역으로 지정되었다. 정화 활동에 수백만 파운드를 쓰고 난 1990년 4월에서야 이 섬은 공식적으로 다시 개방될 수 있었다. 그리고 원 소유자의 자손에게 500파운드에 다시 팔린 것은 유명한 일화다.

환경 재앙과 공중 보건 비상사태는 의도치 않은 무인지대를 만들어내는 계기가 되는 한편, 국가로서는 문제의 지역에 방역선(cordon sanitaire)을 설치하는 일에 부담을 느낄 수 있다. 비극적인 사례는 1986년 체르노빌 원전 사고가 있고 나서 우크라이나와 벨라루스에 설치된 보호대다. 당시 제4호 원자로가 역량 검사에서 놀랄 만큼 취약한 상태임이 발견되고 얼마 지나지 않아 폭발해 버렸다. 원자로 화재는 이후 약 10일간 이어졌고, 이로써 발생한 핵 구름이 유럽 각국의 국경을 넘어 마구 퍼졌다. 인접한 벨라루스는 가장 심각한 피해를 보았다. 화재가 진압된 뒤, 소련 당국자들은 파괴된 원자로 4호기를 콘크리트로 덮어씌웠다. 그러나 이는 2013년에 균열을 일으켜, 추가 조치가 필요해졌다. 당시 콘크리트 아래 갇혀 있던 방사능은 수백 톤에 이르렀던 것으로 추정되며, 그 물질의 유출을 막기 위한 '새로운 안전 봉쇄' 조치가 2017년에 완료되었다. 체르노빌은 아직도 보건 비상 구역으로 남아 있으며, 전문가들은 그 흙, 물, 대기가 여전히 사람이 살 수 없는 수준이라고 경고한다.

이 재난 직후, 소련 당국은 현장에서 주민들을 소개시키고 약 2,600제곱킬로미터의 출입금지구역을 설정했다. 미국의 로드아일랜드주와 엇비슷한 넓이이며, 이 구역은 당시의 소련, 이후의 우크라이나 공화국에 의해 효과적으로 봉쇄되었다. 소련에서 우크라이나로 이어지는 정부 당국은 이 구역에 '국경 체제'를 수립하고, 순찰 시스템을 가동하는 한편 정기적으로 방사능 수준을 측정했다. 한편, 이 구역은 우크라이나의 핵시설에서 핵연료봉을 폐기하는 구역도 겸하게 되었다.

사건 당시에는 구역 내 모든 주민이 소개되었다. 그러나 나중에 드러난 일은 모두의 예상을 초월했다. 옛 주민들, 특히 나이 든 여성들의 소집단이 집으로 돌아갔다. 그들은 단지 백여 명 안팎의 '자발적인 정착민'들일 수 있었으나, 그들의 존재는 사람들은 좀체 자기 집을 포기하지 않는다는 사실을 드러냈다. 수상작인 다큐멘터리 영화 〈체르노빌의 바부슈카들〉(2005)에서 홀리 모리스(Holly Morris)는 이들 정착민이 어떻게 잔류 방사능에도 불구하고 소개령을 위반했는지를 보여준다. 우크라이나 당국은 그들을 못본 체하기로 했고, 그것은 아마 다른 나라 사람들이 그곳을 차지할 생각이 들 즈음에 그곳에 자국민들이 있는 편이 나으리라는 계산 때문일 것이다. 달리 말해, 그 땅은 완전히 포기된 것이 아니었다. 정부는 연구자들과 국경수비대원들이 계속해서 그 구역에서 작업하도록 허용해왔다. 야생생물들은 회복력을 입증해 보였다. 동작 추적 카메라와 탐지용 드론에 잡힌 결과를 보면, 놀랄 만큼 다양한 동식물이 그 구역에서 살아가고 있다.

의도하지 않은 결과, 한반도의 DMZ

—

무인지대는 해당 국가 입장에서는 기회의 땅이 될 수도 있다. 우크라이나가 문제의 출입금지구역을 봉쇄하려 한 데 반해, 인근 벨라루스는 다른 전략을 취했다. 벨라루스 지도자들은 그 나라의 도시와 소도시에 살고 있던 피난민들에게 1986년 재난 당시 가장 피해가 심했던 남쪽 지방으로 옮기라는 제안을 했다. 과거에 그 나라의 일부는 금지구역이었으나 이제 그 무인지대는 새로운 기회의 공간으로 분류되고, 재정착을 위해 주민 소개 조치가 철폐된 것이다. 사실 이 재정착 계획은 장기집권 중인 벨라루스 대통령이 보기에 자국에 득이 되지 않던 피난민 집단의 이주대책으로 이루어진 것이었다.

전쟁과 환경 재앙이 무인지대를 만들어낼 수 있다면, 국경 시스템 역시 그럴 수 있다. 1961년 베를린 장벽 건설은 무장되고 분단된 도시를 만들었다. 두 분단된 사회 사이에 가로놓인 이른바 '죽음의 구역'은 누군가 서베를린으로 탈출하려는 사람이 있으면 동독 국경수비대의 발포 대상이 되었기에 붙여진 이름이었다. 사람들의 왕래를 막는 이 구역은 덕분에 야생 토끼들의 천국이 되었다. 더 남쪽, 철의 장막 전반에는 전기 철책과 철조망, 안보 순찰대 등이 서방으로 넘어가는 사람들을 잔혹하게 막고 있는 와중에 야생생물들이 번성했다. 놀랍게도, 엄중히 군사화된 독일-체코 국경의 양측 모두의 사슴들은 예전의 인공 장벽을 '그리워하는' 모습을 보인다.

그런 면에서 가장 두드러진 무인지대의 예가 한반도의 DMZ다. 1953년의 정전협정 뒤에 DMZ는 길이 250킬로미터, 폭은 겨우 4미터의 규모로 설정되었다. 다만 남북 모두 그로부터 4킬로미터를 완충지대로 두었다. DMZ 안에는 사람이 사는 단지 두 개의 마을만이 존재한다. 지뢰, 철책선, 무장 순찰대 등은 양측 사람들의 접근을 막고 있지만, 이 또한 예기치 않게도 자연이 번성하는 요인으로 작용하고 있다.

무인지대를 끼고 사는 나라들로서는 그런 변경 공간을 어떻게 대할 것인지는 딜레마다. 그런 공간은 임시로 존재할 수도 있고, 반영구적일 수도, 영구적일 수도 있다. 베를린 장벽 구역은 그런 분리와 배제가 순식간에, 예기치 않은 때에 끝날 수 있음을 상기시킨다. 1989년 소련 공산주의의 붕괴와 함께 야생 토끼들의 천국도 무너져 내렸다. 다른 곳, 가령 남한 정부의 경우 DMZ를 일시적인 불협화음처럼 여긴다. 핵 무장한 북한 군대가 언젠가 DMZ를 넘어 침공해올 수도 있다고 여기면서도, 평화적 해결이라는 생각을 버리지 않고 있다. 북한의 실질적인 합법성을 받아들이기 꺼리면서,

남한은 통일의 날을 대비하여 관료기구 구축에 투자하고 있다. 지난 70년 동안, '이북 5도' 도지사들이 발령받아 왔다. 비록 그런 도지사 가운데 누구도 그들이 관할한다는 지역에 한 번 가본 적도 없지만 말이다. 그들은 '이북5도위원회'를 구성한다. 여기에 더하여 100개 도시 시장과 거의 1천여 명의 공무원이 해당 위원회의 소속이며, 기회만 주어진다면 북녘의 해당 지역을 접수할 준비를 마쳤다. 이 위원회는 북한과의 직접 교류가 금지되어 있으나 '그들의' 북쪽 임지의 정황은 계속 인지하려 하고 있다. 따라서 이런 목적에서 DMZ란 영구적이기보다 가변적인 존재로 상상된다.

그뿐 아니라 한반도의 DMZ는 복잡한 지정학적 이력을 갖고 있다. 그 구역 말고도 군사분계선이 존재하며, 그 양쪽에는 각자의 연락사무소와 회담 시설이 있다. 남한은 1953년 휴전협정이 체결된 판문점에 '평화의 집'을 세웠다. 평화의 집은 공동경비구역 안에 있고, 3,200제곱미터의 이 구역은 한 번에 진입할 수 있는 병력의 숫자 등 엄격한 규칙으로 통제된다. 지뢰들과 감시탑들 사이에, 하나가 아닌 수많은 무인지대가 있다. 자신이 어디에 서 있느냐에 따라, 서로 다른 교전수칙이 적용되며, 언제 어떻게 군인들과 외교관들이 진입할 수 있는가가 달라진다. 동시에, DMZ는 전 세계에서 방문객들이 찾아오는 관광 명소도 된다. 관광객들은 DMZ와 접한 민간출입통제구역이라 불리는 곳까지 들어가 볼 수 있다. 얼마나 어느 정도까지 들어갈 수 있느냐는 방문객이 누구인가에 달려 있다. 2018년, 10만 명의 방문객이 남쪽에서 왔으며, 북쪽에서는 3만 명이 다녀갔다.

남북 모두 DMZ 전역에서 선전선무 방송을 하는데, K-팝을 틀거나, 북측 지도자의 연설, 탈북자의 인터뷰 등이 방송된다. 탈북자의 메시지는 북한에서 더 많은 사람이 넘어오기를 노리는 것이다. 비교적 덜 알려진 사실은, DMZ가 지표면상의 상호배제적 성격과 모순되는 지하 세계를 또한 갖고 있다는 사실이다. 남한에는 비밀로, 북한의 공병들은 DMZ 지하에 터널 네트워크를 구축했다. 이른바 '남침용 땅굴'은 북한이 마음만 먹으면 뭘 할 수 있는지에 대한 으스스한 실례다. 땅굴의 발견은 대체로 탈북자의 증언에 힘입었으며, 그들은 1970년대 초부터 지시를 받고 땅굴을 팠다고 남한 당국자들에게 실토했다. 1978년 뜻밖의 지하 폭발은 미완성 상태의 북한 땅굴 한 곳의 정확한 위치를 발견하는 것으로 이어졌다. 말하자면, 북한의 비밀 땅굴은 그들이 DMZ 지하로 병력을 신속히 투입하고, 그리하여 지뢰나 한미연합사의 방위 체계를 무력화해 버릴 수 있다는 의미였다. 결국, 1990년까지 네 곳의 지하터널이 발견되었으며, 그중 하나는 '제3 땅굴'이라 불린다. 이 땅굴은 남한의 수도인 서울에서 겨우 50킬로미터 떨어진 지점까지 파고들어 있었으며, 지하 60미터가 넘는 지점에서 발견되었다. 이 시점에서 불분명한 것은 아직 발견되지 않은 북한 땅굴이 더 있는가, 그리고 미국이나 남한 역시 몰래 북쪽으로 땅굴을 파 두고 있는가이다.

2019년 12월, '대성동 자유의 마을'에 이동통신업체 KT의 5G 연결이 이루어졌다고 발표되었다. 이 마을은 DMZ 내에 있으므로 약 200명의 마을 사람들에게는 특별한 일이었다. 그 마을 주민들은 남한의 징병제 적용을 받지 않는 유일한 집단이며, 총 46가구는 마을을 떠나지 않는 조건에서 정부의 특별 혜택을 받는다. 초고속이고 안정적인 인터넷 연결은 생활과 노동의 조건이 열악한 곳에서는 대단히 중요하다. 그곳에는 병원도, 마트도, 체육관도, 백화점도 없다. 그들과 가장 거리가 가까운 이웃은 북한 기정동의 '평화촌'이다. DMZ 안에 있는 두 마을 사이에 직접 교류는 전혀 없다. 대성동 주민들은 논에 갈 때 남한 병사들을 대동해야 한다.

사람 숫자도 적고 생활환경도 열악하지만, 남과 북의 정부는 각자의 DMZ 내 마을들을 유지하고 싶어 한다. 하지만 그 주민들은 결코 참된 의미에서 편해질 수가 없다. 언제 어디서나 감시하에 있고, 눈을 돌리는 대로 병사들이 있다. 남북한 간의 긴장이 최고로 고조되었을 때는, 이곳 주민들이 북한군에게 납치되고 남은 주민들은 지하의 대피소로 신속 소개되는 일도 있었다. 그리고 두 마을 모두 2018년 말에 중단될 때까지 귀청이 떨어질 듯한 남북 양측의 선전방송을 들어야만 했다.

한반도의 DMZ는 휴전협정 후 경계선이 동결되었을 때 어떻게 되는지를 여실히 보여주는 사례다. 그러나 네 개의 땅굴이 알려주다시피 무인지대의 아래쪽은 여전히 온갖 음모를 꾸밀 수 있는 공간이다. 한편, 멧돼지들만 오고 가는 지금, 남한의 TV 드라마 〈사랑의 불시착〉은 패러글라이딩을 하던 남쪽의 한 젊은 여성이 DMZ에 불시착한 이야기를 다룬다. 운이 나빠 보였던 여주인공은 남한으로 무사 귀환했을 뿐 아니라 북한군 장교와 로맨스도 꽃피웠다. 이 드라마는 남한에서 크게 히트했으며, 비록 픽션이지만 DMZ가 지난 70년 동안만큼 그렇게 확고부동한 게 아님을 제시해준다. 사랑에는 국경이 없다.

그러면 이제, 다시 현실로 돌아와 보자. 무인지대는 엄연한 현실이다.

도전받는 무인지대

허구의 TV 드라마 차원에 그치지 않고, 세계의 무인지대는 위협받고 있다. 가장 큰 곳들이 가장 두드러진 사례들이다. 인류 공동 유산으로 지칭되는 대양, 대기, 극지대, 특히 그 가운데도 남극은, 어떤 나라의 법규에도 지배받지 않는 곳이다. 이들은 법적으로 지위가 확립된 무인지대이며, 2015년 프란체스코 교황이 말했다시피, 이른바 '인류 공동 유산'을 "전면적으로 규율할 시스템에 대한 합의가 시급하다." 지구 생물군계(biomes)의 영향이 누적되면서, 삼림, 어군, 대양 등의 공동 자원들은 지속 가능한 활용의 합의가 널리 이뤄지지 않는 한 갈수록 악화할 수밖에 없는 상황이다. 그것은 주권을 내세운 국가의 자의적인 자원 활용에 일정한 제한이 주어져야 한다는 뜻이다.

남극은 누구의 것인가

—

남극의 경우, 1959년의 남극 조약이 영토권을 주장하는 7개 국가(가장 큰 주장은 남극의 42퍼센트를 영유한다는 호주였다)의 입장을 조율하여, 누구도 남극 땅을 영유하지 못한다는 원칙으로 관리체제를 수립했다. 과학 및 국제 협력은 이 조약의 성공과 유지의 핵심이라고 종종 이야기된다. 이제 50개국에 이르는 가맹국 모두는 남극 관리체제에 타협이 필요함을 인식하고 있다.

1959년의 조약은 남극 대륙이 비핵화 및 비군사화 상태를 유지해야 하며, 협력과 선의의 정신으로 관리되어야 한다고 선언했다. 이 관리체제의 핵심에는 과학이 있었다. 중국, 인도, 브라질은 1980년대까지 이 조약에 서명하지 않았다. 그 즈음하여 '남극 조약 클럽'의 규칙도 대략 세워진 한편, 가맹국들은 어업권과 광물 채굴권 등 중요한 자원 문제를 두고 대립하기 시작했다. 소련(그리고 지금의 러시아)과 미국은 장래 시점에 각자의 권리를 주장할 여지를 남겨 두었다. 중국 역시 그런 입장을 따랐다.

남극해의 운명은 과연 무엇이 문제인지에 대한 통찰력을 요구한다. 겉으로는 '남극해 어업'에 대해 1980년 발효된 이후 오랫동안 지켜온 협약에 기대면 그만이다. 그러나 시간이 지나면서 어업권 조정 문제를 둘러싸고 남극 조약 클럽은 둘로 나뉘었다. 중국, 호주, 미국, 러시아는 종종 서로 삿대질을 하면서 남극해 어업을 주도하려고 한다. 1980년의 남극 해양생물자원 보존 조약은 남극해에서의 어업과 자원 보존에 대한 규칙과 상황 처리 구조를 정립했다. 이 두 가지 입장의 균형을 깨트리기란 어려운데, 어업 진행 국가들은 보전 성향의 국가들이 지나치게 규제를 일삼는다고 공격하고, 보전 성향 국가들은 어업 진행 국가들이 제멋대로라고 비난하는 가운데 균형은 그런대로 유지된다.

이렇게 판이한 남극 관련 시각이 어떻게 어우러지는지를 보면 흥미롭다. 중국은 대체로 타국에 대해 의심이 많아 보이며, 특히 호주에 대해 불편한 심기를 드러낸다. 중국은 남극에 영구 기지를 다섯 곳까지 설립했고, 신형 쇄빙선(스노우드래곤 2호) 개발에 투자하고 있다. 그리고 남극 대륙 전체에 접근성을 높이고 힘의 투사(power projection)*도 강화하고자 내륙의 남극 관련 인프라도 활발히 건설 중이다. 3장에서 보았다시피, 중국은 로스해 해양보존구역(the Ross Sea Marine Protected Area) 관리에 대해 매우 비판적인 러시아와 한뜻이며, 해양자원 보전 명분으로 어업 활동을 제한하는 일에 신경질적인 반응을 보인다.

중국은 지금 남극 관광 붐이며, 2020년대의 언젠가는 남극에서 미국인보다 더 많은 숫자를 기록하게 될 것이다. 앞으로는 이들을 위한 호텔, 항구, 착륙장 등이 남극 관리에 부담을 늘릴 전망이다. 남극 반도가 계속 더워지고 있음을 볼 때, 더 많은 사람이 영주하게 될 가능성을 전혀 배제할 수는 없는 상황이다. 중국은 차세대 원양어선을 개발 중인데, 이는 남극해에서도 조업할 수 있을 것이다. '딥 블루'라 불리는 이 어선은 이미 2천 척에 이르며, 한 번 조업에 나서면 몇 달 동안 귀환하지 않고 계속 조업할 능력이 있다. 2030년이면 중국인이 세계 생선 소비의 40퍼센트쯤 차지할 전망인

* 일정 세력이 그 경계를 넘어선 곳에 힘을 행사하는 행동을 총칭하는 국제정치-군사 용어다. 가령 미국이 한반도 인근에 항공모함을 배치하거나, 중국이 남극에 과학기지를 건설하는 일 등을 일컫는다.

데, 이미 그 근해는 물고기 씨가 말라가고 있다. 남극해처럼 상대적으로 어획이 덜 이뤄진 곳이 10억 이상의 국민에게 생선을 먹여야 할 나라로서는 매력적으로 보일 것이다. 그 나라는 일찍이 아프리카돼지열병으로 국내 사육 돼지 다수가 폐사된 경험이 있기도 하다. 식량 안보는 지금이나 앞으로나 중국 정부의 최고 관심사다.

스발바르 제도, 점점 더 뜨거워지는 관심

점점 늘어가는 자원 남획을 일찍이 겪었던 또 하나의 무인지대가 스발바르 제도다. 이곳은 북극에서 약 1천 킬로미터쯤 떨어져 있다. 본래 스피츠베르겐으로 불리며 수 세기 동안 네덜란드, 영국, 그 밖의 나라들이 고래, 해마, 물고기 등의 어자원을 차지하려고 앞다퉈 몰려들던 곳이다. 1920년 체결되고 1925년 비준된 스피츠베르겐 조약은 영유권이 누구에게 있는지 불확실한 이곳에 새로운 법적 틀을 마련했다. 그 조약에 따라 이 제도는 노르웨이 영토인 스발바르 제도가 되었다. 반발의 가능성과 기존 관련국들이 허겁지겁 이곳의 지하자원을 긁어모을 가능성을 염두에 두고, 이 조약은 체결국들이 노르웨이와 동등한 해당 지역 자원 접근권을 갖는다고 명시했다. 예를 들어 '스코티시 스피츠베르겐 신디케이트' 같은 기업을 통해 20세기 초부터 이곳에서 열심히 석탄을 캐온 스코틀랜드의 경우, 이 조약 수립에 앞서 영국이 이 제도를 병합하도록 힘써 왔다. '악틱 코울 컴퍼니' 같은 채굴 회사들은 미국 등 각국 정부에 로비했다. 이 조약의 최초 비준국은 노르웨이, 덴마크, 네덜란드,

미국, 영국, 러시아, 스웨덴, 이탈리아, 일본이었다. 이 조약이 발효되면서부터 다른 국가들도 참가했는데, 2016년의 북한을 포함하여 이제는 총 46개국이 가입되어 있다.

처음 나온 지 100년이 지난 지금, 이 조약의 내용은 당시와는 매우 다른 환경을 반영할 필요가 있어 보인다. 노르웨이의 주권을 존중하는 한편 가맹국들에게 공동의 자원 접근권을 보장한다는 조심스러운 균형 잡기는 여러 가지 면에서 압박을 받고 있다. 먼저, 배타적 경제수역이나 영토의 연장 등을 전혀 언급하고 있지 않은 이 조약에 국제법상 새로운 문제를 제기하고 있다.

스발바르 제도 인근 해역은 노르웨이의 영해인가? 이를 주장하려는 노르웨이와 다른 가맹국들은 불가피하게 충돌할 수밖에 없고, 대게(snow crab) 같은 자원을 놓고서도 논쟁이 벌어질 수밖에 없다. 2019년 2월, 노르웨이는 스발바르 제도 주변의 해저에 대해 배타적 권리를 인정받음으로써 법적 대승을 거두었다. 그러나 앞으로 석유와 천연가스를 둘러싸고 또 분쟁이 빚어질 전망이다. 지금 석탄 채굴은 급감 추세인데, 노르웨이는 자국이 스발바르에서 더 석탄을 캐지 않으면 러시아는 그것을 노르웨이의 약세로 받아들일 것이며, 그 군도에 대해 더 강력히 손을 뻗칠까 우려하고 있다. 러시아는 1913년부터 스발바르에서 석탄을 채굴해 왔으며, 바렌츠부르크 합의 이래 러시아어권에 대한 지원을 계속하고 있다.

이 섬을 러시아가 집어삼킬 가능성, 또한 중국도 끼어들 가능성에 대해서 언론 보도가 쉼없이 나온다. 지금은, 노르웨이와 미국 관측통들이 '첸트르-2019 연습' 같은 대규모 군사 훈련에 주목하고 있다. 이는 일부 '러시아령 남극'을 무대로 했는데, 장차 그 땅을 러시아가 병합하는 시나리오를 내포하고 있었다. 러시아 특수부대가 현장에 진입해 스발바르를 점령하는 시나리오는 1920년 조약 이래 비군사화가 지켜져 온 점을 생각하면 충격적이지만, 2014년 크림 사태에서 러시아군이 그 땅을 무력 병합했다는 걸 생각하면 그리 놀랄 일도 아니다. 제재와 그에 따른 요구에도 불구하고, 러시아는 크림을 우크라이나에 돌려주지 않을 것이다. 그리고 2019년 10월, 노르웨이 언론은 러시아 특수부대가 스발바르에 분산 투입되었다고 보도했다. 따라서 러시아와 그 전략적 파트너인 중국이 이 독특한 무인지대, 즉 노르웨이 영토이기는 하나 조약에 따라 가맹자들에게 동등한 자원 접근권을 보장하는 곳에 대해 어떤 계획을 세웠는지가 의문의 대상일 수밖에 없다.

심지어 최근 스발바르 제도의 특별 지구인 뉘올레순에서 이뤄진 과학 탐사에도 각국은 민감한 반응을 보였다. 관련국들은 노르웨이가 이로써 연구조사 인프라를 깔고 조사 영역을 확보하려 한다고 비난했다. 일부의 불만은 노르웨이 정부가 누적된 혹은 새로운 환경 영향에 대한 '우려'를 빌미로 해당 지역에서 타국의 활동을 규제하려 하며, 이는 노르웨이가 오랫동안 본토에서 석탄을 채굴하던 방식에 비추어 보면 위선적이라는 것이다.

따라서 남북극 모두에서 이 오지들을 관리하던 조약들이 해당 지역에의 영토 및 자원 권리를 늘리려는 국가들로부터 더 큰 압력에 마주치리라는 징후가 매우 높다. 어업은 가장 두드러진 이해관계 영역이며, 스발바르는 북극권으로 들어가는 관문으로 전략적 중요성이 큰 데다 과학자들의 예상대로 북극해의 얼음이 계속 감소하면 어선들의 기착장으로 더욱 중요해질 것이다.

남극에서 중국, 스발바르에서 러시아가 자국의 권리를 더 강력히 주장하면, 기존의 조약 내용이 부적합해지고, 새로운 국경과 점령 구역이 생겨날 가능성도 있다. NATO가 그 제5조에 근거하여 노르웨이를 도와서 중국군이나 러시아군의 스발바르 점령을 저지할 수 있을 것인가? 해답은 오리무중이지만, 북극과 남극이 장래의 분쟁 발화점이 될 가능성, 나아가 전장이 될 가능성이 높다는 것만큼은 확실하다. 그것은 스발바르 근해에서의 어업권 관련 논쟁부터 시작해서, 북극해에서의 군사훈련에 대한 경쟁국가끼리의 충돌로 이어질 수 있다.

위협받는 무인지대로서의 원양

앞서 보았듯, UNCLOS는 연안 국가들이 대양과 해양의 경계를 짓도록 해주었다. 하지만 그것은 또한 지구상 최대의 무인지대인 원양 개념도 만들고, 어떤 국가나 국가들의 손에도 닿지 않도록 설정했다. 그러나 국경은 원양에서도 적용되며, 특히 원양이란 배타적 경제수역이 끝나는 곳에서부터 시작되기에 그렇다. 그 활용에 관한 규칙과 조약이 허다하며, 그 가운데는 2020년 이후의 해양생물 다양성에 관한 것들도 있다. 그러나 세계의 원양은 21세기 들어 위기를 맞이하고 있다. 어업과 해저 광물 채굴은 이 해역의 생태적 재생 능력을 크게 위협하는 두 가지 활동들이다. 그 위협은 실로 무서울 정도다.

세계 어업의 지속가능성은 확연히 위협받고 있다. 유엔 식량농업기구는 전체 어족의 30퍼센트 가량이 지속불가능하게 남획되고 있으며, 60퍼센트는 그 선에 가까운 상태라고 추산했다. 연안국들의 인근 해역 어자원이 남획되거나 거의 무너진 상태에서 각국은 원양어업에 매달리고 있다. 식량농업기구는 세계 어족 중 겨우 7퍼센트 정도만이 '남획되지 않는' 상태에 있다고 추정한다. 원양어업은 항구와 인구 밀집지에서 멀기 때문에 비용이 많이 든다. 그러나 중국 같은 나라의 연료 보조금 덕분에 점점 더 많은 어선이 연안 밖으로 나가고 있다. 스페인, 한국, 일본 같은 나라도 원양어업에 열심이다. 그러나 지금 중국은 원양어업의 20퍼센트를 차지하며, 21세기 내내 그 비중은 계속 늘어날 것이다.

WTO(세계무역기구)는 가까운 미래에 연료 보조금을 금지할 수 있지만, 이는 다른 방식의 행동을 부추김으로써 결국 원양의 해양 생태 보전에는 별로 기여하지 못할 것이다. 아프리카와 유럽의 어업 국가들에 대규모 어로 기업들은 이익이 날 것 같다 싶으면 강력한 로비를 벌여 '예외'를 인정받아온 '물타기' 관행에 더욱 의존할 수 있다. 중국은 이른바 '폐기물 처리함' 면제에 유능한데, 자신들이 원양 해양 생태에 해를 끼치지 않는다고 입증할 책임을 어로 기업에게서 면제해 주는 수법이다.

어업 보조금에 대한 논쟁은 무인지대가 주는 어려움과 기회를 모두 잘 나타낸다. 국가 주권 범위 밖의 구역이기에, 이 문제는 국제적 합의가 필요하다. 어업 보조금을 없애자는 논의는 이미 1999년에 시작되었으며, 과학자들과 금지론자들은 행동을 취해야 할 시간이 왔다고 경고했다. 그러나 앞서 보았듯, 세계의 원양은 어업 문제만 안고 있는 게 아니다. 대양의 바닥에는 심해 해저가 있으며, 이 역시 연안 국가들의 주권이 닿지 않는 무인지대다. 심해 해저가 중요한 까닭은 그것이 해양생물 다양성에 큰 의미가 있기 때문이다. 심해 생태계는 더는 오지로 여겨지지 않으며, 해양 활동에서 제외되지 않는다. 수중 탐사 기술 덕분에, 열수 분출공은 생물 다양성의 핵심임이 알려져 있다.

심해 생태계는 국가와 기업의 관심을 점점 더 받아왔으며, 그중 일부는 개별 연안 국가의 주권적 통제에 따라 수중 환경에 영향을 주고 있는 당사자들이다. 하지만 냉전 중에는 주로 군사적 목적에서 해저 탐사가 이루어졌다. 미군과 소련군 모두 전략 적국의 활동을 감시하고 자원 잠재력을 더 잘 이해하고자 대양의 해저와 수중 환경에 대해 어느 때보다 많은 정보를 얻으려 했다. 과학자들은 연구자금을 대는 군 및 기타 투자자들과 함께 수중 탐사 프로그램을 개발했다.

1974년, '휴즈 글로마 익스플로러'호가 이끄는 미국 원정대가 태평양으로 파견되었다. 이 원정은 겉으로는 해저 광물자원 조사가 목적이었다. 그러나 실제로 그것은 CIA의 비밀 작전 '아조리안 계획'의 하나로, 침몰한 소련 잠수함 K-129를 찾아내는 것이 목적이었다. 하와이 북쪽 어딘가의 해역에서 실종된 이 잠수함을 소련은 자체적으로 찾아내지 못했다. 미국은 자체 수중 감시 네트워크를 통해 그 위치를 정확히 찾아냈다고 여기고 있었다. 태평양의 원양 밑바닥에 가라앉아 있는 그 잠수함은 '쉬운 사냥감'처럼 보였다. 억만장자 하워드 휴즈(Howard Hughes)의 후원으로 만들어진 미국 선박은 5킬로미터의 수심에서 K-129의 잔해를 뭐든 인양할 수 있는 특수 장비를 갖추고 있었다. 이 작전 내내, 소련 선박들이 미국의 활동을 모니터하고 있었다. 하지만 이 모든 비밀 준비와 대규모(수억 달러) 투자에도 불구하고, 그 잠수함의 선수 부분만 인양할 수 있었으며 나머지는 해저에서 들어 올릴 때 부서져 내렸다. 1년 뒤에 이 계획은 포기되었다.

식량과 자원 안보의 희생양

이후 50년 동안, 심해 채굴은 공식적으로 국가와 기업의 어젠다였으며 일부 흥미로운 새 파트너십을 창출해냈다. 앞서 본 대로, 캐나다의 '노틸러스 미네럴스'사는 파푸아뉴기니 앞바다에서 열수 분출공의 자원개발 잠재력을 탐사하고 있다. 해저 채굴은 세계에서 두루 매력을 얻고 있다. 갈수록 더 먼바다로 나가면서, 영국 정부는 미국 방위산업체 록히드 마틴과 손잡고 태평양의 망간 단괴 채굴 가능성을 탐사 중이다. 세계의 원양 해저에 대해서는 유엔이 수립, 자메이카의 킹스턴에 본부가 있는 국제해저기구가 심해 채굴업 지원에 한몫하고 있음을 기억할 필요가 있다.

심해 해저는 오랫동안 채굴을 기다리고 있는 광물의 보물 상자처럼 상상되었다. 세계의 원양들, 연안 국가의 통제권 밖에 있는 바다에 대해, 국제해저기구는 해저 채굴 탐사 인가를 내준다. 상업적 조직과 손잡은 각국 정부들의 후원을 받는 그런 인가는 세계의 대양 중 어느 곳에서든 큰 몫을 보장한다. 태평양에서, 영국-록히드 마틴 합동 벤처는 13만 제곱킬로미터에 이르는 해저를 자기 몫으로 확보하고 있다. 국가보조금을 받는 기업으로서의 이름을 당당히 내세우며, '영국 해저 자원 개발'에 참여하고 있는 록히드마틴은 철광석과 구리 그리고 스칸듐이나 세륨 등등의 희토류를 캐내려 한다. 세륨은 저탄소 기술 개발에 활용된다. 그런 채굴 활동이 아직은 경제적으로 채산이 맞다고 판명되지 않았지만, 록히드마틴 같은 기업들은 최신 수중 자동화 기술이 앞으로는 수중 채굴의 비용/편익에 긍정적 효과를 가져 오리라 여기고 있다. 록히드마틴은 이 기술을 가지고 '해저 채굴'(mining) 대신 '해저 수확'(harvesting)이라는 표현을 쓰는 유일한 기업이 아니다.

중국은 여기서도 앞장서고 있다. 2대 중국 기업과 협업하는 중국 정부는 이제까지 국제해저기구가 발급한 탐사 인가 29개 중의 3개를 확보했다. 한편 미국은 관리체제를 마련하지 못하고 있는데, UNCLOS 비준국이 아니기 때문이다. 원양 해저 자원 채굴을 하려는 그 누구라도, UNCLOS가 지정한 기준과 조건에 부합하면서 상업적 이익 일부를 국제사회와 공유해야 한다. 그런 로열티는 얼마 되지 않는 소액이어서 이익 공유라기보다는 세계의 대양과 해저가 지중국을 포함한 모든 국가에 얼마나 중요한지 일깨우는 역할을 하는 세금으로 여겨왔다. UNCLOS에 대한 미국의 반대는 이러한 제도가 부당한 권한 행사라는 데 기반을 두고 있다.

중국, 영국, 인도, 러시아 등은 해저를 국제사회가 가지고 있는 합당한 자원으로 인식한다. 그들은 해저 채굴을 저탄소의 미래를 열기 위해 지지받아야 할 신생 산업으로 여긴다. 세상은 금속과 광물을 계속 필요로 할 것이며, 해저 채굴의 지지자들은 육지 채굴이 믿을 수 없게 되었으므로 수중 자원에 눈을 돌려야 한다고 주장한다. 한편 그린피스 같은 환경운동 단체는 그런 채굴 활동이 환경에 미칠 영향을 우려한다. 국제해저기구는 이제까지 인가 신청을 각하시킨 적이 없는데, 심지어 생물 다양성이 질적·양적으로 뛰어난 곳도 예외가 아니었다. 대서양 해저 준령의 이른바 '사라진 아틀란티스'가 그런 예다. 이 해저의 열수 분출공을 탐사하기 위해 2018년 폴란드 정부가 채굴 인가 신청을 했고, 국제해저기구는 1만 제곱킬로미터의 구역에 인가를 내주었다.

수중 기술에의 투자 역시 해저 채굴에 대한 관심이 높아지고 있다는 이유다. 가령, 주요 수중기술 투자국 중 하나인 인도는 지금 29개 인가 중 4개를 확보했다. 심해 해저는 의심할 여지 없이 미래의 지정학적 핫스팟이 될 것이며, 국제해저기구는 더 큰 압력을 받게 될 것이다. 해양학자 실비아 얼(Sylvia Earle)처럼 심해 채굴에 반대 목소리를 내는 환경운동가들에게 이 산업은 제대로 지도화되지 않고 이해도 되고 있지 않은 상황에서 진행되고 있으며, 따라서 환경 파괴가 불 보듯 뻔하다. 심해가 우리 지구의 환경 시스템 조절에 얼마나 큰 도움을 주고 있는지 아직 제대로 밝혀지지 않은 상황에서 해저 침전물의 채굴 산업은 그 피해의 정도를 가늠하기도 어렵다.

국가의 사법 범위 밖에 있는 지역들은 지구 지정학에 핵심적이며, 무인지대로서의 원양은 서로 충돌하는 이해관계들의 한복판에 있다. 최근 유엔 수준의 협상이 국가 사법 범위 밖의 영역에서의 생물 다양성을 주제로 진행되고 있으며, 그것은 세계의 원양과 해저에 대한 국가와 기업의 활용을 더 엄격히 하려는 뜻을 담고 있다. 유엔 '국가 사법 외 구역의 해양생물 다양성 보전과 지속가능한 활용' 협정은 세계 최대의 무인지대인 원양의 미래를 엮어가는 데 핵심 역할을 할 것이다. 해양생물 다양성의 보호는 힘든 과제이며, 따라서 해양생물 다양성 보호를 위한 수단과 메커니즘의 합의 및 도출이 반드시 필요하다. 하지만 코로나19 팬데믹으로 주요 국제 협의가 계속 연기되고 있어 수단과 메커니즘 마련은 더욱 지체될 수밖에 없다. 세계 대양의 60퍼센트 이상을 국제 수역으로 묶어 두어야 한다는 전제는 확고하다. 그러나 해양생물 다양성 보호와 관련된 문제는 유엔의 국제해저기구가 계속 유발하고 있다. 따라서 해저 채굴과 해양생물 다양성 보호 활동은 세계의 원양들에서 병행될 수밖에 없는 현실이다.

어업과 광물 그리고 해저의 유전 자산에 주로 관심이 쏠려 있는 한편으로, 가장 치열한 다툼은 식물성 플랑크톤처럼 앞뒤 따질 여유가 없는 중요한 자원에 대해 자원이 부족한 쪽에서 적극적으로 달려들면서 벌어진다. 이 놀라운 유기체는 막대한 양의 탄소를 축적하며, 따라서 원양과 근해의 생물 조건 자체를 뒷받침한다. 식물성 플랑크톤은 대부분 원양에 살고 있으며, 그것이 인류에 제공하는 생태적 서비스는 값을 매길 수도 없다. 이들은 지구상의 산소 50퍼센트를 만들어내며, 따라서 지구상에 생명 그 자체가 존속할 수 있게 해준다.

그 지지자들은 유엔 해양생물 다양성 협약이 우리 지구의 미래를 보장해줄 것으로 희망한다. 2050년까지 원양어업은 심각한 압박을 받을 것으로 보이며, 중대서양처럼 새로 떠오르는 원양어장은 2018년의 '중대서양 원양어업 비제한 방지협정'에 따라 새로운 어장이 될 수도, 못 될 수도 있다. 이 협정은 그런 어장화를 금지하려는 것은 아니며, 그 해역을 어장화하기에 앞서 16년의 유예기간을 두려는 것이다. 유예기간으로 다른 나라들은 30년 이상을 주장했는데도 중국은 겨우 4년만 두자고 제의한 것은 참으로 주목할 만하다.

한편 남극해는 더 큰 압력에 마주치고 있다. 특히 로스해 해양보호구역은 유효기간이 갱신되거나 연장되지 않을 듯하다. 이상적으로는 세계의 모든 원양이 해양보호구역이어야 한다. 그래야 어족들이 회복할 여유가 생긴다. 세계의 대양은 이미 산성화와 오염으로 극심한 변화를 겪고 있기 때문이다.

유엔은 세계의 원양을 어떻게 관리할 것인지에 대해 장기적 합의를 유지하느라 무진 애를 먹고 있다. 보호론자들은 세계 대양의 약 30퍼센트를 해양보호구역화해야 하며, 그것을 2030년까지는 달성해야 한다고 본다. 식량과 자원 안보 문제가 점점 절실해지는 이 세상에서, 그것이 과연 가능할지는 미지수다. 세계 원양을 둘러싸고 분쟁이 벌어질 수도 있다.

고의로 만들어진 무인지대

두 가지 유형의 무인지대는 앞으로 더 두드러지게 될 것이다. 첫 번째는 어쩌다 만들어진 것이며, 다른 하나는 일부러 설계된 것이다. 둘 다 새로운 국경 전쟁의 시대를 불러올 것이다. 인구 이동의 위기 규모가 커지는 효과의 하나는 이동 관련 불공정성이 세계적으로 늘어나는 것이다.

부유한 사람들은 방해받지 않고 이동할 권리를 누리고 싶어 한다. 그러나 가난한 사람, 절망적인 사람들이 똑같은 권리를 누리는 일은 바라지 않는다. 2019년 말, 일단의 중앙아메리카 이민자들은 두 나라의 하천 국경 사이에서 오도 가도 못하게 되었다. 두 나라 모두 그들을 원하지 않았기 때문이다. 강의 한편에는 멕시코가 있었고, 멕시코 국가방위대는 사람들이 수치아테강을 건너지 못하게 막았다. 다른 편에는 과테말라가 있었다. 이 오도가도 못함은 의도된 일이 아니었으며, 양 강둑 사이가 무인지대(tierra de nadie)라고 말한 사람은 이민자들 스스로였다.

디지털 기술과 가상 장벽 등등의 온갖 현란한 이야기가 돌아다니고 있지만, 애리조나나 텍사스 같은 미국 남부 주들의 국경 인근 마을과 구역들의 현실은 냉엄하다. 미국과 멕시코 사이의 자연 국경인 리오그란데강을 따라 강둑과 보안 철책 사이에 의도치 않은 무인지대들은 여기저기 흩뿌려져 있다. 농민들과 기타 거주민들은 구역 경계선이 그들의 땅을 가로지르는 바람에 매일 보안 게이트를 드나들며 살아야 한다. 변경지역 여론은 둘로 나뉘는데, 이민을 돕고 부추기는 쪽이 있는가 하면 국경 안보를 더 강화해야 한다는 쪽도 있다. 이 무인지대들은 미국 당국이 의도적으로 조성한 것이다. 보안 철책은 강둑에 세워질 수 없는데, 기초가 튼튼하지 않기 때문이다. 따라서 더 안쪽에 경계가 그어져야 했다.

국경 안보가 강화되면서, 이민자들은 국경을 넘을 다른 기회를 찾지 않을 수 없게 되었다. 남쪽 국경지대에 긴 장벽을 쌓고 싶었던 트럼프가 대통령으로서 열망을 실현하고자 하는 와중에 장벽 설치와 관련해서 그의 권위를 위협하는 법적 공방전도 벌어졌다. 텍사스주의 라레도시 주민들은 어떤 국경 장벽도 시를 가로질러 세워질 수 없다며, 그 벽은 리오그란데강의 생태계를 파괴하고 그 장벽이 이제까지 생활하던 곳에 접근을 차단하여 무인지대를 만들어낼 것이며 또 시, 주, 국가 경계를 더 복잡하게 만들 것이라고 주장했다. 주민들은 가령 국경수비대의 결정에 따라 그들의 땅에 접근하지 못하게 될까 봐 염려한다. 그렇다면, 그 땅은 장벽 너머 땅이 되고 말 것이다. 국경수비대가 국가안보 문제라며 그들의 출입을 아예 막아버릴 수도 있을 것이다.

유발데 같은 텍사스의 작은 도시, 변경 마을인 델리오에서 110킬로미터 떨어져 있는 유발데 같은 도시에서는 남쪽에서 온 이민자들과의 승강이를 벌이는 뉴스가 언론에 매일 등장한다. 유발데나 라레도나 불법 이민자들의 주요 밀수 경로에 있는 것으로 오래전부터 찍혀 있었다. 지역 공무원들은 연방정부와 주정부가 도통 반응이 굼뜨다고, 유발데 같이 작은 도시의 이민자 대처 방식이 샌앤토니오처럼 큰 도시들의 그것과 다르지 않다고 불평한다. 주요 고속도로와 철도를 따라, 지역사회들과 그 정치지도자들은 국가가 딴전만 피고 있다고 불평한다. 국가권력을 써서 밀어붙인 곳에서, 값진 자원이 별로 없는 지역을 포기해 놓고(또는 투자를 하지 않기로 해놓고) 먼 산만 보고 있다는 것이다. 마약 카르텔과 불법 이민 주선자들이 채산이 맞지 않거나 이민자 숫자가 하도 많아서 두 손을 들었다는 이야기는 꽤 오래되었다. 그러나 의도적으로 생겼든 아니든, 국경지대의 무인지대들은 범죄조직들의 온상이 되는 경우가 많다.

오도 가도 못하는 사람들

이민자 관련 위기는 2015년 이후 유럽에 영향을 주고 있고, 이 역시 의도치 않은 무인지대의 네트워크를 창출하고 있다. 유럽 언론은 철도역, 고속도로, 심지어 지하도가 이민자들의 살림터가 된 실태를 계속 보도하고 있다. 지역 경찰은 이에 개입하기를 꺼리는 것처럼 보인다. 인도주의 단체들은 종종 이렇게 국가가 두 손 놓은 사이 취약한 이민자들에게 긴요한 의약품 및 식료품을 제공하는 주역할을 떠맡곤 한다. 2015년 여름과 가을 내내, 언론은 크로아티아와 세르비아의 경계 사이에 무인지대가 계속 생겨나는 상황을 보도했다. 그런 국경들이 일정 기간 닫히면, 이민자들은 오도 가도 못하게 되었다. 주변 국가들은 피난처와 난민 지위를 요청하는 사람들에 대한 책임을 회피하고 있으며, 그것은 과거에 유대인 집단이 중부 및 동유럽에서 겪었던 시련을 떠올리게 한다. 1930년대와

40년대에 그들은 이 나라에서 쫓겨나고 저 나라에서 진입을 거부당한 채로 오도 가도 못하다가 끝내 비참한 운명을 맞이했다.

임의로 만들어지고 범위도 일정하지 않은 무인지대들이 세계 곳곳에서 우후죽순 생겨나고 있다. 이는 세계 인구가 더 늘어나고, 이동 또한 늘어나면서 더욱 눈에 띄게 증가할 것이다. 전 세계 기후변화의 규모와 영향력에 따라, 2050년까지 살던 땅을 떠나게 될 이주민의 숫자는 2억에서 10억이 될 전망이다. 게다가 우리는 또 다른 유형의 무인지대, 즉 사람만이 아닌, 그 어떤 생명도 살 수 없는 '무생명지대'를 만들어내고 있다. 이 모든 것의 불확실성은 매우 크다. 기후변화의 규모와 속도가 어느 정도일지, 그것을 완화하고 대응책을 찾는 국가의 능력이 얼마나 될지에 달려 있기 때문이다. 그러나 우리 앞에 더 많은 내전과 자연재해가 식량 및 에너지 자원 부족 사태와 함께 닥치리란 가능성을 결코 배제할 수 없다. 보전과 수탈의 균형점이 어디가 될지는 세계 공동의 자산에 대해 국제적 합의가 얼마나 단단히 이뤄지냐에 달려 있다. 인류의 미래는 우리가 어떻게 이 특별한 공간을 관리해 내느냐, 그리고 규범을 벗어나려는 국가와 기업에 대해 우리의 단합된 힘이 어느 정도로 발휘되느냐에 달려 있다.

미래의 무인지대, 그 두 번째 유형은 의도적으로 설계된 무인지대다. 국가 또는 기타 관련 세력들이 새로 무인지대를 만들고 싶거나 기존의 무인지대를 유지하고 싶어 하는 경우가 있다. 그것이 그들의 일정 목적에 부합하는 '회색지대'가 되어줄 수 있기 때문이다. 여기서 중점은 개별 정치 리더십의 계산에, 그리고 각국의 미래

안보에 대한 그들의 주장에 놓여 있다. 정치적·생태적 변화의 시대를 이끌어가는 일은 지정학적 기회주의를, 그리고 체제 수호를 명목으로 하는 노골적인 야욕을 불러일으킬 수 있다.

의도적으로 배양된 무인지대는 군사적 모험주의, 자원 약탈, 정치적 음모 등의 장이자 구역으로 기능할 수 있다. 2019년 12월, 터키의 에르도안 대통령은 에게해의 섬들과 진입 해역에 대해 그리스와 분쟁 중이라고 분명히 밝혔다. 대표적으로, 무인도인 카르다크(그리스 이름)/이미아(터키 이름) 군도는 1990년대 중반부터 양국간 긴장의 원인이었다. 당시 대통령의 발언이 주목된다. "에게해와 지중해의 소유자는 이들 바다에 면한 연안 국가 모두이다. 가장 긴 해안선을 가진 우리나라는 우리의 권리를 보호하고자 모든 자원을 동원해서 단호히 싸워나갈 것이다."

이 군도를 특별하게 만드는 점은 그 위치다. 그리스와 터키의 영해선이 그 군도를 지나간다. 제3국에서 작성한 지도는 이 군도를 동그라미에 넣고, 누구의 영토도 아닌 듯 그려놓았다. 이 섬은 현재 무인지대로, 터키가 연안 국경을 극대화하려고 마음먹는다면 언제라도 점령할 것이다.

남중국해에 짓고 있는 중국의 인공섬은 누구의 소유도 아니던 지리적 대상을 활용, 점거, 장기 거주가 가능하도록 만들려는 야심찬 공학적 시도다. 앞서 보았듯, 사주(砂洲)나 암초 같은 소형 지리단위가 점거된 다음 온전히 거주 가능한 '섬'으로 탈바꿈될 수 있다. 준설선 함대가 출동하여 작업하고 있고, 해양 시설과 방위력 증강에도 투자가 이뤄지고 있다. 중국 해군은 이 해역의 자원에 인접국들이 접근하는 일을 막고 싶어 하며, 미국을 포함한 타국의 항행권도 방해하려 한다. '해양 거부'(sea denial)라는 용어로 표현되는 이런 행동은 중국 군사기획자들의 치밀한 전략적 계산의 산물이다. 해안에서 수백 마일 떨어진 곳의 적함을 타격할 수 있는 탄도탄 요격 미사일을 원형으로 배치하려는 계획이 엿보인다. 그 궁극적 목적은 남중국해와 대만해협, 그 밖의 인도양과 태평양의 요처를 중국의 해군과 상선에게 안전한 곳으로 만드는 데 있다. 미군의 분석가들은 중국과 그 인접국들의 관계가 이 탄도탄 요격 미사일 시스템을 대함 미사일 시스템으로 확대할 가능성을 우려한다. 이로 인해 미 해군은 남중국해에서의 잠수함 순찰과 자유항행 보장 작전에 더 많은 투자를 해야 할 수도 있다.

한편, 팬데믹의 와중에 중국은 조용히 남중국해의 관문을 닫으려는 행정 절차에 들어갔다. 2020년 4월, 중국 민정부(民政部, 옛 내무부)는 산샤(三沙) '시'에 난샤(南沙), 지샤(西沙) 두 지구가 추가되었다고 발표했다. 이는 중국이 각각 스프레이틀리 군도와 파라셀 군도에 붙인 이름이며, 이로써 산샤는 그냥 도시가 아니라 200만 제곱킬로미터 정도를 포괄하는 해양 지역이 되었다. 베트남이나 말레이시아 같은 나라들이 외교적 항의에 나서고 있지만, 중국은 그들이 '역사적으로 우리 바다'라 주장하는 바다에서 심해 채굴과 메탄 하이드레이트(해저에서 발견되는, 이른바 '불타는 얼음')를 통한 에너지 수취를 계속 밀어붙일 것이다. 경제 상황이 안좋아지면서, 중국은 자원의 보고라 알려진 남중국해를 점령하고 방위하는 데 들어가는 비용을 전혀 아끼지 않으려 할 것이다.

이는 베트남처럼 더 규모가 작은 역내 경쟁국들이 러시아, 인도, 일본과 같은 더 강국과 손을 잡고 남중국해와 동중국해에서 에너지 및 광물 개발 프로젝트를 추진하도록 몰아간다. 팬데믹 이후 경제 쇠퇴의 정도가 얼마냐에 따라, 중국이 이 무인지대를 중국만의 바다로 바꿔놓으려는 야심의 강도도 달라질 것이다.

무인지대의 미래

무인지대는 모든 형태와 규모로 존재한다. 작고 특정 시간대에만 유지되며 임의로 만들어진 무인지대가 있는가 하면, 남극과 원양처럼 방대한 무인지대도 있다. 그리고 그 사이에 모든 형태와 규모의 무인지대가 있다. 그러나 이 모든 무인지대는 두 개의 해소하기 어려운 긴장에서 비롯되며, 그것은 우리의 지금 이 세상에서 더 뚜렷이, 더 급하게 나타나고 있다.

첫째, 긴장은 매우 불평등한 세계에서 사람의 이동을 관리하는 문제와 관련된다. 이 행성의 가장 부유한 지역인 유럽과 북아메리카의 경계를 따라, 무인지대들이 여기저기 솟아나는 모습을 볼 수 있다. 강둑을 따라서, 완충지대 내부에서, 심지어는 교량이나 공항 같은 공공시설에서, 사람들은 2개국의 사법 영역 안에 들어와 있음을 알게 된다. 2020년 2월과 3월 터키와 그리스의 국경지대에서 이민자들이 깨달았듯, 무인지대의 사람들은 여러 나라와 대륙에 걸쳐 벌어지는 지정학 게임의 졸이 되어버린다.

둘째, 남극이나 원양 같은 무인지대는 우리가 수십 년간 풀지 못하고 있는 문제를 더욱 첨예하게 보여준다. 어떻게 주권국가의 국제체제와 지구상에 생명이 유지되도록 해주는 고도로 통합된 자연체제 사이에서 현명한 판단을 내릴 수 있을 것인? 대양과 해양을 확고한 정치적·법적 경계로 나누는 일은 물고기, 고래, 새 같은 이동성이 매우 높은 종자들로 이루어진 자연과는 항상 조화롭지 못했다. 해양동물들을 위협하는 오염과 해양 산성화도 문제다. 이는 국경선 안에 머무르는 문제가 아니기 때문이다. 해양생물 다양성에 대한 유엔 협약 초안은 '국가의 사법 경계선 바깥의 구역'이라는 용어를 쓰고 있는데, 이는 공동의 자연이 더 훼손되는 일을 피하자는 집단의식이 얼마나 널리 퍼져 있는지를 보여준다.

그러나 다른 곳에서 분쟁이 발생할 소지도 있다. 주권국가의 영역 안에 존재하는 생물 다양성은 어찌할 것인가? 2019년 여름, 브라질과 프랑스 대통령 사이에는 아마존 분지의 화재를 두고 공개적인 설전이 벌어졌다. 마크롱 대통령은 브라질의 보우소나루 대통령이 자원 채취와 상업적 농업을 위해 의도적으로 저지른 산불을 두고 수수방관했다고 비난했다. 마크롱은 보우소나루에게 아마존을 마음대로 다룰 절대 권한이 없다, 그것은 다른 모든 인류에게도 결정적으로 중요하기 때문이라고 주장했다. 달리 말해, 그 지역의 생물 다양성은 브라질의 배타적 주권 주장을 원천봉쇄한다는 것이다. 보우소나루는 그런 '외세의 개입'에 분노했으나, 지구촌이 생물군계를 무인지대로 삼는 일은 충분히 검토할 만하다.

국제법? 지구 차원의 긴급사태 앞에 그런 게 다 무슨 소용인가? 그리고 이런 경우 외국의 개입은 열대우림, 산호초, 맹그로브 늪지대 등의 매우 중대한 환경을 보호하기 위해서라면 정당화될 수 있을 것이다.

6장

승인되지 않은 국경

서사하라(이전의 스페인령 사하라)는 논란이 심각한 영토를 가진 나라다. '사하라 아랍 민주공화국'(ADRW)의 무장 여성이 서사하라 메하이레스의 제4군사구역에서 기동 준비를 하고 있다. ADRW는 모로코의 점령에 단호히 맞섰으며, 아프리카연합의 회원국으로 승인받고 있다. 유엔은 서사하라를 '비자치 영토'(Non-Self-Governing Territory)로 규정하고, 30년 넘게 분쟁 해결을 위해 노력중이다.

어떤 국경이 승인되지 않거나 심지어 없는 것처럼 여겨지는 까닭은 다양하다. 국제법에서 국경의 '승인'(recognition)이란 해당 국경의 지리적 존재가 인지되고 그 법적 지위가 수용되었다는 뜻이다. 예를 들어, 미국-캐나다 국경이 국제적 승인을 받았다고 한다면 그것은 다른 국가들이 두 나라가 국경 관련 법규를 정하고, 관세 부과를 하며, 보안 및 감시 활동을 벌일 권리를 인정했다는 말이 된다.

국경 자체가 논란 대상인 세계의 여러 구역에서 당사국들은 언젠가는 공식 국경을 상호 승인하는 협정에 합의할 수 있을지 모른다. 유엔 결의안을 통과시켜 해당 국경에 대한 지지를 널리 끌어낼 수도 있다. 그러나 그게 실패하면, 당사국들은 정전협정이나 휴전선을 실제의 국경으로 여기는 암묵의 합의를 하게 된다. 그러나 그러한 '승인'이 이뤄지고 나면, 해당 국경선은 긴장과 도발로 점철되는 수가 많다. 예를 들어, 러시아와 에스토니아는 그들의 육지, 해상 국경선을 완전히 매듭짓지 못했다. 서로 상대가 신실하지 못하다며 그 책임을 서로에게 미룬다. 더 작은 나라이다 보니, 에스토니아는 국경이 승인 상태가 아니라는 점을 두고 강대국인 이웃 국가와의 장기적 관계에 불안을 느낄 수밖에 없다. 승인은 단지 두 나라 사이의 일만은 아니다. 2019년 12월, 보리스 존슨 영국 총리는 에스토니아로 가서 그 나라에 주둔 중인 영국군과 크리스마스를 보냈다. 유럽연합/NATO의 동쪽 경계와 에스토니아의 국경을 지키는 일을 돕는 것이 그 주둔군이 내세우는 목적이다.

따라서 승인은 국경처럼 뭔가 구체적인 것이 필요함과 동시에 국제적인 수용을 수반해야 한다. 세계의 가장 풍요로운 땅에 사는 많은 시민에게 이 국경 승인 딜레마는 이해하기 어려울 수 있다. 국경이 있고 그것이 승인된 상태가 당연하게 여겨지기 때문이다. 연례 설문 조사 결과는 '여권의 힘'이 유럽, 북아메리카, 중동 그리고 싱가포르 등의 국가에서 발급된 경우가 가장 크다는 점을 알려준다. 핀란드 여권 소지자는 170개국을 무비자 또는 도착 비자로 다닐 수 있다. 드러나지 않는 고수준의 승인과 신뢰가 있는 것이다. 반면 아프가니스탄 여권 소지자는 거의 모든 국가에서 따로 비자 신청을 해야 한다. 영화 〈터미널〉에서 톰 행크스가 분한 빅토르 나보스키는 가상의 나라인 크라코지아에서 비행기를 타고 가는 사이에 조국의 공식 승인이 취소되어 졸지에 무인지대 출신자가 되고 만다. 그는 뉴욕 JFK 공항에 도착했지만, 그곳에서 오도 가도 못하는 신세가 된다.

일반적인 국제 승인이 있고 없음은 중요하다. 국제법에서 국가 또는 유럽연합 같은 비국가기구가 스스로를 통치하는 데 있어서 그 점은 필수 요소다. 승인은 법적이자 정치적인 문제다.

유엔 회원국 자격은 유엔 헌장에 의해 "이 헌장에 명시된 책임을 준수할 수 있는 평화를 사랑하는 모든 국가"에 열려 있다. 말하자면 새 회원국이 되려는 국가는 기존 회원국들에 의해 '평화를 사랑하는 국가'임을 승인받아야 한다. 바티칸시티는 국가가 아니지만 특별히 1964년 4월에 영구 옵저버 자격을 부여받았다. 바티칸시티는 유엔 총회에 출석할 수 있으나 토론만 가능하고 투표권은 없다. 이 나라는 정회원 자격 신청을 하지 않기로 했다. 1948년에서 2002년까지 영구 옵저버 자격이던 스위스는 국민투표 결과에 따라, 2002년 3월에 정회원 자격을 신청하여 획득했다. 당시 국민투표 결과는 압도적으로 찬성이었으나, 이 나라의 중립성이 이로써 훼손된다는 비판의 소리도 없지 않았다.

팔레스타인과 대만의 운명

보다 논란이 많은 사례로, 팔레스타인과 대만의 운명은 어째서 국제 승인이 그 자체로, 또한 그 이상의 의미에서도 중요한지를 보여준다. 정당한 외교 및 정치적 주체로서의 승인을 받지 못한 상태로는, 어떤 유형의 국경 관련 합의도 이루어지기 어렵고, 때로는 아예 불가능하다. 결국, 팔레스타인은 2012년에 유엔 비회원 옵저버 자격을 얻었다. 그리고 2019년에는 (호주, 이스라엘, 미국의 비토에도 불구하고) 유엔 그룹 77(G77)의 의장국 자격도 얻어냈다. G77은 1964년 당시 77개 회원국이 있었으나 지금은 130개국 이상이 가입하여 아프리카와 아시아에 많은 신생 독립국의 집단적 목소리를 대외적으로 강화하려는 목적을 띠고 있다. G77 의장국이 되는 게 중요한 까닭은 팔레스타인기구가 웨스트뱅크와 가자지구를 포괄하는 독립 국가로 인정받고, 동예루살렘을 그 수도로 인정받는 데 큰 뒷받침이 되기 때문이다. 유엔에서 갖는 역할이 더 커졌음에도, 팔레스타인의 입지는 미국 대사관을 예루살렘으로 옮기도록 한 트럼프 대통령의 결정으로 더 취약해졌다. 그 결정은 상황을 더욱 곤란하게 만들었다. 2017년 12월, 미국이 예루살렘을 이스라엘 수도로 승인한다고 선언함으로써 그는 수십 년 동안 쌓아온 미국의 정책을 뒤집어 버렸다. 그러나 웨스트뱅크와 동예루살렘에 대한 이스라엘의 점령도 국제적 승인을 받지 못하고 있다. 지난 5~7년 동안, 유엔 안전보장이사회는 뉴욕 본부에서 팔레스타인의 지위를 높이는 투표를 거듭해 왔다.

대만의 운명은 더욱 가혹하다. 중국이 이 섬을 '반란 중인 자국 땅'으로 간주하고 있기 때문이다. 1949년 국공내전이 끝난 후, 자유중국 정부는 대만으로 피신했으며 중국 본토 및 기타 지역들은 중화인민공화국의 치하에 들어갔다. 자유중국(즉 대만)은 본래 유엔 회원국이었다. 그러나 그 땅은 자국의 일개 지방일 뿐이라고 고집하는 중화인민공화국의 주장에 따라, 1971년 대만의 회원 자격은 취소되고 대신 중국이 영구 회원국이 되었다. 8년 뒤, 마침내 미국도 중국을 유엔 회원국으로 승인했다. 그 이후 중국은 대만이 심지어 옵저버 자격으로도 유엔에 참여하지 못하도록 철저히 봉쇄하고 있으며, 이 섬의 지위는 논란 상태로 남아 있다.

2019년 7월 뉴욕, 대만 총통 차이잉원(蔡英文)은 대만의 사실상 대사관 역할을 하는 유엔 상주대표부 리셉션에서 "대만은 회원 자격 획득을 계속 추진할 것"이라고 밝혔다. 대만이 독립 국가로 승인받지 못하고 있어서, 뉴욕 주재 '대사관'은 공식적으로 '대만경제

문화대표처'라 불린다. 차이 총통은 그 리셉션을 파라과이, 세인트 빈센트 등 대만을 승인한 작은 나라들에 감사를 표시하는 자리로 활용했다. 계산된 전략의 하나로 보이는 대만 지도부의 카리브해 외교 투어는 워싱턴에 어필하기 위한 방안이다. 미국이 2019년 대만에 (전차 100대와 스팅어 미사일 등을 포함하는) 200억 달러어치의 무기 판매를 결정한 일도 이런 투어에 열기를 더했다. 2017년 1월에 트럼프가 대통령이 된 뒤, 대만은 군사훈련, 군사장비, 어뢰 등을 포함한 몇 가지 주목할 만한 선물을 받았다. 2017년에서 2019년 사이 이루어진 네 차례의 무기 거래 총액은 400억 달러를 넘었다.

이런 군사 원조는 문제가 없다. 그렇지만 널리 국제적 승인을 얻는 일은 대만이나 팔레스타인에 워낙 힘든 과제다. 중국은 자유중국의 독립을 인정하지 않을 것이며, 이스라엘과 미국도 팔레스타인을 받아들이려 하지 않을 것이다. 2018년 12월, 호주도 서예루살렘을 이스라엘의 수도로 인정했다. 다만 동예루살렘에 대해서는 그러지 않았으며, 평화협정이 이뤄지기 전에는 서예루살렘으로 대사관을 옮기지 않겠다고 밝혔다. 이 모든 것이 미국과 그 전략적 동맹국인 이스라엘에 잘 보이려는 호주의 깊은 뜻을 보여준다. 결국, 중국과 미국의 국력 앞에서는 약소국들, 심지어 호주나 캐나다 같은 '중소강국'들조차도 팔레스타인이나 대만을 지지하는 태도를 보이는 데 신중할 수밖에 없다. 국제사회가 승인을 유보할 때, 세계는 참으로 외로운 곳이 된다.

승인되지 않은 국경은 특정 시기나 장소에 특히 많이 나타났다. 가령 1980년대 말과 1990년대 초 소련과 유고슬라비아의 붕괴로 수많은 신생국가들이 빠르게 탄생되었고, 이로써 새로 그어진 국경을 승인할지에 대한 빠른 판단이 요구되었다. 이 과정은 1991년의 슬로베니아처럼 상대적으로 고통이 덜했던 경우에서 보스니아-헤르체고비나처럼 거칠고 치열했던 경우까지 다양하게 전개되었다. 후자의 경우, 결국 잔인한 내전이 일어나서 수만 명이 숨졌다. 보스니아는 사실상 분열된 국가로 남았다.

코소보의 어정쩡한 존재 역시 시사적이다. 2008년의 국민투표는 그 다수 주민이 세르비아로부터의 독립을 원하였으나, 소수파인 세르비아계는 일제히 반대표를 던졌다. 그 뒤, 코소보는 계속 독립을 추진해서 마침내 선언했다. 2010년 국제사법재판소 판결로 그 선언이 국제법에 저촉되지 않음이 확인되었고, 코소보는 100개국 이상의 승인을 얻었다. 그러나 세르비아와 그 가까운 동맹국인 러시아는 승인에 동참하지 않았다. 중국 역시 독립 승인을 거부했다. 코소보는 유엔 회원국이 될 가망이 없는데, 러시아가 비토하고 있기 때문이다. 그러나 세르비아의 유럽연합 가입 요청 문제가 코소보의 독립 승인 문제와 연동될 가능성이 있다. 2020년, 유엔 평화유지군은 두 나라가 다시 전화에 휩싸이지 않게끔 아직도 수도인 베오그라드와 프리슈티나에 각기 주둔하고 있다.

미승인 국가와 불안정한 국경

세계 곳곳에 수많은 미승인 국가들이 있다. 키프로스 섬을 둘로 나누는 무인지대는 니코시아의 바리케이드 쳐진 거리들, 버려진 건물들, 그리고 이 섬의 고원과 평원에 뱀처럼 구불거리며 들어서 있는 완충지대로 표현된다. 앞서 보았듯, 키프로스 공화국은 영국의 이른바 독립기지구역(UK sovereign base areas)과 '북키프로스 터키공화국'(TRNC)이라는 승인되지 않은 땅을 포함한다. TRNC의 법적·정치적 존재를 승인한 나라는 터키밖에 없다. 이곳에서는 터키의 리라가 유일한 법정 화폐이며, 이곳을 방문하려는 사람은 반드시 '국경'에서 공식 여권-신분증 심사를 거쳐야 한다. TRNC의 탄생은 이 섬이 1974년 터키의 침공 이후 분단된 데서 비롯되었다. 휴전이 이뤄졌음에도, 이 섬과 수도인 니코시아는 분단된 채로 남았다. 유엔 평화유지군은 계속해서 그리스어 사용 주민과 터키어 사용 주민들 사이의 확실하고 비군사적인 장벽으로서의 통제선을 지키고 있다.

2004년에 키프로스가 유럽연합에 가입했을 때, 이 문제 많은 섬이 언젠가 다시 통일되는 데 조금이나마 보탬이 되지 않을까 하는 희망이 있었다. 그러면 승인되지 않은, 하지만 현실적인 국경은 지도에서 말끔히 지워질 것이기 때문이다. 그리스는 키프로스의 유럽연합 가입을 허용하며 유럽연합이 동부-중부 유럽으로 팽창하는 것에 대한 기존의 반대 입장을 접었으며, 브뤼셀의 일부 유럽연합 관리들은 이것이 키프로스 통일의 기폭제가 될 수 있으리라 기대했다. 그러나 이 섬의 불안정한 지위를 안정시키는 건에 대한 국민투표는 그리스계 키프로스인들의 충분한 지지를 얻는 데 실패했다. 결국, 키프로스는 분단된 상태로 유럽연합 회원국이 되었다. 미승인 국가인 TRNC는 유럽연합 회원국 자격에서 제외되었으며, TRNC가 독립을 추구할지, 아니면 계속 통일을 모색할지에 대해 터키의 정치 엘리트들은 입장이 오락가락하고 있다. TRNC의 인구는 30만 정도며, 키프로스 공화국의 국민 수는 100만을 좀 넘는다.

이 섬의 미래는 영국군 독립기지구역, 그리고 이른바 유지 지구들이 키프로스 곳곳에 퍼져 있어서 더욱 복잡하다. 이는 1960년의 보장 조약에서 영국, 터키, 그리스가 키프로스의 영토적 완전성과 안보를 보장하기로 하면서 둔 조건의 유산이다. 터키군이 1974년에 침공했을 때, 그들은 이 조약을 내세우며 그 행동을 정당화했다. 이 이중사회의 섬에서 터키어 사용 주민들의 지위를 보호하기 위해 개입했다는 것이었다. 1974년 이후, 이 섬의 정치적 지리는 TRNC, 주권기지구역, 키프로스 공화국과 유엔 완충지대로 짜여 있었다. 표지판은 방문객에게 이 경계가 어디쯤이며 어디서 끝나고 또 어떤 게 시작되는지, 또 감시탑, 지뢰밭, 철조망 장벽 등등이 국경의 터키 쪽 위주로 어떻게 배치되는지를 알려주고 있다.

TRNC가 계속 미승인 상태로 남아 있는 것 또한 이 섬을 더 잘게 자르는 원인이 된다. 2019년 7월, 에르도안 터키 대통령은 키프로스의 터키어 사용 주민이 어려운 상황에 빠져 있다면 “1974년의 개입을 얼마든지 되풀이할 수 있다”고 밝혔다. “러시아어를 사용하는 사람이면 어디 있든지 보호해 주어야 한다”고 한 푸틴 대통령의 말에 호응하여, 에르도안은 터키 침공 45주년을 기념하는 자리에서 이렇게 말했다. '침공' 대신 인도적 냄새가 나는 '개입'이라는 단어를 쓰면서도, 터키가 이처럼 단호한 태도를 보인 것은 가장 최근 키프로스의 지위를 놓고 벌어진 설전과 관련이 있었다. 그것은 내륙보다 근해의 문제에 더 치우친 설전이었다. 동지중해의 석유와 천연가스 자원이 그 핵심이었고, 터키, 그리스, 키프로스 공화국은 누가 이 잠재적 자원을 개발하고 수취할 것인지에 대해 의견이 엇갈렸다.

처음에는 이스라엘 근해에서 천연가스가 발견되었지만, 2011년에는 키프로스 근해에서 '아프로디테'라 이름 붙여진 대규모의 가스전이 나왔다. 그 매장량은 15년 동안 개발하여 100억 달러에 상응하는 양으로 추정되었다. 하지만 그 발견을 계기로 터키와 키프로스가 밀월관계에 들어간 것은 아니었다. 키프로스 공화국은 어쩌면 당연하게도 그 가스전을 쉘(Shell)사를 포함한 해외 파트너와 개발하려 했고, 그들과 개발 및 생산 협약을 맺었다. 그리고 정제한 천연가스는 인접한 이집트에 팔 계획이었다. 그러나 터키는 키프로스가 부유해지면 그리스계의 주도로 TRNC를 현재 키프로스, 이스라엘, 이집트가 참여 중인 동지중해 천연가스 포럼에서 배제해 버리지 않을까 우려했다. 터키가 그 단체에 가입하지 않은 까닭은 자국이 키프로스 공화국과의 해양 경계를 어떤 식으로든 승인한다는 표시를 하지 않기 위해서였다.

오늘날 논란이 되는 동지중해 해역에서의 석유와 천연가스 탐사는 승인된 국경과 승인되지 않은 국경을 넘나들며, 영토 탈환 프로젝트와 결부되어 있다. 터키가 키프로스 공화국의 해상 경계선을 승인할 경우 에너지 문제에서 추가로 협상을 해야 할까 봐 승인을 미루고 있는 한편, 키프로스와 그 밖의 나라들은 TRNC를 승인하지 않으면서 이 '나라'가 아무런 해상 주권을 요구할 수 없다고 보고 있다. 동시에 그리스와 키프로스는 TRNC가 천연가스 수입의 혜택을 볼 권리를 승인하려 하지 않으며, 그렇게 하면 TRNC의 정치적·법적 정당성을 인정할 뿐 아니라 국경선도 승인하는 것이 된다고 보고 있다. 키프로스 공화국의 입장은 석유와 천연가스로 얻는 모든 수입은 앞으로 이 섬에 평화가 정착된 뒤에나 나눌 수 있다는 것이다. 그러나 천연가스를 에너지 부족에 허덕이는 이집트에 판매하기로 함으로써, 키프로스 공화국(그리고 그 나라와 제휴한 미국, 이스라엘, 네덜란드의 기업들)은 역내 지지를 끌어모으기 위한 '탄화수소 정책'을 펼치는 셈이다. 한편 터키는 논쟁 구역에 전함과 시추선을 보냄으로써 TRNC의 이익을 수호할 뜻을 나타내고 있다.

에게해와 지중해에서의 '바다 따먹기'

문제의 해역은 결코 심상치 않다. 터키와 키프로스 공화국의 배타적 경제수역이 이미 겹쳐 있으며, 이 섬의 사실상의 분단 때문에 조정도 어려운 상태다. 터키의 후원을 받는 미승인 국가 TRNC는 자국도 배타적 경제수역을 갖고 있다고 보고 있다. 그리스와 키프로스는 유럽연합이 터키에 대한 규제를 통해 압력을 행사하기를 바라며, 터키는 이제 그 문제에 대해서는 온건한 태도를 보인다. 그러나 이 문제가 그리 간단치 않은 까닭은 육상 영토에 대한 합의 불발은 영해와 배타적 경제수역에 대한 의견 충돌로 곧장 이어지기 때문이다. 승인은 자원 소유와 수취에 중대한 의미가 있다.

유럽연합은 2015년 이후 난민 문제를 두고도 터키와 껄끄러우며, 터키의 유럽연합 가입에 대한 수락 의사를 철회할 조짐마저 보인다. 유럽연합 가입에 대해 냉랭한 태도를 유지하는 와중에도 EU는 이른바 '가입 분담금'을 터키에 계속 할당하고 있다. 최근에는 터키 내부의 인권 문제 악화로 인해 금액이 좀 줄어들긴 했지만 EU는 자금 자체를 끊을 생각은 없다. 터키가 동지중해와 중동에서 갖는 중요한 역할 때문이다. EU는 자금 지원은 계속 하겠지만, 그리스와 키프로스의 편에 서면서, 직접 키프로스 통일 과정에 개입할 가능성은 일체 부정하고 있다.

터키가 무기 거래를 위해 러시아 쪽으로 돌아서고, 기존의 NATO 동맹국인 미국과는 멀어짐에 따라 상황은 더욱 복잡해진다. 이는 터키가 터키 국내만이 아니라 이라크, 시리아에 있는 쿠르드 사회에 강경하게 대함에 따라 미국-터키 관계가 틀어진 이후의 일이다. 자립을 위한 쿠르드족의 투쟁은 터키의 지정학 역사에 깊이 새겨진 불안정한 국경 문제를 드러냈다. 북부 이라크에 쿠르드 지역 정부를 창설하려는 쿠르드족의 야망을 미국이 시리아 북부에서 미군을 철수시키는 형태로 지원했지만, 트럼프 행정부는 터키와 시리아 신정부 사이에 새 국경 협상을 벌일 가능성에 대해 그린라이트를 보낸 셈도 되었다.

일부 관측통들은 에르도안 대통령이 더 공격적인 전략에 의

존, 시리아 북부를 '안보 완충지대'로 활용하려 할 뿐 아니라 키프로스에, 그리고 심지어 더 작은 그리스 섬들에 손을 뻗으려 할 수 있다고 우려한다. 시리아 북부의 어디든 터키가 점령할 경우 그 보복으로 터키에 경제 제재를 가한다면, 그 지역 전체에서 반향이 일어날 수 있다. 이 지역의 복잡한 긴장에 한술 더 뜨는 것은 미국과 이스라엘 기업이 참여하고 있는 동지중해의 석유와 천연가스가 누구의 소유인가 하는 논쟁이다. 또, 이스라엘은 터키의 오랜 동맹국이기도 하며, 터키는 이스라엘을 승인한 최초의 이슬람 국가다. 리비아 석유산업과 연계되어 있으며 부채 부담이 큰 터키에도 투자 중인 중국도 지리·경제적 참여자다. 또 한 가지 주목할 점은 터키가 자국 부채를 줄여주고 무역 조건을 개선해주는 대가로 중국이 동지중해에 접근할 기회를 보장해 주고 있다는 사실이다.

영국군 독립기지구역 역시 키프로스의 상황을 복잡하게 만드는 요인의 하나다. 애크로티리와 데켈리아의 두 구역에는 영국인과 키프로스인이 살고 있으며, 약 1만 명의 키프로스인이 거주하는데 부분적으로 바다에 면해 있다. 키프로스 주둔 영국군은 그 구역들과 그 밖의 관련 장소들을 지키는 책임을 맡고 있다. 영국은 이들 구역에서 3해리 정도의 해역을 구역 안보의 핵심으로 주장하는데, 아직까지 배타적 경제수역은 거론하지 않고 있다(그러면 키프로스, 그리스, 터키 모두의 반발에 직면할 것이다).

브렉시트는 이 지역의 중대성을 더욱 키워주었다. 독립 기지구역은 유럽연합 일부가 아니라 영국의 해외 영토다. 그러면서도 유럽연합의 일부 법률을 준용하거나 적용하고 있다. 애크로티리 구역은 키프로스와 경계가 맞닿아 있는데, 데켈리아는 TRNC와 경계를 짓고 있다. 브렉시트 이후 영국이 키프로스와 어떤 협정을 맺더라도, 영국 정부는 독립 기지 구역을 유지하려 할 것이다. 그야말로 영국과 NATO의 중요한 정보 수집 센터이기 때문이다. 한편 영국과 어떤 협정을 맺더라도, 키프로스는 독립 기지 구역을 돌려받든지 최소한 그 기지 인근 땅에 대한 영토권을 다시 보장받으려 할 것이다. 영해권의 장래도 영토권의 장래 이상으로 키프로스에 중요하다. 터키가(아울러 그 나라와 친한 중국, 러시아가) 어떻게 나올지 모른다면, 영국군의 존재는 키프로스에 유리할 수도 있다.

키프로스의 상황은 여러 참여자가 제각기 목소리를 내는 복잡한 논쟁의 도가니다. 종종 논쟁의 중점은 국경을 넘어 저질러진 범죄와 그린라인 인근의 지역적 문제에 그치지만, 진짜 심각한 문제는 해상에 있다. 석유와 천연가스의 수취, NATO 회원국인 터키와 미국 사이의 날로 악화하는 관계, 터키와 (키프로스와 그리스가 회원국인) 유럽연합의 껄끄러운 관계 등이 장차 갈등을 촉발할 수 있다.

키프로스 공화국의 입장에서 최악의 지정학적 시나리오는 터키가 중국, 러시아와 가까운 동맹이 되는 동시에 NATO 회원국이라는 점을 이용해 미국의 우호를 끌어내는 것이다. 2019년, 터키는 안보 및 에너지 관련 합의를 이뤄냄으로써 리비아와 한편이 되었다. 유럽연합의 규제 강화라는 위협 역시 터키가 국경을 둘러싸고 더욱 호전적인 태도를 보이고, 해양 자원을 수취하려는 키프로스의 시도에 강경하게 나오도록 만들 여지가 있다. 따라서 키프로스 통일은 차치하고라도 그 어떤 평화협정도 전망이 암울할 수밖에 없다. 터키는 카스텔로리조 같은 그리스의 다른 작은 섬들을 터키 해안에서 가깝다는 이유로 점령할 수 있다. 앞으로 에르도안 대통령은 터키 남부 해안에서 가까운 작은 그리스 섬들 때문에 NATO가 터키와 전쟁을 감행하지는 않으리라 추정할 수도 있다. 그리스 정부 역시 터키가 NATO 회원국 중 두 번째로 큰 상비군을 갖고 있으며 1955년 이래 인질리크 공군기지에 미군을 주둔시키고 있음을 간과하지는 못할 것이다. 그런 점령이 실제로 일어나면 어떤 결과가 나올까? 터키가 동지중해에서 리비아와 함께 대대적으로 동지중해의 대륙붕 자원을 수취하려는 계획에 그리스가 끼어들지 못하게 할 협상의 칩으로 쓰일 수 있다. 국경 다시 긋기, 해저 자원 편취하기, '바다 따먹기'와 작은 섬들 점령하기 등은 앞으로 동지중해에서 일어날 수 있는 불안한 사건들이다.

승인되지 않은 국경으로서의 남극

우리는 남극을 무인지대로 여기고 있다. 하지만 이 땅은 한편으로 매우 많은 승인되지 않은 국경들의 교차점이기도 하다. 우리는 심지어 승인되지 않은 국경의 영향을 받는 세계 최대의 땅이야말로 남극이라고 주장한다.

1908년 이래, 남극 영유권을 주장한 나라는 아르헨티나, 칠레, 노르웨이, 프랑스, 뉴질랜드, 호주, 영국으로 모두 7개국이었다. 이 극지에 대한 영토권을 처음 주장한 나라는 영국이었으며 가장 규모가 큰 주장자는 호주였다. 두 남미 국가들, 아르헨티나와 칠레가 남극은 자국의 영토가 뻗어나간 연장선상에 있다고 주장하는 동안, 유럽과 오세아니아의 영토권 주장자들은 그들이 옛날 수행한 탐험과 발견, 자원 채취 그리고 과학 탐구 목적으로 계속해서 자국민이 남극에 정주해온 사실을 내세웠다. 남극을 춥고, 바람이 매섭고, 말라붙었으며 머나먼 곳에 있는 곳이라고 생각하기 쉽겠지만, 실제 정책결정자들의 상상 속의 남극은 유달리 자원이 넘쳐나는 변방이었다. 제임스 쿡 선장은 18세기에 거대한 빙산과 바다로 이루어진 남극을 만나고서 이게 대체 무슨 가치가 있는 땅일까라고 생각했을지 모른다. 그러나 다른 이들은 그렇지 않았다.

1820년대에 인류가 남극에 처음 발을 디딘 뒤, 남극반도 지역과 사우스조지아 등의 외곽 섬들은 특히 물개잡이와 고래잡이의 성지가 되었다. 쿡 선장의 보고서는 해양 포유동물이 넘쳐나는 바다를 묘사하고 있다. 물개가죽과 고래 및 물개 기름은 세계적 수요를 가진 산업이었다. 1820년대와 1830년대에 수십만 마리의 물개들이 잡히고, 그 가죽은 북아메리카와 유럽으로 팔려나가 옷과 모자로 만들어졌다. 중국의 광저우(廣州)는 중국 시장의 주요 공급처가 되었다. 물개잡이들은 여름에 집중적으로 물개를 사냥하고 길고 어두운 겨울 시즌에는 캠프를 버리고 철수했다. 한편 고래잡이들은 남극의 해안을 따라서 기지들을 건설, 고래를 잡고 해체 작업을 하기 위한 시설을 마련했다. 고래기름은 난방에 쓰였으며 19세기 말이 되어서야 등유 등의 다른 연료로 대체되었다. 고래기름은 또한 화약 생산에도 필수 재료였으며, 나중에는 마가린을 만드는 재료도

되었다. 특히 노르웨이와 영국은 남극 북부에서 포경 산업이 번영하는 데 도움을 아끼지 않았고, 그 산업은 1960년대 초까지 이어졌다.

1908년, 영국이 처음으로 남극 영토권을 주장했을 때 그 이유는 자원과 관련되어 있었다. 영국은 포경 산업과 물개가죽 산업을 좌지우지하고 싶었고, 노르웨이가 영국이 정한 규칙에 따르게끔 함으로써 더 큰 이익을 취하려 했다. 이후 30년 동안, 다른 6개국이 대륙의 여러 부분을 두고 각자 영토권을 주장했다. 1943년에 영토권 주장 대상이 아닌 남극 땅은 태평양에 면한 부분밖에 남지 않았다. 그 땅은 남극 대륙의 가장 도달하기 어려운 곳이었고, 영국은 미국 같은 우호국이 나중에 그 구역 영토권을 주장해 주기를 바랐다.

구역을 나누는 것과 비슷한 접근에 따라, 남극은 여러 조각으로 세분되었다. 비록 남극반도의 경우처럼 영국, 아르헨티나, 칠레가 저마다 영토권을 주장하는 구역들도 있었지만 말이다. 미국과 당시의 소련은 어떤 나라의 영토권 주장도 일체 승인을 거부했으며, 자국의 영토권 주장은 나중에 하겠다고 선언한 것은 주목할 만하다. 유럽 국가들과 호주가 서로의 주장을 승인해준 것 외에는 아무도 상대국의 영토권 주장의 정당성을 인정하지 않았다.

제2차 세계대전의 조짐이 점점 커지자, 세계는 남극과 관련된 문제를 마주하게 되었다. 당시 아주 소수의 국가들만이 그 문제와 관련되어 있었다. 독일은 열성적으로 남극을 탐사해왔으며, 영국은 나치 독일이 이 대륙의 영유권을 주장할까 두려워했다. 비록 당시로는 남극 지도가 엉성하게 작성되어 있었고 종종 하나 또는 두 개의 큰 섬으로 여겨지고 있었지만 말이다. 노르웨이는 1939년 영국의 지지를 받으며 1930년대 초 당시 영국과 호주가 자기들 영토라고 주장하는 지역들 사이를 차지하겠다고 했다. 1939년 가을에 독일이 폴란드를 침공할 즈음, 제국들과 남극 영토권 경쟁자들은 남극에 대해 수륙 양면 모두 잘 짜인 지도, 탐사, 조사, 자원 채취 수단을 갖추고 있었다. 상황은 걷잡을 수 없이 확대되었다. 여러 나라가 원정대를 보냈으며, 그 중에는 1940년대 말 그 지역에 전략적 거점을 마련하기 위해 소함대를 보낸 미국도 있었다.

아주 독특한 해결책으로 나온 1959년의 남극 조약은 남극 대륙과 그 주변 대양을 '평화와 선의의 구역'(peace and goowill zone)으로 선포했다. 1957년에서 1958년(국제 지리 물리의 해)의 협력 정신을 이어서, 12개 체결국들은 남극의 복잡한 소유권 문제를 과학과 국제 협력이라는 방법으로 풀고자 했다. 이 조약에 서명함으로써, 모든 당사국들은 7개 영토권 주장 국가들의 권리가 유보되었음을 받아들였다. 냉전의 와중에서, 특히 미국은 남극이 또 다른 불화의 장이 될 수 있음을 인식했다. 남극이 핵실험장과 자원 편취의 장으로 이용될 가능성도 높았다. 남극 조약은 모든 당사국이 이 대륙을 비핵화하고 비군사화할 것을 규정한다. 하지만 그 조문 어디에도 광물 채굴 문제에 대한 언급은 없다.

이후 60년이 지나면서 남극 조약 가맹국은 12개국에서 50개국으로 늘었다. 특히 1980년대와 1990년대에 브라질, 인도, 중국 같은 나라들이 추가로 가입했다. 1950년대 말 당시에는 대체로 소외되어 있던 남부 국가들이 참여한 것이다. 영토권 문제와 국경 승인 문제가 해결되지는 않았지만, 점점 더 중점은 어업권을 비롯한 자원 문제로 넘어갔다. 광물자원 개발 문제는 1980년대에 격론이 벌어지는 대상이었지만, 이후 가맹국들은 '환경보호 의정서'를 채택하여 모든 형태의 채굴과 광물자원 이용을 금지했다. 대신, 생물학 연구와 관광 쪽에서 신산업이 발달했다. 관광의 경우 남극의 생물학적·미학적 가치를 활용한다. 한편 남극해에서 어업은 상대적으로 덜 발달했다고 볼 수 있다.

중국의 의심쩍은 태도

앞으로는 어떻게 될까? 그 질문에 답하려는 사람은 어느새 이 지역에서 활발히 활동하고 있는 국가인 중국을 가리킨다. 남극 영토권을 주장하지 않은 국가로서, 중국은 남극 조약의 체제를 자국 이익 증진을 위해 활용한다. 좋은 예는 그 나라의 '특별 관리 지역' 창설 방안인데, 남극의 빙하가 가장 두텁게 쌓인 돔 A 지역 내 중국이 세운 쿤룬(崑崙) 연구기지 주변에 그런 지역을 설정하자는 것이었다. 중국은 환경 보전에 일익을 담당한다는 명목으로 각국에 보장된 학술연구기지의 활용에 대한 권리를 최대한 활용하여 극지대에 자국의 경계를 설정하려고 한다. 마치 얼음으로 된 인공'섬'처럼 그 기지는 특별 환경보전지역으로 둘러싸인 곳이 될 터였다. 중국의 제안에 따르면 약 2만 제곱킬로미터의 지역이 특별 환경 관리 및 감시 지역으로 묶이게 된다. 그러나 이는 다른 국가들의 환영을 받지 못했다. 그들은 중국이 이 특별 지역을 이용해서 자국의 주권을 굳히려 한다고 의심했다. 워낙 오지 중의 오지인 돔 A 지역에는 다른 국가가 드나들 수 없다는 사실에도 불구하고 말이다.

중국은 또한 해양보호구역을 확대하자는 계획에 가장 강력하게 반대하고 있는 국가 중 하나다. 그리고 중국은 러시아와 함께 2017년 로스해 해양보호구역 제정 협정에 끝까지 불만을 표시했던 나라이기도 하다. 중국은 해양 보호와 공간 기획이 뉴질랜드 같은 남극 영토권을 요구하는 나라가 자국의 주권을 내세우기 위한 수단으로 쓰인다며 이에 반대했다. 바로 다른 나라들이 돔 A에서 중국이 벌이고 있는 일에 반대하는 것과 같은 이유다. 중국은 또한 앞으로 해양보호구역을 추가하는 일도 반대할 가능성이 있는데, 중국 어선들의 남극해 조업을 계속하기 위해서다. 남극 조약이 참가국들의 합의에 근거하고 있는 것처럼, 중국을 어떻게 대할 것이냐에 대해 관계국들의 의견 일치가 필요한 상황이다.

로스해(Ross Sea) 해양보호구역은 첨예한 대립을 보여주는 예다. 미국과 뉴질랜드의 제안으로 설정된 그 구역은 남극에 대한 매우 다른 두 개의 시각을 반영한다. 하나는 남극을 미개발된 자원의 보고로 보는 시각이며, 다른 하나는 환경을 더 열심히 보전해야 할 지역으로 보는 시각이다. 특히 호주는 중국의 진의를 몹시 우려한다. 비록 호주 정부가 태즈메이니아를 통해 중국이 남극에 물자를 보급하는 일을 지원하고는 있지만, 중국이 앞으로 보일 행동에 대해서는 경계를 거두지 않고 있다. 가장 큰 영토 요구국가로서, 호주는 중국이 과학 연구, 관광, 물자 보급 등으로 이 대륙에 점점 더 많이 발을 디딜수록 가장 입장이 취약해질 듯하다.

남극의 미승인 국경은 1959년 남극 조약과 관리 체제의 수립의 바탕이 되었다. 조약 당사국들은 불확실한 주권 상태에서 상호 협력하기로 합의했다. 영토권을 주장하는 7개국은 각자가 주장하는 남극 영토 지분을 포기하지 않았지만, 국경을 포함한 그 지분이 더 큰 국제사회의 승인을 받지 않은 것도 받아들이기로 했다. 그 결과, 남극의 수륙 어느 쪽에서든 벌어지는 활동은 늘 논란의 여지가 있다. 주권과 국경에 대한 승인이 없는 상태에서 환경 관리, 어족 보호, 관광 기획 및 과학 연구 활동 등은 모두 지구촌이 미래 사용에 대한 합의를 어떻게 확보하느냐에 달려 있다.

모로코에 대한 유럽의 입장

서사하라는 앞서 스페인령 사하라로 불렸다. 인구 56만에 26만 제곱킬로미터의 면적(인구 6천만의 영국과 비슷함)을 가진 이 나라는 논쟁 중인 영토다. 대부분 사막이며, 세계에서 가장 인구 분산도가 높은 땅에 속한다. 이 종전의 스페인 식민지는 1975년, 프랑코(Franco) 정권이 무너진 직후의 권력 공백을 노린 모로코에게 점령되었다. 모로코와 모리타니는 이 권력 공백을 최대한 이용하고자 앞 다투어 자국 군대를 이 땅에 보냈다. 모리타니는 나중에 군대를 철수시켰지만 모로코는 계속 주둔시켰다. 그때부터 모로코는 서사하라 원주민들과의 끊임없는 싸움에 돌입했다. '폴리사리오 전선'의 영도 아래 서사하라인은 '사하라 아랍 민주공화국'(SADR) 창설을 위해 싸웠다. SADR 정부는 알제리 국경과 인접한 지점에 망명정부를 수립하였으며, 1970년대와 1980년대에 걸쳐 모로코 점령군에 대한 오랜 봉기 투쟁이 이어졌다. 공식적으로 볼 때, SADR은 80개국 정도의 승인을 얻었다. 가령 독일과 스웨덴은 SADR을 서로 다른 포럼에서 승인했으며, 1982년에는 아프리카단결기구도 승인에 동참했다. 그러나 미국, 러시아, 중국 그리고 전체로서의 유럽연합은 아직 승인하지 않은 상태다.

1990년대 초, 유엔이 주선해서 이루어진 휴전은 서사하라의 독립을 주민투표로 정한다는 전제를 깔고 있었다. 그러나 주민투표는 열리지 않았고, 그 사이에 논쟁 대상 영토는 완충지대를 중간에 두고 둘로 갈라졌다. 어업과 인산 채굴이 가능한 서쪽 구역은 모로코가 통제하고, 동쪽 구역은 폴리사리오 전선이 통제하게 되었다. 러시아의 크림 침공에 유럽연합이 보였던 태도와는 전혀 대조적으로, 유럽연합 국가들은 주민투표 실행에 미적지근했는데 그것은 유럽연합이 지중해를 넘어서 이민과 마약이 들어오는 것을 차단하기 위한 중요한 전략적 파트너로 모로코를 두고 있었기 때문이다. 특히, 일찍이 모로코를 식민 지배했던 두 나라인 스페인과 프랑스는 이 북아프리카 국가에 대한 비판에 조심스러운 입장이다. 스페인은 모로코와 중대한 경제적·전략적 관계를 맺고 있으며, 많은 모로코인이 스페인의 농업과 서비스업에 종사하고 있다. 스페인은 북아프리카에 세우타와 멜리야라는 두 군데 영토를 가지고 있는데 모두 모로코와 접해 있다. 이 지리적 근접성과 경제적 긴밀성 때문에 스페인은 모로코에 국경 순찰 비용을 제공하도록 유럽연합에 로비하고 있는 상황이다.

모로코의 점령을 승인하지 못하겠다는 공격은, 유럽 사법재판소 같은 법적 기구에서 나오고 있다. 이 재판소는 2016년 12월에 유럽연합-모로코가 합의한 농업 관련 내용을 서사하라의 논쟁 대상 영토에 적용할 수 없다고 판결했다. 유럽연합은 이 결정을 순순히 받아들이는 대신, 그들과 모로코의 관계를 해칠 소지가 있는 것이면 뭐든 차단하겠다는 공격적 태도로 나왔다. 그리고 유럽연합은 서사하라의 대표자들과 만나는 일도 노골적으로 꺼리는 모습을 보인다. 2018년 2월에 내린 또 하나의 판결에서, 유럽 사법재판소는 유럽-모로코 어업 협정이 서사하라의 해역에는 적용될 수 없다고 못 박았다. 이 재판소는 사실상 유엔의 입장을 따른 것이다. 유엔은 서사하라가 모로코의 일부가 아니며, 그보다 유엔의 용어를 빌어, '비자치 영토'(non-self-governing territory)라고 규정했다. 다시 말해서 모로코 정부가 불법 점령한 땅이라는 것이다. 유엔의 입장은 분명하다.

"모로코는 서사하라의 적법한 점령자로 승인될 수 없다."

유럽 사법재판소의 두 번째 판결이 나온 직후, 모로코와 유럽연합은 그들의 전략적 파트너십을 재확인했다. 그리고 서사하라의 논란 많은 지위 문제는 되도록 언급하지 않았다. 난민 문제와 어업, (대테러를 포함하는) 공동 안보는 여전히 상호 파트너십의 주춧돌이 된다. 또 세우타 및 멜리야 지구에 의해 창출된 스페인과 모로코 사이의 육상 경계선 역시 양자관계의 중요한 관심사다. 유럽연합은 이민자들이 스페인의 안보 인프라를 돌파한다면 난민 지위를 요구할 것이라 우려하고 있다. 그 지구들은 스페인령이며, 따라서 유럽연합의 땅이기 때문이다. 따라서 유럽연합은 서사하라를 승인하지 않는 것으로 모로코에 대한 지원을 대신하고 있다.

사하라의 운명, 승인의 지정학

세계의 다른 비자치 영토들이 그러하듯, 국가 승인을 얻기 위해서는 큰 대가가 따른다. 주변국들이 계속해서 그 땅을 점령하고 있거나 유럽연합 같은 제3자가 모로코 같은 전략적으로 중요한 나라 편을 들면서 적법한 대표단과 정부를 무시하는 일이 흔하다. 1963년 이후 유엔은 서사하라를 '아직 식민지 상태에서 벗어나지 못한 영토'로 분류했다. 논쟁 상태에 있는 영토의 향후 전망은 밝지 않다. 2008년에 무산된 모로코의 자치령 계획은 논쟁 지역에서 주민투표를 하는 것을 포함하지 않았다. 그 대신 모로코는 이 주권 공백 상태를 이용해 자국을 지지하는 국가들을 모았다. 페루 같은 나라는 대사를 보내 모로코의 입장을 공개 지지했다. 자국 군대의 모로코 주둔을 정당화하고자, 모로코도 언어를 신중하게 고른다. '주민' 대신 '인구'를, '소망' 대신 '관심'이라고 한다. 그리고 '의뢰'라는 단어는 통상 서사하라의 독립 요구를 가리키는 표현인데, 이로써 모로코는 서사하라 주민들의 동의 아래 행동하고 있다는, 민주적인 과정을 거치고 있다는 식의 뉘앙스를 풍긴다.

서사하라와 관련된 계속된 답보 상태는 국제법 체계에서 우위에 있는 지역 블록과 그 회원국들이 불법 점령당한 나라의 승인을 외면하는 것을 뜻한다. 하지만 북아프리카에서의 불법 이민을 막는

데 골몰하는 유럽연합으로서는 대의를 따를 경우 감수해야 할 부담이 너무 크며, 경제 이익까지 엮여 있으므로 모로코를 지지할 수밖에 없는 입장이다. 유럽연합은 모로코와 이익이 쏠쏠한 무역 파트너십을 맺었을 뿐 아니라, 모로코 어업에 재정 지원까지 제안하고 있다. 그 지원금의 일부는 서사하라의 항만 시설 건설 같은 인프라 건설에 투자되었다. 달리 말해서, 이는 모로코의 불법 점령을 뒷받침하는 데 쓰이고 있다.

모로코의 불법 점령을 사실상 승인해 주고 있다는 사실이 걸렸던지, 유럽의회는 2019년 서사하라에 관세 우대 조치를 확대하기로 했다. 앞서 모로코에게 주어졌던 혜택이다. 유럽 사법재판소가 공개적으로 서사하라의 독립을 지지하는 태도를 보이면서 유럽위원회는 모로코와 새 무역협정을 맺으며 서사하라에서 들어오는 상품을 '남부 모로코 산'이 아닌 '서사하라 산'으로 표기하도록 했다. 유럽의회에서 통과된 결의안 하나도 유럽연합이 서사하라 문제의 정치적 해결이 이루어지기까지 서사하라인을 돕고 그들의 경제적 자립을 지원한다는 내용이었다. 그러나 이는 면밀히 따져볼 필요가 있다. 2019년 6월, 유럽연합과 모로코는 '공동 번영'이라는 이름으로 새로운 파트너십에 합의했으며 유럽연합은 서사하라인에 대한 모로코의 조치를 지지한다고 밝혔다. 그에 앞서 새로운 '지속가능한 어업' 협정도 체결되었다. 간단히 말해, 유럽연합은 서사하라의 정치 상황에 대해 동정하는 제스처를 취할지 몰라도 결코 모로코와의 관계를 악화시킬 생각은 없다.

더 장기적으로, 유럽연합-모로코 관계는 모로코 내부의 긴장과 모로코가 (스페인 같은 유럽연합 나라로 위험 가득한 탈출을 하는 대신) 자국에 남기로 한 이민자들을 어떻게 대하는지에 따라 깨질 가능성도 있다. 스페인은 불법 이민 활동을 억제해 달라며 모로코에 3천만 유로의 특별 자금지원을 승인했다. 스페인은 또한 공적 자금을 써서 드론 같은 장비를 구입하여 모로코에 넘겼다. 카나리아 제도, 북아프리카의 2개 지구, 지중해와 면한 남쪽 국경지대에 위치한 스페인 영토는 순찰과 규제가 매우 복잡한 지역으로 손꼽힌다.

서사하라의 운명은 승인의 지정학에 대한 더 큰 범위의 진실을 알려준다. 2020년 2월, 일본은 모로코의 영토 주장에 대한 지지를 재확인하며 따라서 서사하라의 독립 승인을 거부했다. 일본은 다른 문제보다 자국과 모로코의 무역 관계를 중시하기로 한 것이다. 일본은 모로코의 재생 에너지 부문과 자동차 산업의 주요 투자국이다. 서사하라를 승인한다는 것은 모로코를 영구히 소외시키고 그 동맹국들과의 관계가 악화된다는 뜻이다. 유엔이라 해도 대체 어떻게 이 문제를 해결할지 속수무책이다. 서사하라에 주재하는 유엔 특사는 2019년 5월 이래 공석으로 남아 있다. 이 자리에 앉을 사람은 관련된 모든 당사자의 승인을 받아야 할뿐더러 세계에서 가장 곤란한 외교 상황을 끌고 나가야 하는 막중한 부담을 져야만 할 것이다.

크림 반도와 러시아

이 모든 상황은 크림과 그 밖의 러시아 보호령들을 돌아보게 만든다. 우리는 거기서 앞으로도 승인되지 않은 국경이 계속해서 야기할 많은 문제들을 보게 될 것이다. 2014년 2월에서 3월, 러시아는 크림 반도를 불법 점령하고 우크라이나 보안군을 궤멸시켰다. 유럽연합과 미국이 우크라이나의 영토권과 국제적으로 승인된 국경을 지지한다고 밝혔으나, 러시아는 실질적인 통제권을 크림 반도에 유지하고 있다. 2014년 이후, 러시아는 이 지역을 군사화하고 케르치(Kerch) 해협을 통해 아조프해로 우크라이나 선박들이 자유롭게 항해하는 것을 결코 용납하지 않겠다고 선언했다. 2018년, 우크라이나와 러시아는 케르치 해협 통행을 두고 충돌했다. 이 해협은 더 작은 아조프해와 더 큰 흑해 사이를 오가는 중요한 길목이다. 우크라이나는 크림 인근의 문제해역을 오가는 자국 배들의 활동을 방해하는 러시아 유조선을 나포하는 것으로 푸틴에 보복했다. 러시아는 아직도 2018년 사태 이래 24명의 우크라이나 선원들을 억류 중이다. 러시아는 우크라이나의 항구와 해상 활동을 봉쇄할 요량이며, 국제 제재가 러시아에 가해지고 있지만 그 나라가 크림에서 떠날 기미는 거의 없다.

한편 조지아에는 러시아인이 다수인 분리 지역이 2개 있다. 압하지야(Abkhazia)와 남부 오세티아(Ossetia)다. 2008년에 러시아에게서 독립 승인을 받고, 조지아와 짧은 전쟁을 벌인 지금 이들은 3개국의 승인을 더 받았다. 그 중에 조지아는 포함되지 않는다. 그러나 조지아와 압하지야 사이의 경계는 이제 공식 국경선으로 여겨지고 있으며, 이들 분리 운동 지역은 사실상 러시아의 보호령이 되어 있다.

압하지야의 존재 자체가 여러 기묘한 일들이 일어나게 한다. 400명 정도의 북한 임시 거주 노동자들이 (과거 소련 시절 유명한 휴양지였던) 그곳에서 계속 일하고 있다. 그들은 '수도' 수후미의 인프라 건설을 돕고 있는데 이는 북한 노동자의 추방을 규정한 유엔 제재조치 위반이다. 하지만 압하지야는 거의 대부분 나라의 승인을 받지 못했고, 유엔 회원 자격도 없다. 그러다 보니 유엔 결의안에 구속되지도 않는 것이다. 러시아는 그들의 존재를 기꺼이 '감내'하고 있는데, 북한 및 동아시아와의 외교관계에 써먹을 수 있는 장기 말이 되기 때문이다. 러시아에는 수천 명의 임시 거주 북한 노동자가 있으며, 그들이 보내는 송금은 북한 체제 유지에 매우 긴요하다. 더 크게 보면, 북한 노동자들은 러시아 전역에서 긴요한 역할을 하고 있다. 러시아는 장기적 인구 감소를 겪고 있고, 특히 극동 지역에서 심하기 때문이다.

분리 공화국들과 보호령들은 러시아에 전략적 선택지를 더해준다. 자금이 이런 땅을 거쳐서 오갈 수 있고, 그런 땅에 투자될 수 있다. 이들 땅에서 러시아 루블화는 사실상 공식 통화다. 유엔 제재를 우회해서 사람들도 그 땅에 들여보낼 수 있다. 동시에, 이 미승인 국경들은 러시아군과 가까이 있기에 안전하며 러시아는 압하지야군의 현대화를 책임지기로 했다. 한편, 압하지야는 국제 활동 참여와 '미승인 국가끼리의 스포츠 제전' 같은 행사 유치를 통해 국제 승인 수준을 높이려 하고 있다. 쿠르디스탄, 키프로스의 TRNC,

남부 오세티아 같은 미승인국들과 축구 친선경기를 여는 것이 그것이다. 심지어 이런 '나라'들은 자체 축구 리그도 있으며, 이를 독립축구협회연맹(CONIFA)이라고 부른다. 압하지야는 2016년에 CONIFA 월드컵을 개최하고 우승했다.

조지아는 그 이전 영토에 대해 쓸 수 있는 카드가 얼마 없다. 러시아는 조지아가 NATO 회원국이 된다면 "그 집단 안보가 오직 조지아 정부가 관할하는 지역에만 국한될 것"을 전제로, 그래야 한다고 으름장을 놓고 있다. 분리주의 압하자야와 남부 오세티아는 사실상 NATO의 안보 범위에서 제외되어야 한다는 것이다. 따라서 조지아가 러시아의 주장을 받아들인다면 NATO 회원국이 되는 대가로 미승인 분리 공화국들의 국경을 승인해야 하는 것이다.

분쟁과 미승인에 따른 상처

—

미승인 국경은 계속해서 세계 정치 지형의 곳곳에 구멍처럼 존재할 것이며, 법적·정치적 체제의 존속을 위협하는 요소가 될 것이다. 앞서 보았듯, 남극 대륙과 그 둘러싼 대양은 미해결 국경이자 미승인 국경의 범주에 해당되며, 영유권 분쟁을 해소하고자 1950년대에 설계된 조약 체제는 비광물 자원 수취에 대해, 그리고 어쩌면 광물 자원 수취에 대해서도 국제적 합의가 존속할 수 있느냐 여부에 따라 유지될 수도 붕괴될 수도 있다. 남극해의 어업 문제는 계속 논쟁의 대상이며 앞으로도 그럴 것인데, 경쟁국들이 자원 수취를 더 강경하게 밀어붙이느냐, 아니면 환경 보전에 더 역점을 두느냐가 관건이다. 상황은 장차 더 위태로워질 수 있다.

한편, TRNC가 계속해서 미승인 상태로 남아 있는 덕분에 터키의 군사 자산이 장기 주둔할 수 있는 셈이다. 지금 3만 명 정도의 터키군이 TRNC에 있으며, 터키 정부는 새로 군항을 건설할 것이라고 밝혔다. 이 지역 전체적으로 존재하는 전략적 불확실성을 볼 때, 터키는 키프로스와 타협할 생각이 전혀 없으며 오히려 시리아와의 접경 지역을 관리하는 일에 더 힘을 쏟고 있는 중이다. 그리고 미국, 유럽연합과의 다소 꼬인 관계로부터 최대한 이익을 볼 것도 고려한다. 러시아와 좋은 관계를 유지하는 것도 지역 패권국이 된다는 에르도안 대통령의 꿈에 보탬이 될 수 있다.

마지막으로, 미승인 국경 주변에 사는 사람들은 관련된 문제점을 다 끌어안아야 한다. 조지아는 그 국토의 일부가 더 이상 자국의 통제 아래 있지 않음을 인정해야 할 것이다. 다른 나라들은 그런 땅을 병합해서 이익을 볼 수 있을 것이다. 세계의 다른 곳에서, 과거의 분쟁과 미승인에 따른 상처는 회복 불가능하다. 1960년대 말, 비아프라(Biafra) 주민들은 나이지리아 남동부에 자신들만의 나라를 세우고 자체 영토를 확립하려 했다. 이로써 벌어진 내전의 결과는 참혹했다. 적어도 10만 명이 분쟁 중 사망했으며, 그 몇 배나 되는 사람들은 기근, 질병, 고난에 시달리다 죽어갔다. 최종 사망자 숫자는 200만에 이르렀고, 비아프라 공화국은 1970년에 궤멸되었다. 50년이 지난 지금, 이른바 비아프렉시트(Biafrexit) 주민투표를 요구하는 사람을 찾기란 어렵지 않다. 남동부 주민들이 계속 나이지리아 국민으로 남을지 말지를 스스로 정해야 한다는 사람들이다.

TRNC 같은 실질적인 국가가 국제적 승인을 얻지 못한다면 여행은 힘들 것이다. 인프라 설치와 자원 개발 프로젝트는 지연되거나 미완성으로 그칠 가능성이 높다. 제3자 입장에서는 논쟁 지역에서 사업하기가 마땅치 않기 때문이다. 납품을 해놓고 지불을 전혀 받지 못할 위험마저 있다. 분쟁은 다양한 이유에서 일어날 수 있고, 특히 사회가 국제법이 제정한 바에 따르지 않는다면 그럴 소지가 높다. 억압받는 사람들은 그들이 기대했던 지지를 얻지 못할 수도 있다. 제3자들이 이웃나라와의 관계에 미칠 영향을 고려해서다. 서사하라와 소말릴란드 같은 일부 나라들은 영원히 독립 및 국제적 승인을 얻지 못할 수 있는데, 다른 나라들이 모로코와 소말리아 등 국가와의 관계 악화를 꺼려해서다.

7장

스마트 국경

공항은 스마트 국경 기술의 최전선이다. 중국 하이난성의 하이쿠메이란(海口美蘭) 국제공항은 1999년 문을 열었다. 이는 스마트 국경 기술과 5G 커뮤니케이션 네트워킹의 핫스팟이 되었다. 이 공항은 승객 인식 시스템, 자동 국경 통제 시스템, 생체 인식 시스템, 고도로 자동화된 수하물 배출 시스템 등의 신기술들을 실험하고 있다. 이 모두는 '스마트-여행-서비스' 시스템으로 총괄해 표현된다.

국제공항, 항구, 국경관리소 등은 국경 하면 생각나는 것들이다. 여권 확인, 보안 검사, 그리고 거의 폐쇄된 임시 공간에서의 끝도 없어 보이는 검색. 여러 나라의 국기들, 국경에 이르렀으니 조심하라는 안내문구, 길게 늘어선 줄. 항공 여행이 늘어나면서 이런 작업에 새로운 기술을 도입하려는 생각도 부쩍 늘어났다. 독자 가운데 세계의 공항에서 무인 키오스크를 통해 스스로 출입국 수속을 해본 사람은 적지 않을 것이다. 이제 여행객들은 갈수록 더 많은 국경 통과 관련 작업을 스스로 하고 있으며, 특히 항공사, 공항, 국경관리 기구들이 그런 시스템을 개발해서 제공하고 있다.

그렇지만 우리는 셀프서비스 키오스크에 가기 전에 국경과 만난다. 온라인으로 여객기 탑승 수속을 밟는 사람은 좌석 예약을 위해 로그인하는 시점에서 사전승객정보시스템(API) 접속을 요구받는다. 이는 항공사 측에서 고객의 탑승 수속 과정을 보다 효율적으로 진행하도록 도우며, 동시에 각국 정부에 국제 항공 여객 상황을 보다 면밀하게 모니터할 수 있게 해준다. 셀프서비스 키오스크는 승객들이 '더 나은 항공 보안 검색 경험'을 누릴 수 있도록 만들어졌다고 한다. 줄을 덜 서도 되고, 여러 언어로 설명을 들을 수 있으며, 국제 모바일 로밍 문제도 더 쉽게 해결해 준다고.

매년 열리는 '여행객 터미널 엑스포'는 앞으로 어떤 생체정보

인증 시스템, 물품 검색, 가상 보안 요원, 셀프서비스 국경 통제 시스템 등이 선보일지를 알 좋은 기회다. 2019년 엑스포는 7천 명의 관람객을 모았으며, 수십 명의 업체 대표들이 각자의 상품을 전시하고 홍보했다. 미래의 공항은 보안 검색대와 항공기 탑승구 등에 생체 인식 데이터를 위해 더 많은 터치포인트를 설치하게 될 것이다. 안면 인식 기술의 활용은 더 널리 적용될 것이다. 승객들의 얼굴 이미지를 획득해 '워치리스트'의 인물과 대조하는데, 공항과 보안 당국이 어떻게 이 데이터를 사용할지는 분명하지 않다. 2017년에서 2020년 사이에 미국 공항은 적어도 2천만 장의 승객 이미지를 확보했으며, 이런 개인 초상 데이터가 과도하거나 부당하게 사용될 가능성에 대해 승객 본인이나 제3자가 법적으로 항의할 방법은 오리무중인 채다. 미국과 영국의 사회운동가들과 법률사무소들은 공항, 도시, 사법기구 등에서 얼굴인식기술을 사용할 때마다 기록하고 그 내용을 지도화하는 작업을 하고 있다. 2020년, 미국시민자유연맹은 미 국토부를 상대로 목표가 불분명한 감시 활동과 적절한 책임성이 부족하다는 이유로 소송을 시작했다.

스마트 국경은 세계 여행업과 같은 업계에서 의미가 크다. 이 국경이 계획대로 작동해 준다면, '신뢰받는' 그리고 여행 경력이 많은 여행객은 별 불편이 없을 것이다. 항공사들은 얼굴 인식 시스템과 아주 친화적이며, 자신들은 덕분에 그 어느 때보다 신속하게 많은 승객을 태우고 있다고 자랑한다. 그래도 이런 저런 문제를 따지는 사람들의 줄은 있을지 모른다. 그러나 공항과 항공사는 그 과정을 최대한 유연하게 처리할 모든 유인을 갖출 것이다. 그럼에 따라

승객들이 탈 없이 여행을 계속하고, 공항에 머물며 돈을 쓸 가능성이 높아질 테니 말이다. 런던의 히스로 공항은 2018년 8천만 명의 이용객을 받았으며, 그 목적지는 200곳 이상, 화물 적재량은 170만 톤에 이르렀다. 런던 히스로 공항의 방문객이라면 알다시피, 유럽연합과 유럽경제지역(EEA) 소속 시민들은 전자 여권 시설의 편의를 더 누릴 수 있었다. 그러나 2020년 1월에 영국이 유럽연합을 탈퇴한 뒤, 일부 '신뢰받는' 국가들, 가령 호주, 캐나다, 일본, 뉴질랜드, 싱가포르, 한국, 미국 등을 제외한 비 유럽연합-유럽경제지역 국가들은 전자 여권 사용에 제한을 받았다. 그 밖의 국적 승객들은 '등록 여행객 시스템'에 등록되어 있지 않은 이상 영국 공항에 들어갈 때 더 오래 줄을 서야 했다.

스마트 국경 관련 업계에서 일하는 사람들에게, 신기술들은 승객과의 마찰을 없애고 여객 관리의 안전성을 보장한다. 하지만 스마트 국경이 주는 이익에 대한 주장은 '스마트함'이 가져오는 비용과 파급효과에 대한 우려와 동반된다. 2001년 9.11 테러 이후, 미국을 비롯한 각국은 국경 관련 딜레마에 빠졌다. 일부 나라들은 국경을 한동안 폐쇄했지만, 미국은 며칠 만에 다시 국경을 열었다. 이 결정은 조지 부시 행정부가 신뢰 가능한 개인과 화물 또는 상품이 계속해서 국경을 넘나들도록 해야 한다고 본 데서 나왔다. 물론 위험하거나 바람직하지 않은 대상은 걸러내야겠지만 말이다. 이는 우리가 '스마트 국경 혁명'이라 부르는 움직임을 촉발했는데, 그것이 '애국자 법'(Patriot Act)처럼 사법기구와 연방정부가 시민의 개인 통화내역을 들여다볼 수 있게 해주는 입법적 변화와 맞물렸기 때문이다. 그 다음에는 감시 기술이 발달로 한때는 테러와의 전쟁에만 쓰였던 기술이 이제는 일반화됨으로써 인권단체들의 항의가 빗발치게끔 되었다. 미국의 주 경찰은 얼굴인식기술, 전화 추적, 자동차 번호판 판독기 등을 써서 시민들의 활동을 추적하고 있다.

사람, 서비스, 상품의 추적 감시는 오늘날의 자본주의와 손잡고 있다. 세계의 기업들은 사람, 서비스, 상품의 흐름을 승인하고 규율할 고도로 통합된 공급 체인과 이동 관리체제에 근거해 사업을 기획한다. 유럽연합 같은 지역기구들은 회원국들 사이의 이동성을 충분히 파악, 규율하고 있다. 그들은 '스마트 국경 패키지'라 부르는 시스템을 더 많이 활용하려 하는데, 이는 어느 때보다 폭넓게 생체 인식 정보를 공유하고 역외 국가 출신자들의 활동을 모니터하는 일을 포함한다. 여행객들은 공항에서 아무 간섭 없이 빠져나오기를 바라며, 소비자들은 상품과 서비스를 전 세계에서 구매할 수 있기를 바란다.

한편, 세계관세기구(WCO) 같은 범정부 조직은 국경 통제와 관세 관련 정보 공유 사이에 조화를 추구한다. 이 모든 것은 사이버 공격과 혼합 전쟁의 위협에 대해 준비된 신기술을 판매하고자 애가 타는 기업들에게는 희소식이다. 스마트 국경 기술은 공항, 지상 국경관리소, 항구 등이 여행객과 화물을 더욱 많이 처리하게 되면서 점점 더 필수화되고 있으며, 또한 의심쩍은 행동과 범죄자, 밀입국자 등을 걸러내는 기술에도 더 많은 투자가 이루어질 전망이다.

그러나 스마트 국경 기술은 국경 분쟁이나 적대 세력의 노골적 공격을 완벽하게 막아내기에는 역부족이다. 사이버 공격의 시대에, 가짜뉴스와 드론 공격, 테러리스트를 포함한 비국가 행위자의 공격 등은 세계 곳곳에서 발생한다. 2019년 9월에 사우디 아람코에 가해진 드론 공격은 큰 피해를 안겼고, 이에 따라 물자 공급의 차질과 가격 폭등이 빚어졌다. 군사적 긴장과 국경 분쟁이 심각한 지역에서는 자동화 기술, 생체인식, 원격 무기 스테이션, 대드론(anti-drone) 기술, 예측적 분석, 해양 및 공중 감시 시스템 등에 더 많은 투자가 이뤄질 전망이다. 민간 항공여객 관리와 군사 안보는 스마트 국경 기술에서 서로 교차된다.

스마트 국경

스마트 국경에 대한 정의는 대체로 "정보 기술 및 커뮤니케이션 기술을 활용해 국경 통제력을 보다 용이하게 하고, 확장하며, 강화하는 것"이다. 스마트 국경의 정보 및 커뮤니케이션 기술 요소는 보통 생체 인식과 정보 공유 역량 및 시스템이다. 공항은 스마트 국경 혁신과 발표의 핫스폿이었다. 미국 방문객 및 이민자 지위 표시 기술(US-VISIT) 프로그램은 2004년에 도입되었으며, 승객의 지문과 이미지 데이터를 써서 방문객 본인 확인과 그 여권 및 비자 상태를 살피는 기능을 한다. 사증 면제 프로그램에 따라 미국에 들어오는 모든 여행객은 공항 입구에서 생체 인식 정보를 제출해야 한다. 트럼프 대통령은 2021년까지 모든 미국 공항이 얼굴인식기술을 쓰도록 해야 한다고 주장했는데, 그러면 모든 여행객은 '생체인식 입출국 시스템'에 따르게 될 것이다. 매년 수억 명에 이르는 여행객들이 이러한 얼굴인식기술에 스스로를 노출시키고 있다. 그러나 이 얼굴인식 데이터가 계속 저장되고 다른 목적으로 쓰이지 않을지는 불확실하다.

스마트 국경의 기저에는 지정학적, 기술적 세력이 합쳐 있다. 대테러 전쟁 이후, 국가들은 감시 역량 강화에 대거 투자해왔으며, 빅데이터 분석을 더 많이 활용하게 되었다. 생체 정보 분석, 이미지 프로세싱, 얼굴인식기술 등은 이를 지원해 주는 IT 인프라만이 아니라 처리 능력에도 의존한다. 막대한 양의 데이터가 축적되고, 처리되고, 평가되어야 한다. 이 모든 것은 투자와 자원 보급을 요구한다. 지정학적으로, 미국이나 유럽연합 같은 지역 기구들은 테러와 이민에 따른 위기에 대처하기 위해 이 분야에 투자하고 있다. 미국의 남쪽 국경이든 유럽연합과 비연합 국가들과의 국경이든, 물리적·전자적 안보 강화에 대한 목소리가 높다.

데이터 처리와 지식 생산의 결합은 이른바 '지식 집약형 거버넌스'로의 이행과 궤를 같이한다. '스마트함'으로의 전환은 2008년 금융위기로 더욱 추진력을 얻었다. 국가와 정부가 경영자 역할을 맡으며, 새롭고 더 이익이 남는 방식으로 정보 산출 기술을 활용하는 것이 주목받았다. 국경에 있어서 이는 두 가지 방식으로 일할 것을 주문한다.

첫째, 전통 방식대로 국경을 지도 위에 긋던 사람들과 같은 식으로 일해야 한다. 미국과 멕시코를 구분하고, 터키와 유럽연합을 구분하는 경계선은 기본적 안보, 자원 개발, 이민 통제를 위해 계속 중요성을 갖는다. 군대도 그러한 경계선과 변경이 영역 통제에 핵심적이라는 생각에 근거하여 활동할 것이다.

둘째, 국경은 데이터를 수집하고 거둬들이는 기회의 장도 된다. 전통적으로 지상이나 해상에 그어졌던 국경보다 훨씬 범위가 넓은 전자 국경은 하나의 선이라기보다 여럿이 이어진 연속체다. 이 국경은 보통의 공식 국경선에서 멀리 떨어져 있는 곳까지 관심 대상인 사물이나 사람을 추적할 수 있다. 이러한 두 가지 활동 방식은 상호보완적이다. 국경 수비대원들은 그런 국경지대에서 멀리 떨어진 곳에서 생체 정보를 수집하고 처리하느라 바쁜 사람들과 손잡고 일할 수 있다.

온갖 찬사가 쏟아질 만도 한 것이, 스마트 국경은 국경 수비요원들과 국민국가 정부들이 한동안 고민해온 문제를 많이 해결해주었다. 이로써 상황 인식력이 향상되었고, 바람직하지 않거나 보고되지 않은 움직임을 더 강력히 통제할 수 있게 되었다. 이상적 세계에서는 스마트 국경이 국경 보안기구의 '주된 일거리'를 대체할 수 있다. 또 더욱 중요한 것이, 불청객 월경자들이 항공기나 배, 열차에 올라타기도 전에 제지하거나 그 행동을 포착할 수 있다. 그러나 단점은 변함없이 남아 있다. 데이터 분석은 여러 도전을 받게 마련인데, 1종 오류(예를 들어, 데이터 보고상의 오류가 무고한 사람들에의 잘못된 행동으로 이어질 수 있다. 때로는 그들이 관심 대상인 사람들과 같은 성씨라는 점 하나 때문에) 발생의 위험과 엄청난 양의 감시 및 생체인식 데이터를 관리할 수요의 끊임없는 증대 등이 그에 포함된다. 국경에 가까이 살거나 특정 인종, 종교, 국적 등의 이유로 관심 대상자로 분류된 사람들은 국가 안보를 빌미로 시민적 자유를 유린당하는 상황에 직면할 수 있다.

스마트 국경과 국경 장벽

미국-멕시코 국경의 안팎에서, 스마트 국경이 이민자들과 피난민들을 대상으로 작동 중이라는 증거를 수없이 얻을 수 있다. 2016년 11월에 대선에서 이기기 전, 트럼프는 국경 안보를 자신의 대선 유세의 핵심 포인트 중 하나로 삼았다. '아름다운 장벽'을 세운다는 것은 미국인들이 보다 안전하다고, 특히 나라의 남쪽에 대해서 그렇다고 느끼도록 만든 여러 홍보 정책 가운데 하나였다. 비록 트럼프 대통령은 종종 물리적인 장벽과 방책에 치우쳤지만, 국경 안보 기획은 더욱 폭넓으며 공격적인 것이었다. 국경 위기의 와중에, 트럼프 행정부의 국토부는 피난민 예정자들의 DNA를 채취하는 파일럿 프로그램을 시작했다. '가짜 가족'을 색출하겠다는 의도를 가진 이 국토부의 개입 프로그램은 '자원자에 한해' DNA 샘플을 채취해 각 개인이 해당 가족구성원이 맞는지를 살피는 시험 체제다. 피난민 가족이라고 주장하는 내용의 팩트 체크는 여전히 국경 관리의 핵심 임무로 남아 있다. 스마트 기술은 그런 면에서 가장 확실한 진실 규명 수단으로 여겨진다. 가족관계나 시민권에 대해 거짓말이 가능하지만, DNA는 거짓말을 하지 않으니 말이다. 이러한 정보지식을 갖춘 이상, 국토부의 개입은 성인들이 체류 조건을 개선하고자 편의대로 '그 자녀들'을 한 가정으로 묶는 일을 차단할 수 있을 것이다. 이는 불법 이민을 억제하는 수단으로 여겨지지만, 한편으로 남용될 위험도 있다. 만일 DNA 샘플을 넘기기를 거부한다면, 미국으로부터 피난민 자격을 부여받지 못할 수도 있다.

인권 단체들이 우려하는 것은 스마트 국경이 미국 국민을 포함한 개인의 사생활을 더욱 깊이 침범하는 전제가 될지 모른다는 것이다. 미국 관세국경보호청(CBP)의 영향 범위는 캐나다나 멕시코와의 국경선에서 그치지 않는다. 입국 제지와 정부 개입이 일어날 수 있는 일련의 구역들이 있다. 멕시코와의 국경을 기준으로 40킬로미터의 영역에서 CBP는 '제한된 면책권'을 내세우며 활동이 가능하다. 그 요원들은 사유지와 목장 등을 순찰하며 그들의 '감시 대상 물자'를 찾는데, 때로는 국경에서 40킬로미터가 넘는 곳에서까지 그렇게 한다. CBP의 활동 범위는 더 넓어질 수도 있다. 앞서 언급했듯, 160킬로미터에 이르는 미국 국경선 내륙 및 내해에서 CBP 요원들은 체크포인트를 잡고 '만약의 경우'를 대비한다는 명목으로 사람이나 사물을 억류할 수 있다. 이 연장된 국경지대 안에 대략 2억 명의 미국인이 살고 있으며, 하와이와 플로리다 주는 그 전역이 CBP의 손닿는 곳에 있다.

최근 이루어진 세 가지 변화를 보면 스마트 국경의 미래와 그것이 내국인과 외국인 모두의 삶에 더 큰 영향력을 미칠 수 있게 된 사실을 통찰할 수 있다.

첫째, CBP는 비행 드론을 띄워 미국의 국경과 해안 지대를 순찰하고 있다. 2014년도에 나온 미국 회계감사원의 한 보고서는 이

드론 감시 영역이 100마일도 넘는다는 것을 드러냈으며, 이는 프라이버시 문제와 행정부의 월권 우려를 빚어냈다. '국경 지역사회'는 지역 경찰과 얼굴인식기술을 쓰는 CBP에게 거의 끊임없는 감시를 당할 수 있다.

둘째, CBP는 이 '국경 구역'을 이용해 민간 차량과 공공 버스를 미국 국내에서 정차시키고, 승객들의 불법 이민 여부를 체크할 권한을 확보했다. 시카고나 필라델피아 같은 도시들도 샌디에이고나 마이애미와 마찬가지로 '국경 도시'로 적시된다. 미국의 상당 부분이 수사망으로 덮여 있으며, 국제 비영리 디지털 권리 옹호단체인 '일렉트로닉 프런티어 재단' 같은 사회운동 단체가 CBP의 감시 활동과 작전 반경을 정치적으로 업데이트하고 있다. 버스와 자동차를 검문하는 일은 스마트 국경과 무관해 보이지만, 사실 CBP의 넓은 작전 반경과 '의심스러운' 사람이나 화물을 잡아내는 기술력에 기대고 있는 것이다.

마지막이 가장 우려스럽다. 2017년, CBP는 한 민간 기업이 소유하고 운영해온 자동차 번호판 데이터베이스에 접속할 권한을 취득했다. 그것은 곧 CBP가 미국 고속도로를 달리는 자동차들의 움직임을 법적 영장 없이도 얼마든지 파악할 능력을 확보했다는 뜻이다.

국경의 진화

—

잘 알려진 대로, 이런 변화는 대체로 9.11 테러 직후에 시작되었다.

국경과 본토의 안보가 급선무가 되면서, 조지 부시 행정부는 새로운 스마트 국경 기술에 투자하도록 지시했다. 미국-멕시코 국경을 따라 '가상 장벽'을 구축하는 계획이 수립되었다. 보잉사가 미 국토부의 의뢰로 '프로젝트 28'이라 불리는 시스템을 테스트했는데, 이는 모바일 센서 타워, 지상 기반 센서, 스마트 통신 장비, 모바일 감시 추적 시스템 등을 하나로 묶는 네트워크다. 더 넓게 보아서 '국경 보안 이니셔티브'(Secure Border Initiative)의 일부인 프로젝트 28의 목표는 궁극적으로 미국-멕시코 국경 지대 전체에 공통의 작전 그림을 그리는 것이다.

이 프로젝트는 2011년에 결국 취소되었는데, 이미 10억 달러가 투자된 뒤였다. 취소된 까닭은 비용이 너무 많이 들고, 국경지대의 다양한 물리적 지형에 충분히 유연하게 대응하지 못한다는 사실 때문이었다. 3,200킬로미터에 걸쳐 있는 지상 국경선은 큰 강 유역과 너른 사막, 산과 산맥, 폭이 넓고 넓은 해안을 모두 포괄한다. 동식물군은 의심스러운 대상을 특정할 때 방해가 된다. 혹독한 기상조건은 센서 타워의 수명을 줄이고, 카메라의 기능을 저하시킨다. 레이더 기지는 먹통이 되기 쉽다. 그리고 중앙 지휘부의 운영요원들은 끝도 없이 생성되는 데이터에 압도되어 버릴 수 있다. 관리자 없이 원격 작동되는 인프라는 쉽게 파괴될 수도 있다. 그리고 국경 보안 이니셔티브가 실행되면서, 이민자들은 센서 감지를 피하기 위해 더 험하고 먼 길을 돌아서 들어와야만 했고, 결국 사망자 수는 늘어날 수밖에 없었다.

십 년은 빠르게 지나갔고, 스마트 국경 기술과 관련 인프라는 트럼프 대통령의 장벽 선언에 하나로 통합되었다. 감시 기술은 초기의 스마트 국경에서의 실험들에서 한 걸음 나아갔다. 이라크와 아프가니스탄에서의 전쟁은 신형 드론과 기타 감시 기술을 원격에서, 또 대개는 산악 지형에서 잘 작동하는지 테스트하는 장이 되었다. 이 첨단 분야에 대한 트럼프 정권의 투자는 미국 기술 기업들 사이에 '가상 국경'이 가능하다는 믿음이 번지던 것과 맞아떨어졌다. 앤더릴 인더스트리 사는 '래티스'(Lattice) 시스템에 한껏 공을 들여왔는데, 사용자가 자동차를 포착하고 굴러다니는 회전초 또는 (그리고) 사람과 구분하는 역량을 높여주는 시스템이다. 카메라, 적외선 센서, 라이다(LIDAR, 레이저 펄스를 써서 대상과의 거리를 측정하는 기기) 등으로 데이터를 수집하고, 이를 AI를 활용해 지휘부에서 분석한다. 이 기업은 텍사스-멕시코 국경지대의 농장들에서 이 기술을 시험했으며, 그 결과 불법 이민 혐의자들을 줄줄이 잡아들이는 데 공헌했다고 자랑한다.

다른 기술 전문가들은 스마트 국경이나 가상 국경의 효능을 의심스러워한다. 하지만 일부 국가가 왜 여기에 혹하는지, 그 이유를 상상하기란 어렵지 않다. 대서양에서 태평양까지, 이런 식의 '스마트 장벽'은 드론과 센서 기술의 네트워크를 구축해 국경 순찰과 법 집행을 보조하도록 하는 형태로 그려지고 있다. 이러한 스마트 장벽의 아이디어는 민주, 공화 양당의 지지를 모두 받았는데, 그 '스마트함'은 그 물리적 부담이 거대 장벽보다 적을 게 틀림없다는 사실에 근거하기 때문이었다. 장벽을 넘나드는 사람들과 물자는 직접적 영향을 보다 덜 받을 거라고 주장되었다. 또 이는 물리적 방벽보다 싸고(멕시코 정부는 국경 장벽 건설에 한 푼도 낼 생각이 없다는 태도를 보이고 있었다) 유연할 거라고 예상되었다. 한편 '스마트 장벽' 추진을 비판하는 사람들은 그러한 감시 기술이 프라이버시 침해와 개인 정보 취득 문제를 일으키며, 감시 체제는 국경 근처 도시들과 지역사회에 불공정한 부담을 지운다고 주장한다. 알고리즘 분석으로 인종과 기타 특징들로 프로파일링이 가능한데, 드론 감시로는 대상자가 이민자인지 아닌지를 구별할 수 없기 때문에 이 과정이 필요해진다. 얼굴인식은 소수집단 구성원을 표적으로 삼을 수 있다. 차 번호판 식별 기술은 등록되지 않은 불법 이민자만이 아니라 어느 누구든 모니터할 수 있게 해준다. CBP에 따르면 드론 비행은 미국-멕시코 국경에서 40킬로미터 떨어진 지점까지만 진행한다. 그러나 법적으로 그 범위는 미국의 지상과 해안 국경에서 100킬로미터 지점까지 확대될 수 있다. 2019년, CBP는 기존보다 작고 값싼 드론 모델을 추가 주문했는데, 이는 전장 환경에서 선호되는 대형 드론에 비해 몇 시간만 날 수 있고 작동 범위가 더 짧기 때문이다. 이는 해외 전장에서 쓰이던 드론을 국내에서도 쓴다는 비판을 피하기 위한 조치로 여겨진다.

홍콩 같은 다른 사법권역에서 생체정보 기술은 새로 나온 스마트 신분증에 쓰이고 있다. 홍콩신분증발급센터는 2018년부터 새로 신분증을 발급받는 청년이나 기존의 신분증을 분실 또는 훼손한 사람에게 이러한 신분증을 발급해오고 있다. 이는 외형적으로 불법 이민과 고용을 제지하려는 것이지만, 인권 단체들은 이 수단이 결국 모든 홍콩 시민에게 적용될 것이라고 말한다. 누구나 자신의 합법적 주거권을 입증하려면 신분증을 가져야 하며 새 신분증을 받으려면 생체인식 정보를 제공해야만 한다. 이 신분증은 주민들이 보건과 교육을 비롯한 공공서비스를 받는 데 필수적이다. 따라서 누구나 이에 순응할 수밖에 없다.

스마트 국경에서 얻는 이득

유럽연합에서, 1985년의 솅겐(Schengen) 조약은 국경이 없어진 구역 안에서 여행이 자유로워진 매우 새로운 정치 세계를 예고했다. 국경 통제를 걷어내면서, 이 조약은 회원국 시민들이 솅겐 역내 국가들을 자유롭게 오가고, 솅겐 비자를 신청한 역외국인은 대부분의 유럽연합 회원국과 노르웨이, 스위스 등 인근 국가들을 자유롭게 다닐 수 있게 했다. 그러나 2016년, '유럽 이민 위기'로 알려진 사태에 대응하고자, 오스트리아와 프랑스를 포함한 7개국은 국경 검문을 재도입했다. 그럼으로써 상업, 정치 분야의 관계자들이 이득을 볼 기회가 열렸다.

2018년 '국경 전쟁'에 대한 통렬한 보고서에서, 마크 애커먼(Mark Akkerman)은 EU가 솅겐 조약의 원칙에서 멀어지면서 국경 보안 투자가 늘어나는 것에 대한 수혜자가 누구인지 밝혔다. 유럽 위원회는 새로 보강된 유럽 국경 연안 수비기관에 2027년까지 1만 명까지 요원을 증강한다는 결정을 내렸다. 이 새 기관을 뒷받침하는 EUROSUR는 국경 감시체제와 모니터링 수단의 네트워크가 되는데, 모든 솅겐 조약국들에게 상황 인식 역량을 연계 확보하도록 하는 게 목표다. 유럽연합은 터키와 리비아 등의 북아프리카 국가들 같은 제3자들과도 긴밀히 협조하고 있다. 그리하여 유럽 국가로의 이민자와 난민 유입을 통제한다.

유럽연합이 국경 보안과 모니터링에 더 많이 투자할수록, 국경 보안산업은 국방 산업체, 정보통신 기술업체, 국경 수비대원 용역업체 등등에서 붐을 조성한다. 유럽연합 블록이 향후 7년 동안 적어도 200억 유로를 투자해 국경을 강화, 1만 명을 고용하고(지금은 700명 정도) 상황 인식 역량을 증대시킬 것으로 추정되고 있다. 유럽연합의 계획은 제3국들과 함께 이민자와 난민을 억제하자는 것이지만, 더욱 공격적인 국경 정책과 보안 정책이 확연히 불거지고 있다. 2019년 '유럽 국경 연안 수비의 날' 연례 대회에서는 이러한 방향성이 확실히 드러났다. 폴란드-우크라이나 국경 인근에서 열린 이 대회에서, 발표자들은 디지털/스마트 국경 기술이 유럽연합 국경수비대가 광활한 남부와 동부의 국경지대를 지키는 데 도움이 될 수 있는지에 대해 발표하라는 주제를 받았다. 그것은 폴란드 TV의 픽션 드라마인 〈국경〉에서 이미 다루었던 주제였다. 그 드라마에서는 춥고 외딴 산악지대에서 근무하는 폴란드 국경수비대원들이 우크라이나에서 넘어오려는 불법 이민자들과 밀수꾼들을 상대로 분투하는 모습을 영웅적으로 그렸다.

유럽연합은 2021년 새로운 입출국 시스템을 도입할 예정이다. 이는 생체 정보를 이용한 국경 통제, 이게이트(e-gate)와 생체 정보 인식 셀프서비스 키오스크의 일반적 사용 등을 포함하게 될 것이다. 이 입출국 시스템은 이른바 (유럽연합에서 탈퇴한 영국을 포함해) 제3국 출신자들이 솅겐 조약국들에 입국하려면 그들의 생체 정보를 등록해야 한다. 공항이나 기차역, 항구에 도착하면, 방문객들은 자신의 생체 정보를 등록한 다음에야 무인 키오스크를 쓸 수 있다. 이 키오스크에서 채취된 생체 정보는 얼굴인식정보 등의 정보들과 함께 보관된다. 생체 정보와 얼굴인식정보 제공은 강제 사항이다. 입출국 시스템 관련 기술 및 시설에 대한 투자는 수억 유로에 이를 것으로 여겨지며, 유럽 위원회는 이미 지문 및 얼굴 화상 정보를 조작할 가능성에 대비해 국경 감시 인력 규모를 크게 유지해야 한다고 경고했다.

유럽 데이터 기업들은 이처럼 디지털 국경 쪽으로 투자가 늘어나는 추세의 덕을 보고 있다. 한편, 유럽연합과 미국이 스마트 국경 기술의 선두주자가 됨에 따라 방문자 정보에 대한 더 많은 요구 사항이 나올 수도 있다. 얼굴 정보 및 생체 인식 정보만으로 만족하지 못하는 미국은 여행객들에게 그들의 소셜미디어 계정 공개까지 요구할 가능성이 있다.

2014년 이후, 미국 공무원들은 원하기만 하면 소셜미디어 포스팅을 검열할 수 있게 되었다. 소셜미디어상의 행동을 조사할 수 있어야 한다는 요구는 부분적으로 2015년 캘리포니아 샌버너디노 총격 사건 등 미국 국내에서 발생한 테러 때문이었다. FBI는 범행자의 휴대폰 내용을 보기 위해 애플사의 협조를 구했는데, 이로써 소비자의 프라이버시 보호와 국법 집행의 필요성 사이의 어색한 긴장이 연출되었다. 법 집행관들은 개인의 소셜미디어 계정과 전화

통화 내역을 들여다볼 수 있어야만 범행자들의 동기와 그들의 배후 세력을 캐낼 수 있다고 주장했다.

불법 이민자들, 테러리스트들, 부적격 개인들에 대한 선전포고 없는 전쟁에서 스마트 국경 기술과 투자는 거의 줄어들 전망이 없다. '스마트 국경'으로의 전환에서 누가 이득을 보는지는 알기가 어렵지 않다. 포퓰리즘 지도자들과 민족주의 정권들은 특히 스마트 국경에 대거 투자하는데, 그들이 생각하기에 이를 통해 잠재적 테러범들인 불법 이민자와 미등록 이민자들을 억제할 수 있기 때문이다. 미국-멕시코 국경에서 감시, 억류, 국경 순찰이 강화되는 것은 이와 접촉하는 사람들에게 큰 영향을 준다. 2019년 7월, 야즈민 후아레스(Yazmin Juarez)라는 과테말라 출신 어머니는 미 연방의회 위원회에서 자신과 자신의 어린 딸이 남부 텍사스에서 억류되었다가 석방된 뒤 딸이 죽었다는 피맺힌 증언을 했다. 2020년, 그 비운의 어머니는 자신의 딸에게 적절한 의료 조치를 해주지 않아 악성 호흡기질환으로 죽게 만들었다고 미국 이민세관집행국을 상대로 소송을 걸었다. 그녀의 법정 증언은 억류 시설의 생활환경과 위생 상태가 열악하며, 특히 아동들이 악영향을 받을 수 있음을 밝혀 주었다. 인권단체들은 이 억류 시설의 환경이 비인도적이고 잔혹하다는 지적을 거듭해온 상태였다. 그녀의 증언은 미 하원 감독개혁위원회 의원들을 충격으로 몰아넣었다. 스마트 국경 인프라는 더 많은 인명을 앗아갈 것이다. 그러나 그에 따른 인도주의 위기 때문에 정치지도자들이 더 강력한 벽과 더 뛰어난 국경 보안에 대한 그들의 선거 공약을 철회할 것 같지는 않다.

스마트 국경의 해킹

스마트 국경은 데이터를 수집하는데 이는 그야말로 빅데이터다. 앞서 본 대로, 지문이나 망막 정보 같은 생체 정보는 이미 전 세계의 국경 법 집행기관들이 정규적으로 수집하고 있으며, 지상에 자리 잡은 스마트 국경 검문소에서는 여행객과 그 승용차의 사진 정보를 대량으로 모으고 있다. 예를 들어 미국-멕시코 국경은 국경을 건너는 사람들의 정보를 매주 수십만 건 수집하고 있다. 2019년 6월, 여행자들과 차 번호판 화상 정보를 담은 CBP 제휴업체의 데이터베이스가 해킹당했다는 보도가 나왔다. 그 보도에 따르면, 해당 업체는 CBP에 차 번호판 및 여행자 화상 정보를 넘기기 전에 자체 데이터베이스에 복사본을 보관했으며, 그것은 CBP의 허가 없이 벌인 일이었다. 이로써 10만 명의 개인정보가 해킹으로 유출되었다.

국경 법 집행기관이 법에 따라 행동하고 있으되, 그들이 데이터베이스 집적 방식으로 모으고 다루는 엄청난 양의 정보는 만약 본래의 취지에 맞지 않게 사용될 경우 잘못될 위험을 여전히 안고 있다. 다른 사례들에서 보듯, 운영자의 실수나 무심함이 해킹을 부르는 경우는 허다하다. 이 데이터 유출 사태가 보여주듯, 정부 기관과 제휴한 민간기업은 스마트 국경 관리에서 또 하나의 약점이 된다. 데이터 유출은 그것이 주로 운전자와 그 차의 번호판 사진에 불과했다고 보면 '그나마 다행'이랄 수도 있다. 그러나 그런 기초 정보를 토대로 해커들이 차량 등록번호나 운전면허 세부 사항 등의 추가 정보까지 빼낼 가능성도 존재하는 것이다.

CBP의 데이터 유출은 더 악랄한 그림을 그리는 배경도 되었다. CBP 같은 기관이 계속해서 더욱 많은 개인정보를 수집한다면, 적대적인 제3자가 생체 정보와 기타 개인 정보 데이터베이스를 해킹할 가능성에 마주치게 된다. 스마트 국경 인프라는 개인과 그 차량에 대한 막대한 개인정보를 수집하며, 그런 개인 다수는 자국민 혹은 합법적 여행자들이다. 그러나 생체 정보 수집은 그 잠재적인 문제점에서 자유롭지 않다. 얼굴 마스크를 써서 그런 기술을 혼란에 빠뜨릴 수 있고, 개인정보는 범죄자들과 그 밖에 그것으로 이득을 보려는 사람들에게 언제나 가치가 있다. 따라서 AI 기술에 계속 투자가 이뤄지고 있으며, 지문과 얼굴 화상 정보가 조작되지 않도록 만드는 게 초점이다.

위험은 더 커질 수도 있다. 차 번호판 정보 같은 개인정보가 도난당할 수 있다면, 공중 감시 데이터 역시 해킹당할 가능성이 충분하다. 2015년, 인도에서 아마도 중국이 배후로 의심되는 해킹 공격이 인도 정부 부처들과 대학교를 상대로 이뤄졌다는 언론 보도가 있었다. 해커들의 표적은 북방에서 계속되고 있던 국경 관련의 민감한 정보를 포함하고 있었다. 대략 70개의 인도 기관이 표적이 된 것으로 여겨진다. 인도 기관이 디지털 공격의 표적이 된 것은 이번이 처음은 아니었다. 2012년, 정부와 군 복무자의 이메일 수천 계정이 해킹된 사실이 밝혀졌다.

스마트 국경의 보안을 유지하는 일은 중대한 과제이며, 2019년 6월의 사건에서 차 번호판 정보 등이 유출된 일은 정보 보안이라는 것이 얼마나 쉽게 깨질 수 있는지를 상기시켰다. 법 집행 관련 데이터는 도난당할 수 있고, 드론은 해킹하여 다른 목적으로 쓰일 수 있고, 센서 시스템은 먹통이 될 수 있다. 스마트 국경은 국가, 시민, 상업 부문의 우선순위가 서로 다르다는 사실만 부각시켰다. 구글이나 아마존 같은 미국 기업들은 스마트 국경 기술 분야를 비롯해 여러 분야에서 연방정부와 단짝이다. 이런 기업들의 엄청난 규모의 감시 활동과 정부와의 협력에 진저리가 난 직원들과 시민들이 이 기업들을 배척할 수도 있다. 하지만 어떤 개인도 이런 일과 완전히 무관하다고 할 수 없다. 2019년 3월, 놀랍게도 사우디아라비아의 정보기관이 제프 베조스의 개인 휴대폰을 해킹하려 시도한 일이 드러났다. 그 해킹 자체에서 정보요원들이 뭔가를 건졌는지는 불투명하나, 베조스와 사우디아라비아의 무함마드 빈 살만 왕세자 사이에 오간 왓츠앱 메일에 악성 소프트웨어가 깔려 있음이 드러났다. 사우디아라비아 당국은 자국의 반체제 인사인 자말 카슈끄지(Jamal Khashoggi)가 사우디 왕가에 대한 신랄한 칼럼을 쓰도록 허용한 〈워싱턴포스트〉지와 그 소유주인 베조스를 불편하게 여겼다. 2018년 10월, 카슈끄지는 터키 이스탄불에 있는 사우디 총영사관을 방문했다가 피살되었다.

국경에서 시작되는 문제는 거기에 머무는 경우가 거의 없다. 열악한 소프트웨어와 암호화되지 않은 통신 시스템은 해킹 공격의 손쉬운 먹잇감이다. 기업들은 종종 우리가 안전하지 않은 장비를 쓸 때 그저 고마울 따름이다. 이로써 표적 맞춤형 광고와 서비스를 실행할 수 있기 때문이다. 호전적 집단 역시 그렇다. 그들은 방대한 개인 및 집단의 데이터베이스를 훔쳐내거나 스마트 국경 기술을 해킹하려 한다.

장래의 분쟁이 스마트 국경 기술의 해킹과 엮이지 않더라도, 해외의 해커들은 대신 중요한 인프라 또는 (2012년에 대규모 해킹 공격을 받은) 사우디아라비아의 아람코 같은 에너지 공급업체를 노릴 것이다. 스마트 국경 기술에의 투자가 반드시 국가 안보에 직결된다고는 말할 수 없는 것이다. 사실 중동 전체적으로 해킹과 사이버 공격의 사례가 허다하다. 2017년, 카타르는 아랍에미리트의 해커들이 카타르 통신사의 디지털 운영을 엉망으로 만들었다고 비판했다. 아랍에미리트는 그 해킹을 후원했다는 혐의를 부인했다. 당시는 다른 나라들이 카타르가 테러집단을 후원한다, 알자지라와 이란에 자금을 제공했다 등의 이유로 카타르를 따돌림하던 시점이었다. 카타르는 비행금지까지 포함된 이 따돌림에 대응하여 스마트 국경 기술, 식량 자급, 무기 강화 등에 더욱 많이 투자했다.

이 모두가 스마트 국경 기술이 마법의 반지 같은 것이 아님을 보여준다. 붐비는 공항에서 더 쾌적한 여행 경험을 선사하는 것은 의미가 있다. 그러나 지정학적 분란이 그치지 않는 곳에서라면 이는 훨씬 복잡한 문제와 얽힌다. 국경 문제가 끊이지 않는 세계의 여러 지역들에서는, 인도에서 '포괄 통합형 국경 관리 시스템'이라 부르는 체제를 도입한 사례들을 볼 수 있다. 자세히 들여다보면, 또 하나의 정부가 지상 센서, 스마트 철책, 전자 정보 수집 및 감시 장비 등을 인도와 방글라데시 사이, 그리고 파키스탄 사이의 국경에 장비를 설치하는 데 더 많은 돈을 쓰고 있는 상황이다. 그 목표는 국경을 넘는 테러 행위를 포함한 '불법 행동 위협'을 격퇴하려는 것이다. 한편 파키스탄은 또 자체적으로 보안 순찰을 강화하고 자체의 '스마트 철책'에의 투자를 늘리겠다고 공언했다. 스마트 기술을 쓰는 국경 안보 군비 경쟁은 필연적으로 뒤따라 진행된다.

브렉시트와 스마트 국경 추구

여러 문제점에도 불구하고, 빈틈없고 고도로 효율적인 스마트 국경에 대한 열망은 식을 줄 모른다. 브렉시트로 빚어진 드라마는 국경 관리에 기술적 해법을 동원하려는 일부의 염원을 드러냈다. 2016년 6월, 영국의 유럽연합 관련 국민투표 이후 영국이 연합에서 탈퇴하는 것으로 정리되었다. 비록 국민투표 캠페인 과정에서 충분히 논의되지는 않았으나, 이로써 북아일랜드와 유럽연합 회원국인 아일랜드 공화국 사이의 관계가 다시금 주목받게 되었다. 두 나라 사이의 경계선은 브렉시트 이후 어떻게 관리되어야 할 것인가? 이 국경의 양편 모두 1988년 성 금요일 평화협정*으로 이루어진 신뢰 구축이 브렉시트 국민투표로 손상되어서는 안 된다는 민감한 반응

---

* 1998년 4월 10일, 북아일랜드의 벨파스트에서 영국과 아일랜드 사이에 체결된 평화협정. 협정이 체결된 날이 부활절 이틀 전인 성 금요일이었기 때문에 성 금요일 평화협정이라고 불리거나 벨파스트 협정이라 불린다. 이에 따라 아일랜드는 북아일랜드에 대한 영유권을 포기하고, 영국은 북아일랜드의 자치를 보장하면서 오랜 분쟁과 갈등의 역사가 일단락되었다.

을 보였다. 아일랜드 섬의 그 누구도 "엄중한 국경"으로, 그리고 지난 수십 년 동안의 폭력의 시대로 돌아가기를 원하지 않는다.

브렉시트를 기획한 책임자들에게 스마트 국경은 하나의 해답이 될 수 있다. 새로운 국경 체제를 설계하고 실행하면서 사람과 화물을 엄중히 심사하지 않도록 할 수 없을까? 그런 체제는 유럽연합과 비유럽연합 국가들이 서로 관계를 유지하면서 국경을 군사화하지 않도록 가져갈 수 있을까? 일부에게는 노르웨이-스웨덴 국경이 영감을 줄 것이다. 여기서는 유럽연합 회원국과 비회원국 사이의 국경이면서 '신뢰 가능 거래자'(trusted trader)의 체계를 써서(수출입 안전관리우수업체, 즉 AEO 제도를 활용하여) 초국가적인 사업이 최대한 불편 없이 이루어질 수 있도록 하고 있다. 이를 통해 국경을 지나는 사람들과 그들의 차량이 검문을 받기는 하되 최소한도로만 받게 된다. 그러나 AEO 체제는 운영자에게 행정과 비용의 부담을 안기며, 그 체제에 따르는 가입자들은 밀수와 탈세를 방지하기 위해 각자의 시설에 대한 사찰을 받아들여야 한다는 점이 있다.

북아일랜드와의 국경이 사람, 금융, 서비스의 자유로운 이동을 제한하거나 제약하지 않도록 하자는 양측의 입장은 아일랜드 정부에 논란거리를 안겨주었다. 2018년, 노르웨이-스웨덴 국경 모델을 한 걸음 더 발전시켜 '스마트 국경 2.0'을 만들자는 주장이 끊이지 않았다. 이는 아일랜드 국경의 민감한 성격을 감안하여, 특정상품의 위탁 숫자 같은 단위를 새롭게 추적 대상에 넣고, 두 정부 사이에 관련 정보를 공유하며, 사전 통관 절차를 국경에서 떨어진 곳에서 밟는 등의 내용을 포함하고 있었다.

그러나 브렉시트 과정 내내, 아일랜드 정부는 국경이 물리적 인프라와 국경 초소 요원에 대한 원하지 않은 투자를 부르게 되지 않을까 우려하고 있었다. '백스톱'(backstop), 즉 영국이 유럽연합을 떠난 다음에도 국경을 넘는 교역이 최대한 자유롭게 이루어질 수 있도록 보장하는 방안에 대한 열띤 논쟁이 벌어졌다. 아일랜드 공화국에게는 너무나 큰 손익이 걸린 문제였다. 영국은 아일랜드의 세 번째로 중요한 수출 파트너이며, 또한 최대 수입국이었다. 더 넓게 볼 때 유럽연합 전반과 미국과의 무역 문제가 더 중요하다고는 하겠지만, 아일랜드에게 영국과의 무역 관계는 의미심장할 수밖에 없다.

지정학적으로 볼 때, 두 나라는 1970년대와 1980년대에 보안 감시 네트워크로 사람들의 행동을 감시하며 영국군이 국경지대를 샅샅이 순찰하던 당시에는 상상할 수도 없을 정도로 국경 마찰이 거의 없는 상태다. 그러나 2017년 영국 총선 이후 이뤄진, 북아일랜드의 민주연합당과 영국의 전 수상 테레사 메이 사이의 '신뢰와 지지 협정'은 문제를 더 복잡하게 만들었다. 민주연합당으로서는 유럽연합과의 육상 국경이 없는 나머지 영국 영토가 떠남에 따라 아일랜드 공화국과의 국경 통제 체제를 다시 설정해야 할 상황에 처했으며, 그것은 북아일랜드가 사실상 유럽연합에 남는 상황이나 다름없어, 정통 민주연합당 당원들로서는 참지 못할 일이었다. 비록, 예를 들어 북아일랜드와 아일랜드 사이의 국경 문제를 최대한 원만하게 만들어줄 기술적 해법이 있다 해도, 그것은 모든 스마트 국경이 갖는 한계를 동반할 수밖에 없다. 스마트 국경에서 해법을 찾자는 각국 정부의 열의가 북아일랜드에서는 심드렁하며, 세계 어디서라도 국경과 그 너머의 지대에서 얼마간의 물리적 통제를 받지 않아도 되도록 하는 스마트 국경 솔루션은 없다.

유럽연합은 백스톱과 관한 영국과의 협상에서 브렉시트 뒤 영국과 유럽연합 사이의 관세 합의가 불발되더라도 아일랜드는 반드시 보호되어야 할 것이라는 점을 명확히 했다. 브렉시트에 찬성표를 던진 사람들 입장에서는 '백스톱'이 영국을 여전히 유럽연합의 무역 블록에 묶어두고 있다며 분개했다. 2020년에도 논쟁은 계속되고 있다. 영국과 유럽연합, 아일랜드를 포함한 유럽연합의 앞으로의 관계는 어떠해야 할 것인가? 런던과 더블린 두 정부가 민간 입출국은 무인 시스템에 대부분 맡기는 가운데 상품과 서비스의 사전 통관 절차에 대한 합의를 이룰 수 있을지는 미지수로 남아 있다.

영국이 유럽연합에서 탈퇴할 거라고는 아무도 생각지 못했던 1998년에 맺어진 성 금요일 협정은 아일랜드가 가진 고민의 주축을 이룬다. 이 시기에는 유럽연합보다는 미국의 역할이 중요했다. 아무튼 유럽연합은 이미 정해진 지정학적 구도의 일부였기 때문이다. 그러나 이 지역의 정치는 2019년 영국 총선 이후 더욱 꼬이기 시작했는데, 북아일랜드에서 민주연합당이 소수당으로 전락했기 때문이다. 2016년 6월 이 지역 주민들이 유럽연합에 남겠다고 투표했기 때문에, 브렉시트의 한 가지 가능한 결과는 아일랜드 공화국과의 통합 여론의 상승이었다. 그러면 스마트 국경 해법은 무의미해지게 된다. 뿐만 아니라 브렉시트 국민투표 당시에는 런던의 정치 지도자들이 상상하지 못했던 상황도 벌어지고 있다. 매일 오가는 사람이 3만 명 정도로 추산되는 개방된 것이나 마찬가지인 국경을 어떻게든 통제하려 한다면 그것을 과연 스마트하다고 부를 수 있을까의 문제 말이다.

브렉시트 이후의 아일랜드 국경 문제는 기술적 해법에는 언제나 한계가 있다는 사실의 좋은 본보기다. 차 번호판 판독 기술은 아일랜드 국경의 거칠었던 지정학적 역사와는 잘 맞지 않는다. 또 스마트 국경 기술은 무역과 서비스 교역과는 직결되지 않는다. 대부분 사람의 입출국에만 집중한다. 신뢰가능 거래자 체제가 노르웨이-스웨덴 사이에서 통하는 것은, 그들이 최근 역사에서 갈등과 분란을 겪지 않았기 때문이다. 전자정보, 개인정보, 리스크 산출정보 등을 교환하려면 고도의 정치적 신뢰가 있어야 가능하다. 1998년의 성 금요일 협정은 아일랜드 섬 전체에 신뢰 구축을 이룩한 기반이었고, 이를 훼손한다면 다시 원하지 않는 폭력의 재발로 이어질 수 있다.

스마트 국경의 미래

세계의 국경지대가 상기시켜 주다시피, 스마트 국경 기술은 마약 카르텔의 활동 억제하기, 불법 이민과 국경을 넘는 테러리즘을 영공과 영토, 영해에서 차단하기 등 다양한 이유에서 개발되었다. 새로운 스마트 국경과 철조망 기술에 투자하는 것은 또한 인도와 파키스탄처럼 서로 으르렁거려온 이웃나라들끼리의 관계에서 종종 벌어지는 기술 및 군비 경쟁의 하나일 수도 있다.

미국에서 스마트 국경은 '국경의 국내화'에 보탬이 된다. 실제 국경은 공항과 국제 경계선에서 자꾸만 내부로 들어오고 있다. 이제 기관원들은 국내에서 감시활동을 그 어느 때보다 활발히 벌일 수 있게 되었다. 트럼프 정부에서의 이민 정책은 미군과 최대로 확장된 국경 순찰대 사이의 더욱 강화된 협력관계를 낳았다. '국가비상사태'를 선포한 상황에서 특단의 수단을 사용하는 일은 더 늘어날 것 같다. 감시 인력 확충과 최신 스마트 국경 기술에 대한 투자도 더욱 늘어날 것이 분명하다.

아마도 불법 이민자들만이 아니라 사업차 방문자나 일반 시민들도 계속해서 이 '스마트 국경 혁명'의 감시 대상이 될 것이다. 여행객들은 스스로 출국 전에 체크를 마쳐야 한다. 신뢰 가능한 사업가나 여행객의 지위를 유지하기 위해 더 많은 개인정보를 정부의 데이터베이스에 등록해야 한다. 더 나아가, 우리 모두를 대상으로 하는 국내 정보 공유가 더 늘어날 전망이다. 당연히 프라이버시 문제와 데이터 보안 문제가 제기될 것이다. 홍채인식기법, 지문인식, 얼굴인식기법 등을 쓰는 생체인식 시스템은 공항과 국경 검문소에 일반화될 것이다.

스마트 국경의 표적이 되는 사람들이 받을 영향은 매우 실질적이며, 공항을 나선 한참 뒤에까지 미친다. 가령 영국의 대학들, 고용주들과 민간업자들은 자기도 모르게 무보수 국경수비대원의 역할을 맡고 있는 셈이다. 당국이 관련자들의 개인정보를 제공하라고 요구해올 때 말이다. 가짜 또는 의도적인 오류 정보를 생산하는 일은 국경 통제를 우회하려는 사람들을 위한 빅 비즈니스로 남을 것이다. 외국 정부를 포함한 해커들은 국경을 중심으로 수집된 막대한 데이터를 빼내기 위해 더 많은 인센티브를 제공할 것이다. 스마트 국경의 해킹은 다음 세대 분쟁의 일부가 될 것이며, 그 가운데는 테러집단과 불량국가들의 암약이 있을 것이다.

스마트 국경은 재래식 국경을 없애지 않는다. 단지 그 목표를 재설정한다. 팬데믹 시대에, 여행객들은 열 감지 사전 체크, 여권상의 흠결 체크, 엄격한 건강 검사, 의무적 격리 등의 요구를 더 받게 될 것이다. 미래의 스마트 국경은 '신뢰 가능한 여행객'이 그 정체성과 건강 상태를 자신의 휴대폰으로 증명하도록 함과 동시에 추적 앱을 사용해 국경은 물론 그 너머 지역에 이르기까지 개개인의 생태 정보를 감시하는 역할을 맡을 것이다.

8장

우주 국경

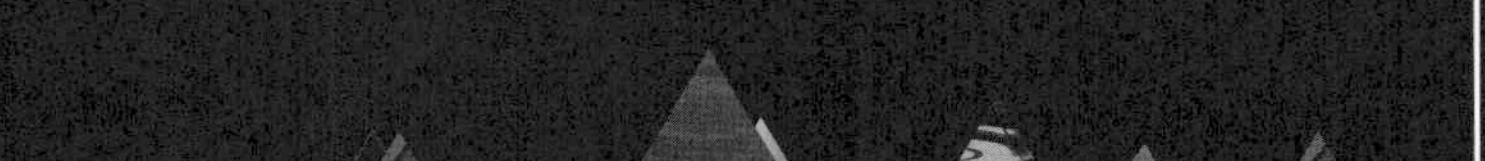

우주비행사 제임스 어윈(James Irwin, 1930~1991)이 달 표면에 서서 경례를 하고 있다. 어윈은 1971년 아폴로 15호 미션 때 달착륙선의 조종사였다. 1967년의 우주 조약은 “외계 공간의 탐사와 활용은 평화적으로 이루어져야 한다”는 내용으로, 미국, 영국, 소련이 서명했다. 그 제2조는 “달과 기타 천체를 포함하는 외계 공간은 주권 주장에 따르거나, 활용 또는 점령에 의해서나, 그 밖의 어떤 수단으로든 특정 국가에 귀속되지 않는다”고 명시했다. 이 조약에 참여한 국가는 모두 110개국이며, 중국과 인도도 들어가 있다.

1969년 7월, 아폴로 11호의 우주 미션은 두 우주비행사를 달 표면에 내려놓았다. 실로 역사적 순간이었다. 쥘 베른(Jules Verne)이 〈달 세계 여행〉(1865)에서 달 착륙을 상상한 지 오래되었지만, 실제로 성공하기까지는 260억 달러에 이르는 투자, 3명의 우주비행사가 화재로 사망한 아폴로 1호의 비극적인 사고, 셀 수 없이 많은 기술 실험을 하고서야 두 사람을 달 표면까지 보낼 수 있었다. 달착륙선 이글호에서 처음 내리는 영광은 시험 비행사이며 항법사였던 닐 암스트롱에게 주어졌다. 그는 착륙선에서 내려 달 표면에 발을 디뎠을 때 이렇게 말했다.

"이것은 개인으로서는 작은 한 걸음이지만, 인류로서는 위대한 도약이다."

그가 입 밖에 내지 않았던 말 역시 이와 똑같이 중요한데, 그것은 그가 미국인의 한 걸음이라고 말하지 않았고, 또 달이 미국 영토라고 주장하지 않았다는 점이다. 이는 2년 전에 미국과 소련이 천체의 국가 귀속을 금지한다는 데 합의했기 때문이다. 그리고 닉슨 대통령(그는 1969년 1월에 아폴로 계획은 신세계를 '정복'하고 외계 공간을 새로운 프론티어로 삼는다기보다 '함께 새로운 세계를 탐험'하려는 열망에 힘입은 것이라고 연설했다)의 보편주의 정신은 암스트롱의 말에서도 나타났다.

그러나 당시는 냉전 상태에서 국가 경쟁이 심하던 때였고, 말과 행동이 다를 여지는 충분했다. 모든 아폴로 미션은 '달 착륙용 국기 키트'를 갖추고 진행되었고, 이는 우주비행사가 알루미늄 튜브를 짜 맞춰 깃대를 만들고 거기에 나일론 성조기를 달도록 되어 있었다. 그 깃발은 가로 1.5미터, 세로 1미터 크기였다. 착륙 사다리 근처에 장착된 이 키트는 로켓 모터와 분사 가스의 극고온에도 견디도록 만들어졌다. 1969년 7월 21일, 닐 암스트롱과 버즈 올드린이 이글 착륙선을 배경으로 미국 국기에 경례하는 장면은 세상에서 가장 유명한 장면의 하나가 되었다.

이 미션이 시작되기 몇 달, 몇 주 전부터 '최초 달 착륙 상징 행동위원회'라는 그럴싸한 이름의 조직이 비행사들이 쓸 수 있는 선택지를 논의했다. 성조기보다는 유엔 깃발이 '인류'를 대표한다는 의미가 더 있었지만, 아폴로 계획에 투자된 시간과 돈은 닉슨 행정부가 국가적인 영광의 순간을 포기하지 못하도록 했다. NASA 사람들 중에는 몇 년 전의 일들을, 다시 말해서 1957년 10월에 소련이 세계 최초의 인공위성인 스푸트니크를 발사하고 또 1959년 9월에는 (소련 국기를 선체에 그려 넣은) 루나 2호를 쏘아 올려 달 표면에 도달한 최초의 인공물 기록을 차지한 일들을 아직도 속 쓰려 했다.

미국 우주비행사(astronaut)와 소련 우주비행사(cosmonaut)를 놓고 벌어지는 냉전이 절정이던 때, 우주는 대체로 미국과 소련의 전용 무대였다. 인공위성들은 대형이면서 견고하게 제작되었고, 우주 계획은 국가 기밀로 가려져 있었다. 50년 뒤 펼쳐진 '새로운 우주시대'는 이와 크게 달라졌다. 상업 분야가 전보다 훨씬 크게 관여하고 있으며, 수많은 나라가 이런저런 형태로 우주 사업에 참여하고 있다. 인공위성은 온갖 형태와 크기로 제작되며, 발사 비용은 1960년대, 1970년대에 비하면 아주 낮아졌다. 요즘에는 우주선 구성 모듈들을 '기성품'으로 구입하는 경우가 많으며, 여기에 민간 기업들이 적절한 역할을 하고 있다. 상업용 위성들은 광역 연결망과 지상 관측에 필수적인 존재가 되었다. 저궤도 위성을 운영하고 그것이 찍은 지구 사진을 판매하는 일은 짭짤한 수익 사업이다. 다수의 인공위성을 궤도로 쏘아 올린 결과 이제는 사이버 해킹, 데이터 조작, 무선파 재밍(jamming) 등 우주 인프라에 대한 공격 역시 늘어나는 추세다.

관심과 투자의 확대는 우주 식민지화에 대한 큰 그림을 그리는 동시에 우주공간의 군사화에 대한 우려를 낳고 있다. 범람원, 산악, 하천, 해저, 계곡 등등, 인간은 지금껏 지상의 모든 지형지물을 구조화하고 분쟁의 대상으로 삼는 법을 찾아내 왔다. 그리고 외계 공간 역시 다를 게 없다. 지도 제작은 여전히 식민화와 정착을 위한 중요한 도구다. 달과 화성의 고해상도 지도화 작업이 지구의 해저에 대한 것보다 더 진전되어 있음을 기억해둘 필요가 있다. 왜냐면 그쪽이 기술적으로 더 쉽기 때문이다. 그런 정보로 뭘 할지는 자기 마음이다. 가령 BBC의 해설자 패트릭 무어(Patrick Moore)는 '밤하늘의 진짜 모습'에 놀라는 반면에, 또 다른 사람, 가령 독일 출신 미국 과학자 베르너 폰 브라운(Wernher von Braun)은 외계 공간을 이용해 이 행성 전체에 대한 패권을 수립하고자 하는 열망을 나타냈다.

이제 우주는 클라크나 폰 브라운의 시대보다 훨씬 복잡한 작전 환경이 되었다. 그러나 폰 브라운이 가졌던 구상은 중요성이 전혀 줄지 않았다. 우주 안보는 시급한 과제로 남아 있다. 예를 들어, 노르웨이는 2022년에 인공위성에 더욱 투자할 계획인데, 북극해 영역 전반에 걸쳐 불상사가 일어났을 경우에 더욱 잘 대응할 수 있도록 통신 역량을 강화하는 노력의 하나다. 러시아가 무선파 재밍(데이터 전송과 접수를 방해하는 메커니즘)과 스푸핑(spoofing, 가짜 데이터 생성)을 배치하겠다고 계속 엄포를 놓는 것은 실제 전략의 일환이다. 러시아는 NATO 군사훈련에 노르웨이가 호의적인 점을 못마땅해한다. 재밍은 그런 불쾌함을 표시하는 수단으로, 현장에 있는 모두의 안전을 보장할 수 없음을 노골적으로 드러내는 것이다.

또 다른 곳에서는 인공위성, 사이버해킹, 전자기 펄스, 레이저 무기, 차세대 미사일 방어 시스템 등이 더 이상 1970년대 007 영화 속의 상상에 그치지 않는, 무시무시한 상황이 전개되고 있다. 그 선두 주자는 미국, 러시아, 중국이다. 미 국방정보국(DIA)은 중국과 러시아가 우주 기반 무기체계를 더욱 확충할 것이라고 여기고 있다. 트럼프 대통령은 2018년에 우주군을 창설하면서 외계 공간에서도 미국이 패권을 차지하기를 희망했다. 폰 브라운은 아마 지하에서도 이런 움직임을 반겼으리라.

그러나 이제는 앞으로 무슨 일이 일어날지 점치기 위해 다시 하늘을 살펴볼 때가 되었다.

유동적인 '최종 국경'

아폴로 11호가 달 착륙을 준비하던 때, 커크(Kirk) 선장이 지휘하는 가상의 미국 우주전함 엔터프라이즈호는 우주를 횡단하고 있었다. 엔터프라이즈호의 미국 승무원들과 그들의 '신기한 신세계'로의 여행은 우리 대부분의 눈을 사로잡았다. 1966년 9월 NBC에서 방영되기 시작한 〈스타트렉〉은 미국과 소련이 주도하여 새로운 시대를 열었다고 볼 수 있는 우주 조약 협상 시기와 묘하게 겹쳤다. 1958년 수립된 유엔의 '우주의 평화적 이용을 위한 위원회'(COPUOS)는 우주 조약의 목표와 정신이 자리 잡도록 하는 역할을 맡았다. 1960년대 말과 1970년대의 상황에서는 비교적 쉬운 역할이었다.

1967년 체결된 우주 조약의 제2조는 이렇게 선언했다.

> "달과 기타 천체를 포함하는 외계 공간은 주권 주장에 따르거나, 활용 또는 점령에 의해서나, 그 밖의 어떤 수단으로든 특정 국가에 귀속되지 않는다."

따라서 미국과 소련의 우주비행사들은 각자의 국기를 달 표면에 꽂을 수는 있었지만, 그것을 이유로 영토권을 주장할 수는 없었다. 이 조약은 규칙과 규제를 적시한 조항들로 돋보였다. 우주 탐사와 그에 수반되는 기술은 아직 태동기였으며, 우주 지정학 역시 그랬다. 우주 개발 능력이 있는 국가는 몇 되지 않았으며, 그 중에서도 우주선을 발사할 수 있는 능력은 오직 미국과 소련 두 나라에게만 있었다.

오늘날, 우주 개발 참여자는 훨씬 다양해졌다. 그리고 종전의 규칙과 규제는 낡았다는 인식이 높아졌다. 룩셈부르크 같은 작은 나라들도 우주에서 이익을 보기 위한 미래 계획을 수립중이다. 우주 통신업의 선도국가이자 두 개의 세계 최대급 인공위성 운영업체를 보유하고 있는 룩셈부르크는 '최후의 프론티어'를 개척한다는 포부에 차 있다. 그 나라가 출범시킨 '우주 자원 개발 이니셔티브'는 우주 개발 국가 예산을 책정하고, 우주 자원 채굴 실행과 규율을 위한 계획 수립을 위해 민간 기업들과 협력하는 시스템이다. 룩셈부르크 국가와 (2018년 해산된) '행성자원협회'는 한때 지분을 공유하는 관계였으며, 양쪽 모두 이 분야가 전도유망하리라고 믿어 의심치 않았다. 2017년, 룩셈부르크는 미국을 본떠 국가 보증에 근거하여 관련 기업들의 우주 자원 채굴권을 국제법에 맞게 인정해 주는 법적 틀을 도입했다.

외계 공간에서의 미래는 지상의 여러 곳에서 기획되고 있다. 룩셈부르크 같은 곳에서부터 우주 강대국인 중국, 러시아, 미국 등에서까지. 민간 기업들의 활동도 눈부신데, 캘리포니아의 플래닛랩(Planet Labs)은 그 야심만만함과 능력에서 단연 돋보이는 예다. 그들의 목표는 그들이 개발한 소형 인공위성, 트리플큐브샛으로 끊임없이 지상 관측 데이터를 생성하는 것이다. 350대의 인공위성을 보유한 회사의 트위터 계정에는 우주에서 찍은 놀라운 사진들이 매일 올라온다. 아무튼 사람들이 우주에 대한 관심을 잃을 염려는 없다.

그것은 지구에서의 우리의 삶에 긴밀히 통합되어 있기 때문이다. 큰 나라든 작은 나라든 달과 외계 공간에 시선을 고정하며, 이를 기회와 수익으로 현실화하려는 열망에 차 있다. 달 표면에서 헬륨3을 추출할 수 있으리라는 관측이 많다. 헬륨3은 신세대 핵융합로의 개발 과정에서 핵심 연료로 논의되고 있다. 이제는 달을 미개척 자원의 보고로 여길 뿐 아니라, 무한한 태양광 발전이 가능한 곳으로 보는 견해가 흔할 정도다.

외계 공간은 그 나름의 난점과 논쟁점이 있다. 우주 식민지 건설과 자원 수취는 필연적으로 대양의 해저 같은 오지나 무인지대의 통제 및 관리에 수반되는 것과 비슷한 문제를 낳는다. 미 공군 지휘참모대학 교수인 에버렛 돌먼(Everett Dolman)은 1990년대에 펴낸 책에서 "우주 지정학에 더 주목할 필요가 있다"며 힘의 투사, 자원 수취, 타국의 접근 차단 등의 대비가 필요하다고 지적했다. 2019년, NATO는 외계 공간이 지상, 해상, 공중, 사이버상 공간과 다를 바 없는 NATO의 작전 영역이라고 공인했다. 이보다 앞서 프랑스의 마크롱 대통령은 우주가 '진정 국가안보적 쟁점'이라 언급했으며 '새로운 대립 구역'이 되고 있다고 경고했다. 2019년 8월 트럼프 대통령은 로즈가든에서 이렇게 연설했다.

"그것은 빅딜입니다. 왜냐하면 외계 공간이 다음 전쟁 영역이 될 것이기 때문입니다. 이 점은 모두에게 아주 분명하다고 봅니다."

모두에게 분명할까? 트럼프 대통령이 간과한 것은 심지어 냉전 중에도 존재했던 우주 기반 협력의 역사다. 두 진영 사이에 적대감이 최고조에 이르고 상호확증파괴의 위협이 거셌던 1980년대에, 두 초강대국을 포함한 45개국이 국제 조난구조 시스템 인증(Cospas-Sarsat) 계획을 출범시켰다. 인공위성을 이용해 재난 대상자를 찾고 구조하는 목적의 계획이었다. 여러 나라의 인공위성 네트워크가 지상을 모니터하고, 구조작전을 공동 조정하는 것이다. 이는 2000년 국제 헌장 "우주 및 주요 재난"이 나오면서 뒷받침되었다. 이 헌장은 재난 구호를 위해 적절한 우주 기반 정보를 공유하는 국가 활동을 독려했다. 이 모든 것은 앞으로 우주 경쟁과 적대 행위의 시대가 열리리라는 우려 속에서도 유지되고 있다. 외계 공간과 같은 극한의 환경에서는 인도적인 면에서 최악의 상황만이 아니라 최선의 상황도 나타나게 된다.

밀집되고, 대립적이고, 경쟁적인 공간

2013년 유엔 보고서는 우주가 점점 더 '밀집되고(congested), 대립적이고(contested), 경쟁적인(competitive)' 곳으로 변해 갈 위험이 있다고 밝혔다. 유엔의 그러한 결론은 몇 가지 직접적인 관측에 기대고 있었다. 우주의 밀집은 하나의 쟁점이 된 상태였다. 지금 대략 2,500대의 인공위성이 작동하고 있으며, 그 수는 계속 불어나는 중이다. 미국에 본부를 두는 과학정책 관련 시민운동 단체인 참여 과학자 모임(The Union of Concerned Scientists)은 그런 사항에 대한 데이터베이스를 구축, 공개 중인데 그에 따르면 미국이 세계에서 가장 많은 인공위성을 운영하고 있으며 중국이 그 뒤를 잇고 있다. 수명이 다한 인공위성과 위험한 외계 쓰레기는 그러한 밀집을 심화할 뿐이며, 특히 아직도 궤도를 떠돌고 있는 낡은 인공위성들이 골칫거리다.

초기의 우주 탐사 시절에서 한 가지 크게 달라진 점은 우주 개발 비전을 가진 슈퍼리치들의 등장이다. 일론 머스크의 '스페이스 X'는 1만 2천 대에 이르는 인공위성을 쏘아 올려서 '스타링크'를 만들고, 세계 수십억 인구에 고속 인터넷을 제공한다는 야심만만한 계획이다. 2019년 5월에는 그 수를 3만 대까지 늘렸으며, 제1진인 60대의 스타링크 인공위성들이 우주로 발사되었다. 이 책을 쓰고 있는 시점에, 그의 인공위성들의 숫자는 480개 가량이다. 머스크의 계획은 그의 위성 대부분을 저궤도에 두어, 우주 쓰레기와 외계 공간 폐기물 발생 문제를 피한다는 방안도 담고 있다. 그러나 그의 계획은 어쨌거나 외계 공간이 더욱 '밀집'된다는 점을 나타내준다.

2020년 1월, 우주 모니터링 기지에서 두 대의 가동 중지된 인공위성들이 아슬아슬하게 상호 충돌을 면했다는 사실을 발견했다. 그런데 이는 전혀 새로운 현상이 아니었다. 하지만 이 '아슬아슬했던 위기'를 민간 기업들은 그들의 상황 인식 제품을 선보일 기회로 삼았다. 이 경우에, 한 대의 인공위성은 1천 킬로그램 이상의 무게였으며, 다른 하나는 훨씬 작아서 85킬로그램 정도였다. 경험 많은 관측통들은 이 사건이야말로 앞으로 더 많은 충돌이 일어나고 더 많은 우주 쓰레기가 양산되며, 결국 아직 활동 중인 인공위성들도 피해를 입을 가능성을 여실히 보여준 사건이라고 지적했다. 스페이스 X 계획은 우리의 하늘을 더 많은 인공물로 채울 것이며, 그것에 그치지 않는다. 아마존(제프 베조스와 그의 '블루 오리진'), 버진갤럭틱(리처드 브랜슨) 등도 자체의 웅대한 계획을 가지고 있다.

1957년에 스푸트니크가 발사된 뒤로, 우주는 세계 각국이 경쟁하고 경주를 벌이는 시험장이 되었다. 국가들이 앞 다투어 자국의 위성을 쏘아 올렸다. 아폴로 계획은 냉전 시대의 지정학의 산물이었다. 대학과 공공단체를 위한 과학 탐구 투자가 뒤를 이었다. 미국의 NASA(1958년 수립)는 한때 연방정부에서 6,500억 달러의 지원을 받았다. 이제 미국은 외계 공간에서 당연시되어온 자국의 우위가 흔들릴까 봐 우려하고 있다. 미 국방장관 마크 에스퍼(Mark Esper)는 2020년 1월에 이렇게 말했다.

"우주에서 미국의 우위를 유지하는 일은 이제 미국 우주군(Space Force)의 임무다."

우주는 이미 경쟁이 치열한 공간이다. 미국, 러시아, 중국, 인도 같은 우주 강대국들 그리고 이스라엘 같은 신흥국이 있을 뿐 아니라 수없이 많은 비국가 세력도 있다. 일론 머스크의 스페이스 X, 리처드 브랜슨의 버진갤럭틱 계획 같은 준궤도 인공위성 계획들에서 막사르테크(Maxar Technologies)나 구글 같은 원격 센서 및 통신 기업 계획에 이르기까지, 우주공간은 빅 비즈니스의 장이 되고 있다. 마지막으로, 유럽우주국(ESA, 1975년 설립)처럼 지역 블록들도 끼어들고 있다. ESA는 블록 내 여러 국가들이 우주에서 자기주장을 할 수 있도록 도우며, 한편으로 원격 센서와 지구 탐지 활동, 그리고 프랑스령 기아나에서의 자체 우주 기지 운영 등을 도맡고 있다.

우주에서 경쟁이 벌어지는 것은 부분적으로 우리의 글로벌 커뮤니케이션 네트워크가 인공위성 집단에 달려 있으며, 그 덕분에 TV를 보고, 인터넷과 휴대폰을 쓰고, 자동차와 비행기, 배에서 내비게이션을 쓰고, 기상 조건이나 생체 인식 정보 같은 중요한 전략 정보를 활용할 수 있다고 여기는 인식에 근거한다. 그러한 정보 통신 네트워크에 우리의 글로벌 경제와 사회가 의존하고 있다. 어업, 금융, 생존자 탐색과 구조, 식량 생산, 재난 구제 등이 모두 그 혜택을 입는다. 국가 정체성과 지역 강대국 지위 관련 정치적 문제도 얽혀 있다. 예를 들어, 모디 정부는 인도가 우주 강대국이라는 점을 만족스러워하며, 유럽인들은 자체 우주국이 있다는 걸 자랑스러워한다(비록 그 우주 기지는 프랑스 제국의 흔적이 남아 있는 프랑스령 기아나에 있지만 말이다).

'우주 시대'의 초창기에 설계된 조약들은 우주 관광여행, 자원 개발, 방위 기술 등의 새로운 도전 과제가 물밀 듯이 밀려오는 지금 새로운 변화를 요구받고 있다. 자연이 진공을 싫어한다면, 인간도 그렇다. 그래서 '연성 법규'(soft law)라고 불리는 것들(가령 성명서, 행동 지침, 프레임워크, 유엔 안보리 결의안 등)이 나타나서 공백을 매우고 있다. 그러나 우주 관련 법제는 1960년대에 처음 만들어지기 시작했는데, 당시 민간 기업과 비정부기구는 '우주 관련 일'을 할 능력이 없다고 여겨졌다. '연성 법규'를 활용할 때의 장점은 국가와 비국가단체를 가리지 않고 적용되는 행동 규범을 만들어낼 수 있다는 것이다. 법적 구속력이 있는 조약은 국가만이 체결권을 갖기 때문이다.

우주 관광여행, 우주 화물 수송, 장기적인 우주 식민화는 소수의 우주 개발 능력 국가들에 한정되어 고려되었다. 관련 조약들은 외계 공간과 천체를 국가의 전용 범위 밖에 두었다. 이들 우주 조약들은 민간 기업들이 우주에서 활동하는 일을 금지하지 않았는데(다만 대부분의 국가와 우주 관련 변호사들은 민간 기업이 우주 자원을 채굴하는 일은 금지되어 있다는 데 의견을 같이한다), 개인이 스스로를 미래의 달이나 화성의 대통령으로 상상하는 일 역시 문제 삼지 않았다. 그렇다면 소행성이나 행성에 대한 '권리'를 매입하고 싶어 하는 사람이 나오지 말란 법도 없다. 예를 들어, 2019년에 문익스프레스(Moon Express), 섀클턴에너지(Shackleton Energy)라는 두 미국 기업이 달의 장기적 식민지화를 위하여 달에서 물을 캐낸다는 황당해 보이는 사업을 시작했다. 이 모두는 달이, 그리고 그보다는 화성이 언젠가 각자 운영되는 지구의 식민지로서 경쟁할지도 모른다는 생각을 낳게 한다.

우주의 평화적 이용

1958년, 인간의 우주 공간 진입이 어떤 영향을 줄 것인지를 고려하기 위한 목적으로 '외계 공간의 평화적 이용에 대한 유엔 임시 위원회'가 수립되었다. 위원회는 외계 공간의 관리 문제만이 아니라 그것이 지구상의 국제관계에 미칠 영향도 살펴보았다. 1년이 지나지 않아서 '임시'는 '항구'로 바뀌었고, 1958년 12월 오스트리아의 빈에 '유엔외기권사무소'(UN Office for Outer Space Affairs)가 설립되었다. 현임 소장은 저명한 이탈리아 천체물리학자 시모네타 디피포(Simonetta Di Pippo)다. 1960년에는 우주법 국제기구(the International Institute of Space Law)가 창설되어 우주 관련 법규 개발을 촉진하는 자립적 비정부기구로 활동하기 시작했다. 두 유엔 산하 단체는 모두 2020년대와 그 이후까지 '외계 공간의 평화적 이용'이라는 개념을 현실에서 적용하는 방법을 모색한다.

오늘날, 1967년의 우주 조약은 아직도 우주 법규의 핵심으로 작용한다. 이 조약의 조항들에 따라, 우주는 자유롭게 탐사 가능하며, 주권 주장은 금지되며, 핵무기와 그 밖의 대량살상무기도 우주에 배치할 수 없고, 각국은 그들이 우주에 쏘아 올린 물체와 자국민에 대해 책임을 진다. 1년 뒤, 국제사회는 '우주비행사의 구조와 귀환 및 우주 로켓의 귀환에 대한 협정'을 이뤄냈고, 그 다음으로는 1972년에 '우주 물체에 의한 피해의 국제 책임에 대한 협약'을, 1974년에 '우주 물체의 등록 협약'을 성사시켰다. 1979년 달 조약(정식 명칭으로는 '달과 기타 천체에 대한 우주 활동을 규율하는 협약')과 관련해서는 이런 전진의 추세가 멈칫했는데, 소수 국가들만이 비준을 마쳤기 때문이다. 외계 공간의 평화적 이용에 대한 유엔 위원회는 계속해서 외계 문제에 대해 논의하고 있으며, 유엔 회원국들이 상호 협력하기를 촉구하고 있다.

100개국 이상이 가입한 우주 조약은 외계 공간에서의 행동 기준을 정립했다. 그러나 뭐든 변할 수 있고, 변하기 마련이다. 시진핑 주석은 2045년까지 달 착륙을, 그리고 그 너머를 달성하겠다며 중국이 가장 앞서가는 우주 개발 국가가 될 것임을 천명했다. 그러나 그런 식의 야심을 품은 나라가 중국만은 아니며, 우리는 국가 자체보다 민간 기업들을 더 주목해야 할 것이다. 그 중 일부는 국가를 후원자로 두고 있다. 예를 들어, 일본은 우주 강대국으로 부상하기 위해 안간힘을 쓰고 있다. 2008년부터 일본은 방위능력 개발 과정에서 로켓 기술에 대거 투자했으며 그 자체의 인공위성 기반 GPS를 개발하려 애써왔다. 모든 나라가 21세기 경제와 사회에서 우주가 중대함을 인식하고 있지만 이런 근본적 인식을 넘어서, 일본이 우주 관련 투자와 활동을 늘리는 것은 안보 파트너로 미국에 기대야 하는 부담, 그리고 중국과 북한의 침략에 대한 우려에서 비롯된다. 일본은 또 우주를 기술력과 방위력을 과시할 무대로도 여기고 있다. 한국은 새로운 궤도 위성 누리호(KSLV-Ⅱ)를 2021년에 발사하여 절반의 성공을 거뒀으며, 자체 인공위성 산업을 확충할 야심찬 계획을 갖고 있다.

국제사회가 맞이하는 도전은 우주 법규가 우주 강대국의 이러한 계획들과 보조를 맞출 수 있느냐, 아니냐다. 지구 궤도의 군사지대화는 뚜렷하지만, 외계 공간의 무기 배치는 아직 낮은 수준이다. 1967년의 조약은 외계 공간이 '평화적 목적'으로 이용되어야 한다고 못박았지만, 거기에는 해석과 의심의 여지가 대단히 많았다. 앞으로 어떻게 해야 할지 합의가 이루어지지 않았다. 우주에서 군비경쟁이 일어나지 않게 하려면 무엇이 대립이라기보다는 전략적 경쟁으로 풀이되는지에 대해 당사자들이 합의를 해야 한다. 지구 궤도에의 접근 권한을 지키기 위해, 광물 채굴 가능성과 군사적 이용에 유리한 지정학적 입지를 지키기 위해, 통신 통제권과 전 지구적 감시 역량을 갖추기 위한 경쟁이 벌어질 것이다. 불량국가들은 지금 우리 세계가 정상적으로 돌아가는 데 필수적인 GPS나 통신위성 같은 핵심 인프라에 대한 사이버 공격을 가할 수 있다. 또 다른 국가들이 자국의 기업과 민간인을 어느 선까지 보호할 수 있는지도 명확하지 않다. 2014년 9월, 중국 해커들이 미국 기상위성들을 공격, 그 데이터 전송을 차단해 버린 일이 발생했다. 이 공격은 미 정부에 의해 '무마'되었으며, 통신 두절 사태는 '예정에 없이 진행된 유지보수'가 원인으로 알려졌다.

존재하지 않는 국경의 관리

외계 공간은 분명 앞으로 더 많은 상업적·전략적·기술적 야망의 대상이 될 것이다. 특히 우주 관광여행 산업은 국경 없는 공간에서의 도전을 감행하게 될 것이다. 달과 같은 행성과 천체를 포함한 외계 공간에서의 채굴권을 국가와 기업이 요구할 수 있다. 그리고 외계 공간의 식민화가 진행된다면 그만큼 군사활동도 늘어날 것이다. 우주에서 살거나 일하는 당사자들은 과연 무엇이 다른 우주 미션에 간섭인지를 따질 수 있다. 특히 지구에서 발생한 사이버 해킹이 문제가 될 때에는 더 그럴 것이다. 국제 우주 기지가 운영되던 평화로운 시절, 미국과 소련의 데탕트(긴장완화) 시절과 다른 점은 전에 비해 군사 및 우주의 패권에 대한 얘기가 훨씬 많아졌다는 것이다. 이는 마치, 냉전 시기 첩보 위성과 대륙간 탄도미사일이 지구상에서의 대결 구도를 보였던 때를 생각나게 한다.

미래에는 지상의 시민들로부터 우주를 날로 메워가는 인공위성들을 보호할, 그리고 나아가 외계 공간의 영구적인 거주 시설을 (그런 게 만들어진다고 한다면) 보호할 규제의 틀을 요구하는 목소리가 나올 수도 있다. 저궤도 배치 위성들을 관리하고 우주에서 생성된 정보들을 공유하기 위해서는 더 많은 국제 협력과 더 강력한 인센티브가 필요하다. 장기적으로는 또 다른 압력이 두드러질 수 있다. 예를 들어 우주 자원 채굴에 반대하는 집단이 나타나서 달을 일종의 국립공원이나 자연보호구역처럼 만들어야 한다고 주장할 수 있다. 달의 식민지화에 가속이 붙는다면, 우리가 지구 표면에서 벌이던 짓을 달 표면에서도 되풀이한다면 분쟁과 갈등의 연속일 것이다. 인권은 달과 외계까지 뻗어나가야 한다는 주장도 있을 수 있다. 사람이 가는 곳이라면, 그가 지상에서 가졌던 권리도 뒤따를 것이다. 그렇게 하지 않는다면, 우주 공간에서 작업하는 사람들과 달 거주민들 등은 그게 뭔지도 모르는 상태에서 일종의 권리를 포기하는 내용의 계약서에 사인을 할 것이다. 우주에서 살고 일하는 데 따르는 기본적인 어려움을 생각할 때, 사람과 인공생명들은 지구상에서라면 안전하지 않고 건강하지 않다고 여겨지는 작업 환경에서 지내야만 할 가능성이 높다. 우주 식민지화가 태평성대를 만들 것이라는 생각은 그야말로 어린아이 같은 발상이다.

제임스 본드 영화 제작자들은 1960년대에 소름 돋는 시나리오를 생각해냈다. 〈007 두 번 살다〉(1967)에서, 자금이 풍부한 범죄조직이 소련과 미국의 우주선들을 열심히 나포해 들인다. 영국의 슈퍼 첩보원인 007은 일본으로 날아가 초강대국 사이의 대결을 촉발하려는 무서운 계획을 저지해야 했다. 당시에는 황당한 이야기로 여겨졌겠지만, 이 영화는 외계 공간이 안보 위협의 장이 될 수 있다는 이후의 우려를 전면에 보여주었다. 감사하게도, 제임스 본드 중령과 그를 돕는 일본 닌자들은 범죄자들의 사악한 계획을 무산시켰다. 10년 뒤, 〈문레이커〉(1979)에서는 본드가 미국 우주비행사들과 함께 우주정거장에서 인류를 구하기 위한 사투를 벌여야 했다. 여러 인공위성에서 치명적인 독을 살포하려 했기 때문이다. 이후 제작된 우주 드라마와 영화는 모두 경쟁의 어두운 면을 담고 있다.

우주 법규는 국제사회 구성원들이 서로 평화롭게 협력한다는 전제를 깔고 있다. 그러나 그 얄팍한 전제 뒤에는 훨씬 어두운 우주 지정학의 충동이 도사리고 있다. 국제사회는 우주비행사를 구조하는 경우, 어디든 가능한 지점에 있는 나라가 일단 구조 지원 임무를 맡고 뭐든 사건 관련 손해의 배상 책임을 진다는 합의를 했다. 행정적으로, 유엔은 각국이 인공위성의 안전한 항행을 위해 기여하고, 점점 늘어나는 우주 쓰레기의 압박을 해결하고, 다른 국가의 인공위성 방송에 간섭하지 않도록 정리하고, 외계 어디든 상황 인식이 가능하게끔 돕는 등의 활동 기준을 정하느라 바쁘다. 참으로 살펴야 할 사항이 많다.

지구 궤도에는 수백만 개나 되는 물질들이 시속 1만 7,500킬로미터의 속도로 쌩쌩 날아다니고 있다. 우주 쓰레기는 인공위성과 우주선들을 실시간으로 위협하는 골칫거리다. 2007년, 중국은 남아도는 위성들을 고의로 파괴했으며 이는 우주에서의 군사적 행동으로 지탄받았다. 중국군은 지상 발사 탄도미사일로 그 작전을 수행했다. 이웃나라인 일본, 한국 등은 그 행동에 우려를 표했고, 이것이 계기가 되어 두 나라는 우주 관련 역량 강화에 투자를 늘리게 되었다. 그 미사일들이 중국 소유의 위성들을 파괴하기는 했지만, (파괴 고도를 감안하면) 도발적이면서 잠재적으로 위험한 행동이었다. 그것은 '우주 야만행위'의 하나였으며 모두에게 피해를 줄 수 있는 조치였다. 이듬해에 미국도 자국의 폐기 위성들에 대해 비슷한 조치를 취했다.

더 작은 나라들도 우주 대국들이 우주 접근 권리를 제한할까 봐 우려한다. 1976년, 브라질을 포함한 8개 적도지역 국가들은 '보고타 선언'을 내놓았다. 그들은 자국 영토 위의 지구 동기 궤도 위성들에 일정한 권리가 있다면서, 그 궤도 공간은 '해당 국가의 천연자원'이라고 주장했다. 이 선언은 미국과 소련의 호응을 얻는 데 실패했지만, 국제사회에 인공위성에의 접근 권한과 무선파 주파수 간섭 문제가 정치적으로 민감하다는 사실을 상기시켜 주었다. 어떤 나라도 자체의 인공위성을 발사하고 통제하기 위해 지구 궤도에 진입하는 것을 방해받지 않기를 바란다. 국제전기통신연합은 이에 대해 강력한 브리핑을 내놓았다. 지구 궤도를 돌 수 있는 인공위성과 그 항로의 숫자는 무한하지 않다. 일정한 규제가 없으면, 적도 남부에 속하는 나라들은 소외되고 말 것이다.

1979년의 달 조약은 달이 국제 불화의 대상이 되어서는 안 된다고 규정했으며, 그것은 앞서 1959년의 남극 조약과 1967년의 우주 조약의 정신과 상통하는 것이었다. 달 조약의 제11조 개요는 다음과 같다.

> "달과 그 부존자원은 인류의 공동 유산이다. 달은 어떤 주권 주장에 따르든 특정 국가에 귀속되지 않는다. 달의 표면도, 지하도 어떤 국가의 소유가 될 수 없다."

달 조약이 그 실효를 위해 충분한 지지를 확보했다고 쳐도, 제11조는 미국이나 소련 같은 주요 우주강국들 사이에서는 지나친 논쟁을 불러일으켰다. 1970년대 말까지, '인류의 공동 유산'이란 원칙에 대한 지지는 미국에서 지속적으로 떨어졌으며, 특히 미국 상원에서 그랬는데 달 관련 문제가 쟁점이 아닌 경우에도 그랬다. 공화당 상원의원들은 심해 해저에 대한 쟁점에도 같은 태도를 보였다. 달 조약이 미국과 러시아에서 충분한 지지를 얻지 못하고, (루마니아, 칠레, 모로코, 과테말라, 오스트리아 등) 소수의 국가만이 비준한 게 현실이다.

'공동 유산' 개념에 대한 미국의 반대는 이를 근거로 미국 기업들을 규제하는 것에 대한 거부감 그리고 유엔이 초국가적인 힘을 가지는 것에 대한 거부감에 뿌리를 두고 있다. 2010년대 말, 미국 기업인 '딥스페이스'는 소행성 광물 채굴에 대한 계획을 공개했다. 2015년, 오바마 행정부에서 승인한 미국상업우주발사경쟁법(Commercial Space Launch Competitiveness Act, '우주법')은 미국 국민과 기업에 (철광석, 니켈, 그 밖의 귀금속이 있으리라 여겨지는) 소행성을 탐사하고 이윤을 추구할 법적 권한을 부여했다. 외계에서 구할 수 있는 뭐든, 로켓 연료로 쓸 수 있는 게 있으면 특히 환영받는다. 지구로부터 보급받는 물자 없이도 더 먼 우주로 뻗어나갈 수 있을 것이기에 말이다. 결국 우주 채굴은? 괜찮다! 주권 국가의 전유는? 안 된다!

우주법 전문가들은 이 법의 합법성 자체를 두고 둘로 갈라져 있다. 그리고 일부는 이런 식의 사적·상업적 개입은 아직도 우주 관련 법규의 기반이 되고 있는 우주 조약의 근거를 허물 것이며, 미국이 민간 또는 상업 부문을 앞세워 천체에 대한 자국의 권리를 '주장'하는 꼼수가 될 것임을 우려한다.

NASA 같은 우주 기구와 민간 기업 사이의 관계는 상황에 따라서 상호보완적일 수도 있고 경쟁적일 수도 있다. 개인과 기업이 외계에서의 분쟁을 얼마나 잘 해결할 수 있을지도 미지수다. 자기들끼리가 아니라 중국 같은 제3자가 낀 분쟁일 경우에는 더더욱 그렇다. 지상에서의 일을 관장하기 위해 만들어진 국제사법재판소의 권한으로 영토권도 재산권도 심지어 지적재산권도 닿지 않는 곳에서 벌어진 일을 해결할 수 있을까? 아니면 새로 '국제우주재판소' 같은 것을 설치하여 우주공간에서 영주하는 사람들끼리 분쟁을 해결하도록 해야 할까? 어쨌든, 그런 방안의 가장 큰 걸림돌은 시간과 너무도 큰 공간적 거리일 것이다.

2020년 4월에 나온 트럼프 대통령의 행정명령은 '우주 자원의 회복과 활용'을 독려하는 것으로, '아르테미스 협정'(Artemis Accords)으로 불리게 되는 협정의 윤곽을 그려냈다. 아르테미스 협정이란 달 탐사 미션과 외계 공간 활동을 위한 다국적 프레임워크를 구축

한다는 것인데, 그럼에도 미국의 입장은 우주 자원 채굴에 초점을 두고 있다. 이런 접근은 장차 달과 외계 공간의 활용이 새로운 자원 수탈의 시대를 열 것이며, 재산권 관련 분쟁과 공동 유산 보전(예전의 달 탐사로 이루어진 역사적 장소와 유물에 대한 존중은 제3자들로서는 공감할 수 없을 수 있다)에 대한 논쟁이 촉발될 것임을 시사한다. 미국의 이해관계자들이 달과 다른 천체에서 자원을 캐내려는데, 그 바로 옆에서는 중국 정부와 민간 기업이 운영하는 광산 식민지(일부 슈퍼리치들이 돈을 대고 지원하는 것까지 포함)가 있는 경우를 상상해 보자. 이런 식의 우주 활동을 적절히 규율하는 일은 매우 어려울 것이다. 특히 행위자들이 지상을 지나 대기권으로, 그리고 그 너머로 오갈 때에는.

국경 없는 공간에서의 밀집

제임스 본드 영화, 우후죽순 쏘아올리는 인공위성, 무선파 간섭과 우주 쓰레기 등의 온갖 골칫거리들은 당장의 문제, 즉 우주가 점점 더 밀집되고, 경쟁적이고, 논쟁적인 곳으로 되어 간다는 문제를 넘어서 외계 공간에 어떻게 국경을 긋느냐 하는 문제를 제시한다.

지구의 남쪽 국가들이 1970년대에 인식한 것처럼, 지구 동기궤도(GEO, 3만 6천 킬로미터 이상의 궤도 공간)와 저궤도(LEO, 2천 킬로미터 이하의 궤도 공간)에 쏘아 올릴 수 있는 인공위성의 숫자는 제한되어 있다. 무선파 간섭은 나중에 동참하거나 자체 인공위성을 올릴 수 없도록 방해하는 국경 또는 장벽의 역할을 한다. 무선 대역폭과 시간대를 고려하면, 커뮤니케이션 역량은 제한될 수밖에 없다. 외계와 소통이 가능한 대역은 제한적이기 때문이다.

어떤 것이 공유되고 어떤 것은 공유되지 않는다는 것을 표시하기 위해 비행선에 국기를 그려 넣을 필요는 없다. 종종 주류 국영 미디어로 분류되는 라디오와 TV 방송국은 가장 먼저 주파수 권리를 내세웠다. 시간이 지나며, 훨씬 많은 민간, 상업 위성 운영자들이 자체 주파수 대역을 원하게 되었다. 저궤도가 스페이스 X 같은 광대역 사용 인공위성 군단들로 채워진다면, 주파수를 얻으려는, 그리고 통제하려는 갈등은 증폭될 것이다.

인공위성산업협회의 2018년 보고서는 2017년 기준으로 세계 인공위성 업계의 매출액이 1,300억 달러에 이른다고 밝혔다. 같은 해에 대략 345대의 인공위성이 외계로 발사되었으며, 이를 이용한 지상 서비스들은 인공위성 공급업자에게 약 1,200억 달러를 벌어주었다. 이는 일반적으로 농업, 어업, 도시 경영, 광업, 국가 안보 분야에 저궤도 위성이 생성한 원격 화상 정보를 공급하는 방식이다. 전체적으로, 이 산업부문은 연간 2,700억 달러의 가치를 지닌 것으로 평가된다. 그러나 2020년대 들어 그 규모는 커져갈 것이다. 업계는 5G 광대역 상호연결 통신이 발전함에 따라 업계 수익도 늘어날 것으로 낙관하고 있다.

2020년대 말까지, 규모가 크든 작든 상관없이 로켓을 이용한 인공위성의 발사는 매년 수천 건에 이를 듯하다. 그 가운데 상업적 우주 개발자와 신흥 우주 개발 국가는 저마다 외계 공간에서 이득을 보려고 다툴 것이다. 이는 다시 한 번 우주의 밀집에 우려를 일으킬 것이며, 저궤도의 감시와 규율에 대한 이슈도 불거질 것이다. 이런 갈등은 국가보다는 자신들의 대역폭과 주파수 권리를 지키려고 하는 민간 기업들 사이에 더 치열한 경우가 많다. 저궤도에 차고 넘치는 상대적으로 싼 가격의 소형 인공위성들의 운행을 관리하는 와중에 과연 무엇을 '간섭'이라고 볼지 판단하는 일은 결코 간단하지 않을 듯하다.

우주 쓰레기는 그야말로 외계로의 접근을 막는 장벽이다. 아주 작은 파편이라도 인공위성과 우주선에 치명적인 피해를 입힐 수 있다. 물체의 크기보다는 속도가 관건이기 때문이다. 외계 공간은 지난 60년 동안 인간이 만든 무수한 쓰레기들을 안고 있으며, 미국과 러시아에 이어 중국까지 주요 쓰레기 양산국으로 등극했다. 우주 쓰레기는 우주에 무한 시간 존재하며, 지구 대기권에 쓸어 넣을 때만 없앨 수 있다. 대기권에 재진입할 때 타 버리기 때문이다. 외계 공간이 인공위성과 우주선으로 포화되면서, '3대 우주 강국'이 쓰레기 처리에 좀 더 주의와 자원을 들여야 한다는 압력이 높아질 수 있다. 이 문제는 단지 쓰레기 양산 문제에 그치지 않고, 여러 다른 쟁점들과 연관된다. 즉, 법적 책임성 문제와 위협의 인식 문제서부터, 지구의 미래가 걸려 있다고 여겨지는 곳에서 취해야 할 윤리 문제까지가 두루 망라된다. 앞으로는 두 가지 길이 예상된다. 우주 쓰레기와 주파수 간섭 문제가 계속 이어지거나, 뭔가 강력한 인센티브가 작용해서 외계 공간의 평화롭고 공동적인 활용이 자리잡거나 할 것이다.

데이터 마이닝에서 스페이스 마이닝까지

아폴로 미션은 우주로의 길을 열었고, 이제 중국이 정보과학을 새로운 시대로 적용해가고 있다. 2019년 1월, 중국의 로버 유투(玉兎) 2호는 창어(姮娥, 중국 신화의 달의 여신 창어에서 이름을 딴 중국 달 탐사 계획) 4호 미션의 하나로 달 표면에 착륙했다. 이 미션은 독특했는데, 인류의 달 탐사 역사상 처음으로 달의 뒷면에 착륙했기 때문이다. 이 탐사선은 월석을 채집하고, 달의 탄생과 변천사에 대해 통찰이 가능하게 해주었다.

'달과 심연우주 탐사 핵심 연구소', 중국 국립천문대, 중국과학원 소속 과학자들은 저명한 과학 저널인 〈네이처〉에 그들이 달의 지표면과 맨틀에 대해 찾아낸 내용을 기고했다. 중국의 우주 미션은 달에서 거대 운석의 충돌로 생긴 것으로 알려진 지역에 집중되어 있었다. 그 분지는 달의 원소 구성에 대한 실마리를 얻을 수 있는 증거들을 채집하는 우주 탐사에서 매우 매혹적인 지역이었다.

2019년 '중국 달 탐사계획'(中國探月工程)은 게임 체인저로 여겨졌다. 그 야심만만한 규모는 해외 관측통들에게 실로 충격적이었기 때문이다. 중국은 '스페이스 마이닝'(space mining)에도 관심 있어 보인다. 우라늄과 티타늄이 그 선호 목록의 첫 순위에 있지만, 그 밖의 광물, 특히 얼음과 물을 품은 광물도 관심 대상이다. 달의 구성성분이 중요한 까닭은 NASA에서 2020년 11월에 밝혔다시피 만약 거기에 물이 포함되어 있다면 문자 그대로나 수사적으로나 달을 점령하고 거주민을 지원하는 계획에 불이 붙을 것이며, 이후 추가 탐사와 수탈의 동기가 부여될 것이라서. 2020년, 창어 5호 미션은 달의 앞면에서 월석을 채집해 지구로 가져오는 것이며, 중국은 장차 달의 어딘가(아마도 달의 남극)에 반영구적인 연구기지를 세우는 데 관심이 있었다. 그러나 이 모든 것은 불확실함을 벗어나지 못하고 있다.

우주 자원은 미래에 우주 활동의 주된 추진력을 제공할 수 있다. 그러나 아직은 실익이 없는데, 몇몇 기업들이 소행성 자원 개발에 흥미를 보였지만 그러다 말다를 반복했다. 마이크 펜스 부통령은 2019년에 미국은 다시 달에 유인우주선을 보낼 것이며, 이는 달 탐사, 자원 개발, 안보 전략 및 우주 국가주의(space nationalism)의 필요를 두루 고려한 결과라고 밝혔다. “미국을 다시 위대하게!”는 외계 공간에조차 쉽게 적용되는 주문이다. 그는 한 연설에서 외계 공간에 대한 중국의 투자가 강력한 유인이라면서 그의 표현으로는 ‘달의 전략적 고지’를 점령하려는 그들의 입장을 반영한 것이라고 말했다. 미국이 2024년에 달에 우주비행사를 다시 보낸다면, 2028년까지는 달 기지를 신설하자는 게 NASA의 희망이다.

이러한 “다시 달에 가자!” 움직임은 기업과 민간의 큰 손들, 가령 머스크의 스페이스 X나 베조스의 블루오리진 같은 쪽에서 지지와 후원을 받을 전망이다. 그들은 그런 노력을 로켓 기술과 달 착륙 로봇 등에 대한 자체 투자를 통해 지지를 표명한 셈이다. 제프 베조스는 우주 관광 상품을 개발할 뿐 아니라 달에 사람의 영구 거주 시설을 만들겠다는 포부를 밝힌 바 있다. 일론 머스크는 화성에 더 관심이 많으며, 사뭇 낙관적으로 2028년까지 최초의 화성 식민지를 건설하겠다고 했다. 화성과 관련된 어떤 테라포밍(terraforming)* 계획도 결코 만만찮은 작업일 것인데, 극저온, 희박한 공기, 자기장 부재, 강력한 태양풍, 낮은 표면 중력 등을 고려하면 그렇다. 큰 그림을 그리는 일과 그것을 실현시키는 일은 분명 별개다.

우주 자원의 소유권과 그 적절한 사용권은 불분명하다. 앞서 보았듯, 우주 조약은 평화적 활용, 보편적 접근 권한, 전용 금지라는 합의를 수립했다. 그러나 스페이스 마이닝은 1960년대 당시에는 그리 뚜렷한 안건이 아니었다. 우주 기술과 지정학적 야망은 그때와 엄청나게 달라져 버렸다. 지속적인 기후변화와 지구상의 인구 증가와 맞물려, 앞으로 전혀 다른 형태의 우주 자원 수탈이 진행될 전망이다. 2020년대의 전반기에, 우주 개발 역량이 있는 국가들인 러시아, 일본, 한국, 인도, 중국, 미국은 모두 달과 외계 공간에서 자국의 영역을 넓히려는 계획을 갖고 있다. 인도는 달의 남극에 모듈을 착륙시켜 달의 지형 정보, 구성물질 정보, 광물 채굴 가능성 등을 탐지하려 한다. 일본은 달의 극지대에 그들의 표현을 빌면 '스마트 착륙선'을 보내 달 탐사에 나설 계획이다. 궁극적으로, 이 모든 외계 프로젝트들은 자원 탐사 열망을 바탕에 깔고 있다.

우주 전문 변호사들은 머지않은 미래에 소행성과 달 채굴, 반영구 주거지 건설, 로켓 연료 생산 등의 문제로 머리를 싸매게 될

* 미국 소설가 잭 윌리엄슨이 1942년에 낸《충돌궤도》에서 "사람이 살 수 없는 환경의 별을 인공적으로 살기 적합한 곳으로 바꾸는 작업"의 의미로 테라포밍이라는 용어를 처음 사용했다.

것이다. 우주는 접근도, 자원 채굴도, 활용도 면에서 논란거리를 잔뜩 안고 있다. 언제나 그랬듯 대중문화가 먼저 길을 냈다. 〈화성〉 3부작(1992년 이후)의 킴 스탠리 로빈슨(Kim Stanley Robinson), 〈어둠의 왼손〉(1969, 이 소설은 우연히도 인간의 최초 달 착륙과 같이 나왔다)의 어슐러 르귄(Ursula Le Guin) 같은 창의력 넘치는 작가들은 지구 밖에서 벌어지는 자원 분쟁과 협력의 드라마를 예지해냈다. 많은 독자들에게, 이 주제를 다룬 대중문화 작품의 사례는 무수하다. 오래 지속되고 있는 〈스타워즈〉 시리즈에서부터 달이나 화성을 무대로 삼는 영화들까지, 갈등, 식민화, 재난, 국제 구조 미션 등의 지정학적 드라마가 펼쳐진다. 이 모두는 우리가 과연 외계 공간에서 서로 잘 지낼 수 있는지에 대한 의문을 둘러싸고 고민하게 한다.

외계 공간에서의 질서 유지

이제는 우주 조약 서명 국가가 100개국이 넘지만, 그 내용을 그리고 다른 관련 조약 내용을 준수하는지 살필 경찰과 같은 질서 유지 기구는 없다. 그 조약들이 외계에 대한 것이든 지구상에 대한 것이든, 준수 여부는 체결 당사국들과 비당사국들의 의사에 달렸다. 따라서 이제까지, 우주 문제에 대해 지정학적 환경은 상대적으로 양호했다고 볼 수 있다. 그것은 대체로 우주 공간이 상대적으로 접근하기 어렵고, '지상의' 환경에서 운용하기에 비용이 너무 많이 들었기 때문이라 할 수 있다.

외계 공간은 21세기 군사교리의 핵심에 위치해 있다. 그리고 우주를 군사작전의 지원 배경으로 쓴다는 전략상의 초점에 맞춰 우주 공간은 그 어느 때보다 더 군사화되어가고 있다. 우주는 이미 조기경보 시스템, 통신, 지휘 및 통제, 무기 조준, 감시, 상황 인식 시스템 등에서 한 축을 차지하고 있다. 중국과 미국은 탄도 미사일 방어체계와 대인공위성 체계(ASAT)를 개발 중이며, 러시아는 우주 기반 레이저 무기체계 개발 계획을 진행 중이다. 그들만이 아니다. (모디 총리가 2019년 3월에 밝힌 대로라면) 인도 역시 ASAT 역량을 개발하고 있고, 사이버 해킹 역량도 키우고 있다. 1980년대에 레이건 미국 대통령이 전략방위구상(SDI, 스타워즈)을 내놓은 지 30년이 흐른 지금 인공위성을 파괴하고, 갈수록 늘어나는 사거리의 미사일을 발사하고, 우주 기반 무기체계에 투자할 능력을 갖고 있는 나라들이 몇몇 있다. 우주의 군사화는 3대 우주 강국(미국, 중국, 러시아)에만 해당되지 않는다. 인도는 2025년까지 '우주 비전'을 실현시키려 하는데, 이웃나라 중국이 앞으로 뭘 할지에 대한 우려가 반영된 계획이다. 2019년 3월, 인도는 ASAT 무기 하나를 실험함으로써 이 기술을 실험한 네 번째 국가가 되었다. 일부에서는 이것이 중국에 자국의 기술력을 과시하기 위한 목적이었다고 본다. 저궤도에서 ASAT를 사용하면 피해가 확산되며, 어쩌면 상호 피해를 입을 수도 있다. 이보다는 우주 쓰레기 발생 문제가 없는 사이버 해킹과 주파수 재밍이 더 안전한 공격 방법이 될 수 있다.

앞서 언급한, 우주가 전쟁 영역이 될 거라는 트럼프 대통령의 발언은 그가 "기존의 우주 조약(Outer Space Treaty)은 이제 영 쓸모없어졌어"라고 생각하지 않았을지에 대한 흥미로운 의문을 들게 한다. 이 주제에 흥미를 높일 수 있는 것이, 그는 여러 청중 앞에서 자신이 새로 창설한 우주군이 '미국의 정신'에 잘 맞는다는 발언을 여러 번 했기 때문이다. 우주군 관련 발표가 나온 시점에 대해 미 국방부는 그리 달가워하지 않았다. 트럼프 행정부는 우주비행사를 다시 달로 보낸다는 것 등을 포함해 우주에 대해 많은 이야기를 하는 한편으로 신형 탄도 미사일 방어체계에 대해서도 언급했다. 중국, 러시아, 그 밖의 전략적 경쟁국들이 앞으로 외계 공간에서 벌일 일을 염두에 둔 듯했다. 이 모든 것은 국방비 지출을 통해 미국 경제를 끌어올리고 한편 위대한 강대국으로서의 지위도 되찾자는 트럼프의 집념과 잘 맞아떨어졌다.

그런 야심은 미국 대통령만 갖고 있는 게 아니다. 중국 지도부도 '오욕의 세기'(1839~1949)를 뒤로 하고 중국이 웅비할 또 하나의 무대로 우주를 꿈꾸고 있다. 시진핑 주석은 중국이 세계의 강대국이 되리라는, 지구상에서나 그 바깥에서나 그러리라는 야망을 분명히 밝혀 왔다. 2015년 이후, 중국은 우주 기반 태양광 발전소, 우주 전력 투사기 등의 신기술을 거론해 왔다. 시진핑에 따르면, "2045년까지 중국은 세계 최고 수준의 우주 강국이 될 것이다." 그러나 이 역시 단순히 그렇게만 받아들일 말이 아니다. 시진핑은 중국이 달성해야 할 일련의 목표를 대략 제시했으며, 이는 대부분 미국의 기술력과 전략적 야심에 맞서는 것이었다. 여기에는 화성 시추선 개발과 배치(2020), 소행성 탐사(2022), 목성 탐서선 발사(2029), 재사용 가능 화물 로켓 개발 및 핵추진 우주왕복선 취역(2035~2040)

등이 포함되어 있다. '우주 쇼핑 리스트'가 늘어날수록, 그 야심과 비용은 한껏 커져간다. 간단히 말해, 이 계획은 중국이 향후 30년 동안 우주의 어떤 자원이든 탐사 및 채굴할 수 있도록 하며, 한편 극한 환경에서의 장기 거주 관련 실험 등도 실시한다는 내용이다.

화성에 홀로 남게 된 우주비행사의 분투기를 다룬 영화 〈마션〉(2015)을 떠올려 보자. 그러면 중국이 염두에 두고 있는 목표를 이해하기 쉬워질 것이다. 우주에서 장기간 버틸 수 있는 기술, 그것은 달이나 화성에서 생존 가능한 생체 재생 생명 지원 인프라에 투자하는 것을 답으로 한다. 이제까지 중국은 로켓 기술 개발, 중국인 우주비행사 배출, 달 탐사 계획 실현, 인공위성 배치, 베이더우(北斗) 3 글로벌 위성항법 시스템 구축, 창어 4호의 달 뒷면 착륙 및 탐사 등으로 우주 강국의 반열에 올랐다. 중국은 4월 24일을 '우주의 날'로 기념하고도 있으며, 2019년에 나온 정부 공식 동영상에서는 중국의 '호혜적 협력을 위한 우주라는 꿈'이 마침내 이루어졌음이 환호 속에서 선포되었다.

국경 전쟁과 최후의 변경

1960년대 말, '(달에서 본) 떠오르는 지구' 이미지가 퍼져나가기 시작했을 때, 그것은 '인류의 지구촌'이라는 생각을 키워주었다. 우주로 올라가 보면, 국가 간의 국경은 사라지며 보다 원초적인 육지와 바다, 기후체계 등에 따른 구분만이 눈에 들어온다. 인공위성은 원격 감지와 감각 형성을 통해 이러한 유대의식을, '하나의 지구'라는 의식을 심어준다. 그러나 자세히 들여다보면, 인공위성 사진 역시 인간이 만든 국경의 흔적을 드러낸다. 가령 인도와 파키스탄, 북한과 남한 사이의 경계 같은 것들을. 특히 밤이면 이들 국가가 각자의 국경 네트워크에 탐조등을 밝혀, 국경이 더욱 선명히 드러난다. 실질적으로, 국경은 우주에서 볼 수 있다. 중국의 만리장성에서부터, 가정집의 정원 울타리까지. 그러나 아래를 내려다보기만 하다보면, 우리 주변의 위험을 잊기 쉽다. 인공위성과 우주 기지는 또한 지구를 넘어서 달을, 화성을, 그리고 여러 천체를 새로 식민지화하고 통제할 수 있는 부동산으로 바라볼 수 있게 만드는 더욱 중요한 인프라다.

새로운 국경 전쟁을 일으킬 수 있는 도전과 위협은 차고 넘친다. 우주 조약과 달 조약의 배경에는 이 천체들이 평화적인 방식으로 활용되어야 하며, 국가에게 전용되어서는 안 된다는 압도적인 인식이 있었다. 이는 지상에서 벌어지고 있던 냉전이 대기권 밖까지, 그리고 그 너머까지 뻗어나가면 안 된다는 열망의 소산이었다. 1967년 우주 조약이 체결되기 몇 년 전, 미국과 소련은 공중 핵 실험을 하지 않기로 합의했다. 두 나라 모두 대기의 질이 지구의 장래 보건 상황에 중대함을 인식했기 때문이다. 그리고 의미 있는 국제 협력의 사례들이 이 밖에도 있었으며, 그 가운데 2000년에 이뤄진 국제 헌장 '우주 및 주요 재난'은 비록 구속력이 없지만 인공위성 데이터가 해당 재난에 대응할 책임이 있는 기관에 지체 없이 전달되어야 함을 명시, 이후 그런 관행이 수립되도록 했다. 기업, 국가, 국제 우주 관련 기구들이 이 헌장에 서명했으며 이후 홍수, 지진, 태풍, 전염병 등의 사례마다 수없이 많은 데이터 공유가 이루어졌다. 심지어 2014년 3월에 발생한 말레이시아항공 MH370편 여객기의 불가사의한 실종 때도 그랬다.

지구촌이 점점 더 인공위성 기반 통신 네트워크에 의존하게 되면서, 원격 통신을 차단할 수 있는 능력에 대한 우려가 늘 있어왔다. 그렇다 해도 외계 공간은 상당 기간 갈등의 무풍지대에 가까웠다. 냉전기에도 우주 관련 국제 협력은 있었으며 심지어 활발했다. 예를 들어 국제 우주정거장 건설-운영 계획이나 소유즈-아폴로 협력 계획 등이 있었다. 그렇지만 보다 덜 평화적인 쪽으로 가려는 압력은 상존했다. 따라서 많은 우주 기반 기술은 두 가지 용도를 갖고 있었다. 인공위성을 쏘아 올릴 수 있는 기술은 또한 미사일 발사 기술도 되었다. 2020년 4월, 이란은 자체 개발한 미사일 체계를 써서 그 나라 최초의 군사위성을 발사했다. 이는 이란이 더 강력한 미사일과 우주 발사 무기 기술을 개발하고 있다는 우려를 불러일으켰다. 최근까지, 이란은 인공위성 발사에 러시아 로켓을 이용해왔다.

미래의 분쟁은 신세대 대 인공위성 무기, 사이버해킹, 달이나 화성 또는 다른 천체의 부존자원 개발 등을 둘러싸고 벌어질 수 있다. 이에 따라 미사일 방어 기술이 동원되거나 전자전의 형태로 분쟁이 전개될 수 있다. 달과 그 밖의 천체의 식민화가 가능해지면, 지구상의 법률과 정치의 틀을 벗어 버리고 그들 나름의 정착민 세계를 세우려는 움직임과도 마주치게 될 것이다. 훗날, 달이나 심지어 화성에 독립 식민지를 세우려는 세력을 누가 막을 것인가, 그것이 분쟁의 원인이 되지 않겠는가? 우주 관광여행은 더 손쉽고 채산이 맞게 될 것이며, 미래에는 달에 호텔과 여행자 편의시설이 들어서게 될 것이다. 스스로 달 대통령 자리에 앉는 사람이 새로 등장, 지구로부터의 독립을 선언하고 자기 방식대로 달을 이끌어가려 한다면, 지구와 그 주민에게 위협이 될 일이 없겠는가?

이 모든 것에서 중국의 역할이 중요하게 될 것이다. 몇 년 전, 중국 달 탐사 계획의 수장인 예페이젠(葉培建)은 이런 말을 했다.

> "우주는 대양이다. 달은 댜오위다오(釣魚島)이며, 화성은 황옌다오(黃岩島)다. 우리가 갈 힘이 있는데도 지금 그리로 가지 않으면, 후손들의 비난을 받을 것이다. 다른 이들이 그리로 가면, 그곳들을 차지할 것이며, 가고 싶어도 가지 못하게 될 것이다. 이로써 우리가 우주로 진출할 이유는 충분하다."

관측통들이 곧바로 간파했다시피, 분쟁 대상인 섬들의 이름(댜오위다오와 황옌다오는 각각 일본의 점령하에 있거나 필리핀의 영유권 주장에 직면해 있다)을 빗댄 이 발언은 외계 공간과 천체도 이 지구에서 벌어지는 것과 마찬가지 형태의 행성정치학적(astropolitical) 계산과 전략적 배치에 휘말릴 수 있음을 통렬히 나타내주고 있다. '모두의 공동 노력'으로써의 국제 우주 법제의 미래는 조심스럽게 접근해야 할 것이다.

9장

바이러스 국경

코로나19 팬데믹의 엄습은 많은 나라들이 국경 폐쇄 등의 비상조치를 취하게끔 했다. 2020년 3월, 브라질군이 브라질과 우루과이 국경에 있는 콘코르디아 교에서 보건 지원 및 강화된 보안 검색 임무를 수행하고 있다.

1994년, 미국의 과학 저술가인 로리 가렛(Laurie Garrett)은《내일의 전염병(The Coming Plague)》을 출간했다. 지금 우리가 겪고 있는 상황과 소름 끼치도록 닮은 상황을 예견해낸 작품이었다. 가렛은 미래에 대해 비관적이었으며, 황열병에서 에볼라, 돼지독감, AIDS와 말라리아부터 박테리아와 바이러스에 의한 신종 전염병에 이르기까지, 전염병의 지역적 유행과 세계적 유행이 휘몰아칠 것으로 예상했다. 그녀에 따르면, 인류는 두려울 정도로 전염병 대유행에 취약하다. 그것은 과학과 물자 보급 기술의 발전이 팬데믹 발생 가능성을 줄이기는커녕 늘리고 있는 점 때문이기도 하다. 예를 들어, 항생제는 지금 널리 쓰이고 있다. 그것은 처음에는 기적의 약으로 각광받았지만, 뜻하지 않게 내성을 지닌 미생물을 등장시켰다. 그리고 DDT 살포로부터 대규모 댐 건설 계획에 이르기까지, 일련의 자연 개입은 역시 뜻하지 않은 여러 결과를 생물 다양성에 미쳤다. 도시 인프라, 가령 냉각탑 같은 것들도 재향군인병의 지역 유행 발발에 책임이 있고, 어떤 경우에는 병원 자체가 감염의 진원지가 되기도 한다. 세계 곳곳을 누비게 된 항공 여행과 인구밀집도가 높은 도시 지역의 인구 증가는 한데 맞물려, 바이러스성 전염병이 반복적으로 대유행하게 만드는 완벽한 핫스팟 노릇을 한다는 게 가렛의 지적이다.

《내일의 전염병》이 나온 뒤로, 우리는 여러 심각한 전염병 대유행을 겪었다. 니파 바이러스(1998), 사스(2003), 돼지독감(2009), 에볼라(2014), 코로나19(2020). 기후변화는 미래의 질병과 전염병 유행을 양산하는 요인이 될 것으로 여겨진다. 갈수록 더워지고 습해지는 환경은 새로운 병원균과 기생충을 탄생시킬 것이다. 크게 증식된 조류(藻類)는 악화된 수질과 쉽게 반응하면서 세계 곳곳의 물 수급과 배급에 더 큰 부담을 줄 것이다. 땅의 온도 또한 상승하며, 과학자들은 그 결과 식물들이 비소나 수은 같은 유독 중금속을 더 많이 함유하게 될 거라고 염려한다. 식량과 물 수급의 불안정성은 장래 국경 분쟁의 강력한 원인이 될 수 있다. 물 수급 문제는 긴장을 고조시키고, 특히 그것이 지역사회에서 공유되고 있는 형태라면 더더욱 그렇다. 더욱 고약한 상황은 삶 자체를 유지시켜 주는 흙과 물이 오염된 경우, 그리고 환경 악화에 따른 질 저하와 병균과 바이러스가 들끓는 상태인 경우다. 이 모든 일을 겪은 다음인 앞으로는 국경을 넘는 감시 활동은 그 활동 내역만 공유할 게 아니고, 하천, 호수 그리고 범람원과 계곡 등의 생태안보 상황도 공유해야 할 것이다. 주문이 너무 많다고 볼 수도 있지만, 각국 정부는 질병의 폭발과 그에 따른 사회적·정치적 질서의 요동을 겪으며 어쩔 수가 없을 것이다.

2020년에 이 책을 쓰면서 코로나 팬데믹을 마지막에 다루지 않고 지나갈 수는 없을 터이다. 앞으로도 우리는 그 영향을 상당 기간 떠안고 살아가야 할 것이다. 지구상의 아주 외진 곳들만 드물게 감염을 면했고, 심지어 (아직 감염 사례가 없는) 남극에서조차 물자 보급과 과학 탐사, 관광 여행 등이 이 때문에 엉망이 되었다. 극지 과학자들은 집으로 돌아가고 싶지만, 각국이 이 얼어붙은 대륙에 빗장을 걸고, 국경을 폐쇄하고, 국제공항의 문을 닫아 버렸음을 알고 망연자실했다. 그러나 그들의 곤란은 치명적인 전염의 결과 비극적 결과를 맞이한 사람들, 그리고 비록 살아남았을지라도 이후의 결과를 떠안아야 했던 사람들의 고난에 비하면 아무것도 아니다. 정부가 이미 이민자와 난민에 국경을 닫기로 한 마당에, 보건 정책은 일반 대중을 감시하고, 법을 강제 집행하며, 국경을 엄격히 통제하는 일에 한껏 힘을 실어주었다.

그 전에 일어났던 에볼라, 소아마비, 지카 바이러스와 마찬가지로 코로나19도 국경의 한계를 여실히 보여주었다. 근본적으로, 바이러스에게 국경 따위는 알 바 아니었다. 그러나 그러한 전염병 대유행에 대하는 사람들의 자세는 달랐다. 바이러스 전염은 세계 각지의 주권국가와 정부들이 어려운 선택(국경을 완전 폐쇄해 입출국을 전면 금지할 것인가? 엄격한 락다운과 통행금지 조치를 내국인에게 시행할 것인가? 어떻게 이 팬데믹에 다르게 대처하는 주권국가들 또는 그 심각성에 대해 다른 견해를 가진 국가들과 협조할 것인가?)에 직면토록 함으로써, 강한 공권력의 약화를 불러올 수 있다.

국민국가가 자국 영토를 통상적 방식으로 통치하지 못한다면, '통상적' 삶 자체가 멈출 수밖에 없다. 우리는 세계의 많은 곳에서 일종의 탈사회화를 목격했다. 그리고 어떤 일이 일어날지는 나라와 상황에 따라 다르리라. 영국에서는 존슨 행정부가 2020년 3월 말에 개인의 이동을 제한하는 엄격한 조치를 취했다. 대부분의 매장이 강제로 문을 닫았으며, 국민들은 식품을 구입하고 약을 타며 제한적인 운동을 할 때만 집을 나갈 수 있었다. 이처럼 국내에서도 '국경'이 사방팔방에서 나타났다. 사람들은 마스크를 썼고, 서로 거리를 두고 다녔으며, 어떤 경우에는 집을 나서는 것 자체를 두려워했다. 일부는 재택근무를 할 수 있었지만 공공장소를 드나들어야만 하는 사람도 있다. 한편 대대적인 수송 작전이 세워지고 조율되었는데 해외에 나가 있던 수천 명의 영국인을 귀국시키기 위해, 또한 마스크에서 인공호흡기에 이르는 의료장비를 들여오기 위한 작전이었다. 많은 국민이 식품, 의약품 그리고 화장지를 포함한 각종 물자를 닥치는 대로 사들이는 '패닉 바잉'에 나섰다.

영국의 '꼭 필요하지 않은 여행'에 대한 자제 권고문은 2020년 3월 17일에 나왔는데, 그 내용을 보면 내부 협조가 잘 이루어지지 않고 있음을 알 수 있다. 이 여행 권고문의 변화는 다른 나라들이 글로벌 코로나 팬데믹에 임해 자국 국경을 닫거나 강경한 금지 조치를 취하고 있는 상황에 발맞춘 것이다. 국가가 언제 조치를 취할지, (아직 코로나 감염 사례가 보고되지 않은) 어떤 영역의 문을 닫도록 할지는 종종 예고가 별로 없거나 아예 없이 결정되고 있다. 따라서 예측이 매우 어렵다.

공공보건상의 긴급 상황은 국경 보안, 이민 통제, 국민 감시를 전보다 배로 강화할 수 있는 강력한 유인을 제공한다. 당연히, 집합과 이동에 대해 엄격한 통제를 가할 수 있는 강력한 구실이 되기도 한다. 국민들은 대체로 이를 선의로 받아들였다. 시민권과 정치적 권리가 전염 억제를 위해 팬데믹 상황에서 유보될 수밖에 없다는 사실을 납득했다. 이동, 집합, 종교집회 참석의 권리는 세계 여러 나라에서 금지되거나 심하게 축소되었다. 대부분의 나라들이 경제를 살리기 위해 방역 조치를 완화하는 것과 질병 통제의 이름으로 엄격한 통제를 지속하는 것 사이를 오가야 했다.

영국에서는 2020년 봄과 여름부터 스코틀랜드, 웨일스, 북아일랜드 행정부가 저마다 잉글랜드와는 다른 보건 전략을 추구하고 있음이 확실해졌다. 2020년 6월과 7월, 잉글랜드는 국내 여행 제한을 완화하고 사회적 집합 금지와 매장 폐쇄도 풀어주는 노선을 취해나갔다. 그러나 웨일스로 넘어가면 사정이 많이 달랐다. 웨일스 주민들은 집에서 8킬로미터 밖에까지 다니지 말라는 지침을 받은 반면, 잉글랜드 주민들은 영국의 어디든 다닐 수 있었다. 스코틀랜드도 웨일스와 같은 지침을 내렸다. 두 행정부 모두 잉글랜드 주민들이 그들의 영역을 넘나들며 바이러스를 전파할까 봐 우려했다. 반면 보리스 존슨 총리는 영국 경제생활이 연이은 사회적 거리두기 규정에 '희생'되어서는 안 된다는 생각이 역력했고, 사람들 사이의 간격을 가능한 한 2미터에서 1미터로 줄여보려고 했다.

세계 곳곳에서 방역 규제, 통행금지, 여행 금지, 셧다운 등에 대해 정권마다 국민마다 태도와 입장이 다른 모습이었다. 트럼프 대통령은 이를 '중국 바이러스'라 부르며 코로나를 정치쟁점화하려 했다. 뉴질랜드의 아던 총리와 독일의 메르켈 총리는 이와 정반대의 모습을 보여주었다. 이는 코로나 바이러스에 대한 근본적으로 다른 생각을 반영한다.

한편, 미국과 같은 연방제 국가는 주 단위로 다양한 상황을 겪었다. 개별 주가 자체의 방역 전략을 세우고 집행할 수 있는 탈중앙집중적 권력구조 때문이었다. 미국은 상당수의 시민들이 방역 조치에 대해 저항하는 상황을 맞이했다. 락다운에 대한 저항이 있었고, 여러 장소에 격리 조치가 취해지는 것에도 반감이 심했다. 이와는 대조적으로, 뉴질랜드처럼 더 작고 정치적으로 균일한 섬나라는 정부의 조치에 순응적이고 철저한 태도를 보였다. 아던 총리는 2020년 3월에 매우 엄격한 국경 폐쇄 조치를 내리고, 적어도 2021년까지 폐쇄 조치가 완화될 일은 없으리라고 분명히 했다. 호주는 뉴질랜드의 봉쇄 정책을 따라했으며, 두 나라는 인접국으로서의 조건에 맞춰(또 기존의 긴밀한 협력관계와 국경을 넘나드는 무역 및 이민에 대한 상호 양해 관행을 바탕으로) 각자의 보건 정책과 국경 정책을 긴밀히 조율해 나가려 하고 있다. 2020년 7월, 뉴질랜드 이민국은 다음과 같은 간단명료한 메시지를 방문자들에게 제시했다.

"뉴질랜드 국경은 지금 항공편과 해상편 모두에서 거의 모든 여행객에게 차단되어 있다."

국가들이 저마다 다른 접근을 취한다지만, 또 보건 관련 수급에 대해 논쟁이 심하다지만, 보건 및 복지 관련 지출이 전 세계적으로 폭발적으로 늘어난 점은 어디나 같았다. 말하자면 "바이러스와 싸우기 위해 국경은 닫혀야 하며, 수송은 '절실한' 것에만 한정되어야 한다"는 일반적 합의가 이루어졌다고 할 수 있다. 입장 차이가 나타나는 부분은 국경이 얼마나 빨리 다시 열릴 것인가(아니면 가

급적 계속 닫힌 채로 둘 것인가), 그리고 일부 국적 사람들이나 여행객들을 '안전하다'고 볼 것인가 말 것인가 하는 거였다. 이때 의사결정을 어렵게 하는 점은 그리스나 포르투갈 같은 나라들이 유럽 관광 코스에서 큰 비중을 차지한다는 사실이다.

또, 팬데믹 지구를 살펴보면서 북반부의 경우만을 들여다봐서는 안 될 것이다. 예를 들어, 나이지리아 북부, 파키스탄, 아프가니스탄처럼 민감한 지역에서 전염병 창궐과 백신 접종 계획은 지정학 및 국경 보안의 장벽을 뚫어야 할 필요가 있었다. 특히 소아마비 퇴치 캠페인은 늘 의혹의 대상이 되었는데 외부 당국자가 악의적 개입을 위해 보건 문제를 표면에 내세울 수도 있다고 여기기 때문이다. 나이지리아 북부에서는 종교·정치 지도자들은 백신이 다수를 차지하는 무슬림 인구를 줄이려는 목적을 품고 있으며, 불임을 유발하거나 AIDS 같은 다른 질병을 옮기는 매개가 될 수도 있다고 주민들에게 경고했다. 파키스탄에서는 외세가 주도하는 의료 개입은 CIA의 오사마 빈 라덴 수색 작전과 같이 미국이 모종의 다른 목적을 숨기기 위한 것이라는 생각이 팽배하다. 그 수색 작전으로 2011년 미국은 오사마 빈 라덴을 살해했다. 이는 음모론적 지정학 서사를 확대시키며, 보건의료 개입은 과거 식민지, 냉전, 대테러 전쟁의 역사에 오늘날 세계 각지 무슬림 주민의 사회적·보건적 열악함을 더해 의심받게 된다. 이런 식의 경험이 코로나19 팬데믹에 대한 여러 국민의, 그리고 국제적 대응에 작용하고 있는 것이다.

이 모든 것은 세계 지정학적 미래에 관심 있는 사람들에게 자기성찰을 요구한다. 팬데믹의 뒤안길에 우리는 새로운 형태의 다자적 협력의 태동을 목격하게 될 것인가? 아니면 지정학적 분화가 더욱 심해지고, 각국 및 그 지도자들이 백신 개발, 의료용품 보급, 개인 방역 장비 등에서 비교우위를 차지하기 위해 다투는 '바이러스 국가주의' 같은 것이 만연하게 될 것인가?

마지막으로, 팬데믹이 분리와 연결 모두에서 막강한 능력을 보여준 지금, 미래의 분쟁은 어느 선에서 이루어질까? 팬데믹과 질병은 인류 역사의 한 부분이지만, 코로나19 팬데믹은 눈에 보이지 않는 바이러스가 일상생활의 사회 규범을 일시에 쓸어버리고 정부가 격리, 감시, 억류 그리고 전면 셧다운에 가까운 조치에 이르는 극적인 비상수단을 도입할 수밖에 없게 만든다는 것을 보여줬다. 예를 들어, 엘살바도르는 가장 엄혹한 체제를 도입하여 락다운을 어긴 사람들을 30일 동안이나 구금했다. 전염병 소독과 격리, 락다운 등은 우리의 초기동성(超機動性), 경제 발전, 정치 체제 모두에 정치적이자 환경적인 한계가 있음을 드러냈다.

내부와 외부의 국경

코로나19 팬데믹은 박쥐에게서 비롯되었다 여겨지며, 이후 종을 뛰어넘어 전파되면서 2019년 말에 결국 사람이 전염되는 첫 사례가 중국에서 나왔다. 그것은 어찌 보면 팬데믹이 뚫은 첫 번째 국경이었다.

이 바이러스의 정확한 탄생 시점과 초기 확산 과정은 불확실한 채로 남아 있다(그리고 중국이 WHO 등 외부세계에 이를 알리고 정보를 공유하려 했는지 여부도 논란이다). 우한(武漢) 지역이 최초의 감염 핫스폿이었음이 알려졌고, 지역 시장이 감염과 확산의 진원지로 추정되는 가운데, 중국 정부는 2020년 1월 (우한 거주민 1,100만 명을 몇 주 동안 격리시키는 조치를 포함한) 일련의 과감한 락다운 조치를 취했다. 국내 여행금지 조치는 엄격했으며, 많은 중국인들에게 경계란 일상이 되었다. 중국 농촌마을들이 자체적으로 이동 금지, 출입 금지 조치를 만들어서 외부인이 들어오지 못하게 막은 일은 놀라웠다. 그 이후 중국 전역에서 숱한 공식, 비공식 규제조치가 이루어졌고, 지역 단위에서는 자경단과 상호 감시체제를 만들었다.

6주 안에 유럽, 한국, 일본에서 감염자 발생이 보고되었으며, 이로써 사업차 또는 관광차 여행(국내, 국외 모두)이 바이러스의 확산에 기름을 부었다는 가장 빠른 증거가 나왔다. 널리 알려진 한 사례로, 어느 중년 비즈니스맨이 싱가포르에서 일을 보고 영국으로 돌아왔다가 프랑스로 스키 주말여행을 떠났다. 그는 '슈퍼전파자'로 언론에 오르내리게 되었다. 그의 이동으로 자신도 모르게 3개국에서 감염이 확산되었기 때문이다. 2020년 1, 2월에 농촌 주민들이 자신들의 마을을 닫아걸던 동안, 해외여행객들은 자가 격리와 동선 추적에 동의해 줄 것을 요구받았다. 그 정도는 효율성과 강제성 수준에서 조금씩 달랐다.

2020년 3월 초, 새로운 감염의 규모를 볼 때 더 이상 일부 특별한 감염 사례들에만 관심이 맞춰질 상황을 넘어섰다. 보건의료 조치는 세계 어디보다 자유로운 이동이 중시되던 곳, 가령 유럽연합 내에서조차 엄격한 이동 제한을 가했다. 유럽 사법재판소는 회원국들이 보건상의 문제로, '연합과 자국의 보호'를 명목으로 자국 국경을 폐쇄하는 조치를 승인했다. 하지만 독자적으로 움직이던 유럽연합 회원국 일부는 그들의 국민이 의료 조치를 받거나 의료 물자를 공유하기 위해 국경을 넘나드는 일을 허용했다. 2020년 3월 말, 일부 이탈리아 환자들은 독일 병원에 수용되었는데 이탈리아의 의료체계가 포화상태에 이르렀기 때문이었다. 독일 병원은 프랑스에서 온 환자도 받아들였는데, 해당 독일 지역 지사가 이를 범유럽적 단결의 시범 사례로 기획했기 때문이었다. 독일군도 인도적 비행 수송을 맡아 독일과 프랑스를 오갔다.

국가별로 위기의 심각성이 어떤지, 또 보건의료 능력이 어느 정도인지에 따라 유럽연합 회원국들이 취한 강제조치의 강도도 달랐다. 이탈리아에서는 전염을 북부에 묶어 두려던 시도가 곧 실패하고 남부까지 번졌다. 그리하여 2020년 3월에 전면 락다운에 들어갔다. 스페인에서는 2020년 3월부터 5월까지 6주 동안 각자의 집을 떠나지 말라는 지침이 나왔고, 특히 14세 이하 아동은 이를 철저히 지키도록 했다. 국가 비상사태는 6월 말에야 풀렸으며, 그때조차도 매장 폐쇄와 국내여행 금지 조치 등이 상황에 따라 유지되었다. 그리스에서는 정부가 발 빠르게 움직여서 2월 말과 3월 초에 락다운을 끝냈다. 일부 제한 조치는 4월 말에야 풀렸다.

집합, 이동, 업소 개폐에 대한 이 모든 복잡다단한 방역 수칙들의 와중에 소셜미디어를 빌려 락다운이 시행된 나라 국민들, 또는 일부 경우에는 오도 가도 못하게 된 유람선 승객들의 불평이 전 세계에서 쏟아졌다. 항공사는 수시로 바뀌는 지침을 지켜가며 운항해야 했고, 어떤 나라에서 이륙을 했어도 기착지에 내리지 못하는 상황에 부딪치곤 했다.

우리는 자기 생활권 밖으로는 여행을 엄격히 금지하는 극단적인 '국경 통제 조치'를 경험했다. 이는 전시의 통제, 또는 아파르트헤이트 시절 남아프리카공화국에서 국민의 다수인 흑인이 나날이 겪어야 했던 여행의 통제에 버금갈 정도였다.

우리는 의료 외교가 일종의 국제적 '소프트 파워'가 되는 것을 보았다. 여러 나라가 비상 비행과 해외 기증자 및 파트너들이 보내는 의료 물자를 획득하기 위해 통상의 절차를 건너뛰었다. 이는 다시 이탈리아처럼 상태가 절망적이던 나라를 뒤흔들어 놓았고, 결국 서둘러서 중국과 러시아가 원조를 하고 그들의 의료 팀을 전염이 심한 지역에 기존 절차에 따르지 않고 들여보내는 조치를 취하도록 했다. 이탈리아 언론은 외국 의료팀들이 얼마나 철저한 검증을 받았는지 의심을 표명했다. 두 나라 모두 소프트 파워로서의 의료 외교를 펼쳤으며, 그들의 대사들과 외무장관들은 소셜미디어와 해시태그를 이용해 그들의 보건의료 성과를 과시했다. 언론은 이 팬데믹의 도가니 속에서 이런 해외 의료 팀들의 활동을 제대로 감시해야 하며, 수혜를 받은 국가들이 팬데믹이 물러간 뒤에 그다지 채산이 맞지 않는 재정적 거래에 발목이 잡히지 말아야 한다고 경고했다.

‘아전인수’격 국경의 이용

어떤 원조도, 과거의 소아마비 예방 원조에서와 같이, 그 실행 과정에서 노골적인 지정학적 안건이 개입되지 않기가 어렵다. 앞서 보았듯, 냉전 동안에는 미국과 소련이 보건의료를 이용해서 각자의 영향력을 중부 및 동부 유럽에, 나아가 남쪽 나라들에 행사했다. 그 뒤에는, 소아마비 백신접종 운동으로 아프리카에서 AIDS가 나오게 되었다는 음모론이 무성했다. 미국과 소련은 서로 백신 개발을 경쟁하면서, 상대를 흠집 내기 바빴다. 2011년, CIA가 파키스탄에서 백신 접종을 주도했을 때 사실은 그 과정에서 빈 라덴 가족의 DNA를 찾아내기 위해서라는 소문이 돌았다. 그런 기만술은 많은 나라에서 “백신의 신뢰”만 떨어트렸으며, 심지어 외국인 또는 지역민 보건 종사자들이 암살당하는 일까지 벌어졌다. 생명을 살리기 위한 개입으로 시작된 일이 종종 제3자의 못된 꼼수로 결론 나는 경우가 있다.

질병, 팬데믹, 악랄한 국경 국가주의는 또한 서로 손잡고 가는 경향이 있다. 국경이 닫히면, 국가주의, 포퓰리즘, 국수주의가 한꺼번에 ‘접종’된다. 19세기 초 호주에서 전염병이 창궐하자 백인 인종주의 또한 창궐했다. 중국계 이민자들이 그 병의 원인이라고 공격받았으며 이민에 대한 더 엄격한 제한 조치가 뒤따랐다. 2020년에 중국계 이민자는 똑같은 위협에 직면했다. 그들이 팬데믹의 ‘원흉’이라며 폭력적 시민들이 그들을 매도하고 폭행하는 일이 여러 나라에서 발생했다. 영국의 중국계 및 기타 아시아계 국민들은 증오 범죄와 인종차별, 외국인혐오 표현 등을 겪었다. 세계 전역에서 화교 사회는 반중국 정서에 부딪쳤으며 공공연히 해코지를 당하거나 소셜미디어에서 피해를 입는 일이 속출했다.

코로나19 팬데믹 와중에 비상 국경 통제는 늘었지만, 반이민 관련 논쟁도 그만큼 늘었다. 헝가리가 그 극명한 예를 보여주었는데, 오르반 수상은 '외국인들'이 나라에 전염병을 퍼뜨렸다고 비난했다. 국내 경제가 나빠져 실업자가 대거 발생하고, 이 바이러스가 다시 창궐하여 새로운 대재앙을 가져올지, 그 정도는 아니더라도 국가에 큰 부담을 계속 주게 될지 모르는 상태에서, 누군가 다른 쪽에 책임을 전가하고 싶다는 생각은 넘쳐 오르게 마련이다. 언론은 '바이러스 국가주의'와 팬데믹 포퓰리즘의 준동을 경고한다. 이는 단지 인종집단 사이의 갈등을 고조시킬 뿐 아니라 국가들 사이에 정보를 공유하고 백신 및 공공보건 수단을 나누려는 의지를 희석시킬 우려가 있다.

이런 불운을 '남 탓으로 돌리는' 경향은 코로나19 팬데믹에만 나타나는 현상이 아니다. 그러나 이 '남 탓' 게임은 '국경' 문제를 더 부각시키게 된다. 중국-러시아 관계는 2020년에 껄끄러워졌다. 국경지대의 마을과 도시들은 종종 이런 경향의 선두에 서는데, 국경을 마주한 지역사회들끼리는 상당한 사회적·문화적·경제적 상호작용이 있기 때문이다. 러시아처럼 넓은 나라에서, 모스크바에서 나온 대통령의 선언은 관련되는 사람들이 상트페테르부르크 같은 대도시에 사느냐, 중국과의 국경지대 같은 시베리아의 촌락에 사느냐에 따라 아주 다르게 느껴질 수 있다. 러시아의 국경지대 마을들은 그간 중국의 사업 및 관광업의 영향을 크게 받아온 것이 사실이다.

2020년 1월에 러시아는 중국과의 국경을 폐쇄했고, 2020년 4월에는 중국이 러시아에 국경을 닫았다. 양측이 서로 자국에 코로나를 퍼뜨렸다고 상대를 비난했고, 블라디보스토크처럼 러시아 극동 지역의 주민들은 한 중국 국민이 모스크바에서 지내다가 감염된 징후가 있는 상태에서 블라디보스토크를 경유해 중국으로 넘어간 사실을 알고 격분했다. 중국 국적이면서 러시아-중국 국경을 넘나든 사람이야 워낙 소수이니 그것 가지고 분쟁이 일어날 성싶지는 않지만, 이는 앞으로 외국인을 공격하며 라이벌 국가의 정부가 전염을 일으키고는 감염원에 대한 '가짜뉴스'를 퍼뜨리고 있다고 비난한 나머지 긴장이 충분히 증폭될 가능성을 보여준다.

이 모든 것은 이 팬데믹이 한편으로 국제 협력을 가져올 수도 있지만, 우호적 관계 유지와 집단적 연대의 표시에 장애가 될 수도 있음을 시사한다. 그러나 영국 같은 나라는 이민자들이 코로나 최전선에서, 즉 보건, 복지, 사회적 돌봄, 농업, 대중교통 등의 직군에서 활동하고 있음을 알아차렸다. '핵심 노동자'로 재분류된 그들의 기여는 국가 회복 과정에서 계속 큰 몫을 차지한다. 영국에서 불가리아와 기타 동유럽에서 계절 이민자들을 실어오는 일은 영국 농민에게 큰 힘이 되어왔는데, 아스파라거스나 과일 등을 수확할 때 그들의 노동력이 절실하기 때문이다. 한 나라의 변경지대는 그 나라가 지역사회의 필요, 산업부문별 우선순위, 지역 경제에 미치는 영향 등을 따져서 문을 열었다 닫았다 하면 혼란해질 수밖에 없다. 이는 팬데믹 이후 국경을 넘나드는 노동자들의 가치가 신생국가들의 경우 더 올라갈 수도 있음을 뜻한다. 그러나 코로나19 팬데믹의 와중에 국경에서 빚어진 갈팡질팡 상황 때문에 가장 피해를 보았을 사람들은 세계에서 가장 가난할 뿐 아니라 가장 취약한 집단, 즉 난민, 피난민, 비정규 이민자들이다. 이 사실은 부정할 수 없다.

각국은 그 국경을 닫고 여행 금지 조치를 내리느라 바쁠 뿐 아니라, 피난민을 받아들이는 절차를 마냥 지연시키고 있기도 하다. 수많은 사람들이 미국에서 브라질, 그리고 이미 많은 이민자를 받아들여왔던 우간다와 베네수엘라에 이르기까지 난민 신청 자체를 할 수 없게 되었다. 그 밖의 나라들, 가령 시리아 사태 때문에 이미 많은 난민을 받느라 힘들었던 그리스 같은 나라는 난민 억류 센터의 문을 닫지는 않았으나 과밀에 열악한 위생 상태는 나 몰라라 하고 두었다. 니제르 같은 중간 경유 국가는 많은 나라들이 새 난민 접수를 연기하면서 보건 문제를 들먹이며 이주민 접수 또는(및) 거류 기간 연장에 손사래를 치고 있는 판에 미칠 노릇이다. 기회주의적이랄지 어떨지, 이민자 집단은 국경지대 전역에서 오도 가도 못하게 되든지 산악, 사막, 바다를 죽음을 무릅쓰고 건너야 하는 게 팩트다. 사회적 거리두기와 격리 같은 보건 안전 조치는 난민 캠프와 억류 센터에서는 딴 세상 이야기다.

그렇지만 이런 저런 변화가 많았어도 코로나19로 인해 '통상의 지정학'이 완전히 무너져 버린 것은 아니다. 팬데믹이 여러 나라와 그 국민에게 입힌 비용에도 불구하고, 장기적으로 이어져온 지정학적 간극은 소멸하지 않았다. 예를 들어, 인도와 파키스탄 양국 긴장의 역사에서 가장 최근의 일은 2019년 8월, 모디의 인도 정부가 카슈미르의 준 자치 상태를 바꿔놓으려 한 시도였다.

무슬림이 다수를 차지하는 카슈미르는 파키스탄의 지대한 관심 대상이며, 두 국가는 서로가 휴전 협정을 어겼다고 비난하며 국경을 넘는 폭력 행위를 후원하는가 하면 소셜미디어에서 여론전을 전개했다. 2020년 3월과 4월, 파키스탄의 임란 칸(Imran Khan) 총리는 인도가 파키스탄 점령 하의 카슈미르(POK)를 결국 손에 넣겠다는 도발적 언급을 계속할 경우 무력 대결을 각오해야 할 것이라고 경고했다. 그는 일종의 실지 회복 차원에서 이러한 상황이 지속되면 핵전쟁도 가능해진다고 밝혔다. 이 사례에서 보듯, 팬데믹이 발생했다고 해서 기존의 국경 문제가 사라진 건 아니다.

팬데믹이 주는 국경 전쟁의 교훈

국경 문제에 대해서, 이 모든 것이 주는 교훈은 무엇일까? 첫째, 팬데믹 시기에 강화된 국경 통제와 보안은 국민 보건을 위한 조치로 이해할 만하다. 그러나 이는 국경 출입 제한과 폐쇄에 걸린 사람들에게 광범위한 영향을 끼친다. 피난민과 이민자는 무인지대에서 발이 묶여버린다. 예를 들어 인도의 이주 노동자들은 네팔의 집으로 돌아갈 수 없었다. 네팔 정부가 빠르게 국경을 폐쇄해버렸기 때문이다. 인도에서 이민자, 자국민, 여행자들은 수상의 엄중한 락다운 발표가 내려지기까지 말 그대로 몇 시간 동안 꼼짝달싹 못했다. 이주 노동자들과 외국인 노동자들은 전 세계 도시에 갇혀버렸다. 그들이 고향으로 돌아가면 감염이 확산될까 봐 그런 것이었다.

해상에서는 인도주의 구조작전이 연기된 사이에 많은 사람이 빠져죽었다. 팬데믹이 찾아들고 나면 미국, 유럽, 그 밖의 나라로 갈 기회가 그나마 더 드물어질 거라고 여긴 사람들이 이판사판으로 바다에 뛰어들었기 때문이다. 2020년 6월, 스코틀랜드에서는 수단에서 온 피난민 하나가 몇 사람들에게 칼을 휘둘렀고, 이후 무장 경찰의 총격으로 사망했다. 당시 목격자들에 따르면 몇 주 동안 그의 정신 상태가 악화되어 왔다고 한다. 그것은 코로나19 대응에 온통 관심이 쏠리면서 피난민 같이 힘든 사람들에게 필요한 돌봄과 지원이 사라질 거라는 두려움 때문이었다는 것이다. 더 단순하게, 락다운을 겪는 많은 사람들은 고립감에 시달렸다.

둘째, 이런 보건 상황에서 우리가 앞서 7장에서 본 '스마트 국경'은 더욱 폭넓게 국경 관련 업무를 장악한다. 위치추적 기술은 보건의료 및 사회통제 수단으로 발전에 날개를 달았다. 일례로, 각 개인은 자신의 스마트폰을 이용한 위치추적 시스템에 참여해줄 것을 요청받을 수 있다. 영국에서는 초기에 한참 논란이 있었지만, 위치추적 전화 앱이 이제는 널리 퍼진 상태가 되었다. 싱가포르에서는 '트레이스 투게더'(Trace Together)라는 위치 추적 앱을 자진해서 깔자는 운동이 벌어졌고, 2020년 7월 현재 국민의 20퍼센트가 이 앱을 깐 상태다. 싱가포르 정부는 주민등록번호와 개인의 이동 동선, 개인 전화번호를 모두 연계해 개인을 추적하는 더 개량된 앱 개발에 투자하고 있다.

이제 개인의 휴대폰은 디지털 공공보건 시스템을 이루는 한

부분이 될 것이며, 소유자의 동선을 파악하고 행동을 포착하는 수단이 될 것이다. 이로써 공공보건의 장벽은 개인과 함께 움직이며, 그 장벽이란 두말할 것도 없이 건강한 사람과 그렇지 못한 사람을 나누는 것이다. 우리가 2020년의 락다운에서 배운 것은 일부는 그들의 '기저 건강 상태' 때문에 집 안에 틀어박혀 있어야만 되었다는 것이다. 그러나 우리는 장벽이라는 이름의 전염병 창궐 또한 경험했으니, 이는 다시 이러한 생활친화적 국가 개입이 시민 개개인의 생활에 파고드는 일을 자유민주 국가에서 크나큰 희생을 치르고라도 허용해야 하는지에 대한 의문을 제기한다.

셋째, 이 팬데믹은 다시 한 번 강대국끼리의 대결을 부추겼다. 이제 중국은 슈퍼 보건강대국이 되려 한다. 세계보건기구의 기원은 두 대전의 중간기에 발생한 전염병들과 유럽-미국이라는 전승국들의 자유주의적 국제질서에서 찾을 수 있다. 그리고 이 질서에 중국이 밀고 들어온다는 것은 수십 년간의 위계질서를 뒤집는다는 의미다. 이 질서 재구축 작업에는 두 가지 요소가 있다. 중국은 세계보건기구(WHO)의 고위 지도부와 친밀한 관계를 쌓아왔으며, 겉으로는 사심이 없어 보이는 태도와 트럼프 행정부에 대한 조롱으로 유엔 인사들의 환심을 얻었다. 중국은 WHO를 움직여서 대만을 어떤 활동에서도 소외시키는 데 성공했다. 또한, '일대일로' 계획의 일환으로 '보건 실크로드' 계획도 밀어붙이고 있다. 이를 통해 말레이시아, 필리핀, 이탈리아, 그리스뿐만 아니라 아프리카의 우간다 등의 나라들에까지도 의료 구호 활동을 넓히고 있다.

마지막으로, 미국이 일정 부문에서는 보건 초강대국 지위에서 물러났다고 말할 수 있겠지만, 전부 그렇지는 않다. 미 해군이 후원하는 국제 병원선인 '머시 십'(Mercy Ship) 작전이나 '빌 앤드 멜린다 게이츠 재단'처럼 영향력 있는 보건 관련 재단은 계속해서 미국이 보건의료 외교력을 발휘하도록 해줄 것이다.

국제 협력의 미래

코로나19 팬데믹은 지금의 정치체제가 집단적·협력적 필요에 얼마나 대응할 수 있는가에 대한 고민을 되살렸다. 과학·기술 분야의 공조와 정보 공유 사례가 없지 않지만, 각국 정부의 정치적 의지는 엇갈렸으며 그 엇갈림의 이유 중 하나는 팬데믹 자체에 대한 태도 차이에 있었다. 또 제2차 세계대전 뒤 수립된 국제 질서 자체에 대한 보다 폭넓은 의심도 있었다. 동맹국들은 개별 국민국가 차원에서 저마다의 국민과 국익을 챙기기 바빴다.

WHO(세계보건기구)는 1948년 설립되었고, 이후 자유주의적 국제질서의 한 축을 담당했다. 미국과 그 동맹국들이 이끌어가는 이 질서는 국제기구들과 유엔 헌장으로 뒷받침되었다. 세계에서 위험한 국가 간 경쟁이나 고립주의를 없애고자 설계된 WHO의 활동 방식 역시 1918년의 스페인 독감의 예에서 보듯 국경을 쉽게 넘나드는 바이러스의 집단적 피해를 서로 공감한 결과였다. 5천만 명에 이르는 사망자를 낸 것으로 보이는 이 전염병은 이동성과 지속성이 매우 높은 것으로 나타났다. 이 독감의 사망자 수는 3년 동안 계속 늘었으며 남극만이 유일하게 사망자가 없었다. 특히 세계에서 가장 빈곤한 지역민들의 피해가 가장 컸고, 독립 이전 상태이던 인도에서는 거의 2천만 명이 사망했다. 스페인 독감의 희생자 다수는 젊은이들이었으며, 그것은 세계 각국에 심각한 영향을 미쳤다. 인구 가운데 가장 경제적 생산력이 뛰어난 사람들 다수가 5년 동안 전쟁과 팬데믹으로 사라져 버렸기 때문이다. 간단히 말해서, WHO의 과제는 엄중한 것이었다. 회원국들에게 전염병 관련 자료를 공유하고, 보건의료 조치를 조율하며, 백신 개발 및 의료 기법 개발을 위해 기금을 모집하는 것이었다.

2000년, 유엔 안보리는 AIDS가 세계 안보와 평화적 공존에 대한 도전이라고 인식했다. 이후 20년 이상, 이 전염병이 세계화의 초고속 이동성에만 근거한 게 아니라 자원 착취, 생물다양성 감소, 기후변화, 최후의 오지까지도 파고드는 개발 등등 인류가 쌓아온 업의 결과물이기도 하다는 사실이 널리 인식되었다. 이 코로나19 팬데믹 시대에, 중국과 미국은 자국의 이익을 늘릴 기회를 계속 갖게 될 것이다. 트럼프 대통령의 '기후변화란 없다' 접근법과 엄격한 보건의료 수단에 대한 회의적 시각은 그의 선거 운동에 도움이 될지도 모르나, 중국이 의료 및 인도적 사업, 그리고 생물다양성 강화에서 주도적 지위를 차지하고 세계 각국 가운데 동맹자를 더 찾아내게 된다면 철회될 수 있다.

최근 WHO의 유효성은 의심받고 있다. 사스와 에볼라 사태 때 WHO의 리더십과 자금 수준, 관료주의적 타성 등은 불만의 대상이 되었다. 유엔 기구의 제도적 효능에 대한 이런 비판이 꼭

WHO에게만 있는 것은 아니지만, 비판자들은 중국이나 미국 같은 대국들이 유엔 기구들을 제대로 지원하지 않으며 그 리더십을 실추시키고 있음을 지적한다. 코로나19 팬데믹에 대응하는 테드로스 아드하놈(Tedros Adhanom) WHO 사무총장의 언행도 계속 도마에 올랐다. 비판자들은 그가 이 바이러스의 진원지로 중국을 언급하는 것을 계속 꺼려하는 것에 의혹을 품는다. 국제 대표성 역시 문제다. 중국의 보건 비상상황에 대한 대만의 경고는 계속 무시되었는데, 대만은 WHO에서 대표성이 없기 때문이었다. WHO는 2020년 3월까지 팬데믹 선언을 미뤘고, 그때까지 동물에서 인간 전염 단계, 인간에서 인간 전염 단계, 지역사회 확산 단계가 진행되었다. 이 노골적인 '팬데믹' 선언 지연은 그 결과로 WHO가 중국의 은밀한 압력 아래 있다는 의심을 불러일으켰다.

2020년 4월, 중국은 WHO 관계자에 의한 팬데믹 원인 규명 조사에 일체 협조하지 않겠다고 발표했다. 이는 당연히 앞으로의 국제 보건 관리 진행에 대한 우려를 낳았다. 이런 위기관리 능력에 대한 비판으로 WHO 내부에서도 크게 개혁이 진행되기는 했으나, 이 유엔 기구가 그동안 우호적이었던(보았다시피, 팬데믹 기간 중에는 그다지 그렇지도 않았지만) 국가들에게 의존적이라는 사실은 분명하다. 아무튼 중국 지도부는 중국의 직접적 책임 문제가 거론되지 않도록 애써 왔다. 대신 그들은 이 팬데믹이 '인류 공존의 운명을 깨달을 기회'라는 프레임을 내놓았다. 하지만 그런 화제 전환은 "중국의 비밀 연구소에서 미국을 겨냥한 생물학무기를 만들고 있다"는 루머와 음모론처럼 파괴력은 없으며, 관련하여 잘못된 정보와 조작된 정보는 온통 넘쳐난다.

이 팬데믹이 글로벌리제이션을 역행시킬지, 고립주의와 더 엄격한 국경 통제의 부활을 부추길지 여부는 아직 알 수 없다. 세계 물류체인, 관광업계 같은 주요 산업과 고용주들, 기후변화와 환경보호 문제를 포함한 과제 등은, 바이러스가 그러하듯, 초국적 차원이며 어떤 한 국가의 통제 범위 안에 둘 수 없는 것이다. 국가들 사이의 국경은 진정한 의미에서 폐쇄되었던 적이 없다. 심지어 2020년 뉴질랜드의 엄격한 국경 통제에도 예외가 있었던 것처럼 말이다. 그리고 정치지도자들이 은밀히 세계를 자기들 계열대로 나눠가지면서 입맛에 따라 단 건(인터넷, 무비자 여행, 온라인 거래, 자국 수출품에 대한 무역 장벽 철폐) 삼키고 쓴 건(비정규 이민, 바이러스 전염, 제3자의 개입) 뱉을 수 있을 가능성도 제로다. 이는 국제사회가 아주 가까운 미래에 고도로 상호의존적인 세계에서 집단 안보를 어떻게 실현할지를 결정해야 함을 의미한다. 그 세계란 20억 이상의 인구를 끌어안고 잦은 이상기후, 공공보건 비상사태, 환경 변화와 자원 관련 압박을 향후 수십 년간 겪어야 하는 세계다.

그러나 팬데믹은 국제 협력과 공유의 의식을 한층 약화시킬 수 있다. 각국 정부는 계속해서 국경을 넘나드는 관계를 제한하는 방향으로 자국의 보건 정책 및 팬데믹 관리조치를 취하고 있으며, 국경 보안과 여행 규제 강화에 더 많은 자원을 투입하고 있다. 또는 정치지도자들이 국경 관련 모험을 해볼 기회를 포착할 수도 있다. 2020년 여름 히말라야 산악 국경지대의 유혈 충돌은 비록 팬데믹 관리로 인해 큰 부담을 지는 와중에도 중국 지도부가 지정학 분야에서의 문제 해결 능력과 리더십을 과시할 다른 기회를 포기하지 않았음을 보여준다.

애국자도 세계주의자도, 트럼프 대통령의 프레임에 따르면, 주권 보호의 정도와 강도에 대해 결국 아무 소리도 못할 것이다. 오늘날의 보호주의적 수단들은 공공보건, 여행 및 이동성, 국경 통제 등에 대한 합의를 표준화하려는 새로운 노력에 길을 내줄 것이다. 사실 이런 생각들은 유서 깊다. 격리(quarantine)라는 용어는 이탈리아어의 40(quaranta)이라는 단어에서 나왔는데, 14세기 때 누군가 가령 베네치아 같은 항구에 도착하면 40일 동안 격리를 거쳤던 데서 비롯되었다. 타고 온 배에서 격리되어야 하는 정확한 날 수는 항구마다 달랐지만, 이런 풍습이 널리 퍼지면서 19세기와 20세기에 공공보건 관련 국제적 약속이 이루어지게 된 것이다.

당시 국가 사이에는 의견 불일치보다 일치가 대세였고, 100년 동안 전염병에 대한 공동의 이해와 어느 한 나라나 제국이 혼자 힘으로 질병을 다스릴 수 없다는 공동 인식이 함께했다. 지역적으로는 그 때문에 긴장이 불거지기도 했지만, 팬데믹은 지구를 하나로 묶어 주는 길을 비춰주었다. 비록 그 불평등 또한 비췄지만 말이다. 기후 변화에 대해서도 같은 말을 할 수 있을지 모른다. 우리가 통제할 수 있는 대상에 대해 그 규모와 속도를 조절하려는 정치적 결정이 이어질 것이기에, 국경은 계속 중요성을 잃지 않을 것이다. 하지만 통제할 수 없는 것이 무엇인지도 드러날 것이다. 코로나19 팬데믹과 그것이 국경에 미친 효과는 이런 저런 형태로, 앞으로의 세월 동안 우리와 함께할 것이다.

2008년 9월 1일, 조지아인들이 수도 트빌리시의 공화국 광장에 모여 평화 촉구 행진을 벌이고 있다. 이 행진은 조지아 전역에서 동시 진행되었으며, 트빌리시의 시위대는 인간띠를 만들어 러시아의 조지아에 대한 군사행동을 항의하는, 또한 갈라져 나간 땅인 압하지야와 남부 오세티아에 대한 조지아의 주권을 주장하는 조지아인의 연대를 보여주었다. 조지아와 러시아의 관계는 여전히(어쩌면 2014년 러시아의 크림 병합 이래 더욱) 긴장 상태에 놓여 있다.

후기

"국경은 안전지대와 불안전한 지대를 규정하기 위해 설정된다. 그들과 우리를 구별 짓기 위해 설정된다. 국경이란 나누는 선이다. 가파른 가장자리를 가진 길고 좁디좁은 쪼가리다. 국경지대는 텅 빈 곳, 종적 없는 곳, 비자연적인 경계로부터 나온 감정적 찌꺼기로 이루어진 곳이다. 그곳은 끝없이 바뀐다."

_ 글로리아 안살두아

'아름다운 장벽'을 세우는 문제에 그토록 신경 썼지만, 우리의 경험은 방벽과 장벽이란 그것을 만든 사람들의 희망대로 기능하는 법이 별로 없다는 것이다. 일부 벽들은 오랜 시간 버텼지만, 결국 무너져 내렸다. 돌파되고, 격파되고, 재건축되었다. 인류는 산악, 사막, 하천이 뚫지 못할 장벽이라기보다 장애물에 지나지 않음을 발견했다. 세계의 일부는 아직도 절대적인 통제권을 행사하려는 인류의 바람을 좌절시키기도 한다. 인도와 파키스탄은 히말라야산맥의 외딴 빙하지대를 놓고 다투며, 막대한 자금과 군사력을 동원했지만 끝내 자국의 의지를 완전히 관철하지는 못했다. 그리하여 조성된 대치 국면은 오래 이어지고 있고, 그리하여 그 극한 지역에 주둔하는 사람들에게는 지독한 고난을 안겨주고 있다.

국경 이야기는 일상의 삶 속에 자리하는 지정학과 불가분의 관계에 있다. 국경 갈등 이야기, 언론의 선정적 보도로 얼룩진 난민들의 고난 이야기가 하루도 나오지 않는 날이 없다. 이 와중에 각국은 국경 보안에 더욱 투자하고 있으며, 팬데믹이든 다른 자연재해든 자신들의 계획을 미루게 할 수 없다고 공언한다. 국경을 넘으려는 사람들에 대해 일반 대중의 관심이 쏠려 있어도, 그 못지않게 중요한 국경 이야기가 있다.

수십 년 동안, 국제 금융 및 비즈니스 시스템은 조용히 더 복잡한 자본 유통 및 투자의 규칙과 절차를 형성해왔다. 그것은 유령회사, 역외 금융센터, 은행비밀법, 여권 구매, 시민권 취득 등으로 돈을 빼돌리고, 여기에 정부와 국제기구가 한통속이 되는 식이다. 금융 개혁에 대한 약속에도 불구하고, 세계 각국의 시민들은 다국적기업들과 슈퍼리치들에게는 아주 다른 국경 규범이 적용됨을 알아차릴 수 있었다.

코로나19 팬데믹은 적어도 일시적으로, 특권층은 곧잘 빠져나가던 이동과 국경 출입의 예인망을 만들어냈다. 또 놀랍게도, 덴마크와 독일 같은 나라들이 국경을 넘는 자본에 정색하게끔 했다. 그 나라에 납세 등록을 하지 않은 기업은 정부의 금융지원 대상이 될 수 없다고 여겨졌다. 역외화와 세금천국, 편의치적제도, 유령 회사 등은 교묘한 술래잡기로 국가에 세금 내는 것을 회피하려는 꼼수들이라는 것이 최근 몇 년 사이에 밝혀졌다.

범죄자들, 특히 밀수꾼들은 또한 국경을 이용해 많은 돈을 벌 기회를 잡고 있다. 예를 들어, 우크라이나에서는 드론이 러시아와의 국경을 넘나들고 있는데 부분적으로는 이 나라 동부에서 잦

아들지 않는 불안정 때문이다. 러시아의 스파이 드론은 우크라이나-러시아 국경지대를 면밀한 감시 아래 두기 위한 군사전략의 필수 요소다. 그러나 보다 서쪽에서는 같은 드론이 매우 다른 식으로 출몰한다. 담배 밀수는 규모가 큰 사업이다. 값이 싼 우크라이나 담배는 국경을 넘어 폴란드, 루마니아 등의 나라로 밀수되어 넘어가며, 중부 및 동부 유럽의 고객들 손에 들어간다. 취급 품목이 담배든, 마약이든, 또는 사람이든, 국경 밀수는 인접국끼리의 관계를 험악하게 만든다. 국경수비대와 밀수꾼들은 결국 일종의 '군비경쟁'을 벌이는데, 서로 국경 감시 기술과 그것을 무력화하는 기술에 돈을 쏟아붓는 것이다.

국경은 러시아처럼 탈냉전기 영토의 축소를 되돌리려 애쓰는 나라에는 매우 중요하다. 푸틴 대통령이 소련의 붕괴를 애석해하는 한편, 그가 러시아 대통령제에 남긴 유산은 (에너지 초강대국이 되든, 군사 강대국이 되든, 지역 패권을 쥐든 간에) 러시아의 대세계 영향력을 키우기 위해 국력을 쏟아 붓도록 만들고 있다.

조지아 일부에서는 국경이 무슨 유체처럼 유동하며, 그것은 이 작은 카프카스 공화국과 그 거대한 이웃나라 사이의 긴장이 끊이지 않기 때문이다. 단기간에 끝났으되 피해는 막심했던 2008년의 전쟁에서, 조지아 정부는 러시아가 결코 물러설 생각이 없음을 알았다. 일주일도 걸리지 않은 전쟁에서 거의 20만 명이 고향을 등져야 했다. 이 나라 어딘가에 러시아어를 말하는 주민들이 살고 있다는 사실은 푸틴 대통령에게 "러시아인들을 지켜야 한다. 그들이 어디 살고, 무슨 일을 하든"이라는 명분을 만들어주었다. 이런 주장의 직접적 결과는 조지아와 러시아 사이의 국경지대와 그 주민들을 강탈하는 것이었다. 2018년 8월, 하룻밤 사이에 기존 국경선을 표시하던 철조망 울타리가 옮겨졌다. 어둠을 틈타, 울타리가 옮겨지고, 새로 도랑이 파이고, 표지판이 새로 박혀, 국경이 바뀌었음을 표시했다. 조지아 주민들에 따르면, 이 국경은 그 뒤로도 여러 번 크게 바뀌었으며, 때로는 기존의 조지아 영토를 몇 에이커씩 잠식했다. 이런 식의 행동이 완화될 조짐은 없다.

국경 문제에 대처하는 국가들의 기록은 들쑥날쑥하다. 국가들은 빙하, 하천, 호수 등 공동 환경의 보전에 협력하기도 한다. 오염 예방에서 세계 어업 관리까지 국제 협력을 멋지게 해낸 사례들도 있다. 그러나 그런 합의는 끊임없이 도전을 받고 있다. 국가와 기업은 자원을 개발하고 수탈하려 하지만, 그런 자원(어족이나 그 밖의 생물자원)의 위치와 규모는 고정적이지 않다. 우리가 지속적이고 갈수록 커지는 기후변화 시대에 진입하면서, 기존의 협력 체제는 더욱 큰 도전을 만날 것이다. 가령 중부 북극해, 남극해, 심해의 해저 등에서의 활동을 규제할 새로운 합의가 모색되고 있다. 어족 및 해양 포유동물의 복잡한 상호의존관계와 회유 본성은 인간이 만든 경계를 아랑곳하지 않는다.

'국경 개방'의 요구는 국경을 넘나드는 사람의 흐름을 막는 일이 유해하다는 인식에서 비롯된다. 조셉 케런스(Joseph Carens)는 1987년에 펴낸《외계인과 시민(Aliens and Citizens)》에서 국경 개방을 전폭적으로 지지했다. 그는 이런 질문을 던졌다.

"자국 영토에 접근하지 못하게 하는 국가의 조치 때문에 사람들이 국경을 넘다가 죽는다면, 그것은 정당한가?"

이를 현대의 봉건주의라고 비난하며, 그는 국경 통제는 자유로운 이동의 권리를 침해하는 것이며, 출생지와 시민권에 근거하여 특권을 부여하는 것이라고, 또 더 운이 없던 사람들이 안전을 확보하고 빈곤의 극복을 위해 취하는 선택권을 봉쇄하는 것이라고 매도했다. 국경 보안은 종종 결과적으로 인권을 침해하며, 난민과 피난민에 대한 국제법적 의무를 회피하고, 공정성을 훼손하는 결과를 낳는다. 국경 개방은 국경을 없애 버리는 것이 아니다. 그것은 국가가 국경을 왜 그리고 어떻게 통제하는지에 대해 답을 모색하는 것이다.

그러나 책이 나오고 30년이 지난 뒤, 많은 나라에서 국경을 넘나드는 이동에 대해 추가적인 규제를 가해야 한다는 주장이 힘을 얻고 있다. 2018년 6월, 〈토론토 선〉지는 미국에 불법으로 들어온 부모와 가족에게서 아이들을 떼어 놓는 정책이 과연 옳은가에 대한 글을 실었다. 불법 이주민의 억류와 분리 정책을 완전히 비판하지는 않으면서, 그 신문은 독자들에게 그러한 분리 조치가 1990년대에 클린턴 행정부에 의해 처음 시작되었음을 상기시켰다. 불법 이주를 시도한 가족을 이산가족으로 만드는 일은 그것이 그런 시도를 억제할 수 있고, 감시가 수월해진다는 점에서 이해할 만하다. 그러나 억류 시설의 인도적이지 못한 상태와 그 행정 관리가 엉망인 사실은 연방정부와 주 당국이 분리된 가족의 복지를 챙겨줄 능력이 모자람을 드러냈다. 이는 이민 수용국이 해수면 상승과 극한의 더위가 전 세계적으로 대량 이민 사태를 낳게 될 때 과연 대응할 수 있는가라는 의문을 낳았다. 국경을 둘러싼 분쟁은 일상다반사로 벌어진다. 그리고 세계 곳곳에서 점점 더 많은 이민자와 난민 가족들이 국경의 양편에서 발이 묶일 것이다.

일부는 국경을 필수 불가결하다 보는 데 반해, 일부는 인종과 식민지 시절 그어진 국경을 넘어서는 정의와 연대를 추구한다. 원주민 보호구역에서부터 레드라인, 폐쇄된 국경, 흑인을 백인으로부터 분리시킨 남아프리카공화국의 아파르트헤이트와 미국 남부연맹의 짐 크로법(Jim Craw Law)까지 모든 종류의 경계선은 강탈과 연관되어왔다. 하지만 한편으로, 국경은 재산권과 주권을 지탱하는 뼈대다.

향후 수십 년 동안, 네 가지 유형의 '국경 전쟁'이 더욱 불거질 것이다. 첫째, 정체성 정치에 근거한다고 볼 수 있는 유형이다. 글로리아 안살두아(Gloria Anzaldua)는 《국경지대-새로운 메스티소들》(1987)에서 이렇게 주장한다.

> "국경은 안전지대와 불안전한 지대를 규정하기 위해 설정된다. 그들과 우리를 구별 짓기 위해 설정된다. 국경이란 나누는 선이다. 가파른 가장자리를 가진 길고 좁디좁은 쪼가리다. 국경지대는 텅 빈 곳, 종적 없는 곳, 비자연적인 경계로부터 나온 감정적 찌꺼기로 이루어진 곳이다. 그곳은 끝없이 바뀐다."

스스로 치카나(멕시코 원주민의 피를 받은 여성)라고 밝힌 그녀는 새로운 세대의 독자들에게 국경지대에서 벌어지는 일상의 현실을 소개했다. 그녀는 국경지대를 "드러나 있는 상처"라고 묘사했다. 그 땅에서 벌어진 악행의 표적이 되었던 사람이라면, 그보다 더 진솔한 표현은 없다고 할 것이다. 그런 상처의 감각은 국경 지역사회가 '불법 이주'를 색출하고 국경을 지키려는 미국 사법기구의 거친 대우를 받음에 따라 더욱 통렬해진다. 국경 보안 과정에서 쓰이는 언어는 국경을 넘고 싶어 애가 타는 사람들이나 자신들의 일상이 엉망진창이 된 사람들에 대해서는 아무런 관심이 없다. 드론은 거의 24시간 미국과 멕시코의 국경지대를 날아다닌다. 시민들은 자신들의 부동산에 감시 카메라가 달려 있는 걸 '발견'하게 된다. 그 사이에 워싱턴의 정치지도자들은 국토 안보를 철저히 지키겠노라 약속하고 있다. 그러나 어떤 장벽도, 울타리도, 드론도, 얼굴인식기술도 국경을 넘으려는 타인의 의지를 완전히 봉쇄할 수는 없다.

두 번째 유형의 국경 전쟁은 장기 분쟁과 그 유산에서 나온다. 이 책의 독자들 가운데는 세계의 다른 곳에서 직접 국경 분쟁을 몇 년이고 겪은 사람들도 있을 것이다. 가령 아일랜드에, 또는 남아시아와 중동의 분쟁지역에 사는 사람도 있을 것이다. 남과 북을 아울러, 아일랜드에 사는 사람들에게 브렉시트란 국경을 넘나드는 그들의 생활에서 최악의 재앙이었고, 다시 한 번 감시와 보안 순찰에 시달릴지 모를 우울한 사태다. 남아시아에서 인도와 파키스탄은 계속해서 새로운 국경 통제 기술에 투자 중이며, 셀 수 없이 벌어지는 국경 침범과 안보 도발 사건에 서로를 삿대질하기 바쁘다. 중국의 역할은 이 모든 것에 복잡성을 더한다. 이 3개국 모두 분쟁 대상인 산악지대가 중요한 물 보급원이며, 서로의 영토에 침투할 수 있는 전략적 요충지임을 인식하고 있기 때문이다.

이보다는 역사적 갈등의 유산이 덜 주목받지만, 그런데도 국경 분쟁이 계속 곪아 터지고 있는 지역은 세계 곳곳에 있다. 1991년에 소련이 붕괴한 뒤, 중앙아시아의 공화국들은 새로 이웃이 된 중국과 온갖 미해결 국경 분쟁 상황에 돌입했다. 소련군의 방위 우산이 없어진, 이 소국들은 종종 영토를 갈라 내놓으라는 요구를 받으며, 때로 그 규모는 수천 제곱킬로미터에 이르는 영토와 영해다. 예를 들어, 타지키스탄은 공식적으로 1천 제곱킬로미터의 수원이 풍부한 파미르 고원지대를 2011년에 할양했다. 이 '양보'가 정치적으로 더욱 위험한 까닭은 바로 그 나라가 반중국 정서에 들끓고 있으며, 중국인들이 이민을 와서 기업과 농업을 장악하는 상황에 대한 저항이 심하기 때문이다. 채무에 허덕이는 많은 중앙아시아 국가들이 중국의 투자와 무역에 의존하고 있는 실정이다. 따라서 중국의 대규모 투자가 아쉬운 나라의 정부는 이런 반중정서를 그냥 내버려두지 않는다. 이런 상황은 앞으로 더욱 심해질 것이다. 중국과 타지키스탄은 국경 보안 프로젝트에 긴밀히 협조 중인데, 두 나라 모두 불안정한 아프가니스탄 옆에 있다가 불똥이 튀는 것을 두려워하기 때문이다. 중국군은 두 나라의 국경지대를 순찰하며, 타지키스탄 영토 내의 타지키스탄군과도 협조하고 있다. 중국은 분리주의와 종교적 극단주의가 중국의 영향권 내외에서 고개를 들지 못하게 하려 고심한다. 이 책의 시작 부분에서 언급했듯, 국경은 정체성 정치, 공적 문화, 국민 교육에 모두 중요하다.

세 번째의 국경 분쟁 유형은 새로운 울타리와 사유화가 본격화되며 불거질 것이다. 국경은 새로운 영역으로, 가령 심해 해저, 원양, 달 등으로 뻗어갈 것이다. 국가들이 각자의 영유권을 주장하거나 자국만의 배타적 권리를 인정하는 협정을 맺으려 할 것이기 때문이다. 자원 문제의 압박은 이런 행동의 주된 동기가 된다. 기후변화의 현실이 점점 더 엄혹해지면서, 인류 전체의 미래가 위험해진 판국에 지구를 보전하기 위해서는 주권적 국경을 일체 철폐해야 한다는 주장도 나올 것이다. 새로운 세계 자원거래 협정을 체결하자는 요구도 나올 것이다. 대양의 상당 부분이 이제 물고기가 살 수 없게 되고, 육지도 쓸 만한 자원을 내놓는 것에 한계가 있기 때문이다. 지구상에 사람이 계속 거주할 수 있는 땅을 찾는 문제도 장차 또 하나의 심각한 문제로 떠오를 것이다.

미국의 학자 스티븐 월트(Stephen Walt)는 2019년 8월 〈포린 폴리시(Foreign Policy)〉에 기고한 글에서 가령 브라질이 아마존 지역을 제대로 돌보지 못할 경우, 미국과 다른 나라들이 브라질에 개입해야 할 수도 있다고 주장했다. 그는 대략 2025년쯤 되는 미래에 미국 대통령이 브라질에 최후통첩을 보내, 열대우림 파괴를 멈추지 않으면 군사개입을 각오하라고 경고하는 상황을 제시했다. 흥미롭게도, 그는 같은 시나리오를 가지고 역지사지를 하지는 않았다. 다른 나라들이 세계 최대의 오염물질 배출 국가에게 참을 만큼 참았다며 행동을 취한다면 어쩔 것인가?

월트 주장의 요점은 기후변화가 국제사회에 더 강압적인 개입을, 그리고 주권국가의 경계를 허무는 일을 (대상 국가가 계속 멋대로 행동할 경우) 강요하게 될 수 있다는 것이다. 그 분노의 표적은 브라질만이 아닐 것이다. 세계에서 가장 오염물질을 많이 배출하는 나라는 어떨까? 그리고 과거에는 제국으로서 떵떵거리다가 이제는 깨끗하고 친환경적인 세상을 노래하는 나라에 대해서는? 해저 통신 케이블의 취약성은 중국, 미국 같은 선도국을 포함한 각국이 지구는 핵심 인프라를 자유롭게 깔 수 있는 곳이 아니라는 사실을 절감할 또 하나의 계기가 될 수 있다. 예를 들어, 기상조건이 심하게 악화되면 해저 케이블 기능이 저하된다는 사실은 이미 알려져 있다. 이제 기후변화가 커지면 그런 상황은 더 증폭될 가능성이 크다.

국경 전쟁의 마지막 유형은 '드문드문 통행을 차단하는, 마치 열도와 같은' 국경의 성격에 대한 반발에서 빚어질 것이다. 토드 밀러(Todd Miller)는 2019년 《국경의 제국(Empire of Borders)》에서 억류, 감금, 추방에 처해진 사람들의 처절한 운명을 그려냈다. 2018년, 미국의 남부 국경지대에서 실시된 가족 분리 정책은 국경이 지닌 말 같지도 않은 본질을 적나라하게 드러냈다. 그는 국경을 넘으려 한 사람들에게 얼마나 잔혹한 일이 벌어졌는지를 기록했다. 2019년만 해도, 5만 7천 명 정도의 이민자가 멕시코로 송환되었으며 이들은 "피난민 심사가 끝날 때까지 기다리라"는 말만 들었다. 아니면 그들은 안전하지 않은 마을이나 도시에 발이 묶인 채 몇 달 동안 기다리기만 해야 했다. 하지만 이런 강력한 국경 인프라들은 국경 폐쇄와 대규모 추방, 무차별 감금 등에 호의적이지 않은 지역사회의 도움을 받는 수많은 이민자들에 의해 무용지물이 될 가능성도 없지 않다.

세계 곳곳에 수천 군데의 억류 시설이 있으며 이 대부분은 이 세계의 보다 부유한 나라의 땅에 있다. 국경 보안-억류 '군사 복합체'는 정말로 대규모이며 매년 수십억 달러를 쓴다. 억류 시설에서 드론 기술까지, 불법적, 비정규적, 환영받지 못하는 사람들을 내쫓기 위한 전쟁은 매순간 치열하게 벌어지고 있다. 국경과 국경 관리는 맥락을 살피고 사정을 봐주지 않는다. 국경 순찰대와 관리소에서 일하는 사람들에게, 일차적 책임은 국가와 국토 안보에 충실하는 것이다. 국경 보안은 그 어느 때보다 범위가 넓어지고 있다. 미국의 관세국경보호청은 필리핀, 케냐를 비롯해 전 세계의 미국 대사관과 연계하고 있다. 여기서 요점은 토드 밀러가 그 독자들에게 제시한 그대로 "국경이 전 지구적으로 지켜지고 있다"는 것이다. 국경 안보는 실제 국경보다 수천 마일 떨어진 지점에서 시작된다. 미국은 군사훈련과 기술 이전을 이용해 인접국들이 이 글로벌 국경 체제를 지원하도록 만들고 있다. 궁극적으로, 미국의 남부 또는 북부 국경에 접근하는 사람들은 어디에서든 자기도 모르게 국경에 접근하지 못하도록 저지를 받고 있는 것이다.

이 모든 것은 기후 변화와 같은 다른 힘에 의해 무력화될 수도 있다. 어쩌면 '국경 없는 국가'야말로 우리가, 적어도 우리 중 일부가, 살아남는 유일한 길이 될지도 모른다는 얘기다. 2050년이면 우리 중 수십억이 물 부족, 해수면 상승, 극도의 고온 등에 마주할 수 있다. 따라서 대규모의 인구 이동이 진행될 것이다. 엄격한 국경 관리와 자원 국수주의의 새로운 시대가 우리 앞에 놓여 있다. 이는 분명 국경 규모와 국경 관리를 배가하는 쪽으로 갈 수 있다. 한편 코로나19 팬데믹은 국가들에 기회를 제공할 수 있는데, 그 어느 때보다 더 친숙한 방법으로 국민과 거주민을 추적 감시할 기회를 얻은 것이 그것이다. 우리 모두 모바일 앱을 깔고 우리의 건강 상태와 우리의 이동 경로를 모니터할 수 있도록 하며, 공공장소에서 우리의 활동을 조정하도록 내맡기는 일은 이제 SF 영화의 한 장면이 아닌 현실이다. 사회계약이 새로 작성될 것이다. 개인이 정상적인 생활을 하려면, 그 대가로 스마트폰에 기반한 감시 체제 아래 놓여야 할 것이다. 중국이 일부 소수민족에 대해 널리 실시 중인 감시체계는 그러한 악몽 같은 시나리오의 실제 사례이며, 우리 대부분에게 그것은 국경지대 같은 전략적 구역에나 어울렸던 감시 인프라가 바로 우리 곁에 파고들었다는 의미다.

우리의 심하게 파편화된 국제체제의 미래에 대해, 그리고 근본적인 지구 차원의 대변동을 목전에 두고 그런 급진적 변화가 필요할지에 대해 심층적인 결단이 이루어져야 한다. 기후변화는 혐오를 더욱 부추길 가능성이 크다. 포퓰리즘 지도자들은 계속해서 더 완강하고 더 거친 국경 보안을 요구할 것이다. 엄격한 국경 관리와 자원 국수주의는 장기적 규범이 될 수 있다. 환경 및 자원 갈등이 더욱 악랄한 반이민 정책, 우생학 이데올로기, 비상사태 통치 등을 정당화하는 데 활용된다고 보면 말이다.

하지만 이런 쪽으로만 흘러가지 않을 수도 있다. 지구 환경과 자원에 대한 우리의 지칠 줄 모르는 공격을 늦추려는 계획과 움직임이 있다. 새로운 그린 딜에서부터 생물 다양성에 대한 국제협약에 이르기까지, 희망의 여지는 많이 남아 있다. 우리의 국경이 사람들에게 더 활짝 열리고, 육지, 대기, 수중의 원초적 변화에 더 잘 대응할 수 있게 되면 지금보다 상당히 나아진다는 사실을 입증해 보일 사례가 필요하다(그것도 거듭 거듭).

국경을 더 뜨거워지고 더 습해지는 세상에 유연히 적응토록 하는 일은 그 어느 때보다 긴급한 과제다. 저지대 섬들과 열린 해안지대가 범람의 위기를 맞고 있기 때문이다. 식량과 어족 자원은 이동하고, 사라지며, 다시 나타난다. 이에 대해 그 배분과 할당을 규정해 놓은 우리의 기존 국제협약들은 곧 유명무실해질 위기에 처해 있다. 국경을 긋느냐, 긋지 않느냐(To border or not to border)는 우리의 내일에 대해 빨리 계산해볼 것을 요구하는 문제다.

그리고 또한 국내와 국외의 이동 불평등에 대해서도 엄격하게 따져보아야 한다. 인구의 대규모 이동은 다른 사람들이 사는 경계지대에 더 큰 불평등을 안길 것이다. 환경주의자들이 50년 전 경고했듯, 우리는 오직 하나뿐인 지구를 갖고 있다. 그리고 생태계와 우리의 집단적 관계에 대하여 엄혹한 선택이 우리 앞에 놓여 있다.

참고 문헌과 자료

프롤로그

Journal of Borderland Studies

Thomas Holdich, *Political Frontiers and Boundary Making* (Macmillan, 1916), *Boundaries in Europe and the Near East* (Macmillan, 1918)

Victor Prescott, *The Geography of Frontiers and Boundaries* (Hutchinson University Library, 1965)

Kapka Kassabova, *Border: A Journey to the Edge of Europe* (Granta, 2017)

Tim Marshall, *The Age of Walls: How Barriers Between Nations Are Changing Our World* (Simon Schuster, 2019)

Alexander Diener and Joshua Hagen, *Borders: A Very Short Introduction* (Oxford University Press, 2012)

Ed Vulliamy, *Amexica: War Along the Borderline* (Vintage, 2010).

Ruben Andersson's 'How fear infected the border' speaks of a 'border-security complex' in an article for *New Internationalist*, 18 February 2020, URL: https://newint.org/features/2019/12/09/how-fear-infected-border.

1장 국경은 중요하다

Alexander Murphy, *Geography: Why It Matters* (Polity, 2018)

Franck Bille (ed.), *Voluminous States: Sovereignty, Materiality, and the Territorial Imagination* (Duke University Press, 2020)

Paul Richardson, *At the Edge of the Nation: The Southern Kurils and the Search for Russia's National Identity* (University of Hawai'i Press, 2018)

Wendy Brown, *Walled States, Waning Sovereignty* (MIT Press, 2010) Matthew Longo, *The Politics of Borders: Sovereignty, Security, and the Citizen After 9/11* (Cambridge University Press, 2018)

Sandro Mezzadra and Brett Neilson, *Border as Method, or, the Multiplication of Labor* (Duke University Press, 2013)

Francisco Cantu, *The Line Becomes a River* (Riverhead Books, 2018) Hastings Donnan, . Madeleine Hurd and Carolin Leutloff-Grandits (eds),

Migrating Borders and Moving Times (Manchester University Press, 2019)

Gabriele Proglio and Laura Odasso (eds), *Border Lampedusa: Subjectivity, Visibility and Memory in Stories of Sea and Land* (Palgrave Macmillan, 2017) Camilla Fojas, *Border Bandits: Hollywood on the Southern Frontier* (University of Texas, 2008),

Gerard Toal, *Near Abroad: Putin, the West, and the Contest over Ukraine and the Caucasus* (Oxford University Press, 2016).

Cynthia Cockburn, *The Line: Women, Partition and the Gender Order in Cyprus* (Zed Books, 2004)

Kavita Daiya, *Violent Belongings: Partition, Gender, and National Culture in Postcolonial India* (Temple University Press, 2011)

Paulomi Chakraborty, *The Refugee Woman: Partition of Bengal, Gender, and the Political* (Oxford University Press, 2018)

Happymon Jacob, *The Line of Control: Travelling with the Indian and Pakistani Armies* (Penguin, 2018)

Sara Fregonese, War and the City: Urban Geopolitics in Lebanon (Bloomsbury, 2019)

Anne B. Shlay and Gillad Rosen, *Jerusalem: The Spatial Politics of a Divided Metropolis* (Wiley-Blackwell, 2015)

Aanchal Malhotra *Remnants of Partition: 21 Objects from a Continent Divided* (Hurst Publishers, 2019)

Graham Bound, *Fortress Falklands* (Pen and Sword Books, 2012)

Nira Yuval-Davis, Georgie Wemyss and Kathryn Cassidy, *Bordering* (John Wiley, 2019)

Kathryn Cassidy, '"Where Can I Get Free?" Everyday Bordering, Everyday Incarceration', *Transactions of the Institute of British Geographers*, 44 (2019): 48–62.

2장 움직이는 국경

Marco Ferrari, Elisa Pasqual and Andrea Bagnato, *A Moving Border: Alpine Cartographies of Climate Change* (Columbia University Press, 2019)

Peter Nyers 'Moving borders: the politics of dirt' for *Radical Philosophy*, 174 (2012).

Jane Bennett, *Vibrant Matter: A Political Ecology of Things* (Duke University Press, 2010)

Eyal Weizman, *Hollow Land: Israel's Architecture of Occupation* (Verso, 2012)

Stephen Graham, *Vertical: The City from Satellites to Bunkers* (Verso, 2016)

3장 수중국경

Philip Steinberg, *Social Construction of Ocean* (Cambridge University Press, 2001)

Renisa Mawani, *Across Oceans of Law: The Komagata Maru and Jurisdiction in the Time of Empire* (Duke University Press, 2018)

Gabriel Eckstein, *The International Law of Transboundary Groundwater Resources* (Earthscan, 2017)

Wolfgang Wagner, *Groundwater in the Arab Middle East* (Springer, 2011)

Vandana Shiva, *Water Wars: Privatization, Pollution, and Profit* (North Atlantic Books, 2016)

Mark Everard, *The Hydropolitics of Dams* (Zed Books, 2013)

John Hannigan, *The Geopolitics of the Deep Oceans* (Polity, 2016)

Benjamin Bratton, The Stack: On Software and Sovereignty (MIT Press, 2015)

Nicole Starosielski, *The Undersea Network* (Duke University Press, 2015)

4장 사라지는 국경

Jenny Grote Stoutenburg, *Disappearing Island States in International Law* (Brill, 2015)

Alejandra Torres Camprubi, *Statehood under Water: Challenges of Sea-level Rise to the Continuity of Pacific Island States* (Brill, 2016)

Kregg Hetherington (ed.), *Infrastructure, Environment, and Life in the Anthropocene* (Duke University Press, 2019)

Jane McAdam, *Climate Change, Forced Migration, and International Law* (Oxford University Press, 2012)

Jeff Goodell, *The Water Will Come: Rising Seas, Sinking Cities, and the Remaking of the Civilized World* (Little, Brown, 2017).

5장 무인지대

James Ker-Lindsay, *The Cyprus Problem (Oxford University Press, 2011) David Day, Antarctica* (Oxford University Press, 2019)

Justin V. Hastings, *No Man's Land: Globalization, Territory, and Clandestine Groups in Southeast Asia* (Cornell University Press, 2010)

John Simpson *News from No Man's Land: Reporting the World* (Pan Macmillan, 2002).

William Martin Conway, *No Man's Land: A History of Spitsbergen from Its Discovery in 1596 to 900* (Cambridge University Press, 1906)

Jon Calame and Esther Charlesworth, *Divided Cities: Belfast, Beirut, Jerusalem, Mostar, and Nicosia* (University of Pennsylvania Press, 2011)

Klaus Dodds, Alan Hemmings and Peder Roberts (eds), *Handbook on the Politics of Antarctica* (Edward Elgar, 2017).

6장 승인되지 않은 국경

Nick Middleton, *An Atlas of Countries that Don't Exist: A Compendium of Fifty Unrecognized and Largely Unnoticed States* (Chronicle Books, 2017) Nina Caspersen, *Unrecognized States: The Struggle for Sovereignty in the Modern International System* (Polity Press, 2012)

Bettina Bruns and Judith Miggelbrink (eds), *Subverting Borders: Doing Research on Smuggling and Small-Scale Trade* (VS Verlag, 2011)

Joshua Keating, *Invisible Countries: Journeys to the Edge of Nationhood* (Yale University Press, 2018)

Erik Jensen's *Western Sahara: Anatomy of a Stalemate?* (Lynne Rienner Publishers, 2011)

Steven Rosefielde, *The Kremlin Strikes Back: Russia and the West After Crimea's Annexation* (Cambridge University Press, 2016)

Helena Rytovuori-Apunen *Power and Conflict in Russia's Borderlands* (I.B. Tauris, 2018).

7장 스마트 국경

James J.F. Forest (ed.), *Homeland Security: Borders and Points of Entry* (Praeger,2006)

Isidro Morales (ed.), *National Solutions to Trans-Border Problems? The Governance of Security and Risk in Post-NAFTA North America* (Routledge, 2016).

Todd Miller, *Empire of Borders: The Expansion of the US Border around the World* (Verso, 2019)

Huub Dijstelbloem and Albert Meijer (eds), *Migration and the New Technological Borders of Europe* (Palgrave, 2011)

David Lyon, *Surveillance after September 11* (Polity, 2008)

Mark Salter (ed.), *Politics at the Airport* (Minnesota University Press, 2008) Louise Amoore, *The Politics of Possibility: Risk and Security Beyond Probability* (Duke University Press, 2013)

8장 우주국경

Everett Dolman, *Astropolitik: Classical Geopolitics in the Space Age* (Frank Cass, 2005)

Bohumil Doboš, *Geopolitics of the Outer Space* (Springer, 2019)

Leonhard David, *Moon Rush: The New Space Race* (National Geographic, 2019)

Stacey Solomone, *China's Strategy in Space* (Springer, 2013)

Joan Johnson-Freese, *Space as a Strategic Asset* (Columbia University Press, 2007), *Heavenly Ambitions: America's Quest to Dominate Space* (University of Pennsylvania Press, 2012)

Daniel Sage, *How Outer Space Made America: Geography, Organization and the Cosmic Sublime* (Ashgate, 2014)

Daniel Deudney, *Dark Skies: Space Expansionism, Planetary Geopolitics, and the Ends of Humanity* (Oxford University Press, 2020)

Ashlee Vance, *Elon Musk: How the Billionaire CEO of SpaceX and Tesla Is Shaping Our Future* (Penguin, 2015)

Daniel Deudney, *Space Expansionism, Planetary Geopolitics and the Ends of Humanity* (Oxford University Press, 2020)

9장 바이러스 국경

John Rhodes, *The End of Plagues: The Global Battle Against Infectious Disease* (Palgrave Macmillan, 2013)

Laura Spinney, *Pale Rider: The Spanish Flu of 1918 and How it Changed the World* (Vintage, 2019).

Kevin Bardosh, *Locating Zika: Social Change and Governance in an Age of Mosquito Pandemics* (Routledge, 2019)

Institute of Medicine, *Infectious Disease Movement in a Borderless World* (National Academies Press, 2010)

William Summers, *The Great Manchurian Plague of 1910–11* (Yale University Press, 2012)

Frank Snowden, *Epidemics and Society: From the Black Death to the Present* (Yale University Press, 2019)

Laurie Garrett, *The Coming Plague: Newly Emerging Diseases in a World Out of Balance* (New York, 1994)

Reid Wilson, *Epidemic: Ebola and the Global Scramble to Prevent the Next Killer Outbreak* (Brookings Institution Press, 2018)

Rachel Pain and Susan Smith (eds), Fear, Critical Geopolitics and Everyday Life (Routledge, 2016).

후기

Gloria Anzaldua, *Borderlands/La Frontera: The New Mestiza* (University of Texas Press, 1987)

Joseph Carens, 'Aliens and citizens: the case for open borders' *The Review of Politics*, 49 (1987): 251–273, *The Ethics of Immigration*, (Oxford University Press, 2013)

Alex Sager, *Against Borders: Why the World Needs the Free Movement of People* (Rowman and Littlefield, 2020)

Stephen Walt, 'Who will save the Amazon (and how?'), *Foreign Policy* magazine, 5 August 2019

Todd Miller, *Empire of Borders: The Expansion of the US Border around the World* (Verso, 2019)

Toronto Sun, 'U.S. border discussion is frenzy over facts', 20 June 2018. Achille Mbembe, 'The universal right to breathe', 13 May 2020 (translated by

Carolyn Shread), critinq.wordpress.com/2020/04/13/the-universalright-to-breathe/

국경전쟁

국가의 미래를 좌우하는 새로운 지정학 전투

초판 1쇄 발행 2022년 2월 7일
초판 2쇄 발행 2022년 10월 7일

지은이 클라우스 도즈
옮긴이 함규진
펴낸이 성의현
펴낸곳 (주)미래의창

편집주간 김성옥
편집진행 김이수
디자인 공미향
홍보 및 마케팅 연상희 · 이보경 · 이해준 · 김제인

출판 신고 2019년 10월 28일 제2019-000291호
주소 서울시 마포구 잔다리로 62-1 미래의창빌딩(서교동 376-15, 5층)
전화 070-8693-1719 **팩스** 0507-1301-1585
홈페이지 www.miraebook.co.kr
ISBN 979-11-91464-73-3 03300

※ 책값은 뒤표지에 있습니다. 잘못된 책은 바꿔 드립니다.